AF273337

BESTSELLER

Anne Jacobs ha publicado bajo seudónimo novelas históricas y sagas exóticas que han ocupado los primeros puestos de las listas de ventas, pero ha sido la saga La Villa de las Telas la que ha supuesto su confirmación como autora best seller. Sus trilogías La Mansión, sobre una antigua casa señorial en Alemania del Este y el destino de sus habitantes, y El Café del Ángel, protagonizada por una familia que regenta un legendario café en la Alemania de posguerra, se han convertido también en éxitos editoriales. Anne Jacobs vive con su familia cerca de Frankfurt am Main.

Biblioteca

ANNE JACOBS

Escrito como Marie Lamballe

El café del ángel

Años turbulentos

Traducción de
María Dolores Ábalos

DEBOLS!LLO

Papel certificado por el Forest Stewardship Council®

Título original: *Café Engel. Schicksalhafte Jahre*

Primera edición en Debolsillo: julio de 2024
Tercera reimpresión: agosto de 2025

© 2019 Bastei Lübbe AG
Derechos negociados a través de Ute Körner Literary Agent - www.uklitag.com
© 2023, 2024, Penguin Random House Grupo Editorial, S. A. U.
Travessera de Gràcia, 47-49. 08021 Barcelona
© 2023, María Dolores Ábalos, por la traducción
Diseño de la cubierta: Adaptación de la cubierta original
de Bürosüd / Penguin Random House Grupo Editorial
Fotografías de la cubierta: © Ildiko Neer / Trevillion Images;
© akg-images; © akg-images / Science Source

Printed in Spain – Impreso en España

ISBN: 978-84-663-7558-0
Depósito legal: B-9.192-2024

Compuesto en La Nueva Edimac, S. L.
Impreso en Liber Digital, S. L.
Casarrubuelos (Madrid)

P 3 7 5 5 8 0

Hilde

Suena como un disparo. La vajilla tintinea, el suelo tiembla y las paredes vibran. Enfrente, junto a la puerta giratoria, el yeso se desprende del techo. Dura tan solo tres o cuatro segundos y luego cesa. Hilde se queda petrificada junto al mostrador de las tartas sosteniendo firmemente la bandeja con dos desayunos para la mesa siete.

En la sala, una mujer grita histérica:

—¡Vienen los rusos! ¡Granadas antitanques! ¡Al sótano!

Un niño empieza a llorar con fuerza al tiempo que se oyen murmullos y exclamaciones de asombro. Las miradas se dirigen hacia arriba, donde las lámparas colgadas se balancean. De pronto alguien se echa a reír.

—¡Un terremoto! ¡Será posible!

Hans Reblinger es el primero en darse cuenta. Solo ha sido un terremoto.

Hilde se siente aliviada, aunque al mismo tiempo empieza a palpitarle el corazón a toda velocidad; hasta ahora no había reaccionado ante el susto. Algunos clientes se levantan y salen corriendo a la Wilhelmstrasse. Bunte, que duerme en el cesto del rincón, ni siquiera se ha despertado.

—¡Un terremoto! ¡Qué barbaridad! —dice Finchen, la camarera.

Tras el mostrador de las tartas, Finchen sostiene con las dos manos la bandeja de porcelana con la tarta de nata y chocolate que acaba de sacar de la vitrina. Deja un momento la bandeja y coge la paleta para servir de un recipiente con agua, dispuesta a cortar tres trozos. Pero al ir a cortar el primero, se detiene.

—¡Madre mía! ¿Ha visto eso, señora Perrier?

Hilde sirve por fin el desayuno a las clientas de la mesa siete. Ya son más de las diez, y las dos jóvenes actrices tienen que irse enseguida al teatro de enfrente porque los ensayos están a punto de empezar. Dos panecillos frescos con un poco de mantequilla, mermelada y miel, y una taza de café en grano. El total asciende a noventa peniques; en realidad, casi salen perdiendo, pero los sueldos de las principiantes son muy bajos y ellos quieren que los artistas se sientan en el Café del Ángel como en casa. Al menos eso es lo que quiere Heinz, el padre de Hilde.

—Bueno, a pesar de lo sucedido, os deseo buen provecho. Que lo disfrutéis.

—Gracias... ¿Ha visto ya eso?

Karin Langgässer, la joven actriz, señala con el dedo hacia el mostrador de las tartas, y cuando Hilde se vuelve, apenas da crédito a lo que ven sus ojos. El cristal de la vitrina se ha resquebrajado de arriba abajo; parece una telaraña dibujada con un punzón de acero.

—¡Oh, no! —dice Hilde en voz baja.

Tras el mostrador, Finchen deja nuevamente la tarta y mira a Hilde con un gesto de preocupación.

—¿Será posible? —dice, mientras Hilde pasa los dedos por el cristal de la vitrina—. Ha resistido todos los bombardeos, y ahora, con ese pequeño temblor, va y se rompe. ¡Ay, Dios mío, cuando lo vea la señora Koch!

En el café todo el mundo habla en voz alta; la puerta giratoria está en continuo movimiento porque los clientes vuelven de la calle. Al parecer, en el barrio de Quellen se ha derrumbado un muro que estaba en ruinas, y una mujer que iba con dos niños pequeños se ha salvado por los pelos. Una bicicleta aparcada con dos bolsas de la compra se ha caído, y junto al establecimiento de enfrente, el Café del Rey, hay varias tejas en la acera. Esta última noticia también ha llegado a oídos de la madre de Hilde, que ahora sale de la cocina con el delantal manchado de harina todavía puesto, porque ha estado preparando un pastel de chocolate.

—Echa un vistazo ahí fuera, Hilde —dice preocupada—, no vaya a ser que a nosotros también se nos hayan caído algunas tejas.

—No me extrañaría nada —contesta su hija.

Fuera, completamente ajeno a lo sucedido, luce el sol de principios de primavera. En los bancos del Zum Warmen Damm hay gente sentada con abrigo y sombrero, dejando que los rayos del astro rey calienten sus pálidos rostros invernales. En los arriates florecen rosas del azafrán amarillas y blancas, y los bulbos de color verde lima de los primeros tulipanes asoman por la tierra. Enfrente, delante del Café del Rey, dos camareros colocan varias mesas y sillas plegables, mientras un chico recoge las tejas rotas y las echa en un cubo. Hilde saluda con la cabeza a los camareros y, para sus adentros, piensa que nadie se sentará fuera a tomar café con el frío que hace en marzo. ¿O sí? El Café del Rey, que lleva dos años provisionalmente instalado en un edificio cercano al Café del Ángel, es una pesadilla para ella y para su familia. No es que tengan nada en contra de la competencia; eso anima el negocio, como les gusta decir a algunos. Hay un montón de cafés más grandes y más pequeños en Wiesbaden; gracias a Dios, por fin van mejorando las cosas después de los años tan malos de la posguerra. Pero Egon Mayer-Schulte, el propietario del Café del Rey, se empeña en robarles la clientela. Lo intenta por todos los medios, y no siempre a la distinguida manera inglesa.

Mientras contempla los muros recién revocados de su casa y descubre una grieta, alguien la llama por su nombre.

—Eh, Hilde, *ma petite colombe.* ¿Va todo bien? Hemos oído un estruendo...

Hilde alza la vista y distingue a su marido en el tragaluz del piso de Sofia Künzel. Jean-Jacques se ha puesto un gorro en punta hecho con papel de periódico con el que se tapa su negra mata de pelo rizado. La cabeza gris de Addi, cubierta con un pañuelo azul y blanco con los cuatro extremos anudados, aparece ahora a su lado. Los dos están haciendo reformas en la casa de Sofia, mientras la inquilina imparte clases de piano en el conservatorio.

—Ha sido un terremoto —grita Hilde hacia arriba—. ¿Está todo bien por ahí arriba?

—Casi todo —dice Addi—. Solo hemos tenido un problema con un pequeño cubo de pintura blanca...

—Ay, madre, ¿se os ha caído?

Jean-Jacques, fiel a su carácter apasionado, se echa a reír alegremente. Es una persona que todo lo vive con gran intensidad: amar, reír, discutir, enfadarse y reconciliarse.

—¡Qué va! —dice—. ¡Lo he atrapado!

—El cubo sí —apostilla Addi con una sonrisita—. Pero la pintura no.

Después de suspirar, Hilde vuelve rápidamente al café. Algunos clientes han pedido la cuenta, Finchen recoge las mesas y limpia con un cepillo las migas de los manteles blancos. El padre de Hilde, que estaba arriba tomándole la lección a su hijo August, acaba de bajar. El hermano de Hilde, que fue hecho prisionero de guerra —pero no por los británicos, como se sospechaba primero, sino por los rusos—, fue liberado hace menos de un año. Cuando llegó, con las mejillas hundidas y la tez gris, su aspecto era terrible; casi no se le reconocía. Pero gracias a los cuidados de su madre, se ha recuperado bien y ha reanudado la carrera de Derecho en Frankfurt. Ahora se pasa el día estudiando para un examen importante. Quiere independizarse lo antes posible para no seguir viviendo a costa de sus padres.

El padre de Hilde se desespera mucho cuando ve la vitrina en ese estado. No para de menear la cabeza; pasa la mano por el cristal y se lamenta de lo difícil que va a ser encontrar un cristalero que sepa reemplazar el vidrio roto.

—Lo que hace falta ahora es una vitrina nueva, papá —dice Hilde al pasar—. Con iluminación eléctrica y refrigeración incorporada. Como en América.

Su padre hace un gesto de rechazo con la mano que más o menos significa «ni hablar». A su madre tampoco le convence la idea. En ese aspecto los padres de Hilde, por desgracia, están de acuerdo: todo debe seguir como ha estado siempre. Para lograr hasta el más mínimo cambio, Hilde ha de esforzarse mucho. Al mismo tiempo, sus padres son conscientes de que se están quedando sin clientes. El Café del Rey de enfrente es amplio y luminoso y tiene ventanales y macetas con plantas exóticas; esas cosas gustan a la gente de hoy en día...

—Más vale que te ocupes del almuerzo —sugiere su padre, para poner fin al molesto tema de la modernización del local.

Hilde menea la cabeza y lleva los cubiertos a la cocina.

—Hoy le toca a mamá...

Los tiempos en los que su madre hacía la cena para todos los vecinos de la casa han quedado ya muy atrás. Sofia Künzel y Julia Wemhöner se las arreglan solas; Hubert Lindner también ha encontrado un cuartito y aparece muy de tarde en tarde por el café. Luisa vive con su marido, Fritz Bogner, en un piso pequeño del barrio Bergkirchen y de vez en cuando echa una mano en el café. El año pasado, Edith von Haack y su empleada Grete Kruse encontraron alojamiento en un piso pequeño de nueva construcción; desde entonces no se ha sabido nada de ellas. Aunque lo cierto es que en la casa de los Koch no las echan mucho de menos. En su lugar, ahora se sientan a la mesa August y Wilhelm, los dos hermanos de Hilde. Wilhelm regresó ya a finales de 1946 de su cautiverio americano y, durante este tiempo, ha terminado los estudios en la Escuela de Arte Dramático de Frankfurt. Por contentar a sus padres, después de dudarlo mucho, ha aceptado que le contraten como actor en el Teatro Estatal de Wiesbaden, donde al parecer tiene mucho éxito, al menos entre el público femenino, pues a menudo se presentan en el Café del Ángel damas jóvenes y señoras mayores que preguntan con mirada ardiente por el señor Willi Koch. Y luego sacan del bolso el folleto del programa y lo dejan avergonzadas encima de la mesa, deseando que les firme un autógrafo.

La comida del mediodía se sirve a las doce y media en punto, unas veces arriba, en casa de Hilde y Jean-Jacques, que ahora ocupan el antiguo piso de August, y otras veces abajo, en casa de los padres. A estas alturas ya son ocho personas en la familia porque Hilde, a finales de 1946, tuvo gemelos. Frank y Andi ya casi tienen cinco años y el año que viene, por Pascua, empezarán el colegio.

La madre de Hilde echa un vistazo al viejo reloj de pie de la sala del café y asegura que todavía son las once menos cuarto y que le queda suficiente tiempo para preparar la comida.

—Por desgracia te equivocas, querida —dice el padre de Hilde, mirando su reloj de pulsera—. Son las once y media.

—¿Qué?

El viejo y querido reloj de pared se ha parado. El terremoto ha detenido el péndulo y ahora el reloj marca la hora a la que esa mañana ha temblado la tierra durante unos segundos. Las once menos cuarto.

La madre de Hilde, que pese a toda su energía no deja de ser supersticiosa, se lleva la mano a la boca y susurra angustiada:

—Ojalá no signifique nada malo.

—Claro que es una mala señal —replica Hilde irónicamente—. Significa que hoy la comida no estará lista a su debido tiempo.

—¡Eso es lo que tú te crees! —responde su madre mientras se quita el delantal y atraviesa corriendo la cocina para subir a casa.

Efectivamente, a las doce y media la sopera llena ya está en la mesa de la sala de estar, que hace también las veces de comedor. Han puesto cubiertos para diez personas porque hoy se apuntan a comer con ellos Addi y Luisa. Esta ha estado con los gemelos en el parque del Balneario y solo quiere picar algo antes de bajar al café para echar una mano a Finchen. Heinz, el padre de Hilde, ya se ha sentado a la mesa, mientras su mujer va a buscar a la cocina sal, pimienta y el frasco de condimento Maggi, que tanto les gusta a todos, y Hilde decora con bolitas de mantequilla, azúcar y harina el pudin de chocolate que hizo el día anterior. Del piso de arriba llegan unas enérgicas voces infantiles.

—¡Están limpias, papá!

—¿Limpias? *Montre voir!* ¿Dónde están limpias?

—Pues por todas partes, por arriba, por abajo, en el medio…

—Aún están sucias. Vamos todos al cuarto de baño. Papá también tiene que lavarse las manos. *Regarde*: las tengo todas blancas de la pintura.

—Pero si el blanco no es sucio… el blanco es limpio…

—*Allons, allons… pas de discusión.*

Hilde frunce el ceño. Su Jean-Jacques es un padre cariñoso, pero a veces también puede ser algo autoritario. Suele retozar con sus hijos, organizar batallas de almohadas; en el último cumpleaños de los gemelos, para entusiasmo de todos, participó en la carrera de sacos y en la piñata. En esos momentos se comporta como si fuera un niño más, un muchacho alegre y jovial que juega al fútbol con los pequeños y siempre quiere ganar a toda costa. Pero a veces, cuando se traspasa un límite, de repente puede ser muy estricto, incluso se enfada y a los chicos no les queda más remedio que obedecer. A Hilde eso no le acaba de gustar; le parece que debería controlar mejor sus cambios de humor, pero en fin, así están las cosas.

Su madre llama a la puerta de la habitación de August, abre una rendija y pregunta algo. Luego vuelve meneando la cabeza y suspirando.

—Qué barbaridad. Sigue sin querer comer nada. No hace otra cosa más que estudiar y estudiar. El pobre se va a poner enfermo.

—No creo que se muera de hambre, mamá —comenta Hilde.

—¡Pero tiene que comer! Con el hambre que ha pasado durante tanto tiempo…

Hilde se traga un comentario mordaz. Desde que han vuelto August y Wilhelm, su madre se preocupa a todas horas de que a sus hermanos no les falte nada. A August le están pagando la carrera, Wilhelm ha estudiado tres años en la Escuela de Arte Dramático mientras vivía y comía en casa de sus padres, y ahora que gana dinero, no paga ni un céntimo por la comida y el alojamiento. ¿Acaso han hecho los dos algo por el café, como servir a los clientes o comprar comida? ¿Ayudaron el año pasado cuando hubo que pintar la habitación anexa? ¡En absoluto! August por lo menos se ofreció, pero su madre enseguida le dijo que no hacía falta. ¿Y Wilhelm? Ese siempre se busca un pretexto para no tener que trabajar. Hilde y su marido, en cambio, se desloman. Y también el pobre Addi, que es el factótum del Café del Ángel, y ahora más que nunca porque Julia Wemhöner, su pareja, ha vuelto a trabajar como costurera del teatro.

Luisa se ha cambiado de ropa y lleva ya puesto el vestido negro y el delantal blanco para bajar lo antes posible. Hoy Fritz tiene ensayo en el teatro, actúa de suplente en la orquesta, pues por desgracia aún no le han dado una plaza fija. Al poco rato aparece Jean-Jacques con los dos chicos; los acompaña Addi, al que aún le quedan salpicaduras blancas en la cara y en la barba.

Los dos hijos de Hilde han salido a su padre, tienen los ojos oscuros y el pelo rizado de color castaño oscuro. La gente dice que los gemelos de Hilde parecen dos francesitos. De carácter, sin embargo, son muy distintos. Frank, que es dos minutos mayor que su hermano, siempre lleva la voz cantante, mientras que Andi, que en realidad se llama Andreas, prefiere permanecer en un segundo plano. Pero a pesar de ser tan diferentes, los dos están muy unidos y cuando juegan con otros niños, son como uña y carne.

—¿Dónde está el tío Willi? —quiere saber Frank, mientras se sienta en una silla. Luego ve la sopera y pone mala cara—. ¡Otra vez sopa de carne de vaca!

—¡La carne de vaca fortalece! —asegura el abuelo Heinz.

—Pero es que cuesta tanto masticarla... —dice Andi en voz baja.

La madre de Hilde sirve la sopa. Lleva verdura, arroz y carne hervida. Es verdad que la carne está bastante dura; por más tiempo que cueza, no se acaba de ablandar. La madre mira preocupada las dos sillas vacías: tampoco Wilhelm ha ido a comer; tiene ensayo en el pequeño teatro recién construido en las Kolonnaden, que se inauguró en diciembre del año pasado. El antiguo Residenztheater quedó completamente destruido por los bombardeos.

Todos se desean buen provecho y empiezan a comer. El tema de conversación es el terremoto; Luisa y los niños no lo han notado en el parque del Balneario. El abuelo Heinz tiene que explicarles a sus nietos lo que es un terremoto.

—La tierra tiembla un poco…

—¿Por qué?

—Porque le entra la tos, a la tierra.

—¿Está acatarrada?

El padre de Hilde nota que las miradas de todos los adultos se dirigen a él. Carraspea con timidez porque no sabe cómo explicar científicamente el fenómeno del terremoto. Tampoco él las tiene todas consigo. Y no quiere asustar a sus nietos.

—Sí, la tierra se ha acatarrado. Eso suele pasar a veces en primavera.

Frank aparta los trocitos de carne y los deja en el borde del plato. Andi va sacando con cuidado los pedacitos de cebolla y las zanahorias finamente cortadas de la sopa.

Addi cuenta cómo van las obras de reforma en el piso de Sofia Künzel.

—Podríamos haber terminado hace tiempo, si la Künzel no tuviera tantos cachivaches. No os podéis ni imaginar la de cosas que guarda ahí arriba. Un montón de partituras, antiguos trajes de teatro, pelucas, cajas llenas de maquillaje para salir a escena, flores artificiales de papel, camisones de seda con puntillas…

—¡Por favor, Addi! —exclama Heinz horrorizado—. ¡Un poco más de discreción! Las propiedades de mi inquilina no me interesan lo más mínimo, y de sus seductoras prendas íntimas tampoco quiero saber nada.

Hilde mira a Luisa y las dos tienen que aguantarse la risa. Jean-Jacques sonríe con toda naturalidad y dice:

—La Künzel en camisón de seda… Me gustaría ver eso.

—¿Por qué, papá? —pregunta Frank con curiosidad.

—¡Buena la has hecho! —opina la madre de Hilde, mirando a Jean-Jacques con cara de reproche.

Este se lo piensa un rato y luego les explica a sus hijos:

—Porque un camisón de seda siempre es bonito. Brilla como la plata.

—¿Y por qué mamá no tiene un camisón de seda?

—Porque somos pobres. ¡Y ahora tómate la sopa!

La madre de Hilde no aguanta más, llena un plato de sopa y se lo lleva a August. Este ocupa el que antes era el «cuarto de los chicos», mientras que Wilhelm se ha instalado en la habitación de la niña. De manera que Else ya tiene otra vez a sus dos chicos en casa, por lo que se siente muy feliz.

—Pero mamá... —oye protestar a August.

—¡Tienes que comer algo, hijo!

Regresa satisfecha a la mesa sin hacer caso de la mirada de reproche de Hilde. Su marido le hace un gesto de asentimiento; le parece bien que anime a August, después de lo que ha tenido que soportar con los malditos rusos. Jean-Jacques sonríe. Hilde no sabe en qué estará pensando ahora, tal vez en su propia madre, a la que ella sigue sin conocer. Siempre que Hilde le propone invitar o visitar a su familia, él le pone alguna pega.

—No somos pobres —insiste Frank—. Si hasta comemos esas *pommes frites* que solo sabe hacer papá y están riquísimas.

Con eso ha tocado un punto delicado de la familia, porque la introducción de esas tiras de patatas fritas nadando en aceite causó en su día sensación en Wiesbaden. Durante un tiempo las tartas de la madre quedaron arrinconadas, pues todos los clientes querían probar las *pommes frites* con mayonesa de Jean-Jacques. Y la cocina apestaba, según asegura la madre de Hilde, a aceite. Ese olor grasiento se pegaba a todo, a los muebles, a la ropa, al pelo, incluso a la ropa interior. Else nunca ha entendido cómo se puede guisar y freír con esa grasa tan mala que nunca podrá sustituir a la buena mantequilla. Pero, por desgracia, los clientes no compartían su opinión y el volumen de ventas de las patatas con mayonesa no dejaba lugar a dudas. A estas alturas, ya hay otros que hacen en

Wiesbaden las patatas fritas de esa manera, por lo que en el Café del Ángel solo se sirven de noche. Porque los vecinos se quejan del olor de la cocina, dice la madre de Hilde.

—En el Café del Rey, las patatas cuestan cinco peniques menos que en el nuestro —comenta Hilde.

—¿Cómo lo sabes? —pregunta Jean-Jacques.

—Lo pone en la pizarra de la entrada.

—*Grand filou!* —dice Jean-Jacques furioso.

—Por mí como si las regalan —refunfuña Else—. ¿Quién quiere más sopa? ¿Addi? Luisa, ¿es que ya no quieres más? ¡Si todavía falta el pudin con chocolate espolvoreado!

Andi y Frank gritan de júbilo, y al padre de Hilde también se le pone una cara radiante de alegría, igual que a Addi. A Jean-Jacques no le entusiasma el dulce. Frank pone disimuladamente los trocitos de carne de vaca que ha apartado en el plato de Addi, y Andi le añade las rodajitas de cebolla y zanahoria. Su padre puede enfadarse si los ve: para el que no se lo haya terminado todo no hay postre.

—Gracias, tía Else —rechaza Luisa el ofrecimiento, y se levanta—. Tengo que bajar enseguida. ¿Quieres que glasee el pastel de chocolate?

—Eso sería maravilloso, Luisa. Y las tartas de fruta pueden guardarse en la vitrina… Ay, Dios, si está rota.

—Hay que comprar enseguida una nueva —toma la palabra Hilde—. Ahí no podemos guardar las tartas. Parece que estamos en tiempos de guerra.

—No necesitamos una vitrina nueva —dice su padre obstinado—. Le pondremos un cristal nuevo. Así de sencillo.

Otra vez empieza la discusión por las innovaciones, que en opinión de los padres de Hilde son completamente innecesarias y solo cuestan dinero. No, el café no necesita unas ventanas más grandes, y el cuarto accesorio y la puerta giratoria se quedan como están, y las fotos antiguas no se tocan; de lo contrario, el padre de Hilde se enfadará de verdad. De la rabia y la excitación su cara está tan congestionada que su hija teme que le vaya a dar algo.

—Son grandes artistas, no se merecen quedar relegados en el olvido. Al actor la posteridad no le pone ninguna corona, como suele decirse. Pero yo, Heinz Koch, a esos maestros de la escena teatral les pongo coronas de laureles, ¡y lo seguiré haciendo mientras viva!

La adquisición de una nevera eléctrica al menos se somete a consideración, pero un aparato de esos cuesta quinientos marcos y eso es mucho dinero. La propuesta que hace siempre Jean-Jacques, la de comprar un coche, es rechazada una vez más. Al fin y al cabo, Wilhelm, el muy granuja, se ha comprado un coche de segunda mano con el que puede hacer los viajes que hagan falta para el café. Y además, ¿para qué necesitan un coche? La harina, el azúcar, el tocino y todo lo demás lo reparten a domicilio, y para los pequeños recados basta con la bicicleta. Hilde ve cómo las comisuras de los labios de su marido adoptan un gesto de resignación. Sabe que esta noche volverá a discutir con él sobre el tema «empresa de explotación familiar». Jean-Jacques sabe algo de eso porque su familia tiene una finca vinícola que regenta su hermano junto con sus padres. Es la misma historia que en el Café del Ángel: los propietarios son los padres, y ellos deciden lo que se compra y lo que no se compra. Los jóvenes pueden trabajar y dar su opinión, pero las decisiones las toman los mayores. Al menos, mientras no traspasen el negocio, y eso algunos no lo hacen hasta el final. A Jean-Jacques eso no le gusta demasiado, y Hilde lo entiende bien; en eso están los dos de acuerdo. Tendrán que esperar todavía un tiempo; en algún momento los padres de Hilde se darán cuenta de que su hija tiene razón. Entonces se harán las reformas necesarias: Hilde ya lo tiene todo bien pensado. Sus padres se quedarán asombrados cuando vean la cantidad de clientes que entrarán entonces en el café.

El pudin de chocolate aplaca los ánimos; además, a todos

les parece que delante de los niños no se debe discutir. En opinión de Hilde, Jean-Jacques se ha portado hoy de una manera ejemplar. Lo del coche solo lo ha mencionado de pasada, para que sus padres sepan que no ha renunciado a la idea. Pero no ha discutido. Ella le obsequia con una sonrisa, que él le devuelve con unos ojos llenos de ternura. Y de deseo: su mirada le transmite todas las cosas que no se pueden decir en voz alta delante de los demás. Hilde nota cómo se le eriza el vello de la nuca. ¡Es que con tanto trabajo apenas tienen tiempo para ellos dos solos! Eso debe cambiar. Luego los chicos quieren ir a jugar con los niños del barrio en el patio, de modo que podrían sacar un ratito libre para…

En el preciso momento en que su madre está preparando un cuenco con pudin para August, este sale de su habitación con el plato de sopa lleno entre las manos.

—Lo siento, mamá. Ahora no me entra nada. Guárdamela para la noche, por favor.

Su madre se desespera. August apenas ha tomado dos cucharadas de sopa y tampoco quiere postre.

—Ay, hijo, esto no puede seguir así.

August deja el plato con cuidado encima de la mesa y abraza a su madre. ¡Qué delgado sigue estando! Hoy a Hilde le parece que está muy pálido; seguro que es por lo nervioso que le pone el examen de mañana. La verdad es que su hermano mayor es listísimo. Hasta ahora ha sacado matrícula de honor en todos los exámenes.

—No te preocupes siempre tanto, mamá —dice él en voz baja—. Estoy bien. Esta noche cenaré algo. Ahora me voy a dar un paseíto.

Su madre se tranquiliza solo a medias. El aire libre es sano, pero ir por ahí con el estómago vacío no le cabe en la cabeza. August no está para más conversaciones; coge el abrigo y el sombrero del perchero, saluda a los demás con una leve inclinación de cabeza y se va de casa.

—¡En qué lo han convertido esos rusos asquerosos! —Suspira su madre—. Nuestro August era un muchacho sano y alegre. Y ahora ya no es ni la sombra de lo que fue.

—Bueno, no exageres, Else —interviene su padre—. Se va recuperando, aunque sea poco a poco.

A diferencia de Wilhelm, que no se cansaba de contar historias sobre la época en la que fue prisionero de guerra en Estados Unidos, August apenas hablaba de eso. Solo decía que había estado en varios campamentos, el último de ellos en Kazán, muy al este, donde viven los cosacos. Hasta hoy no ha dicho ni una sola palabra acerca de los trabajos que le obligaron a hacer y del trato que daban allí a los presos.

—No puede hablar —le dijo una vez Jean-Jacques a Hilde—. Si la vida te ha tratado muy mal, no puedes contarlo. Es como si se te bloqueara la cabeza, ¿lo entiendes?

A Hilde le queda clarísimo. Ella misma ha tardado mucho tiempo en contarle a su amado lo del aborto y ahora se pregunta si él también le ocultará cosas porque no puede compartirlas con ella. Las continuas quejas de su madre porque August no quiere comer la sacan de quicio. A una persona que ha vivido tantas atrocidades, ¿se la puede ayudar atiborrándola de comida? Pero, bueno, las madres son así. Ojalá ella no se convierta nunca en una madre que ceba a sus hijos.

Jean-Jacques la ayuda a recoger la mesa. Cuando terminan y la madre de Hilde ya está fregando en la cocina, Jean-Jacques coge a su mujer por la cintura.

—Dentro de un cuarto de hora… —le susurra al oído—. Arriba en nuestra *chambre*… ¿Vendrás, madame Perrier?

El padre de Hilde, como es natural, lo ha oído. En ese momento está sacando un puro de la caja taraceada de los cigarros y se lo guarda en el bolsillo superior de la chaqueta. Luego baja al café, no sin antes obsequiar a la joven pareja con una sonrisita de complicidad. A Hilde le da mucha vergüenza, pero a Jean-Jacques no parece molestarle.

—Tal vez —le contesta Hilde con coquetería.

Él ríe para sus adentros y la besa en el cuello.

—Cuando una mujer dice «tal vez» es que sí.

¿De dónde se sacará siempre esos dichos? Hilde se separa de él entre risas y va a la cocina a secar la vajilla, mientras él baja corriendo al patio y se pone a jugar al fútbol con los chicos. Desde la ventana de la cocina le ve dar patadas a la pelota de cuero deformada, animado por sus hijos. Se han acercado varios niños del barrio; ojalá no estropeen los maceteros de su madre, que ya tienen dos narcisos amarillos florecidos.

—¿No te ha contado nada Luisa? —indaga su madre.

—¿Qué tiene que contarme? ¿No estará otra vez…?

Su madre se encoge de hombros; no quiere difundir un rumor. Y menos acerca de Luisa, que es muy buena chica y en enero ya tuvo el segundo aborto.

—Fritz ha insinuado algo así. Y dice que confía en que esta vez la cosa vaya bien.

Hilde suspira. Le encantaría que Luisa pudiera al fin sostener un niño entre los brazos. Seguro que Fritz sería un padre maravilloso. Pero hasta ahora Luisa no ha tenido ningún hijo porque las dos veces lo ha perdido hacia finales del tercer mes.

—A veces sale bien cuando se deja de pensar en ello —opina su madre—. Contigo nos pasó eso, Hilde. Tu padre y yo ya creíamos que con los dos chicos habíamos cumplido, cuando de repente volví a quedarme embarazada.

A Hilde le parece que eso no admite comparación, pero no lo dice. En su lugar, piensa en por qué Luisa no le habrá contado nada de su nuevo embarazo. A lo mejor porque hay siempre tantas cosas que hacer que rara vez sacan tiempo para sentarse a charlar tranquilamente. El café abre todos los días a las nueve de la mañana y cierra tarde por la noche. No se pueden permitir un día de descanso porque es mucha gente la que vive del negocio.

—Bueno, pues ya está —dice su madre—. Los cacharros los secaré yo con el trapo. Puedes volver a bajar.

Hilde deja a su madre convencida de que va a bajar enseguida al café para ayudar a Luisa y a Finchen. Sin embargo, sube a su casa con el corazón palpitando y con la sensación de que está haciendo algo completamente prohibido, cuando en realidad lo único que quiere es estar media horita a solas con su marido. ¡En pleno día, qué inmoralidad! Pero justo por eso resulta tan excitante. Solo de imaginárselo ya se muere de ganas...

Jean-Jacques la espera en el dormitorio, delante de la cama de matrimonio, y solo lleva puesta la ropa interior. Mira con deseo a su mujer, a quien le entran escalofríos y se siente como cuando pasaban a escondidas una noche juntos y luego tenían que separarse durante una larga temporada.

—Ven —dice él—. *Ma chérie... viens...*

Ella se acerca. El primer abrazo, el primer beso salvaje, es lo más bonito, aun cuando luego le sigan otros deleites. Hilde es una amante muy temperamental; en eso no le va a la zaga a su Jean-Jacques.

—Espera, voy a cerrar las cortinas —murmura él.

—Para que todos sepan lo que estamos haciendo...

—Prefiero la penumbra, es mejor para hacer el amor.

Qué locos están los hombres. Pero le da plena libertad. Le desabrocha la blusa, le levanta la falda y ya quiere llevarla a la cama. Al fin y al cabo, solo tienen media hora.

—*Mon Dieu!* —exclama él de repente, y se asoma a la ventana.

—¿Qué pasa? ¡Apártate de la ventana, que estás en ropa interior!

—Ese es tu hermano... allí, junto a los árboles... al lado de los plátanos.

Ella nota en su tono de voz que ha sucedido algo. Precisamente ahora.

—¿Qué le pasa? —pregunta preocupada.

—Está en el suelo. Hay gente alrededor… Un hombre se ha arrodillado a su lado.

—Santo cielo —susurra Hilde.

Se acabó el momento amoroso. Se visten a toda velocidad, bajan corriendo las escaleras, cruzan el pasillo y salen a la calle. ¿Qué ha pasado? ¿Un accidente? ¿Un infarto de miocardio? ¿Un derrame cerebral?

—No puede estar muerto —susurra Hilde para sus adentros, mientras cruza la calzada junto a su marido—. Dios mío, por favor, haz que siga vivo. ¡Por favor!

Se arrodilla en el suelo al lado de August, le palpa las sienes y ve la sangre que desde su mejilla izquierda gotea en el polvo de la calle.

—¿Conoce a este hombre? —pregunta alguien.

—Es mi hermano.

—Está vivo —dice Jean-Jacques, que se pone en cuclillas a su lado y le toma el pulso a August—. Mira, está abriendo los ojos.

August entorna primero los ojos y luego la mira con extrañeza.

—¿Qué pasa? —balbucea. Después tuerce el gesto, se pasa la mano por la mejilla, ve la sangre en su mano e intenta incorporarse.

—*Doucement* —dice Jean-Jacques—. Cuidado, espera, que te ayudo. Apóyate en mi brazo.

Consigue poner a August de pie y los dos cruzan la calle despacito, paso a paso. Cuando llegan al otro lado, a August le tiemblan tanto las piernas que Jean-Jacques lo coge sin vacilar en brazos y entra con él en casa.

—Es solo la circulación, nada grave. No le digas nada a mi madre —implora August—. Se pondría nerviosísima.

Swetlana

A pesar del horrible dolor de cabeza, consigue dar una cabezada. Le retumba el ruido sordo del tren, ese «ra-ta-ta-ta... ra-ta-ta-ta», siempre el mismo compás de cuatro por cuatro, no sabe por qué. Pero le da igual; lo principal es que el tren avance y no vuelva a pararse en algún campo nevado porque una aguja se quede atrancada o porque haya algo en los raíles.

—Mamá —se lamenta Mischa—. Tengo mucho calor...

La mujer se despierta y se encuentra con la ávida mirada del tártaro que va sentado frente a ella en el banco de madera. Viajan en tercera clase, sin calefacción, en bancos de madera, con el suelo pringoso porque la gente no para de escupir; huele a toda clase de efluvios humanos. Atrás van dejando bosques nevados de árboles pelados por el invierno; de vez en cuando aparece un pueblecito, la nieve aplasta las casas contra la llanura. ¿Siguen estando en Polonia? ¿O han llegado por fin a Rusia?

—Tienes fiebre, cariño —dice, poniendo la mano en la frente de su hijo—. Bebe un trago de agua. En la siguiente parada haré un té para los dos.

Dos vagones más allá hay un samovar. Allí se puede coger agua caliente; el té y el recipiente los tiene que llevar uno mismo. Todo es muy primitivo en ese tren, pero Swetlana está contenta. Lo único malo es que Mischa, su hijo de seis años, está enfermo; a saber cómo acabará. No obstante, este viaje de regreso a casa está colmado de esperanzas; la vuelta a la libertad, al hogar de su familia en Smolensk. Ha estado fuera ocho años, víctima de la guerra, deportada por los alemanes junto con otros muchos en un vagón para el ganado, obligada a trabajar. «Trabajadores orientales», los llamaban en el campamento de Landgraben, donde ha tenido que trabajar para la empresa Kalle. Entonces tenía dieciséis años, una niña indefensa. Desde entonces han pasado muchas cosas, pero ella ha aguantado, ha sobrevivido, y ahora todo será distinto. En casa quiere reanudar su vida, que Mischa vaya a un colegio ruso y se olvide del detestado idioma alemán, que se convierta en un ruso. Y ella también encontrará algo. Un puesto de trabajo. Tal vez incluso una vivienda para ellos dos solos. No quiere ni pensar en un marido; aún tiene en la cabeza a otro hombre, uno que no era bueno pero del que estaba enamorada. Ha sido tonta, estaba sola y desesperada, y él se aprovechó de eso, pero de todos modos era amor. El amor es una locura, nadie puede explicarlo, nadie sabe de quién te enamorarás. Te somete a su voluntad y hace contigo lo que quiere.

Mischa bebe obediente un poco de agua de la cantimplora. Es nieve derretida con la que ella llena el recipiente en cada parada porque las provisiones de agua se le terminaron al segundo día. Ya es el tercer día de viaje, a primera hora de la tarde; cada vez hay menos luz, pronto encenderá alguien los dos faroles que iluminan el vagón con una luz opaca cuando oscurece. Swetlana odia las noches en ese vagón apestoso, donde hombres y mujeres están hacinados, en cuclillas o tumbados, expuestos una y otra vez a descarados intentos de aproximación. Pero ella sabe defenderse; pese a estar muy delgada tiene fuerza, y ¡pobre del que tenga delante cuando se enfada! Además son tres mujeres, pues a su izquierda va sentada Sonja Armatowna, quien con más de setenta años y regordeta como un tonel, golpea igual que un boxeador. Ha tenido siete hijos de tres hombres diferentes; ahora tiene doce nietos pero ningún hombre, la guerra se los ha llevado a todos a la tumba. La guerra y el vodka, cada cosa a su tiempo. Se ha montado en Varsovia y se dirige a Smolensk, a casa de una de sus hijas. Y enfrente, al lado del horrible tártaro, va sentada Jekaterina, a la que soltaron del campo de desplazados de Wiesbaden junto con Swetlana; también ella regresa a su tierra natal. Jekaterina es pelirroja y tiene los ojos de color azul claro siempre irritados. Swetlana no se fijó bien en ella hasta que tuvieron que formar en el campo para el viaje de partida, con ropa limpia, recién duchadas y con las cosas más necesarias en una maleta. Jekaterina es un ser que sabe volverse invisible, apenas se nota su presencia, nadie recuerda haber hablado nunca con ella. Pero en esos dos días que han pasado juntas en el tren, Swetlana ha aprendido a apreciar a Jekaterina; junto con Sonja son ahora un trío muy unido, se ayudan unas a otras, comparten los alimentos y se cuidan entre sí.

Los restantes viajeros del vagón son cinco hombres, tres jóvenes y dos viejos. Todos están flacos y harapientos, algunos hasta parecen enfermos, lo que no impide que molesten a las mujeres. Son compañeros de fatigas, también ellos fueron deportados para trabajar en Alemania y ahora regresan junto a sus familias.

—El té lo haré yo cuando nos detengamos —dice Jekaterina, inclinándose hacia delante para que Swetlana la entienda mejor—. Tú quédate con tu hijo, Swetlana. Traeré té para las tres.

—Gracias —dice Swetlana, sonriendo a Jekaterina—. Aún me quedan galletas para tomar con el té.

—Yo también tengo algo para el té —añade Sonja—. Nos hará entrar en calor.

Sonja lleva en el bolso dos botellas de vodka, se las ha

traído de Varsovia, de casa de su hijo. Una de ellas está medio vacía. A los hombres del vagón no les da ni un solo trago porque sabe las consecuencias que eso acarrearía. Pero ellos ya van surtidos de vodka y están ansiosos de poder al fin beber de nuevo a su antojo.

La siguiente parada es la frontera. Allí comprueban los papeles de su puesta en libertad; los agentes de la aduana son indulgentes y les dejan pasar el vodka; al fin y al cabo son soviéticos que vuelven del cautiverio alemán a su patria, a los brazos de la madre Rusia, así que hacen la vista gorda.

—Qué guapa eres —le dice uno de los funcionarios de la aduana a Swetlana—. Con esa cara causarás estragos.

Swetlana se ríe y contesta si no le da vergüenza decir tantas tonterías.

—Ojos claros y pelo negro y una boca como las cerezas maduras —sigue el agente, con una sonrisa descarada.

—Demasiadas cerezas dan dolor de barriga —dice ella con el mismo descaro.

Él se ríe, le parece graciosa la contestación.

Al atardecer y por la noche atraviesan Ucrania. El tren se para cada dos por tres por razones inexplicables. Tras las ventanas, la trémula luz de unas farolas, sombras que se mueven en la nieve, puertas que se abren y se cierran; luego el tren se pone de nuevo en marcha. Sigue avanzando. Gracias a Dios sigue avanzando. Swetlana ha sentado al febril Mischa sobre su regazo, la mejilla ardiendo del niño reposa sobre su hombro, el cuerpecito delgado del chico la calienta como una estufa. Le acaricia la espalda, le canta canciones infantiles al oído, lo consuela, se siente aliviada cuando consigue que se duerma un rato. Luego apoya agotada la cabeza en el duro tabique, nota el traqueteo y la vibración del tren y anhela poder tumbarse y estirarse en una cama. Con una almohada blandita bajo la cabeza. Y un paño frío y húmedo sobre la frente dolorida, como lo hacía antes su madre cuando a alguien de la familia le dolía la cabeza. Mamá... qué ganas tiene de volver a ver a su madre. De abrazarla y llorar con ella. De alegría y también de tristeza, porque sabe que su padre murió hace un año a consecuencia de las lesiones de la guerra. Boris, su hermano mayor, ha regresado del frente, se ha casado y tiene dos hijas. Sus dos sobrinas, a las que todavía no ha visto nunca. Tampoco conoce a Irina, su cuñada. A veces piensa en la cantidad de cosas que han cambiado en casa y le inquieta la idea de haberse convertido en una extraña para sus seres queridos.

Por la mañana ven los primeros pueblos ucranianos. ¡Cuántas casas quemadas sigue habiendo aquí! En las ciudades también se ven ruinas, pero están reconstruyendo todo con diligencia, sobre todo en las zonas en las que se hallan los edificios gubernamentales.

A última hora de la tarde, cuando ya ha oscurecido de nuevo, el tren entra por fin en la estación de Smolensk. Swetlana y su hijo se apean y se quedan desconcertados en la penumbra del frío andén. Dos mujeres han estado esperando a sus maridos; el reencuentro le parte a uno el corazón. Sonja tiene que enjugarse las lágrimas y Jekaterina aparta tímidamente la mirada. Después llega la hija de Sonja con su marido y dos niños para recoger a la abuela. Sonja abraza a sus compañeras de viaje, se dan besos de despedida y prometen visitarse unas a otras. Sonja y su familia desaparecen en la oscuridad del edificio de la estación; durante un rato todavía se les oye hablar y reírse, hasta que sus voces se extinguen. Un empleado del ferrocarril echa a los últimos viajeros del andén. No está permitido quedarse allí; el mes pasado murieron congelados algunos por tumbarse a dormir en un banco.

Swetlana lleva un rato a Mischa en brazos; luego le pesa demasiado, y como el niño se niega a que lo lleve Jekaterina, tiene que ir andando. Hoy se encuentra mejor, la fiebre le ha remitido casi del todo y tiene mucha hambre, pero a Swetlana solo le queda un trocito de bizcocho. Se detienen ante el edificio de la estación e intentan orientarse. Saben que Smolensk ha estado en ruinas; los alemanes le prendieron fuego y destruyeron todas las casas. Con la escasa iluminación vespertina no se percibe nada de eso; la mayor parte de las casas parecen intactas, algunas están rodeadas de andamios; de vez en cuando descubren restos de muros que indican ruinas. Con el chico en medio de las dos, avanzan lentamente a lo largo de la calle Simona Petliuri, luego giran a la derecha para meterse por la calle Ziljanska. Entonces Jekaterina se detiene.

—Ahí vive mi hermana —le dice a Swetlana, señalando hacia una casa de varios pisos que, al resplandor de la farola de la calle, no se ve entera—. Me está esperando.

Otra despedida, esta vez con lágrimas, pues Jekaterina se ha encariñado con Swetlana y el pequeño Mischa. Tal vez porque ha tenido muy pocas amigas en su vida, en realidad ninguna.

—Tienes que venir a vernos con Mischa. ¡Promételo, Swetlana!

—Pues claro que sí, Kitti. Tú y tu hermana seréis siempre bienvenidas en nuestra casa.

—Y si alguna vez estás en un apuro, aquí nos tienes. Podéis vivir con nosotras el tiempo que queráis.

—Ay, Kitti, eres un encanto. Vendré a verte lo antes que pueda. Que llegues bien a casa, pequeña, y saluda a tu hermana de mi parte. Démonos un beso, Kitti.

Mischa no quiere por nada en el mundo ser besado por Jekaterina; bastante horrible le ha parecido ya el efusivo besuqueo de Sonja. Por lo menos deja que Jekaterina lo abrace; eso todavía lo soporta, pero de besos no quiere saber nada. Y menos de esa mujer, que tiene la cara empapada de lágrimas y los ojos asquerosamente rojos e irritados.

Al alejarse, Jekaterina se vuelve varias veces para despedirse con la mano. Al final, continúan andando porque hace frío. No nieva pero el viento es gélido y la oscuridad tiende un manto húmedo y pesado sobre la ciudad.

—¡Mamá, no puedo andar más!

—Ya falta muy poco, Mischa.

Las casas de varios pisos se recortan como bloques negros a la luz grisácea del anochecer. De vez en cuando se ven ventanas iluminadas, un farol sobre una puerta de entrada. A Swetlana, que hace siete años que no recorre esas calles, le cuesta trabajo acordarse del camino en la oscuridad. La casualidad le echa una mano: reconoce la entrada de la casa por la verja de hierro oxidado, que de noche se cierra con una cadena.

—Ya hemos llegado, Mischa.

Le ha escrito una carta a su madre comunicándole la hora aproximada de su llegada, de modo que la estará esperando. A la débil luz de la farola, busca el timbre. Aún sigue allí el nombre de su padre, Petr Kovaleva. Se emociona; el letrerito es el mismo de cuando era niña. Como si el tiempo se hubiera detenido.

Tiene que tocar el timbre varias veces, hasta que alguien baja para abrir la verja de hierro. En el pasillo, medio a oscuras, no reconoce de inmediato a su hermano Boris; ha cambiado, está más ancho, tiene menos pelo y las mejillas le cuelgan un poco.

—¡Swetlana! ¡Dios mío, eres tú! Pasa, pasa... ¿Este es tu hijo? Qué alto está ya.

Antes incluso de abrazarse, Swetlana le huele el tufo a aguardiente. Enseguida la aparta de sí y la mira a la cara.

—Te has convertido en una belleza. Con la pinta de pollito esmirriado que tenías antes...

Entra en la casa riéndose. A Mischa no le hace caso. Ni siquiera le ha saludado. Eso hiere a Swetlana. Mischa es un hijo nacido fuera del matrimonio; eso es una vergüenza, pero estaban en guerra, y además el chico no tiene la culpa de nada. La escalera sigue oliendo igual que antes, a una mezcla de ropa húmeda, repollo, leche agria y el hedor que sale de las letrinas de las entreplantas. Swetlana tiene que tirar de Mischa, que llora y no quiere seguir andando.

Arriba, junto a la puerta de la vivienda, hay una anciana vestida de negro, encorvada, con su ralo pelo gris recogido en un moño a la altura de la nuca. Swetlana tarda un rato en reconocer a su madre.

—Mamá —dice en voz baja.

Luego las dos se abrazan; llevaban mucho tiempo soñando con ese momento, que ahora no se parece en nada a lo que imaginaban porque ya no son las mismas. Hace siete años, la madre de Swetlana era una mujer enérgica y robusta; ahora es una anciana marcada por la enfermedad pulmonar. Swetlana, en cambio, aquel pollito flaco y asustadizo de ojos grandes, se ha convertido en una joven muy hermosa.

—Svetotschka, mi pequeña. Has vuelto a casa de tu madre. Oh, qué alegría.

—Y este es Mischa, mi hijo. Ya tiene seis años y pronto irá al colegio.

La madre acaricia la mejilla de Mischa.

—Qué chico más alto. Así que tú eres mi nieto... Ven, entra en nuestra casa, Mischa.

A Swetlana el piso le parece mucho más pequeño y estrecho que antes. Además huele a moho; se ve que ahora en invierno no ventilan para que no se vaya el calor. Hay tres habitaciones; la más grande hacía de cuarto de estar y en ella dormían por la noche los padres. Los otros dos cuartos son muy pequeños; en cada uno cabe tan solo una cama y un armario. Uno era el suyo y el de su hermana Natalja, y en el otro dormía Boris.

Ahora todo está cambiado. En la sala de estar hay una mujer desconocida, Irina, la esposa de su hermano Boris. Es alta y tiene el pecho caído, la cara rolliza, los ojos pequeños y negros. Swetlana nota enseguida la expresión hostil en el rostro de su cuñada y se da cuenta de que no es bienvenida. Ahora Irina y Boris ocupan la sala de estar, sus dos hijas comparten una de las dos habitaciones pequeñas, y en la otra vive su madre.

—Sentaos a tomar el té —los invita Irina, señalando el sofá—. Llevamos dos días esperándoos.

Suena como si hubiera tenido que mantener el té caliente durante todo ese tiempo y eso la hubiera contrariado. Swetlana se quita el abrigo, retira del cuerpo de Mischa la toquilla de lana con la que lo había envuelto y le quita el gorro.

—Qué cosas más nuevas y más bonitas lleváis puestas —observa Irina con envidia—. ¿Os las han regalado los alemanes?

—No. Los americanos.

Swetlana no tiene ganas de seguir informando a Irina sobre su pasado. ¿Qué le importará a ella? Que meta las narices en sus propios y mugrientos asuntos. El té quema y sabe a rancio; echa un poco de mermelada en el vaso de té de Mischa para que se lo beba.

—No podéis quedaros aquí mucho tiempo —dice Irina—. Ya veis el poco sitio que hay. Y tampoco podemos daros de comer.

—Déjalo —interviene Boris—. Ya nos las arreglaremos.

La madre, según parece, está en la cocina preparando algo de comer. Boris sirve vodka para brindar por su regreso.

—¡Por el secretario general del Partido Comunista! ¡Por el gran Stalin! ¡Por nuestro futuro!

Swetlana no ha oído hablar muy bien de Stalin, ni en Smolensk ni más tarde en Alemania. Pero seguro que no era más que propaganda. En Alemania se despotricaba siempre contra la Unión Soviética porque los alemanes tienen un miedo atroz a los rusos. Así que brinda y bebe por el gran Josef Stalin y enseguida nota que se marea con el vodka. No le extraña; en todo el día solo ha comido unas galletas con algo de té. Boris cuenta que tiene trabajo en un *Kombinat*, que construyen casas nuevas, prestan un buen servicio y consiguen que el país se recupere.

—El *oblast* de Smolensk es una región que se enorgullece de alzarse por encima de los escombros de la guerra tras vencer a los fascistas en la gran guerra patriótica.

Swetlana asiente con la cabeza. La frase le suena un tanto rimbombante. ¿Tendrán que aprendérsela de memoria? La madre trae unos blinis rellenos de repollo y pescado, e Irina llama a sus hijas para que vayan a comer. Las niñas tienen cuatro y cinco años, el pelo de un tono rubio platino y los ojos de color azul claro. Saludan cortésmente a su nueva tía, cogen con timidez una de las tortitas enrolladas y se sientan muy juntitas en una silla. Mientras comen, miran a Mischa como si fuera un ser de otra galaxia. Mischa, que está hambriento, devora dos blinis y se dispone a coger el tercero.

—Con dos ya tiene bastante —dice Irina, y aparta el plato de los blinis—. ¿No le has enseñado a tu hijo que tiene que portarse educadamente cuando es un invitado?

Swetlana sabe que debería callarse, pero cuando se trata de Mischa, es incapaz de reprimir su ira.

—Lleva dos días sin comer porque tenía fiebre —contesta—. Pero de haber sabido lo miserable que eres, no habríamos probado ni siquiera un bocado.

—Bueno, bueno... —dice Boris, poniendo la mano sobre el hombro de Irina—. No nos peleemos, que la pobre acaba de llegar.

La madre no dice ni una palabra, tiene la mirada perdida, y Swetlana se da cuenta de que a su madre enferma la han arrinconado como a un mueble viejo. Aquí la madre ya no pinta nada; la que manda es la cuñada.

—¿Quién está peleándose aquí? —vocifera Irina—. No

permito que me ofendan en mi propia casa. ¿Soy una miserable? Les he dado té, mermelada y azúcar, han tomado blinis rellenos de pescado y repollo...

Ahora la madre sí reacciona. Levanta la cabeza y mira a Irina con enfado.

—¿A qué viene tanto aspaviento? ¡Todo eso lo he pagado yo con mi dinero, lo compraste ayer con mi pensión!

Irina coge aire para responder algo, pero Boris se le adelanta, da un puñetazo en la mesa y grita:

—¡Silencio! Ha vuelto mi hermana. Es un gran día. ¡Y tú cierra el pico, Irina!

Swetlana nota que Mischa tiembla. Le da miedo su vociferante tío, pero no llora. Quizá porque las dos niñas siguen mirándole fijamente.

Como ahora Irina tiene que obedecer sin chistar, se desfoga con sus hijas.

—¿Qué estáis mirando con esa cara de bobas? ¡A la cama! ¡Y pobres de vosotras que os quedéis escuchando al lado de la puerta!

Las niñas salen zumbando. Irina se levanta y cierra la puerta tras ellas, luego vuelve a sentarse en su sitio. Ya nadie se atreve a comer, Boris se termina el té y la madre se queda otra vez ensimismada.

—Pues sí que has tardado en encontrar el camino de vuelta a casa —empieza de nuevo Irina—. La guerra terminó hace ya cuatro años. ¿Tan a gusto te encontrabas con los fascistas en Alemania?

Swetlana mira a Boris, pero a este no parece importarle el tono ofensivo con que ha sido formulada la pregunta. ¡Con qué bruja se ha casado su hermano!

—No fui allí por voluntad propia, eso ya lo sabéis —dice Swetlana de mala gana—. Después de la guerra, los americanos nos han alojado y mantenido en los campamentos. Pero eran tantas las personas deportadas por los alemanes, que ha pasado mucho tiempo hasta que nos ha tocado a Mischa y a mí ser liberados del campamento.

Boris asiente con la cabeza, se toma el último blinis, lo mastica despacio y luego mira al pequeño Mischa. El niño es rubio y tiene los ojos de color gris azulado. Es muy alto para su edad.

—¿Y este? —pregunta, señalando con la cabeza hacia Mischa—. ¿Tiene un padre alemán?

—Sí.

Swetlana le oye decir que todos los soldados alemanes son unos cerdos. Que en Smolensk causaron estragos y se portaron como salvajes, violando a todas las mujeres, sin arredrarse siquiera ante las niñas y las ancianas.

—Irina te lo puede contar —añade Boris, conteniendo la ira.

—Pero no quiero —responde Irina—. No hay mucho que contar. La guerra es la guerra. Hay que cerrar los ojos y pensar en otra cosa.

Swetlana guarda silencio. Sabe perfectamente de qué habla Irina, que ha vivido algo parecido. Dos veces escapó por los pelos de una violación, y a casi todas sus compañeras de fatigas les fue peor. Su amante la protegió, y lo pudo hacer porque era el director del campamento.

—Pero yo no he tenido ningún hijo —continúa Irina—. Porque no he querido. No quería tener un hijo de un asqueroso fascista.

Swetlana tarda un rato en comprender. ¿Le está echando en cara que no haya abortado de Mischa porque tiene un padre alemán? Pero lo que dice ahora Irina suena mucho más absurdo todavía.

—Pero si una disfruta dejándose follar por un alemán, entonces se queda embarazada.

Boris coge a Irina del brazo y le da sacudidas.

—¿Qué estás diciendo? ¿Cómo se te ocurre pensar que disfrutó?

—Si no, no se habría quedado embarazada —dice Irina tan tranquila—. Eso lo sabe todo el mundo: una mujer solo se queda preñada si disfruta haciéndolo.

—¿Quién te ha contado esa tontería? —se irrita Swetlana.

—Nadie. Eso es así.

Boris mira a su mujer con cara de incredulidad, pero el gesto convencido de Irina le impresiona. La madre menea la cabeza, pero no dice nada. Swetlana ya está harta. Aquí no es bienvenida; se lo han demostrado con claridad. Su vuelta al seno familiar, con la que había soñado todos estos años y que tanto anhelaba, ha resultado muy distinta de lo imaginado. Se siente amargamente decepcionada. Pero ella no es de las que se conforma con su destino sin hacer nada. Si la tratan con maldad, quiere darles motivo para ello.

Rodea amorosamente a Mischa con el brazo antes de contestar.

—Tienes toda la razón, Irina —dice con una fría sonrisa—. Disfruté haciéndolo. Porque me había enamorado de ese alemán y estaba deseando acostarme con él. ¡Y te juro que esa única noche que pasé con mi amado alemán fue mejor que todas las noches que hayas podido pasar tú con mi hermano!

Por un momento el desconcierto es tal que reina el silencio. A Irina se le pone la cara larga, se queda boquiabierta, con la barbilla caída. Y los ojos de Boris se salen tanto de sus órbitas que por poco se le caen al vaso de té.

—¡Puta fascista! —dice Boris con la voz ronca—. ¡Lárgate de mi casa! ¡Desaparece, asquerosa! No quiero que perviertas a mis hijas inocentes…

Fuera hace un frío gélido, de varios grados bajo cero. Pero eso a Swetlana en este momento le da igual. No se siente ofendida, y menos por esa estúpida Irina, que se ha instalado aquí como si fuera la dueña de la casa. En vida de su padre, no lo habría conseguido, la muy tirana. Swetlana se pone el abrigo, envuelve a Mischa en la toquilla y le tapa rápidamente la cabeza con el gorro.

—¡No te preocupes! —le grita a su hermano—. Nos las arreglaremos. ¡Esta casa apesta a engreimiento!

Después de unos cuantos insultos y réplicas, baja con Mischa al oscuro portal de la casa. Pero no puede salir porque está echada la cadena que cierra la verja. Sacude furiosa la reja y luego tiene que ocuparse de Mischa, que no para de sollozar en un rincón del portal. Se pone en cuclillas a su lado, lo abraza y quiere consolarlo, pero él la empuja y llora más fuerte todavía.

—Tú tienes la culpa... Siempre estás gritándoles a todos... No paras de pelearte...

Swetlana le deja desahogarse, espera a que se calme y le limpia las lágrimas.

—Vamos a casa de Jekaterina. Allí podemos pasar la noche...

—No vamos a ninguna parte. No podemos salir porque la verja está cerrada...

—Voy a llamar a algún piso para que nos abran la puerta. Es muy fácil, Mischa.

—No es nada fácil —gruñe el niño.

Swetlana se pone de pie y cuando se dirige a una de las puertas de la planta baja, oye pasos en la escalera. ¿Será Boris? No, los pasos son ligeros y vacilantes.

—Swetlana, ¿estás ahí?

Es su madre. Por un momento se enciende la luz y aparece la madre en el rellano de la escalera, agarrada a la barandilla y buscando abajo con la mirada.

—Estamos aquí, mamá. ¿Puedes abrirnos la verja?

—Venid los dos —ordena su madre—. Dormiréis en mi cuarto.

Lo dice con una voz casi tan firme y decidida como antes. No obstante, Swetlana tiene sus dudas. No le apetece darse por vencida. Ni que Irina la reciba en la casa soltándole alguna fresca.

—¿Quieres que tu hijo se muera de frío? Venga, ven. Estoy cansada y me cuesta subir las escaleras.

Swetlana cede. No puede exponer otra vez a Mischa, que acaba de superar la fiebre, al frío de la noche. Arriba en el piso reina ahora el silencio. Boris e Irina ocupan la sala de estar con la puerta cerrada. El cuarto en el que ahora vive su madre era antes la habitación de Boris; es diminuta, y los tres duermen en la cama de la madre.

Swetlana se despierta por la mañana cuando todavía está oscuro; oye la respiración regular de su hijo. La madre tose a su lado; tiene un cuerpecillo ligero y deshidratado.

—¿Es verdad lo que dijiste ayer? ¿Le amabas realmente? —quiere saber la madre.

—Sí, mamá.

Nota un pequeño objeto en la mano; su madre le acaba de dar algo.

—Tu padre me regaló un collar y un colgante cuando nos casamos —susurra su voz—. Contiene oro y dos perlas. He conseguido esconderlo durante la guerra y ahora te lo doy a ti. Véndelos y coge el dinero. Lo necesitarás, Svetoschka.

Se abrazan llorando, pues saben que no volverán a verse. Swetlana y Mischa se preparan muy temprano para abandonar el piso.

Abajo, Swetlana abre la cadena con la llave que le ha dado su madre y la deja, como le ha prometido, en un saliente del muro. Cuando empuja la verja y sale con Mischa a la calle, sabe que, pese a no tener ninguna esperanza y a estar completamente sola, ya es definitivamente libre.

Wilhelm

Hace una reverencia tras otra, sonríe, extiende los brazos, se agacha a recoger un ramo de flores, una cajita con un lazo, dos rosas rojas que le han lanzado al escenario. Luego tiene que marcharse deprisa porque el siguiente actor ya está inclinándose también hacia delante; es su compañero Sandberg, que ha hecho el papel de Cleonte, pero no le aplauden ni mucho menos tanto como a Willi Koch, que ha interpretado al tonto y presuntuoso de Tomás Diafoirus. Ha estado magnífico, les ha hecho olvidarse de todo, y el público se lo ha agradecido. El pobre Genzler ha fracasado hoy por completo en su papel de Argán, así que alguien tenía que salvar la función. De eso se ha encargado Willi Koch.

Más tarde, mientras se quita el maquillaje, entra en el camerino el director de la función, Rudolf Seitz. Como de costumbre, está de un humor de perros. Le echa en cara que haya actuado arbitrariamente, estropeando su puesta en escena, y le dice que se arrepentirá. Pero la mayor maldad la reserva para la última frase.

—Es que usted es un cómico. En cuanto abre la boca, la gente empieza a reírse.

Eso casi le estropea esa noche tan bonita. Sencillamente

porque no es verdad. Es cierto que se le da bien hacer el payaso, pero en realidad le gustaría especializarse como actor de carácter e interpretar personajes raros o excéntricos. Por lo menos, más adelante. De todos modos, cuando luego se va con sus compañeros y pasan la noche tomando unas copas de vino, enseguida se le olvida esa estúpida conversación. Acompaña esa noche a su casa a Karin Langgässer, que se muere por él desde hace tiempo, y se queda allí un ratito. Como es habitual entre colegas. Cuando vuelve a su casa a primera hora de la mañana, entra sin zapatos en su cuarto y aún es capaz de colgar perfectamente los pantalones en el respaldo de la silla, para que no se arruguen las rayas del pantalón. Después se desploma muerto de sueño en la cama.

Hacia las diez de la mañana se despierta, se arrellana, recompone la almohada y se queda escuchando los ruidos de la casa. Abajo, en el café, ya están otra vez trajinando. Aplicados como hormigas, sus padres y su hermanita Hilde. Todas las mañanas a las siete ya están en marcha, preparando bollitos de pan, haciendo café, calentando el horno, cambiando los periódicos viejos por otros nuevos y todo lo que haya que hacer. Cuando era un crío, a menudo ayudaba a sacar la basura, a barrer, a recoger las mesas o a limpiar la vitrina de las tartas. Pero enseguida se dio cuenta de que ese ajetreo no iba con él; lo que le gustaba era el teatro. Ya de niño entraba gratis con las entradas que los artistas le daban a su padre, y si sus padres no tenían tiempo, era Wilhelm el que se sentaba en el patio de butacas. No era difícil de contentar; veía y escuchaba de todo: ópera, conciertos, obras de teatro, recitales, declamación de poemas… Y desde muy pronto comprendió que ese era su mundo.

Abajo, en la Wilhelmstrasse, parece que ya hay mucho tráfico porque las bocinas de los coches suenan sin parar. Delante del café dos mujeres hablan en voz alta del terremoto que el día anterior por la mañana tanto las asustó. En ese momento, él estaba ensayando una obra de Molnár, donde tiene que sustituir a otro actor, y casi no se enteró. Solo en la parte superior del escenario, en el telar, las cuerdas y los cordones se movieron de un modo tan extraño que dio un poco de miedo. Se estira otra vez con ganas y luego se levanta de la cama bostezando. De camino al cuarto de baño descubre a su hermano August, que está sentado en la sala de estar junto a la mesa del desayuno con un tazón en la mano. Probablemente contenga la horrible y acreditada infusión de su madre: manzanilla mezclada con menta.

—Buenos días, August —dice al pasar—. ¿Qué? ¿Te encuentras mejor?

August alza brevemente la vista y masculla:

—Buenos días, Wilhelm.

«Santo cielo», piensa Wilhelm, y se mete en el cuarto de baño. Su hermano tiene un aspecto horrible. Lo de ayer debió de dejarlo hecho polvo. A lo mejor es que sigue sin quitarse de la cabeza a Eva, esa imbécil que se fue con un tipo de su pueblo mientras August estaba prisionero de los rusos. En realidad podría haberse casado de entrada con ese tal Karl-Egon —o como se llame ese estúpido campesino—, al que conocía desde que jugaban juntos de pequeños. Pero no; tuvo que hacerle perder la cabeza primero a su hermano, casarse con él y luego darse cuenta de que prefería a Karl-Egon. En noviembre se divorciaron y August se quedó bastante tocado. Fue entonces cuando se enfrascó como loco en sus libros y ya no ha parado de estudiar. Eso a la larga no puede ser bueno.

Wilhelm se afeita con esmero, sonríe a su imagen reflejada en el espejo y prueba a poner distintas caras —de enfado, de timidez, de despreocupación, de lascivia...— y se encuentra fantástico. Mira que llamarle cómico... ¡Sueña con interpretar a Hamlet algún día, y además sin falta! Pero para la temporada que viene han contratado a un montón de actores de fuera que brillan en los grandes papeles; ahí los actores locales apenas tienen oportunidades. Gründgens, por ejemplo, viene otra vez. Precisamente Gründgens, al que no soporta. Por desgracia, es un Hamlet rematadamente bueno. No hay nada que hacer.

Se viste y elige el jersey que más le abriga, porque luego tiene ensayo y en ese escenario hace frío. Antes tiene que pasar rápidamente por la sastrería del teatro, donde le están haciendo un traje a la moda de los años veinte. Para la obra de Molnár. Como es natural, otra puesta en escena de Seitz, su director favorito; qué fastidio, al muy puñetero no hay manera de agradarle.

Se sienta a la mesa junto a August. Naturalmente, su madre también ha dejado la mesa puesta para él y ha hecho café; como todas las mañanas, la cafetera está sobre el calientaplatos. En la panera hay cuatro panecillos; el tarro de la mantequilla sigue tapado, de modo que August no ha comido nada, solo se ha bebido la infusión.

—¿Por qué te pasan esas cosas, hermano? —le pregunta compasivo. Ayer le contó su cuñado Jean-Jacques que August se había desmayado debajo de los plátanos. A sus padres no les han contado nada porque si su madre se enterara, armaría una buena.

—Es solo la circulación —murmura August—. Durante las últimas semanas he pasado demasiado tiempo sentado junto al escritorio.

Al principio, Wilhelm no dice nada al respecto. Se sirve café, añade leche y azúcar, unta de mantequilla las dos mitades de un panecillo y las cubre con jamón ahumado. Su madre siempre compra ese jamón porque sabe que a él le encanta. Sabe que en ninguna otra parte va a estar tan bien cuidado como en casa. De todas maneras, no quiere quedarse demasiado tiempo en el teatro local. Por diferentes motivos. Sobre todo, porque quiere acumular experiencias, conocer otros teatros y a otros artistas, y quizá también hacer sus pinitos en la industria cinematográfica. Va a cumplir veintinueve años y no quiere pudrirse en el Teatro Estatal de Wiesbaden.

—¿Se ha llevado papá el periódico abajo? —pregunta, mirando a su alrededor.

—Seguramente —opina August sonriente—. ¿Buscas la crítica de anoche?

Wilhelm finge que le da igual. Se encoge de hombros y dice que de todos modos no habrá salido todavía porque Gerda Weisler no es tan rápida.

—Y además siempre escribe lo mismo...

La rubia y regordeta Gerda antes era cantante de ópera; ahora escribe críticas para ir tirando porque le ha quedado una pensión muy baja. Willi Koch —como se llama en el mundo del teatro— es su actor favorito. Por muy pequeño que sea el papel que interprete en el escenario, ella siempre lo menciona elogiosamente.

Wilhelm apura el café para bajar a todo correr, pero entonces ve la cara pálida y consumida de su hermano, los dedos flacos con los que sostiene el asa del tazón. Le duele que a August le vaya tan mal. Siempre ha sido el hermano mayor, el más listo, el que mejores notas sacaba en el colegio, el gran ejemplo para el hermano menor. Y ahora está hecho polvo.

—Olvídate de Eva —le aconseja—. Se acabó y punto. Existen otras mujeres. Las hay que son decentes...

August lo mira sorprendido; luego niega con la cabeza.

—Ya no pienso en Eva —dice—. De verdad que no. Es como tú dices: se acabó y punto. Hay que mirar al futuro.

Wilhelm no se lo acaba de creer. Pero tampoco sabe cómo ayudarle.

—Ve a un buen médico —le aconseja—. A lo mejor necesitas una cura. O un medicamento. Seis años de cautiverio ruso... enferman a cualquiera.

August sonríe para sus adentros de una forma muy extraña.

—En eso puede que tengas razón, Wilhelm. Pero no sé si hay una medicina que lo cure.

De repente, Wilhelm comprende lo que le pasa a su hermano. Es la guerra lo que le tiene amargado. Él lo sabe por propia experiencia: a uno le asaltan unos sueños rarísimos, se ven las caras de los camaradas muertos, los cuerpos acribillados a balazos en el barro y a los partisanos colgados de los árboles balanceándose con el viento como muñecas articuladas. Eso es espantoso. Imágenes de otro mundo que antaño fue real. El mundo de la guerra, en el que no rigen las leyes de la Biblia ni del humanitarismo. Ahora la guerra ya ha terminado, pero aún sigue viva en sus sueños. Por suerte, él cada vez sueña menos con esas imágenes. Pero a August la guerra le ha afectado más. Mucho más.

—No te las quitas de la cabeza, ¿verdad? —le pregunta en voz baja—. Me refiero a las imágenes.

August le escudriña con la mirada. Antes hablaban entre ellos de todo, no tenían secretos el uno para el otro. Ahora August se ha encerrado en sí mismo; apenas ha dicho una palabra sobre esos seis años en Rusia.

—¿Tú también sueñas con eso? —pregunta en voz baja—. ¿Con todas esas cosas que ahora se empeñan en olvidar tan aprisa?

—A veces —reconoce Wilhelm—. Pero cada vez menos.

August asiente para sus adentros. Sonríe a su hermano y le pone la mano en el hombro. Wilhelm se siente muy conmovido. Le apetecería abrazarlo, pero intuye que August no quiere.

—Tú has tenido mucha suerte —opina su hermano—. Tampoco debió de ser agradable estar con los americanos. Pero Rusia era peor. Allí dejabas de ser una persona y te convertías en un esclavo del trabajo, valías menos que una cucaracha…

Quiere decir algo más, pero no puede seguir hablando. Se

pasa la mano por la cara y guarda silencio. Se queda ensimismado.

Wilhelm busca las palabras adecuadas.

—Pero has sobrevivido, August —dice—. No te has dejado doblegar. Eso es lo importante. Solo necesitas algo de tiempo para superarlo del todo.

August inspira profundamente y expulsa el aire, se recuesta y asiente.

—Tal vez tengas razón, Wilhelm. Me he dedicado a estudiar como un loco y he creído que con el trabajo podría olvidar todo lo demás. Pero ha sido un error. Hoy me he perdido el examen y, fíjate, me da igual.

—Eso está bien —le anima Wilhelm—. No hagas nada durante unos meses. Descansa, lee buenos libros... si quieres, podemos dar un paseo en mi coche por la comarca de Rheingau. También puedes ir al teatro; te recomiendo que veas *El rapto en el serrallo*. Te daré entradas gratis.

—¡Ay, Wilhelm! —dice August, riéndose incluso un poco—. Te lo agradezco. Y no les cuentes nada de esto a nuestros padres. Ya sabes a lo que me refiero.

—Palabra de honor, hermano.

Por un momento todo es como antes. August y él son un par de hermanos que están muy unidos, juntos se enfrentan al resto del mundo, no revelan a nadie sus pequeños secretos.

Ahora se oyen ruidos en la cocina. Hilde ha subido por la escalera que une el cuarto de trabajo del café con el piso de sus padres.

—Míralo —dice, plantándose en jarras en la puerta de la cocina—. ¿Ya se le han despegado las sábanas al señor actor? ¿Ha descansado? ¿Le ha gustado el desayuno? ¿Estaba el café bueno?

—¡Todo maravilloso! —contesta Wilhelm con una sonrisa radiante.

—¡Vaya! —dice ella con ironía—. Entonces ya puedo recoger la mesa.

—No hace falta, hermanita. Ya lo haremos nosotros dos.

—August no tiene que hacer nada; todavía no se ha recuperado. Pero si a ti te sobran fuerzas, arriba, en casa de la Künzel, están haciendo reformas y necesitan urgentemente que les echen una mano.

—¡Qué mala suerte! —exclama Willi, aparentemente contrariado—. Tengo que marcharme ahora mismo a la sastrería del teatro y luego he de ir a ensayar. Si no tuviera que irme, lo haría encantado, hermanita.

Hilde resopla enfadada y vuelve a desaparecer en la cocina, donde va a coger unas patatas para la comida del mediodía.

—Bueno —dice Wilhelm, dándole un manotazo a su hermano en el hombro—. Pues me tengo que ir. No bajes la guardia, hermanito. —Se pone en una postura afectada y recita—: «¡Oh, reina! ¡Oh, Dios mío! ¡Qué bella es de todos modos la vida!».

August sonríe, como era de esperar; a esas alturas ya conoce la cita de Schiller, porque Wilhelm suelta frases de esas a menudo. Y lo hace con determinación y convicción.

Wilhelm se pone el abrigo y el sombrero. Últimamente siempre lleva sombrero porque cree que le favorece. Le da un aspecto más maduro, más circunspecto, más parecido al de un actor de carácter. ¡Mira que llamarle cómico...! ¡Qué descaro!

Cuando está en la acera esperando poder cruzar la calle, oye susurros a su espalda.

—¿Ese no será...?

—Claro que es...

—Pues pregúntale...

—Pregúntaselo tú.

Dos jovencitas están detrás de él, junto al café, y no se

atreven a hablarle. Wilhelm deja pasar tres coches y espera. Vamos, chicas; acercaos, que no muerdo.

—Oiga, perdone, por favor. ¿No es usted el señor Koch del teatro?

Wilhelm se gira hacia un lado y contempla a la criatura más dulce y encantadora del mundo. Grandes ojos de color castaño, unos ricitos rubios como la miel y una preciosa naricita respingona.

—¡Atrapado! —dice, sonriéndole—. ¿En qué puedo servirle, señorita?

Al oír lo de «señorita», la chica se pone roja como un tomate. Wilhelm calcula que como mucho tiene dieciséis años, una colegiala, una chica de buena familia. Probablemente los padres sean aficionados al teatro y han llevado alguna vez a su hija con ellos. De manera que debe de tratarse de gente con dinero, ya que las entradas son caras y eso no se lo puede permitir cualquiera.

—Si fuera usted tan amable…

La chica le planta delante de las narices una postal y un lápiz. Él coge las dos cosas y primero echa un vistazo a la postal. Es graciosa. Una foto de la puesta en escena de Molière; esas postales solo las venden en el foyer de las noches de teatro. Y naturalmente es una escena cuyo centro exacto lo ocupa él en su papel de Diafoirus. Tiene una pinta un tanto ridícula con el traje de colorines y la cara maquillada de un blanco chillón. Pero a la gente parece que le gusta. Todo depende del aura de un artista, del carisma. Eso se tiene o no se tiene. Él, Willi Koch, lo tiene.

—Con mucho gusto —dice, y añade una frase simpática—. ¿Ha estado usted en la función?

Para su desgracia, ahora se mete en medio la amiga, una morena gordita con gafas y la frente llena de espinillas. Le dice que sí, que ha ido ya dos veces a ver *El enfermo imaginario*, una vez con sus padres y otra con su amiga. Y que también quieren ver la obra de Molnár, porque él va a interpretar un papel en ella.

—¿Y cómo se ha enterado de eso? —pregunta Wilhelm levemente extrañado.

—Por mi tío Rudi. También trabaja en el teatro. Se dedica a la dirección.

Wilhelm mira a la morena granujienta y comprende por qué puede ir al teatro con su amiga. Recibe entradas gratuitas. De su tío Rudi. De Rudolf Seitz, el torturador de personas.

—Tiene que conocerle.

—Oh, sí, nos conocemos bien… Entonces les deseo a las damas que se diviertan mucho en las siguientes funciones. Y que pasen un buen día.

Se levanta ligeramente el sombrero, hace una pequeña reverencia de cortesía, le dedica una mirada intensa a la preciosa rubita y cruza la calle, esquivando con destreza a un Volkswagen «escarabajo» gris. En la antesala del teatro estudia el programa de ensayos, comprueba que mañana y pasado mañana tiene «ensayo de puesta en pie» y luego recorre deprisa el largo pasillo en dirección a la sastrería. Por si acaso, llama a la puerta, no vaya a ser que alguna dama de la ópera esté en ese momento en ropa interior, una visión que, según la edad y el volumen, sería difícil de soportar.

—Adelante, si no es un sastre —dice una voz desde dentro.

Es Julia Wemhöner, a la que los padres de Wilhelm escondieron de los nazis durante la guerra. Ahora ha recuperado su empleo en el teatro y todos se alegran porque Julia es genial. Eso dicen todos: los cantantes, los actores, los directores y hasta el director artístico.

—Solo soy Koch —bromea este, antes de entrar.

Julia Wemhöner se halla inclinada sobre la larga mesa de corte, moviendo de acá para allá un patrón por el paño. Es menudita y tiene una abundante y rizada melena pelirroja y unos bonitos ojos de color castaño. Es enormemente atractiva, pese a tener ya más de cuarenta años. Las gafas no la afean en absoluto, sino que le dan un toque mágico, la aureola de una hechicera. Y, desde luego, sabe hacer magia. Julia Wemhöner hace auténtica magia con la tela, la aguja y las tijeras.

—Ah, Willi. Dese por saludado —dice, y deja un momento el patrón—. Hemos cambiado un poco el traje. Póngaselo enseguida.

Se acerca a uno de los muchos percheros con ruedas que hay en la habitación. Están clasificados según las óperas y las obras de teatro, y antes de las funciones los llevan hasta el pasillo de los camerinos para que cada uno pueda coger su disfraz. El traje de Wilhelm es un milrayas de color gris marengo con un chaleco a juego y un sombrero de paja. Un traje sacado del almacén que probablemente se hizo antes de la guerra. El teatro tiene que ahorrar, pues las subvenciones ya no son tan generosas como en los viejos tiempos, y además por desgracia se ha registrado una considerable pérdida de espectadores. Los trece cines que para entonces ya hay en Wiesbaden le quitan público al teatro. Sobre todo la gente joven prefiere ir a los cinematógrafos en lugar de a la «Casita» de las Kolonnaden. Porque el cine es más barato, y además en el patio de butacas, a oscuras, se pueden hacer muchas más cosas que en el teatro.

Resulta un poco extraño desnudarse delante de una mujer que a uno le parece atractiva. Pero el interés de Julia por Wilhelm se limita exclusivamente al traje; examina la parte de atrás de la chaqueta, pone algunos alfileres en las mangas y luego menea enfadada la cabeza.

—Todo esto ya lo había marcado yo —farfulla confusamente, porque tiene media docena de alfileres entre los labios. En opinión de Wilhelm, tiene una boca muy bonita de labios carnosos. Qué raro que viva con Addi Dobscher; es un alma de Dios, pero demasiado viejo para Julia.

Además, no parece que tengan mucho que ver el uno con

el otro: Julia se pasa todo el día en el teatro, a menudo incluso por las noches, para ayudar a vestirse a los artistas. Y Addi echa una mano en el Café del Ángel. Los padres de Wilhelm cuentan que, en su día, Addi escondió a Julia en su piso; quizá siga viviendo con él como muestra de agradecimiento.

—¡Bueno! —dice ella, y da un paso atrás para ver cómo le queda la chaqueta—. Dese la vuelta. Despacio. Levante, por favor, los brazos. Vaya, todavía le tira un poco... No debería dar demasiados saltos.

—También puedo dejarme la chaqueta sin abrochar —opina él—. Veamos qué dice Seitz al respecto.

Ella asiente y le hace un gesto para que vuelva a quitarse el traje.

Mientras se cambia, entra Annelie Kupke, la compañera de trabajo de Julia.

—¿Va todo bien? —pregunta, mirando a Wilhelm.

—La verdad es que no —despotrica Julia—. Yo había marcado las mangas con alfileres. ¿Por qué no se han cosido?

Annelie es unos diez años mayor que Julia; tiene la cara pálida y la barbilla afilada. Lleva más de veinte años trabajando aquí; empezó al mismo tiempo que Julia y, a diferencia de esta, nunca perdió el empleo.

—¡Yo qué sé! —responde ofendida—. Pregúntale a Claudia.

Julia guarda silencio, pero se le nota que está furiosa. Es una perfeccionista, no soporta las chapuzas ni el trabajo descuidado. Claudia es la nueva. Wilhelm ya se ha dado cuenta de que la pobre Claudia no lo tiene fácil, porque tanto Julia como Annelie creen que sus encargos son los primeros que deben ser atendidos.

Annelie coge un disfraz de uno de los percheros y se lo lleva dando un portazo tras ella.

—Para mañana estará listo —dice Julia, colgando el traje de una percha.

—Con eso es suficiente —responde él para tranquilizarla—. Hasta pasado mañana no me toca ponérmelo. De esta temporada solo faltan dos funciones.

Ella le sonríe con amabilidad, se coloca bien las gafas y de nuevo se dirige a la mesa de corte. Wilhelm mira la hora... Qué fastidio; hace ya rato que debería estar ensayando. Seguro que le cae una bronca del tío Rudi.

Se despide y corre por el pasillo hacia el escenario en el que ensayan. Va pensando en por qué ese papel lo motiva tan poco y llega a la conclusión de que es por el director. Mira de pasada a las dos mujeres con las que se cruza. Son Annelie Kupke y Claudia, la nueva. Saluda apresuradamente, pero ellas están tan enfrascadas en la conversación que apenas lo ven. Sin querer, escucha una parte de lo que hablan.

—¡Como te lo digo! «¿Por qué no se han cosido?». En ese mismo tono lo ha dicho. Como mirándote con desprecio, ¿sabes a qué me refiero?

—¿Y ahora se cree que la culpa es mía? —gime Claudia.

—Siempre tiene que sacarle punta a todo. ¿Sabes lo que pienso? Que se han olvidado de gasearla...

—¡Chis! Eso no se dice, Annelie.

—¡Pero si es verdad!

Wilhelm se detiene abruptamente; no da crédito a lo que acaba de oír. ¿Qué es lo que ha dicho esa mujer? ¡Qué mezquindad! Se vuelve, pero para entonces las dos han desaparecido ya en la sastrería. Mira la hora. No hay tiempo; Seitz le está esperando. Pero si alguna vez se encuentra a solas con esa tal Annelie, le dirá cuatro verdades. Sin que se entere Julia, claro está.

Jean-Jacques

Abril de 1951

¡Qué apego le tiene su Hilde al Café del Ángel! Solo la podría apartar de allí a la fuerza, y si lo hiciera, una parte de ella seguiría estando allí. Su corazón. Quizá también su alma. Jean-Jacques ama a Hilde, no quiere hacerle daño; entiende bien que siga tan apegada a su café. También él se siente muy vinculado a ese negocio, colabora, aporta sus ideas, a veces discute un poco, pero siempre lo hace por el bien del Café del Ángel.

Pero a pesar de todo, después de seis años de matrimonio, se ve obligado a admitir que echa algo de menos. Son las viñas. En las próximas semanas saldrán sus delicadas hojas de los capullos; el viñedo, que antes presentaba un color marrón rojizo, se teñirá suavemente de verde. La niebla que cubre todo por la mañana se levanta cuando sale el sol, y si en ese momento recorres los pasillos que se forman entre las viñas, se puede oír el chisporroteo de los capullos al abrirse. Al menos es lo que él siempre se ha imaginado. Aquí en Alemania crece una vid distinta que en la Provenza, con otros tipos de uvas que dan menos vino tinto y más vino blanco. En los últimos años han disfrutado de pocas excursiones a la comarca del Rin conocida como Rheingau; solo cuando regresó Wilhelm y se compró —así, por las buenas— un Volkswagen de segunda mano, viajaba más a menudo con su cuñado... y fue entonces cuando se enamoró del paisaje. ¡Qué pronunciadas pendientes en las riberas del río! Y hasta en las zonas más abruptas y empinadas había viñas plantadas. A veces, solo dos o tres hileras, pero aun así merecía la pena, pues allí arriba el sol colmaba a las uvas de mimos.

Wilhelm es una persona alegre; en eso se parece a su padre, que sabe disfrutar con entusiasmo de la vida y de las cosas bonitas. A Jean-Jacques le cae bien su cuñado; a menudo quedan para hacer una escapada juntos. Entonces recorren el río y se internan en las pequeñas localidades vinícolas para probar el vino. Jean-Jacques entiende mucho de las distintas variedades, sabe incluso detectar la pizarra del terreno en el que se cultiva el vino del Rin —con mucho cuerpo—, que es la que le da su sabor y aroma característicos. El blanco es fantástico; a modo de prueba, compran unas cuantas botellas para el café en varias explotaciones vinícolas. Tanto a Wilhelm como a Jean-Jacques les parece que podrían ofrecer a la clientela un vino decente, y no el que encarga siempre la madre de Hilde al mismo comerciante. El vino tinto, en cambio, no admite comparación con el de la Provenza. Le falta el sol. Pero quizá dependa también de la variedad de la uva; en eso Jean-Jacques tiene sus dudas.

Solo sabe con certeza una cosa: que ese ancho valle fluvial es precioso. Las arboladas islas del Rin, las empinadas laderas rematadas con castillos en ruinas y los encantadores pueblecitos en los que se cultiva el vino han conquistado su corazón y han despertado en él una gran añoranza.

Y luego llega el día en que sabe que tiene que hacer algo.

—Precisamente ahora, Jean-Jacques —dice Hilde mientras menea de forma enérgica la cabeza—. No, no puede ser. Ahora tenemos que atender también las mesas de fuera y no puedo dejarlo todo plantado y largarme por ahí un día entero.

Están sentados a la mesa del desayuno; Hilde bajará enseguida a abrir la puerta giratoria del café. Jean-Jacques permanece impertérrito. Si le insistiera, ella se obstinaría. Tiene que planteárselo de otra manera, apelando a los sentimientos. Si lo hace bien, Hilde se ablandará como la cera.

—Verás, *mon trésor*… Es que aquello está tan bonito ahora, al principio de la primavera… Piensa en los chicos. Tienen que conocer su país y amarlo. ¡Eso es muy importante para poder ser feliz!

Hilde sigue sin estar convencida. Else, su suegra, se muestra también escéptica; dice que precisamente ahora es cuando más hay que ganarse a la clientela porque en el local de enfrente, el Café del Rey, han contratado a un violinista que toca por las tardes. Solo Heinz, el padre de Hilde, aprueba lo que dice Jean-Jacques.

—Tu padre tiene razón, Hilde. Hemos hecho muy pocas cosas juntos. En cuanto nos descuidemos, los niños habrán crecido y ya será tarde.

Por desgracia, los pequeños no son de gran ayuda para Jean-Jacques. Andi se frota la mermelada de la boca con el dorso de la mano, mientras Frank hace pelotillas con la miga del pan. Para las palomas del patio de atrás.

—Pero preferimos jugar al fútbol —anuncia este.

—Jugaremos al fútbol por el camino —dice Jean-Jacques—. Y haremos pícnic a orillas del río.

—¿Con *saucissons*? —quiere saber Frank.

—¡Con salchichas y tarta!

Los dos chicos se miran entre sí; aún no se fían del todo.

—Andi siempre vomita en el coche —refunfuña Frank.

A Jean-Jacques le da la sensación de que tiene que tirar de un pesado carro cuesta arriba. Lástima que Wilhelm todavía esté durmiendo. Pero, por suerte, su suegro acude en su ayuda.

—Pues dejad la ventanilla abierta. Basta con que paréis de vez en cuando y os bajéis. Así todo irá bien. Además, ya eres mayor, ¿verdad, Andi?

A Andi le da vergüenza que ahora todos le estén mirando. Aunque no dice nada, se nota que le gustaría meterse debajo de la mesa.

—El año que viene iréis los dos al colegio —dice Jean-Jacques—. *Grands garçons.* Entonces os darán a cada uno una cartera y un *pretzel.*

El *pretzel* o «lazo salado» es un tipo de bollo horneado enorme que está hecho a base de levadura y se toma con la familia después del primer día de colegio. Los dos se lo han visto ya a los vecinos y, como es natural, también ellos quieren su *pretzel.* Este lazo salado, además de ser gigantesco, pesa tanto que un niño de primaria, para cogerlo, tiene que sostenerlo con las dos manos.

—¿Lo ves, *ma colombe*? —dice Jean-Jacques, volviéndose de nuevo hacia Hilde, que ya está recogiendo los platos—. El año que viene nuestros hijos irán al colegio. Entonces no podremos salir tan fácilmente de viaje. *Viens, ma chochou.* Quiero enseñarte tu bonito país, *parce que je l'aime beaucoup.*

Los movimientos de Hilde se vuelven más lentos. Ya está a punto de ceder. Pero si se diera ahora por vencida, no sería su Hilde. De modo que añade con retranca:

—Me gustaría que alguna vez me enseñaras también tu bonito país, tesoro.

—Más adelante —dice él—. Cuando los chicos sean algo mayores. *C'est si loin d'ici...*

Con eso, excepcionalmente, se da por satisfecha. Se trata de un tema delicado que él rehúye siempre que puede. Mantiene poco contacto con su familia; de vez en cuando escribe una carta, y al cabo de unas semanas llega la contestación, siempre de su madre. Su padre nunca le ha perdonado que se marchara tan precipitadamente, no quiere saber nada de él. Pierrot se casó hace dos años con una chica de Nimes; tienen una hija pequeña. Marcel, el hijo de Pierrot y de la fallecida

Margot, ha debido de empezar este año el colegio. Es el preferido del abuelo, y conociendo Jean-Jacques a su padre, este es capaz de vivir hasta que pueda poner la finca en manos de su nieto. El litigio, por tanto, continúa. Su madre nunca le pregunta por Hilde y su familia, solo quiere saber si les va bien a sus nietos; la parentela alemana le repugna, como bien sabe Jean-Jacques. Si se presentara con Hilde en Villeneuve, su mujer recibiría una bofetada de odio en toda la cara. La guerra terminó hace seis años, pero ni su familia ni las otras familias del lugar han olvidado a las víctimas. Eso no se lo puede decir tan claramente a su Hilde. No quiere que esta desprecie o incluso odie a su familia. Confía en que el tiempo curará las heridas que ha infligido la guerra. La joven generación que ahora está creciendo no debe cargar con eso. Él se ocupa de que sus dos hijos aprendan un poco de francés. Algún día conocerán a su primo Marcel y también a su primita, la hija de Pierrot. Quizá sean capaces de superar el odio que ha dividido a las naciones… *un jour*… un día lejano…

Pero antes de ese día, Jean-Jacques quiere tomar una decisión que para él es importante.

—Mañana —dice en tono zalamero—. Mañana le pediré a Guillaume el coche. Luisa va a echar una mano en el café *toute la journé* y…

Nada más pronunciar la frase se da cuenta de que ha cometido un error. Ahora Hilde se huele su plan.

—¿O sea que ya se lo has preguntado? Es increíble. ¡Lo tenías todo planeado!

Pero él nota en su tono de voz que le va a entrar la risa. Ha ganado.

—Hay que tocar todas las teclas, *mon chou*, si uno quiere tenerte un día entero —bromea mientras la arrincona junto a la puerta. Ella se revuelve cuando la besa, pero él sabe que su resistencia no va en serio. Su Hilde tiene que enseñar siempre un poco las uñas. A él eso le encanta. Nunca se aburre con

Hilde; discuten y se reconcilian, hacen el amor y a la mañana siguiente ella le tira el trapo mojado a la cara.

—Además, todavía hace demasiado frío para un pícnic —sigue despotricando—. Pero, bueno, no quiero ser aguafiestas. De todos modos, si llueve, nos quedamos en casa.

—Si llueve… *D'accord!*

Jean-Jacques había oído el día antes el pronóstico del tiempo en la radio. Para los próximos días anunciaban «entre despejado y nublado». Para mañana necesita que esté despejado. Para su plan es imprescindible que haga bueno. Con Wilhelm ya quedó ayer en que le dejaría el coche, pero eso Hilde no tiene que saberlo. Hoy va a montar unas estanterías en el sótano para Else, que lleva pidiéndolas desde hace tiempo, y por la tarde dará una vuelta con August por el parque del Balneario, antes de freír por la noche sus afamadas *pommes frites*.

Pobre hombre, August. Primero creían que había sido hecho prisionero por los británicos; eso se lo había contado un conocido americano. Pero por desgracia estaba equivocado, se había confundido de nombre o algo parecido. En el verano de 1946 llegó una postal de August desde un campamento de prisioneros de guerra en los Urales. Toda la familia se llevó un buen susto. No quedaba más remedio que aguardar y tener esperanza. Pocas noticias llegaban; los prisioneros solo podían escribir un número determinado de palabras en una postal, y a quien no trabajaba lo suficiente no le permitían mandar noticias a casa. Hasta mayo del año pasado no dejaron que August se marchara a su casa. Y desde entonces no levanta cabeza; se tumba en su habitación mirando al techo. De noche no puede conciliar el sueño y de día está muerto de cansancio. Y eso que es una persona aguda e inteligente. Pero también muy reservado, completamente distinto de su hermano Wilhelm. Este es un muchacho alegre y jovial, un poco vanidoso y muy pagado de sí mismo. Pero Guillaume tiene buen corazón.

Jean-Jacques se encuentra a gusto con los Koch. Ahora son su familia; todos le caen bien, cada uno a su manera. Aquí es mucho más feliz de lo que era con su propia familia en Villeneuve. Por desgracia es así. Afortunadamente es así.

Y lo que le falta para su felicidad completa lo va a conseguir enseguida.

A la mañana siguiente luce el sol; en ese sentido, ya ha ganado. Wilhelm ha dejado el coche aparcado justo delante del café; la pintura azul brilla, pues ayer lavó su «novia del viento» e, incluso, ordenó y recogió un poco el interior del coche, que buena falta le hacía.

Hilde aún sigue de acá para allá en el café, dando instrucciones a Luisa y aconsejando a Finchen que no haga el café demasiado cargado; ayer se quejó un cliente de que le habían dado taquicardias.

—Si quieren café aguado, que lo digan —murmura Finchen ofendida—. Lo que servimos nosotros es café en grano del bueno.

Else llena la cesta del pícnic de bocadillos, rellena los termos de café y chocolate caliente y les ajusta bien las chaquetas y los gorros a los gemelos. En su opinión, los gorros son muy importantes para que no contraigan una otitis. A pesar del sol, el viento que sopla es frío. Ni siquiera se plantean ponerse los pantalones cortos, que tanto les gustan a los dos.

Jean-Jacques no para de hacer cosas hasta que su familia se sienta por fin en el coche. Detrás van los gemelos con la cesta del pícnic entre ellos; Hilde va delante en el asiento del copiloto con un mapa de la comarca de Rheingau sobre las rodillas, y junto a los pies lleva un bolso con utensilios de emergencia, como caramelos de limón, limonada, pastillas contra el mareo y también, por si acaso, unas bolsas. Cuando arrancan, los padres de Hilde les dicen adiós con la mano desde delante del café. Dos clientes, Hans Reblinger y Sigmar Kummer, el joven redactor del *Wiesbadener Tagblatt*, se detienen y también los saludan alegremente con el sombrero.

—¡Dios mío, qué vergüenza! —dice Hilde—. Ya sabe toda la calle que hoy hacemos novillos. ¡Y eso que no es un día festivo!

—Ahora jugarán al fútbol sin nosotros —dice Frank compungido, desde el asiento de atrás.

—No pueden —opina Andi—. Nos hemos traído la pelota.

—Seguro que cogen la vieja de Karlchen.

—A esa ya no le queda aire…

Jean-Jacques conduce el Volkswagen a través del tráfico matinal. Van en dirección a Schierstein; desde allí quiere recorrer un tramo del Rin río arriba.

—Hoy vais a ver muchas cosas bonitas —les explica a sus hijos—. Al fútbol podéis volver a jugar mañana.

—Tengo ganas de devolver —dice Andi.

—¿Ya? —se sorprende Hilde—. Pero si acabamos de salir hace cinco minutos.

—No vomites encima de la cesta de pícnic —le advierte su hermano, preocupado—. Si devuelves, no me como las salchichas.

—¡Para! —ordena Hilde, que ha sacado las bolsas—. Más vale que me siente detrás, al lado de Andi, y que Frank vaya delante.

Jean-Jacques se da cuenta de que una excursión con la familia no es lo mismo que una pequeña escapada con su cuñado Wilhelm. Se arrima al arcén y se detiene; Hilde sale enseguida del coche, echa el respaldo del asiento del copiloto hacia atrás y saca a Andi. Llega justo a tiempo de ponerle la bolsa en la boca. Unos transeúntes pasan meneando la cabeza. Una niña pequeña con una cartera colgada de la espalda dice a voz en grito:

—¡Puaf, qué asco!

Frank afirma que a partir de ahora ni por nada en el mundo se sentará al lado de su hermano, porque si no, también a él le entran ganas de vomitar. Hilde no dice nada, está ocupada con Andi, al que le limpia la boca con un paño húmedo, le acaricia el pelo y le pregunta si se encuentra mejor.

El pobre hijo asiente con la cabeza. Su rostro presenta una palidez cadavérica. Jean-Jacques se pregunta si no deberían haber dejado a los chicos en casa.

Se cambian de asiento. Frank va todo orgulloso como copiloto, con la cesta del pícnic entre los pies; Hilde, con la bolsa de emergencias, se sienta atrás junto al pálido y silencioso Andi. Las ventanillas de delante están bajadas del todo para que entre aire fresco.

—Ahora vamos al Rin, *vous pouvez voir des bâteaux* —anuncia Jean-Jacques, para subir la moral—. Veréis barcos.

Por suerte, en la carretera ribereña hay poco tráfico. Van despacio; Jean-Jacques evita dar volantazos, coge suavemente las curvas, y cuando tiene que frenar, lo hace con cuidado. Una y otra vez mira por el retrovisor. Hilde, que rodea a su hijo con el brazo, le va explicando todo lo que se ve al pasar, le gasta bromas, le deja hablar. No refunfuña, sino que asume la situación con entereza. Una vez que se ha decidido por algo, no se arredra ante nada. Frank, que va al lado de su padre, no le dedica ni una sola mirada al río que fluye majestuosamente a su lado; solo le importan los coches.

—¡Ese es un Opel Kapitän, papá!

—¿El negro de delante? Un Ford Taunus.

—¡El de detrás, papá!

—Ah, sí, es un Kapitän. Tienes razón. *Regarde, voilà un bâteau* en el Rin.

A Andi le parece que el barco —un buque carbonero— no está mal, y dice que a él también le gustaría viajar alguna vez en barco. Frank se limita a echarle un vistazo y opina que va más lento que una tortuga.

—Los buenos son los que funcionan a motor —dice gesticulando con los dos brazos—. Van a toda pastilla, y el agua que salpican sube hasta muy arriba...

Hilde entona la canción del «Barquito de vela»; Jean-Jacques se suma cantando en francés el «*Petit navire*» y se alegra de que Andi recuerde la letra francesa. Antes les contaba cuentos a sus dos hijos por la noche y les cantaba canciones. En alemán, pero también en francés. Ahora lo hace muy rara vez, de modo que se propone acostar de nuevo a los gemelos más a menudo.

—*Il était un petit navire... qui n'avait ja... ja... jamais navigué...*

Por fin la excursión se convierte en algo divertido. Hilde canta con energía y también Andi grita con toda su alma, mientras Frank les dirige meneando los brazos y Jean-Jacques se concentra en sujetar bien el volante.

—¡Ese es un Borgward Hansa!

—¡No, un Opel Olympia, papá!

Es increíble lo enterado que está Frank de las marcas de coches. Eso de que los propios hijos estén llenos de sorpresas...

—¡Nos ha adelantado!

—¡Ve más aprisa, papá!

—*Plus vite!*

—¡Conduces como un viejo decrépito!

Esa es Hilde. También ella ha sucumbido al entusiasmo por los coches y le anima para que acelere.

—Ahora nos ha pasado hasta un camión.

—¡Venga, papá! ¡Pisa el acelerador y vamos a por él!

Hasta hacía un rato se había esforzado por conducir despacio y con cuidado, pero ahora que han cambiado los ánimos, le divierte poner el coche a ochenta, a noventa y a cien kilómetros por hora.

—¡Hurra, ya lo tenemos!

—¡Pánfilo!

—¡Blandengue!

—¡Tortuga pulverizada!

—Dejad de meteros con la gente —les riñe Hilde, que ya empieza a cansarse—. ¡Frank, deja de hacer muecas!

Jean-Jacques reduce la velocidad, pasa por Eltville y gira en dirección a Kiedrich.

—¡Mirad las viñas! ¿A que son preciosas? —Se entusiasma.

—Son solo palos secos, papá.

Este se ve obligado a constatar que a sus hijos les falta todavía el debido respeto por la viticultura. No le extraña, habida cuenta de que se pasan el día jugando al fútbol en el patio o contemplando los peces de colores en el parque del Balneario. Busca un prado bonito, se mete por un sendero y para el coche.

—¡Es la hora del pícnic!

Es un sitio precioso desde el que, a lo lejos, se ve brillar el río; está rodeado de viñas y cerca hay un pueblecito del que solo se divisan los tejados rojos y la torre puntiaguda de la iglesia. Efectivamente, las vides todavía están peladas, pero pronto se abrirán los capullos; solo les hace falta un par de días soleados. Entre las hileras de viñas, la vegetación es exuberante; hay hierbas que se pueden recoger y comer mezcladas con requesón. Cebollino silvestre, pimpinela, acedera y otras con nombres más raros todavía. Ese requesón a las hierbas sabe riquísimo si se acompaña con el pan negro típico de Alemania. Se propone que Hilde y los chicos lo conozcan, lo prueben y lo disfruten.

Por de pronto, Hilde reparte bocadillos de salchichas con mostaza que, pese a estar frías, les saben a gloria. Andi se está zampando ya la segunda salchicha; ni rastro ya del malestar ni de las náuseas, que sin duda se debían solo a la excitación. La limonada encuentra una gran aceptación; en cambio, de momento nadie quiere el chocolate caliente. Hilde y Jean-Jacques prefieren tomar una tacita de café. La tarta que Else ha metido en la cesta de pícnic para el postre la dejan por ahora intacta. Jean-Jacques saca del maletero la pelota y confía en que el dueño del prado no esté cerca, porque va a dar comienzo un torneo.

—Mamá, tú ponte en la portería.

Hilde no se hace de rogar, se pone de portera e incluso para algunos tiros con destreza; ya tiene la blusa de color claro llena de manchas verdes de la hierba. Sin embargo, cuando Jean-Jacques dispara a la portería, Hilde no tiene nada que hacer.

—¡Has tirado demasiado fuerte! —se lamenta, y da tal patada al balón que este atraviesa todo el prado y los chicos tienen que ir tras él a la carrera.

Al cabo de media hora, los padres están agotados; los hijos, ni pizca. No obstante, se da por concluido el torneo: han quedado trece a once a favor de Andi y su padre. Frank y Hilde hablan de «marrullería» porque en tres disparos de los rivales la pelota pasó cerca de la portería, pero no entró. Hilde reparte la tarta y más limonada; el chocolate sigue sin quererlo nadie, los padres se terminan el termo del café.

—¿Quién tiene ganas de hacer pipí?

Todos. Jean-Jacques y los chicos despachan el asunto en el prado. Hilde se pone en cuclillas detrás del coche, ¡qué más da!, están en plena naturaleza. Después continúan el viaje, van a Kiedrich, recorren un poco la localidad, siguen un rato en coche y al llegar a Erbach se vuelven a encontrar con el Rin. Se están quedando sin gasolina; con la última gota alcanzan la gasolinera que está un poco antes de Eltville y llenan el depósito. Es la última hora de la tarde, y el sol ya solo sale de vez en cuando arrojando unos rayos oblicuos y alargados que deslumbran.

—Vamos a tomar algo —propone Jean-Jacques—. No puede ser que estemos por esta zona sin haber probado el vino.

Hilde echa un vistazo a la hora, pero se muestra de acuerdo.

—Hace un día tan bueno... —dice—. Bien. Tomemos un vaso con algo para picar. Al fin y al cabo, las tabernas también tienen que ganarse el sustento.

Jean-Jacques encuentra enseguida el edificio que buscaba y, desde el principio, le gusta. La vivienda está hecha a base de una piedra natural rojiza que le recuerda a su tierra natal. Tiene dos pisos con un tejado a dos aguas de escasa altura, las ventanas pintadas de blanco y un jardín que la rodea por tres lados. En la parte del patio han añadido un anexo bajito, donde está el local en el que sirven vino. Delante tiene un tejadillo lleno de zarcillos de los que ahora asoman las primeras hojitas; debajo hay mesas y sillas. En dos mesas hay unos pocos clientes; son gente mayor que bebe vino acompañado de queso, fiambre y jamón.

Deciden meterse dentro porque pronto hará fresco. El interior está como en penumbra; no hay ningún cliente, todo parece un poco descuidado, como si la finca siguiera hibernando.

El dueño tarda un buen rato en dejarse ver. Lleva un delantal verde y luce tripilla y una cara fofa, con las mejillas y la barbilla colgando. Piden dos vasos de vino del Rin y para los chicos Coca-Cola, además de embutido variado con pan para cuatro personas. El dueño lo apunta todo con cuidado en un bloc y se marcha.

—No creo que tengan demasiados clientes —opina Hilde, mirando sin disimulo a su alrededor—. Todo está bien montado, pero deben de llevar mucho tiempo sin hacer una reforma.

Esa es la impresión que da, desde luego. Y eso que el local está emplazado en muy buen sitio, pero parece ser que al propietario le falta energía e ideas brillantes. Ahora que la gente disfruta de una situación algo más desahogada, muchos tienen dinero para ir de excursión o hacer una escapada al Rin. Pero si uno quiere sacarse un dinerito, hay que invertir.

Los chicos se toman su Coca-Cola, que solo beben muy rara vez porque en el Café del Ángel no les dejan tomar ese «brebaje americano», pues la abuela lo considera poco saludable. Las botellas de Coca-Cola almacenadas en el sótano de la casa están únicamente destinadas a los clientes.

—¡Ahí hay un gato! —dice Andi, señalando con el dedo hacia la ventana. Desde allí se ve el patio, donde efectivamente hay un gato gris grande sentado sobre un barril de vino.

—¿Podemos salir?

—Pero no le asustéis. Y que no os arañe.

Jean-Jacques se alegra mucho de que los gemelos salgan un ratito. Brinda con Hilde y la nota feliz y relajada. Eso le pone contento. Le acaricia la mano, ella baja la mirada, intercambian mensajes, promesas excitantes que deben cumplirse por la tarde o por la noche. Luego el de la tripilla les trae el surtido de embutido y el pan, y Hilde mira al patio para ver dónde se han metido los chicos. Pero como los dos están ocupados con el gato gris, ellos empiezan a comer. Embutido casero muy especiado y sabroso. Aunque también muy grasiento.

—Esta explotación vinícola tiene varias superficies de cultivo —dice Jean-Jacques masticando—. Casi todas se hallan situadas al este de aquí, no son demasiado empinadas, se trabajan bien.

—¿Por qué sabes tú todo eso?

Él se hace el ingenuo. Le explica que un conocido de su hermano Wilhelm, que también es actor, nació aquí y se lo ha contado.

—Ah, vaya.

—Sí, sus padres confiaban en que uno de los tres hijos se quedara algún día con el viñedo. Pero dos han caído en la guerra y al tercero le tira el teatro.

—Vaya, qué pena —dice ella, y añade un pepinillo en vinagre a la rebanada de pan con jamón.

—Pues sí —le da él la razón—. Y por eso ahora la finca está a la venta.

Jean-Jacques deja que la frase flote unos segundos en el aire y sonríe a Hilde. Ella comprende enseguida, las pilla todas al vuelo, su Hilde. De repente abre los ojos de par en par y se le queda la mirada congelada.

—¿No estarás pensando en...?

—Es una magnífica oportunidad, Hilde —se lanza él—. Una ganga, *comme on dit*. El compañero de Wilhelm dice que quiere convencer a sus padres para que rebajen aún más el precio.

—¡Eso no te lo crees ni tú!

—*Mais si!* No se la quieren dar a nadie del pueblo, porque no están dispuestos a que se la quede ningún pariente. Y como yo entiendo algo de vinos...

Hilde vuelve a dejar el pan mordido en el plato y coge aire. Eso lo hace siempre antes de entrar en combate.

—¡Tú debes de estar como un cencerro! —dice a media voz, para que no la oigan desde la cocina.

—Estoy completamente cuerdo, Hilde —repone él—. *C'est una chance, qu'il faut prendre*. Y es mi mayor deseo.

A Hilde se le endurecen los rasgos de la cara. Jean-Jacques ha rebasado un límite.

—¡No! —dice—. No conmigo, Jean-Jacques. Y no con nuestro dinero.

Los gemelos entran atropelladamente en la taberna, los dos están hambrientos y se les hace la boca agua al ver el surtido de embutidos.

—Lo hablaremos en casa con tranquilidad, Hilde.

—No hay nada de lo que hablar.

Jean-Jacques tendría que haber sabido que ella se iba a negar en redondo. Pero la esperanza es lo último que se pierde. No está dispuesto a renunciar. El resto de la excursión van callados. De camino a casa, los gemelos duermen en el asiento de atrás hechos un ovillo enmarañado de piernas larguiruchas, brazos flacos y cabezas de pelo rizado y oscuro.

—¿Estáis enfadados mamá y tú? —pregunta Andi angustiado, cuando se apean delante del café.

—¡No! —dice Jean-Jacques en tono arisco.

Sabe que el chico no le cree. Los niños son muy intuitivos.

August

Es como un paño negro suave y, al mismo tiempo, impenetrable que se tiende sobre su ánimo, ahoga la luz del día, mata toda alegría, oscurece, ensombrece, le trae a la mente la idea de abandonar esta vida. No va a hacerlo, aunque solo sea por sus padres, pero también porque mantiene la esperanza de que el estado en el que se encuentra algún día toque a su fin. Es una enfermedad, eso no lo pone en duda; tiene los nervios de punta. Llegó sin previo aviso, se adueñó por completo de él y llegará un día en que lo libere. Ojalá. El gran pájaro negro que se ha posado sobre su espalda tendiendo sus oscuras alas sobre su alma alzará un día silenciosamente el vuelo y regresará a su lóbrego reino.

No siempre es igual. Cuando más lo nota es por la mañana, antes incluso de despertarse, y tiene que luchar consigo mismo para recobrar el valor y salir de la cama. Hacia el mediodía mejora un poco; entonces se atreve a ir al parque del Balneario, recorrer despacio los senderos y sentarse un rato al sol para contemplar a los paseantes. A veces consigue leer un poco a última hora de la tarde. Nada que le cueste un esfuerzo ni esté relacionado con su carrera. El periódico. Un libro entretenido de la biblioteca de su padre. Una vez llegó incluso a abrir un libro para niños, pero enseguida lo cerró porque le traía demasiados recuerdos felices. Hacia las diez de la noche le asalta un cansancio agotador, sucumbe a un sueño parecido a la muerte, para despertarse en plena noche lleno de pánico, bañado en sudor, perseguido por horribles imágenes, por los estruendosos disparos de los carros de combate, por exclamaciones de júbilo y mortales gritos desesperados.

Su madre no se quedó tranquila hasta que fue a ver al doctor Walter para que le hiciera un reconocimiento a fondo. Pero no sirvió de mucho, la verdad. La tensión arterial un poco baja, el corazón normal, los pulmones sin ruidos. En la pantorrilla tiene incrustada la metralla de una granada, pero no le molesta. La herida del brazo, de una bala que lo penetró, está bien curada. Una radiografía de los pulmones tampoco arroja ningún resultado digno de mención; el dentista le ha renovado un empaste en una muela de abajo a la izquierda, y el oculista le diagnosticó una leve hipermetropía, de modo que usa gafas para leer.

—Físicamente está sano —explica el médico de cabecera, encogiéndose de hombros—. Quizá haya trabajado en exceso últimamente. Concédase un semestre de descanso.

En el hospital en el que le han mirado por rayos X, el médico que está de guardia, un auténtico bocazas, resume a su manera el resultado:

—No tiene nada, hombre. ¡Déjese de patrañas y haga algo! ¡Nuestro país no se puede permitir a los zánganos!

No se lo ha contado a nadie porque le da vergüenza. Está sano, podría trabajar y, sin embargo, no da un palo al agua. ¿Cómo puede ser que los nervios ejerzan tanto poder sobre una persona, la paralicen por completo y le quiten las ganas de vivir?

A menudo le entra el deseo de esconderse, viajar a la cordillera del Taunus y alquilar una casa en algún pueblecito donde nadie lo conozca, donde nadie pregunte por él. O al menos cerrar la puerta de su habitación en casa de sus padres. Pero eso no se lo puede hacer a quienes lo quieren. Y eso que no se dan cuenta de lo mucho que lo torturan todos con las atenciones que le prodigan. Sobre todo su madre:

«¡Una vez más, apenas has comido, August! Esto no puede seguir así». «Mira qué día más bonito y soleado hace, August. Siéntate un rato en la terraza con los clientes, tómate un café y charla con ellos. No te sienta nada bien pasar el día encerrado en tu habitación sin ver a nadie».

Aún es peor cuando su madre organiza las cosas para que tenga compañía. Por supuesto, al final esta se ha enterado de que, hace unas semanas, se desmayó debajo de los plátanos de enfrente, y ahora se ocupa de que, a ser posible, no salga a pasear él solo. No es tan sencillo escabullirse por la red de mimos y cuidados tan primorosamente tejida.

—¿August? ¿Te apetece ir al parque con Jean-Jacques? Me ha dicho que necesita tomar el aire con urgencia.

August tiene que poner al mal tiempo buena cara. El marido francés de Hilde es un buen muchacho, pero ellos dos no están en la misma onda. Y ahora que se encuentra enfermo, menos todavía. Sabe perfectamente que Jean-Jacques solo lo acompaña para hacerles un favor a Hilde y a su suegra, e intuye que su cuñado sabe que él lo sabe. Así que se ponen a pasear juntos, un poco cortados, Jean-Jacques habla mucho, mezcla el alemán con el francés, gesticula con las manos y se esfuerza de veras por animar a su acompañante. August escucha en silencio, sonríe por cortesía, hace de vez en cuando un comentario y está deseando que ese paseo termine de una vez. Aprecia las molestias que se toma Jean-Jacques, además las historias que cuenta son en su mayor parte entretenidas y sabe explicarlas con gracia. Pero no le conmueven. No es culpa de Jean-Jacques, sino de sus nervios.

Se siente un poco mejor cuando lo acompaña su padre.

Entonces recorren la ciudad, miran las casas reconstruidas, el ayuntamiento, que está siendo remodelado de forma un poco apresurada, compran en Zigarren-Engel o contemplan las fotos de las funciones teatrales expuestas en las vitrinas de las Kolonnaden. Debido a la prótesis que lleva en una pierna, su padre no es un gran paseante, tampoco dice nada superfluo; solo lo mira de vez en cuando, sonríe y a veces le da una palmadita en el hombro.

—Saldrás de esta, muchacho. Ya tienes mucho mejor aspecto.

Su padre no pone ninguna objeción a volver solo al café, aunque eso seguramente le acarree algún disgusto a su madre.

—Ya eres mayorcito, ¿no? Quédate otro rato tomando el sol tranquilo. A mí ya me empieza a fastidiar otra vez el pie. Qué extraño, ¿verdad? Ese estúpido pie se quedó en Francia y, sin embargo, aún me duele.

Luego August sigue un ratito sentado en un banco del parque, cierra los ojos e intenta notar el sol en la piel. Durante unos minutos siente alivio, aunque casi siempre le molestan las voces de otros paseantes. El griterío de los niños le resulta tan desagradable que le entran palpitaciones y tiene que marcharse de ahí.

De vez en cuando, Wilhelm saca tiempo para hacerle una visita en su habitación. Su hermano es el único con el que charla a gusto, aunque solo sea un rato, pero con interés y alegría. Wilhelm irradia muchas ganas de vivir, ha escogido una profesión que le llena por completo y tiene éxito en el escenario. August sabe que se lo merece, se alegra con Wilhelm cuando este entra todo emocionado en su cuarto para leerle una crítica del *Wiesbadener Tagblatt*: «En ese papel Willi Koch también convenció al público con su agilidad y su elocuencia. Después de esa entrada en escena recibió un merecido aplauso».

August se entera de que el director Rudolf Seitz no puede soportar las ocurrencias espontáneas de su hermano; de que Karin, el actual «amor» de Willi, se marcha a Hamburgo para la siguiente temporada, y de que la próxima semana su hermano quiere ir a una audición en el Teatro de Cámara de Múnich.

—Pero eso no se lo digas todavía a nadie.

—Callaré como una tumba de la Edad de Piedra, hermano.

Luego Wilhelm le echa en cara que no haya ido aún al teatro, y August intenta explicárselo. No aguanta mucho tiempo en la estrechez del patio de butacas, siempre tiene la impresión de estar encerrado y le dan ganas de salir corriendo.

—Entonces te conseguiré una localidad arriba, en uno de los palcos. Ahí puedes salir al pasillo también durante la función. Pero hombre, *El rapto en el serrallo* solo la representan una vez antes del festival de mayo. Y después cierran por vacaciones.

August le promete que irá, aunque luego no va porque no consigue animarse. Wilhelm no se enfada con él. Se limita a encogerse de hombros y dice que es una pena. Pero para entonces ya se celebra el festival de mayo y Willi no sale del teatro, ya que quiere ver a los famosos invitados extranjeros en los ensayos.

A veces le parece percibir un alivio. El paño que lo envuelve se levanta un poco y permite que le entre un poco de aire. El pájaro negro se dispone a alzar el vuelo. Entonces se atreve a sacar sus libros del armario, a mirar los apuntes de las clases y a adentrarse en los planteamientos jurídicos. Sin embargo, la euforia nunca le dura demasiado; lo normal es que al día siguiente ya se vea obligado a pagar el pequeño rayo de luz con una angustia doblemente más profunda. «Demasiado pronto —piensa entonces—. Tengo que ser más paciente, darme más tiempo. La carrera puede esperar, antes debo curarme. Pero es duro tener que dejar otra vez los libros y ver cómo se aleja el objetivo al que aspiraba».

—¡Necesitas una tarea! —dice su hermana Hilde—. Es mejor hacer algo que estar todo el día sentado o paseando.

Y en principio no le falta razón. Hilde tiene un espíritu práctico, y enseguida se le ocurre una idea.

—Algo que puedas hacer con las manos. Podrías, por ejemplo, ayudar a Addi con las reformas. Quiere pulir y barnizar de nuevo todos los peldaños de la escalera y la barandilla.

—Sabes que soy un manazas, hermanita.

—Claro que lo sé. Pero Addi dice que no le importa.

August lo intenta. Por la tarde, hace acopio de valor y va a la escalera, donde Addi está generando una nube de polvo amarillento con el papel de lija. Durante un rato va todo bien, casi termina un escalón entero, pero luego le dan taquicardias y tiene que hacer un descanso. No obstante, se obliga a terminar el trabajo, pule con cuidado los rincones, cepilla el polvo y después limpia el peldaño humedeciéndolo.

—¡Genial! —dice Addi—. Ese ya puedo barnizarlo.

Por primera vez desde hace tiempo se siente satisfecho consigo mismo. Más tarde lee un poco y duerme de un tirón hasta primera hora de la mañana. Sin embargo, poco después vuelve a notar la carga pesada y oscura que lo atormenta desde hace semanas.

—¡Qué disparate! —se irrita su madre, cuando durante el almuerzo ve sus dedos desollados—. Tú no estás hecho para eso, hijo. ¿Te has puesto al menos yodo?

—Envuélvelo en algodón y tápalo con una campana de cristal —opina Hilde con sarcasmo—. El trabajo es una buena distracción de los pensamientos turbios; eso lo sabe todo el mundo.

El padre de August comenta que ya Johann Wolfgang von Goethe hablaba de la vida activa, y dice que su hija es una chica muy lista.

—Me sirve de mucha ayuda August —confirma Addi con entusiasmo.

Esas conversaciones no le hacen precisamente feliz a August, pero decide continuar con el trabajo. Por suerte todavía quedan muchos escalones esperando a ser reformados. Si continúan trabajando a ese ritmo, seguramente necesiten varias semanas.

A su prima Luisa solo la ve de vez en cuando. Cuando en ocasiones come al mediodía con ellos está más bien callada y antes del postre se marcha a todo correr para ayudar abajo en el café. A veces se lleva a los gemelos al parque del Balneario o a uno de los parques de juegos infantiles. Estos se encuentran en lo que antes eran unos solares llenos de escombros; cuando ha llovido, se forman grandes charcos, y los cajones de arena que ha mandado instalar el ayuntamiento se llenan de barro y porquería. Sin embargo, a los gemelos les encantan los parques infantiles, aunque Hilde no permite que hagan allí diabluras sin vigilancia.

—¡No sois unos chicos de la calle!

Cuando August regresó del cautiverio de la guerra, se extrañó de encontrar en casa a una prima completamente desconocida. La historia de Luisa le conmovió, la huida durante el gélido invierno, la muerte de su madre, el miedo incesante a los soldados del Ejército Rojo. Luisa es muy distinta de su hermana Hilde; es una chica silenciosa y dulce que observa más que habla. También de aspecto físico se diferencia de la rubia y vivaracha Hilde; Luisa tiene un sedoso pelo oscuro y unos ojos azules preciosos. Desde hace unos años está casada con Fritz Bogner, al que August conoce bien porque tocaba con cierta frecuencia el violín en el Café del Ángel. Entretanto ha terminado la carrera en el conservatorio de Frankfurt y toca en diversas orquestas. Ocasionalmente también en la Orquesta del Teatro Estatal, aunque ahí por desgracia solo como suplente, pues hasta ahora no le han dado una plaza fija. Antes de ponerse enfermo, a August le gustaba intercambiar de vez en cuando unas palabras con Luisa. Le agrada lo tranquila y amable que es, su vacilación antes de dar una respuesta y su timidez, que va unida a la inteligencia y la sensibilidad. Desde que está enfermo, apenas la ha visto.

—¿Luisa? —dice Hilde, cuando August pregunta por la prima—. Por desgracia, está enferma.

—Espero que no sea nada grave —opina asustado.

Hilde suspira, pero no dice nada más sobre el estado de Luisa.

—Ya se encuentra mejor. La semana que viene quiere volver a echar una mano en el café.

Durante el fin de semana llueve a cántaros. August se queda mucho tiempo en la cama mirando al techo, intenta leer un libro y lo vuelve a dejar. Addi ha barnizado las dos escaleras de arriba. Mientras no se seque el barniz, no se puede pulir porque entonces el polvo se posaría sobre el barniz recién aplicado. August está inquieto, se asoma al café, que acoge a numerosos clientes; los paragüeros están a rebosar y el aire está cargado de humedad y de humo. August se retira enseguida. Ahora se da cuenta de lo mucho que necesita los paseos por el parque del Balneario. En su habitación no puede respirar. Es demasiado pequeña; allí encerrado se siente como en la celda de una cárcel. Rápidamente se pone el abrigo, coge un paraguas en el pasillo y sale de casa.

En la Wilhelmstrasse se ven pocos transeúntes. Todos tienen prisa, ocultan sus caras con las capuchas o bajo los sombreros muy calados. Los coches que pasan hacen que salpique el agua de los charcos; en una vitrina hay un cartel verde luminoso que anuncia el torneo de la Pascua en Biebrich. Un vehículo militar americano se detiene en el semáforo; los tres inspectores generales que lo ocupan ríen y se golpean los hombros unos a otros. August cruza la calle y entra en el parque Zum Warmen Damm, sigue uno de los estrechos y serpenteantes caminos pasando por bancos vacíos, sauces llorones y viejos árboles leñosos que han sobrevivido milagrosamente a la guerra y los bombardeos. Allí está solo, no hay ni un solo paseante a la vista, todos rehúyen la humedad y el viento frío y desagradable. Únicamente hay movimiento enfrente, junto a la entrada del teatro, donde ve a los músicos y cantantes que van a interpretar una ópera. August pasa por delante del teatro, cruza al parque del Balneario, donde no hay un alma; sigue un sendero que bordea el estanque, luego da un rodeo por el parque y desemboca al otro lado del estanque, en el casino del balneario. Escondidos entre los arbustos hay bancos solitarios y verdes rincones que, cuando hace buen tiempo, proporcionan un refugio de los ruidosos paseantes. También ahora, cuando arrecia la lluvia, el joven follaje protege de la humedad, y August se detiene unos minutos para contemplar el pequeño lago y escuchar el rumor de la lluvia. Da la impresión de que la naturaleza absorbe sedienta el agua. Las gotas se deslizan crepitando por los troncos de los árboles, caen de hoja en hoja y se infiltran en el suelo entre murmullos y borboteos. Si no estuviera todo tan mojado, se sentaría en un banco para disfrutar un rato de ese silencio tan poblado de vida.

En el preciso momento en que se dispone a seguir andando, descubre en la orilla de enfrente a una mujer que pasea a la que tampoco asusta el tiempo lluvioso. Incluso se ha sentado en un banco y, tapándose con el paraguas, mira absorta hacia el estanque. Esa compañía le alegra excepcionalmente: otra persona solitaria, de manera que no está del todo solo. Sigue andando despacio por el camino. El agua le ha calado las perneras del pantalón, y como el viento da una y otra vez la vuelta al paraguas, tiene los hombros y la espalda empapados. Tampoco han aguantado mucho los zapatos; lleva los pies tan mojados que ni siquiera se esfuerza ya por evitar los numerosos charcos, sino que los pisa con tranquilidad. Esto le trae lejanos recuerdos, cuando en plena lluvia corría con Wilhelm por fincas por las que estaba prohibido pasar para coger renacuajos en un estanque y llevárselos a su acuario. ¿Cuánto tiempo habrá pasado desde que recorriera despreocupado esa zona con su hermano? Más vale no pensar en ello. Lo pasado, pasado está.

Cuando llega al otro lado del estanque, mira —como por casualidad— al camino que sale del suyo y comprueba que la solitaria paseante aún sigue sentada en el banco. Solo puede verle las piernas y el enorme paraguas verde, pero de repente el viento empuja el paraguas hacia atrás y reconoce su cara.

—¡Luisa!

—¡Ah, eres tú! —dice ella aliviada.

—Sí, soy yo... —August duda un momento porque no quiere importunar, pero luego avanza los pocos pasos que lo separan del banco y se queda de pie delante de ella.

—Te vas a enfriar en ese banco tan mojado —le advierte sonriendo.

—Y tú vas a coger un resfriado con esos zapatos tan empapados —responde ella.

—¿Me puedo sentar tres minutos contigo?

—Y también cuatro. Si tantas ganas tienes de mojarte el culo...

—¿Por qué no? Es la única parte de mi cuerpo que hasta ahora está seca.

—Pues entonces adelante.

Se sienta a su lado, sujeta el paraguas sobre él y se quedan mirando hacia el estanque, cuya superficie se riza bajo la lluvia. Durante un rato permanecen callados, cada uno sumido en sus pensamientos; a su alrededor atruena la lluvia, gotea desde los árboles y desde los paraguas abiertos. Es agradable estar sentado al lado de Luisa y guardar silencio, porque no exige nada de él ni hace amago de entretenerlo con ninguna historia. Sencillamente está ahí, una dulce y silenciosa cómplice de su soledad.

—¿Te gusta la lluvia? —pregunta ella al cabo de un rato.

—Antes no, pero ahora me encanta.

—A mí también —dice ella en voz baja—. Tiene algo que procura alivio.

«Qué extraña conversación —piensa él—. Pero tiene razón».

—La lluvia disuelve las penas y las arrastra consigo.

Ella asiente con la cabeza. August tiene que levantar un poco el paraguas para verle la cara. Lleva un pañuelo en la cabeza que le cubre el pelo; dos mechones le cuelgan de la frente. Cuando ella nota que la está mirando, sonríe.

—¿Sabes en lo que he pensado a menudo, August?

Este naturalmente no lo sabe, de modo que espera en silencio a que siga hablando.

—Seguro que te parece algo sentimental, como somos a veces las mujeres. Pero de todas maneras te lo diré.

Le ha picado la curiosidad. Hacía semanas que no sentía curiosidad por nada. Tiene que ser la lluvia. O bien…

—He pensado que deberías enamorarte. ¿Lo entiendes? Enamorarte de alguien perdidamente y hasta las trancas. Creo que así te curarías de inmediato.

Él la mira sin dar crédito a lo que oye. No sabe si ese consejo se lo da en serio; entonces se echa a reír. Efectivamente está riéndose. Aunque enseguida recupera la seriedad.

—Un consejo bastante inusual. ¿No tendrás también a la persona adecuada para mí?

Ahora es Luisa la que se ríe un poco. Niega con la cabeza. Por desgracia, en esa cuestión no puede ayudarle.

—Tienes que buscarla tú mismo.

Él menea la cabeza ante sus extrañas ideas, pero las encuentra graciosas. Enamorarse: como si fuera tan fácil… Mira pensativo el agua y descubre una bandada de patos que han hallado refugio de la lluvia entre las raíces de un fresno. Como tiene frío con la ropa tan húmeda, se vuelve hacia Luisa y le pregunta si no deberían marcharse. Entonces descubre que de sus mejillas caen gotas. ¿Gotas de lluvia? ¡No, son lágrimas!

—¿Luisa? —pregunta en voz baja—. ¿Qué te ocurre?

Ella se pasa el dedo índice doblado por las mejillas y se limpia las lágrimas.

—¿No te lo han contado?

—Me han dicho que has estado enferma —dice él temeroso.

—He perdido al bebé. Ya es la tercera vez.

Una oleada de profunda compasión se apodera de él. La rodea con el brazo, le acaricia el hombro para consolarla y la atrae hacia sí.

—Lo siento mucho, Luisa. No lo sabía. ¿Cuándo ha sucedido?

—La semana pasada. Fue de repente, en mitad de la noche. Fritz llamó enseguida a un taxi y fuimos al hospital. Pero ya era demasiado tarde. Nunca podré tener un hijo.

—¿Quién ha dicho eso?

—El médico —solloza ella—. Según él, tengo una debilidad congénita en el bajo vientre, y contra eso no hay nada que hacer.

August percibe cómo se apropia de él la ira contra ese médico. Ese tipo que de repente le quita toda esperanza a una mujer se equivocó al elegir su profesión. Debería estar en la construcción. Picando piedra. Como Grobian, el que le habló a él de esa manera tan desvergonzada.

—No te lo creas, Luisa —la consuela—. Algún día traerás un niño al mundo, de eso estoy convencido. Y tú también has de creerlo. A lo mejor tienes que cuidarte un poco más durante el embarazo y no moverte tanto atendiendo a los clientes en el café, jugando con los niños… ¡Y por encima de todo, búscate otro médico!

Nota cómo se va poniendo furioso. La desgracia de Luisa lo conmueve profundamente; quiere animarla, que no se conforme con eso y que siga luchando hasta conseguirlo.

Ella lo escucha y lo mira un poco extrañada; por un momento pone la cabeza en su hombro. El paraguas de August se vuelca hacia un lado y se va rodando, pero eso ahora no le importa.

—¡Prométeme que no te vas a dar por vencida, Luisa!

—Tienes razón —dice ella—. Fritz me ha dicho lo mismo. En fin, todavía necesito un poco de tiempo. No, no me daré por vencida, August.

Este asiente satisfecho, la atrae hacia sí un momento como si tuviera que agitarla por última vez para que se despierte; después se levanta y va en busca de su paraguas, destrozado por el viento.

Van juntos hasta la salida del parque y luego se separan. Luisa vive arriba, en el barrio Bergkirchen, y August cruza a paso rápido la Wilhelmstrasse hasta llegar a casa de sus padres. Hacía tiempo que no se sentía tan bien; el paño negro ha desaparecido, se lo ha llevado la lluvia. Durante toda la tarde piensa en Luisa: de qué otra manera podría haberla consolado, qué otros consejos podría haberle dado.

Poco antes de quedarse dormido, le viene a la memoria la extraña sugerencia que le ha hecho su prima. Enamorarse. De golpe y porrazo y rematadamente. Madre mía, eso no está hecho para él; no es de los que se lanzan por su propia voluntad a una aventura semejante.

Duerme toda la noche tranquilo y de un tirón. A la mañana siguiente, el paño negro lo envuelve de nuevo como una segunda piel.

Julia

Irrumpe en la sastrería del teatro como si estuviera en su casa. Mira a su alrededor y va derecho hacia ella.

—¡Señora Wemhöner! ¡Tengo que hablar con usted!

Julia da un respingo. Rudolf Seitz tiene una voz aguda y penetrante que la hace estremecerse. «Cortante» es la palabra adecuada.

—Por favor, tome asiento —dice ella aturdida.

Él ignora el ofrecimiento, se planta delante de ella y apoya las dos manos en la mesa de corte. Ni se fija en que encima hay un patrón unido a la tela con alfileres.

—¿Se puede saber qué pingo ha cosido usted para la señora Dubois?

Le huele mal el aliento al señor director. Julia se echa un poco para atrás porque es muy sensible a los olores. Rudolf Seitz le da importancia a su aspecto externo: luce un tupé de artista de color rubio oscuro, lleva gafas de pasta a la moda y cuida su figura. Delgado, atlético, aguerrido. Habría resultado un buen oficial; sobre su pasado en la guerra nadie tiene ni idea. Pero no es querido ni por los actores ni por los empleados del teatro. Solo el director artístico le tiene una gran estima. Vaya usted a saber por qué.

—No sé a qué se refiere, señor Seitz.

Este levanta el brazo derecho; en la mano lleva pegado el patrón, que queda destrozado. Un alfiler le taladra el pulpejo.

—¡Ay!

—Tenga cuidado, por favor. Son los vestidos para la próxima temporada.

Se queda un rato largo muy callado porque está chupándose el pulpejo. Julia aparta la vista; le parece asqueroso cuando alguien absorbe su propia sangre. En su lugar, intenta rescatar el patrón roto. A lo mejor se puede pegar, pero esas cosas no le gustan. Por desgracia, tendrá que hacer uno nuevo.

—¡La señora Dubois está horrorosa! —sigue despotricando, mientras presiona su pañuelo contra la mano—. Parece una chinche sebosa. ¿A qué viene ese ridículo abrigo?

—La señora Dubois me ha pedido expresamente que le cosa un abrigo para ponérselo con el vestido de noche.

Rudolf Seitz mueve la cabeza con brusquedad para dar a entender su estupor ante esta respuesta.

—¿Cómo que se lo ha pedido? ¡Eso es el colmo! Escúcheme, señora Wemhöner: la señora Dubois no puede pedirle a usted ningún cambio en el vestuario. ¿Dónde iríamos a parar si cada uno se pusiera lo que quisiera? De los trajes se encarga la dirección de común acuerdo con los maquilladores y los encargados del vestuario; eso debería saberlo. Y usted, señora Wemhöner, usted solo tiene que coser lo que se le indica.

Por desgracia, en teoría tiene razón. Pero no en la práctica. Porque antes Adele Nimmerlein se lo contaba siempre todo a Julia. Sin embargo, desde que Adele se ha jubilado y la nueva, Elke Naab, trabaja aquí como encargada del vestuario, ya no llegan a ningún acuerdo ni hay la mínima colaboración.

—Si no le gusta el abrigo, debería hablarlo con la señora Dubois y...

—¡No se trata de eso! —la interrumpe—. Por si no se ha dado cuenta, le diré que existe una concepción global. Y en esa concepción, de la que soy responsable como director, ¡no encaja ese abrigo! La señora Dubois ha de seducir a su compañero; el vestido de noche tiene un corte tan ajustado para que resalte las formas de su cuerpo.

Julia guarda silencio. El vestido de noche lo ha tenido que cambiar ya dos veces, pero eso parece que no lo ha captado la agudeza visual del señor Seitz.

—Se lo diré otra vez en cristiano y en términos sencillos —continúa este, y dobla con cuidado el pañuelo antes de guardarlo para que no le abulte en el bolsillo del pantalón y alguien pueda pensar mal—. Cuando un actor, sea este el que sea, tiene algún deseo especial relativo a su vestuario, entonces usted me lo tiene que contar antes a mí. ¿Nos hemos entendido, señora Wemhöner?

Julia odia ese tono de ordeno y mando. Nunca la ha tratado nadie tan rudamente en su querido teatro. De manera que ahora lo suelta; al fin y al cabo, tarde o temprano se enterará.

—Supongo que sabrá que la señora Dubois está en su sexto mes de embarazo —dice, haciéndose la inocente.

El director se la queda mirando con cara de tonto. Se baja las gafas hasta la punta de la nariz para reconocer más claramente los rasgos de su cara. ¿Creerá que le está gastando una broma?

—Está... ¿qué?

—A finales de septiembre dará a luz un niño. ¿No se lo ha dicho?

—¿Un niño? —pregunta él con cara de repugnancia—. ¿De quién?

—Eso se lo tendrá que preguntar usted.

Sylvia Dubois no está casada, ha vivido con un industrial del que, sin embargo, se ha separado hace unos meses, o al menos eso se decía.

—Increíble —dice Seitz—. ¡A mis espaldas! Todavía tenemos por delante dos funciones. Atractivo físico... ja, ja. Curvas seductoras... ja, ja. ¡Esto es un manicomio!

No se despide siquiera, sino que sale a toda prisa dejándola allí plantada. Julia se alegra de que se haya marchado. Por una parte tiene mala conciencia por haber revelado un secreto. Pero por otra, no puede permitir que la insulten solo porque la señora Dubois, por los motivos que sean, haya mantenido oculto su embarazo.

Del cuarto contiguo viene su compañera Annelie. Lleva en una percha el traje de Belmonte de *El rapto en el serrallo*, pasa sin decir una palabra y cuelga el disfraz en el perchero. Una costura se había descosido. En un sitio comprometido. En el descanso habían remendado el desperfecto y ahora la costura está firme y segura. Julia, que había confeccionado el traje, no se lo podía explicar. ¿Sería por el hilo? Pero si era nuevo y nada barato...

—¿Y bien? —pregunta Annelie—. ¿Tenía algún problema el señor Seitz?

A Julia le parece que el tono usado por Annelie resulta más bien sarcástico. Como si en el fondo se alegrara de que Julia se haya llevado una bronca.

—No le ha gustado el abrigo de la señora Dubois.

Annelie se encoge de hombros.

—Ya te dije que nos echaría la bronca. Podrías haberme hecho caso.

La verdad es que Annelie está molesta porque la señora Dubois no ha depositado su confianza en ella, sino en Julia. Todo el teatro sabe que Julia es la mejor costurera y que siempre tiene alguna idea brillante a la hora de confeccionar los trajes. Y precisamente eso es lo que a Annelie la saca de quicio.

—¿Ha dicho el señor Habicht cuándo vendrá a hacerse la prueba? —indaga Julia, para cambiar de tema y no seguir hablando de Seitz.

—Creo que venía hoy… a las diez y media… ¡Pues vaya, ya es casi la hora!

Típico de Annelie. Hay que sonsacárselo todo. Nunca informa de nada si no se le pregunta. Ese también es un método para complicarle la vida a su compañera. Julia busca la libreta en la que tiene anotadas las medidas de los artistas, para rehacer el patrón que se ha roto. Justo cuando la encuentra entre las balas de tela, donde no debería estar, llama a la puerta de la sastrería el barítono Adolf Habicht. Casi todos llaman primero; solo ciertos directores engreídos entran arrollando.

—Buenos días. Tengo muy poco tiempo; he de ir enseguida al ensayo —dice Habicht.

A Julia le cae muy bien el cantante, no se da aires de suficiencia como otros, y eso que es muy entendido en lo suyo. En breve interpretará el papel de Hans Sachs en *Los maestros cantores de Núremberg*. Habla siempre con una voz sonora; se nota enseguida que es cantante de profesión.

—No tardamos nada. Solo tiene que ponerse esto.

La amplia blusa le queda bien, las mangas tienen la longitud adecuada. En cambio, el chaleco le está un poco ancho.

—¿Tanto he adelgazado desde la última prueba? —bromea el cantante—. Sería una buena noticia.

No ha adelgazado ni un gramo, eso lo sabe Julia. Sencillamente lo ha marcado mal con los alfileres. Ni ella misma entiende cómo es posible.

—Lo siento mucho, pero hay que volver a cambiarlo.

Habicht es un filántropo. Se ríe y opina que no le importa nada volver. Que le encanta ser de nuevo rozado por unos dedos tan delicados. Y como ahora Julia se ruboriza, se apresura y sale zumbando.

—¡Qué! —dice Annelie, que estaba al fondo con la máquina de coser—. ¿Algo ha salido mal?

Julia sostiene aún el chaleco en la mano y no para de preguntarse por qué le habrá quedado tan ancho. Recuerda que ayer, mientras lo cosía, ya le dio la impresión de que algo no cuadraba. Por otra parte, había marcado las costuras con alfileres justo después de la prueba.

—Todo perfecto —le dice a su compañera.

—Ah, menos mal.

Al fondo suena de nuevo la máquina de coser. Julia se dispone a dejar el chaleco apartado para volver a hacer el patrón estropeado, cuando de repente descubre algo que la inquieta. Ve un alfiler metido en la tela, uno de esos pequeños que a ella no le gustan nada porque son demasiado cortos y cuesta trabajo sacarlos. Este también se ha incrustado en la tela y es obvio que alguien se lo ha dejado ahí sin querer.

Y de pronto Julia cae en la cuenta. Ella marcó el chaleco con alfileres perfectamente. Pero alguien ha debido de quitar sus alfileres y ponerlos en otra parte. Y al hacerlo se ha olvidado de uno, tal vez porque quien lo hiciera tuviera prisa.

Julia se queda desconcertada ante la mesa de corte, con el chaleco de Hans Sachs en la mano, y no entiende nada. ¿Quién podría hacer una cosa así? ¿Y por qué? Claudia no ha podido ser. Lleva con gripe desde el lunes. ¿Quién más se pasa por la sastrería? Elke Naab, la encargada del vestuario. La señora de la limpieza. Y su compañera Annelie.

—¿Vas hoy al mediodía otra vez al Café del Ángel? —le pregunta Annelie desde el fondo—. A mí me gusta mucho más el Café del Rey. No es tan rancio.

Julia se para a pensar, luego coge la cinta métrica y mide exactamente lo que acaba de marcar con alfileres. Con una precisión milimétrica. Lo anota en un papel y guarda este en el bolsillo de la falda.

—Yo me siento más a gusto en el Café del Ángel —le contesta.

—Bueno, al fin y al cabo eres como de la familia, ¿no?

Julia no responde, cuelga el chaleco en el perchero y se echa la chaqueta por encima.

—Salgo un momento a comer.

—Que aproveche.

La máquina de coser se pone de nuevo en marcha. Julia sale y cierra la puerta a su espalda. Se queda un momento quieta escuchando. Annelie sigue cosiendo. Bueno, tiene tiempo suficiente. Como mínimo, tres cuartos de hora. Julia inspira profundamente y se plantea si tomar un trozo de tarta en el Café del Ángel. En realidad no tiene apetito, los sucesos de la mañana le han cerrado el estómago. Más vale que suba a casa y se eche media horita a descansar. A lo mejor está Addi y pueden charlar un rato. No, no le va a contar nada de sus sospechas; se pondría furioso, el muy buenazo. Addi es para ella como un padre, como un hermano mayor, un amigo querido. Todo eso es para ella, que no es poco. Julia se da por satisfecha.

El Café del Ángel ha sacado fuera mesas y sillas que ahora, a mediodía, están casi todas ocupadas. Debajo de las sombrillas amarillas hay gente vestida de verano, casi todos empleados que están tomando un trozo de tarta o una ensalada con huevo como pequeño refrigerio del mediodía. En la terraza del Café del Ángel caben tres sombrillas amarillas, a continuación de las cuales vienen las del Café del Rey, que dispone de una terraza más larga en la que pueden colocar hasta siete sombrillas rojas. Además, al lado del Café del Rey hay un solar vacío que antes ocupaba el hotel Kaiserhof. Como hasta ahora ese espacio no está ocupado por ningún edificio nuevo, el señor Mayer-Schulte, propietario del Café del Rey, ha instalado también ahí sus mesas y las sombrillas de color rojo chillón. En pleno verano, cuando la gente sale por la noche del teatro, hay colgados unos farolillos de colores y muchos clientes se sientan a tomar un vaso de vino o a picar algo. En cambio, en el Café del Ángel cada vez reina más el silencio durante las noches. Por desgracia. A Julia le da pena porque quiere mucho a los Koch, pero ella no puede hacer nada por evitarlo.

Abre el portal y sube las escaleras. Abajo la madera todavía está oscura y con manchas; más arriba Addi ya ha pulido y barnizado, ahí los escalones y la barandilla ya presentan un bonito color claro y se reconocen las vetas de la madera. Addi siempre barniza primero la mitad izquierda de los peldaños, luego espera a que el barniz se seque para barnizar la otra mitad. Es una medida astuta por su parte, pues de lo contrario no podrían subir a su piso. La barandilla todavía está un poco pegajosa. Julia se detiene en el rellano de la escalera del segundo piso para mirarse las manos. Vaya, tiene barniz pegajoso en el índice. Ojalá siga habiendo en casa ese frasquito de trementina que tanto usa Addi últimamente.

Abajo chirría la puerta del portal; percibe pasos en la escalera. Pasos femeninos desconocidos, tacones de aguja que no lleva ni Sofia Künzel ni Luisa, ni mucho menos Hilde. Julia se asoma con curiosidad por la barandilla y reconoce a la actriz Karin Langgässer. Esta sube al primer piso y llama a la puerta de la vivienda. Qué extraño. ¿Qué se le habrá perdido a Karin Langgässer en casa de los Koch?

La puerta del piso se abre, y Julia ve a Wilhelm. Su cara expresa poco entusiasmo. Por si acaso se aparta de la barandilla; al fin y al cabo, no quiere oír conversaciones ajenas. Pero de todas maneras tampoco se decide a seguir subiendo porque los escalones crujen mucho.

—¿Tú? ¿A qué vienes aquí? —oye la voz de Wilhelm.

—¡Vaya manera de recibirme! Quería hacerte una visita, tesoro. ¿Es que vengo en mal momento?

Julia nota una punzada en el estómago. Es una tontería, pero hay sentimientos inexplicables que no puedes controlar. Wilhelm le cae bien, incluso muy bien. Y por eso le da rabia que ande siempre metido en amoríos. De manera que también se ha liado con esa tal Karin Langgässer... En fin, esa mujer tiene que darse cuenta de que Willi Koch no puede ser fiel.

—Estamos comiendo.

—Ah, vaya. Y no queréis recibir a nadie que no haya sido invitado. Entiendo.

—Es una cuestión familiar, Karin. Siempre almorzamos juntos; mi madre lo considera importante.

—De acuerdo, de acuerdo. No quiero molestar. Solo quería contarte que tienes una audición.

—¿Qué clase de audición?

—En el teatro Thalia de Hamburgo. He hablado con dos o tres personas y te he conseguido hora para recitar. El miércoles de la semana que viene a las once. En punto. ¿Qué te parece?

Julia aún sigue en el rellano de la escalera del segundo piso y no se atreve a moverse. Y ahora menos que nunca, después de todo lo que ha oído. ¡A Hamburgo! Tan lejos. ¡Oh, Dios!

—Es… muy amable por tu parte, Karin —oye decir a Wilhelm. Suena como desconcertado, no lanza precisamente gritos de júbilo como sin duda esperaba Karin.

—Lo hago con mucho gusto por ti, cariño. Si todo sale bien, coincidiremos los dos en Hamburgo, ¿te gustaría?

—Vamos a esperar, Karin. Oye, tengo que entrar, ya están sentados a la mesa. Hablaremos más tarde, ¿de acuerdo?

—Claro que sí. Es que me he emocionado tanto cuando he recibido el telegrama que tenía que decírtelo enseguida.

—Muy amable por tu parte. Hasta luego.

—Un besito.

Se oye que se besan brevemente, después la puerta se cierra y se instala el silencio. Da la impresión de que Karin todavía se queda un ratito sin moverse, luego se oyen de nuevo sus pasos. Esta vez no tan decididos; anda más despacio, pisando los escalones con más cuidado. Julia espera hasta que abajo se cierra la puerta del portal con un chirrido y sube a su piso. Tiene mala conciencia, pues ha escuchado una conversación que a ella no le incumbe. Cuando llega arriba abre la puerta de su piso, se quita la chaqueta y se desprende de los zapatos.

—¿Addi?

No obtiene respuesta alguna; seguramente esté comiendo abajo con los Koch. Cansada, se estira en la cama, cierra los ojos y se queda absorta en sus pensamientos. De manera que Wilhelm tiene una audición en el teatro Thalia de Hamburgo. Eso lo ha urdido la Langgässer para tenerlo cerca… sin duda alguna. Todo el mundo sabe que Karin Langgässer se marcha a Hamburgo la próxima temporada. Julia está casi segura de que Wilhelm no acudirá a la cita. Porque no es de los que se atan mucho tiempo a una mujer. Por otra parte, el Thalia de Hamburgo sería una gran oportunidad para él. Julia se pone de lado con un suspiro, ahueca la almohada y encoge las rodillas. También ha llegado a sus oídos que Wilhelm ha hecho una audición en el Teatro de Cámara de Múnich. El resultado no lo sabe, pero tiene claro que Willi Koch no se quedará mucho más tiempo en Wiesbaden. Y hace bien porque para su carrera es mejor cambiar. Le tiene cariño y le desea lo mejor. No es un mal actor aunque, desde su punto de vista, tiende más bien a la comedia. Cuando más le gusta es cuando hace papeles cómicos.

Sea como sea, lo echará muchísimo de menos. La verdad es que se ve obligada a reconocer que está un poco enamorada del joven. Qué extraño. Ella tiene cuarenta y cinco años; sus historias de amor quedan ya muy lejos en el tiempo, todas ellas se produjeron antes de la guerra y no guarda buenos recuerdos de ellas. En realidad, creía haber dejado esas tonterías atrás hace tiempo. Y en el fondo es así. Este pequeñísimo enamoramiento del guapo y encantador Willi se le pasará. Al fin y al cabo, ella tiene —echa cálculos mentalmente— diecisiete años más que él; podría ser su madre. Sí, no es nada más que un sentimiento maternal el que alberga por él. Al menos por la edad. Aunque a decir verdad, lo que ella siente es más bien erótico. Madre mía, en eso no debería siquiera pensar. Ni en sueños. Es terriblemente ridículo y además provoca un poco de compasión. Una mujer mayor que desea a un hombre joven. ¡No quiere ni imaginarlo!

Julia se levanta, se dirige a la cocina, llena un vaso de agua fría y se lo bebe de un trago. Luego se queda un rato apoyada en el armario de la cocina, todavía con el vaso en la mano, y mira por el tragaluz. Ve fragmentos del teatro, que sigue deteriorado por los bombardeos; a su lado, el claro cielo azul. Pasa un avión que parece una flechita de color gris y que lanza un destello al sol y después desaparece por detrás del teatro. Por un momento recuerda los años que pasó encerrada en ese piso por ser judía, condenada a no hacer ruido, a no mostrarse nunca junto a la ventana. Si hubiera sido descubierta, habría puesto en peligro a todos los residentes de la casa, pero sobre todo a Addi Dobscher. Ahora, seis años después del fin de la guerra, esa época le parece irreal. Como una pesadilla de la que hace tiempo despertó, pero que todavía la atemoriza.

Cuando oye los pesados pasos de Addi en la escalera, deja aliviada el vaso en el fregadero.

—¿Julia? Ah, estás ahí. ¿Has comido algo?

Echa un vistazo a la cocina y enseguida se preocupa por ella. Come muy poco; por eso no engorda, sigue tan delgada como durante la guerra. Addi se dispone a prepararle unos huevos revueltos y un bocadillo de jamón; no admite réplica.

Con la sartén en la mano, enciende el fuego, saca cuatro huevos de la alacena y los bate en un cuenco.

Julia se resigna.

—Unos huevos revueltos, vale. Pero el bocadillo de jamón no lo quiero.

Astutamente, Addi rehoga dos lonchas de jamón en la sartén y luego echa encima los huevos batidos. La verdad es que no huele nada mal; ahora a Julia le entra el hambre.

—¿Y qué tal? —pregunta él, cuando ella se sienta delante del plato lleno—. ¿Va todo bien por la sastrería?

Se sienta frente a ella, apoya los brazos en la mesa y contempla satisfecho cómo come Julia.

—Sí —dice ella masticando—. Todo normal. Figúrate, Seitz se ha quejado hoy por el abrigo de la señora Dubois.

Le cuenta la historia y los dos se ríen. Addi no ha coincidido en el teatro con Seitz, pero ha vivido experiencias parecidas. Nadie tragaba a los directores engreídos. Habían hecho el doctorado en Dramaturgia y llegaban dándose ínfulas y queriendo imponer a todo el mundo su excelente concepción de la obra teatral. Sin tener en cuenta a los actores para nada. Julia se termina el plato casi del todo; solo se deja media loncha de jamón.

—Demasiado salado.

—¡Venga ya! —dice él, pincha el jamón con el tenedor y se lo mete en la boca.

Julia mira el reloj y comprueba que ya va siendo hora de marcharse. Se pone los zapatos, la chaqueta, le da un beso rápido de despedida a Addi y baja a todo correr las escaleras. Solo cuando llega a la entrada del teatro, cae en la cuenta del papel que lleva en el bolsillo de la falda, que cruje un poco al moverse. Lo saca, lo despliega y mira los números. ¿Por qué será tan desconfiada? Se avergüenza y arruga el trocito de papel. Pero como con las prisas no encuentra una papelera donde echarlo, se lleva la bolita de papel a la sastrería.

No hay nadie; Annelie todavía se encuentra en el descanso del mediodía. Julia se quita la chaqueta y la cuelga del gancho, abre la libreta y la hojea para buscar las medidas del actor cuyo patrón ha de rehacer. Mientras pasa las páginas, algo atrae mágicamente su atención. El chaleco de Hans Sachs. ¿No estaba antes colgado del perchero al revés, con la parte de la espalda hacia delante? Deja la libreta y se pone de pie. Coge el chaleco de la percha y mira las costuras marcadas con alfileres. Son más anchas, eso lo percibe a simple vista. Echa mano de la cinta métrica, despliega el papel y compara. Casi un centímetro. Si cosiera así el chaleco, quedaría demasiado estrecho. Tela inutilizable. Un grave fallo de principiante que al teatro le cuesta dinero innecesariamente.

Se siente impotente. ¿Cómo va a seguir trabajando allí?

Swetlana

Smolensk, septiembre de 1949

—Acércame esa taza, chiquilla. Vaya, el té ya está frío.

Anna Karlowa está tumbada en el diván con la espalda apoyada en tres gruesos cojines. La tiene dolorida de estar tanto tiempo en la misma postura. La anciana tiene ya ochenta y dos años; le cuesta andar, sus ojos quieren apagarse y su pequeño cuerpo está encorvado. La cabeza, en cambio, la conserva completamente lúcida, y su fuerza de voluntad mantiene el débil cuerpo con vida.

—Espere —dice Swetlana—. Añadiré agua caliente.

Coge la taza de la mano de la anciana justo a tiempo, pues Anna Karlowa ya no puede sostenerla.

—Antes —dice Anna, con su aguda voz—. Antes era capaz de cargar con cinco grandes hogazas de pan. Me echaba los sacos de centeno al hombro y con ellos iba hasta el desván. Andaba más deprisa que los hombres, y el tiempo me cundía más que al mozo de labranza.

Swetlana se acerca al *samowar* y procura que el té no esté demasiado caliente, de modo que se pueda beber sin quemarse. Anna Karlowa vive en la misma casa que Jekaterina y su hermana Natalja, en cuyo piso Swetlana lleva tres meses alojada. La anciana es de ascendencia alemana; sus antepasados obedecieron en su día un llamamiento de la gran zarina Catalina, se asentaron en un pueblo pequeño de Odessa y se dedicaron a la agricultura. Desde entonces han pasado muchas cosas. La madre Catalina protegió a los alemanes del mar Negro; luego vinieron malos tiempos en que los expatriados alemanes fueron declarados enemigos. La última guerra se cebó con ellos, y ahora el gran Josef Stalin tampoco es amigo de los alemanes. Anna Karlowa huyó hace años de su pueblo con su familia, y el destino, después de dar muchos rodeos, la ha traído hasta Smolensk, donde ha perdido a su marido y a dos de sus hijos.

—Ya le he echado azúcar. Tómeselo, yo le sujeto la taza.

—Gracias, chiquilla. Todavía soy capaz de beber sola…

De todas formas Swetlana sostiene un poco la taza sin que Anna Karlowa lo note. Ha untado pan con mantequilla y mermelada y lo ha cortado en trocitos; le pone a la anciana el plato encima de la tripa para que pueda ir cogiendo los pedacitos. Ya solo le quedan cuatro dientes en la boca, pero se las arregla bien.

—¿Te han expedido ya por fin el pasaporte? —pregunta, mientras mastica y coge el siguiente trocito.

Swetlana niega con la cabeza. No. Ha preguntado ya tres veces en la oficina de pasaportes, pero le han dado largas diciéndole que es necesario revisar otra vez sus papeles a fondo. Y que ya la avisarían.

—Es para desesperarse —dice—. No me dan un empleo mientras no tenga pasaporte. No puedo ganar dinero; Mischa y yo vivimos a costa de mi amiga y de su hermana.

—Eso no está bien —dice Anna Karlowa, y mastica un rato porque tiene que reflexionar. Luego mira a Swetlana con sus ojos claros, con los que ya apenas ve, pero que aun así están llenos de vida—. ¿Sabes lo que pienso, chiquilla? Creen que eres una espía de los alemanes. Por eso tardan tanto. Porque está implicado el servicio secreto. Así son los rusos. Desconfiados. Y la cosa se pone cada vez peor.

—¡Pero eso es un completo disparate! —se sulfura Swetlana.

La anciana ríe para sus adentros, luego se atraganta y le entra la tos. El plato salta sobre su barriga, y Swetlana se apresura a rescatar los trocitos de pan restantes.

—Eres una buena chica. No sé lo que haría sin ti. Vuelve a colocarlo donde estaba, que ya he tosido bastante.

Swetlana sube cada día al piso de Anna Karlowa, una hora por la mañana y otra por la noche. Por la mañana le prepara algo de comida y le recoge la casa. Por la noche ayuda a la anciana a acostarse, casi siempre se queda un rato con ella y le lee la Biblia. Es una Biblia familiar alemana que, mucho tiempo atrás, un antepasado suyo se llevó consigo a Rusia y fue rescatada en medio de todo el caos y las persecuciones. En las primeras páginas están apuntados los nombres de todos los miembros de la familia, los esponsales, los bautizos de los niños, las fechas de los fallecimientos. La propia Anna Karlowa ya no puede seguir leyendo la Biblia, ha perdido mucha vista. Por eso se alegra tanto de que Swetlana pueda leérsela en voz alta, pues sabe hablar y también leer el alemán.

—Ahora me tengo que ir —dice Swetlana—. Quiero pasarme por casa de Baranowa.

Baranowa vive con su hijo en el primer piso en una vivienda de cuatro habitaciones, es adinerada y ocupa un buen puesto en una empresa, donde ha colocado también al hijo, que es un poco retrasado. Swetlana limpia dos veces a la semana su casa. No le paga mucho, pero menos da una piedra.

—Entonces destapa la caja azul, chiquilla. Anda, hazlo. Dentro hay tres rublitos, uno de ellos es para ti.

Swetlana se niega. No quiere aceptar dinero de una persona como Anna Karlowa, que tiene tan poco.

—Anda, cógelo. Lo trajo ayer Wladimir; mi hijo volverá otra vez mañana.

Wladimir aparece en casa de su madre de vez en cuando,

le lleva dinero, toma el té con ella y desaparece otra vez. Anna Karlowa nunca le ha contado a qué se dedica ni de dónde saca el dinero. Swetlana coge un billete de un rublo de la caja de cerámica azul y se lo guarda.

—Me lo llevo para hacer la compra y mañana prepararé una sopa *solianka*.

—Pero solo si coméis con nosotros, chiquilla. Tú y el pequeño Mischa.

—Ya veremos —dice Swetlana, y corre escaleras abajo. La Baranowa espera ya en la puerta del piso; nunca le deja la llave, sino que recibe personalmente a Swetlana en la vivienda para darle las instrucciones. Cuando esta termina de limpiar, ha de dejar la puerta bien cerrada.

—Detrás de la despensa hay telarañas; quítalas. Y ten cuidado de no desordenar nada del escritorio cuando limpies el polvo. La alfombra de colores bájala y sacúdela bien.

Swetlana detesta a esa sebosa con el pelo teñido de rojo, que siempre se pinta los diminutos ojillos de cerdo de un color negro como el carbón porque, de lo contrario, desaparecerían en su oronda cara. Tiene el tonillo de ordeno y mando que Swetlana conoce de su prestación laboral alemana. Allí también abundaban ese tipo de mujeres enfadadas que se regocijaban humillando a otras mujeres. Sobre todo a las que eran más jóvenes y más atractivas que ellas. Si Swetlana no necesitara el dinero con tanta urgencia, le soltaría cuatro verdades a esa tal Baranowa. O le propinaría una fuerte patada en su enorme culo.

—¡Y una vez que saques lustre a la mesa, no quiero ver ni una mota de polvo en ella!

Los muebles que tiene son caros. Y seguro que no son rusos; el escritorio al menos procede de Inglaterra, ella misma lo dijo un día. Las relaciones lo son todo; quien las tiene, puede permitirse lujos. Y Baranowa las tiene. Swetlana enrolla la alfombra y la arrastra hacia abajo. Allí se desfoga de su ira sacudiendo con tal fuerza que las nubes de polvo se recortan contra el azul del cielo. Arriba ha pillado la puerta con el felpudo para que no se cierre. Ahora tiene que limpiar el suelo, quitar las telarañas de la despensa, luego recoger y limpiar el polvo. El trabajo es monótono, pero le resulta fácil. Es mucho mejor tener algo que hacer que permanecer inactiva y vivir del dinero de su amiga. Se para a pensar si Anna Karlowa tendrá razón. ¿La considerarán realmente una espía alemana? ¿Por eso tardan tanto en expedirle el pasaporte? Es horrible vivir así. No poder trabajar, no sentirse considerada como uno de los suyos, ser una extraña en su propio país. ¡Con las ganas que tenía ella de volver a Smolensk, a su hogar...! Ahí quería comenzar una nueva vida, una que fuera auténtica. Pero da la impresión de que su tierra natal no quiere saber nada de ella.

Echa otro vistazo a su alrededor, recorre todas las habitaciones, da un retoque aquí y otro allá, después coge los kopeks, que ya están contados para ella en la cómoda, y cierra la puerta al salir.

Abajo, Jekaterina ha hecho un potaje de patatas, nabos y carne. Lo acompañan de zumo de manzana mezclado con agua. Las manzanas proceden del pequeño huerto situado en las afueras de la ciudad que Natalja ha cultivado hasta ahora ella sola. Este año han sembrado y escardado el huerto entre las tres. Natalja es dos años mayor que Jekaterina y se le parece mucho. Trabaja en una de las muchas oficinas polvorientas de la administración municipal, donde expide diferentes certificados. Por desgracia, no tiene ninguna relación con la oficina que despacha los pasaportes ni conoce a nadie allí. Y con el caso de Swetlana se están retrasando mucho.

—Todo lleva su curso, Swetlana —dice Natalja—. Hay que seguir el orden, ¿lo entiendes? Uno detrás de otro; no se olvidan de nadie.

A estas alturas, a Swetlana le cuesta creer lo que le asegura

Natalja. Tanto ella como Jekaterina son unas personas encantadoras… pero la vieja Anna Karlowa ha vivido muchas cosas. Seguramente esté en lo cierto con su suposición. Swetlana se lo calla porque no quiere hacerles daño a sus amigas. Está infinitamente agradecida a las dos hermanas. La han acogido a ella y a Mischa en su casa sin condiciones; nunca le han puesto mala cara, pese a que apenas hay espacio en el piso de dos habitaciones y a lo poco que contribuye Swetlana al presupuesto familiar. Jekaterina y Natalja son unas chicas dulces y amables que han envejecido antes de ser jóvenes. Ningún hombre se ha interesado jamás por la poco llamativa Natalja, y probablemente Jekaterina tampoco llegue nunca a casarse. De ahí que las dos se desvivan por cuidar a Mischa, de seis años; le dan de comer, cosen y hacen punto para él, juegan con él a las cartas y le dejan que se construya debajo de la mesa una «cueva» a base de cojines y mantas.

Mischa lleva unas semanas yendo al colegio; en eso por lo menos no hubo ningún problema, aunque su madre siga sin tener pasaporte ruso. A Mischa no le gusta ir al colegio; todas las mañanas se inventa alguna excusa para quedarse en casa, pero Swetlana nunca cede. Su hijo tiene que criarse aquí, hacer todos los cursos escolares y aprender un oficio. Tiene que convertirse en un auténtico ruso y debe olvidarse de su padre alemán. Lo que a ella le ocurra es secundario; lo único que importa es el futuro de Mischa. Si consigue que su hijo se abra camino, también ella acabará encontrando su lugar en la vida.

Jekaterina ya ha apartado las raciones que les corresponden a Natalja y Mischa, que no llegan a casa hasta última hora de la tarde. Como todavía sigue sin trabajo, igual que Swetlana, lleva la casa y se ocupa del huerto.

—Algo acabará saliendo —dice siempre.

A Swetlana le sorprende la conducta de las dos hermanas, que aceptan de buen grado su destino y que confían en que el

Estado velará por ellas. Ella no posee esa confianza, lo cual no le facilita la vida, pues se pasa el día preocupada. Una espía. ¿Por qué no habrá caído ella misma en la cuenta? Eso encaja a la perfección. Por eso le hicieron unas preguntas tan raras cuando solicitó el pasaporte ruso. Le retuvieron los papeles que le habían expedido en Alemania, por lo que ahora ni Mischa ni ella poseen ningún tipo de documento de identidad.

Jekaterina le llena el plato de potaje con una sonrisa. Se siente feliz y contenta con su vida actual; tiene a su hermana y a su única amiga en casa, y además puede cuidar al pequeño Mischa como si fuera su hijo.

—¿Te gusta? —pregunta—. Le he echado perejil del huerto. Y también nabos y cebollitas…

Swetlana está tan enfrascada en sus pensamientos que apenas ha prestado atención al potaje. Ahora lo lamenta porque Jekaterina se esmera siempre mucho con los guisos.

—Está buenísimo. Se nota mucho el sabor a huerto propio.

Jekaterina se alegra al oír el elogio. Le explica que los nabos hay que recogerlos pronto de la tierra y que ha vuelto a plantar rabanitos. Que las peras también tienen buena pinta y que el manzano está cuajado de fruta.

—Ojalá llueva otra vez —sigue hablando—. La tierra está demasiado seca, hay que regarla sin cesar, y eso que en la alberca no queda ya casi…

Se interrumpe porque suena el timbre de la puerta del piso. Jekaterina se levanta y va a abrir. Seguramente es Warwara Iwanowa, la vecina de enfrente, que irá a pedir prestado un huevo o un poco de té. Lo que no hace nunca es devolverlo, la muy rácana, pero Jekaterina y su hermana son buena gente.

Sin embargo, Swetlana oye una voz de niño y se da cuenta enseguida de que no es Warwara Iwanowa quien ha llamado a la puerta. El pequeño, muy exaltado, está contando algo que Swetlana no puede entender. Al cabo de unos minutos se cierra de nuevo la puerta y Jekaterina vuelve a la cocina. Por la expresión de su cara se nota que ha pasado algo, pero no es capaz de soltarlo de inmediato.

—Termina de comer tranquilamente, Swetlana —dice—. Luego tienes que ir al colegio porque Mischa...

—¿Mischa? ¿Qué le ha pasado?

—Eso no me lo ha dicho el pequeño. No te pongas nerviosa. Habrá hecho alguna tontería. Ya sabes cómo son los chicos...

Swetlana deja la cuchara, se le ha quitado el apetito. Se levanta de un salto y se pone el abrigo y los zapatos. Mischa. Algo le ha pasado. El corazón le late tan aprisa que se marea.

—Terminaré de comer más tarde.

Fuera llueve. Una llovizna fina de finales del verano que le viene muy bien al campo, pero que cala el tejido del abrigo y proporciona una desagradable sensación de humedad. El colegio no está lejos, únicamente tiene que cruzar dos calles; solo se tardan diez minutos. Swetlana atraviesa el silencioso patio del colegio, entra en el edificio y oye el murmullo de voces infantiles que repiten frases a coro.

El portero ya la está esperando.

—¿Camarada Kovaleva?

—Soy yo. ¿Qué le ha pasado a mi hijo?

—Ha tenido un accidente.

Imagina que el suelo se abre bajo sus pies. Que Mischa está muerto. Que ha sido atropellado por un coche. Que se ha caído por las escaleras y se ha desnucado.

—Venga conmigo.

Él se adelanta por un estrecho pasillo y abre una puerta. Mischa está tumbado en un catre. Tiene todo su rubio pelo revuelto y vendas de gasa blanca en la mejilla y en la frente.

—¿Está...? —A Swetlana le falla la voz, no puede formular la pregunta.

El portero comprende lo que quiere decir e intenta tranquilizarla.

—Ha tenido mala suerte, camarada. Ha habido una pelea como las que suelen tener a veces los chicos, y él se ha llevado la peor parte.

Swetlana se acerca de puntillas al catre, toca la mejilla de Mischa, le toma el pulso y acaricia su enmarañado pelo. El chico no se mueve. Está tumbado con los ojos cerrados y los rasgos de la cara distendidos, como un angelito.

—Está inconsciente. ¿Qué le han hecho? —se enerva.

Al portero el asunto le resulta visiblemente desagradable. Una profesora era la encargada de vigilar en el recreo, pero no ha intervenido a tiempo; él también ha llegado demasiado tarde.

—¿Cómo puede pasar una cosa así en un colegio? —despotrica ella—. ¡Está inconsciente! Hay que llevarlo a un hospital. ¿Quiere que se muera? ¿Por qué no hace nada?

Swetlana está fuera de sí. Agarra al hombre por la bata y lo sacude hasta que él la empuja para que se aparte.

—Déjelo ya, camarada. Antes estaba consciente. Voy a subir para llamar al hospital. Quédese aquí. Y serénese.

Se marcha corriendo y ella se acerca a su hijo, le acaricia, le habla en voz baja, lo llama por su nombre y le toma una y otra vez el pulso, que está muy acelerado pero late a intervalos regulares.

—Ya viene una ambulancia —le anuncian.

Durante una eternidad sigue sentada junto al chico inconsciente, enfriándole la frente, frotándole los brazos, hablándole con insistencia, observando aterrorizada sus temblorosos párpados. Luego recorre arriba y abajo la diminuta habitación como un animal enjaulado, mira por el ventanuco hacia el patio de recreo adoquinado, donde ahora los niños corretean alegremente, juegan a dar saltos y forman grupitos para charlar. «Una pelea como las que suelen tener a veces los chicos», ha dicho el portero. Ahí fuera, en el patio, todos los niños se comportan con buenos modales, juegan y arman alboroto, pero no se pelean.

Por fin llega la ambulancia, un vehículo destartalado que sin duda perteneció al ejército, y se llevan a Mischa. Al principio no permiten que ella lo acompañe, pero se pone tan furiosa y empieza a vociferar tanto que por fin la dejan subir. Se acuclilla en un asiento improvisado desde el que no ve a Mischa, pero sí oye la conversación que mantiene el joven sanitario con el conductor. Hablan del fin de semana; el sanitario quiere ir con su novia a un lago y acampar; el conductor tiene una casa con jardín donde el domingo piensa celebrar su cumpleaños con sus amigos. ¿Se ocupará alguien de Mischa? No lo sabe. Todo le parece una pesadilla de la que pronto se despertará. ¿Cómo puede ocurrir una cosa así? Esa misma mañana le ha reñido a Mischa durante el desayuno porque se hacía el remolón, le ha metido prisa para que se marchara y no llegara tarde. Cae en la cuenta de que Mischa se ha quejado de sus compañeros de clase, y también de los profesores, que le echan en cara hablar mal en ruso.

—Me llaman nazi. Fascista. Sucio alemán.

—Que digan lo que quieran; tú no te preocupes —le ha respondido ella.

Le ha mandado al colegio porque confiaba en que allí sería bien acogido. Pero ha sido un error. Le han pegado hasta dejarlo inconsciente, y la profesora no ha podido ayudarlo. O no ha querido: ¿quién sabe? Swetlana espera una eternidad sentada en un pasillo gris mientras Mischa está siendo examinado y tratado por los médicos. Nadie se ocupa de ella, nadie le da ninguna información. Llama con los nudillos a varias puertas, pero la echan con cajas destempladas; insiste, se enfada, les dice que es la madre, que tiene derecho a saber qué le pasa a su hijo. Le toman sus datos personales, quieren ver sus papeles y la miran recelosos cuando les explica que todavía no tiene pasaporte. De Alemania... ajá. Fue deportada... vaya, vaya. ¿Y el padre del niño? Un alemán. ¡Lo que faltaba!

—Espere fuera, camarada. El médico hablará con usted.

—¡Quiero estar con mi hijo! —se enfada—. ¡Quiero verlo!

—Está en observación. Si sigue gritando así, tendremos que llamar a la policía y puede que sea detenida, camarada.

Se tranquiliza. Se sienta encogida en una silla del pasillo y espera. Al cabo de un momento llega Jekaterina, la abraza, llora con ella y le lleva té y pan para que tome algo. Al ver que Swetlana no regresaba, ha ido al colegio y se ha enterado de todo. Ha dejado una nota a Natalja y ha ido al hospital en el autobús para hacer compañía a Swetlana.

Por fin la llaman a la sala de curas. El joven médico le pide que tome asiento y le explica que Mischa ha sufrido una conmoción cerebral y presenta varias contusiones. Tiene el brazo izquierdo roto y se lo han escayolado para mantenerlo inmovilizado.

—Ha recuperado la consciencia. Puede entrar a verlo. Pero solo diez minutos.

Entre las sábanas blancas, Mischa tiene un aspecto alarmantemente débil y pálido. Lleva la cabeza vendada, y el brazo izquierdo está doblado y escayolado. El chico mira al techo de la habitación con los ojos abiertos de par en par, pero cuando Swetlana le habla, él responde.

—¿Te duele algo, Mischa?

—No, mamá.

—Enseguida te recuperarás.

—Decían que eras una puta alemana, mamá. Pero eso no es verdad, ¿o sí?

—No, es una mentira infame.

—Si te ofenden, me los cargo a todos.

—Ahora duerme, Mischuschka. Mañana vendré otra vez a verte.

En el autobús, Swetlana va callada al lado de Jekaterina. Cuando llegan a casa, Natalja ya las espera impaciente; no ha entendido la nota de Jekaterina. Swetlana se mete en la cama, quiere estar sola; deja que Jekaterina le cuente a su hermana lo que ha pasado. Mientras oye cómo susurran las dos mujeres en voz baja pero excitadas, Swetlana se sienta en la cama, se abraza las rodillas contra el pecho y se pone a pensar.

«La culpa de todo la tengo yo. ¿Por qué me lie con un alemán? Otras fueron violadas; si se quedaron embarazadas, no fue por su culpa. Pero yo lo hice por mi propia voluntad, porque ese alemán me gustaba, porque añoraba estar con un hombre. Y ahora mi hijo tiene que pagar por ello».

Se duerme de puro agotamiento, aunque pasa la noche inquieta, llena de pesadillas y se despierta antes de que despunte el día. Todavía reina la oscuridad, pero en el cuarto de baño se oye correr el agua porque Natalja ya se ha levantado y está arreglándose para ir a trabajar. Esa noche, en la cabeza de Swetlana ha madurado una idea y ha tomado una decisión que es tan firme e irrevocable que hasta ella misma se extraña.

No quiere quedarse en ese país. Han estado a punto de matar a golpes a su hijo; quizá Mischa tenga que acarrear toda su vida con las consecuencias de esa paliza. Ese país ya no puede ser su patria.

A Jekaterina no le dice nada acerca de esa decisión, pues ni ella misma sabe todavía cómo ponerla en práctica. Solo se lo cuenta a la vieja Anna Karlowa, cuando la ayuda a levantarse de la cama y le prepara el desayuno. La anciana se lleva las manos a la cabeza cuando se entera de la desgracia de Mischa. Entonces dice sencilla y llanamente:

—Vuelve a Alemania, chiquilla. ¿Qué vas a hacer aquí? Siempre seréis extranjeros; vuestro destino pende de vosotros como una sombra. Y créeme, Swetlana, no es bueno vivir en un país como si fueras un extranjero. Sé de lo que hablo.

Swetlana lo comprende. Entiende incluso algo más que la

anciana no es capaz de decirle. Sabe que ahora será extranjera en todas partes, allá donde vaya. Aquí en Smolensk y también en Alemania.

—Espera a que se recupere Mischa —le aconseja Anna Karlowa—. Y luego emprended el viaje.

Ay, la buena de la anciana… Seguro que siente nostalgia del país del que un día emigró su bisabuelo. Pero no tiene en cuenta que entretanto ha caído el Telón de Acero y, por consiguiente, no es tan sencillo viajar a Alemania. Y menos sin papeles de ninguna clase.

—Hablaré con Wolodja —dice Anna Karlowa, mientras sorbe el té—. Mi hijo puede ayudarte.

—¿Cómo podría ayudarme?

La anciana deja la taza de té con la mano temblorosa encima de la mesa. Sonríe para sus adentros. Una extraña sonrisa de satisfacción y un poco de picardía que Swetlana no ha visto nunca en ella.

—Mi Wolodja es un artista —dice con orgullo—. Ha pintado cuadros, ha estado en la *Akademija*, pero lo echaron diciéndole que al fin y al cabo era alemán. Su arte, sin embargo, no lo ha olvidado; es un maestro, Swetlana. ¡Un maestro de los grandes!

—Qué bien —opina Swetlana, y mira la hora porque quiere ir a ver a Mischa al hospital—. Entonces tienes un hijo con talento, Anna Karlowa.

—Sí que lo tengo, chiquilla. Te hará un pasaporte. Mi hijo hará para ti un pasaporte alemán. Con él podréis viajar a Alemania.

Hilde

Hilde es una luchadora, de eso no cabe duda. Se anima cuando nota que algo se le resiste, cuando puede pelearse, cuando tiene que imponerse. Pero lo de ahora ya es demasiado; a menudo tiene la sensación de estar luchando en vano contra los famosos molinos de viento.

La cosa empieza desde bien temprano. Su marido aprovecha el ratito que tienen para ellos dos solos por la mañana para insistir en sus deseos. Y lo hace siguiendo el lema: «La gota de agua horada la piedra». O dicho de otro modo: «El que la sigue, la consigue».

—¿Sabes una cosa, *ma petite colombe*? A tu padre le ha gustado mi idea. Me ha dicho que compremos la finca. Le encanta la comarca de Rheingau y también el buen vino...

Hace un momento estaban tiernamente abrazados, aprovechando esa temprana hora para un breve encuentro amoroso. Ahora toda la pasión de Hilde ha desaparecido. ¡Y dale con el dichoso tema! ¿Es que no puede dejarla en paz de una vez?

—Mi padre se compraría hasta el palacio de Biebrich si se lo pintaras apetecible, Jean-Jacques. Pero no tendría ni idea de cómo reunir el dinero necesario.

Astutamente, la rodea de nuevo con el brazo y la besa en el cuello, donde es tan sensible.

—Tu hermano Wilhelm ha hablado con su colega. Una oportunidad así no se vuelve a presentar nunca, le ha dicho. *Jamais*.

Hilde suelta un suspiro y se aparta de él. Wilhelm es otro tarambana igual que su padre. Tienen ideas geniales en la cabeza, pero no apoyan los pies en el suelo.

—*Tous les gens* que de noche salen del teatro —sigue hablando Jean-Jacques— quieren tomarse un vaso de vino. *Un bon vin*. De nuestra propia explotación vinícola. Ya estoy viendo el letrero en la puerta, *ma chérie*. «Vinos selectos de producción propia».

—¿Cómo sabes que esos viñedos pueden dar un vino siquiera decente?

—*Parce que c'est moi qui le fait.* Porque el vino lo haré yo.

Hilde pone los ojos en blanco mientras mira al techo y sale de la cama. ¡Lo que le faltaba! Que su querido esposo se pasara semanas o meses en su explotación vinícola de Eltville y ella tuviera que encargarse sola del café. Oh, no, lo necesita aquí, a su lado; tiene que olvidarse de inmediato de esa disparatada idea de la finca.

—Ya no quiero volver a oír hablar más del asunto, Jean-Jacques. Realmente tenemos otras cosas de las que ocuparnos.

Los gemelos hace rato que se han levantado y, una vez más, han bajado en pijama a ver a los abuelos, que los malcrían dándoles tarta para desayunar. Else se sube siempre los restos de tarta del café para hacer con ellos bolitas de chocolate o de ron. Para que no se desperdicie nada. Hilde solo se toma un café rápido y luego baja con su madre a desatrancar la puerta giratoria del Café del Ángel. Addi ya está montando afuera las sillas y las mesas que de noche guardan en el pasadizo techado que da a la escalera. Hilde contempla el cielo de verano con una mirada crítica: unos nubarrones pasan por delante del sol; todavía no está claro si hará un día de verano o si lloverá. También pueden pasar las dos cosas: que caiga un chaparrón y tengan que retirar a toda prisa las sombrillas y rescatar los manteles de las mesas.

¡Increíble! En el Café del Rey ya hay clientes sentados a las mesas y desayunando. Hilde no entiende ya el mundo. Son las nueve menos cinco. Sin embargo, los dos cafés abren a las nueve en punto.

—¿Has visto? —dice Addi, acarreando tres sombrillas—. Ahora abren desde las ocho.

Otra nueva maldad insidiosa del tal Mayer-Schulte. Sencillamente abre una hora antes. Ahora en verano ya ha salido el sol a las ocho, de manera que les roba los clientes del desayuno.

Addi ha espiado y está enterado de más cosas.

—Y además ahora tienen en la carta un pequeño desayuno por noventa peniques. Y hasta incluye un poco de embutido y algo de queso.

—¡Eso no sale rentable! —se asombra Hilde.

Addi se encoge de hombros y coloca las sombrillas. Hilde se apresura a llevar los manteles, las cartas del menú y los ceniceros. Probablemente los de enfrente ahorren en café y sirvan un aguachirle para poder darles una lonchita esmirriada de embutido y queso. Tiene que hablar enseguida con su madre; esto no puede seguir así. Su madre hace un café en el que la cucharilla se sostiene de pie; eso cuesta un montón de dinero, y encima a los clientes les entran taquicardias.

Finchen se presenta en el trabajo de buen humor y con el pelo recién ondulado, como siempre. Va a la cocina para abrocharse el delantal blanco alrededor de su amplia cintura y ponerse la cofia. Ya está al tanto de las más recientes maldades del señor Mayer-Schulte; por el camino se ha encontrado con una amiga que se lo ha contado con pelos y señales.

—Y fijaos a quién he visto: a Jenny Adler con Alois Gimpel desayunando tan contentos bajo una sombrilla roja.

Alois Gimpel es maestro repetidor y segundo director de la Orquesta del Teatro Estatal de enfrente y, desde hace algún tiempo, está liado con la soprano Jenny Adler. Hasta ahora figuraban entre los clientes más fieles del Café del Ángel, pero, según parece, han cambiado de idea. La madre de Hilde suspira profundamente. Lo que le ha sugerido su hija, que haga el café menos fuerte, lo rechaza de forma categórica.

—Aquí, en el Café del Ángel, se ofrece un café decente, Hilde. Mis padres ya lo hacían así, y así continuará mientras mi opinión siga contando aquí.

Finchen le da la razón apasionadamente. Según ella, un buen café es el buque insignia del local y los clientes saben apreciarlo. Quien considere que el café está demasiado fuerte, no tiene más que pedir una jarrita de agua.

—De esta manera vendemos doble cantidad de café por la mitad de dinero —se lamenta Hilde.

Pero justo en ese momento baja su padre por la escalera y, como siempre, refuerza la posición del bando contrario. Opina que el Café del Ángel se ha caracterizado por ofrecer un buen café. Jean-Jacques cruza la cocina y saluda amable a todos con un gesto de la cabeza; hoy no tiene ganas de respaldar a su mujer, aunque comparte su opinión. En su lugar, coge el papel con la lista de la compra, anotada ayer por su suegra, y se pone en camino.

Los gemelos bajan en pijama; Hilde agarra rápidamente a sus hijos y se los lleva otra vez para arriba. Hay que lavarse y cepillarse los dientes, peinarse y vestirse. Solo entonces podrán salir a jugar al patio. Después vendrá Luisa y se los llevará al parque infantil.

—Mamá, Andi ha lanzado la pelota al tejado.

—¿A qué tejado?

—Pues al de enfrente, al del cobertizo…

El cobertizo pertenece al Café del Rey; ahí guardan siempre los vecinos sus mesas y sillas plegables. ¡Precisamente ahí ha tenido que arrojar la pelota Andi, el muy infeliz!

—Esperad a que vuelva papá y os la baje.

Abajo, en el café, siguen a la espera de los primeros clientes. El padre de Hilde se enoja por la última maniobra de la competencia; luego elogia al cristalero por el vidrio nuevo que ha puesto en la vitrina de las tartas que, según él, es más bonito y más claro que el antiguo. A continuación se enfrasca en la lectura del *Wiesbadener Tagblatt* y se deja servir un café. Su padre es un buenazo; se altera, se queja un poco, se vuelve a tranquilizar y confía en que todo siga su curso habitual. Hilde distribuye por las mesas unos jarrones con rosas recién cortadas, saca tres a la terraza, los pone en las mesas plegables y mira con disimulo hacia la competencia. Ve que hay sentados como mínimo diez... no, incluso trece clientes en las mesas de fuera. ¿Se deberá al rojo chillón de las sombrillas, que atrae a la clientela? En ese momento llega un matrimonio mayor y se sienta a una mesa del Café del Rey. Y eso que ni siquiera ponen flores en ellas, solo unos folletos de publicidad. Hilde se acerca discretamente a una de las mesas con sombrilla roja y echa un vistazo al folleto.

—El viernes por la tarde actúan de nuevo en nuestro café los violinistas gitanos —le dice alguien desde lejos—. Venga a verlos, señora Perrier. —Egon Mayer-Schulte, que está a tres mesas de distancia, contempla con aires de suficiencia cómo espía Hilde.

Esta esboza una sonrisa forzada.

—Me encantaría, pero por desgracia tenemos tanto jaleo en el café que no sé de dónde podría sacar tiempo.

Cómo odia a ese personaje tan emperifollado y repeinado. Va siempre de traje oscuro con pajarita; lleva el pelo perfectamente cortado y peinado hacia atrás, seguro que se lo pega a la cabeza con alguna pomada. Tiene las sienes plateadas y un bigote con perilla oscuros: un auténtico gigoló. En invierno organizan siempre veladas de baile; para ellos no supone ningún problema porque tienen sitio de sobra. En el Café del Rey pueden menear el esqueleto en la pista de baile entre diez y quince parejas a la vez, mientras que en el Café del Ángel no caben ni cinco parejas; de ahí que hayan suspendido las tardes de baile.

Hilde coloca bien las flores de los jarrones y vuelve a mirar hacia la Wilhelmstrasse para comprobar si hay clientes que se dirijan al Café del Ángel... pero no ve a nadie. Resignada, regresa al café, donde Finchen se ha sentado a la mesa de su jefe para echar una ojeada al periódico. Su madre está en la cocina decorando la tarta de nata y chocolate. Ojalá la vendan hoy porque con el tiempo que hace las tartas de nata no aguantan mucho en la vitrina, que al ser una antigualla, no tiene refrigeración.

Hacia las diez y media llegan los primeros clientes, Hans Reblinger con Sigmar Kummer, que escribe en el periódico. Se sientan dentro porque les parece que fuera hace demasiado calor. También ha llegado Karin Langgässer con una colega, y más tarde aparece también Julia Wemhöner con la joven Claudia Breimann, que ha empezado a trabajar hace seis meses en la sastrería del teatro. Pero otros muchos empleados del teatro van ahora al Café del Rey, pues allí ofrecen también varios tipos de sopa y pequeñas raciones para picar. Eso la madre de Hilde ni se lo plantea porque entonces Marlene tendría que ir también por las mañanas.

En fin, entre unos y otros se lo ponen muy difícil. Su padre no para de charlar con Hans Reblinger, su madre sigue adornando sus tartas, Finchen atiende a dos chicas jóvenes que están sentadas fuera tomando Coca-Cola. Todos están felices, hace un sol radiante, en el cine echan *Tarzán* y en el parque del Balneario vuelven a celebrarse conciertos con regularidad. En el Café del Ángel el mundo parece estar en or-

den. Solo Hilde se afana de acá para allá con cara de insatis-
facción porque sabe que, de seguir así, tarde o temprano
acabarán en números rojos. El café tiene que alimentar a ocho
personas; además hay que pagar a tres empleados, aunque
solo trabajen por horas.

—Quiero que esta tarde nos reunamos para deliberar sobre el futuro del Café del Ángel —le dice a su madre.

—¿Qué hay que deliberar, Hilde? —se extraña esta.

—¡Un montón de cosas!

Su madre no le hace mucho caso. Seguro que otra vez salen a relucir las innovaciones que quiere introducir Hilde, y
no tiene ganas de volver a discutir por eso. Y su padre tampoco.

Pero Hilde no da su brazo a torcer, nunca lo hace, y su
madre lo sabe.

—En cualquier caso me reuniré con August y Wilhelm, y
Jean-Jacques también asistirá —dice con frialdad—. Papá y tú
estáis naturalmente invitados a manifestar vuestra opinión.

Su madre está desconcertada por estas medidas coerciti-
vas. Es lo que pasa con los hijos. Primero se esfuerza uno por
criarlos, darles de comer, llevarlos al colegio, pagarles la carrera... Y luego, de repente, notas que te miran por encima
del hombro. Entonces el huevo se cree más listo que la gallina.

Hilde está decidida a hacer un nuevo intento. Mientras prepara la comida del mediodía —coliflor, patatas y salchichas—,
va pergeñando mentalmente un plan: las cosas fundamentales
tienen que estar pensadas de antemano, las nimiedades se re-
solverán sobre la marcha.

Mientras se hacen la coliflor y las patatas, baja a todo correr a casa de sus padres y llama a la puerta de la habitación de
August.

—¿Sí? —dice este con la voz ronca, y carraspea. ¿Estaría
todavía durmiendo? ¿A las once y media de la mañana?

—¿Puedo pasar? Tengo que hablar contigo de una cosa.

—Un momento.

Hilde oye que se levanta de la cama y recorre la habitación; seguro que se pone aprisa algo por encima porque le dará vergüenza seguir a esa hora en pijama.

—Pasa, Hilde.

Su habitación está muy ordenada, hasta ha hecho la cama a toda velocidad. En los estantes, los libros parecen formar como soldados, los documentos y los cuadernos del escritorio se hallan clasificados en distintos montones, cada lápiz está en su sitio. August ha sido siempre muy ordenado, pero Hilde tiene la sensación de que su amor por el orden ahora se ha convertido en una manía.

—Se trata del futuro del café, August. He convocado para esta tarde un consejo familiar.

Le explica lo que se propone, y August se muestra completamente de acuerdo. Incluso hace un par de sugerencias que sobre todo atañen a la contabilidad y a los proveedores.

—¿Entonces me apoyas, hermanito?

Este asiente con la cabeza y se pasa la mano por la frente.

—Siempre que pueda, así lo haré, Hilde. El calor me sienta fatal.

Hilde le da las gracias y se marcha deprisa porque ha oído entrar a alguien por la puerta de la casa. Solo puede ser Wilhelm; sus padres, que ahora están abajo, en el café, subirían por la escalera de la cocina.

En efecto, Wilhelm va a parar literalmente a sus brazos.

—Ah, Hilde, mi hermanita favorita —bromea—. ¿Qué te trae por aquí? ¿Has sacado de la cama al pobre August?

Ha visto que el desayuno preparado por su madre para su hermano sigue intacto, lo cual significa que August ha vuelto a pasar una mala noche.

—Es que padece mucho el calor asfixiante.

Wilhelm pone cara de incredulidad porque no hace un

tiempo asfixiante, sino un agradable calorcito veraniego. Pero no dice nada, no vaya a ser que lo oiga August.

—Escucha, Wilhelm —dice ella—. Necesito tu apoyo y tu habitual espontaneidad para el consejo familiar de esta tarde.

Wilhelm hace un gesto de rechazo con el brazo.

—Normalmente te lo daría encantado. Pero esta tarde tengo un ensayo...

—Pues entonces ven un poco más tarde. ¡Se trata de un asunto familiar importante!

Él sigue buscando pretextos:

—Eso solo es aplicable si se cumplen noventa años, o con motivo de las bodas de oro o de un entierro.

—¡Si no me ayudas, en breve tendremos que enterrar el Café del Ángel!

—Bueno —suspira él—. En tal caso me sacrificaré.

Hilde no tiene piedad. Su hermano es un bribón. ¿Qué ensayo va a tener ahora, si la próxima temporada va a actuar en Múnich? Eso se lo ha contado ya Wilhelm a sus padres, y en especial su madre se ha sentido muy desgraciada. El querido Willi seguramente tenga una cita amorosa. Y en un caso así —en opinión de Hilde—, la familia es mucho más importante.

—Escúchame —le explica Hilde bajando la voz—. El plan es el siguiente: yo me adelanto y suelto lo que tenga que decir; papá y mamá se ponen nerviosos y se niegan. Entonces Jean-Jacques explicará que el asunto, al fin y al cabo, tiene dos caras y que son comprensibles todos los reparos que ellos hayan puesto. Eso se llama estrategia; mamá y papá se alegrarán de tanta comprensión y se mostrarán conciliadores y dispuestos a ceder un poco. Luego entra en escena August y respalda mi postura yendo incluso un paso más allá. Entonces mamá se debatirá consigo misma porque no quiere llevarle la contraria a August. Y llegados a este punto, te necesitamos a ti, hermanito. Tú eres nuestra arma secreta, el único capaz de dar la puntilla al asunto. Con tu encanto mundialmente famoso harás que nuestro barco ponga al fin rumbo a un puerto seguro.

Wilhelm tiene que contener la risa.

—Felicidades, hermanita. Un plan de combate que habría hecho los honores al mismísimo Napoleón Bonaparte.

—Déjate de bromas —gruñe Hilde—. Se trata de llevar a cabo, aunque con mucho retraso, la modernización del café. Así que esfuérzate.

—¡A sus órdenes, señora mariscal de campo!

Hilde pone los ojos en blanco. Luego se acuerda de la coliflor y las patatas y echa a correr lo más deprisa posible al piso de arriba, donde afortunadamente está en la cocina Luisa, que acaba de volver del parque infantil con los gemelos.

—¿Está pasada de cocción? —pregunta Hilde, refiriéndose a la coliflor.

—Bien hervidita —responde Luisa con una sonrisa—. Enseguida hago una salsa blanca para que no se note.

—Vales un potosí. ¿Vendrás a las tres al consejo familiar? Se trata del futuro del Café del Ángel.

Pero Luisa no puede ir porque tiene que remendar la manga del traje oscuro de Fritz. Esta noche toca en el casino del balneario en un concierto sinfónico; ahí todo tiene que estar perfecto porque los músicos se sientan en la primera fila del escenario y quedan expuestos a la vista del público.

El almuerzo transcurre con bastante tranquilidad; solo los gemelos son incapaces de estarse quietos. Frank se mancha la camisa de coliflor, Andi da de comer a escondidas a Bunte, que durante todas las comidas aparece debajo de la mesa. August está muy pálido y no dice ni una palabra. Se nota lo que le cuesta comerse al menos la pequeña porción que su madre le ha servido en el plato. Pronto se despide y vuelve a su habitación.

Su madre suspira en voz baja.

—Hace unas semanas creía que iba saliendo adelante, pero...

Hilde se enfada una vez más porque nadie le hace caso. ¿Por qué no intentan ayudar a August? En algún lugar de Alemania tiene que haber un médico que trate casos similares. Una clínica. Un medicamento. Pero su madre cree que solo dándole bien de comer se curará.

Después de la comida, Hilde saca tiempo para explicarle la estrategia a su querido marido. Este se muestra voluntarioso para ponerse de su parte, pero está algo distraído porque los gemelos no paran de incordiarle.

—Papá, tienes que coger la pelota.

—Es el cobertizo del Café del Rey. ¿Por qué tenéis que lanzarla justo ahí?

—Se fue volando ella sola.

Hilde prohíbe que nadie trepe al mediodía. A última hora de la tarde, cuando se haga de noche, podrá intentarlo Jean-Jacques. Al mediodía hay que descansar, y después los gemelos tienen permiso para tomarse excepcionalmente una Coca-Cola abajo, en el café. Para que no molesten durante el consejo familiar.

A las tres solo ocupan la mesa de la sala de estar Hilde y Jean-Jacques; poco después aparece Wilhelm con una botella de vino del Rin debajo del brazo.

—*Quelle bonne idée!* —exclama Jean-Jacques muy contento.

—¿Ahora? ¿De día? —refunfuña Hilde.

August se presenta y solo está tres minutos. Se siente mareado; por desgracia ha de tumbarse.

—Lo siento, Hilde.

—No pasa nada.

Con ello fallaría un punto esencial de su plan. Pero no

importa, saldrá bien de todas formas; al fin y al cabo, aún cuenta con dos a su favor. Su padre aparece con su caja de cigarros puros bajo el brazo, examina la etiqueta de la botella de vino y da su aprobación de experto asintiendo con la cabeza.

—Has tenido una idea francamente buena, Hilde —elogia a su hija, y echa mano del sacacorchos.

Hasta ahora todo va bien. Su madre es la última en llegar; está disgustada porque Finchen se ha quedado sola en el café y acaban de llegar nuevos clientes.

—Cuanto antes empecemos, antes habremos terminado —dice Hilde—. Sostengo la opinión de que debemos dar unos pasos decisivos para seguir siendo competitivos; de lo contrario, veo el futuro muy negro.

Todo sale según lo planeado. ¿Ventanas nuevas? ¿Ampliar la sala con el cuarto accesorio? ¿Un nuevo mostrador para las tartas? Ninguna de estas ideas es nueva para los padres, que las rechazan categóricamente.

—Para escuchar estas tonterías, no hacía falta que hubiera venido —protesta su madre—. Abajo hay un montón de cosas que hacer.

Luego entra en escena Jean-Jacques. Su cometido es dar la razón a sus padres para crear una atmósfera de buena voluntad y aumentar la predisposición para hacer concesiones.

—¡Hilde tiene razón! —exclama—. Este mes hemos vuelto a tener menos clientes que en mayo. *Et ça continue*. Y así seguiremos hasta que ya no venga nadie. La gente dice que el Café del Ángel es rancio. Que está pasado de moda y es aburrido.

Hilde intenta darle una patada por debajo de la mesa. ¿Qué está haciendo? Lo que tiene que hacer es darles la razón a sus padres. Sin embargo, sigue despotricando y sus padres se quedan horrorizados.

—¿Para qué sirven las fotos antiguas? Nadie conoce a los

que salen en ellas. Un café ha de tener las paredes despejadas. Y silloncitos de colores. Como ahí enfrente, en el Café del Rey.

Ya lo ha echado todo a perder, el muy tontaina. El padre de Hilde se pone furioso por lo de sus fotos de artistas; su madre se escandaliza por las butaquitas de colores. ¿Acaso hay que seguir esa moda tan absurda?

—¿De verdad creéis que la clientela vendrá al Café del Ángel para sentarse en estas incómodas sillas de plástico, que en verano se le quedan a uno pegadas al culo?

En lugar de hablar de lo fundamental, se ponen a discutir sobre sillas de plástico, lamparitas de pared y —¡cómo no!— sobre un mejor surtido de vinos. La patada de Hilde por debajo de la mesa la recibe por equivocación Wilhelm, que hace una mueca de dolor y luego mira la hora.

—Se trata de algo mucho más importante —interviene Hilde—. Ante todo hay que tirar la pared que separa la sala del cuarto accesorio. Para que el café parezca más moderno y espacioso. Por mí podemos volver a colgar las fotos de los artistas, pero no tan a la vista, mejor más al fondo…

A su padre le parece ofensivo que Hilde quiera colgar a sus ídolos más al fondo; su madre grita horrorizada que una reforma así dejaría todo hecho una porquería.

—Es del todo imposible hacerla —confirma su padre—. La estructura no lo resistiría. ¡Se podría derrumbar toda la casa!

Jean-Jacques se une a la discusión afirmando apasionadamente que la estructura no es ningún problema, porque se podrían poner una o dos pilastras que sostengan el techo.

—Así tendremos una gran sala —dice—. Hasta podríamos hacer música. O también teatro. O una cata de vinos de Rheingau producidos en Eltville. La gente vendría corriendo…

«La cosa se está volviendo cada vez más absurda —piensa Hilde desesperada—. Ahora sale otra vez con su idea de la explotación vinícola. Como empiece a decir que quiere comprarse una finca, mis padres se levantarán y nos dejarán plantados».

—Ahora haced el favor de escucharme —dice Hilde—. En el fondo todos queremos lo mismo. Queremos contribuir a que nuestro café se recupere.

—¡No de esa manera tan radical! —dice su padre—. Para eso no contéis conmigo.

—Conmigo tampoco —grita su madre—. Y además tengo que bajar ahora mismo al café.

«Se acabó —piensa Hilde—. Con lo bien que lo tenía yo todo planeado». Echa un vistazo a Wilhelm, que está mirándose las uñas muy concentrado. Él es su última esperanza.

—Pues eso suena de maravilla —dice este, y le dedica una sonrisa a su madre, que se acaba de levantar de la silla—. Un pequeño escenario en el fondo del café. Me gusta. Se me ocurren un montón de ideas.

Su madre lo mira dubitativa; su padre coge su caja de puros y se la mete debajo del brazo.

—¿Tú, Wilhelm? —pregunta este—. ¿Acaso actuarías tú?

—¿Por qué no? —opina Wilhelm, encogiéndose de hombros—. Recitaciones. Un poco de cabaret con los colegas. Una especie de café-teatro. Me haría ilusión encargarme yo mismo de la dirección.

De repente se hace el silencio. A su madre se le ablanda la mirada, y Hilde sabe en qué está pensando ahora. Si su Wilhelm puede actuar aquí, en el Café del Ángel, entonces vendría con frecuencia a Wiesbaden. O a lo mejor ni siquiera se iría a Múnich.

—También podemos traer músicos. Por ejemplo, a Fritz, aunque ahora tiene mucho que hacer. O podemos dejar que Hans Reblinger dé un recital.

Ahora su padre también participa del entusiasmo. Artistas en el Café del Ángel: esa ha sido siempre su mayor ilusión.

Y más si actuara su propio hijo, su Wilhelm. Eso sería la coronación de la obra de su vida.

Hilde se siente completamente desconcertada por este sorprendente giro de los acontecimientos. Aunque no sea muy partidaria de que en el Café del Ángel haya teatro y cabaret, de este modo sin embargo se llevaría a cabo la tan ansiada reforma. Y eso es lo principal.

—Podemos preguntarle a Alois Grundmann —dice la madre de Hilde, y mira con gesto interrogativo a su marido. Este asiente. Alois Grundmann es cliente habitual del café; tiene una empresa de construcción de la que ahora se encarga su hijo.

Hilde se propone acelerar el asunto y encargarse ella misma de consultar al señor Grundmann. Pero no lo comenta todavía, sino que le hace un gesto aprobatorio a su madre y le dice que ha tenido una idea muy buena.

Con eso se da por concluida la sesión. Los padres bajan al café, Wilhelm sale pitando hacia su «ensayo» y Hilde se acerca a su amado marido.

—Ya has tenido que sacar otra vez a relucir el dichoso tema, esa idea tan disparatada —le riñe—. ¡Catas de vino en el Café del Ángel! ¿Por qué no convertimos directamente el café en una taberna?

Jean-Jacques se siente ofendido. Al fin y al cabo, la brillante idea del escenario ha sido suya, y con ella ha conseguido que todo dé un giro a su favor. Hilde, sin embargo, va y le echa la bronca.

—Eres una desagradecida. Me he casado con una mujer sin corazón.

—Y yo me he casado con un hombre sin entendimiento.

La pelea no puede ir a más porque en ese momento los gemelos suben ruidosamente la escalera y llaman al timbre de casa. Jean-Jacques les abre, mientras Hilde recoge los vasos y los ceniceros.

—*Maintenant?* Está bien; voy a coger la escalera grande.

Hilde menea la cabeza, pero no interviene. ¿No le había dicho que esperara a la noche para subirse al tejado del cobertizo del Café del Rey? Pues lo va a hacer por la tarde, cuando pueden verlo desde las ventanas de las casas circundantes. Seguro que lo hace solo para fastidiarla.

Como la ventana de la cocina da al patio, mientras friega los vasos, Hilde ve lo que pasa ahí fuera. Jean-Jacques carga con la larga escalera, cruza todo el patio y la apoya en el cobertizo. Este está hecho a base de madera y lo cubre un tejado de chapa ondulada inclinado hacia el patio, para que el agua pueda escurrirse por el canalón. En realidad, la pelota debería haber rodado hacia abajo, pero se ha quedado atrapada en algún lugar del tejado de chapa ondulada. Jean-Jacques advierte a sus hijos de que no se suban a la escalera, sino que se limiten a sujetarla con fuerza, mientras él trepa por ella. Qué hábil es su querido marido, eso hay que reconocérselo. Enseguida llega al tejado, recorre con cuidado la chapa ondulada, se agacha para empujar la pelota con la mano...

Y entonces ocurre. Sucede con tal rapidez que Hilde apenas comprende qué ha pasado. Jean-Jacques se resbala por el tejado, empuja con los pies la escalera, que se cae, y justo le da tiempo de agarrarse del canalón con las dos manos. Ahí se queda colgado a dos o más metros del duro adoquinado del patio. Del susto, a Hilde se le cae de la mano el vaso de vino, sale corriendo de casa y baja las escaleras que dan al patio. Gracias a Dios a los gemelos no les ha pasado nada. Están al lado de la escalera derribada mirando hacia arriba. Su padre sigue sujeto al canalón, que ahora se dobla alarmantemente hacia abajo.

—Yo te recojo, papá.

—Mamá, papá está colgado ahí arriba.

Hilde siente el palpitar del corazón en la garganta; no obstante, permanece tranquila. Coge la escalera y la vuelve a apoyar en la pared del cobertizo, de modo que Jean-Jacques pueda alcanzarla. Y lo hace justo a tiempo porque en cuanto se agarra a ella, el canalón se rompe definitivamente y cae con gran estrépito al patio.

Cuando llega abajo sano y salvo, aunque con algún que otro arañazo, Hilde lo abraza y empieza a sollozar.

—A quién se le ocurre hacer esas cosas —dice llorando—. Por poco me muero del susto.

Él no dice una palabra, sino que le acaricia con suavidad la espalda y la mantiene muy abrazada. La besa varias veces en las mejillas; ella nota su respiración alterada y no es capaz de soltarle.

—¡Mira, papá! —exclama Frank—. Ya está aquí la pelota. Ha caído rodando mientras pataleabas.

Luisa

—¿Se dice «la piel» o «el piel», tía Luisa?

Michael, de ocho años, ha desplegado su cuaderno de escritura al lado de los instrumentos de costura de Luisa, en la mesa de la sala de estar, y está haciendo los deberes con arduo esfuerzo. Es el hijo de la vecina. Su madre tiene que trabajar mucho, a veces incluso por la noche; de ahí que Michael esté a menudo en casa de los Bogner. Luisa le tiene mucho cariño al rubito, le ayuda a hacer los deberes, y una vez hasta lo llevó al parque infantil mientras cuidaba allí de los gemelos de Hilde. Pero a la madre de Michael no le gusta que su hijo haga el gamberro en el parque infantil. Tiene mucho miedo de que pueda lastimarse.

—Se dice «la piel», Michael —responde Luisa.

Corta el hilo y da la vuelta a la manga de la chaqueta del traje negro de Fritz para comprobar que no se nota la costura.

—La casa —murmura el chico—. Y también se dice «la chica», ¿no, tía Luisa?

—Sí, Michael. La chica. La casa. La playa. La ciudad.

Michael hace una mueca y suelta un suspiro.

—La chica. Entonces hay que decir yo «la» doy el bolso a la chica, ¿no?

—No, se dice «le» doy el bolso, porque es un complemento indirecto.

—Un complemento indirecto —refunfuña Michael, y escribe la frase en el cuaderno. Escribe despacio y aprieta tanto el lápiz sobre el papel que cada dos por tres se le parte la punta. A Michael no le gusta escribir; en las asignaturas de lectura y escritura saca malas notas. En la asignatura de caligrafía solo tiene un cinco pelado. En cambio, es el mejor de la clase en aritmética y en gimnasia.

Luisa examina la manga remendada y queda satisfecha. Lo malo es que ahora ha encogido un poco, pero por suerte es la manga izquierda, que no importa tanto. Con el brazo derecho mueve Fritz el arco del violín; ahí sí le molestaría que la manga fuera demasiado estrecha. De todas maneras, salta a la vista que tarde o temprano tendrán que comprar un traje nuevo. O por lo menos una chaqueta. El traje negro es el uniforme profesional para un violinista de orquesta y en ningún caso debe estar desgastado o visiblemente remendado. Fritz ya ha echado un vistazo en la tienda del chamarilero de la parte antigua de la ciudad, pero los trajes que tiene ahí colgados apestan a bolitas de naftalina y además están muy pasados de moda. Y quién sabe quién los ha llevado antes y la suerte que han corrido hasta entonces. Fritz ha decidido que no quiere un traje de esos. Tiene que comprarse uno nuevo, aunque sea caro.

Luisa cuelga la chaqueta del traje remendada de una percha y la lleva al dormitorio. La casa de dos habitaciones que han alquilado es diminuta; con la cocina y el baño apenas mide cuarenta metros cuadrados. El retrete está en la entreplanta y lo comparten con otros tres inquilinos. El barrio Bergkirchen es de gente modesta que vive y trabaja con estrecheces; en los callejones juegan y arman jaleo los niños, y los viejos se sientan junto a la ventana para contemplar cómo va pasando el día. Cuando Fritz ensaya con el violín, algunos vecinos lo escuchan embelesados, mientras que otros se quejan del ruido. El zapatero Jensen llegó a lanzarle un día una bota a la ventana. Pero es que estaba borracho y al día siguiente se disculpó con mala conciencia.

—¿Quieres mirar si he cometido muchas faltas, tía Luisa? —pregunta Michael, pasándole el cuaderno. Luisa le pone delante un platillo con bolitas de chocolate que suele darle la tía Else. Luego coge el cuaderno y encuentra cuatro faltas gordas. Hay que utilizar la goma de borrar; pero se encargará Luisa de hacerlo porque en ese momento Michael tiene los carrillos llenos de bolas de chocolate y las manos bien pringosas también.

—¡Cuántas faltas! —se queja—. El alemán es un idioma difícil, el ruso es mucho más fácil.

Se echa hacia atrás un mechón rubio que siempre le cae por la frente. En la sien tiene una cicatriz, una línea roja irregular que desaparece arriba, en el arranque del pelo. Es porque una vez se cayó, le ha contado su madre. La madre de Michael procede de Rusia, pero lleva ya dos años viviendo en Wiesbaden y se gana la vida limpiando. Trabaja en varios sitios. De día, en casas particulares y en el hospital Paulinenstift; en el conservatorio y en la empresa Linde tiene que trabajar a última hora de la tarde y también de noche. Michael tiene una llave de casa; después del colegio entra él solo y se calienta la comida que su madre le ha dejado preparada la noche anterior. Cuando Luisa se encuentra en casa, le gusta estar con ella y contarle de todo un poco, porque su madre por la noche está siempre tan cansada que se queda dormida durante la cena. Únicamente descansa los domingos; entonces desayunan madre e hijo juntos tan a gusto y luego salen a dar una vuelta. Visitan el Landesmuseum o pasean por el parque del Balneario. Le compra siempre un helado a Michael y, por la tarde, suelen ir al cine a ver películas de vaqueros. A Michael le chifla el Salvaje Oeste. Cuando sea mayor, quiere ir a América y hacerse vaquero. Sobre todo porque los vaqueros no tienen que ir al colegio. Solo necesitan saber montar a caballo y disparar un rifle. Y lanzar el lazo. Esto ya lo ha probado Michael con la cuerda de tender la ropa, y no es tan fácil.

Por desgracia a su madre esas habilidades no le interesan lo más mínimo. Michael tiene que sacar buenas notas; dentro de dos años irá al instituto y hará el bachillerato. Luego estudiará Medicina en Frankfurt y se convertirá en médico. Así lo tiene pensado su madre y por eso trabaja tanto y limpia hasta bien entrada la noche. Solo lo hace por su Michael, porque para ella su hijo es la persona más importante del mundo.

—Pero tú todavía eres joven —le dijo en una ocasión Luisa—. ¿No piensas también un poco en ti?

Swetlana se limitó a reírse. Era una risa dura que le dolió a Luisa, pues es muy sensible a las penas del prójimo.

—¿En mí? —había respondido Swetlana—. Mi vida ya la he vivido. Michael, en cambio, tiene la suya por delante. Y quiero que sea feliz.

Luisa se pregunta horrorizada qué le ha podido pasar a esa mujer tan joven y hermosa para ser tan despiadada consigo misma. Calcula que tendrá, como mucho, veinticinco años. ¡A esa edad empieza la vida de una joven!

Esta noche Michael tiene que quedarse otra vez un rato solo esperando a su madre, porque el marido de Luisa le ha dado a esta una entrada gratuita para el concierto sinfónico del casino del balneario, y naturalmente ella quiere ir. Como siempre, Fritz llega tarde del ensayo. Está nervioso; habla de desavenencias entre los colegas: los hay que se creen mejores que los demás y no están dispuestos a compartir atril con él.

—Yo también quiero aprender a tocar el violín —interviene Michael.

Pero Fritz está tan nervioso que ni le oye, y por eso no contesta. A Luisa le preocupa lo que cuenta su marido; siempre le pasa lo mismo. Toca muy bien, mejor que otros muchos que tienen su puesto asegurado en la Orquesta del Teatro Estatal. Pero en la guerra sufrió una grave deficiencia visual en el ojo derecho y eso merma la confianza en sí mismo. No sabe imponerse, siempre es demasiado modesto y se deja arrinconar. Luego se enfada muchísimo consigo mismo y le da rabia cuando otros obtienen el puesto al que él aspiraba. Entonces Luisa tiene que consolarlo y darle nuevas esperanzas, asegurándole que llegará un día en que le concederán una plaza en la Orquesta del Teatro Estatal.

—Eres mi salvación —le dice él entonces con ternura—. De no ser por ti, estaría desesperado.

Luisa le prepara rápidamente una cena ligera, y mientras Fritz charla un poco —ahora sí— con Michael, ella va al dormitorio a cambiarse de ropa para el concierto. No es que tenga mucho donde elegir, pero como ha aprendido a coser con Julia Wemhöner, ha aprovechado algunos vestidos muy bonitos que le ha regalado Hilde porque a ella ya no le sirven. Le gusta llevar colores oscuros, le encantan los cortes sencillos que realzan su buen tipo. Porque está muy delgada y lo seguirá estando, pues difícilmente podrá tener su anhelado hijo propio. Se mira con ojo crítico en el espejo, después se peina el largo pelo castaño y se hace un moño alto en la nuca. Desde luego, una joya le vendría de maravilla al sencillo vestido. Una gargantilla o un broche. Sin embargo, salvo la alianza, no posee ninguna. Los anillos de boda los pagó en su día el tío Heinz; no en vano ella es la hija de su querida hermana Anneliese, que halló la muerte durante la huida de Rostock. La cama de matrimonio y el armario ropero fueron financiados por los suegros. Lo que gana Fritz tocando el violín con las suplencias que hace en distintas orquestas llega justo para el alquiler y la manutención. Que Luisa gane además unos cuantos marcos en el Café del Ángel les viene de perlas.

—De manera que quieres aprender a tocar el violín —oye que le dice Fritz a Michael—. ¿Sabes cantar bien?

—¿Por qué? —contesta el niño de ocho años con otra pregunta—. Quiero tocar el violín, no cantar.

—Pero has de tener buen oído. Canta conmigo…

Fritz entona una melodía de la sinfonía de Beethoven que van a tocar esa noche. Nada fácil para un jovencito. Pero Michael consigue cantarla sin cometer ningún error con una voz infantil clara y aguda.

—Eso está chupado —afirma, cuando Fritz lo elogia—. ¿Me enseñarás ahora a tocar el violín?

Fritz le explica que para tocar el violín hace falta estudiar muchas horas todos los días durante varios años.

—Y además necesitarías un violín.

Lo de practicar durante años no se lo acaba de creer Michael, pero sí se da cuenta de que necesitaría un violín. Y eso es muy caro; su madre no podrá comprárselo.

—Espera un poco —lo consuela Fritz—. Tal vez encuentre un instrumento sencillo a buen precio; para empezar puede valer… ¿Has terminado, Luisa? ¡Tenemos que irnos enseguida!

Luisa se pone los zapatos a toda prisa sin las medias de seda; como es verano, no pasará frío. Las medias de seda siguen siendo muy caras y ella solo posee un único par, que guarda como un tesoro. ¡Ay, dichoso dinero! Con la cantidad de cosas bonitas que venden ahora en Wiesbaden en todas partes… A diario abren tiendas que con sus ofertas atraen a los compradores. Pero cuando se gana tan poco y hay que estar siempre haciendo restricciones, no apetece recorrer la Langgasse, donde se alinea una tienda tras otra. El bolsito de terciopelo negro para el teatro se lo ha regalado por su cumpleaños su tía Else; en él caben solamente un pañuelo, un peine, unas cuantas monedas por si acaso y la entrada del teatro.

—¡Qué guapa estás otra vez, cariño! —se alegra Fritz, y se apresura a entrar en el dormitorio para arreglarse también él para el concierto.

—Bueno, pues adiós —dice Michael todo triste, y recoge las cosas del colegio. A Luisa se le parte el corazón solo de pensar que el chico tenga que esperar él solito a su madre en el piso de enfrente. Ojalá venga pronto; esta noche hace la limpieza en Linde, a eso hay que añadir también el trayecto en el tranvía. Qué duro es tener que criar una sola a un muchacho. El padre de Michael cayó en la guerra, un destino que el chico comparte con numerosos niños de toda Europa.

Luisa y Fritz recorren las estrechas callejuelas el uno al lado del otro. A veces, él le coge de la mano y se sonríen. Está contenta de poder admirar hoy a su marido en el escenario de la solemne y recién inaugurada sala del casino del balneario. Naturalmente, él no es más que uno entre muchos y por desgracia solo toca el segundo violín; de todos modos, participar en este concierto es algo importante. De camino hacia el barrio del Balneario, pasan por mundos muy diferentes que aquí son colindantes. Desde las estrechas y oscuras callejas de Bergkirchen hasta la ajetreada Langgasse, donde reina un continuo tráfico y donde las tiendas y los almacenes atraen a la clientela. Desde allí, a través de una calle transversal, se cruza a la suntuosa Wilhelmstrasse. Aquí se halla la ciudad balneario de Wiesbaden: cafés y tiendas caras se suceden sin interrupción; también se puede contemplar y admirar el casino del balneario y el Teatro Estatal, así como envidiar a los inquilinos de las lujosas villas de ladrillo y las maravillosas vistas del parque del Balneario.

—Hasta luego, cariño —dice Fritz, y le aprieta otra vez la mano. No se atreven a darse un beso en plena calle, aunque sea en la mejilla, eso no se hace.

—¡Suerte! —dice Luisa, y amaga un escupitajo en el hombro izquierdo. Esa es la costumbre entre los artistas; en realidad es una tontería supersticiosa, pero casi todos se la toman en serio.

Fritz corre con su violín enfundado hacia la entrada trasera del casino del balneario. Luisa se queda un rato viendo cómo se aleja. Hace seis años, cuando se dieron el sí, estaba firmemente convencida de que en breve formarían una pequeña familia. Ella quería tener dos niños por lo menos, aunque tampoco le hubiera importado tener tres o cuatro si Fritz hubiera obtenido un puesto fijo en la Orquesta del Teatro Estatal de Wiesbaden y hubiese podido alimentarlos a todos. Pero el destino les había deparado otra cosa.

—¡Luischen! Qué bien que hayas venido. ¿Toca Fritz en la orquesta sinfónica?

Es Sofia Künzel, que vive en un ático de la casa de los Koch y, a estas alturas, imparte clases de canto y piano en el Conservatorio Municipal. La Künzel siempre habla a voz en grito y con toda franqueza. A Luisa le cae bien pese a todos sus defectos.

—Bueno, ya va siendo hora de que uno de los viejos decrépitos de la Orquesta del Teatro Estatal haga sitio a un músico joven —dice en voz muy alta, mientras estrecha la mano de Luisa sin parar de agitarla—. Eso mismo les he dicho hace poco a mis alumnos. Chicos, les he dicho, allí hay muchas momias pegadas a las sillas.

A Luisa le da un poco de vergüenza que hable tan alto porque la gente se vuelve a mirarlas. Por suerte, ahora la Künzel descubre a dos de sus alumnos entre los asistentes al concierto. Les hace una seña y se marcha. Luisa se deja llevar escaleras arriba hasta la entrada por la corriente del numeroso público, enseña su entrada y accede al foyer del casino del balneario. Durante mucho tiempo, el casino del balneario estuvo reservado para los americanos, que tenían allí su club; ahora la gran sala, que sufrió graves desperfectos durante la guerra, ha sido por fin restaurada y abierta al público. Luisa tiene su localidad en una fila de atrás de la platea; debido a la frondosa decoración floral solo puede ver una parte del escenario, pero no le importa demasiado, no hace falta que esté todo el rato con la vista clavada en su Fritz.

Arriba, en los palcos, se congrega la alta sociedad de la ciudad: los industriales, con cuyos donativos se han hecho los trabajos de restauración, y naturalmente los políticos: el primer alcalde, Redlhammer, con su esposa; los señores concejales con sus mujeres y también los representantes de los ocupantes americanos. A Luisa la sala recién restaurada le parece lujosísima, casi ostentosa, con sus gruesas columnas de estuco gris imitando el mármol, los capiteles dorados, el techo de casetones de color oro blanco y las tupidas cortinas de terciopelo color granate al fondo. Qué marco más costoso para un concierto. Y su Fritz se sentará dentro de un rato ahí arriba con el traje remendado y tocará el segundo violín. Ahora los músicos salen al escenario y se dirigen tranquilamente, uno tras otro, a su sitio, donde ya tienen el instrumento preparado. Se oye el ruido confuso y atonal que surge cuando afinan sus instrumentos y se extinguen los murmullos del público. A Luisa le encantan esos minutos en que la orquesta se prepara para el gran momento, cuando el primer violín, también llamado concertino, marca el tono y todos se ajustan a él, cuando los oboes cambian rápidamente de partitura, los instrumentistas de metal soplan el agua condensada del instrumento y los violinistas colocan bien los atriles. Es un momento de máxima tensión y emoción, una congregación de todas las fuerzas para el inminente acontecimiento musical. Tiene que estirar un poco el cuello para poder ver a Fritz a la izquierda en la segunda fila. Está afinando su violín, aún no se da por satisfecho con el resultado.

Ahora suenan los aplausos. El director musical Otto Schmiedtgen sale al escenario con un frac negro, se inclina ante el público y luego se vuelve hacia sus músicos. Luisa cierra los ojos para disfrutar de la música sin distracciones. Muchas de las melodías ya las conoce; Fritz las ha practicado y ensayado una y otra vez; y también le ha hablado mucho de esta obra del gran Beethoven y ha despertado su entusiasmo. Desde que está casada con Fritz ha aprendido un montón de cosas sobre la música. Se le ha abierto una puerta a un mundo lleno de belleza, por lo que le está eternamente agradecida a su marido.

En el descanso va al foyer para estirar las piernas y encontrarse con algunos conocidos. Charla un ratito con Addi Dobscher, que con el traje oscuro está muy distinto que con su bata gris habitual; parece un lord inglés o un banquero rico. Luego descubre a su tío Heinz en medio de un grupo de amigos del teatro, y naturalmente se acerca enseguida a él, lo abraza y se encarga de que le lleven una copa de champán.

—Mi querida sobrina Luisa —se la presenta a un conocido americano—. Su marido toca en la orquesta. Un joven violinista muy dotado. Dentro de poco podrán escucharlo en el Café del Ángel.

Luisa se entera sorprendida de las inminentes reformas y de las «veladas artísticas» planeadas en el Café del Ángel, las cuales —así lo confiesa el tío Heinz— aún se encuentran en sus inicios; es más, en realidad, hasta el día anterior no se tomó la decisión de hacerlas. Pero Heinz le dice que ya puede ir poniendo al corriente a Fritz, puesto que en otoño se celebrará la primera velada.

—Y, por supuesto, recibirá unos honorarios —le dice el tío Heinz en voz baja—. Eso se da por descontado.

Luisa da un sorbito de champán y nota cómo le llega a la sangre y le provoca un ligero y agradable mareo. La tía Else se acerca a ella y le cuenta todo tipo de historias de los gemelos; ayer lanzaron la pelota al cobertizo del Café del Rey y su padre tuvo que subir a recogerla.

—Los dos son como un rayo de sol. —Se entusiasma la tía

Else—. Ahora que August nos da tantas preocupaciones y Wilhelm se irá pronto a Múnich...

Luisa asiente y sonríe, sin que se le note lo triste que le ponen esas palabras. ¡Qué afortunada es Hilde por haber tenido a los dos chicos! Y eso que en su día, después del aborto, temía no volver a quedarse embarazada. Pero fue una preocupación en vano; en cuanto Jean-Jacques se recuperó en cierta medida, Hilde se quedó en estado de buena esperanza. En octubre del cuarenta y seis, tras mucho papeleo con las autoridades alemana y francesa, por fin pudieron casarse. Lo celebraron sin alharacas y en la más estricta intimidad familiar, pues la barriga de Hilde era tan gorda que a duras penas podía andar. A las tres semanas nacieron los gemelos. Dos diminutos bebés rosáceos, para los que Luisa tejió unos gorritos azul claro de suave lana.

—Estos los guardaré para ti —le prometió entonces Hilde. Y así lo hizo; ahora los gorritos de punto se hallan en el armario ropero de Luisa. Muy al fondo, detrás de los calcetines de invierno. Para no tener que verlos tan a menudo.

—¡Luisa! ¿Cómo estás? ¡Qué bonito vestido!

Ante ella aparece Julia Wemhöner, que luce un elegante traje negro que contrasta enormemente con su melena pelirroja.

—Bueno, lo he acortado un poco y he cambiado un par de costuras. Tal y como aprendí contigo.

Julia se alegra, pues le parece que Luisa saca poco partido de su talento; luego se marcha para saludar a un conocido, un joven cantante al que Luisa ya ha oído una vez en una ópera de Mozart. Suena una campanilla avisando de que da comienzo la segunda parte del concierto y rogando al público que vuelvan a ocupar sus asientos. Luisa se da prisa en apurar su champán. Cuando retira la copa vacía de su boca, ve de repente a Wilhelm Koch de pie junto a una de las columnas de estuco. Parece muy relajado, casi indolente, con una mano en el bolsillo de la chaqueta y sonriente. A su lado está una de sus jóvenes colegas, Karin Langgässer se llama, una mujer rubia, alta y muy delgada. Esta intenta explicarle a Wilhelm algo que parece importante, pero él ni siquiera la escucha, está fascinado por otra cosa. Luisa sigue su mirada y descubre… a Julia Wemhöner. Esta deja su vaso de vino vacío en una de las mesas blancas, para lo cual ha tenido que volverse hacia un lado, y sonríe a Wilhelm. Luego se dirige lentamente hacia la sala para sentarse en su sitio. Tiene unos andares bonitos, le parece a Luisa. Suaves y elegantes, muy femeninos. Qué raro que hasta ahora no se hubiera fijado en esa particularidad de Julia.

Después del concierto, Luisa espera a su marido delante de la entrada de los artistas. Está cansado y, al mismo tiempo, nervioso; ella le sugiere tomar una copa de vino en el Café del Ángel, pero a él no le apetece. Está furioso porque su colega se ha permitido cometer numerosos deslices que posiblemente le atribuyan a él. Vuelven a casa en silencio, cruzan la Langgasse, que ahora está casi vacía, salvo por unas cuantas personas que salen de la última sesión del cine. Solo al llegar a las callejuelas de Bergkirchen, Fritz la coge de la mano.

—No te lo tomes a mal. Me he enfadado, pero ya estoy bien. No permitamos que se nos estropee esta bonita noche.

En el portal de casa, la atrae hacia sí y la besa. Suben muy abrazados por la escalera, sin importarles los olores que les llegan, porque ya solo se ocupan el uno del otro. Arriba, en el piso, huele a cerrado. Luisa abre todas las ventanas para que entre el aire fresco de la noche, Fritz deja la funda del violín en su sitio y ve que en la despensa todavía queda media botella de vino tinto.

—En el fondo, somos unas personas afortunadas —opina, cuando se sientan a la mesa a beber el vino—. Nos tenemos el uno al otro, Luisa. Estamos sanos y somos felices juntos. Además contamos con la música y con un montón de buenos amigos.

Ella brinda con él y opina que tiene razón. Luego se queda un rato mirando el cielo de la noche por la ventana abierta. Al lado del tejado a dos aguas de la casa de paredes entramadas de enfrente ve el disco plateado de la luna. Brilla con una luz increíblemente luminosa, haciendo que las grises ripias de los tejados lancen destellos y que destaque con claridad la estrecha chimenea de mampostería.

—Algo me ronda por la cabeza, Fritz —dice ella en voz baja—. Lo pienso una y otra vez.

—Dímelo, querida.

Se muerde los labios, lo que en ella significa que ha roto con algo. Con una esperanza de la que sabe que ya nunca se cumplirá.

—No hago más que pensar en los dos niños que en su día me llevé a Wismar. Elke y Jobst. ¿Y si vamos a buscarlos y los traemos a vivir con nosotros?

Wilhelm

Ha esperado hasta que su madre bajara otra vez al café después del almuerzo y luego ha sacado del armario la maleta de piel. Qué antigualla. Le quita el polvo soplando, tose y con el dedo limpia las pegatinas de unos colores ya bastante desgastados. St. Moritz. París. Ámsterdam. ¡Santo cielo! ¿Cuál de sus antepasados emprendió esos viajes? ¿Sus abuelos? Es posible. Y si es así, la maleta debe de tener muchísimos años. Eso también explicaría que aun vacía pese ya varios kilos. Wilhelm abre el armario ropero y echa todo lo que quiere llevarse encima de la cama. Calcetines, ropa interior, tres camisas, dos jerséis. Pañuelos… ¿los necesita realmente? En cualquier caso, el calzado de invierno, las zapatillas y un par de zapatos de calle. Uf, como meta además el abrigo de invierno en la maleta, no le cabrá nada más. Seguramente necesite también la mochila. Desde luego, sería más sencillo ir a Múnich con su coche. Pero este ya no le pertenece. «Qué buena persona soy», se dice para sus adentros.

Con un suspiro se pone a guardar las cosas en la maleta; se enfada porque los zapatos de invierno ocupan mucho sitio y se le ocurre la genial idea de rellenarlos de calcetines y calzoncillos. ¿Dónde están los libretos? Ah, en el escritorio.

Debe meterlos sin falta, no se le pueden olvidar; interpreta cinco papeles, aunque solo en uno hace de protagonista, los demás son personajes secundarios. Pero no está nada mal.

Siente mucha curiosidad por ver qué tal es el trabajo en Múnich. El Teatro de Cámara tiene un gran prestigio. Allí estrena sus obras gente como Fritz Kortner, que ha regresado de su exilio americano. Wilhelm considera un honor y una gran oportunidad poder actuar en ese escenario. Hace unas semanas, cuando viajó a Múnich para la recitación, le entró bastante miedo escénico; en el tren fue memorizando una y otra vez el texto y, de repente, tuvo la sensación de que había ido demasiado lejos con su solicitud. Sin embargo, en cuanto vio la magnífica fachada modernista del teatro y aspiró el ambiente que se respiraba en su interior, supo que estaba en su elemento. Se concentró tanto en su papel que apenas notó la presencia de los cuatro hombres y de la mujer que juzgaban su trabajo. Y le quedó bordado.

—Lo ha hecho estupendamente, joven —le dijeron—. Creo que tendremos trabajo para usted.

Como era de esperar, su madre se quedó muy consternada cuando Wilhelm regresó con la noticia de que pronto se trasladaría a Múnich. Su padre, en cambio, estaba entusiasmado de que Kortner hubiera regresado a Alemania. ¡Por fin levantaba cabeza el teatro!

—Fritz Kortner es uno de los más grandes —le dijo a su hijo. Y luego Wilhelm tuvo que admirar la fotografía que Fritz Kortner había ennoblecido con su firma mucho antes de la guerra, cuando estuvo en el Café del Ángel.

Coloca los libretos encima de los jerséis y se detiene un momento. ¿Ha oído pasos? ¿O solo son figuraciones suyas? La despedida de su madre no será fácil, pero en cualquier caso es mejor que no le pille haciendo la maleta. Porque entonces seguro que le hace meter toda clase de bártulos inútiles que ella cree que son «imprescindibles». Cosas tan innecesarias como fajas, guantes de punto o ropa interior de angora. Después de pensárselo un momento, decide ir a ver a August para despedirse a solas de él. Abandonar a su hermano es lo que más le cuesta, pues sabe que este echará de menos las conversaciones con él. Su estado psíquico es fluctuante. Unas veces se levanta y va al parque del Balneario o incluso a la ciudad para comprarse alguna cosa; una vez hasta se sentó abajo, en el café, para leer el periódico. Pero la mayor parte de las veces el buen humor trueca ya al día siguiente en todo lo contrario; entonces se queda tumbado hasta la tarde en su habitación con las cortinas echadas y sin poder comer ni dormir. Por iniciativa de Hilde, han buscado un neurólogo en Frankfurt que le ha prescrito tranquilizantes y le ha aconsejado que tenga paciencia. Pero el medicamento solo le da sueño a August; entonces se queda dormido y cuando se despierta se encuentra aún peor que antes.

—Hombre, Wilhelm, ¿vienes a despedirte? —pregunta su hermano, incorporándose en la cama—. Ya te he oído hacer la maleta.

¡Vaya por Dios, con lo que se ha esforzado por no hacer ruido…! Entra en la habitación de su hermano y se sienta en la silla del escritorio. August ha comido con ellos al mediodía, pero luego ha tenido que retirarse de nuevo. A su madriguera, como llama Hilde a su habitación.

—Pues sí, me voy mañana por la mañana —dice Wilhelm—. Es una gran oportunidad, la verdad, y espero sacarle provecho.

August le sonríe animándolo.

—Eso te deseo, hermano. Creo firmemente que tienes algo muy especial. Eres todo un talento del teatro.

—¡Venga ya! —dice Wilhelm conmovido, y le da un empujón amistoso a August—. No exageres.

—No exagero nada —insiste August—. Puedes llegar a ser alguien muy importante, Wilhelm. Siempre y cuando no te extravíes, sobre todo en tu vida privada; ya sabes a qué me refiero.

Claro que Wilhelm sabe a qué se refiere su hermano. Sus numerosos amoríos nunca le han gustado al bueno de August. En ese sentido, su hermano mayor es un poco provinciano.

—No te preocupes —dice en tono un poco arrogante—. Seguro que no me ato a una esposa con siete hijos hambrientos.

August no puede evitar reírse. No, no se refería a eso.

—Pensaba más bien en tus brevísimas historias. ¿Qué fue de aquella rubia atractiva que te consiguió fecha para una recitación en Hamburgo?

Wilhelm hace un gesto de rechazo con la mano. Karin es una buena chica y posee una bonita figura. Pero no es nada romántica. Más bien demasiado realista. Y ambiciosa.

—¿Qué ha sido de ella? Pues que anteayer se fue a Hamburgo y le deseo toda la suerte del mundo. Ningún rencor ni lágrimas de despedida. Buena amistad entre colegas. Así es el teatro, hermano. Ahí una mujer no piensa enseguida en llevarte al matrimonio. De lo contrario, ¡adiós a la profesión!

August asiente comprensivo; Wilhelm ya le ha soltado con frecuencia discursos parecidos. No comparte su opinión, pero tampoco tiene ganas de discutir. Además, ¿qué podría contarle él de bueno sobre el matrimonio? Eva lo abandonó: esa es toda su experiencia matrimonial.

—Entonces hagámoslo breve, Wilhelm. Supongo que esta noche habrá una emotiva reunión familiar de despedida. En la que no voy a participar, por cierto. Digámonos adiós. Te deseo lo mejor, Wilhelm. Lo mejor de todo.

Se dan un abrazo, y Wilhelm le golpea el hombro.

—Eh, que voy a seguir en este mundo, hermanito. Solo estaré ahí abajo, en la Baviera profunda. Cuando os vuelva a visitar, a lo mejor no me entendéis porque hablaré el bávaro como un viejo repartidor de cerveza.

—Y no dejes de escribir. Envíanos tus críticas, para que papá pueda seguir pegándolas en su carpeta.

—Lo mejor es que vengas a visitarme, August. Así podremos corrernos alguna juerga en Múnich.

—Sí, no estaría mal —opina August sin demasiada convicción. Después Wilhelm sale de la habitación y cierra la puerta tras él. La imagen de su hermano sentado en la cama, pálido y demacrado, haciendo un esfuerzo por sonreírle, se le queda grabada durante mucho tiempo. Maldita guerra asquerosa. ¿En qué has convertido a las personas? ¿Por qué no las sueltas de tus garras ahora que llevamos viviendo seis años en paz?

Deja la maleta a medio hacer y decide acercarse un momento al teatro. Primero ha de recoger su tocador, luego quiere despedirse de algunos empleados y, por último, tiene que entregar la llave de su armario. Tiene la mala suerte de que abajo, en la terraza del Café del Ángel, está sentado Hans Reblinger con Sigmar Kummer e Ida Lenhardt. No le queda más remedio que despedirse de ellos y contarles las ganas que tiene de empezar su nuevo trabajo en el Teatro de Cámara de Múnich, pero que considera la época que ha pasado en Wiesbaden como un periodo importante en su vida y que quizá, nunca se sabe, acabe algún día volviendo al Teatro Estatal de Wiesbaden. Finchen, que les sirve tres cafés con un chorrito de alcohol, contiene unas lagrimillas y dice que conoce a Wilhelm desde niño y que es como si lo hubiera criado. Y que siempre ha sido un pillín. Wilhelm, que empieza a sentirse algo avergonzado, los saluda con una inclinación de cabeza y se marcha a todo correr.

En el teatro ahora no hay mucho jaleo; los ensayos para la próxima temporada van lentos. Ensayos de puesta en pie, ensayos de lectura, costura de los vestidos, preparación de los decorados... Recoge del tocador los pocos utensilios que son de su propiedad privada y los guarda en el bolsillo del pantalón. El bigote negro que llevó en la obra de teatro de Molnár lo pega en el espejo y, con un lápiz para las cejas, pinta encima dos ojos y, con maquillaje, una boca roja debajo; luego abandona el lugar del crimen para echar un vistazo a la sastrería.

Allí reina un sospechoso silencio; no se oye el traqueteo de ninguna máquina de coser y la mesa de corte está sola y abandonada entre los percheros.

—¿Hola? —llama en medio del silencioso espacio—. ¿Dónde están las damas de la alegre aguja? ¿No hay nadie?

En el cuarto contiguo se oye movimiento; unas tijeras que se caen, la voz de una mujer que maldice en voz baja.

—Ah, señor Koch. ¿Qué se le ha perdido por aquí?

Es Annelie, la compañera de Julia Wemhöner, diez años mayor que ella.

—Solo venía a decir adiós. ¿No está la señora Wemhöner?

Annelie niega con la cabeza; hoy parece estar de especial mal humor.

—Hoy libra… Bueno, pues entonces le deseo que le vaya bien en Múnich.

Cuando ella hace amago de volver a sus quehaceres, Wilhelm cae en la cuenta de algo que le quiere decir. Hoy es la última oportunidad que tiene.

—Ah, señora Kupke. Quería decirle una cosa.

Ella se vuelve y hasta se quita las gafas. ¿Será para oír mejor? Nunca se sabe.

—Hace unas semanas oí por casualidad un comentario suyo que no me pareció adecuado.

El rostro de Annelie muestra desconcierto y, acto seguido, animadversión.

—¿Cómo dice?

—Cito lo que dijo: «Se han olvidado de gasearla».

De haber podido, Annelie le habría abofeteado. Wilhelm ve cómo se pone roja, cómo se le afila aún más la barbilla y se echa a temblar.

—¡Yo no he dicho eso jamás! —grita.

—Entonces lo habré soñado —opina él sonriendo—. Es curioso lo reales que parecen a veces los sueños. Pero me alegro de que no lo haya dicho. Porque sería algo completamente inadecuado, ¿no cree?

Ella le clava una mirada llena de ira, como si quisiera abalanzarse sobre su cara.

—¡No tengo ni idea de lo que está hablando! —dice antes de irse y dar un portazo tras ella.

Wilhelm se queda satisfecho consigo mismo. Que se enfade con él si quiere; se lo merecía, la muy víbora. En cualquier caso, de ahora en adelante se lo pensará bien antes de soltar esas barbaridades. Liberado, respira profundamente sintiéndose como el héroe del día, y se dirige al despacho para dejar allí su llave. Rellena un formulario, firma, desea buena suerte a las trabajadoras de la oficina y ve que han llegado varias cartas de sus fervientes admiradoras. Incluso hay una caja con un regalo de despedida. Un cortapuros plateado. Esta misma noche se lo regalará a su padre; le vendrá muy bien. Con los bolsillos de la chaqueta repletos, cierra la puerta de la entrada de los artistas y sale a la calle.

«Mañana publicarán en el *Wiesbadener Tagblatt*: "Nuestro Willi Koch abandona el Teatro Estatal de Wiesbaden. Es el fin de una era"», piensa regodeándose.

Él mismo se ríe de su propio pensamiento, mientras se pone el sombrero de paja de medio lado y decide qué más hacer esa tarde. Qué lástima no haber encontrado a Julia Wemhöner. Bueno, a lo mejor la ve esta noche en la escalera. ¿Y si le compra un pequeño regalo de despedida? Un par de florecitas. O un libro. O un perfume. Bah, tonterías, eso no va con Julia. Tiene que ser algo especial. ¿Qué tal un libro de poemas? ¿Tal vez Rilke? Rilke siempre está bien. Dirige sus pasos hacia la Langgasse para preguntar en la librería Vaternahm por un volumen del poeta checo y se encuentra con dos jóvenes damas que quieren que les firme sin falta un autógrafo.

—Oh, señor Koch —suspira una de ellas, poniendo los ojos en blanco—. Qué golpe más duro que nos abandone…

—Nunca olvidaremos su Diafoirus. —Se entusiasma la otra—. Pocas veces me he reído tanto.

—Ah, ¿sí? —dice Wilhelm, menos entusiasmado—. Cómo me alegro.

Claro que tienen que reírse; por algo es un papel cómico. Pero en realidad él no es un cómico, sino un actor de carácter. ¡En Múnich lo demostrará!

—Muchas gracias, señoritas —dice en un tono encantador, y se toca el sombrero de paja. Luego se aleja deprisa y está a punto de atropellar a una dama vestida de negro que está mirando el escaparate de una tienda de sombreros.

—¡Tenga más cuidado! —le increpa.

—Le ruego que me perdo… ¡Julia! ¡Es usted! Precisamente quería ir a verla… Bueno, en cierto modo, esa era al menos mi intención —dice, y se interrumpe porque nota que va a meter la pata. Qué guapa está con esa cara de enfadada.

—¡Wilhelm! —dice ella, meneando la cabeza—. Siempre tan impetuoso. Ha estado a punto de tirarme al suelo.

A Wilhelm le intimida su mirada alegre y burlona, cosa que no suele ocurrirle nunca. Julia tiene algo que lo convierte en un niño pequeño. Su amabilidad salpicada de una leve ironía le confiere una especie de superioridad. En fin, es una mujer estupenda.

—Como le decía, iba yo pensando…

—Ya, ya… —dice ella sonriente.

—Iba pensando en usted, Julia.

—Y voy y aparezco en carne y hueso. ¿Le sucede eso con frecuencia?

Naturalmente, no le cree. Eso pasa cuando se tiene fama de rompecorazones. Sin embargo, en este caso Wilhelm ha dicho la verdad.

—Solo con usted.

Ahora ha ido demasiado lejos. Ella se echa a reír y dirige de nuevo la mirada al escaparate. ¿Querrá comprarse uno de esos sombreros? La verdad es que todos ellos parecen un poco provincianos, como si fueran del estilo «cacerola con plumas de gallo de un pálido color gris ratón».

—Un pelín... anticuados, ¿no? —pregunta Wilhelm con precaución.

—Sí, quieren dejar el negocio.

Él sigue sin entenderla.

—¿Y está pensando usted en comprar los restos a buen precio para el teatro?

Wilhelm, que está a su lado, se pone la mano a modo de visera encima de los ojos y contempla el escaparate, ligeramente cubierto de polvo.

Ella gira la cabeza y lo mira con una sonrisa picarona.

—¿Sabe guardar un secreto, Wilhelm Koch?

—Por supuesto. Soy una tumba.

Ella le dedica una mirada castigadora. La verdad es que cuando mira de forma tan severa, parece una profesora. Una profesora pelirroja sumamente seductora.

—Estoy pensando en alquilar este local —le confiesa ella.

Al principio él se sorprende, pero luego lo entiende. Claro, con esa compañera tan «simpática» en la sastrería del teatro es muy comprensible que busque alternativas. También él está contentísimo de librarse de Seitz, su director favorito.

—¿Quiere hacer sombreros?

Ella se echa a reír.

—¿Por qué no? No; sobre todo quiero dedicarme a la moda. Para las damas adineradas de la sociedad. Moda hecha a medida: ese es al fin y al cabo mi oficio.

Lo mira desafiante, y él no se esfuerza en ocultar su entusiasmo.

—Eso suena fantástico, Julia. Quizá debería haberlo hecho hace tiempo, en lugar de tener que aguantar a esa boba de Annelie.

—Es posible.

Julia prefiere no hablar del tema, no quiere molestarlo con sus lamentaciones y se guarda su disgusto para ella. Pero Wilhelm piensa que tiene que haber pasado algo gordo para que Julia Wemhöner, tan estrechamente vinculada al teatro, se vea obligada a dar ese paso. Desde luego, él podría haber amenazado a Annelie Kupke con una denuncia. Para robarle al menos dos noches de sueño.

—¿Sabe una cosa? —le pregunta a Julia—. Me gustaría invitarla a un café. Al fin y al cabo, hoy es mi último día en Wiesbaden.

—Sí, es cierto —dice ella, y la verdad es que parece un poco apenada—. ¿Se marcha mañana a Múnich?

Wilhelm se queda algo decepcionado. Que tenga que recordarle cuándo se va de viaje no da precisamente testimonio de que ella esté día y noche pensando en él. Por otra parte, parece que le afecte de verdad, y eso lo apacigua de nuevo.

—¿Al Café del Ángel?

—Oh, no. Vamos mejor al Bossong. Llevo fatal la mirada triste de mi madre. Además, hay tantos conocidos…

Ella lo entiende. Doblan por una bocacalle en cuyo chaflán se encuentra el Café Bossong. Todas las mesas de la terraza están ocupadas, así que se sientan en el interior, en una mesa que está junto a la ventana. Allí hace un fresquito muy agradable, no hay mucha luz y está casi vacío. Solo hay un señor mayor bebiendo cerveza al fondo y, no lejos de él, dos señoras tomando tarta de nata. Wilhelm comprueba de un vistazo que allí tienen una vitrina para las tartas iluminada y además refrigerada. Hilde tiene razón; con ese calor resulta de lo más práctico.

Piden café y enseguida inician una conversación.

—Así que los dos nos hallamos a las puertas de un nuevo

comienzo —opina Wilhelm—. ¿Qué tiene pensado para su negocio?

Ella le cuenta que todavía está dándole vueltas a su plan. El día anterior fue a ver la tienda y descubrió que consta de varias habitaciones sucesivas; las dos centrales no tienen luz del día y la del fondo da a un patio pequeño. Ahí se podría cortar y coser; los dos cuartos del medio, bien iluminados, serían perfectos para probarse la ropa, y delante recibiría a las clientas, hablaría por vez primera con ellas, les enseñaría catálogos o haría unos rápidos bocetos.

Ha ahorrado dinero con el que podría sobrevivir los primeros meses, sin duda los más duros.

—Sin embargo, es una apuesta arriesgada —dice, y suspira.

—Quien no arrisca no aprisca.

Wilhelm la anima y se ofrece para hacer de presentador con motivo de algún desfile de modelos. Ella se ríe y dice que todavía tardará un poco hasta que pueda organizar su propio pase de modelos.

—De todos modos, le tomo la palabra, Wilhelm.

—Claro que sí, Julia.

Estar tan cerca de ella, tan metido en la conversación, tan expuesto a sus miradas y a sus gestos, enardece a Wilhelm. Lo que siente con ella no se parece en nada a lo que siente cuando está con las jovencitas del coro de la ópera, con las ambiciosas actrices o con las chicas del ballet. Julia tiene un bagaje a sus espaldas, ronda los cuarenta y cinco años, es una mujer con experiencia en la vida y, sin embargo, a menudo parece una niña pequeña. Es romántica, se entusiasma, se entrega y, al mismo tiempo, sabe dominarse asombrosamente bien.

Mientras él le habla del Teatro de Cámara de Múnich, observa la expresión de Julia, en la que se refleja su propia excitación, y se siente comprendido. Están en sintonía. A cada cosa que dice él, ella añade algo; cuente ella lo que cuente, él hace un comentario. Se ríen juntos. Él nunca la había visto tan alegre y despreocupada.

—Se está a gusto con usted —dice ella finalmente, y le acaricia el brazo—. Qué pena que se vaya mañana de viaje. Le echaré de menos.

Aunque la caricia ha sido solo amistosa, un poco maternal incluso, Wilhelm se siente de repente atrapado por un torrente de emociones que debe dominar, porque de pronto le entran unos deseos completamente delirantes.

—No me voy para siempre —balbucea, y por timidez mira su reloj de pulsera—. Vaya, qué tarde se ha hecho. Mis padres me esperan. Para la cena de despedida.

—Pues dese prisa. No los haga esperar de ningún modo. Sus padres son unas personas maravillosas, Wilhelm.

Él insiste en invitarla y a los dos les entra la risa cuando se pone a rebuscar calderilla y va sacando toda clase de cosas de los bolsillos del pantalón. Cartas, maquillaje blanco, un cortapuros de plata, varias cintas elásticas, un rizo de pelo rubio recogido con una cinta de seda rosa...

—Déjeme que lo averigüe —dice ella—. ¿De Karin? Ah, no, no puede ser suyo. ¿De Irene? No, su pelo no es rubio natural. Ah, ya sé, de Sabinchen, esa chica tan mona del ballet.

Él se avergüenza; no quiere que le considere un bala perdida. Porque no lo es. Al menos, no siempre. A decir verdad, ha dejado de serlo porque de repente se ha vuelto serio. Por eso no se ríe de la broma, sino que solo esboza una sonrisa forzada.

—¿Enfadado? —pregunta ella, mientras se dirigen hacia la salida del café.

—¡En absoluto!

—Lo siento. A veces me paso de bromista. No lo decía con mala intención, Wilhelm.

Afuera, el sol cae a plomo sobre ellos con una luz estridente que los deslumbra; se acabó la intimidad del fresco y silencioso espacio interior.

Se estrechan la mano para despedirse; Wilhelm promete que la escribirá, le desea lo mejor para su proyecto y le asegura que asistirá a la inauguración de su tienda. Por supuesto, si las circunstancias se lo permiten.

Luego se separan. Julia en dirección a la Langgasse y él en dirección a la Wilhelmstrasse. En el cruce, Wilhelm se detiene y se vuelve: aún le da tiempo a ver el brillo de su coleta pelirroja entre los transeúntes; después ella desaparece entre la multitud.

Tan solo ha sido un suave roce. La mano de ella deslizándose por su brazo. Eso ha sido todo. Sin embargo, ese leve contacto ha despertado un enorme deseo y una sucesión de imágenes apasionadas que ya no podrá quitarse de la cabeza. Algo maravilloso al tiempo que angustioso se ha adueñado de él. Julia, la amante lejana e inalcanzable.

Swetlana

Agosto de 1951

Le aterroriza viajar con ese pasaporte falso. ¿Cómo va a saber ella si Wolodja ha hecho un trabajo bueno o malo? Se ha enterado de que ha utilizado un pasaporte auténtico, pero prefiere no saber de dónde lo ha sacado. Es un cuadernito con tapas de cartulina azul donde está impreso con letras negras:

Pasaporte provisional para ciudadanos alemanes
Expedido en Wiesbaden, zona ocupada por los americanos.
El pasaporte ha sido expedido a nombre de:
Swetlana Stammler, con apellido de soltera Kovaleva

Stammler era el apellido del padre de Mischa. Gerhard Stammler, suboficial de la *Wehrmacht*. En 1944 fue destinado al frente oriental, donde cayó en algún lugar. Swetlana todavía conserva la postal de Brandemburgo que él le mandó. La guarda para Mischa.

—Has tenido suerte —le ha dicho Wolodja—. Desde mayo hay pasaportes nuevos en la Alemania Occidental. Pero esos los tienen solo unos pocos. En el tuyo he puesto que está expedido en 1948.

Wolodja tiene una mata de pelo rizado gris, los ojos claros

y una barba corta. No olvida mencionar que normalmente recibe tres mil rublos por un trabajo así.

—Pero para una buena amiga de mi madre es gratis.

¡La despedida de Jekaterina y Natalja es un momento muy triste! Las dos imploran a Swetlana que se quede. Que no se busque la ruina. Le dicen que los controles en las fronteras son muy estrictos; que si no se dan cuenta del engaño los de la aduana soviética, lo harán los polacos. Y sobre todo los americanos. Y los alemanes seguro que también. Es una locura lo que se propone hacer. Y encima con el niño. ¡Una irresponsabilidad!

—Te meterán en la cárcel. Te enviarán a Siberia. O te matarán directamente.

—Te quitarán a Mischa. Lo meterán en un orfanato. Y entonces no volverás a ver a tu hijo.

Pero Swetlana no ha olvidado el aspecto que tenía su hijo cuando fue apaleado. Mischa se ha recuperado, pero le ha quedado una cicatriz en la sien que llevará de por vida.

¡Quiere irse de allí, de ese país que ya no es su patria!

Y luego todo ha sido más sencillo de lo que imaginaba. Ninguno de los funcionarios de aduana le hace preguntas, ninguno la mira con recelo, solo miran la foto y la comparan con su cara; la fotografía la ha sacado Wolodja con su propia cámara y la ha retocado; encima ha pintado un precioso sello. El hijo de Anna Karlowa es realmente un artista.

Después de tres días y tres noches de viaje en ferrocarril, de varios transbordos y de diferentes paradas no previstas, llega a Wiesbaden. De noche se apea del tren procedente de Frankfurt y se planta con Mischa en el oscuro andén.

—¡No quiero volver a viajar en tren nunca jamás, mamá!

—dice Mischa, que durante el trayecto no ha parado de vomitar.

El pequeño parece enfermo y está demacrado; los dos están muertos de cansancio por el largo viaje. No sabe qué hacer a esas horas de la noche en una ciudad que no los espera y no se le ocurre otra cosa que confiar en una patrulla de ocupantes americanos. Mischa y ella son conducidos al cuartel general. Y entonces empiezan los problemas. Ella les cuenta su historia, les enseña el pasaporte y les pide que la dejen quedarse con su hijo en Alemania. Pero la cosa no resulta tan fácil. Los retienen allí a los dos durante varios días, a ella la meten en una celda de la cárcel y, mediante un intérprete, la interrogan varias veces al día. Se da cuenta de que los americanos la toman por una espía soviética e intenta desesperadamente disipar esa sospecha porque teme ser repatriada. No quiere ni imaginarse lo que les pasaría a Mischa y a ella si volvieran allí. Pero tiene suerte. Al final la dejan quedarse, le dan incluso un pasaporte nuevo, y los ocupantes le proporcionan un pequeño piso en el barrio Bergkirchen de Wiesbaden. Sabe que está bajo vigilancia porque los americanos aún desconfían de ella, pero ahora Swetlana Stammler, viuda de Gerhard Stammler —tales son sus credenciales—, es oficialmente ciudadana de la ciudad de Wiesbaden. Como consecuencia de los bombardeos que ha sufrido el ayuntamiento, se han quemado muchos archivos, de modo que su boda con Gerhard Stammler en el año 1942 no puede ser confirmada ni desmentida. Así que Mischa es considerado un hijo legítimo.

Se decide que vaya durante un año más a la guardería antes de ser escolarizado la Pascua siguiente. Para alivio de Swetlana, su hijo se lleva bien con los niños alemanes.

Swetlana está feliz y contenta. Ha arriesgado mucho y ha ganado. No lo ha hecho tanto por sí misma como por su hijo, para que tenga un futuro mejor. Las preocupaciones de Jekaterina eran infundadas. Anna Karlowa tenía razón. Cómo le gustaría escribir a sus amigas de Smolensk, pero de momento no se atreve. Por esa estúpida historia del espionaje tiene miedo de que las sospechas recaigan sobre Jekaterina y Natalja.

Han pasado los meses, un año, dos años. A estas alturas, Swetlana se siente segura en Wiesbaden, aunque no acaba de sentirlo como su hogar. Mischa, al que ahora llama Michael para que nada recuerde su origen de la Europa oriental, está ya en el segundo curso. Tiene varios buenos amigos, pero su madre no le deja que los lleve a casa, y tampoco le gusta cuando sus amigos lo invitan a él. Porque ella no puede corresponder. A diferencia de otras madres que se pasan todo el día en casa, Swetlana tiene que trabajar. Ya ha aprendido a hablar bastante bien el alemán, pero su acento delata que no es su lengua materna. A eso se añade que no tiene estudios, que no tiene una formación, de modo que no le queda más remedio que ponerse a limpiar. Como gana poco dinero, se ve obligada a trabajar en varios sitios. Se recorre toda la ciudad en el tranvía y por la noche llega cansada a casa.

—Los demás niños juegan fuera al escondite y al fútbol —refunfuña Mischa—. Yo también quiero jugar.

Pero eso se lo prohíbe. No es un chico de la calle, no debe hacer el gamberro con los demás ahí fuera, ni jugar al fútbol o escarbar en los solares de las ruinas. Swetlana tiene miedo de que le pase algo a su hijo. Podría encontrar un artefacto explosivo que le estallara. Esas cosas pasan a menudo, lo pone en el periódico, y la vecina se lo cuenta. También hay coches que atropellan a los niños que están jugando. Y hombres desconocidos que les hablan y se los llevan. No; Michael tiene una llave colgada del cuello con una cinta. Con ella puede entrar en casa, calentarse la comida y hacer los deberes.

«Nos acordamos mucho del pequeño Mischa», escribe Jekaterina. «Mándanos una foto para que sepamos el aspecto que tiene ahora».

Swetlana escribe ya con regularidad largas cartas a sus amigas y a Anna Karlowa; también Michael añade unos renglones, aunque le cuesta mucho porque no le gusta escribir. Cuando es el santo de alguien o por Pascua y en Navidades se mandan pequeños obsequios unos a otros. Swetlana echa mucho de menos a sus amigas; en Alemania no ha encontrado a nadie que la haya acogido con tanta amabilidad y de una manera tan incondicional como las dos hermanas de Smolensk. Si acaso, su vecina Luisa, que de vez en cuando cuida de Michael. Luisa es una persona cariñosa y afable, pero Swetlana abriga sus reservas con respecto a ella. Y es que Luisa le mete al chico ideas en la cabeza que a Swetlana no le gustan:

«¿No juegas nunca con tus amigos, Michael?».

«¿Te apetece ir conmigo a la piscina?».

«No hace falta que seas el mejor en todas las asignaturas...».

Desde que Michael va a casa de Luisa y Fritz, ha empezado a oponer resistencia ante las reglas impuestas por Swetlana.

—Yo también quiero jugar con mis amigos. Y la semana que viene me han invitado a una fiesta de cumpleaños. En casa de mi mejor amigo.

Swetlana acaba cediendo. Compra un regalo y acompaña a Michael a la fiesta en el tranvía; por la noche va a recogerlo. Eso le supone dejar de limpiar en dos sitios; pero lo recuperará trabajando más. Lo malo es que ahora cada vez le invitan con más frecuencia. Y luego está el cumpleaños del propio Michael en abril. Quiere invitar a diez amigos, incluidas algunas niñas. Si hace buen tiempo, entonces pueden ir al parque y jugar a la pelota. Pero si llueve, tendrá que acoger a once niños en su pequeño piso.

—Yo te ayudo —le ha dicho Luisa—. Puedo organizar juegos y preparar una tarta.

Y eso fue lo que hizo. El día del cumpleaños, los niños correteaban alegremente de una casa a otra; en el piso de Swetlana había chocolate y tarta, y en el de Luisa y su marido Fritz se hacían toda clase de juegos, incluso se podían ganar pequeños premios.

—Ha sido el mejor cumpleaños de mi vida —dijo Michael por la noche, cuando lo llevó a la cama—. ¿Por qué Fritz no puede ser mi papá?

—Porque tienes otro padre. Eso ya lo sabes.

Le ha contado toda clase de mentiras acerca de su padre porque no quiere que se entere de la verdad. Que su padre se alegró muchísimo cuando él nació. Que fue él quien eligió el nombre de Michael. Que lo abrazaba y le costó mucho separarse de él cuando tuvo que regresar al campo de batalla. Nada de eso es cierto. Gerhard fue a verla una sola vez al hospital cuando dio a luz. Después del parto, cuando se reincorporó al trabajo, Gerhard se encargó de que le permitieran estar con su hijo. Y así fue. A finales de 1944, fue enviado al este, desde donde le escribió una vez antes de caer en combate. De eso se enteró ella en el campamento porque lo pusieron en el tablón de anuncios.

—¡Pero mi papá está muerto! —insiste Michael—. Fritz podría ser ahora mi padre.

—Puede ser un gran amigo tuyo, pero no tu papá.

—¿Por qué?

—Porque para eso tendría que estar casado conmigo.

Eso le queda claro a Michael. Fritz está casado con Luisa. Pero no tienen hijos.

—¿Por qué no tienen hijos? —pregunta.

—Seguro que algún día los tendrán.

Swetlana está al tanto de los abortos de Luisa y le da mucha pena, pero no es fácil consolarla porque no quiere hablar de eso. Cuando sale la conversación, cambia enseguida de tema.

—¡Fíjate, Swetlana! Fritz ha encontrado un violín para Michael. Uno de sus alumnos del conservatorio ha dejado de tocarlo y a sus padres les gustaría venderlo.

Otra de esas locuras que le meten al chico en la cabeza. Está bien que Michael tenga buen oído, pero no por eso tiene que tocar necesariamente un instrumento. Y encima un violín, que molestará a los vecinos; eso el que mejor lo sabrá es Fritz Bogner. Y además ella no tiene dinero para comprar algo tan innecesario. Lo poquito que puede ahorrar todos los meses va destinado a la carrera de Michael. La carrera de Medicina es muy cara, por eso ha empezado ya a ahorrar, pues no puede contar con una beca.

—Cincuenta marcos no es mucho, Swetlana. Es un buen violín y eso es importante.

—No puede ser. No tengo ese dinero. Lo siento. De todas maneras, os agradezco las molestias que os habéis tomado.

Pero ahora se ve con claridad lo influido que está Michael por los dos. Cuando su madre le anuncia que no habrá clases de violín, se pone testarudo. Empieza a dar patadas en el suelo y a gritar, y cuando ella lo reprende, pega tales voces que lo oyen todos los vecinos.

—¡Pero yo sí quiero!

Nunca le ha pegado, como hacen otros padres. Ahora está tan rabioso que está a punto de hacerlo. Le agarra de las muñecas y lo sujeta. Él patalea y llega a pisarla.

—Tú no eres mi mamá. ¡Quiero que Luisa sea mi mamá!

Ahora a Swetlana se le escapa la mano y Michael recibe la primera bofetada de su vida. ¡Oh, cuánto le ha dolido esa frase! ¿Así le agradece su amor? ¿Sus desvelos y sus preocupaciones? ¿Así le agradece que trabaje día y noche para que le vaya bien y progrese en la vida? «¡Tú no eres mi mamá!».

—¡Vete a la cama! ¡Hoy no quiero volver a verte!

Sin decir una palabra, el chico da media vuelta y se va al dormitorio. No llora, se queda callado sentado encima de la cama, desconcertado por el cachete que le ha dado su madre. Y eso que es algo completamente normal, todos los niños reciben bofetadas, y en el colegio a los alborotadores se les golpea con una regla de madera en la punta de los dedos. Algunos chicos hasta alardean de la paliza que les dio el día antes su padre. A Swetlana, de todos modos, le duele ver la cara de susto que ha puesto su hijo. ¡Ay, si ella lo único que quiere es que le vaya bien…! Que tenga una vida bonita y sin preocupaciones. Que sea una buena persona. Que se haga médico, como lo era el padre de Swetlana. ¿Para eso tiene que saber tocar el violín?

De noche Michael se pone a vomitar. Su madre tiene que levantarse varias veces a sujetarle la cabeza, prepararle una infusión, cambiar las sábanas, limpiar el suelo. Por la mañana el chico tiene fiebre y no puede ir al colegio. Ella también está hecha polvo y renuncia a dos horas de limpieza, y cuando Michael se queda dormido, también ella se acuesta media horita antes de ir con él al médico. «¡Ojalá no haya contraído una grave enfermedad!», piensa preocupada. Uno de sus amigos tiene el sarampión, que puede derivar en una pulmonía o incluso en difteria. Por suerte Michael ya ha pasado las paperas, pero ¿y si ha cogido la varicela? Enseguida lo mirará a ver si tiene granos rojos o erupciones cutáneas. Agobiada por estas preocupaciones, sucumbe a un sueño inquieto; sueña con el viaje en tren a través de la invernal Polonia, contempla llanuras nevadas, casas de madera bajitas, bosques de pinos que crujen bajo el peso de la nieve. El tren va dando todo el rato frenazos, las ruedas chirrían sobre los raíles de metal, parece como si chillaran; aquello se asemeja al llanto lastimoso de un gatito…

—¿Michael?

Se despierta sobresaltada y mira hacia la cama vacía de su hijo. ¿Habrá ido al cuarto de baño porque otra vez le han entrado ganas de devolver? Se levanta y cuando se dispone a abrir la puerta del lavabo, lo oye otra vez. Un ruido chirriante como el canto de un grillo que al final se convierte en un sonido musical. El sonido tiembla, se vuelve ronco, se interrumpe. Viene del piso de los vecinos y seguramente se trate de un violín. Pero no puede ser en ningún caso Fritz Bogner, más bien parece un principiante haciendo sus primeros ensayos con el instrumento.

—¿Michael? ¡Michael! ¡Mischa!

Se pone la blusa y la falda deprisa, abre con fuerza la puerta del piso y sale a la escalera. ¡Ahí está ese sonido otra vez! Ahora lo oye mucho más claro; más que un gato gimiendo parece un niño llorando.

—No tan fuerte —oye la voz de su vecino—. Solo tienes que apretar lo que necesite el arco para hacer que suene la cuerda. ¿Lo has oído? Prueba ahora tú.

Primero suena un chirrido, luego un tono limpio y bonito. Se interrumpe, comienza de nuevo, esta vez suena más alto, más forzado.

—Sigue probando. Aguza el oído; tú mismo te darás cuenta de si suena bien o mal. Esta es la cuerda de sol, que tiene los tonos más graves. Esta es la cuerda de re. A continuación viene la cuerda de la. Y la de mi es para los tonos más agudos. Esta es de metal, ¿lo ves?

Swetlana está tan enfadada que tiene que apoyarse en la pared. ¡Fritz dando clase de violín a Michael! Y lo hace sin su permiso. Seduce a su hijo para que haga esa insensatez, le roba al chico, lo vuelve rebelde, levanta un muro entre ellos dos. Y por si fuera poco, lo hace cuando Michael está enfermo. Inspira profundamente el aire, luego cruza los tres pasos del rellano de la escalera y toca el timbre en casa de los Bogner. Está tan enfadada que da varios timbrazos.

Cuando Luisa abre la puerta, se abalanza literalmente sobre ella.

—¿Qué hace aquí Michael? ¿Cómo es que está tocando el

violín? ¡He dicho que no quiero que lo toque! ¡Michael! ¡Deja inmediatamente el violín y ven aquí! Estás enfermo; tenemos que ir al médico.

Michael se ha puesto los pantalones cortos encima de la camisola que usa para dormir. Tiene un aspecto extraño porque los faldones de la camisa le asoman por las perneras del pantalón. Pese a que su madre grita y despotrica, el chico no llora. Aparta poco a poco el violín y dirige una mirada interrogativa a Fritz Bogner, a quien luego le pasa el instrumento. El arco lo deja con cuidado encima de una silla.

—He venido porque me aburría, mamá —dice—. No quería despertarte porque estabas muy cansada.

Swetlana guarda silencio. Todos la miran con cara de reproche. Su cólera se desvanece y le entra mala conciencia. Michael se ha levantado y no quería despertarla porque, en su opinión, ella necesitaba dormir. Eso es algo muy considerado por su parte. ¿Por qué se pone a chillar como una loca? ¿Qué tiene de malo que Fritz Bogner le enseñe cómo extraer sonidos a un violín?

—Por favor, no se enfade con Michael —dice Luisa con una voz muy suave—. Solo le ha picado la curiosidad. Es un chico muy listo y quiere saberlo todo. Debería estar orgullosa de él, señora Stammler.

Swetlana nota el calor que encierran las palabras de Luisa. Que elogien a su hijo la hace feliz. Sí, está orgullosa de su chico, pero también tiene miedo por él.

Luego Luisa dice una cosa que le llega al alma:

—Ojalá tuviéramos un hijo como Michael.

Se ha roto el hielo. La ira de Swetlana se diluye. De pronto, se siente tan profundamente conmovida que abraza a la vecina.

—Lo siento, lo siento mucho. Estaba tan furiosa porque ha pasado muy mala noche… y luego lo veo aquí tocando el violín y…

Al principio, Luisa se queda sorprendida por el abrazo; luego, también ella abraza a Swetlana.

—Se preocupa demasiado, Swetlana. El chico está dotado para tocar el violín. Y le hace tanta ilusión...

Swetlana solloza un poco, asiente y se deja convencer para sentarse y tomarse una taza de café. Ve cómo su hijo sonríe lleno de esperanza, y cuando este se sienta a su lado, comprueba que ya no tiene fiebre. ¿Se habrá curado? Entonces a lo mejor ya no hace falta que lo lleve al médico.

A Fritz Bogner le remuerde la conciencia. Se disculpa ante Swetlana y le pide que no considere su conducta como una intromisión en la manera de educarlo que tiene ella. Bajo ningún concepto querría que ella lo viera así.

—Mischa tenía muchas ganas de saber cómo se producen los sonidos del violín, y entonces le he demostrado que no es tan fácil como parece. ¿Verdad, Michael?

Michael menea enérgicamente la cabeza.

—Qué va. Está chupado. Solo hace falta saber cómo se toca.

Fritz y Luisa esbozan una sonrisa de satisfacción ante esta respuesta, y también Swetlana se ve obligada a sonreír un poco.

—Sobre todo ha de tener buenas notas en el colegio —dice Swetlana.

—Tocar el violín no se lo impediría —dice Luisa Bogner—. Al contrario. Aprender a tocar un instrumento es un complemento ideal de las clases del colegio. Y si le gusta y practica aplicadamente, más tarde podrá tocar con otros...

Swetlana no le lleva la contraria, aunque no por falta de ganas; sin embargo, ve la esperanza en la cara de Michael y no tiene valor para quitársela.

—Cincuenta marcos es mucho dinero —dice en voz baja—. Y la clase también costará lo suyo. Yo no puedo pagarlo.

Durante un momento todos se quedan callados. Michael mira angustiado el violín, que Fritz ha vuelto a guardar en la funda. Luisa mira a su marido como pidiéndole auxilio.

Este asiente con una sonrisa.

—Por las clases no tiene que preocuparse, señora Stammler.

Pero Swetlana tiene su orgullo. No quiere que su vecino, que tampoco tiene mucho dinero, dé clases gratuitas a su hijo. Algo le pagará.

—En cuanto al violín, ¿se podría regatear un poco? Pero en fin, si no hay más remedio...

—¡Mamá! —grita Michael, saltándole feliz al cuello y besándola en las mejillas—. Eres la mejor *mamutschka* del mundo.

—¿Sabe una cosa? —opina Luisa—. Voy a preguntárselo a mi tío, que es el dueño del Café del Ángel. Tal vez pueda usted servir las mesas trabajando como suplente. ¿Le gustaría?

—¡Eso sería... maravilloso!

Swetlana a duras penas se lo cree. Ha intentado ya varias veces encontrar un trabajo mejor que pasarse la vida limpiando. Pero hasta ahora siempre ha fracasado, sobre todo porque su alemán dejaba mucho que desear. En cambio, ahora ya lo habla mejor.

Es un día feliz en su vida. Les da las gracias de todo corazón; Michael se arrima cariñoso a su madre, y Luisa y Fritz le dan un abrazo de despedida. Ha sido capaz de superarse a sí misma y, al mismo tiempo, ha hecho dichoso a su hijo y ha encontrado nuevos amigos. Sí, ha sido demasiado desconfiada. Luisa y Fritz son unas personas tan increíblemente buenas... ¿Por qué no se habrá dado cuenta desde el principio? ¿Cómo ha podido creer que los dos querían robarle a su Michael? Querían ayudarla a ella y a su hijo. Por pura amabilidad y amor al prójimo. Y eso que la pobre Luisa tiene sus propias penas y congojas.

Swetlana prepara un desayuno rápido para ella y para su hijo, después escribe una disculpa por las dos primeras horas que su hijo se ha perdido de clase y lo manda al colegio. Ella se queda recogiendo la casa y luego va al banco para sacar dinero para el violín. Con los cincuenta marcos en el monedero, a mediodía toca el timbre de la puerta de los Bogner.

—Figúrese —dice Luisa radiante de alegría—. Acabo de bajar al Café del Ángel y Hilde me ha dicho que se pase por allí. Serían solo dos veces por semana, pero para empezar no está nada mal, ¿verdad?

Swetlana está entusiasmada. Le da el dinero a Luisa y se entera de que Fritz hablará otra vez con la dueña del instrumento. Quizá rebaje un poco el precio.

—Esta tarde recogeré el violín. ¿Le parece bien?

—Me parece estupendo. Espere, me cambio de zapatos y vamos juntas al Café del Ángel. Ya verá como mi tío Heinz y la tía Else son unas personas maravillosas.

A las dos Swetlana tiene que ir a limpiar la casa de una clienta, pero le da tiempo. Juntas recorren el casco antiguo de la ciudad y hablan de todo lo habido y por haber, como hacen las buenas amigas. Swetlana se entera de que Fritz Bogner espera obtener un puesto en la Orquesta del Teatro Estatal; que de momento toca en varias orquestas que actúan por toda la comarca de Rheingau y por eso viaja muchísimo. Que Luisa proviene de la Prusia Oriental y perdió a su madre en la guerra. Ella le habla a Luisa de sus amigas de Smolensk, de su madre, que está muy enferma y hace mucho tiempo que no le escribe. De repente se plantan delante del Café del Ángel, donde hoy hay numerosos clientes sentados bajo las sombrillas amarillas de las mesas exteriores. Swetlana admira a la rolliza camarera que con unos movimientos seguros y una sonrisa coloca las tazas de café y los platos de tarta delante de los clientes. ¿Lo conseguirá ella también? En realidad no parece difícil; se esforzará por hacer este trabajo lo mejor posible. Qué bonito sería no seguir siendo la mujer de la limpieza y ser amablemente tratada por las personas.

—Venga por aquí.

Luisa entra con ella por la puerta giratoria del café. Dentro hay bastantes menos clientes; sin duda, el buen tiempo anima a la gente a sentarse fuera. Aquí en la sala solo hay tres personas en la mesa de la ventana, dos hombres y una mujer mayor. Están inmersos en una conversación que no debe de ser muy agradable porque los tres muestran un gesto sombrío. Sin tener esto en cuenta, Luisa se acerca a la mesa de la ventana y se dirige amablemente a los allí sentados.

—Muy buenas tardes, tía Else y tío Heinz. ¿Os puedo molestar un momento? —pregunta Luisa—. Esta es la señora Stammler, mi vecina. He hablado ya con Hilde y me ha dicho que podría trabajar aquí como suplente dos días a la semana...

Uno de los dos hombres —el mayor— mira a Swetlana, se baja las gafas y sonríe. ¡Qué cálida sonrisa tiene! El otro hombre parece menos interesado; en cambio la señora mayor la escudriña con la mirada y quiere saber si tiene experiencia en el oficio.

—No, hasta ahora no —dice Swetlana, y nota que se pone nerviosa bajo esa mirada escrutadora y, de repente, se le olvidan las palabras alemanas—. Pero quiero aprenderlo. Soy... muy aplicada y hago... bien mi trabajo.

La señora mayor frunce el ceño y dirige desconcertada una mirada hacia Luisa, la cual sonríe y le explica:

—Es que la señora Stammler es de Smolensk, tía Else. Pero ya habla muy bien en alemán...

—¿Una rusa? —dice la mujer, a la que Luisa acaba de llamar tía Else—. Pues lo siento, pero en nuestro café no quiero tener servicio ruso. Ese país le ha hecho demasiado daño a mi hijo.

—Pero tía Else... Yo había quedado con Hilde en que...

—Lo siento, Luisa. Ahora estamos ocupados hablando sobre las obras de la reforma.

Swetlana ve que el amable señor mayor menea la cabeza y quiere decir algo, pero ella se siente demasiado ofendida como para seguir allí más tiempo. No quieren contratar a una rusa. Porque Rusia le ha hecho mucho daño a su hijo. ¿No se le ocurre preguntarse qué les han hecho los alemanes a los rusos? ¿Por qué se ha convertido ella en una extraña en su propia patria? ¡Porque los alemanes la trajeron en su día aquí a la fuerza y la explotaron como a una esclava!

—No puedo entenderlo —dice Luisa, que la ha seguido hasta la calle—. Espere aquí, hablaré con Hilde. Mi tía estaba enfadada por los gastos que va a suponer la reforma, eso es todo. ¡Voy a arreglarlo, Swetlana!

Swetlana se detiene y coge a Luisa de la mano.

—Sé que su intención es buena, Luisa —dice—. Pero no puede ser. Yo no quiero trabajar aquí. Ya no.

Así pues, ese día que hasta entonces había transcurrido tan bien, no tuvo un final feliz.

Jean-Jacques

La comida de hoy en casa de los suegros es de todo menos tranquila. Jean-Jacques ve cómo August sufre por la discusión que se acaba de desencadenar; pero su Hilde sigue presionando como una manada de caballos salvajes.

—¿Cómo es que nadie me avisó? Solo subí cinco minutos a casa para ponerle una tirita a Andi en la rodilla. He quedado fatal con Luisa, después de habérselo prometido.

—Mamá, no quiero comer un pollo muerto —dice Andi. Hoy hay para comer pollo con arroz y ensalada.

—No es un pollo muerto —le dice Jean-Jacques a su hijo—. Es un *petit coq*, bien crujiente y tostadito.

Andi mira con cara de asco cómo su hermano mordisquea un muslo de pollo poniendo los ojos en blanco por lo delicioso que le parece.

—Tampoco quiero comer un *coq*.

Sus lamentaciones son eclipsadas por el discurso de Else en su defensa: que ella, después de lo que los rusos le han hecho a su hijo, no está dispuesta a contratar a una rusa.

—Aunque solo sea por nuestra clientela. Hay muchos que no han olvidado lo mal que trataron los rusos a las mujeres alemanas. ¡Precisamente Luisa debería saberlo!

—¡Mamá! —suspira Hilde—. ¡La guerra ya ha terminado! Tu yerno es francés y tus nietos son una producción germano-francesa. ¿Por qué no podemos tener una camarera rusa?

Ahora a Jean-Jacques le entra la risa por la energía con la que ha hablado su Hilde. ¡Una producción germano-francesa! Naturalmente, también habría podido decir «una producción franco-alemana». Pero él no es nada mezquino y se conforma.

—Eso es muy distinto —se defiende Else, y le quita a Frank de la mano el hueso de pollo mordisqueado para que no lo deje encima del mantel blanco—. Los franceses, los ingleses, los americanos... son gente civilizada. En cambio, los rusos...

Llegados a este punto, August no puede contenerse.

—Lo siento, mamá —dice lentamente, a su manera—. Pero no puedo entender tu conducta. Me resulta muy desagradable sobre todo por Luisa. Al fin y al cabo, conoce a esa joven, y si nos la recomienda ella, deberíamos fiarnos de su criterio.

Hace una pausa porque hoy se ve obligado a luchar contra los trastornos del equilibrio. Su padre carraspea, remueve un poco el arroz de su plato y dice con precaución:

—A August no le falta razón, Else. También a mí me pareció que ayer estuviste un poco... áspera. Y ese no suele ser tu estilo, cariño.

Else se siente ahora atacada por todos los flancos. Y por eso se enfada.

—Pues podrías haber dicho algo ayer, Heinz. Pero como haces siempre, te mantuviste en un discreto segundo plano, para que fuera yo la que metiera la pata.

Antes de que su padre pueda responder al reproche, August vuelve a tomar la palabra.

—¡Por favor, mamá! ¿Qué tiene que ver esa joven con que yo tuviera que ir a luchar a Rusia y fuera hecho prisionero? ¿Qué culpa tiene ella? Ninguna. En mi opinión, deberíamos disculparnos. Pedirle perdón al menos a Luisa. Pero, a decir verdad, también a esa joven rusa.

Como ha tenido que hacer un gran esfuerzo para soltar ese discurso, ahora respira con dificultad y se queda mirando al vacío. Else lo mira muy preocupada.

—No te pongas tan nervioso, por favor, August —dice en voz baja—. Admito que ayer reaccioné un poco exageradamente. La culpa la tuvo la conversación con el señor Grundmann. ¡Esta reforma tan innecesaria me crispa los nervios!

Ahora Heinz se pone de parte de su mujer, y Hilde, que en ese momento quiere darle la razón a August, no tiene ocasión de hablar.

—Necesitamos un arquitecto especialista en estructuras —se lamenta su padre—. Y eso nos saldrá por un ojo de la cara. Porque debido al efecto de las bombas, es probable que la casa sea inestable y puede resultar peligroso derribar una pared. Así es, Hilde; a vosotros se os da la mano y cogéis el brazo. Esta reforma solo me está provocando quebraderos de cabeza; además, será más cara de lo previsto. Así que me pregunto si no sería mejor dejarlo, ¿verdad, Else?

—¡Ahí has dado en el clavo, Heinz!

A Hilde se le dibuja su habitual arruga de enfado en el entrecejo, que ha heredado de su madre.

—Ahora que ya estábamos todos de acuerdo, ¿queréis echaros atrás? —protesta—. ¡Ni hablar! Por supuesto que una reforma así no es como hacer rosquillas y siempre puede haber alguna complicación. Pero tenemos que apechugar con eso... ¡Jean-Jacques, di tú también algo, anda!

Como lo mira desafiante, Jean-Jacques coge aire. ¿Lo suelta o todavía no? En algún momento tendrá que decirlo, y este parece el más adecuado.

—He visto el Café Bauer en Biebrich —dice—. Era pequeño y antiguo. *Tu le connais*, Else.

Naturalmente, tanto Else como Heinz conocen ese café.

Hacen un gesto de rechazo. Bah, el Café Bauer era más bien una panadería con tres mesitas pequeñas. Lo que les extraña es que siga existiendo.

—Ayer lo vi y está completamente nuevo. ¡Precioso! *Magnifique!* ¿Y sabéis quién ha hecho la reforma?

—¿No será Grundmann?

Jean-Jacques asiente con un gesto triunfal. Ha estado dentro, lo ha visto y ha preguntado cosas.

—Os lo quiero enseñar. Vamos allí ahora mismo. Os llevo yo. ¡En mi coche nuevo!

Hilde pestañea varias veces seguidas. Su padre mira a su madre con gesto interrogativo porque cree haber oído mal. Else deja caer el muslo de pollo.

—¿Un coche? ¿Qué coche?

Jean-Jacques esboza una sonrisa radiante. También los gemelos lo miran con los ojos como platos.

—¿Tenemos un coche, papá? —pregunta Frank entusiasmado—. ¡Hurra! ¡Tenemos un coche!

—Cálmate, Frank —dice Hilde—. Papá nos quiere explicar algo.

—Bueno —dice Jean-Jacques, mirando a todos con un gesto triunfal—. He comprado «la novia del viento». El coche de Wilhelm. Me lo ha vendido porque en Múnich no necesita coche. Lo he llevado a casa de un amigo de Wilhelm que es decorador de escenarios y me ha pintado unos ángeles dorados en las puertas.

A August le entra la risa, luego se levanta con gran esfuerzo de la silla y golpea de forma amistosa el hombro de Jean-Jacques, antes de irse a su habitación.

—Qué bribón eres —dice Hilde—. ¡Y no me habías dicho ni una palabra!

Él la besa en la mejilla y dice que quería darle una sorpresa.

—¡Else y Heinz! —exclama luego solemnemente—. Os invito al estreno. El primer viaje con nuestro vehículo de la empresa. Lo he bautizado como el «ángel volador».

Heinz se contagia enseguida de su entusiasmo. Else tarda un rato más. Le resulta demasiado sorprendente.

—En realidad —dice dubitativa—, en realidad, no necesitamos ningún coche.

—Venga, mujer —dice Heinz, rodeándole los hombros con el brazo—. Anima esa cara, cariño. Lo ha hecho por el café. ¡El «ángel volador», Else! ¡Y los dos vamos a volar ahora mismo en él para estrenarlo!

La madre de Hilde suspira, pero como su Heinz está tan entusiasmado, no quiere aguarle la fiesta. De todos modos, añade que en el café hay mucho que hacer y que Finchen terminará de trabajar a las cinco.

—¡Pero si esta tarde viene Luisa! —dice Heinz—. Venga, Else, mujer…

Jean-Jacques sabe que ha ganado la partida. Cuando Heinz se pone patético y empieza a cantar ópera, Else se ablanda siempre. Y efectivamente, comienza a entonar el *Lohengrin* de Wagner —«Oh, amado cisne…»— y ella menea la cabeza pero se echa a reír.

—Dentro de cinco minutos estaré delante del café con el *«ange volant»*.

El padre de Hilde se levanta para coger el sombrero, y su madre dice que tiene que cambiarse de ropa, que va de trapillo y así no puede estrenar el nuevo vehículo de la empresa. Hilde recoge la mesa, le levanta el pulgar a Jean-Jacques con una sonrisa y desaparece en la cocina. Él se encarga de sus dos hijos, que no paran de insistirle:

—¡Papá, nosotros también queremos ir!

—Hoy no. Hoy es solo para los mayores.

—¡Jopé!

Sale dando zancadas de la casa y por la Burgstrasse llega a la Schlossplatz, donde ha aparcado el coche. El motor traquetea un poco al arrancar, pero Wilhelm le ha dicho que eso no tiene importancia, que es solo un pequeño defecto del coche, nada más. Jean-Jacques posee un carnet de conducir francés de cuando todavía era soldado; seguramente tenga que hacer un examen para sacarse el carnet alemán. Pero eso es pura formalidad, nada más. Va hacia la Taunusstrasse y allí gira a la derecha para meterse por la Wilhelmstrasse; a la izquierda está el casino del balneario con las Kolonnaden, el Teatro Estatal de estilo neobarroco y, al otro lado de la calle, el Café del Ángel. Se detiene descaradamente justo delante de las sombrillas amarillas y se pone muy contento de que algunos de los clientes habituales señalen sorprendidos hacia el coche.

—¿Has visto eso?

—¡El Café del Ángel sobre ruedas!

—¿Nos llevaréis ahora la tarta a casa?

Finchen se queda tan sorprendida que por poco se le cae la bandeja de las manos. En primera fila, casi en la calzada, sus dos hijos observan el coche con ojo crítico.

—Sin los ángeles estaba más bonito —dice Andi en voz baja.

—Ahora parece un coche de chica —opina Frank.

Jean-Jacques se enfada con sus hijos por lo descarados que son. ¿Cómo que un coche de chica? Ahora mismo llevará volando a ochenta por hora a sus suegros por la carretera. Y ya sabe adónde. Pero todavía no se lo dice. En este momento salen los dos por la puerta giratoria; ella se ha puesto bien guapa con la falda de color claro y la blusa verde de seda; él balancea con elegancia el bastón de paseo, y el sombrero de paja un poco ladeado le da cierto aire de osadía. Jean-Jacques ayuda a los dos a montarse en el coche. Su suegra insiste en sentarse atrás porque de todas formas su suegro, con la prótesis de la pierna, tiene que ir en el asiento del copiloto.

—Un poco estrecho —dice Heinz, cuando todos han conseguido sentarse en el interior del vehículo. Tiene que encoger las rodillas, pero asegura que no le importa. Else pregunta si alguien habrá fumado allí. A Wilhelm siempre le ha prevenido de las mujeres que fuman y van por ahí con las uñas pintadas de rojo.

—Voy a bajar las ventanas —dice Jean-Jacques—. Heinz, tienes que darle a la manivela… un poco más… ya está.

Jean-Jacques arranca mientras los clientes habituales intercambian comentarios y sus dos hijos saludan con la mano gritando algo que no entiende. A Hilde no se la ve; tendrá cosas que hacer en la cocina. Recorre la Wilhelmstrasse y se dirige a la estación central; luego cruza a la avenida Biebricher. Le viene a la nariz un suave pero penetrante olor a agua de colonia; seguro que su suegra está intentando desinfectar el coche en el asiento de atrás.

En la avenida Biebricher acelera, el velocímetro sube a ochenta kilómetros por hora. A Heinz le brillan los ojos. Else le dice que no corra tanto, que se marea. El olor a colonia 4711 se intensifica. Jean-Jacques reduce la velocidad. No hay que forzarlo.

En Biebrich aparca cerca del reformado Café Bauer y ayuda a que se bajen los pasajeros: sujeta a Heinz, que tiene problemas con la prótesis, y ofrece galantemente el brazo a su suegra. Como era de esperar, los dos opinan que la reforma no está mal. El café parece más luminoso y moderno con los grandes ventanales, que además admiten ser primorosamente decorados. Desde luego, tienen más clientes que antes. De todas formas, ninguno de los dos quiere entrar, les basta con mirar por la ventana.

—Para ser el Bauer no está nada mal —opina Else.

—Sí, se lo ha montado bastante bien —confirma Heinz en tono despectivo.

Jean-Jacques se ríe para sus adentros. Por supuesto, los

dos están convencidos de que el Café Bauer no se puede comparar con el Café del Ángel. Las diferencias son abismales. Empezando por la localización. Y luego están las tartas, todas ellas de grasienta crema de mantequilla… y hechas hace siglos, tal y como puede apreciar la madre de Hilde incluso desde tan lejos. De todas formas, la vitrina de las tartas está iluminada y tiene refrigeración.

—Es horrorosa —dice Heinz—. Además, para nosotros sería muy pequeña.

—Ahí caben como mucho dos tartas.

—Para Bauer quizá sea suficiente, ¡pero no para nosotros!

Vuelven a subir al coche y Heinz se da cuenta de inmediato. Aunque rara vez haya salido del Café del Ángel, sin embargo tiene buen sentido de la orientación. Se vuelve a mirar por la ventana de atrás; después frunce el ceño.

—Tienes que dar la vuelta, Jean-Jacques. Por aquí se va a Eltville.

Jean-Jacques se esfuerza por usar un tono despreocupado y natural.

—Oh, he pensado que podríamos echar un vistazo al viejo Rin. Es algo que hay que hacer de vez en cuando. Solo un breve desvío; y enseguida regresamos al café.

A Heinz le agrada la idea. Al fin y al cabo es verano, la naturaleza está en pleno esplendor y él sale muy rara vez por culpa de la dichosa pierna. Aunque Else quiere concederle ese gusto, se lamenta de que todavía le falta adornar el pastel de la selva negra porque seguro que Hilde no saca tiempo para eso.

—¡Claro que lo hará! —alardea Jean-Jacques.

Gira por la carretera que discurre en paralelo al Rin y conduce muy muy despacio para que los pasajeros puedan admirar los destellos de sol que se reflejan en el río y la frondosa vegetación de las orillas. Unas gabarras surcan sus aguas; donde hay arena, unos adolescentes se bañan en calzoncillos, y varios pescadores atienden pacientes sus cañas.

—Cuando yo era pequeña —oye que dice Elsa desde el asiento de atrás—, siempre nos bañábamos en el Rin con mis padres. Era una delicia. Y no costaba nada la entrada, como ocurre en Kleinfeldchen. Ahí los adultos pagan cincuenta peniques, y los niños, la mitad.

Heinz asiente; en esa época, él todavía estaba en Rauschen bei Königsberg y se bañaba en el mar Báltico. Cuánto tiempo ha pasado desde entonces... Parece mentira.

Jean-Jacques gira en Eltville y atraviesa lentamente la localidad, señalándoles a sus pasajeros las explotaciones vinícolas, en las que se sirve buen vino del Rin, y pasa también por la finca que está a la venta. La ve abierta: qué suerte. Bajo las arcadas sombreadas por hojas de parra hay clientes a los que una chica rubia con una amplia falda y una blusa clara sirve platos con queso y *brezel*, que son unas rosquillas saladas típicas de la zona.

—Vamos a tomar una copita de vino del Rin. Os invito. Tenemos que inaugurar el «ángel volador» como es debido, ¿no?

Los dos se dejan convencer enseguida. La finca les gusta, sobre todo el bonito patio interior con los toneles de vino, y también la casa, construida a base de arenisca.

—Qué bonita es nuestra tierra natal —dice el padre de Hilde, cuando han tomado asiento a una mesa situada bajo el emparrado—. Salimos demasiado poco, Else. Nos pasamos el día trabajando. Eso estrecha la percepción mental y nubla el cerebro. Tenemos que abrirnos al mundo para percibir la belleza de esta tierra.

Else se alegra al ver lo feliz que está su marido. Ella, en cambio, no acaba de relajarse del todo porque alberga sus recelos.

—¿Esta no será la explotación vinícola de la que hablabas hace poco, Jean-Jacques?

—¿A cuál te refieres, Else? —dice él haciéndose el ingenuo.

Pero Else de tonta no tiene un pelo y no se deja engañar así como así.

—¡A la explotación vinícola que querías comprar sin falta!

Ahora se ve obligado a sincerarse, pero procura calmarse.

—Sí, sí, Else. Esta es la casa que está a la venta. Una bonita finca, *n'est-ce pas*?

Ahora lo mira con el mismo gesto de reproche que a veces le muestra Hilde. Madre e hija. ¿Quién dijo aquello de que para casarse con la hija hay que mirar antes a la madre?

—¡Espero que hayas renunciado a esa idea tan descabellada!

—Pero *bien sûr*, Else. Es demasiado cara, por desgracia. Ya lo sé.

La desconfianza de la madre de Hilde no desaparece tan fácilmente, pero como él le asegura que está allí solo para disfrutar del vino alemán, que le encanta, se tranquiliza un poco.

Piden un vaso para cada uno acompañado de algo para picar, un poco de jamón, pepinillos, queso blanco con cebollino y rosquillas saladas recién hechas. Jean-Jacques les habla del vino de la Provenza, donde el sol cae de plano sobre las uvas tintas y el mistral las refresca, de las nieblas matinales y de la época de la cosecha, en la que participa toda la familia, además de amigos y familiares.

—*Mon père*, mi padre, hace un buen vino tinto. Y también uno rosado. Y yo he aprendido con él desde niño —elogia sus facultades. Heinz le hace un gesto de asentimiento, alza su copa y empieza a hablar de la bruja Lorelei. Sentada sobre las rocas, provoca que todos los hombres del Rin se ahoguen. ¿Por qué? Porque se peina sus rubios cabellos. Como hace Hilde todas las mañanas.

—Ahora que tenemos un vehículo de la empresa —opina Heinz, animado por el vino—, podríamos hacer excursiones más a menudo. ¿Qué te parece, Else? A la cordillera del Taunus. Al hostal Tenne… ¿te acuerdas? O al Krone de Assmannshausen.

La madre de Hilde opina que, aunque el vino esté muy bueno, tampoco conviene exagerar. Porque la gasolina cuesta mucho dinero. Y cuando se sale a comer fuera, también te dejas los cuartos.

—No te olvides de que los jóvenes quieren hacer una reforma, Heinz. De manera que no podemos tirar la casa por la ventana...

Jean-Jacques comenta que cuando van de viaje, hacen publicidad del Café del Ángel. Porque debajo de los ángeles dorados de las puertas pone el nombre y la dirección del café.

Pero Else es de la opinión de que no se puede leer porque conduce demasiado deprisa.

—Claro, si tuviéramos nuestra propia explotación vinícola —dice Jean-Jacques con una sonrisa de inocente, y apura la copa—, entonces no tendríamos que pagar y tampoco haría falta comprar el vino para el Café del Ángel.

Else les recuerda que hay que marcharse. Van a dar las cuatro y a las cinco termina Finchen su turno. Y a partir de las seis empiezan a pedir las primeras *pommes de terre*.

—Hilde se preguntará dónde nos hemos metido.

De momento, Jean-Jacques se da por satisfecho. No se puede pedir más la primera vez; de todos modos, les ha despertado el entusiasmo por el vino y por la comarca de Rheingau: el terreno está preparado. Ahora solo tiene que mantenerse firme. Ya está haciendo negociaciones con el propietario de la explotación vinícola, y la cosa no pinta mal para él. Además, con suma precaución, ha entrado en contacto con el Landesbank de Nassau porque proporcionan créditos hipotecarios para la compra de propiedades inmobiliarias. El problema estriba en que es francés y no quiere renunciar a la ciudadanía francesa. Por eso le pondrán dificultades con el crédito hipotecario. Tendrán que intervenir Hilde y los padres de esta; de lo contrario, no se la concederán. Sabe que no va a ser fácil, pero está como loco con la idea de la explotación vinícola. El Café del Ángel es cosa de Hilde; algún día lo heredará porque sus hermanos no lo quieren. Pero él no es como Heinz, que se somete bondadosamente al dictado de su mujer. Él, Jean-Jacques Perrier, es un viticultor y necesita tener algo propio; de lo contrario, a la larga no podrá seguir con Hilde. Por mucho amor que se tengan, él no podrá conformarse con eso.

—Ha sido una idea muy buena —dice Else, cuando su yerno se detiene delante del Café del Ángel y los ayuda a apearse a los dos. Son las cuatro y media, y las mesas de fuera siguen estando casi todas ocupadas. A Finchen no se la ve por ninguna parte; tendrá cosas que hacer dentro. Animado todavía por el vino, Heinz saluda a los clientes habituales con gestos exaltados y se sienta en la misma mesa que el periodista Kummer para hablarle con entusiasmo de la bella comarca de Rheingau.

—¡Hombre, ya están de vuelta! —comenta Alma Knauss, que hoy como algo excepcional ha tomado asiento bajo las sombrillas amarillas—. ¡A ver si nos sirven de una vez!

Horrorizada, la madre de Hilde toma nota del pedido y entra corriendo en el café por la puerta giratoria. Jean-Jacques hace una pequeña reverencia y obsequia a Alma Knauss con su mejor sonrisa.

—*Je suis désolé, madame.* Lo siento mucho.

Como ella es receptiva al encanto masculino, le devuelve la sonrisa y le dice que él no tiene la culpa.

—Su mujer debe de estar sobrecargada de trabajo.

Jean-Jacques vuelve a llevar el coche a la Schlossplatz, busca un aparcamiento adecuado y regresa corriendo al café con malos presentimientos. Hilde le sale al encuentro con la bandeja abarrotada y la cara roja por el esfuerzo, le dirige solo una breve mirada, entorna furiosa los ojos y pasa de largo. ¡Santo cielo! Jean-Jacques se dirige a la cocina, donde Else está preparando café y tampoco le dedica ninguna palabra amable.

—¿Dónde está Luisa? —pregunta ingenuamente.

—No ha venido. Finchen ha tenido que marcharse una hora antes. Se ha torcido el pie y ha de ir al médico.

¡Ay, Dios mío! Entonces Hilde habrá estado sola como mínimo una hora. Y encima con los gemelos, que siempre hacen alguna trastada y hay que vigilarlos. Se pone el delantal y echa aceite en la cazuela grande. Por la mañana Else ha dejado las patatas ya cortadas y en remojo. En cuanto le llegue una comanda, tiene que secarlas antes de echarlas en el aceite hirviendo.

La noche se prolonga; los clientes tienen paciencia y disfrutan de la agradable temperatura veraniega, pero las comandas se mantienen dentro de los límites. Enfrente, en el Café del Rey, toca de nuevo el trío de gitanos; más tarde habrá baile, se lo pueden permitir porque disponen de suficiente espacio en el solar de las ruinas.

—Eso no les va a durar eternamente —dice Hans Reblinger—. Cuando reconstruyan la hilera de casas, se les acabó el baile.

Siempre es un consuelo. Hacia las once es la hora del cierre; el Café del Ángel lleva mucho tiempo sin clientes. Else está haciendo caja, Heinz se ha retirado ya hacia las diez, y Marlene, que ha llegado a las seis y media, a las ocho y media ya no tenía nada que hacer.

Los gemelos duermen como angelitos cuando Jean-Jacques y Hilde suben al piso. A juzgar por cómo ha quedado el cuarto, para conciliar el sueño han organizado una batalla de almohadas en toda regla. Hilde entra sin decir una palabra en el cuarto de baño y se asea antes de acostarse. Él toma un vaso de agua en la cocina pensando en cómo podría apaciguarla. Al fin y al cabo, ¿cómo iba a saber él que Luisa no iría? ¡Qué faena! Pero de eso tiene la culpa Else.

—Un tal señor Bichlinger ha preguntado por ti.

Hilde está junto a la puerta con el camisón corto de color azul claro y los botoncitos que tanto le gustan a él. Su tono de voz, sin embargo, augura todo menos una excitante noche de amor. Jean-Jacques comprende de inmediato por qué está así. Lothar Bichlinger es el propietario de la explotación vinícola. ¿Por qué no le habrá avisado antes? Mira que plantarse directamente en el café... ¡Vaya modales!

—*Et alors?*

—Pues nada; le he dicho que el asunto ya está resuelto. Que no vamos a comprar su explotación vinícola.

Ahora sí que se pone completamente furioso. ¿Cómo puede tomar decisiones por su propia cuenta? ¡Ha dicho que no sin consultarlo siquiera con él!

—Con eso no está dicha la última palabra, Hilde.

Entonces se produce un enfrentamiento: los dos creen tener razón, a cada cual está más furioso, ninguno tiene intención de dar su brazo a torcer.

—¡Sabes perfectamente que yo no quiero!

—Pues tienes que saber que yo lo necesito. No puedo vivir como un criado del Café del Ángel.

Una palabra lleva a la otra. Procuran hablar en voz baja para no despertar a los niños. Pero aunque susurren, la disputa se recrudece cada vez más.

—Entonces ¿por qué te has casado conmigo?

—Porque te quiero. Pero así no puedo vivir.

—Todo eso no son más que fantasías tuyas.

—Tú sigue con los ojos cerrados si no quieres ver.

—Lo que veo es que me mientes y que actúas contra mí a mis espaldas.

—¿Y tú qué haces?

Hilde se vuelve, le deja plantado y va al dormitorio. Cuando él la sigue, ella ya está en la cama envuelta en el edredón y de cara a la pared. Jean-Jacques se queda un momento delante de la cama, luego estira el brazo y le toca el hombro. Ella pega un respingo y lo rechaza.

—¡Déjame en paz!

«Bien —piensa él—. Si eso es lo que quiere...». Coge el edredón y la almohada y se los lleva a la sala de estar, se hace la cama en el sofá y se tumba a dormir.

Oye llorar a Hilde. Eso le parte el alma, pero sigue tumbado. Esta vez ha de ser ella quien dé el primer paso.

Luisa

—¿Tiene usted un gato?

La señora Grulich, la vecina de la planta baja, necesita una vez más un huevo; quiere hacer una tarta porque mañana es el cumpleaños de su marido.

—¿Un gato? —se ríe Luisa—. Qué va. Es Michael, que está ensayando con su nuevo violín.

La señora Grulich se inclina un poco hacia delante para otear el piso de Luisa.

—Me parece fatal que la señora Stammler deje al pobre chico siempre solo. ¡Vaya una madre!

Luisa ya le ha explicado muchas veces que Swetlana tiene que trabajar para ganarse la vida, pero eso a la señora Grulich sigue sin entrarle en la cabeza.

—Espero que le salga buena la tarta —le dice Luisa cuando le da el huevo de gallina.

—Bah, es un simple bizcocho. No podemos permitirnos nada mejor. El Estado es muy injusto. Mi Herrmann se ha sacrificado por nuestro país, y a cambio lo que recibe es una patada en el culo.

—En fin. Que pase buena noche, señora Grulich.

Luisa se alegra cuando por fin se va. Herrmann Grulich

era fiscal con los nazis, ahora está inhabilitado para ejercer su profesión y se puede dar con un canto en los dientes por cobrar una pensión de jubilación. Fritz ha dicho que con los Grulich no hay que tener compasión.

—¿Ya se ha marchado la vieja arpía? —pregunta Michael, sin dejar el arco.

—No debes decir esas cosas, Michael —lo reprende Luisa.

—Siempre me está riñendo cuando subo las escaleras. Dice que hago demasiado ruido.

Desde que Swetlana le ha comprado el violín, apenas se le puede separar de su instrumento. A Luisa le preocupa que haga los deberes deprisa y corriendo, pues en cuanto vuelve del colegio, oye cómo se pone a afinar el violín. Fritz le ha regalado para ello un flautín de afinación que le da los cuatro tonos, y Michael pasa un montón de tiempo ajustando las clavijas del instrumento hasta que por fin se queda satisfecho. Casi siempre va luego a su casa y practica las piezas que Fritz le ha marcado con un aspa en la escuela de violín. Michael avanza deprisa; sobre todo le resultan fáciles las cosas rítmicas, para eso tiene buen oído. Por desgracia, no lo tiene tan bueno como su profesor Fritz Bogner, que se aprende todos los tonos y sabe cómo suenan. Pero para tocar bien un instrumento basta con tener un oído musical completamente normal.

—Ahora voy a tocar una canción, Luisa. Escucha.

Luisa se alegra de que Michael pase todas las tardes con ella. De momento no quiere ir al Café del Ángel porque está demasiado disgustada con su tía Else y teme pelearse con ella. Qué historia más tonta y desafortunada. Ahora que por fin se había roto el hielo entre Swetlana y ella y que durante unas horas se habían tratado como auténticas amigas, todo se ha ido al garete. Cuando Swetlana llega a casa, llama un momento al timbre de Luisa, le da las buenas noches y recoge a Michael. Nada de abrazos cariñosos, ni una palabra sobre su decepción; solo una sonrisa desdeñosa cuando Luisa saca el tema.

—Usted no tiene la culpa, Luisa. Yo ya lo he olvidado.

Pero no ha olvidado nada; de lo contrario, no actuaría de una manera tan diferente. Ayer dejó cinco marcos encima de la mesa diciendo que era el dinero para las clases, y cuando Luisa se lo quiso devolver, se negó a cogerlo.

—También es para usted, Luisa. Porque Michael está siempre en su casa y le quita tiempo.

Luisa se limitó a negar con la cabeza, pero se sintió ofendida. Se ocupa de Michael por pura amistad y no porque quiera dinero a cambio.

—Los deberes son lo más importante —añade Swetlana—. No tiene que practicar tanto el violín.

Luisa se da cuenta entonces de lo que significa para ella esa amistad y de cómo la echa en falta.

Esa noche Fritz llega también tarde a casa. Está de un humor excelente porque ha tocado con dos colegas en una gran explotación vinícola de Bacharach y su música ha sido muy elogiada.

—Si tenemos suerte, nos recomendarán a otras personas. Quizá podamos algún día dar un concierto de verdad, en lugar de tocar solo como acompañamiento de las catas de vino o en algún otro acontecimiento festivo.

Luisa se pone muy contenta por su éxito.

—Vas prosperando —le dice—. Si dais conciertos y tenéis éxito, llegarán mejores ofertas y los honorarios también serán más elevados.

—Ay, el dinero —dice él suspirando—. Lo que me importa, sobre todo, es hacer buena música. Honrar a los maestros que han creado esas obras tan grandes.

—Pero tampoco deberías tocar gratuitamente, Fritz. Eso seguro que a los maestros no les gusta.

Fritz se ríe. La estrecha entre sus brazos y dice en broma que el dinero tiene que ganarlo ella. Que él es un artista romántico y soñador y no vale para las cosas de este mundo.

—Mañana volveré al Café del Ángel —dice ella.

—Hazlo —responde él en voz baja, quitándole tiernamente un mechón de la frente—. No por el dinero, sino porque me da no sé qué tener que dejarte sola tan a menudo.

—¡Qué tontería! Estoy perfectamente.

Durante los tres días que se ha quedado en casa han cambiado muchas cosas en el Café del Ángel. Delante del edificio se encuentra el Volkswagen de color azul oscuro que hasta entonces pertenecía a Wilhelm Koch. La puerta del conductor se abre, Jean-Jacques se baja, pliega el asiento del copiloto y saca varias cajas apiladas. Luisa acude presurosa para echarle una mano.

—*Bonjour*, Luisa. —Se alegra—. Qué alegría verte. ¿Todo se ha arreglado? Mira nuestro coche nuevo. ¡Con ángeles dorados en las puertas!

Jean-Jacques es una persona alegre y nada complicada. Le enseña orgulloso el nuevo vehículo de la empresa, deposita dos cajas en sus manos y le explica que son muestras para empapelar la pared y muestras para el suelo.

—Para la reforma. Ahora tenemos que tomar muchas decisiones, ¿sabes? Oh, cómo se va a alegrar Hilde de que hayas vuelto.

A ella le parece un poco exagerado su entusiasmo, la verdad. Y no se ha equivocado. Cuando saluda a Hilde en la cocina, se da cuenta enseguida de que algo les pasa a esos dos. Hilde se muestra bastante reservada; solo cuando Jean-Jacques desaparece en el cuarto accesorio, empieza a hablar.

—Siento muchísimo lo de tu conocida, Luisa —dice—. Salió todo tan rematadamente mal…

—Sí, es una pena. Yo creo que sencillamente no era el momento más apropiado.

—Hemos hablado de eso y creo que…

En ese instante vuelve Jean-Jacques a la cocina y cuenta con una cara radiante de felicidad que a Else le encantan las muestras del empapelado y que Heinz ya ha escogido el suelo nuevo.

Hilde se encoge de hombros y le da la espalda. No parece que la noticia le interese demasiado.

—Voy a llevar a los *garçons* en coche a la piscina, *mon trésor* —anuncia todo contento, y se marcha.

—¿Ya tienes en cuenta que la gasolina cuesta dinero? —le grita ella a su espalda.

Luisa se pone el delantal blanco y se sujeta la cofia al pelo. No se preocupa demasiado por esos dos; dado su carácter temperamental las riñas y las reconciliaciones son completamente normales. Seguro que cuando llegue la noche ya están los dos otra vez amartelados como dos pichoncitos. El matrimonio de Luisa con Fritz es muy distinto, mucho más tranquilo y armonioso. Hasta ahora no han tenido ni una sola discusión seria entre ellos, si acaso algún pequeño roce al que ponen fin de inmediato. Ninguno de los dos soportaría guardarse rencor durante un tiempo prolongado.

—Los hombres son como los niños, necesitan un juguete —comenta Luisa sonriente—. El uno tiene su violín y el otro su coche.

—¡Y otro que yo me sé necesita urgentemente una explotación vinícola! —bufa Hilde de ira.

«¡Vaya por Dios!», piensa Luisa, que daba por zanjada esa discusión.

—Bueno, salgo a ayudar un poco a Addi.

Desde luego, hoy en el café todo está muy cambiado. Incluso Addi, por lo general tan parlanchín, se muestra inusualmente serio.

—¿Te encuentras bien, Addi? Estás tan callado...

—Según cómo se mire —gruñe él.

Una vez colocadas las mesas, las sillas y las sombrillas,

Addi llama a Bunten con un silbido y se va con él al parque. Luisa limpia las mesas, pone los manteles y coloca los ceniceros y los jarrones con flores. Como todavía no hay clientes a la vista, se pasa un momento por el cuarto accesorio, donde la tía Else y el tío Heinz siguen contemplando las muestras.

—¡Luisa! —exclama el tío Heinz, tendiéndole los brazos—. ¡Cómo te echaba de menos, mi niña! Y nuestros clientes también. Firnhaber, el director del coro, ha preguntado ya tres veces por ti; estaba preocupado por tu salud.

Al menos el tío Heinz no ha cambiado; tan cariñoso como siempre, la abraza y le enseña el suelo que ha elegido. Parqué de madera vitrificado.

—Ni hablar —dice la tía Else—. Pondremos linóleo, que se puede limpiar con la fregona y además es más barato.

Luego aparta las muestras, mira a Luisa y señala una silla.

—Siéntate, hija. Tenemos que hablar de cuatro cosas. —Luisa se siente aliviada porque el tono parece conciliador. La tía Else no se prodiga en palabras, ese no es su estilo—. El otro día me pasé de la raya contigo y ahora me arrepiento. Dile a tu conocida que puede empezar a trabajar con nosotros.

Dicho lo cual, se vuelve hacia las muestras de papel pintado para empapelar las paredes, mientras el tío Heinz añade que la joven rusa es una mujer bellísima y que Mayer-Schulte, del Café del Rey, tendrá que inventarse algo si quiere estar a la altura.

—Muchas gracias, tía Else —dice Luisa con precaución—. Se lo diré a mi vecina. De todas formas, no sé si vendrá porque…

—Si se siente ofendida, ¡que no venga! —la interrumpe tía Else, sin mirarla siquiera.

Luisa no dice nada al respecto. Así es su tía y nunca cambiará. ¿Debe transmitirle esa oferta, hecha con tan poco entusiasmo, a Swetlana? Quizá sea mejor que no le diga nada; solo serviría para que la joven rusa sufriera otra decepción.

Hoy Luisa pone todo su empeño en el trabajo; quiere reparar su ausencia. Atiende a los clientes de dentro y de fuera, ayuda a la tía Else a adornar las tartas, hace café y, por la noche, deja la cocina como los chorros del oro. Hilde acuesta a los gemelos y les lee un cuento. Jean-Jacques se sienta con sus suegros para discutir con ellos sobre suelos de piedra y revoque blanco para el interior. La reconciliación de la pareja parece haber sido aplazada para la noche. Luisa se despide, rechaza el ofrecimiento de Jean-Jacques para llevarla a casa en coche, y se va andando, como hace siempre.

Para su sorpresa, Fritz ya está en casa; ha puesto la mesa y ha hecho crepes para los dos.

—¡Eres un cielo! —dice ella, y le da un beso—. Me muero de hambre.

Fritz se alegra de que le haya salido tan bien la sorpresa y le sirve orgulloso sus crepes rellenas, una de queso y otra de mermelada. Las acompañan de vino del Rin; además de sus honorarios, hoy le han regalado una botella de ese vino.

—¿Has visto a Michael?

—Por desgracia, no —le cuenta Fritz lamentándolo—. Swetlana se ha pasado un momento por aquí y me ha explicado que su hijo de momento ya no va a tocar el violín porque tiene llagas en las yemas de los dedos de la mano izquierda.

Luisa exhala un profundo suspiro. Eso suena a una retirada larga.

—He intentado explicarle que eso es algo normal —continúa Fritz—. Con el tiempo se forma callo en las yemas de los dedos. Pero no quería saber nada de eso.

—Claro que no —dice ella con amargura—. Sencillamente no quiere que Michael esté en nuestra casa, eso es todo.

Fritz guarda silencio durante un momento, bebe pensativo el vino y luego respira profundamente.

—Tengo otra sorpresa para ti —dice después, un poco dubitativo—. He ido a Correos y he hecho varias llamadas telefónicas para indagar el paradero de los pequeños de los que me hablaste.

Ella lo mira sorprendida. ¿Fritz ha dado ese paso? Y eso que ella tenía la impresión de que no le había gustado la idea.

—¿Te refieres a Elke y Jobst?

—Sí —asiente él—. He llamado a varios hogares infantiles de los alrededores de Kassel y al final los he encontrado.

Ahora Luisa se pone muy nerviosa, aparta los platos en los que han cenado y apoya los brazos en la mesa.

—¡Cuéntame!

Fritz le informa de que los dos viven en un pequeño hogar infantil dirigido por unas monjas católicas. Ha hablado con la directora; los nombres y la edad de los niños coinciden, el chico tiene ahora nueve años, y la chica, once.

A Luisa se le acelera el corazón. Recuerda la época que pasó con Jobst, de tres años, y con su hermana, de cinco, en el campamento de refugiados de Neustadt, donde vivían en unas condiciones muy precarias y medio muertos de hambre. Recuerda también la aventurera huida con el misterioso Karl Brenner y el espantoso momento en que, cerca de Kassel, cayeron directamente en manos de los americanos y los metieron en la cárcel. Entonces fue cuando la separaron de los niños. Todavía se acuerda con sumo dolor del llanto desesperado del niño.

—Nueve y once años —dice Fritz, alargando las palabras—. Como verás, ya no son unos niños pequeños. Dentro de pocos años serán unos adolescentes, Luisa.

Naturalmente tiene razón. Pero Luisa opina que por lo menos podrían ir a verlos. Tal vez sea posible traerlos de todos modos y ofrecerles el calor hogareño de una familia, del que no disfrutarán en el orfelinato.

—Son unos chicos tan buenos... —dice con una sonrisa

maternal —. Y nos resultó tan duro cuando tuvimos que separarnos...

Fritz sabía que reaccionaría así. Mañana llamará a Villa Clara para anunciar la visita que harán los dos la próxima semana, aprovechando que tiene un día libre.

—Pero no te hagas demasiadas ilusiones, Luisa —le advierte—. Han pasado seis años, eso es mucho tiempo.

Salen temprano por la mañana y se dirigen a la estación bajo el paraguas porque precisamente ahora está cayendo una fuerte tormenta de verano sobre la ciudad. Con los zapatos mojados y la ropa húmeda se suben al tren que va a Kassel, se sientan en un compartimento y, como están solos, se agarran de la mano. Luisa intenta disimular su nerviosismo, pero Fritz, que posee una gran sensibilidad, sabe cómo se siente.

—Qué mal tiempo hace —suspira ella, cuando el viento azota la lluvia contra las ventanillas del tren.

—El campo lo agradece —opina Fritz, cuyos padres poseen una granja en Lenzhahn—. Todo tiene su lado bueno y su lado malo.

Luisa está contenta de poder pasar un día entero con él. Charlan sobre los más recientes acontecimientos del Café del Ángel, sobre Wilhelm Koch, del que por el momento no tienen noticias, y también sobre August Koch, cuya recuperación hace solo lentos progresos. Al cabo de un rato, Luisa saca lo que lleva en el cesto del pícnic y comen unos bocadillos, beben café con leche del termo y de postre toman una pera madura cada uno.

Al cabo de varias horas, cuando al fin entran en la estación de Kassel, Fritz tiene que despertar a Luisa. Por la noche apenas ha pegado ojo debido a la excitación y ahora, muerta de sueño, se ha quedado adormilada en su hombro.

En Kassel también llueve a cántaros. Menos mal que se

han llevado el paraguas grande, pues tienen que esperar un buen rato a que llegue el tranvía. Sor Aglaja le ha descrito a Fritz con precisión el camino que lleva a Villa Clara; se tienen que apear en la parada Altes Feld y seguir por la calle que está a la izquierda; luego, a cien metros escasos, encontrarán el hogar infantil a mano izquierda.

—¡Ahí está!

Fritz levanta un poco el paraguas y señala con el brazo un edificio gris y lleno de recovecos que apenas se ve entre los altos árboles. En el pequeño voladizo que cubre la puerta de entrada se pueden leer las letras: V LLA C ARA. A Luisa le parece que la casa ofrece un aspecto un poco lúgubre. Pero eso puede deberse al mal tiempo; cuando el cielo esté azul y luzca el sol, seguro que le parece una antigua mansión preciosa.

Los esperaban. Cuando suben los escalones de la entrada y Fritz vuelve a cerrar con cuidado el paraguas, se abre la puerta y aparece la figura de una monja vestida de blanco. Luisa se asombra del extraño tocado, que no guarda ninguna similitud con una toca de monja, sino que más bien parece una enorme cofia almidonada de enfermera. La monja tiene una cara de cutis terso, y la raíz del pelo de color rubio oscuro. Puede haber cumplido treinta o cincuenta años, resulta difícil calcular su edad.

—Bienvenidos a la Villa Clara —dice con voz potente, al tiempo que les da la mano—. Dios nuestro Señor le ha guiado por el buen camino, querido señor Bogner. ¿Y esta es su señora esposa? Sea usted también cordialmente bienvenida, señora Bogner. Soy sor Aglaja, la directora. Deje allí el paraguas; acabamos de encerar.

El apretón de manos de la religiosa es como mínimo igual de fuerte que su voz. Recorren un pasillo pintado de color claro que está revestido de linóleo y huele mucho a cera. A la derecha hay una puerta entornada, desde la que se ve una habitación muy larga con ventanas bajas que está llena de camas blancas. Estas forman tres hileras muy pegadas la una a la otra; todas las camas están perfectamente hechas, las almohadas sacudidas y las colchas alisadas.

—Como en la mili —murmura Fritz, y Luisa reconoce que tiene razón.

—¿Y dónde están los niños? No se les oye.

Sor Aglaja tiene en ese momento la mano apoyada en el pomo de latón de una puerta anticuadamente tallada.

—A los niños no hay que oírlos, señora Bogner —dice sonriendo—. Los mayores todavía están en el colegio y de los pequeños se encargan sor Lydia y sor Benedicta. Por desgracia, hoy hace mal tiempo; si no, estarían trabajando en el jardín.

Sor Aglaja abre la puerta y Luisa se queda pasmada al ver un despacho tan lujosamente equipado, que sin duda en otro tiempo perteneció a un adinerado industrial o a un noble: estanterías de libros altas y oscuras de estilo barroco, un amplio escritorio adornado con entalladuras, un reloj de pie del mismo estilo y mullidas alfombras de color granate en el suelo.

—Tomen asiento, por favor.

Las sillas para las visitas han sido asimismo primorosamente talladas, pero son más bien incómodas porque no están tapizadas. Sor Aglaja se ha sentado en el sillón del escritorio, se ha puesto las gafas y ha abierto el acta negra que tiene delante.

—Jobst von Waldenau, ingresado aquí el 23 de junio de 1945, con tres o cuatro años de edad, rubio, delgaducho, ojos azul verdosos, con un lunar en la ingle izquierda…

Se baja las gafas hasta la punta de la nariz para mirar a la pareja que tiene delante.

—¿Es este el niño que buscan?

Luisa asiente. Sí, la edad y la fecha coinciden. El apellido Von Waldenau no lo conoce, del lunar no se acuerda.

—Tiene una hermana llamada Elke.

Sor Aglaja vuelve a subirse las gafas y con el dedo va pasando las páginas del acta.

—Elke von Waldenau. Ingresada el mismo día. Hermana de Jobst von Waldenau. Nacida en torno a 1940. Rubia, ojos verdes, flacucha, descarada, falsa y mentirosa.

Luisa frunce el ceño.

—De estos últimos atributos no puedo dar fe, sor Aglaja. Si es posible, me gustaría ver a los niños. Estoy ansiosa por comprobar si se acuerdan de mí.

La monja está al tanto del encuentro de Luisa y los niños que tuvo lugar seis años atrás; Fritz se lo contó por teléfono. Ahora cierra el acta, se quita las gafas y las guarda con sumo cuidado en un estuche de piel oscura.

—En fin —dice luego—. Los caminos de Dios son inescrutables. Les comunico que Jobst y Elke ya fueron recogidos hace dos años por su tío carnal, el hermano de su padre, y readmitidos en la familia. Vieron sus fotos en las listas de la Cruz Roja.

Obsequia a Fritz y a Luisa con una sonrisa radiante, como si este feliz desenlace fuera un mérito personal suyo. Una muela de oro lanza un destello.

—¿Ya no están aquí los niños? —pregunta Fritz con una incipiente ira—. ¿Y cómo es que no me lo dijo por teléfono? De haberlo sabido no habríamos hecho este viaje tan inútil.

—Bueno, bueno... —dice sor Aglaja, alzando las manos para apaciguarlo—. Todo cuanto sucede en la Tierra se debe a la Divina Providencia. Y por eso creo firmemente en que este encuentro nuestro está bendecido por el Señor.

Luisa está tan enfadada como Fritz. Sea lo que sea lo que esta astuta monja se trae entre manos, es una desfachatez hacerlos ir hasta allí de una manera tan insidiosa.

—Si Jobst y Elke están de nuevo con su familia, me alegro y me doy por satisfecha —dice—. Así que nos despedimos, sor.

Cuando se dispone a levantarse, la voz de la religiosa la retiene.

—Qué lástima, querida señora Bogner. Yo confiaba en poder proporcionar a uno de nuestros pequeños pupilos una familia cariñosa. ¿No desea quedarse un ratito más? Dentro de pocos minutos terminará la comida del mediodía; entonces puede echar una ojeada a nuestros protegidos en el comedor. Oh, la suerte que han corrido algunos le parte a uno el corazón.

Luisa, hasta ese momento firmemente decidida a abandonar de inmediato la villa, ahora lo duda. Sí, le gustaría acoger a un niño. Anhela colmar a una criaturita de todo su amor, estar a disposición de ese niño todos los días y a todas horas, darle a su vida un sentido cuidando de él.

Aunque no le gusta la manera en que los han seducido para que vayan a la villa, lo cierto es que los pequeños no tienen culpa alguna; se trata solo de las intrigas de esa persona de la cofia blanca almidonada.

—¿Qué edad tienen los niños más pequeños? —se interesa Fritz, que comprende los sentimientos de Luisa.

—Entre tres y cinco años. Pero antes de que pensemos en estas cosas, tengo algunas preguntas que hacerle, señor Bogner.

Comprensible. Como es natural, tienen que saber en manos de quién dejan a sus pequeños, si van a estar bien acogidos, o si la familia puede permitirse económicamente atender a un niño.

—¡Desde luego! —dice Fritz—. Pregunte lo que quiera.

La monja coge un bloc para escribir, abre el tintero de cristal que tiene ante ella y sumerge la plumilla de acero. «Como hace cien años», piensa Luisa fascinada.

—¿De manera que hace usted música sacra, señor Bogner? ¿Para qué comunidad?

Luisa mira desconcertada a Fritz. Este niega con la cabeza.

—No, eso es un error. Soy músico. Toco el violín.

—¡Vaya! —dice sor Aglaja decepcionada—. ¿No decía que había tocado en la iglesia de Oppenheim?

—Delante de la iglesia, hermana. En la fiesta del vino he tocado con dos colegas para el baile.

Esta explicación horroriza moderadamente a la religiosa.

—¿Para el baile? Ah, entonces es usted una especie de músico de baile y toca música popular en fiestas. ¿Trabaja en las ferias?

—Espero obtener pronto una plaza en la Orquesta del Teatro Estatal de Wiesbaden.

Luisa se queda asombradísima por el tono de firme convicción con que Fritz ha pronunciado esa última frase. Suena como si ya tuviera la plaza asegurada. A la monja, en cambio, esta noticia tampoco le dice nada.

—En el teatro —dice de forma despectiva, levantando el labio inferior y mostrando así la muela de oro.

—¿Cómo compagina usted eso con su fe católica, señor Bogner?

—Soy evangelista, sor Aglaja.

Luisa se da cuenta enseguida de que esa declaración dará la puntilla a sus planes. Fritz y ella pertenecen a la Iglesia evangelista, se han casado con arreglo a la fe evangelista y no están dispuestos a educar a niños adoptados en la fe católica.

—Eso que me cuenta es muy lamentable —dice la religiosa, y da un profundo suspiro de preocupación—. En ese caso me es imposible encomendarle a uno de mis pupilos. Compréndalo: somos una institución de la Iglesia católica y obramos con rigor para que nuestros protegidos se críen en la verdadera fe.

Fritz y Luisa se quedan de piedra. ¡Será posible! No les dan en adopción un niño por tener una confesión y una profesión poco recomendables.

Luisa es la primera en decidirse; se pone de pie y agarra a su marido de la mano.

—Vámonos, Fritz. Aquí no se nos ha perdido nada.

Ahora también se levanta él, saluda escuetamente a la monja vestida de blanco y se despide.

—Gracias por las molestias, sor. Siento mucho haber sido malinterpretado por teléfono. ¡Que Dios bendiga su trabajo!

—Lo mismo le deseo yo a usted. En lo que respecta a...

Ya no oyen lo que sigue diciendo la directora. Recorren el pasillo de la mano. Huele a una mezcla de sopa de verdura y cera. Luisa no quiere mirar, pero la tentación es demasiado grande. Al pasar ve a los niños en el comedor de pie junto a dos largas mesas. Todos ellos, incluidos los más pequeños, tienen la cabeza agachada y las manos cruzadas. Se oye la voz de sor Benedicta, que reza en alto el padrenuestro. Los niños lo repiten frase por frase.

—Los había muy pequeños —dice Luisa, cuando salen a la lluvia mientras Fritz se pelea con el paraguas—. Uno de ellos se parecía al pequeño Jobst de entonces.

Fritz abre por fin el paraguas con una sacudida y la cubre con él.

—No pienses más en eso, Luisa. Somos evangelistas y yo soy un músico de baile. A una gentuza así no se le confía ningún niño.

Ella se le queda mirando, luego nota cómo la comisura de sus labios se contrae y, de repente, también a ella le parece increíblemente cómica toda esta historia. Los dos estallan en una carcajada, se alternan para repetir lo que ha dicho la religiosa y de nuevo les entra la risa. Por último, Fritz rodea a Luisa con el brazo y regresan a la parada del tranvía bajo su enorme paraguas.

El viaje de vuelta se les hace larguísimo; tienen que hacer transbordo un par de veces y esperar en los húmedos andenes, donde pasan un frío de perros. Hace ya rato que ha desaparecido el buen humor con el que han resuelto su decepción. Tristes y parcos en palabras, van sentados en el tren con una sensación de profundo malestar por la ropa empapada. Además no están solos; los acompaña un matrimonio mayor que devora huevos duros y galletas Leibniz. Más tarde se suben otros viajeros, que clavan los ojos en el paisaje lluvioso y guardan silencio.

A última hora de la tarde, cuando se apean en la estación de Wiesbaden, se sienten exhaustos. Al menos ha dejado de llover. Tardan media hora en llegar a pie a su casa y cuando lo hacen solo quieren picar algo y acostarse.

Sin embargo, mientras Fritz inspecciona la despensa y Luisa se cambia la ropa mojada, suena el timbre de la puerta. Fuera está Michael saltando de alegría a la pata coja.

—¡Mi mamá ha cocinado hoy para todos nosotros! —dice a voces.

Ante la puerta de su casa, Swetlana les sonríe.

—Comida rusa. *Borsch* y *blinis*. Pasad a cenar con nosotros, por favor. Me hace tanta ilusión...

Wilhelm

Septiembre de 1951

Se había imaginado Múnich de otra manera muy distinta. Como una metrópoli abierta y bulliciosa. Pero estaba equivocado. Los muniqueses son como esos edificios ostentosos que aquí lo invaden todo. Recios, cerrados, arraigados con firmeza en la tierra. Al forastero el bávaro le parece más bien malhumorado y desconfiado; además habla un idioma que recuerda vagamente al alemán, pero que para Wilhelm es del todo incomprensible. Lo hacen a propósito, los bávaros. Para que él, el hessiano de Wiesbaden, no pueda entenderlos. Porque desde luego saben hablar el alto alemán. Cuando quieren.

—Buenos días, joven señor Koch. ¿Desea hoy un huevo para desayunar? Están muy frescos. Los compré ayer en el Viktualienmarkt.

Vive en una habitación amueblada, como le corresponde a un joven actor. Quince metros cuadrados abarrotados de muebles anticuados, una ventana que da a un patio, un lavabo con una mampara y una estufa de carbón de cuya eficacia aún no está nada convencido. El servicio, que está al otro lado del patio, lo comparte con el resto de la familia y con otros dos inquilinos. Y por si fuera poco, es caro; casi la mitad de su sueldo va destinado a la vivienda, y además en invierno tiene que pagar un suplemento por la calefacción. A cambio, el desayuno está incluido.

—¿Un huevo? Con mucho gusto. Poco hecho, si puede ser.

—Sí, claro. Como siempre. Todos los artistas pasan hambre, ¿eh? ¿A que tengo razón?

—Ya lo creo, señora Gruber.

La mujer desaparece en la cocina, donde se la oye trastear. Wilhelm se sienta en la sala de estar de los Gruber, donde la señora les sirve el desayuno a los tres inquilinos; como siempre, él es el último. Pronto entrará su marido, Korbinian Gruber, le arrebatará el periódico y tomará ostensiblemente asiento en la butaca. A diferencia de su esposa teñida de rubio, Korbinian Gruber es un gruñón auténticamente bávaro: tripa cervecera, media calva y cejas oscuras muy pobladas. Quizá se tome como una ofensa personal que sus inquilinos se apropien todas las mañanas de su cuarto de estar y, mientras tanto, él tenga que permanecer en la cocina. De todos modos, los Gruber no viven nada mal; la tienda de abajo se la han alquilado a un peluquero que peina a su casera siempre gratis.

—¿Qué, señor Koch? Para *El sueño de una noche de verano* tendremos dos buenas entradas, ¿no? Recuerde que Korbinian y yo somos admiradores suyos.

—Claro, me acordaré —dice Wilhelm mientras golpea con la cucharilla la cáscara marrón del huevo. Duro como una piedra. ¿No tendrá la señora un reloj de arena para medir el tiempo de cocción de los huevos?

—El señor Krumbichel, que vivía aquí antes que usted, siempre nos daba entradas para la primera fila. Pero ahí se deja uno el cuello; mi Korbinian me ha dicho que ahí no quiere sentarse nunca más.

«Encima con exigencias», piensa William, que pela el huevo duro, le echa sal por encima y se tiene que tragar el primer bocado con un buen sorbo de café porque, si no, la yema seca se le queda pegada a la garganta. De todas formas, el café está bueno, eso tiene que reconocérselo a la señora Gruber. No tan fuerte como el del Café del Ángel, donde la cucharilla casi se queda de pie en la taza, pero bastante aceptable. Y también hacen buenos panecillos, solo que allí los llaman bollitos.

—Ah, casi se me olvida. Ha llegado correo para usted, señor Koch.

Deja el bollito al que le iba a dar un bocado otra vez en el plato y nota que tiene taquicardia. El café. Sin duda es el café. No puede ser una carta, esas las deja siempre en la cómoda del pasillo. Pero a lo mejor esta vez se le ha olvidado. No, la señora Gruber vuelve con un paquete. La ración semanal de comida de su madre. A estas alturas la recibe encantado porque el dinero vuela como si tuviera un agujero en el monedero. En cuanto a los precios, Múnich se muestra como una auténtica metrópoli; ni siquiera Frankfurt puede competir con ella. De todos modos, la comida de los restaurantes está buena y es abundante.

—Muchas gracias, señora Gruber.

A Wilhelm se le ha pegado ya un poco el acento bávaro. El lenguaje coloquial. Por supuesto, en el teatro ensayan a Shakespeare en el más refinado alto alemán. Termina de desayunar porque ahora entra el señor Gruber y le arranca el periódico de las manos. Y eso que ni siquiera estaba leyéndolo, sino que se hallaba sumido en sus propios pensamientos.

En su habitación le esperan la cama sin hacer y distintas prendas de ropa que ha ido dejando por todo el cuarto. Con un suspiro, decide recoger la ropa, alisa el edredón y dobla el pijama. En casa eso siempre lo hacía su madre; no le parecía justo, pero le resultaba muy cómodo. Ahora la señora Gruber arregla su habitación tres veces a la semana, pero a él no le hace ninguna gracia que manosee su pijama. Por si acaso, el escritorio donde guarda las cartas lo tiene cerrado con llave.

Sí, las cartas. Hoy tampoco ha recibido ninguna. Solo el paquete. Ni una carta ni una postal ni un telegrama. Hasta ahora Julia solo le ha escrito una vez, una postal de Wiesbaden con el Teatro Estatal y el casino del balneario, acompañada de unas escuetas palabras.

Querido Wilhelm:

Espero que a estas alturas se haya aclimatado en Múnich y se encuentre bien en la nueva compañía de teatro.

Para que no se olvide por completo de su tierra natal le envío una foto de nuestro antiguo lugar de trabajo.

Muchos recuerdos también de Addi.

JULIA

Aunque se alegraba de haber recibido noticias suyas, en realidad esperaba algo más. Como mínimo una carta. Y que no lo tratara siempre de usted. Pero, al parecer, debe de estar muy ocupada con sus propios asuntos y no tiene tiempo de escribir cartas largas. O tan solo lo considera un «simpático conocido», sin más. Seguro que es eso. La intimidad de su larga conversación en el Café Bossong únicamente son figuraciones suyas; él se sintió feliz y encantado, pero para Julia debió de ser una tarde como otra cualquiera. ¡Qué deprimente le resulta eso! Hasta ahora las chicas lo perseguían; podía quedarse con cualquiera que le gustara. Bueno, con casi cualquiera. Algunas veces se interponían los padres, pero a la chica le habría gustado…

Julia Wemhöner, en cambio, no le hace ni caso. Solo ve en él al simpático Wilhelm Koch, hijo de la familia que en su día le salvó la vida y por la que todavía siente una profunda gratitud. ¿Y si solo fue a tomar algo con él por puro agradecimiento hacia sus padres? ¿Por eso se había mostrado tan abierta con él? Porque en realidad lo conoce desde hace años, desde la época en la que él todavía iba al colegio y estuvo con August en el campamento de las Juventudes Hitlerianas. Uf, de eso hace ya muchísimo tiempo.

Sea como sea, no piensa darse por vencido. Paciencia será su lema. Julia es especial, una mujer fantástica y extraordinaria que no va a perseguir a un tal Wilhelm Koch, sino que ha de ser conquistada. Él ya le ha escrito dos veces; quizá actuó un poco irreflexivamente, puede parecer que la está acosando, pero bueno, las cartas ya han sido enviadas. Escribirle una tercera carta sería ridículo. Él no es un pretendiente cualquiera, quiere ser respetado. Si ella no considera necesario escribirle, entonces él también debería contenerse.

Pero piensa con bastante frecuencia en Julia. Incluso ha soñado varias veces con ella. Cuando recorre Múnich y ve el Jardín Inglés, el ayuntamiento con su carillón, la residencia, el Hofbräuhaus…, siempre se pregunta qué diría ella al respecto. Entonces es como si estuviera a su lado, y habla mentalmente con ella.

Ha debido de presentar su dimisión; eso al menos se desprende de la postal. Porque habla de «nuestro antiguo lugar de trabajo». Pero ¿habrá alquilado esa tienda de sombreros? ¿Estará haciendo realidad sus planes? ¿Le enviará al menos una invitación cuando inaugure su negocio? Eso es al fin y al cabo lo que le prometió.

Le ha escrito una carta a su hermano August pidiéndole que le informe sobre Julia. Con mucha discreción. Porque si no, su madre y Hilde son capaces de pensar cualquier cosa. Con August tiene confianza. Siempre se han mantenido unidos, son uña y carne. Y aún lo siguen siendo. A ver cuándo le contesta de una vez su hermano. Aunque su madre le escribe diciendo que August está «como siempre», Wilhelm sin embargo —o precisamente por ello— está preocupado.

En general, en Múnich no está nada contento. Eso se debe sobre todo a que no está satisfecho de su trabajo en el teatro.

Cuando viajó la primera vez a Múnich para la recitación todavía se sentía relajado y seguro de sí mismo; ahora, en cambio, tiene que esforzarse mucho en los ensayos para la próxima temporada. Naturalmente, no en los papeles secundarios que interpreta; ahí no tiene problema alguno. Pero el Lisandro de *El sueño de una noche de verano* no acaba de salirle bien. Y eso que estuvo muy brillante en ese papel cuando obtuvo el diploma en la Escuela de Arte Dramático de Frankfurt, donde lo consideraba su papel de lucimiento por excelencia. Sin embargo, aquí en Múnich de repente le falta todo lo que antes le salía con ligereza y naturalidad. El fuego. La pasión. El encanto. Ahora en cambio avanza a trompicones por el texto como un mentecato, se pone tenso, y sus esfuerzos solo sirven para empeorar aún más las cosas. La culpa no la tiene la dirección; no, eso ha de reconocerlo sinceramente. Los colegas tienen paciencia con él, le dan buenos consejos y lo animan. Pero, claro, sus fallos repercuten también en los demás actores. Tiene la sensación de estar bloqueando toda la puesta en escena. Después le toca otra vez ensayo y no le apetece nada ir. En fin, ¡ojalá le salga bien de una vez por todas!

Y por si fuera poco, hoy sigue lloviendo. Desanimado, mira por la ventana, donde el agua cae del tejado y forma un charco enorme en el empedrado del patio. También la lluvia es distinta en Múnich. «Pedrisco», la llaman, y es cuando llueve a cántaros. Echa muchísimo de menos el coche que le vendió a su cuñado en un ataque de irreflexión. Como Jean-Jacques es un tipo tan simpático se dejó convencer por él y ahora tiene que ir a pie al teatro. Solo tarda diez minutos; por suerte la casa en la que vive está muy cerca. Pero en diez minutos, aunque vayas con paraguas, el agua te puede calar hasta los huesos.

Mientras recorre la Maximilianstrasse, va recitando y memorizando el texto de Shakespeare. Cada dos por tres tiene que alzar el paraguas para no chocarse con algún otro transeúnte que asimismo lleva paraguas. «*A fuerza de vagar por el bosque, a duras penas te sostienes en pie... y lo confieso, me he perdido, no encuentro el camino; descansemos, amada mía, si así lo deseas*».

—¡Eh, tenga cuidado! —chirría una voz de mujer.

Ahora ha estado a punto de tropezar con el puesto de una florista, pero en el último momento esquiva un macetero de rosas amarillas dando un audaz salto. Por suerte no entiende las lindezas que le suelta la vendedora de flores, que habla un bávaro solo para iniciados. Menos mal que por fin llega a los soportales del edificio del teatro, entra por la puerta de los artistas y va a parar casi a los brazos de Gesine Winterholler, la secretaria del director artístico.

—Buenos días, señor Koch. Figúrese, Krug va a pasar toda la temporada siguiente en Viena. Ha recibido una oferta del Burgtheater, así, sin más. Y claro, ¿quién es capaz de rechazar una cosa así?

A Wilhelm le da un ataque de envidia. Actuar en el Burgtheater de Viena, o Teatro Imperial de la Corte, es el sueño de muchos actores jóvenes. De todos modos, Krug ya no es tan joven; cuando hizo el papel de Zettel en *El sueño de una noche de verano*, estuvo puñeteramente bien, como lo expresó el propio Wilhelm. Y ahora quizá interprete a Nestroy en el Burg, el muy suertudo.

—¿Y quién tiene que buscar a todo correr un sustituto? —continúa Gesine—. Una servidora, claro. A ser posible, para ayer. Pero ya le he echado el ojo a alguien.

—Ah, ¿sí? Es para estar intrigado —bromea él, mirando ya hacia la escalera, que tendrá que subir a todo correr porque de nuevo llega tarde.

—Uno de los muy grandes. Si consigo que acepte, Schweikart me dará las gracias de rodillas.

Hans Schweikart es el atormentado director artístico del teatro. Winterholler corre a su despacho con la falda arremolinada, mientras Wilhelm sube volando las escaleras que dan al escenario. Durante la guerra sobre el edificio cayó una bomba que afectó al escenario y a la sala de espectadores. Al terminar la guerra, todo fue reconstruido con premura para que al menos se pudiera actuar. Ahora empiezan los trabajos de restauración para que el teatro recupere su aspecto original. Lo que naturalmente supone un problema para la actividad teatral, pero no les queda más remedio que aguantarse.

—¡Ha llegado Koch! —dice su colega Susanna, que interpreta a Hermia—. Ten cuidado, Willi, que han llenado el escenario de cachivaches. Las dichosas obras…

Wilhelm sale al escenario con una sonrisa, lo que no se corresponde con su estado de ánimo, pero da testimonio de sus buenas intenciones. Bruno, el director, está hablando con Oberon y con Angeline, que encarna a Puck. También está presente la asistente Annie. Deben de haberse enterado de cómo marchan las obras.

—¡Esto está hecho una mierda! —se desfoga Bruno—. Dan ganas de tirarlo todo al suelo para contribuir a que el caos sea total. ¡Burgtheater! ¡Me muero de risa!

Luego ve que Wilhelm ya está en el escenario y se tranquiliza.

—Continuemos. Segunda escena. Salen a escena Hermia y Lisandro. ¿Dónde se ha metido Hermia? Sales por la derecha, Hermia. Estás nerviosa, ya es de noche, tienes claro que os habéis perdido y miras a tu alrededor.

Su colega lo hace de maravilla. Buena actriz, además muy guapa, buen tipo, muy ambiciosa. Como él siga haciéndolo tan mal, lo va a eclipsar.

Wilhelm espera a que ella termine la parte sin diálogo. A continuación sale él a escena. Lisandro, que ha huido de Tebas con su querida Hermia, quiere proteger a su amada en el oscuro bosque. Pero como es un hombre, también quiere algo más de ella. Sin embargo, como ella es una muchacha bien educada, no lo consiente. El secuestro sí. Pero el sexo solo una vez consumados los esponsales.

Wilhelm aparece trotando un poco, rodea la escalera de tijera con todos los cachivaches que hay por medio y le dice a su amada: «*A fuerza de vagar por el pie, a duras penas te sostienes en el bosque...*».

Se interrumpe asustado porque Hermia lo mira con cara de extrañada. Ay, maldita sea. Ese texto se lo sabe de memoria desde hace años. ¿Cómo puede ser que le salga semejante disparate?

—Perdón...

—¡Otra vez! —dice Bruno impasible.

Wilhelm retrocede. Recorre el bosque imaginario, estira el brazo hacia su amada y ahora el texto le sale bien.

«*Descansemos, amada mía, si así lo deseas... hasta que la luz del día nos procure su consuelo...*».

Hermia sonríe. Con qué dulzura sonríe. Seducción y recato en una sola sonrisa.

«*Oh, sí, Lisandro, busca para ti un lecho...*».

—¡Se acabó! —dice Bruno—. No está mal hasta aquí. Willi, tu sonrisa lasciva no pega nada. Interpretas a un héroe bien educado, no eres lascivo. La deseas, pero sabes dominarte con valentía.

—¿Cómo? ¿Lascivo? —se extraña Wilhelm—. ¿Tengo una sonrisa lasciva?

Mira con gesto interrogativo a Susanna. Esta asiente, aunque con cierto apuro.

—O sea, que tengo que parecer más bien inseguro, inquieto —sugiere Wilhelm.

—Algo así. Otra vez. Piensa que es la mujer de tus sueños. La has secuestrado para poder casarte con ella, y ahora os habéis quedado atrapados en ese maldito bosque lleno de elfos y de todo tipo de bicharracos.

—De acuerdo.

A Wilhelm ya se le ha pasado el arranque inicial. Lascivo. Más tarde comprobará en el espejo si es verdad que tiene una sonrisa lasciva.

—Y llega corriendo. Has explorado los alrededores y regresas junto a tu Hermia. Mira, así... Echa a correr, puedes llegar perfectamente sin aliento; al fin y al cabo, el bosque está oscuro y tenebroso.

En ese momento se oye un ruido tremendo, Hermia pega un grito, la asistente se lleva las manos a la cara, Bruno salta hacia un lado porque la escalera de tijera se tambalea, y varias herramientas y cubos de hojalata caen de forma estrepitosa sobre las tablas del escenario. Una niebla blanca se levanta y envuelve la escena.

—¡Willi! —chilla Hermia.

Mientras recorría el bosque, Wilhelm ha chocado contra la dichosa escalera de tijera, ha hecho que se tambaleara y se ha agarrado a ella. Ahora está sujetando la escalera con las dos manos para que no caiga sobre el director.

—Lo siento... lo siento muchísimo —balbucea. Luego le entra la tos porque en uno de los cubos había yeso pulverizado que ahora ha cubierto de polvo todo cuanto le rodea.

Se hace el silencio. Desde el fondo y desde la izquierda, dos obreros y tres compañeros actores acuden a contemplar la escena. Wilhelm sigue paralizado y cubierto de arriba abajo de polvo blanco; además no para de estornudar.

—¡Genial! —dice Bruno.

A Hermia se le petrifica el gesto; quiere decir algo, pero no le sale. Sus hombros se contraen, después Bruno empieza a reírse y ella tampoco puede aguantar más. Las carcajadas contagian a los compañeros; los obreros del fondo, aliviados, se echan también a reír. Las risotadas le llegan despiadadamente a Wilhelm desde todas partes.

Aquello es el fin. Wilhelm solo lo siente, no puede pensar; tiene el cerebro desconectado.

—¡Pero bueno! —dice Bruno—. ¿Sabes que has nacido para cómico?

Wilhelm suelta la escalera. Está harto. Por hoy ya ha tenido bastante. Esa frase le da la puntilla. Se acabó. ¿Por qué no habrá ido al Teatro Thalia de Hamburgo?

Todos notan que está hecho polvo. Hermia se le acerca, pregunta preocupada si está herido, saca un pañuelo de papel y le limpia la cara. Los obreros recogen sus cosas, y cuando los artistas les riñen, ellos contestan insultándolos en bávaro; algunos actores responden también en bávaro a los insultos.

—Escúchame —dice Bruno, agarrándole del brazo—. Annie, trae a Oberon y a Angeline. Vamos a hacer el acto segundo, primera escena.

Bruno lleva a Wilhelm a un rincón, le sacude amistosa y paternalmente la camisa y sonríe. Tiene unos cincuenta años y empezó como actor; ahora también hace de vez en cuando apariciones como estrella invitada. Sabe cómo se siente Wilhelm.

—Presta atención, Willi —dice en voz baja, guiñándole un ojo—. Se me ha ocurrido una idea. Pero solo la pondré en práctica si tú estás de acuerdo.

Wilhelm no dice nada. No tiene ganas de escuchar ideas nuevas. Solo se quiere ir a donde sea, a algún lugar en el que no haya escenarios ni escaleras de tijera.

—¿Has estudiado alguna vez al personaje Zettel?

Se refiere a un artesano llamado Zettel que protagoniza las escenas cómicas y absurdas del *El sueño de una noche de verano*. Un papel de lucimiento para un cómico. Pero Wilhelm no quiere ser un cómico. ¡Es un joven protagonista con tendencia a actor de carácter, maldita sea!

—¿A Zettel?

—Ese es tu papel, muchacho. Mañana a las nueve haremos la prueba. Cuando todavía no hayan llegado los demás.

Wilhelm traga saliva. Tose. Carraspea. Bruno le mira como suplicándole. ¡Lo dice en serio!

—Pero si... la señora Winterholler va a contratar a una estrella mundialmente famosa para el papel.

Bruno hace un gesto de rechazo con la mano. Gesine Winterholler habla mucho. Además, ella no puede contratar a nadie. Eso lo hace el director artístico junto con el director de la obra. Así que él, Bruno, tiene algo que decir en este asunto.

—Intentémoslo, Willi. Yo tengo fe en ti. De verdad, vales para eso. ¿No interpretaste en Wiesbaden a Diafoirus?

—Sí, pero aquello solo fue una excepción.

Bruno le da tal manotazo en el hombro que se levanta una nube de polvo de yeso.

—Ahora te vas a casa, te das un baño y le echas un vistazo al texto. Mañana nos vemos a las nueve. ¿Te parece bien, muchacho?

Wilhelm asiente con la cabeza. Nota que Bruno lo hace con buena intención, aunque antes se haya reído de él. Pero solo porque la situación era realmente muy divertida. Al menos para los demás. A él le costará todavía un rato poder reírse de eso. Interpretar a Zettel. Qué idea más disparatada. Por otra parte, es un papel francamente bueno. Un papel principal, aunque sea para un cómico.

Se dirige al vestuario de los artistas, se quita la camisa y el pantalón, sacude bien las prendas de ropa para que se les vaya el polvo, se viste de nuevo y abandona el teatro.

¡Zettel! «*Déjame interpretar también al león*», es la frase más conocida que tiene que decir. Un rudo artesano obsesionado con el teatro. Graciosísimo. Rematadamente cómico. ¿Acaso él no lo es también? Wilhelm Koch, hijo del propietario de un café. Hijo de un artesano que siente pasión por el teatro.

Inmerso en sombrías cavilaciones, recorre las calles que le llevan a casa. Solo cuando llega empapado al portal, se da cuenta de que llevaba paraguas pero no lo ha abierto. Qué ganas de quitarse la ropa y echarla a lavar, antes de que los restos de yeso formen una papilla espesa con el agua de la lluvia.

Cuelga la ropa mojada del respaldo de la silla. De momento en el patio no se puede tender nada porque sigue lloviendo. El charco se ha convertido ya en un lago del que brota un ancho arroyo que va a dar a la salida del patio.

Zettel. Claro, si lo interpreta él, el teatro podrá ahorrarse a la rutilante estrella. El papel de Lisandro se lo darán a uno de sus colegas; ya se imagina a quién. Le duele que le hayan quitado el papel; ha fracasado, no hay vuelta de hoja.

Pero bueno, tendrá que conformarse con Zettel. Un papel muy divertido del que todos se ríen con ganas. Algo se podrá hacer. Aunque tenga que ir un rato con una cabeza de burro puesta. En fin, así al menos nadie le verá su sonrisa supuestamente lasciva. Maldita sea, qué poco le gusta todo eso.

Para consolarse, abre el paquete de su madre: latas de embutido, un bizcocho de chocolate, salchichón, carne en conserva y bolitas de ron. Se abalanza primero sobre el salchichón, luego sobre la carne en conserva y para terminar toma unas bolitas de ron. Cuando se dispone a guardar de nuevo la bolsa de las bolitas de ron en el paquete de cartón, descubre las cartas. Una de su madre y la otra de August.

¡Por fin le ha escrito su hermano! Lleno de curiosidad, rasga el sobre y despliega la carta.

Mi querido Wilhelm:

Como me temía, te has visto otra vez envuelto en una de tus tontas historias y no has hecho caso de mis bienintencionados consejos. En fin, ya eres mayorcito y yo solo soy tu hermano. Te daré la información que pueda darte. Julia, para gran disgusto de papá, ha renunciado a su puesto en el teatro. Con ella no he hablado personalmente, pero Addi ha contado unas cuantas cosas que no sonaban muy bien. Parece ser que no todas sus compañeras la veían con buenos ojos. Entretanto, ha alquilado una tienda en la Langgasse, donde antes había una sombrerería, en la que quiere llevar una especie de taller de moda. Addi se ha matado a trabajar para reformar y renovar la desmoronada tienda. Ahora ya está todo terminado, solo que la clientela se hace esperar. Mamá ha ido hace poco, pero no le ha gustado nada. Demasiado extravagante, ha dicho. Y también demasiado caro todo. A Julia no la veo casi nunca porque apenas salgo de casa, pero Addi viene a menudo a comer al mediodía. De todas maneras, cuando le preguntamos por el negocio de Julia, se muestra muy parco en palabras. No sabemos por qué motivo.

Yo sigo como siempre, unos días mejor y otros peor. De todos modos, confío en poder seguir estudiando la carrera; sería una pena renunciar por completo a hacerla.

Espero leer pronto los elogios que te dedican todos los periódicos de Múnich y te deseo mucha suerte para las próximas representaciones.

August

Muchas novedades no le cuenta. Julia ha abierto la tienda, pero le falta clientela. ¿Y si necesita que la animen un poco?

«Le escribiré —piensa con resolución—. Maldita sea, aunque sea la última vez que lo haga, ahora mismo le voy a escribir una carta».

Swetlana

—¡Señora Stammler! —Swetlana oye una voz a su espalda en la escalera. En sus oídos suena como un disparo de pistola. Se estremece y se vuelve. En el rellano de la escalera está la señora Grulich, la vecina de la planta baja, con su pelo gris envuelto en un pañuelo; seguramente quiere limpiar las escaleras.

—Buenas tardes, señora Grulich.

Esta pone los brazos en jarras adoptando una postura desafiante.

—Hace mucho tiempo que quiero decírselo: las cosas no pueden seguir así con su mocoso. Ahora son un montón de críos los que suben y bajan las escaleras metiendo un ruido de mil demonios. ¡Así no hay quien viva en paz!

Swetlana está muerta de cansancio; anoche estuvo limpiando donde Linde hasta muy tarde, y por la mañana temprano la ha citado el profesor de Michael para tener una conversación en el colegio. Y ahora encima la señora Grulich.

—No volverá a pasar, señora Grulich. Es que como estaban de vacaciones...

Pero la señora Grulich no se acaba de calmar. Le explica que su marido está muy enfermo del corazón y que no soporta los ruidos. Que se ha sacrificado por el país, y así es como se lo agradecen. Swetlana se conoce ya su retahíla, de modo que sigue andando con prisas por abrir la puerta de su casa.

—¡Y el chirrido del violín tiene que acabarse de una vez! —le grita la señora Grulich a su espalda.

Swetlana da un portazo, deja el bolso y se sienta en la silla que tiene más cerca. Si al menos pudiera dormir una horita… Pero es imposible; enseguida llegará Michael del colegio y tiene que hacerle rápidamente la comida. Después ya le toca ir a limpiar a la siguiente casa. Ha de ser puntual y trabajar bien, no puede dejar ninguna mancha en los cristales de las ventanas y debe eliminar hasta la última mota de polvo; cada rincón tiene que quedar impoluto. En ningún caso se puede permitir perder más clientes; de lo contrario, ni siquiera podrá pagar el alquiler. Se levanta agotada, lleva la compra que ha hecho a la cocina y pone a hervir un cazo con patatas. Además hay ensalada de repollo que quedó de anoche y morcilla de hígado frita. Esta noche llegará también tarde a casa; menos mal que Luisa se ocupará de Michael y lo acostará. ¡Qué suerte tener una amiga así! El estúpido malentendido con el Café del Ángel hace tiempo que quedó olvidado. Luisa y Swetlana se visitan a diario, a menudo cocinan juntas, y cuando el marido de Luisa está en casa por la noche, algo excepcional, cenan los cuatro juntos. Casi como una pequeña familia.

Las conversaciones con Luisa y Fritz aportan a Swetlana unos conocimientos nuevos y sorprendentes. Si hasta ahora luchaba contra su destino y responsabilizaba a los alemanes de todas sus desgracias, la historia de Luisa la ha convencido de que nunca se puede generalizar y decir «los alemanes» ni «los rusos». Cada persona es diferente, las hay buenas y malas, y eso no tiene nada que ver con su nacionalidad. Luisa es alemana, pero es una buena persona y la guerra le ha afectado mucho. Sí, en realidad el destino ha sido más crudo con ella que con Swetlana, pues Luisa pasó por la experiencia de ver cómo mataban a su querida madre. Y también Fritz es una persona buena y servicial aunque haya sido un soldado alemán que luchó contra Rusia, la patria de Swetlana.

—La guerra es una auténtica locura —había dicho Swetlana—. ¿Por qué se matan entre sí las personas, cuando en realidad pueden ser amigas?

Sobre eso han hablado mucho, pero no han encontrado la respuesta. Sienta bien estar entre amigos, escucharse unos a otros y poder compartir cosas que pesan en el alma. Swetlana ha oído la historia del hogar infantil de Villa Clara y ha entendido perfectamente la ira y la decepción de sus amigos.

—Debéis tener paciencia —los consuela—. Algún día tendréis vuestros propios hijos.

Pero sabe que Luisa ha renunciado a toda esperanza. Desde el último aborto, todos los meses le viene puntualmente la menstruación; ni rastro de embarazo. Ya se lo ha dicho el médico: según todos los indicios, ya no se quedará embarazada.

—Los médicos pueden equivocarse —dice Swetlana con mucha convicción.

A estas alturas, ya sabe muchas cosas sobre la vida de sus amigos, como por ejemplo que Fritz anhela obtener una plaza fija en el teatro. Los dos se muestran muy sinceros con ella; la dejan que participe de su vida. Ella en cambio no es tan abierta; en especial, les oculta sus preocupaciones para asegurarse la subsistencia. Es orgullosa y no quiere que la ayuden; ni por nada en el mundo les pediría dinero a sus amigos. Es más, se muestra muy espléndida con ellos, paga las clases de violín, los invita a comer en su casa y compra pequeños regalos para Luisa por ocuparse tan a menudo de Michael. Hasta ahora todo iba sobre ruedas, incluso ahorraba un poco de dinero a fin de mes para ingresarlo en la cuenta de ahorros, pero luego llegaron las vacaciones de verano. Seis largas semanas en las que Michael no tiene colegio y se pasa el día entero en casa. No puede dejar todo ese rato a su hijo solo, y tampoco es posible enviarlo a casa de Luisa, que además ahora vuelve a trabajar con frecuencia en el Café del Ángel. Así que Swetlana ha decidido renunciar al trabajo de las mañanas y dar largas a sus clientes hasta después de las vacaciones. Eso le funcionó bien el año pasado porque dos de sus ricas clientas se habían ido de viaje y, por lo tanto, no la necesitaban. Aprovechó para llevar a Michael al parque infantil; una vez incluso fueron a la piscina, y otra remaron en el lago Weiher del parque del Balneario. Los días que llovía se quedaban en casa jugando a todo tipo de juegos de mesa. Le preparaba sus platos favoritos, y hasta la tarde no se iba a trabajar. Entonces Michael o bien iba donde Luisa o bien se quedaba tocando el violín en casa.

Fue una época muy bonita en la que pudo dedicarse a su hijo en lugar de meterle prisa todas las mañanas para ir al colegio y encontrárselo ya dormido cuando llegaba por la noche. «Las madres que pueden quedarse en casa con sus hijos porque el marido es quien gana el dinero son dignas de envidia», pensaba. «Mi hijo está creciendo y yo con tanto trabajo me lo estoy perdiendo». ¡Cómo pasa el tiempo! Parece que fue ayer cuando solo tenía dos años y le rodeaba con ternura el cuello con los bracitos cuando lo levantaba. Ahora ha cumplido ocho, ha crecido tanto que casi le llega al hombro, y cuando intenta abrazarlo cariñosamente, se retuerce porque lo encuentra «bochornoso».

Cuando terminan las vacaciones, Swetlana se entristece un poco, pero no le queda más remedio que ganar dinero. Este año, sin embargo, sus clientes han tenido menos paciencia.

—Lo siento, pero no es usted de fiar, señora Stammler. Hemos contratado a otra limpiadora.

Tiene que empezar otra vez desde el principio, buscarse una clientela nueva y aceptar incluso que le paguen menos porque necesita urgentemente el dinero. A eso se añade que ahora se presentan nuevos gastos con los que no contaba. Para el nuevo semestre escolar Michael necesita otros libros, cuadernos de escritura y aritmética, lápices y plumas de acero. Como eso es prioritario, se ve obligada a sacar el dinero de la cuenta de ahorros, pues no todos sus clientes le pagan con regularidad. Cuando piensa que el invierno está a la vuelta de la esquina, le entra el vértigo porque a Michael ya no le cabe la ropa de abrigo del año pasado. Tampoco le valen los zapatos ni los pantalones; como mucho, podría volver a utilizar los dos jerséis de lana si los deshace y les teje unas mangas más largas. Pero una chaqueta abrigada es imprescindible para el invierno; la vieja le está corta y Swetlana no quiere por nada en el mundo que su hijo pase frío.

Cuando está a punto de quedarse dormida en la silla de la cocina, la cuchara de madera que ha metido entre el puchero y la tapadera se cae, y la olla de las patatas empieza a borbotear y se sale el agua. Entonces retira la olla, cuela el agua de la cocción y vuelve a colocar al fuego las patatas ya hervidas. Ya solo falta darle una vuelta en la sartén a la morcilla de hígado; enseguida llegará Michael.

Sin embargo, hoy su hijo se hace esperar, llega un cuarto de hora más tarde de lo habitual, de modo que les queda poco tiempo para estar juntos. Swetlana se enfada porque tiene que hablar con él.

—Lávate las manos. He estado hoy en el colegio, Michael.

El chico sabe perfectamente de qué se trata y se demora mucho lavándose las manos. Cuando por fin se sienta delante del plato lleno, Swetlana mira otra vez la hora.

—¿Qué pelea ha sido esa de la que me han hablado? —indaga.

Michael remueve de acá para allá las patatas, pincha una con el tenedor y sopla porque quema.

—¿Y bien? —le apremia ella impaciente.

Su hijo baja el tenedor y pone cara de enfadado.

—¡Han empezado ellos!

Swetlana suspira. Según parece, tiene que sacarle cada palabra con sacacorchos.

—¿Quiénes son «ellos»?

Consigue que le diga algunos nombres. Peter, Jörg, Dieter. Y también estaba Gerlind, pero esa no hacía más que reírse.

—¿Y a qué se ha debido?

Michael deja el tenedor en el plato y apoya los dos brazos en la mesa. Swetlana se asusta al ver lo furioso que está cuando la mira.

—Se ríen porque toco el violín. Dicen que soy un gitano, que son los que siempre tocan el violín. Y luego se han puesto a imitarme.

Swetlana comprende. Para la fiesta del colegio previa al inicio de las vacaciones se ha llevado el violín y ha tocado una pieza. Fue idea del tutor de su curso; también hubo dos chicas que tocaron el piano, varias flautas dulces y un chico hasta se ha atrevido con un acordeón enorme.

—Puedo entender que te haya sentado mal, Michael. Pero por eso no se debe pegar a nadie.

—Yo no he sido. Fue Gerd. Porque es mi amigo. Por eso me ha defendido.

—Entonces deberías haberle retenido.

Michael suspira profundamente, mira hambriento la morcilla de hígado, pero sigue sin coger el tenedor.

—Eso he hecho —asegura—. Pero los otros han llegado y de repente se han liado todos a puñetazos.

La pelea ha tenido lugar en mitad del patio escolar; otros alumnos y alumnas los han rodeado y solo se han retirado de mala gana cuando el tutor del curso, el señor Krekel, se ha acercado y ha intervenido enérgicamente. Algunos han acabado con chichones y hematomas, a otros les han partido el labio o les ha sangrado la nariz; a uno hasta le han dado un mordisco en el brazo. Michael solo tiene unos pocos rasguños. Le dijo a Swetlana que se había caído.

—¿Y por qué no me has contado la verdad?

Michael adelanta el labio inferior.

—Porque siempre te enfadas mucho, mamá.

—Pues me lo ha tenido que contar tu profesor y eso sí que me ha hecho enfadar.

Swetlana vuelve a mirar el reloj. Ya no le queda tiempo, tiene que aplazar la conversación. El señor Krekel cree que Michael va por el mejor camino para convertirse en el típico matón. El chico ya se ha peleado con varios niños y, por desgracia, ha congregado a su alrededor a un círculo de amigos y admiradores que quieren imitarlo.

—Ahora me tengo que ir. Termina de comer tranquilamente y friega tu plato. Luisa llegará hacia las cinco; entonces puedes ir a su casa. Y no te pongas a practicar con el violín antes de las tres; la señora Grulich se acaba de quejar.

—Bah, esa vieja vaca marina.

Swetlana le riñe por decir ese tipo de cosas, pero se da cuenta de que él no la toma en serio. ¿Qué ha sido de su pequeñín? Un matón, le ha dicho el profesor. ¿Su hijo? No se lo puede creer. Pero si hace dos años estuvieron a punto de matarle a él...

—Mañana es domingo. Seguiremos hablando, Michael.

Esa noche Swetlana duerme profundamente y a la mañana siguiente se despierta con la cabeza algo embotada. Michael ya se ha levantado; huele a café y a rebanadas de pan blanco tostadas. De la cocina le llega el ruido de los cacharros. ¡Ha preparado el desayuno para ellos dos, qué buena ocurrencia!

—Todavía no puedes venir —le dice su hijo, cuando aparece en la sala de estar en camisón—. Es una sorpresa, mamá. Vuelve a la cama.

En vista de eso, Swetlana va al cuarto de baño y se viste; luego regresa a la sala de estar para admirar como es debido la mesa del desayuno. Las rebanadas de pan blanco se han quemado un poco y el café ha quedado demasiado aguado, pero lo que cuenta es la buena voluntad.

—¡Te ha salido buenísimo, Michael!

Naturalmente le ha visto las intenciones al muy pillín. Durante el desayuno, saca otra vez el tema de conversación de ayer; no se ha olvidado, como quizá esperaba él. Pero Michael sale bien parado. Su madre no le impone ningún castigo, sino que le hace entrar en razón apelando a su conciencia y le obliga a prometerle que nunca más pegará a ningún niño.

—Pero si empieza él… —refunfuña Michael.

—Tampoco en ese caso.

—Entonces pensarán que soy un cobarde.

—Solo serás el más listo, Michael.

Ella se da cuenta de que esa filosofía no acaba de entrarle al chico en la cabeza. No obstante, le promete lo que ella quiere oír y hasta le da un apretón de manos, y con eso da por despachado el enojoso asunto.

—¿Qué vamos a hacer hoy? —pregunta ilusionado.

A pesar del café, Swetlana sigue sintiéndose muy cansada; confía en no haberse resfriado. Nota que le duele un poco la garganta al tragar, pero ya se le pasará.

Hoy hace fresco; unos nubarrones grises ocultan el sol, es posible que llueva. Ella propone una visita al museo, mientras que Michael quiere ir al zoológico de Frankfurt. Pero como para eso no les llega el dinero, deciden ir en bote por el estanque del parque y, después, tomar chocolate y tarta. Pero no en el Café del Ángel; allí Swetlana no piensa ir jamás. Nunca olvidará cómo la ofendió aquella señora mayor. «¿Una rusa? No. Ese país ha hecho mucho daño a mi hijo».

Debido al mal tiempo, hoy el parque del Balneario tiene pocos visitantes. El viento agita los árboles y riza la superficie

del estanque. Un matrimonio de cierta edad recorre lentamente el camino de tierra. El hombre tiene que sujetarse el
sombrero; una ráfaga de viento ha estado a punto de llevárselo. Un grupo de americanos se les ha adelantado en el embarcadero; han alquilado todos los botes para media hora, con lo
cual no queda ninguno libre para Michael y Swetlana.

—Pues tendremos que esperar —dice ella—. Mientras
tanto puedes dar de comer a los patos. Yo me siento en el
banco de ahí enfrente y te miro.

Se han llevado una bolsa con sobras de pan duro que
Swetlana guarda para estas ocasiones. Michael coge la comida
de los patos y baja hacia la orilla. Los patos, que intuyen sus
intenciones, se le acercan desde todas las direcciones y se dis-
putan, todavía en el agua, el mejor sitio.

Michael se vuelve una vez hacia Swetlana antes de empezar a darles de comer a los patos.

—¡Pero esta vez quiero remar yo solo! —le grita a su
madre.

—A ver si lo consigues —dice ella sonriendo, y se sienta
en el banco. Mientras observa cómo el niño parte los trozos
de pan y cómo los patos lo rodean, nota que el sueño se va
adueñando de ella. El desagradable picor de garganta, ese dolor al tragar, no ha desaparecido, sino que va a peor. Vaya por
Dios, las desgracias nunca vienen solas. Precisamente ahora
no puede ponerse enferma por nada en el mundo; de lo contrario, perdería los dos nuevos clientes que tiene. Peor aún
sería que le contagiara a Michael; entonces el niño tendría que
quedarse en casa y se perdería las clases. Decide que después
de dar una vuelta en bote y de comer la tarta, se irá enseguida
a casa con Michael y se meterá en la cama. Dormir es la mejor
medicina que hay.

Sin darse cuenta, se le han cerrado los ojos. De repente ve
ante ella el cuarto donde dormía de pequeña, el armario ropero de color marrón, el empapelado de la pared, el icono con

la imagen de Cristo al lado. De pronto aparece su padre. Es joven, tiene el pelo negro y unas gafas con la montura dorada. Su padre, que era médico, la examina, le ausculta el pecho, pone cara de preocupación y le dice algo a su madre. Aunque ella tiene cuatro o cinco años, es capaz de entender las palabras.

—Esperemos que no sea una pulmonía. —Luego le ponen una inyección que le hace muchísimo daño. Llora y grita, pero su padre le dice—: Enseguida se te pasará. —Cuando el dolor remite, llora otro poco y después se queda dormida.

—¡Mamá!

¿La ha llamado alguien? Parpadea, pero solo ve el lago Weiher y los árboles mecidos por el viento. Vuelve a cerrar los ojos y sucumbe de nuevo a las ensoñaciones.

—Mamá, ya sé remar.

Ese es Michael. Se asusta porque de repente oye gritos. En el lago ha zozobrado un bote y hay una persona en el agua dando manotazos.

—¡Mischa!

Swetlana se levanta tan aprisa del banco que se le nubla la vista. Por un momento cree que se va a desmayar, pero se serena y corre hacia el embarcadero. El hombre mayor que alquila los botes gesticula con los brazos.

—¡Maldito mocoso! Mi preciosa barca. Y además ha perdido los remos.

—¡No sabe nadar! —grita Swetlana desesperada.

Se mete en el agua, le da todo igual; tiene que rescatar a su hijo para que no se ahogue. Se ha adentrado ya hasta las rodillas, el fondo está cenagoso; pisa con los zapatos el lodo… De repente, alguien se tira al agua. ¿Es el hombre que alquila los botes? No, ese sigue en el embarcadero quejándose a voz en grito. En el agua hay otra persona que nada dando fuertes brazadas hacia el bote volcado, que se balancea en el agua con la quilla hacia arriba. Llega, por fin, hasta el chico. Da la impresión de que los dos están peleando porque Michael quiere agarrarse a su salvador. El hombre consigue finalmente rodearlo con un brazo y lo lleva hasta el embarcadero. Entretanto allí se han congregado varias personas dispuestas a ayudar que tiran del chico hacia arriba y después ayudan también a salir del agua a quien lo ha rescatado. Los dos se sientan empapados en el embarcadero. El tipo que alquila los botes se vuelve hacia cuantos le rodean gesticulando y señalando hacia su bote de remos, que poco a poco va llegando hasta el centro del lago. Swetlana se siente ridícula e inútil. Se abre paso a través del cieno de la orilla, se quita los zapatos para vaciarlos de agua y luego corre hacia el embarcadero.

—¡No se ponga así por el bote! —oye la voz colérica del hombre que ha salvado la vida de su hijo, que aún chorrea agua—. ¿Por qué no ha impedido que el chico saliera remando? ¡De milagro no se ha ahogado!

—¿Yo? ¿Acaso soy yo responsable de los hijos de los demás? ¡Yo estaba ayudando a una americana a apearse del bote!

A Swetlana le tiemblan las rodillas cuando recorre el embarcadero en busca de su hijo. A Michael ya se le ha pasado el susto, pero cuando la ve, alza hacia ella una mirada de mala conciencia.

—Lo siento, mamá. ¡Solo quería probar los remos!

Se queda muda a su lado, aterrorizada de pensar que Michael podría haberse ahogado ante sus ojos.

—¿Es usted la madre del chico? —la increpa el tipo que ha salvado la vida de su hijo—. ¿No sabe que ha incurrido en un delito? Violación de los deberes tutelares. Podría ir a la cárcel por eso, joven.

—¡Exacto! —grita el que alquila los botes—. La culpa la tiene esa mujer. Y me tendrá que indemnizar por el bote. Y también por la pérdida de ganancias. ¡Dígame ahora mismo su nombre y su dirección!

A Swetlana le da vueltas la cabeza. Que haga lo que quiera; lo único que le importa es que Michael siga con vida. Le dicta al encargado de los botes su nombre y su dirección; teléfono no tiene. Un empleador tampoco. Ha de enseñarle el documento de identidad. Ahora le tiemblan las manos por el susto que se ha llevado.

—Mamá, tengo frío.

Swetlana se quita la chaqueta, se la pone a su empapado hijo, lo coge de la mano y se lo lleva de allí. La gente que se ha juntado en la orilla le dice cosas desagradables cuando pasa a su lado.

—¡Hay que estar pendiente de los hijos, joven!

—Esto le va a salir por un pico...

—Claro, estas cosas pasan cuando no se educa a los hijos como es debido.

Swetlana hace como que no oye y acelera el paso. Michael va corriendo a su lado. Cuando tienen que esperar a cruzar una calle, da saltitos cambiando de pierna porque tiene frío.

—¿Estás enfadada, mamá?

Ella niega con la cabeza. Un escalofrío de fiebre le recorre la espalda.

—Por favor, no vuelvas a hacer eso nunca más.

August

—¡Por Dios, August!

Qué mala suerte ha tenido otra vez. Ha abierto la puerta de casa sin hacer nada de ruido, se ha dirigido de puntillas hacia el cuarto de baño con los zapatos mojados en la mano. Pero nada más posar la mano en el pomo de la puerta, su madre ha salido de la cocina. Nada escapa al agudo sentido de la vista materno. Y menos que su hijo mayor llegue a casa calado hasta los huesos.

—No tiene importancia, mamá —dice August, intentando colarse en el baño. Pero ella le cierra el paso, le toca la chaqueta, la camisa, hace amago de retirarle el pelo húmedo de la frente.

—Estás empapado, hijo. Y cómo hueles a moho…

—¡Déjame, mamá, por favor te lo pido!

Le aparta la mano y entra en el cuarto de baño para encender el calentador. Un baño caliente le vendrá bien; en el corto camino del parque del Balneario a casa de sus padres se ha quedado helado. Le vienen a la memoria las despiadadas marchas con el uniforme mojado por la gélida Rusia.

—¿Qué te ha pasado? ¿Es que te has caído al Weiher? —se lamenta su madre desde la puerta del cuarto de baño.

Se quita la ropa mojada y se pone el albornoz porque el viejo calentador de gas tarda un rato en calentar el agua.

—Sí —le contesta a su madre—. Nada, una tontería. Me he resbalado. Pero no me ha pasado nada. Con el agua hay que andar siempre con ojo.

Más vale que no le diga la verdad a su madre. Porque enseguida les contaría a toda la familia y a todos los clientes la dramática historia de cómo su hijo, arriesgando su propia vida, ha rescatado a un niño en el lago del parque. Y eso a August le resultaría muy desagradable.

—¿Resbalado? —pregunta su madre incrédula—. ¿Cómo es posible una cosa así? ¿Me estás diciendo la verdad, August? ¿No te habrás vuelto a desmayar? Dios mío, no deberías ir solo a pasear.

El calentador del baño hace ahora un ruido bastante fuerte, de modo que ya no oye las recriminaciones de su madre. Pero seguramente esté diciendo que su padre necesita moverse más y que Addi sale de todos modos a pasear por el parque con Bunte, así que no le faltaría compañía.

—Mamá, ¿me preparas por favor un café y alguna cosita para comer? —le dice gritando.

Se le tendría que haber ocurrido antes. Porque ahora su madre va deprisa a la cocina para prepararle a su chico un tentempié sustancioso. De él se adueña un sentimiento de ternura. Cómo son las madres... Les da igual que tengas seis años o casi treinta; para ellas siempre serás su niño.

Después de bañarse con agua caliente y lavarse el pelo a conciencia, se siente francamente bien. El albornoz lo echa a lavar; es verdad que el agua del lago del parque tiene un tufillo a podrido. Menos mal que no se lo ha pensado y ha saltado de inmediato. Su madre ya ha puesto la mesa en la sala de estar: café hirviendo, bocadillos y hasta un trozo de tarta de nata que ha ido a buscar al café.

—Gracias, mamá. Ya puedes bajar si quieres. Me siento estupendamente, el baño me ha sentado de maravilla.

Ella lo mira con gesto dubitativo, le acerca el plato de los bocadillos y luego se marcha. Los domingos por la tarde suele haber bastante ajetreo en el Café del Ángel; van allí muchos que viven solos y huyen de la soledad charlando con conocidos y disfrutando de una ración de tarta. August se lanza sobre el café y los bocadillos. Tiene mucha hambre porque al mediodía apenas ha probado bocado. Llevaba dos días muy aquejado de ese horrible abatimiento, de ese paño negro que a veces le envuelve el alma. Lo había atribuido al inicio del otoño, pese a que este año está entrando poco a poco y los árboles aún conservan hojas de color verde oscuro. Ahora de repente se siente como liberado. No tiene pensamientos sombríos; ningún paño oscuro pesa sobre su alma. En su lugar, nota que está de buen humor, casi contento, y percibe la inusual sensación de estar satisfecho consigo mismo. Sí, ha reaccionado con rapidez, como debe ser, y ha salvado una joven vida humana. No es un fanfarrón, no quiere alardear de ello, pero para sus adentros se siente orgulloso de sí mismo. Y esa es una grata sensación. Después de tomarse los bocadillos y de zamparse también la tarta, va a su habitación, se sienta al escritorio y coge sus apuntes de las clases. Consigue leer casi diez páginas, revisa algunas cosas, hace algunas anotaciones. Hacía mucho que no le resultaba tan fácil concentrarse en su trabajo. A las ocho, cuando ya empieza a anochecer, da por concluida la jornada y baja al café para tomar una jarra de cerveza. También eso llevaba mucho tiempo sin poder hacerlo porque toleraba mal el alcohol, que agravaba su estado de ánimo sombrío.

Abajo ya quedan pocos clientes. Se sienta con su padre, mientras Hilde recoge las mesas y su madre está atareada en la cocina. Jean-Jacques llega a la sala con el delantal blanco, le lleva la cerveza y le da un golpecito en el hombro.

—Mucho mejor aquí sentado con nosotros que siempre solo allí arriba, ¿a que sí? ¿Sabes una cosa? Te voy a hacer *pommes frites, d'accord*? Las haré especiales para ti, bien crujientes.

Aunque el estómago lo tiene bien, no sabe qué tal le sentará ese inusual atracón por la noche. Pero decide darle ese gusto; para una vez que se encuentra bien, quiere disfrutarlo.

Su padre, que normalmente es de naturaleza alegre, hoy necesita que lo consuelen. Dentro de pocos días empiezan en serio las obras y tendrán que cerrar el café una temporada, pero lo peor de todo es que antes hay que vaciarlo.

—Ya no será lo mismo, August —dice preocupado—. Las fotos de los grandes artistas, el empapelado impregnado por el aliento de todos ellos... todo eso desaparecerá. Durante décadas han ocupado aquí las fotos las paredes; ahora tengo que quitarlas y ya solo quedarán manchas blancas.

August conoce a su padre, que siempre es un poco exagerado, pero entiende muy bien que las novedades le hagan sufrir. Quizá Hilde debería haber sido un poco más considerada. Pero él no puede permitirse emitir ningún juicio, de manera que consuela a su padre como puede.

—Los grandes maestros del pasado no serán olvidados, papá. Pero ahora nos visitan también los artistas de la actualidad. ¿No estuvieron el año pasado en el café Käthe Dorsch y Bassermann? Hasta Gründgens se tomó aquí su tarta de chocolate.

Efectivamente, logra su propósito. Su padre se pone a hablar con su habitual entusiasmo de la maravillosa Käthe Dorsch, y confía en que el año que viene aparezca también Paula Wessely, porque en el teatro de la Josephstadt actuará como artista invitada en Wiesbaden. Con Paul Hörbiger y Ernst Deutsch.

—¿Lo ves? Pues para entonces el Café del Ángel habrá quedado precioso con la reforma y todas las fotos volverán a colgar de las paredes. Las antiguas y además también las nuevas.

Los dos empiezan a comer las ricas patatas fritas y, para espanto de Hilde, utilizan para ello los dedos. Más tarde, Jean-Jacques se sienta con ellos y les cuenta todo tipo de historias graciosas; Hilde sube a casa para echar un vistazo a los gemelos. August se pregunta si esos dos están rehuyéndose el uno al otro. Recuerda el asunto de la explotación vinícola que Jean-Jacques se había empeñado en comprar. Pero aquella historia quedó zanjada hace mucho tiempo, ¿no? Por cierto, también August opina que es una idea disparatada. Bah, seguro que se equivoca; por lo menos Jean-Jacques está tan animado como siempre.

De noche le cuesta dormirse. Las patatas fritas le pesan en el estómago, y además, como se encontraba tan a gusto, se ha tomado dos cervezas. Se levanta, se sienta al escritorio y lee un poco. Se alegra de que esta vez no le asalten los turbios pensamientos que tan a menudo le torturan. Pero está inquieto, no hace más que darle vueltas a lo que le ha sucedido esa tarde. De repente, ya no está contento consigo mismo. Al contrario, ahora tiene la sensación de haber actuado rematadamente mal.

¿Por qué le ha gritado así a la madre del chico? ¿Qué derecho tenía él a tratarla así? Ninguno, reconoce ahora. Estaba nervioso, se había enfadado con el encargado del embarcadero, que no paraba de quejarse por su bote mientras un niño había estado a punto de ahogarse. Y como se había enfurecido, se puso también a insultar a la madre del chico. Ahora no se la quita de la cabeza. Es como si la estuviera viendo: vestida con sencillez con un pañuelo en el pelo del que le asomaba su negra melena. Tenía la cara muy pálida y extrañamente petrificada. Ojos claros enmarcados por pestañas oscuras, pómulos anchos y boca carnosa. ¿Por qué la ve ahora con tanta claridad? ¡Si casi no la ha mirado! ¿O sí? Como estaba tan exaltado, ha interpretado la rígida expresión de su rostro como de indiferencia, pero ¿no sería más bien horror lo que expresaba esa cara? ¿Acaso no vio cómo se quitaba la chaqueta para ponérsela al chico? ¿No era ese un gesto amoroso y maternal? Sí, estaba completamente equivocado; no era indiferencia en modo alguno, sino todo lo contrario: esa mirada como petrificada se debía al miedo que había pasado por su hijo. ¿Cómo pudo él increparla de ese modo e incluso hacerle reproches? Tendría que haberla defendido cuando ese avaro le exigió una indemnización por daños y perjuicios por su destartalado bote de remos.

Tiene que disculparse ante ella. La idea ya no lo abandona. ¡Esa mujer no debe recordarlo como un prepotente voceras! Tampoco el chico debe pensar eso de él. Irá a su casa y le explicará las cosas. Mañana mismo a primera hora lo solucionará. Por suerte ha llegado también a sus oídos su nombre y la dirección, cuando se los ha dado al encargado de los botes. Conoce bien Wiesbaden, su ciudad natal, en la que se ha criado. El callejón que ha mencionado ella está situado arriba, en el barrio Bergkirchen; como mucho se tarda un cuarto de ahora yendo desde aquí a pie. Dará un paseo y resolverá el asunto.

Al llegar a este punto de sus reflexiones, por fin se siente aliviado y, al mismo tiempo, muerto de sueño. Se duerme enseguida, sucumbe a un sueño profundo y sin pesadillas, y no se despierta hasta las nueve de la mañana siguiente.

Ningún paño negro, ningún velo sombrío. Parpadea con precaución a la luz de la mañana, que emite destellos a través del hueco de las cortinas de la ventana. Fuera luce el sol; hace un día claro y luminoso de octubre. Se oye pasar a los coches por la Wilhelmstrasse, un trapero agita su campanilla mientras grita: «¡Hierro, trapos, papel!». Sobre el alféizar de la ventana se ha posado una pareja de gorriones que compiten en el gorjeo. Al recordar lo que tenía previsto hacer, se levanta deprisa para afeitarse y vestirse.

Naturalmente es el último en bajar a desayunar; todos los demás ya están en el café. Qué pena que Wilhelm esté en Múnich; antes siempre le hacía compañía en el desayuno porque él también se levantaba tarde. Los hermanos se escriben con regularidad; su madre se queja a menudo de que August reciba muchas más cartas de Múnich que ella. Al parecer, a estas alturas Wilhelm ha logrado un éxito considerable en el estreno de *El sueño de una noche de verano*, pero no en el papel que iba a interpretar en principio. Su hermano se alegra de las buenas críticas, pero por otra parte sabe que no quiere ser un cómico y siente un poco de lástima porque esos papeles los interpreta de maravilla; August lo vio en su día en *El enfermo imaginario* y le encantó.

Como su padre, excepcionalmente, se ha dejado el periódico arriba, August coge el *Wiesbadener Tagblatt* para echarle un vistazo. En la página de los sucesos locales aparece una noticia que le hace volver a dejar en la mesa la taza de café que iba a llevarse a la boca.

> Ayer por la tarde ocurrió un suceso dramático en el parque del Balneario de Wiesbaden. Un paseante vio por casualidad cómo un niño de unos siete años se caía al lago Weiher desde un bote de remos. Dado que evidentemente el chico no sabía nadar, el valiente transeúnte saltó sin dudarlo al agua y salvó la vida del niño. La dirección del parque del Balneario aprovecha la ocasión para advertir una vez más de que a los menores de edad solo les está permitido montarse en un bote de remos en compañía de sus padres.

«Increíble», piensa. La prensa es más rápida de lo que uno cree. Por suerte no mencionan nombres, pero seguro que a su madre le entra la curiosidad y le hace preguntas al respecto. Termina de desayunar apresuradamente, se pone el abrigo y le coge unos zapatos a su padre porque los suyos, pese a que su madre los ha rellenado de papel de periódico, aún siguen húmedos.

Fuera no hace tanto calor como prometía el sol de la mañana; un frío viento otoñal mece las grandes hojas de los plátanos, y algunos transeúntes ya se han puesto el abrigo de invierno. Debajo de los plátanos, Addi espera con paciencia a que Bunte haga sus necesidades matutinas. August le saluda amable, pero dejándole claro que no quiere compañía. Addi entiende, no es de los que agobian a la gente. Ve alejarse a August en dirección al parque del Balneario y luego regresa al Café del Ángel con Bunte atado a la correa.

El hombre que alquila los botes está sentado en un banco, cerca del embarcadero, contando la calderilla. Cuando August le aborda, al principio no le reconoce.

—¿El bote? Ah, sí, el que me ha echado a perder ese granuja. Está allí delante, en el embarcadero.

August echa una ojeada al bote de remos: tiene algo de agua dentro, pero a simple vista no es capaz de reconocer ningún daño.

—Entonces es que no se ha hundido. ¿Ha sufrido daños?

El encargado de los botes le explica que dos jóvenes han traído el bote a tierra. Dice que claro que ha sufrido daños considerables, pues a un bote no le viene nunca bien volcar y quedarse en el agua con la quilla hacia arriba. Y que los remos también se han estropeado; tiene que secarlos bien para que la madera no se pudra.

—En fin, y además he tenido pérdida de ganancias. A los dos jóvenes, como es natural, les he tenido que dar algo, un marco a cada uno, y además les he dejado que den una vuelta gratis. ¡Me corresponde una indemnización por daños y perjuicios, ya lo creo!

Eso es lo que se temía August. Pero ya llevaba pensados sus argumentos.

—Yo en su lugar tendría cuidado —le dice, utilizando el tono de un amable y experto asesor—. No vaya a ser que, si lo hace, esté tirando piedras sobre su propio tejado.

El tipo lo mira con recelo. Poco a poco se va dando cuenta de que a ese hombre joven ya lo ha visto una vez.

—¿No es usted el de ayer?

—De ayer no soy —dice August sonriendo—. Pero tiene usted razón, ayer estuve aquí y participé del incidente.

—¡Claro! —exclama el de los botes mientras se golpea la frente con la mano—. Es el que saltó al agua. Menos mal que llegó a tiempo. Entonces usted también habrá sufrido daños. El traje y los zapatos se le habrán estropeado, ¿no?

August permanece impasible.

—Tenga en cuenta que en eso los tribunales son muy rigurosos. Le podría costar la licencia si sale a relucir que permitió que un menor de edad saliera a remar con un bote.

—Pero si yo no hice eso. ¡El muy pillín salió él solo!

—Sí, ya, pero usted debería habérselo impedido. Está prohibido, ¿no? Eso ponía en el periódico.

El del embarcadero se ladea la gorra y se rasca detrás de la oreja.

—A mí en realidad eso no me incumbe —continúa August—. Pero como soy jurista, quería aconsejarle bien.

—A lo mejor tiene razón —gruñe el tipo de los botes—. Muchas gracias, señor... señor...

August se toca el sombrero y saluda cordialmente al hombre.

—Le deseo que vaya bien el negocio. Con el buen día que hace hoy...

Asunto concluido. Ha hecho lo posible para que ese hombre se abstenga de denunciar a la joven madre. Satisfecho, emprende el camino hacia el barrio Bergkirchen para llevar a cabo el propósito que se hizo ayer. Con ese objetivo bien claro, va dando zancadas; ni rastro de cansancio o sueño. Sí, ha sido una completa equivocación encerrarse en su habitación sin salir a ver mundo. No le extraña que se sintiera deprimido. Ahora que la vida lo ha atrapado de nuevo por una casualidad, se siente mucho mejor; es más, casi cree que se ha curado. El viento que le da en la cara por los estrechos callejones le sienta bien, le gusta oponerle resistencia y avanzar deprisa hasta quedarse sin aliento. ¡Con qué fuerza le late el corazón! En eso se nota que se ha vuelto demasiado casero. Cuando cumpla con esta misión, hará deporte con regularidad, irá a correr, cogerá la bici, quizá hasta levante pesas. Ahí está el callejón que buscaba; el número del portal también lo encuentra con facilidad, ahora solo tiene que averiguar el piso, pero eso no supone ningún problema. Se detiene delante de la casa, se ajusta bien el sombrero para que no se lo lleve el viento y espera a que le remitan las palpitaciones antes de subir las escaleras.

En las puertas de cada vivienda pone el apellido. En lugar de timbres eléctricos como los de la casa de sus padres, aquí todavía tienen los anticuados timbres giratorios. ¿Cómo se apellidaba? ¿Kammler? Qué rabia, tenía que haberlo apuntado. ¿Spengler? Tampoco. Pero en cuanto lo lea en el letrero de la puerta, se acordará. En la planta baja no encuentra lo que buscaba. Sube al primer piso y ahí está el apellido en la puerta de la izquierda. ¡Stammler, claro! También mencionó un nombre que sonaba eslavo. En la puerta solo pone el apellido. Stammler. De repente cae en la cuenta de que probablemente esté casada. Claro que lo estará. ¿Cómo es que durante todo el rato ha dado por hecho que vivía sola con el chico? ¿Tal vez porque ayer ella no mencionó a su marido? Pero también puede ser por otra cosa... Da igual. Hará lo que se ha propuesto hacer.

Se retoca el sombrero, se sacude una hoja marchita de la chaqueta y luego toca el timbre. No sucede nada. Toca por segunda vez. Después se resigna. Lo más probable es que haya ido a la compra y el chico esté en el colegio. Vaya, podría habérselo imaginado. Tendrá que aplazar la visita a la tarde confiando en tener más suerte. Cuando se vuelve decepcionado hacia la escalera, se abre la puerta del piso de enfrente.

—¿August? ¡Qué sorpresa! ¿Venías a vernos? ¡Pasa, hombre!

Se queda desconcertado delante de su prima. ¿Cómo es posible? Sabe que ella y Fritz han alquilado un pequeño piso en el barrio Bergkirchen... pero ¿precisamente en el mismo edificio que esa tal señora Stammler?

Acepta la invitación y entra en el piso, que le parece muy pequeño y modesto. Una minúscula sala de estar, al lado otra habitación que será el dormitorio, una cocina y el baño. Como las ventanas son también pequeñas, no entra mucha luz. Y como el callejón es tan estrecho, se ve al inquilino de la casa de enfrente sentado a la mesa.

—Siéntate, August. ¿Te apetece un café? ¿No? ¿Quizá un zumo de manzana? Lo ha traído Fritz de Lenzhahn, de casa de sus padres.

Aunque August sigue confuso y no para de darle vueltas a ese enigma, se deja convencer para tomar un zumo de manzana. Luisa lleva una bata sin mangas y el pelo recogido con un pañuelo; en ese momento estaba limpiando las ventanas.

—Siento molestarte...

—Bah, qué tontería —dice ella—. Me alegro de que vengas a visitarme. Según parece, te encuentras mejor. ¿Tengo razón?

Se quita el pañuelo, bajo el que se ha hecho una trenza con su abundante cabello castaño. Qué guapa es su prima. Y qué felices son los dos. Como decía Schiller: «En la cabaña más pequeña hay un rincón para la pareja amante y feliz». De alguna manera, esas palabras encierran una gran verdad.

—Sí, me encuentro mejor —admite—. He decidido que a partir de ahora voy a hacer un poco de deporte y a tomar el aire más a menudo.

—Qué buena idea.

No tiene más remedio que decirle la verdad. Seguro que Luisa y Fritz no están suscritos a ningún periódico, pero puede ser que ella lo lea en el café. Y también puede ocurrir que el chico se lo cuente a todo el mundo.

—Ayer me encontré por casualidad en el parque del Balneario con tu vecina.

—¿Con Swetlana?

Luisa lo mira extrañada. Las mujeres deben de estar dotadas de un sexto sentido en lo que respecta a ciertas cosas. Sin duda, se lo tiene que contar todo lo antes posible, no vaya a ser que crea que se interesa personalmente por esa joven. Lo único que quiere es justificarse. Poner las cosas en su sitio.

—¿Swetlana? ¿Se llama así? Yo la conocí como la señora Stammler.

Luisa le sigue clavando la mirada. ¡Qué obstinada es! Pero va por mal camino.

—¿Has conocido a Swetlana en el parque del Balneario? ¿Así, sin más? ¿Os habéis cruzado mientras paseabais?

August carraspea.

—En cierto modo… Por favor, Luisa, no quiero que corra la voz. El chico se cayó al agua y yo lo saqué.

Luisa se lleva asustada las manos a la cara.

—¡Por Dios! Cuántas veces le habré dicho que lleve a Michael a la piscina para que aprenda a nadar. ¿Y me ha hecho caso? Una sola vez lo ha llevado, y claro, con eso no es suficiente. Madre mía, August. Entonces le has salvado la vida. ¡Eres un héroe!

El entusiasmo de Luisa le parece un tanto exagerado. No, no es ningún héroe. Al contrario.

—Me he portado fatal con ella, Luisa. Le he gritado y le he echado en cara que no cuidaba bien del chico. Y después me he ido. Por eso estoy hoy aquí. Quiero pedirle disculpas.

Luisa se queda un momento mirándolo; luego sonríe.

—Es todo un detalle por tu parte, August. Hoy todavía no he visto a Swetlana, que trabaja mucho. Michael vendrá del colegio más tarde.

De manera que trabaja. Ahora le entra la curiosidad de hacerle otra pregunta, pero no la formula porque teme que Luisa la interprete mal.

—Supongo que sabrás quién es Swetlana Stammler, ¿no? —pregunta Luisa, interrumpiendo los pensamientos de August, a quien se le ha debido de poner cara de tonto porque Luisa empieza a reírse—. Santo cielo, August. Hace dos meses tuviste que enterarte de la historia. Yo había quedado con Hilde en que Swetlana trabajaría para vosotros. Pero tu madre lo impidió.

Entonces a August se le cae la venda de los ojos. Swetlana Stammler es la rusa por la que discutía la familia. La misma a la que él defendió enérgicamente durante un almuerzo, de lo que ahora se siente realmente orgulloso.

—¿No lo sabías? —Se ríe Luisa—. Qué cosas pasan. Y luego vas tú y sacas a Michael del lago del parque. Si eso no es el destino, entonces no sé...

Ahora por fin tiene ocasión de oír lo que tanto le interesa. Swetlana vive sola con su hijo. Su vida no es fácil porque trabaja como limpiadora para ganar dinero. Se siente afectado, nota cómo el destino de esa joven le importa cada vez más y cómo, a medida que Luisa sigue hablando de ella, se adueñan de él la ira, la compasión y la mala conciencia. Una joven rusa deportada a Alemania, obligada a trabajar, tal vez incluso violada; en cualquier caso, dio a luz a un hijo en el campamento. Enviada de vuelta a la Unión Soviética por los americanos, ya no puede vivir en su tierra natal y regresa a Alemania con su hijo, donde se abre arduamente camino. Se encuentre donde se encuentre, en Rusia o en Alemania, será siempre una extranjera. ¡Y ha sido precisamente su madre la que se lo ha echado en cara con su característica vehemencia!

—Desde luego ha sido un encuentro marcado por el destino —admite August, cuando Luisa concluye su relato—.

Creo que en nombre de toda mi familia tengo algo que subsanar ahí.

Luisa se muestra escéptica.

—¿Sabes una cosa, August? Quizá sea mejor que de entrada no menciones que tienes algo que ver con el Café del Ángel. Swetlana está muy dolida con el asunto y puede que le entre el pánico y te eche de casa.

August se queda atónito. No tiene ningunas ganas de que lo eche; viene con las mejores intenciones. Por otro lado, tampoco quiere ocultarle nada, preferiría mil veces decirle la verdad.

—Puedes hacerlo —opina Luisa—. Pero no al principio. Swetlana se ha llevado muchas desilusiones en la vida. Es importante que primero te ganes su confianza.

—Posiblemente —murmura él.

Cuando ve sonreír a Luisa, se siente ridículo. ¿Qué pensará de él? Solo se trata de disculparse por no haber sabido dominarse. Eso significa mucho para él, lo haría en cualquier otro caso.

—No creas que estoy personalmente interesado por Swetlana, quiero decir por la señora Stammler. Ese no es el caso. Solo la veo como alguien con quien se ha cometido una injusticia de la que en parte soy responsable.

Luisa deja de sonreír. Asiente con la cabeza y se pone muy seria.

—Lo entiendo, August. ¿Quieres que le hable de tu visita cuando la vea?

Él niega enérgicamente con la cabeza.

—Me pasaré otra vez esta tarde. ¿Estará entonces en casa?

—No llega hasta la noche. Lo mejor es que vengas el domingo a media mañana.

—¿Hasta el domingo no puede ser? Bueno, tal vez sea mejor eso que llamar a su puerta por la noche. Los vecinos podrían pensar mal. Luisa, te lo agradezco; me ha encantado hablar contigo con tanta franqueza.

En el camino de vuelta se propone escribir a Swetlana una breve carta para anunciarle su visita el domingo que viene.

«Swetlana, qué bonito nombre», piensa. *Svet* significa «luz»; eso lo sabe por su involuntaria estancia en Rusia.

La portadora de la luz. Swetlana…

Hilde

Todavía no son las siete, pero Hilde ya está despierta. Ha dormido mal. No es de extrañar. Ahora que la reforma por la que tanto ha luchado ya está en marcha, todo sigue dependiendo de ella. Cualquier nimiedad recae sobre ella: dar los pasos necesarios, organizar los preparativos, asignar a cada uno su tarea. También la planificación económica parece ser de repente asunto suyo, pues últimamente su madre hace como que nada es de su incumbencia. Y su querido esposo tampoco le sirve de mucha ayuda, sino más bien al contrario. Jean-Jacques se ocupa sobre todo de los gemelos, o bien se sienta con los suegros, les cuenta historias divertidas o escucha al padre de Hilde, que se entusiasma hablando de los viejos tiempos y de los grandes artistas. Cuando Hilde le recuerda que hay que correr los armarios y guardar las copas en cajas de cartón, finge no haber oído nada.

En general, a Hilde le parece que Jean-Jacques ha cambiado mucho. ¡Esa disparatada idea de la explotación vinícola! Santo cielo, ¿cómo se le habrá ocurrido? Ya desde el punto de vista económico, habría sido una locura. Y además habría separado a la familia. Él en su explotación y ella aquí en el café, ¿qué matrimonio sería ese? ¡Ninguno! Y también resultaría absurdo en otros sentidos. Para mantener un negocio como el Café del Ángel se necesitan, como mínimo, dos personas que tiren de él. Tal y como han hecho siempre sus padres.

Tumbado a su lado, Jean-Jacques también está despierto, pero tiene los ojos cerrados y no se mueve. Hilde oye su respiración, ve su perfil a la tenue luz de la mañana; le tiemblan un poco los párpados y tiene los labios muy apretados.

—¿Jean-Jacques? ¿Estás despierto? —susurra ella.

Ninguna respuesta. Se siente ofendida. Está despierto, la ha oído, pero no quiere saber nada de ella. Porque normalmente en tales ocasiones la busca y aprovechan para hacerse unas carantoñas antes de que los gemelos irrumpan en su habitación. Él ha sido siempre el que tomaba la iniciativa; ella incluso le ha tenido que reñir algunas veces por mostrarse demasiado insistente cuando los niños estaban a punto de presentarse. Que ahora no haga siquiera un amago de abrazarla tampoco le gusta. Por regla general, cada vez se hablan menos. Por la noche, él se sienta en la sala de estar, hojea el periódico y bebe vino tinto, mientras ella se va a la cama y casi siempre se duerme enseguida. Ni rastro de pasión; en algún momento, él se mete en la cama de matrimonio mientras ella duerme. A veces cree que espera a propósito a que esté dormida para no tener que tocarla. Mucho se habla del maldito séptimo año de matrimonio, pero ellos solo hace cinco que se casaron. El 26 de octubre de 1946 fue el gran día; ella estaba embarazada de los gemelos, en avanzado estado de gestación; se casaron antes de que los niños vieran la luz del día.

¡Anda! ¿Acaso no es hoy el día 26?

Sale de la cama y va corriendo a la sala de estar, donde hay un calendario colgado de la pared. ¡Claro que sí! Hoy es viernes, 26 de octubre. ¡Su aniversario de boda! Seguro que él la sorprende con algún regalo bonito, como todos los años. Y ella tiene que envolver rápidamente la caja con el alfiler de corbata plateado en papel de regalo. Hace varios meses que lo compró para él, un alfiler con una perla engastada en el medio.

Ahora sí que se pone contenta de que los gemelos se hayan despertado y entren en su dormitorio para saludar. Quiere que su Jean-Jacques haga un poco el gamberro con ellos porque le gusta verlo convertido a su vez en un chiquillo. Durante ese rato, le da tiempo de envolver su regalo y adornarlo con un bonito lazo. ¿Qué tal si se lo pone en la mesa del desayuno? Bah, no; mejor lo saca cuando él le dé su regalo. Así lo han hecho hasta ahora siempre. Primero ella se hace la sorprendida de que él se haya acordado y luego ella saca de un cajón el regalo que ya tenía preparado para él.

Aunque abajo en el café le espera muchísimo trabajo, pone amorosamente la mesa del desayuno; en un plato coloca jamón, salchichón y queso, lo decora con perejil y pepinillos en vinagre cortados en forma de abanico, y abre un tarro de la mermelada de fresa que tanto le gusta a él. Ha puesto el mantel de damasco de seda con las servilletas a juego. Son los últimos restos de las antiguas existencias, que durante los años de la posguerra se vendían baratas en el mercado negro. Ha rescatado hasta cuatro cucharillas de café con el ángel grabado, y hoy les hará los honores.

Jean-Jacques y sus hijos se hacen esperar. Chapotean alegres en el cuarto de baño, como si el agua no costara dinero, corren los tres desnudos por el pasillo hacia el cuarto de los niños, donde se permiten una batalla de almohadas. A continuación, el trío se digna por fin a vestirse. Los gemelos aparecen con el pelo mojado y los ojos enrojecidos por la espuma del jabón, mientras su señor padre todavía tiene que afeitarse. Hilde mira otra vez la hora. A las ocho va a pasarse por allí el contratista de obras, para volver a medir el grosor de la pared divisoria; además tienen que hablar de las ventanas nuevas. Si se quitan las viejas y se amplía el vano en el muro, también se podrían construir dos bonitos ventanales de cristal. Armonizarían de maravilla con la antigua puerta giratoria y aportarían más luz al interior.

—Mamá, ¿podemos empezar ya? Papá está afeitándose y...

En realidad, Hilde quería que estuvieran todos juntos para empezar a desayunar, pero los chicos están hambrientos y no paran de patalear en sus asientos. Frank ya ha tirado su vaso de leche, y Andi se está metiendo el mango de la cucharilla por la nariz.

—Jean-Jacques, ¿dónde te has metido? ¡Queremos desayunar!

—*Je viens*. Ya voy. Eh... *merde*.

—Ahora se ha cortado —dice Frank, hecho todo un experto.

—*Merde* significa mierda en alemán —dice Andi, como si diera una clase magistral.

—¡No quiero oír esas expresiones! —le riñe Hilde.

—Pero si lo ha dicho papá...

Decide empezar también ella con el desayuno para no tener vacío el estómago cuando llegue el contratista de obras Grundmann. Cuando parte los panecillos para los chicos y le da una mitad a cada uno, aparece por fin su marido recién afeitado, mira con satisfacción la mesa del desayuno y se sienta en su sitio.

—Parecemos una familia de ricos —comenta jovialmente mientras se unta la mermelada de fresa en su panecillo—. ¿Es el aniversario de alguien? ¿O el cumpleaños?

Mira a su alrededor, esboza una sonrisa y se pone otra cucharada de fresas encima.

«Qué bromista», piensa Hilde, y espera a que por fin diga: «¿O es que es nuestro aniversario de bodas?».

Pero Jean-Jacques sigue masticando tan tranquilo su panecillo con mermelada, bebe el café con leche y charla con sus hijos acerca de las palabrotas alemanas y francesas.

—*Merde* se puede decir de vez en cuando —opina—. *Salauds* no suena bien. Y *petit con* no se debe decir nunca. Eso es lo que mamá no quiere oír.

—A nadie le gusta oír esas cosas —dice Hilde nerviosa.

Son las ocho. Abajo llama puntualmente al timbre el señor Grundmann. Se acabó el desayuno para Hilde. Apura el café, tira la servilleta en el plato y sale corriendo del piso.

Así que a su Jean-Jacques se le ha olvidado. Por primera vez en cinco años. Demasiado pronto, la verdad. Si llevaran veinte o treinta años casados, uno puede volverse olvidadizo. ¡De todos modos, su padre no se ha olvidado nunca de su aniversario de boda!

El contratista de obras Grundmann tiene prisa. Rechaza el café que le ofrecen y se muestra sorprendido de que no hayan recogido casi nada.

—El lunes de la semana que viene empezamos, señora Perrier. Para entonces tiene que estar todo retirado y los muebles cubiertos con paños. Se levanta muchísimo polvo fino.

Hilde le asegura que para la próxima semana todo estará recogido y se entera de que tendrán que colocar un puntal. Será de hierro, pero se podrá tapizar.

—¿Cómo de ancho?

Él se lo muestra aproximadamente con las manos. A ella no le hace gracia, porque lo que en realidad quiere es un espacio grande.

—Pero se puede decorar con plantas, que queda muy bonito. O poner espejos.

El contratista propone también colocar varios espejos grandes en las paredes. Eso tendría que consultarlo antes con su padre porque en tal caso se reduciría el sitio para sus fotos de artistas. Pero la verdad es que los espejos quedarían genial, pues agrandan el espacio y reflejan la luz.

—Necesito también el presupuesto de los gastos —exige Hilde.

—Sí, sí, lo tendrá, solo que de momento ando mal de tiempo.

—De lo contrario, no puedo hacerles el encargo, señor Grundmann.

En ese aspecto se muestra tajante. Ha de saber a qué atenerse y consultar el presupuesto con sus padres; al fin y al cabo se trata de un negocio familiar y no puede tomar decisiones por sí sola. Grundmann lo comprende. Anota el grosor de la pared después de medirlo, luego guarda la libreta y el metro plegable y se despide. Hilde recorre la sala principal y el cuarto accesorio, que dentro de poco quedarán unidos formando un único gran espacio. Coloca mentalmente las mesas y se enfada por los escalones que, al fondo del todo, llevarán a un pequeño escenario. Su madre ha insistido en llevar a cabo esta idea disparatada que le ha metido Wilhelm en la cabeza. ¡Wilhelm ha de tener su escenario! Y August tiene que estudiar y hacerse abogado. ¿Le han preguntado alguna vez a ella, Hilde, si quería estudiar? ¿Si deseaba algo de sus padres? No, nunca. Como siempre ha querido continuar con el café, empezó a trabajar desde pequeña. A menudo, más de diez horas al día.

«¿Qué me está pasando? —piensa—. ¿Por qué me pongo tan nerviosa? Desde el principio he querido quedarme con el Café del Ángel, y ahora además se va a hacer la reforma que yo quiero. Debería estar contenta».

Sin embargo, hoy la alegría brilla por su ausencia. ¿Cómo es que su madre no está aquí abajo? Sabía que Grundmann iba a venir a las ocho. Llena de malos presentimientos, Hilde sube por las escaleras de la cocina hasta el piso de sus padres. Cuando llega arriba, comprueba que la cocina está vacía, que nadie ha hecho el café ni ha preparado el desayuno; los panecillos aún siguen en la bolsa que cuelga de la puerta de entrada, donde los ha dejado esta mañana temprano el chico de la panadería.

—¿Mamá? ¿Papá?

—¡Estoy aquí!

Sentado en la sala de estar, su padre se ha puesto la vieja chaqueta de andar por casa encima del pijama y está leyendo el *Wiesbadener Tagblatt*. La mirada con la que recibe a Hilde da testimonio de una tremenda desolación.

—¿Dónde está mamá?

—Enferma.

Hilde no da crédito. Desde que tiene conciencia, su madre no ha estado nunca enferma. Como mucho, un poco acatarrada, pero eso nunca le ha impedido dirigir la familia y el café.

—¿Qué le pasa?

Su padre suspira profundo y dobla el periódico.

—Dice que le molesta el corazón. Hoy quiere quedarse en la cama.

—¿El corazón?

Hilde se asusta. Si su madre tiene molestias en el corazón, seguro que es peligroso porque la vida depende en gran parte del corazón. Llama con los nudillos a la puerta del dormitorio.

—¿Mamá? —dice en voz baja—. Mamá, ¿puedo pasar?

—Si no hay más remedio…

«Suena a enfadada más que a enferma», piensa Hilde. Tendida en la cama, su madre tiene el pelo recogido en rulos y envuelto en una redecilla de color rosa. Está un poco pálida y las comisuras de sus labios apuntan hacia abajo.

—¿Quieres que llame al doctor Walter, mamá?

—¡Qué tontería! Solo necesito un poco de descanso, eso es todo.

A Hilde la respuesta no le gusta nada. A fin de cuentas, con un corazón enfermo no se puede bromear.

—¿Qué tipo de molestias tienes, mamá? ¿Te duele algo?

Su madre emite un largo suspiro; luego, con la mano izquierda, le coge la muñeca derecha. Vuelve a suspirar.

—Mi pulso va demasiado acelerado. Además tengo taquicardia. Creo que en este estado no me sentará nada bien ponerme a empaquetar los vasos y la vajilla. Empezad sin mí. En cuanto me sienta mejor, bajaré.

«En fin, qué se le va a hacer», piensa Hilde, y cierra la puerta del dormitorio sin hacer ruido. Al fin y al cabo, no puede llamar al médico contra la voluntad de su madre. Quizá tenga razón y lo único que necesite sea descansar un poco. Alterar el orden de las cosas mantenido durante décadas en el café no es ninguna tontería. Será mejor que espere un poco y suba a verla de nuevo dentro de un rato. Después de todo, también tiene que consultar con su madre lo del encargo a la empresa constructora.

—¡Te lo dije! —le reprocha su padre—. Esto viene por las dichosas obras. Si lo hubiéramos dejado todo tal y como estaba, Else seguiría tan sana y alegre como siempre. ¡Todo por culpa de tu cabezonería, Hilde!

¡Lo que le faltaba! Pero aunque ya de por sí tenía un poco de mala conciencia, Hilde reacciona como siempre en este tipo de situaciones, es decir, con obstinación.

—Pues entonces al menos tú, papá, podrías echarme una mano ahí abajo. Hay que quitar las fotos y guardarlas en las cajas de cartón. El lunes vienen los obreros de la empresa constructora a derribar la pared.

La reacción de su padre ante esta noticia es desmesurada. Se pone completamente pálido y el periódico se le cae de las manos.

—¿Este lunes ya? Creí que tendríamos un poco más de tiempo.

Ahora a Hilde le gustaría recordarle que ya lo tenían todo más que hablado y que para ello habían consultado el calendario. Para que las obras se resolvieran sin problema y a buen paso y el café no tuviera que mantenerse tanto tiempo cerrado. Pero su padre es como es, vive en las nubes, no en este mundo. Así que se limita a poner los ojos en blanco y a exhalar un suave suspiro.

—Este lunes, papá. Hoy es viernes. Dentro de tres días empiezan las obras.

Aunque él no dice nada, da toda la impresión de ser un hombre completamente abatido.

—Escúchame, papá. Os voy a hacer a los dos un rico y buen desayuno, y mientras cogéis fuerzas, empiezo ya con lo de abajo. ¿De acuerdo?

—Un desayuno no estaría mal. Un sorbito de café le sentaría bien a tu madre.

Hilde sostiene otra opinión, aunque no la expresa para no irritar a su padre. Sube a su casa y planifica de nuevo el día, dado que es evidente que no va a salir como estaba previsto. Jean-Jacques y los gemelos podrían empezar abajo ya a guardar las cosas, luego tienen que subir las cajas de cartón y apilarlas en los distintos pisos y en la escalera. Ella les preparará el desayuno a sus padres y su padre tendrá que quitar de una vez las fotos de las paredes. No en vano ha dicho que ese es un asunto exclusivamente suyo.

Pero arriba, en su casa, no encuentra ni a su marido ni a los niños. La mesa del desayuno está recogida; sobre el mantel de la mesa solo queda, aparte de algunas manchas de mermelada y migas de pan, una nota: «Vamos al parque infantil y, *plus tard*, al circo. *A ce soir*».

Hilde se tiene que sentar a leer otra vez la notita. De manera que su marido se ha largado por ahí con los gemelos a divertirse los tres, mientras a ella se le acumula aquí el trabajo. ¡Es la gota que colma el vaso! Arruga furiosa la nota y la tira a un rincón de la habitación. No solo se ha olvidado de su aniversario de bodas, sino que además se escaquea descaradamente del trabajo. Y eso que Jean-Jacques sabe a la perfección que pronto llegarán los obreros y hay que vaciar todo lo de abajo.

«¡Verás la que te espera cuando llegues a casa!», piensa iracunda.

Mira en la cocina... Naturalmente no han fregado los cacharros. Coge el plato con las sobras del embutido y del queso y le prepara un buen desayuno a su padre; pone el desayuno de su madre en una bandeja y se dispone a llevárselo al dormitorio.

—Deja que lo haga yo, Hilde —le dice su padre.

«Qué conmovedor», piensa. Amor viejo, ni te olvido ni te dejo, como dice el refrán. Ahora su padre le lleva el desayuno a su habitación, le unta un panecillo y convence a su madre para que dé al menos un traguito del café. A Hilde le amarga pensar que a su marido le dé igual que ella se mate a trabajar o se haga daño al levantar una caja de cartón. Como de nada sirve torturarse, se pone a guardar los dichosos vasos, pues con esa finalidad ha estado durante semanas guardando ejemplares del *Wiesbadener Tagblatt*. Cuando se vacíen el aparador y los armarios, los llevarán a la parte delantera de la gran sala y los cubrirán con unos paños viejos para que se estropeen lo menos posible con las obras. Más tarde, cuando pongan el suelo nuevo y vuelvan a empapelar las paredes, no quedará más remedio que arrastrar los muebles de acá para allá. En fin, ojalá fuera ya lunes y estuviera todo en marcha...

En la cocina se apilan cajas de cartón, maletas y cajas de madera que ha traído Addi de todas partes. Hilde coge una maleta y empieza a meter los manteles y las servilletas del aparador. Es increíble lo pronto que se llena una maleta tan grande. Fuera, ante la puerta giratoria, están Adele Nimmerlein, la antigua compañera de trabajo de Julia, y Gerda Weiler, que siempre escribe unas críticas de teatro muy buenas. Leen el letrero en el que pone CERRADO POR OBRAS HASTA EL 4 DE NOVIEMBRE, hablan entre ellas e intentan mirar hacia el interior de la sala por las piezas de cristal de la puerta giratoria. «Qué fastidio —piensa Hilde—. Ahora se irán al Café del Rey. ¡Ojalá no les guste el café aguado!».

Addi entra, seguido de Bunte; ya se han dado el paseo matinal.

—Buenos días, Hilde —dice, mirando a su alrededor—. Qué vacío está esto. Qué raro se hace verlo sin clientes, ¿verdad?

—Dentro de dos semanas estará todo abarrotado, Addi. ¿Podrías ir llevando esta maleta arriba? Pero ten cuidado, que pesa mucho. Contiene los manteles.

—Claro —dice, y levanta la maleta como si estuviera vacía—. Pero, por desgracia, luego me tengo que marchar. Julia necesita sin falta los probadores con las cortinas. Si no, las clientas tienen que cambiarse siempre donde están las dos costureras, y estas se ven obligadas a refugiarse en el despacho.

Hilde se queda delante del aparador con los brazos colgando y se da cuenta de que Addi hoy tampoco tiene tiempo para el Café del Ángel. ¿Qué está pasando aquí? ¿Es que todos se han confabulado contra ella? Sube corriendo al piso de sus padres, donde sigue puesta la mesa del desayuno. La puerta del dormitorio está entornada. Su padre está sentado en la cama junto a su madre; los separa una bandeja con las tazas de café y los platos ya vaciados. Sus padres están inmersos en una conversación. Cuando ven a Hilde en la puerta del dormitorio, enmudecen.

—Lo siento, Hilde —dice su padre—, pero hoy no voy a poder guardar las fotos. Tu madre no se encuentra bien y no quiero dejarla sola.

Al principio, Hilde no dice nada. Da media vuelta y regresa a la sala de estar, donde se detiene sintiéndose un tanto desvalida, pero mientras las lágrimas empiezan a rodar ya por sus mejillas, se pone a despotricar a voz en grito:

—¡Vaya, muy bonito! ¡Somos una familia cojonuda! Primero se decide hacer la reforma y todos se muestran de acuerdo, pero cuando ven que la cosa va en serio, entonces no hay nadie que… —No puede seguir hablando porque empieza a sollozar—. Si esto sigue así —gimotea—, entonces yo también tiro la toalla. Buscaos a otra tonta… Podéis quedaros con el Café del Ángel… Ya me buscaré un empleo y no volveréis a verme nunca más.

En el dormitorio, sus padres se quedan completamente sorprendidos por su arrebato. Sentaditos el uno al lado del otro como dos pollos asustados, son incapaces de proferir palabra alguna. De pronto, en el pasillo se abre una puerta.

August aparece en pijama.

—Pero ¿qué pasa aquí? ¡Hilde! Por Dios, si estás llorando…

Se acerca a su hermana y la abraza con fuerza, y ella se desahoga en su hombro mientras llora desconsolada.

—Todos me dejan sola —solloza Hilde—. Jean-Jacques se ha ido con los chicos, Addi tiene que estar con Julia y papá quiere quedarse con mamá.

August la escucha con tranquilidad. Su padre también interviene poniendo como pretexto que su madre no se siente bien y que él tiene que quedarse con ella.

—Entiendo —dice al fin August—. Pero todo tiene solución, Hilde. Bajo yo contigo y te ayudo.

—¿Tú? —grazna ella, mientras lloriquea—. ¡Tú estás enfermo!

—Qué va —dice él sonriendo—. Necesito movimiento. Y antes que saltar otra vez al Weiher, prefiero ayudarte a empaquetar.

Su madre ha contado a todo el mundo que su hijo August era el paseante que salvó al niño que se cayó al lago. No todos se lo han creído, y menos los clientes. Hilde sí se lo cree, sobre todo, por lo desagradable que le resulta a su hermano hablar del asunto. August no es un fanfarrón. Si a Wilhelm le hubiera pasado algo así, lo sabría ya media ciudad y le habrían concedido una condecoración grabada en letras de oro sobre una cinta de terciopelo rojo.

August se viste a toda velocidad. Quiere desayunar abajo

el panecillo y el café que le va a servir Hilde. Aliviada, baja con la bandeja, la coloca en una de las mesas y empieza a envolver las copas de vino buenas en papel de periódico y a meterlas en una caja de cartón. Mañana vendrá el comprador que ha adquirido la vieja vitrina de las tartas; aunque sus padres lo saben, más vale que no estén en el café cuando se lleven el dichoso mueble.

—Bueno, hermanita. Espero tus órdenes con impaciencia.

August se ha arremangado la camisa y está dispuesto a ayudar. La verdad es que ofrece un aspecto más saludable. Más alegre. Incluso sonríe, se nota que tiene ganas de echar una mano. La historia del domingo pasado en el parque del Balneario lo ha cambiado. Ha salvado la vida a un niño, y eso es magnífico, y más teniendo en cuenta que él no se encuentra bien. Es inaudito que esa gente ni siquiera le haya dado las gracias, los muy maleducados.

—¡Primero a desayunar! —le ordena ella.

—Lo haré dentro de un rato. ¿Voy empaquetando las copas de coñac?

—Sí, pero ten mucho cuidado, son muy delicadas.

Mientras trabajan, Hilde le describe lo bonito que quedará todo cuando esté terminado. La columna con espejos. Y el espacio tan grande. La nueva vitrina de las tartas con iluminación y refrigeración. Y tal vez, si sus padres quieren, los ventanales de cristal. Habla sin parar y con gran entusiasmo hasta que su padre aparece en la sala.

—Bueno, pues manos a la obra —dice, y se pone las gafas—. ¿Tienes papel de periódico y una caja de cartón para mí, Hilde?

Esta no se hace de rogar, sino que le lleva deprisa lo que necesita, quita el polvo de las fotos enmarcadas antes de que sean envueltas en papel de periódico y escucha con paciencia las historias que cuenta su padre. Al cabo de una hora aparece su madre, controla la situación y declara que August no debería por nada del mundo esforzarse demasiado. Después empieza a llevar la cubertería arriba.

—Todo esto habrá que fregarlo luego a fondo y sacarle brillo —amenaza mientras guarda en una maleta las jarritas de la leche que va cogiendo del anaquel.

Hilde está casi reconciliada. Ve que avanzan bien mientras hablan, se gastan bromas y se ríen. Su madre está como transformada, pero no le quita ojo a August, que ya está empujando un armario con su padre. Hacia mediodía Hilde lleva bocadillos y lo que queda de la tarta de chocolate; hacen café y los cuatro se sientan a la mesa de la ventana. A su madre no le parece mal la idea de los ventanales, su padre incluso se entusiasma, y también August opina que sin duda aportarían más luz y ofrecerían una mejor perspectiva del exterior.

—Solo tenemos que aclarar con exactitud dónde termina nuestro terreno y dónde empieza la acera —dice—. Para no llevarnos ningún disgusto con el ayuntamiento.

Hilde le da un codazo.

—Mirad eso —susurra—. Está que revienta de curiosidad.

Fuera se encuentra el señor Mayer-Schulte con un abrigo oscuro de otoño y el sombrero muy calado. Después de escudriñar el letrero de la puerta giratoria, intenta mirar por una de las ventanas, pero enseguida se retira cuando se da cuenta de que lo observan.

—Quiere espiarnos —opina su madre.

—¡Increíble! —se exalta su padre—. ¡A quién se le ocurre ponerse a mirar por la ventana!

August opina imperturbable que eso no está prohibido, pues al fin y al cabo se trata de un café, no de una casa particular.

—Como siga así, se le van a saltar los ojos —asegura Hilde.

Por la tarde ya han vaciado todos los armarios, las estanterías y el aparador, y mientras su madre pone arriba letreros en las cajas de cartón, su padre y August intentan separar de la pared el pesado aparador.

—Parece que ha echado raíces —protesta August.

—Es que lleva casi setenta años en el mismo sitio —afirma su padre.

—¡Otra vez! —ordena Hilde, que también echa una mano—. ¡Una, dos y tres!

Consiguen separarlo un poco, pero al menos se ha movido el mueble. Alguien llama desde fuera a la puerta giratoria. Son Hans Reblinger con el periodista Sigmar Kummer y Alois Gimpel, que gesticulan ostensiblemente para que les abran.

—Espero que no haya pasado nada —murmura su madre.

Cuando Hilde abre la puerta giratoria, los señores se muestran dispuestos a empaquetar a cambio de un buen vaso de vino. Dicen que como son clientes asiduos y están casi emparentados con el Café del Ángel, no van a quedarse mirando cómo echa el bofe Heinz Koch, pese a su herida de guerra. Y que, además, no tienen ningunas ganas de ir al Café del Rey.

La cosa se va animando. Hilde desempaqueta de nuevo las copas de vino, mientras Else dirige las maniobras de los sudorosos portadores de muebles, entre los que figura su marido. Lo que más le importa a este es que traten con cuidado el piano. Ningún aparador, armario o estante se resiste ante la fuerza de cinco hombres, y Hilde corona todo el trabajo cubriendo los muebles con paños viejos.

—Esos de ahí son vuestros manteles rojos —se asombra Hans Reblinger—. ¿No os dan pena?

—Bah —dice su madre—. Llevamos ya mucho tiempo sin usarlos. Ya era hora de desprendernos de ellos.

Hilde sonríe porque se acuerda perfectamente de cuando cosieron esos mantelitos con viejas banderas con la cruz gamada.

Luego se sientan a tomar vino tinto de Ingelheim, satisfechos por el trabajo realizado. Mañana ya podrán arrancar de la pared el viejo empapelado. El señor Kummer les informa de que este año volverán a poner el «mercadillo de San Andrés» por Navidades; Hans Reblinger está dispuesto a pronunciar un discurso con motivo de la reapertura del Café del Ángel, y Alois Gimpel le acompañará al piano.

Cuando están tan a gusto bebiendo y charlando, se abre la puerta y aparece Jean-Jacques con los gemelos.

—¡Con pan y vino se hace el camino! —dice jovial, y se sienta con ellos. Su suegra le lleva una copa y su suegro le sirve vino. Solo August le comenta que lo han echado mucho de menos a la hora de trabajar.

—Oh, *j'ai promis* ir al circo con los chicos —dice Jean-Jacques alegremente, como si fuera la cosa más natural del mundo.

Hilde no dice una palabra. Se levanta y les explica que tiene que ocuparse de los niños; luego sube con los gemelos. Los dos siguen enloquecidos por todo lo que han visto; además, su padre les ha comprado dos bolsas de almendras tostadas, así que no quieren cenar nada. Hilde mete a los dos en la bañera y los frota con agua y jabón hasta dejarlos bien limpios, mientras ellos siguen hablando sin parar. Han visto caballos. Y su padre les ha dejado dar una vuelta a cada uno en un poni. Y han visto una princesa guapísima haciendo equilibrios sobre una cuerda. Y el payaso tenía una nariz roja...

—Mamá, ¿por qué no tenemos un poni?

—Mamá, ¿nos dejas tu cuerda de tender la ropa?

—Cuando sea mayor, quiero ser vaquero del Oeste...

Hilde no está hoy muy atenta, solo les da respuestas breves y espera impaciente a que los dos se metan por fin en la cama. Algo para beber. Un cuento corto. Besitos de buenas noches. Y a dormir.

—¿Vendrá papá otra vez?

—Quizá…

Su marido la espera en la sala de estar… con un enorme ramo de flores.

—Me había olvidado, *mon trésor. Je suis désolé.* Lo siento mucho.

Se muestra tan arrepentido y es tan convincente que Hilde se ablanda. En realidad, se había propuesto ignorarlo, no aceptar ninguna disculpa. Pero una vez más, Jean-Jacques consigue seducirla, la abraza y le dice que no se lo perdona a sí mismo, que ella debería abofetearle con fuerza porque se lo merece. Hilde se ríe y le hace ese favor, aunque las bofetadas son tan suaves que casi parecen caricias. A continuación le da el regalo a su marido y este se alegra como un niño. ¿Cómo sabía ella que ese era precisamente el alfiler de corbata que deseaba? Al cabo de unos minutos, como no podía ser de otra manera, se abre la puerta del cuarto de los niños, primero una rendija, luego de par en par. Los gemelos se quejan de que hacen demasiado ruido como para poder dormir, y su padre da una vuelta con los dos a borriquitos por la alfombra de la sala de estar. Después tienen que ponerse a buscar el alfiler de la corbata, que se ha perdido durante la desenfrenada cabalgada y que por fin aparece debajo del sofá.

Más tarde, cuando Hilde ya está acostada, él se le acerca y la besa.

—Hagamos una niña pequeña, *mon chou* —le susurra al oído.

Le huele el aliento a vino, y ella se siente de repente vencida por el agotamiento. Hay algo que no le acaba de gustar en esta reconciliación tan rápida, pero ahora tiene demasiado sueño como para pensarlo.

—Mañana —murmura, y se tapa con el edredón—. Ahora tengo que dormir.

Luisa

Es un domingo de noviembre frío y lluvioso. Luisa se pelea con la pequeña estufa, que una vez más no funciona bien y llena la habitación de humo. Siempre ocurre lo mismo cuando llueve. Ojalá este año haya suficiente carbón; el año pasado llegaron a pasar frío porque en Wiesbaden escaseaba el combustible y además era muy caro.

Fritz entra en la sala de estar, la ve de rodillas delante de la estufa y se pone en cuclillas a su lado.

—¿Qué le pasa? ¿No funciona bien? Mira, te has olvidado de abrir la portezuela. ¿Lo ves? Ahora sí arde.

—¡Por Dios! —se enfada consigo misma—. ¡Otra vez! ¿Por qué seré tan torpe?

Él la besa y afirma que esas cosas tan mundanas son de su incumbencia, mientras que a ella, a Luisa, lo que se le da bien son las cosas bonitas de la vida. Luego comprueba que tiene las manos llenas de hollín y va corriendo al lavabo para quitarse esa cosa tan pegajosa, porque ya lleva puesta la camisa blanca. Dentro de media hora ha de marcharse; tiene un ensayo importante, va a hacer otra sustitución en la Orquesta del Teatro Estatal, y como ya es la sexta o séptima vez, quiere preguntarle hoy con delicadeza al director de la orquesta por la posibilidad de obtener un puesto fijo.

—No deseo acosar a nadie —opina con mala conciencia—. Pero tampoco me parece bien que el titular del puesto fijo tenga que ser continuamente sustituido porque se encuentra «indispuesto».

Luisa lo ha animado en este sentido. No puede ser que Fritz haga el trabajo a cambio de una pequeña cantidad de dinero y que el otro se embolse su sueldo sin hacer nada. No obstante, hoy Fritz está nervioso; le cae bien el señor mayor a quien tan a menudo sustituye, y conseguir un puesto de esta manera no es su estilo. Pero tampoco puede vivir el resto de su vida de la nada. La esperanza de dar conciertos bien pagados al final se ha desvanecido; el cuarteto de cuerda que se había formado se ha disuelto porque el violonchelista y el segundo violín se han peleado con el contrabajo. Para este invierno no cuenta con demasiados encargos. Fritz dará clases en el conservatorio, pero le pagan poquísimo y faltan alumnos. El violín solo lo aprenden a tocar unos pocos niños; la mayoría reciben clases de piano o tocan la flauta.

—Bueno, yo también puedo aportar algo con mi trabajo en el café —lo consuela Luisa.

—A ver cuándo terminan con la reforma —suspira Fritz—. En principio querían volver a abrir mañana, ¿no?

Sí, así estaba planeado. Pero por desgracia han surgido complicaciones, ha habido que poner otro puntal más, luego se ha visto que la pared que da a la cocina tenía daños causados por el agua que hasta ahora habían pasado inadvertidos. Y para colmo, el vidriero ha medido mal los cristales para poner en los ventanales y eso ha retrasado las obras otros dos días. Ahora pueden darse por satisfechos si terminan el lunes, dentro de una semana, lo que tampoco es nada seguro. A Luisa también le perjudica porque esos días no gana nada. Andan justos de dinero porque Fritz necesita unos zapatos nuevos, y eso supone una adquisición costosa. Y el traje negro cada vez presenta más partes desgastadas; tarde o temprano habrá que comprar uno nuevo. Ninguno de los dos sabe todavía con qué dinero.

—A lo mejor, después de todo, fue una suerte que no nos confiaran a ningún niño del asilo —dice Luisa con tristeza—. Con lo justos que andamos de dinero, ¿cómo íbamos a alimentar además a un niño?

—Ya vendrán tiempos mejores —la consuela él—. Y entonces tendremos un hijo propio, Luisa.

Una bonita esperanza, que al fin y al cabo solo es eso. Hoy por la mañana le ha bajado de nuevo la regla. Por desgracia se confirma el diagnóstico del médico, cuando le dijo que ya nunca se quedaría embarazada.

Suena el timbre de la puerta. Es Swetlana acompañada de Michael y su violín enfundado.

—Ten cuidado, Luisa —dice, estirando las manos porque Luisa quiere abrazarla—. No sé si te puedo contagiar.

El domingo pasado, Swetlana cogió un fuerte resfriado. De todas maneras a principios de semana fue a trabajar porque necesita el dinero, pero el miércoles se encontraba tan mal que tuvo que quedarse en la cama. Entonces le pidió a Luisa que avisara a sus clientes para que nadie la esperara en vano. Sorprendentemente, Michael no se resfrió, pese a su involuntario baño en el estanque del parque. Ha ido al colegio toda la semana, los mediodías ha comido en casa de Luisa y Fritz, y de vez en cuando ha tocado el violín. Ni Swetlana ni Luisa saben qué más cosas ha hecho.

—Anda, déjalo ya, Swetlana —protesta Luisa, y pese a la resistencia que opone su amiga, le da un abrazo—. Si hasta ahora no me he contagiado, no creo que lo haga ya. Pasa; todavía me queda potaje de ayer, llega para todos.

—Ay, Luisa, cuánto has guisado para nosotros mientras estaba enferma. Mañana haré yo la comida.

Se sientan a la mesa en la sala de estar. Michael está muy inquieto porque quiere tocarle a Fritz sus «deberes», y Fritz, que en realidad no tiene tiempo, va con el chico al dormitorio para trabajar como mínimo veinte minutos con él. A Michael le sigue gustando el violín, pero el gran entusiasmo que tenía antes ya se le ha pasado. Aunque practica a diario, no le dedica tantas horas como al principio. De todas formas, va progresando, toca pequeñas piezas, algunas incluso a dos voces, y su sonido también se ha perfeccionado mucho. Si al principio sonaba a menudo como un gato enfermo, cada vez suena más como un violín arañado. Solo los tonos suaves y delicados son todavía muy mejorables; Michael sigue apretando el arco con demasiada fuerza.

—Tengo que preguntarte una cosa —dice Swetlana en voz baja, mientras Luisa saca el potaje de la despensa y coloca el puchero al fuego.

—¡Dispara!

—No —dice Swetlana frunciendo el ceño—. No quiero disparar. La guerra ya ha terminado.

Ahora Luisa se sienta con ella a la mesa y le dice riéndose que es solo una expresión en alemán.

—Es como decir «¡empieza!» o «¡suéltalo!».

—Ah, ya entiendo —dice Swetlana, y extrae del bolsillo de la falda una hoja doblada—. Por favor, léela y dime lo que piensas, Luisa.

Luisa coge la hoja y antes de desplegarla ya sabe lo que tiene delante. Solo puede ser la carta que August Koch ha escrito a Swetlana.

Estimada señora Stammler:

Le ruego que no interprete como una intromisión esta carta. Me llamo August Koch y soy la persona que el domingo sacó a su hijo del estanque del parque.

La razón por la que le escribo es la siguiente: llevo unos días reprochándome mi conducta con usted. Fue completamente injustificado hacerle a usted recriminaciones, y más en ese tono tan agresivo. Como explicación a mi mal comportamiento solo puedo alegar mi nerviosismo en aquel momento.

Por eso quiero pedirle formalmente perdón por mi desliz y mi salida de tono.

También me gustaría explicarle en persona algunas cosas y, por consiguiente, me alegraría mucho poder invitarlos a usted y a su hijo el domingo hacia las cuatro de la tarde a merendar en el Café Bossong.

Yo en cualquier caso estaré allí esperándola. Si viene, me hará mucha ilusión. Si no, no le guardaré ningún rencor, sino que respetaré su decisión.

Le saluda atentamente su leal,

AUGUST KOCH

Después de haber leído los renglones, Luisa no puede por menos de sonreír. Le hace gracia el formalismo con el que se expresa August. Y no le extraña que Swetlana no sepa cómo interpretar esa carta.

—¿Y bien? ¿Qué te parece? —le pregunta, mirando a Luisa en busca de ayuda.

—Pues... —opina Luisa, pensándose bien las palabras—. Es una carta muy amable y cortés.

Swetlana niega con la cabeza.

—No dice más que disparates, Luisa. ¿Por qué se quiere disculpar si le ha salvado la vida a Michael?

—Dice que te hizo unos reproches de los que ahora se arrepiente.

Swetlana admite que, en efecto, el hombre que rescató a Michael estuvo muy desagradable con ella.

—Yo estaba asustada y me sentía enferma. Por eso no le pregunté por su nombre, ¿lo entiendes? Si de verdad es ese tal August Koch, entonces quiero darle las gracias. Tengo mu-

259

cho que agradecerle por haberle salvado la vida a Michael. Pero el hombre que ha escrito esa carta también puede ser un estafador que quiere llevarnos a ese café y luego denunciarme por violación de los deberes tutelares.

«Madre mía —piensa Luisa—. Qué desconfiada es esta mujer. Aunque quizá haga bien en no fiarse incondicionalmente de cualquier supuesto salvavidas».

—No lo creo en modo alguno —le dice a Swetlana—. Conozco a August Koch, es un buen amigo de Fritz. Si es ese hombre, se trata de una persona muy amable y puedes acudir a la cita con toda confianza.

Por si acaso, se abstiene de mencionar que August Koch es el hijo de aquella mujer que trató a Swetlana en el Café del Ángel de una forma tan desdeñosa. Le cuenta que August Koch estudia Derecho y que su mujer lo abandonó mientras él fue hecho prisionero por los rusos durante la guerra.

—¿Se largó mientras él estaba preso en Rusia? ¿Por qué lo hizo? —pregunta Swetlana muy afectada.

Luisa tampoco sabe los verdaderos motivos, pues nunca conoció a Eva. Pero le cuenta que durante la guerra Eva volvió a su pueblo natal porque en Wiesbaden caían bombas y allí se enamoró de otro hombre.

—A veces pasan esas cosas —medita Swetlana—. A lo mejor es que al principio no dio con su verdadero amor. ¿Quién sabe?

—Posiblemente —admite Luisa—. En cualquier caso, puedes fiarte de él.

Swetlana menea la cabeza de acá para allá; no está convencida.

—¿Y si no es August Koch, el amigo de Fritz? ¿Y si es otro, un embustero?

Luisa se levanta para remover el potaje, que borbotea sobre el fogón de gas.

—¿Sabes una cosa? —pregunta—. Iré con vosotros al café

Bossong. Veo al hombre y te digo si realmente es August Koch.

—Si haces eso, te estaré muy agradecida —dice Swetlana aliviada—. Pero solo si no te supone ninguna molestia.

—Al contrario. Fritz tiene ensayo y después un concierto. Voy a estar toda la tarde sola y me apetece dar un paseo con vosotros dos.

Esto es solo una verdad a medias, porque tiene un montón de ropa que lavar y calcetines que zurcir, pero todo eso es secundario; lo puede hacer mañana sin problema.

Para entonces ya ha terminado la clase en el dormitorio. Michael entra en la sala de estar con una sonrisa radiante; Fritz le ha elogiado, le ha dicho que si sigue practicando aplicadamente, el año que viene podrá tocar ya en la orquesta del conservatorio. Y le ha puesto más deberes

Ahora Fritz tiene prisa. A todo correr se zampa medio plato de potaje, luego coge el violín y una bolsa en la que Luisa le ha metido el traje negro y los zapatos buenos.

—Que te vaya bien, cariño —dice Luisa, y le escupe tres veces en el hombro izquierdo—. Mucha suerte. Lo conseguirás, sé que lo conseguirás.

Fritz le da un beso rápido y desaparece.

—Tienes un buen marido —afirma Swetlana—. Siempre cariñoso y amable. Y cómo se esfuerza por ganar dinero. El mundo es injusto.

«A veces lo es», piensa Luisa. Pero a Swetlana le cuenta que hoy por fin Fritz preguntará por la posibilidad de obtener un puesto fijo en la Orquesta del Teatro Estatal, donde va a hacer otra sustitución.

—Entonces concentrémonos y pensemos en él —sugiere Swetlana—. Si nuestros deseos llegan a él, eso le fortalecerá y tendrá éxito.

Aunque Luisa duda de la eficacia de esos métodos mágicos, lo hace de todos modos porque no perjudican a nadie.

Como hasta las cuatro tienen tiempo, se ponen a fregar juntas y luego se sientan a la mesa para jugar al parchís con Michael. El chico está despistado, no hace más que mirar por la ventana y comete errores.

—Si no prestas atención, vas a perder, Michael —le advierte Swetlana.

—Me da igual.

—¿Prefieres jugar al *halma*?

—Nooo.

—¿Qué quieres entonces?

Michael mira a su madre, que frunce el ceño como siempre que está descontenta. El chico lo duda un momento, pero opta por decir la verdad.

—Quiero jugar fuera. Todos los demás están fuera jugando al fútbol. O al escondite. O a perseguir a las chicas.

Luisa ve el pavor en el rostro de Swetlana. Vaya, parece que es otro tema conflictivo entre madre e hijo.

—Sabes que no quiero que hagas eso, Michael. No eres un niño de la calle. Luego vendrás conmigo al café y esta noche me leerás en voz alta algo de un libro. ¿Has oído?

Michael se pone de morros. Sus ojos emiten un destello de rebeldía contra las reglas impuestas por su madre.

—¿Por qué tengo que estar siempre contigo, mamá? El año que viene cumpliré nueve años. Yo también quiero jugar alguna vez fuera estando solo. ¡Ya no soy un bebé!

Swetlana dirige a Luisa una mirada en busca de compasión. ¡Ese chico no le da más que preocupaciones!

—¿Acaso no te he llevado cuatro o cinco veces a fiestas de cumpleaños de otros niños? Allí has jugado con tus compañeros. ¿Y no hemos dado una bonita fiesta de cumpleaños aquí en casa? Mamá todo lo hace por ti. Pero tú siempre eres desobediente y desagradecido. Me pones muy triste, Michael.

El chico baja la mirada hacia el tablero de juego, donde está a punto de perder la partida. Abomba los labios y guarda silencio con cara de fastidio. A Luisa le da muchísima pena, pero también entiende a Swetlana. Su amiga le ha contado lo que le hicieron a su hijo los niños en el colegio ruso. Una madre no puede olvidar esas cosas. Por otra parte, es tanta su preocupación por el chico, que Swetlana no le ha enseñado a nadar. Y eso por poco le cuesta la vida el domingo pasado.

—Bah, fíjate, Michael —dice Luisa en voz baja, y señala a la ventana—. Está lloviendo. Seguro que no hay muchos niños fuera.

Luisa no ha acertado ni mucho menos con sus palabras de consuelo, pues ahora Michael se levanta de un salto, pone los brazos en el alféizar de la ventana y mira hacia abajo, hacia el callejón.

—Pues todavía quedan algunos —notifica—. Y están jugando a contar a ciegas. Los hay muy pequeños... de los que todavía no van al colegio...

—¡Son unos granujas! —dice Swetlana enérgicamente—. Tú con esos no juegas, Michael. Son unos maleducados y te pegarán.

Luisa se muerde la lengua. No tiene ningún sentido inmiscuirse en esta pelea entre madre e hijo. De todos modos, se propone hablar con Swetlana cuando el chico no esté delante. A ser posible, con Fritz, que a menudo ha dicho que Michael está recibiendo una educación demasiado estricta que no le hace ningún bien.

—Ya son las tres y media —le recuerda a Swetlana—. ¿Vamos al Bossong?

—¡Santo cielo, sí!

Tienen que abrir los paraguas, pues ahora la lluvia arrecia. En el desigual empedrado de los callejones se forman charcos por todas partes, latas roñosas ruedan de acá para allá, y hasta ellos llega una húmeda bolsa de plástico azotada por el viento. A Michael tienen que decirle varias veces que no se meta en los charcos, pero como es un cabezota, hace como que no ha oído nada. En la Langgasse hay pocos transeúntes; con ese tiempo no apetece ver escaparates. Se detienen un momento delante de la tienda de modas recién inaugurada y Luisa le cuenta que la dueña es una buena amiga suya, que hasta ahora trabajaba en la sastrería del Teatro Estatal. También ahora evita a propósito mencionar el Café del Ángel, situado en la misma casa en la que vive Julia desde hace años. No sería prudente comentarlo precisamente ahora, cuando más nerviosa está Swetlana por la inminente cita.

JULIA, TIENDA DE MODAS PARA MUJERES DE ALTO NIVEL, lee Swetlana en un rótulo a través de la lluvia.

—Los precios también serán de alto nivel, ¿no?

Eso imagina Luisa. Ojalá Julia encuentre suficientes clientas que estén dispuestas a pagar esos precios.

El Café Bossong está abarrotado de gente. Con ese tiempo tan lluvioso nadie quiere pasear, de modo que se sientan tranquilamente bajo techado y disfrutan de un buen café y un trozo de tarta. A los tres les llega el aire enrarecido e impregnado de humo, el barullo de voces, el tintineo de tazas y platos, el olor a café recién hecho. Luisa descubre a August en una mesa del fondo; lleva un traje gris con una corbata de color plateado y se ha peinado con esmero el pelo hacia atrás. A Luisa se le hace tan raro verlo así vestido que casi no lo reconoce.

—Está ahí al fondo —le dice a Swetlana—. El señor del traje gris, en la mesa que está junto al aparador. Es sin duda August Koch, así que puedes estar tranquila.

Quiere despedirse para no molestar en la conversación, pero Swetlana la agarra con fuerza de la manga.

—Por favor —susurra—. Quédate con nosotros. Te invito, Luisa.

«Tiene miedo —piensa Luisa—. ¡Madre mía, cómo se

complica la vida!». Se adelanta abriéndose camino entre las mesas densamente ocupadas y saluda a August, que está un poco desconcertado por verla allí.

—¡Luisa, qué agradable sorpresa! ¿La señora Stammler? Me alegro mucho de conocerla. Y este será su hijo, que ya se ha secado.

Se muestra bien educado, se levanta a saludar a las damas, les ayuda a quitarse el abrigo y les aparta un poco las sillas para que se sienten.

—¿Me dices cómo te llamas? —le pregunta a Michael.

—Quizá…

—Se llama Michael —se apresura a decir Swetlana, dirigiendo a su hijo una mirada castigadora.

Michael hace una mueca de obstinación. Cuando la camarera les pregunta qué desean a los nuevos clientes, el chico dice que no quiere nada, cruza los brazos encima de la mesa y pone cara de enfurruñado.

—Tres cafés con tarta.

Solo tienen tarta de moka, tarta de queso y pastel de cerezas. August pide una ración de cada clase, la camarera anota el pedido y se va, mientras en la mesa se instala el silencio. A Swetlana le da vergüenza el comportamiento de Michael, August no sabe bien cómo empezar la conversación y Luisa siente que sobra en su papel de carabina.

—Quisiera asegurarle otra vez, querida señora Stammler… —comienza August.

Swetlana, que se ha decidido a decir algo en ese mismo momento, le corta sin querer la palabra.

—Tengo que darle las gracias, señor Koch, por haber salvado la vida de mi hijo…

Los dos se interrumpen por haber hablado al mismo tiempo y se muestran desconcertados. Luisa se siente obligada a salvar la situación.

—Mi amiga estuvo enferma la semana pasada —explica,

dirigiéndose a August—. Un resfriado de los malos. Gracias a Dios, ya se encuentra mejor.

—Oh —comenta August—. Lo siento. ¿Tú también te resfriaste, Michael?

—No —dice el chico con sus ojos fijos en August—. ¿No eres tú el hombre que me sacó del lago?

—Así es —responde August—. Al principio creí que sabías nadar. Pero no se te da bien del todo, ¿verdad?

Michael dirige una mirada fulminante a su madre, que está completamente absorta en la contemplación del hombre que ha salvado la vida de su hijo.

—Mamá solo me ha llevado una vez a la piscina, y entonces solo aprendí lo de los brazos, que es así: hacia adelante… separar y juntar… hacia adelante… separar…

Como hace una demostración de sus conocimientos sobre el estilo braza con los dos brazos, está a punto de volcar el florero, pero Luisa se apresura a rescatarlo. August permanece imperturbable; tan solo hace un movimiento aprobatorio con la cabeza.

—Eso está muy bien. Y con las piernas tienes que hacer lo mismo. Como una rana, ¿sabes?

Eso Michael lo encuentra gracioso. ¡Como una rana! Esboza una pícara sonrisa y opina que le parece un poco ridículo. Y que también se puede nadar de otra manera. Como remando con los brazos.

—¿Te refieres al estilo crol? —pregunta August—. Sí, también funciona. Entonces tienes que meter los brazos en el agua, junto con los hombros, y hacer así con las manos… como si estuvieras dando paletadas…

También él hace una demostración y a punto está de tirar la bandeja que lleva en las manos la camarera. La mujer grita asustada, todas las tazas de café se tambalean y August se siente tan avergonzado que se pone muy colorado.

—¡Lo siento mucho!

Luisa ve en la cara de Swetlana el esfuerzo que está haciendo esta por aguantar la risa; también ella tiene que contenerse para no soltar una carcajada mientras la camarera les sirve el café y las tartas. Pero en cuanto esta se vuelve, después de desearles buen provecho, ya no aguantan más y se empiezan a reír como dos crías. Michael también se contagia del buen humor, y August, que se había quedado un poco compungido, también acaba partiéndose de risa.

—Somos malos clientes —dice por último Swetlana—. Nos portamos como niños. Pero qué gusto da reírse. Es usted un hombre afortunado que sabe hacer reír a la gente.

—Oh, muchas gracias —contesta él—. Hasta ahora solo lo había conseguido muy rara vez. Seguro que es usted la causante.

—¿Yo? Es posible. Me alegro de haber venido y de poder darle las gracias por salvar la vida a mi hijo.

—No, antes tiene que perdonarme mis palabras tan poco amables.

—Eso hace tiempo que ya lo he olvidado, señor Koch. ¿Va usted con frecuencia a pasear por el parque del Balneario?

—Sí, me encanta ese parque. Sobre todo cuando llueve y no hay tanta gente como suele haber habitualmente.

Como Swetlana y August ya han iniciado una conversación, Luisa se deleita con su tarta de queso. En la sala hay mucho ruido: voces que se mezclan, movimiento de las sillas, el chirrido de la puerta cuando se abre y se cierra... Luisa, que apenas presta atención a lo que están hablando ellos dos, se queda fascinada por la expresión gestual de Swetlana. ¡Qué guapa está hoy! ¿Será porque sus mejillas han adoptado un suave tono rosáceo? Tiene la cara de forma triangular, los ojos de color gris claro, las pestañas que los enmarcan negras y pobladas, y hoy sus labios parecen más carnosos que nunca. De vez en cuando ladea la cabeza sonriendo, un gesto muy femenino y muy atractivo. Luego mira toda seria a August, y la tristeza de su mirada es tan fascinante como su sonrisa.

¿Y él? ¿El tímido y retraído August Koch? ¿El pobre hombre que desde hace meses padece angustia y melancolía? Ahora Luisa casi no lo reconoce. Habla con entusiasmo, valiéndose de las manos cuando ella no entiende alguna cosa, se ríe, bromea, charla también con Michael y parece estar en absoluta armonía consigo mismo y con el mundo.

—Los chicos siempre se pelean —le está diciendo en ese momento a Swetlana—. Pero la pelea ha de cesar antes de hacerse verdadero daño el uno al otro. Eso no puede ser. Yo antes también me peleaba a menudo con mi hermano pequeño. Era un juego, una manera de medir fuerzas deportivamente que a los dos nos divertía.

Michael está encantado con su nuevo intercesor.

—Mamá, ha dicho August que el domingo que viene… que si queremos ir al cine o a remar al lago Weiher. ¡Por favor!

—Solo si te portas bien durante la semana, Michael.

Swetlana le sonríe a August, el cual afirma que eso para Michael no será ningún problema. Luisa mira la hora y comprueba que van a dar las seis. La sala está casi vacía. Aparte de ellos, solo queda una joven pareja sentada a la mesa de la ventana; están tan absortos en una conversación que el resto del mundo no existe para ellos. August hace una seña a la camarera, que parece aliviada, y paga; su compañera ya está limpiando el mostrador de las tartas.

Fuera empieza a anochecer y cae una fina llovizna que refresca sus acalorados rostros. Se despiden; August le tiende la mano a Swetlana y ella se la estrecha prometiéndole que el domingo que viene estarán en el estanque del balneario a las dos. Michael da saltos de alegría y salpica a todos con el agua de los charcos, sin soltar la manga de August. Luisa piensa en Fritz, que ahora estará manteniendo esa conversación tan decisiva, y le envía para sus adentros todo su amor y su fuerza.

Regresa al barrio Bergkirchen junto con Michael y Swetlana, que habla con entusiasmo de esa inusual y bonita cita. Y Luisa se da cuenta de que a su amiga le brillan los ojos.

«Maravilloso», piensa. El primer paso ya está dado. Él le gusta a Swetlana.

Ante la puerta de su casa, Swetlana abraza a su amiga y le da las gracias por haberle hecho pasar una tarde tan agradable.

—Mañana haré la cena para todos nosotros —le promete—. Ahora me caigo de sueño y me voy a acostar.

Fritz no llega hasta las diez. Luisa, que le ha esperado, reconoce por la expresión de su cara que no está contento.

—Nada —dice Fritz disgustado—. A él le encantaría darme la plaza, pero no hay ninguna vacante. El teatro tiene que ahorrar. En cuanto se presente la siguiente ocasión, me ha dicho.

—Pues eso ya es algo —opina Luisa.

Fritz se encoge de hombros. Esperaba algo más.

—Si no se olvida otra vez de mí…

Julia

Noviembre de 1951

Tiene la cabeza hecha un lío. Pero naturalmente no puede ser. ¿Cómo se le ha ocurrido una cosa así? Además, ahora necesita dedicar todo el tiempo y la energía a su negocio. Semejante locura puede quizá cometerla una veinteañera, ¡pero no ella! Este año va a cumplir cuarenta y seis años. Una vieja. Su melena pelirroja está salpicada de algunas canas, pocas, pero ya se las ha visto hace poco en el espejo. Si no le escribiera esas cartas tan preciosas, el muy descarado… Como la tutea, eso les confiere a las cartas algo muy íntimo. En realidad, ella debería reprenderlo por su conducta, sin embargo no le sale.

> … Sueño una y otra vez con que asistes a una de mis representaciones, te escondes en alguna parte entre los espectadores y me ves actuar. Cuando sueño eso, entonces sé que esa noche solo actuaré para ti… Solo para ti hago mis cabriolas, añoro a la bella Titania y correteo con una cabeza de burro. A estas alturas ya me encanta este papel… El público está tan entusiasmado que hasta me obsequia con una ovación personal… Ay, cómo me gustaría que pudieras verme…

Julia guarda las cartas en el escritorio de su casa, muy al fondo del cajón; ya son un buen fajo, y cada vez recibe más. De vez en cuando lo contesta con unos pocos renglones en los que intenta ser simpática, pero sin pasarse, pues en ningún caso quiere que albergue falsas esperanzas. Es tan ingenuo y buenazo... Por otra parte, le resulta excitante recibir ese tipo de cartas. Y más tratándose de un hombre joven que, según le consta, es literalmente acosado por las mujeres, entre las cuales no puede ser ella la elegida. Pero es bonito. Algo que anima la vida. Da pábulo a sueños tiernos y excitantes. Un rayo de luz para los días sombríos. Nada más. Ante la cruda realidad se desvanecen los sueños más dulces. Julia Wemhöner es una romántica, pero al mismo tiempo tiene mucho sentido práctico.

El negocio que acaba de montar avanza lentamente. Algunos días no entra ni una sola clienta en la tienda; entonces se alegra de haber contratado a las costureras solo por horas, pues los pocos encargos que hay puede despacharlos ella sola. Otras veces se presentan varias señoras al mismo tiempo, casi siempre son amigas que quieren echar un vistazo a los «modelitos». Por desgracia todavía faltan muchas telas; ella puede hacerles dibujos, pero un modelo no cobra vida hasta que la clienta puede tocar y elegir la tela que coserán para ella. Las telas buenas son caras, solo puede ir adquiriéndolas poco a poco.

Y luego están esas mujeres tan conservadoras y sin la menor fantasía:

—No, esto me parece demasiado extravagante. Me gustan las líneas rectas y la chaqueta no tan larga.

—Bueno, el corte no está mal, pero me gustaría que fuera de tweed inglés, y antes quisiera comprobar la calidad.

—Muy bonito... y muy original. Le deseo lo mejor... Ya me pasaré otro día...

Menos mal que cuenta con la ayuda de Addi, que la anima

de palabra y obra. Entre los dos han pintado de nuevo la tienda, han puesto linóleo en el suelo para que no quede tan desigual, y Addi ha hecho unos anaqueles para poner las telas y los utensilios de costura. También ha colocado una barra para las cortinas al fondo del escaparate, de modo que Julia pueda decorarlo pero desde la calle solo se vea difusamente el interior de la tienda. Ha instalado también dos espaciosos probadores y los ha dotado de cortinas. Y los pocos muebles que tiene la tienda proceden del chamarilero y han sido restaurados en el taller de Addi. Las dos máquinas de coser a pedal las ha obtenido ella a buen precio del teatro. Pero pese a la prudencia y sensatez con las que economiza, sus ahorros se terminarán antes de lo previsto y los ingresos se hacen de rogar.

—Espera a que arranquemos —opina Addi—. Cuando hayas vestido a la primera de esas ricachonas, les hablará de ti a sus amigas como si fuera un secreto. Y entonces la tienda se pondrá en marcha.

El bueno de Addi es siempre encantador. Cuando ella llega por la noche a casa cansada y, con demasiada frecuencia, deprimida, ya ha preparado la cena, le ha lavado y planchado la ropa y ha calentado la estufa de su casa. No, no está enamorada de él. Quizá creyó estarlo durante una breve temporada, pero se equivocaba. Addi es un amigo, el más íntimo y leal que se puede tener, un padre y un hermano al mismo tiempo, alguien que la protege y la ayuda cuando está en apuros, un cómplice… todo eso y mucho más. Pero no un amante. A estas alturas, también él se ha conformado con eso y parece que está muy satisfecho. Al fin y al cabo, tiene una edad a la que un hombre hace tiempo que ha dejado atrás los años más fogosos.

Esa triste mañana de noviembre, Julia se lleva un disgusto en cuanto enciende la luz y la estufa de la tienda. Suena el timbre de la puerta, y cuando sale del cuarto de las costureras y va toda contenta al recibidor, aparecen su antigua compañera Annelie y la encargada del vestuario Elke Naab. Las dos miran con curiosidad en todas las direcciones, meten las narices en la coqueta mesita barnizada de blanco con la placa de vidrio y las delicadas sillas de rejilla, en las que Julia ofrece asiento a sus clientes para presentarles los dibujos de los modelos.

—Muy buenos días —saluda Elke Naab—. Queríamos echar un vistazo a las cosas que tienes.

Julia tiene claro que no vienen con buenas intenciones.

—Buenos días —dice, y les da la mano—. Pues es todo un detalle que os paséis por aquí.

—Ay, sí —suspira Annelie—. Son muchas cosas las que nos unen después de tanto tiempo… Sandberg te manda un cordial saludo y Genzler te echa muchísimo de menos.

—Qué amables. Pues devolvedles el saludo de mi parte.

«Seguramente esos dos no estén satisfechos con los trajes que ellas les han cosido —piensa Julia—. Pero Annelie se lo ha buscado. Me ha hecho la vida imposible y ha conseguido que me fuera; ahora tendrá que atenerse a las consecuencias».

Las antiguas compañeras recorren la tienda con total desenvoltura, echan una ojeada a los cuadernos en los que Julia dibuja sus modelos, hacen comentarios sobre la alfombra, descorren las cortinas de los probadores para husmear dentro… Annelie señala las butaquitas de rejilla, que Addi asimismo ha barnizado de blanco.

—Oh, qué graciosas quedan —comenta Annelie—. ¿Las has sacado de la basura?

Julia prefiera no contestar. En su lugar, al ver que tienen tiempo de sobra, les pregunta si hoy libran.

—Bah, ya sabes cómo son estas cosas… De vez en cuando nos dan algo para remendar, pero por lo demás no hay mucho que hacer.

—Vaya —dice Julia sonriendo—. Pues en mi época, hubiera o no trabajo, a las ocho en punto ya estábamos en la sastrería.

Annelie se encoge de hombros; ahora es ella la que prefiere no contestar.

—¿Tienes ya muchas clientas ricas? —indaga Elke Naab, mientras vuelve a dejar con negligencia el cuaderno de los dibujos encima de la mesita—. Hace poco oí que tu tienda es carísima.

—El buen trabajo tiene su precio —responde Julia imperturbable, mientras por dentro está que revienta de ira—. Vosotras mismas tenéis que saber el trabajo que dan algunos vestidos.

—Sobre todo si uno se confunde al tomar las medidas —observa maliciosamente Annelie, intercambiando una mirada con Elke Naab—. Pero eso a ti no te pasa, ¿verdad?

Julia se agarra con fuerza al respaldo de una sillita de rejilla. Como diga una palabra más, le saca los ojos a esa pérfida. Por suerte, suena el timbre de la puerta y entra una clienta. Es Alma Knauss, a la que conoce del Café del Ángel y que, durante años, le ha llevado a Julia Wemhöner sus vestidos para que se los arreglara por poco dinero.

—¡Buenos días! —saluda Alma—. ¡Vaya, las damas del teatro! Echando un vistazo, ¿eh? Tenga cuidado, señorita Wemhöner, no le vayan a copiar sus modelos...

—¿Cómo se le ocurre decir una cosa así? —la increpa Elke Naab.

Alma Knauss esboza su característica sonrisa amable al tiempo que despectiva.

—Ay, amigas mías, la gente habla y habla... Es posible que me confunda.

—¡Es más que probable! —dice Elke Naab con énfasis—. Nosotras no copiamos nada porque no nos hace falta. Bueno, de todas formas ya nos íbamos.

Julia les abre a las dos la puerta y la sujeta mientras salen a la calle. Está lloviendo, y a Annelie le cuesta bastante abrir el paraguas. Que se fastidie. Ojalá se moje la muy hipócrita. Ojalá se le rice la permanente y parezca una fregona.

Mientras tanto, dentro de la tienda, Alma se ha quitado el abrigo y Julia se apresura a colgarlo del perchero. Conoce el abrigo; hace no demasiado tiempo, se lo estrechó y le puso un cuello nuevo.

—Ay, querida Julia —suspira Alma Knauss, y se sienta en una butaca—. Me gustaría pedirle una cosa...

Julia sabe perfectamente lo que le va a pedir la señora Knauss. Los años del hambre ya han pasado; ahora puede uno comprar casi de todo; la nata, la mantequilla o el chocolate son caros, pero asequibles. Alma Knauss ha engordado y busca a alguien que le ensanche de nuevo la ropa.

—No ponga esa cara, querida Julia —continúa Alma—. He pensado lo siguiente: quiero encargarle un traje de primavera y con él haré propaganda de su taller ante mis amigas y conocidas. A cambio, me gustaría que hiciera unos cuantos pequeños arreglos en algunos de mis vestidos. ¿Sabe?, tengo ahorrado un dinerito.

«La vida es dura —piensa Julia—. Para obtener un solo encargo decente tengo que pagarlo con el engorro de hacer un montón de remiendos. ¡Qué chantajista es esta Alma Knauss! Pero, en fin, no me queda más remedio que tragarme ese sapo».

—Podemos hablar de eso, querida señora Knauss —dice amablemente—. ¿Puedo ofrecerle un café? ¿Un té?

Algo bueno tiene Alma Knauss: es cualquier cosa menos conservadora. Le hará un trajecito encantador, nada convencional y lleno de fantasía, ya tiene varias ideas en la cabeza. Y ahora que tiene un negocio, por los arreglos pedirá más que antes. En conjunto eso supone mucho trabajo, pero entrará dinero en la caja.

A las once ya ha conseguido endosarle a la señora Knauss un modelito de ensueño y también ha encontrado la tela apropiada para ello. Mañana, una empleada de Alma Knauss le llevará las piezas en las que tendrá que hacerle unos «minúsculos arreglos». Ha anotado las medidas de la señora Knauss, como siempre con precisión y exactitud. Por desgracia, no cobrará hasta que el trajecito esté terminado y le quede bien.

Addi aparece justo para sostenerle la puerta a Alma Knauss.

—Oh, señor Dobscher —dice entusiasmada esta—, jamás olvidaré su *Don Giovanni*. Insuperable, diría yo. Nadie lo ha superado ni lo superará jamás.

Addi lleva unos pantalones de trabajo y su mugrienta chaqueta vieja porque quiere barnizar los marcos de las ventanas del despacho, que está al fondo; no obstante, consigue hacer una perfecta reverencia.

—Señora —dice—, el artista que hay en mí sabe apreciar su fidelidad.

Cuando se queda a solas con Julia en la tienda le pregunta:

—¿Te han encargado algún vestido?

Esta le cuenta el negocio que se ha visto obligada a aceptar y él menea receloso la cabeza.

—Esperemos que cobres ese dinero —opina—. Corren rumores de que, desde la muerte de su marido, Alma Knauss solo vive de la villa. Acumula un crédito tras otro y llegará un momento en que la casa se la quedará el banco y ella irá a parar a un asilo de pobres.

—¡Vaya por Dios! —se lamenta Julia—. Y yo cosiendo hasta dejarme las pestañas a cambio de nada.

—Son solo rumores —la consuela él—. ¿Ha traído el pintor el barniz para las ventanas?

No, no lo ha llevado. Y sin pintura Addi no puede barnizar los marcos de las ventanas. Hoy parece que los astros no les son favorables. Julia se desploma deprimida en un sillón e intenta otear la calle a través de la cortina del escaparate. Sigue lloviendo, todos los que pasan van agachados haciendo frente al viento; un paraguas destrozado sale volando en la dirección del viento.

—Hoy seguro que no viene nadie —opina Addi—. Vete a casa, mujer, y échate un rato, que buena falta te hace. Yo me quedaré aquí esperando al pintor.

«A lo mejor tiene razón —piensa Julia—. Me cogeré una tarde libre. Puedo permitírmelo, para eso soy mi propia jefa».

—Hasta luego —dice, y le da un beso a Addi en la mejilla—. No te olvides de cerrar bien la tienda y apagar la luz.

«Si me doy prisa —piensa—, todavía puedo coger el tren de las doce y cuarto que va a Frankfurt. Allí me subo al expreso y sobre las seis estoy en Múnich». Esa combinación la ha consultado hace unos días en ventanilla. Así sin más, sin ninguna intención concreta. Porque fue con Addi a la estación para recoger una caja de telas inglesas y tuvieron que esperar media hora. Naturalmente no va a emprender ningún viaje; se portará bien, se irá para casa bajo la lluvia y se meterá en la cama. Con un buen libro. Addi es asiduo de la Biblioteca Municipal; siempre tiene un montón de material de lectura encima de la cómoda. O también puede ir al Café del Ángel y tomar alguna cosa ligera… ¡Ah, no, que está cerrado por la reforma!

Las obras están tardando mucho más de lo previsto. A derecha e izquierda de la puerta giratoria, donde antes estaban las ventanas, se abren ahora en el muro unos agujeros que están cubiertos con lonas. Allí instalarán los ventanales, pero mientras siga lloviendo los obreros no lo tienen fácil.

Ya en su casa, Julia se queda de repente delante del armario ropero. En una bolsa va guardando uno de sus vestidos negros del teatro, un camisón, ropa interior, medias de seda, zapatos de tacón negros, el bolsito para ir al teatro… ¿Por qué hace eso? Da igual; lo hace y ya está. No puede olvidar el cepillo de dientes, un peine, utensilios de aseo, una toalla. Y también necesitará dinero; lo tiene escondido debajo del mantel. Mete varios billetes en el monedero, se para a pensar y mete otro más. Guarda el monedero en la bolsa de viaje. Deja una nota encima de la mesa: «Vuelvo mañana. Julia».

Luego se planta en la Wilhelmstrasse; en una mano lleva el paraguas y en la otra la bolsa de viaje. Coge el tranvía, se baja en la estación, atraviesa el vestíbulo en dirección a la ventanilla y apenas puede hablar por lo deprisa que le late el corazón.

—A Múnich, por favor... Sí, a la estación central. Clase tercera, por favor... Ah, no quedan billetes de tercera... Bueno, pues entonces de segunda.

Le sale caro; tiene que pagar más de cuarenta marcos. Y la vuelta no será más barata. Pero ya que ha llegado hasta la ventanilla y el tren está a punto de salir desde la vía tres, paga deprisa y recoge el billete.

Ya se ha decidido. Tiene que coger ese tren. No va a desperdiciar el costoso billete. Viajará a Múnich y allí irá al teatro. ¿Y si *El sueño de una noche de verano* no está programado para esta noche? En ese caso, irá a ver otra obra. Antes reservará una habitación en un hotel. Eso también le costará dinero, pero a estas alturas ya le da igual: puestos a cometer una locura... Muestra su billete y va al andén, donde la locomotora ya echa vapor y hace un ruido de mil demonios. El humo gris la envuelve mientras sube los empinados escalones de uno de los vagones verdes. Huele a alquitrán y hierro, a polvo, a aceite lubricante y ceniza. A lo largo de su vida, apenas ha viajado; solo de niña con sus padres al Rin y una vez incluso al mar Báltico. Pero aún guarda en la memoria ese olor, el inquietante y excitante aroma de un gran viaje.

Busca un compartimento vacío y se sienta junto a la ventana. Cuando el tren arranca, pega un tirón tan fuerte que por poco se cae del asiento. Su propia torpeza le arranca una sonrisa. Mientras el tren abandona lentamente la estación cubierta, nota que le entra el pánico. Ahora ya es tarde para echarse atrás. La máquina que la lleva no se puede detener. Abandona su ciudad natal, Wiesbaden, dejando al pobre Addi en la estacada; esta noche se sentará en la cocina de su casa con la nota que le ha dejado y se devanará los sesos intentando averiguar dónde se habrá metido. Asimismo abandona su tienda, y no solo hoy, sino también mañana. ¿Y si justo ahora llega la primera clienta rica dispuesta a comprarse todo lo necesario para la siguiente primavera? Se encontraría con la tienda cerrada. Mira por la ventana, donde las gotas de lluvia han formado una densa red de regueros transparentes, e intenta reconocer algo de fuera. Ve las ruinas provocadas por la guerra cubiertas de maleza, horribles edificios de ladrillo de color pardo; más al fondo está la ciudad envuelta en el vaho de la lluvia, casas grises, varias agujas puntiagudas de iglesias; por un momento, las cúpulas doradas de la iglesia rusa ortodoxa lanzan un destello desde lo alto del Neroberg.

Se recuesta y cierra los ojos. Se abandona al ritmo del ferrocarril, al constante traqueteo y tableteo de los vagones, al agudo pitido de la locomotora, que suena a intervalos irregulares.

«¿Qué hago yo aquí? —piensa—. ¿Cómo he podido…? Me he debido de volver completamente loca. Pero por suerte puedo apearme en Frankfurt y regresar a Wiesbaden. A lo mejor me devuelven parte del dinero si les explico que solo he ido hasta Frankfurt, no hasta Múnich. Les diré que me ha dado una fuerte migraña. O que me he enterado de la muerte repentina de un familiar… Bah, qué tontería, eso al hombre de la ventanilla no le importa nada; que me devuelva el dinero y punto».

Pero cuando se baja en Frankfurt y recorre la grande y concurrida estación, cuando respira el aire impregnado de humo propio de los viajes, ve a los mozos de estación cargados de maletas y a la gente que corre hacia los trenes, se olvida de su decisión. El tren con destino a Múnich la espera en la vía ocho; Julia cruza la barrera de la entrada al andén y se sube al tren expreso sin dudarlo un momento. De repente se siente libre como un pájaro. El mundo está lleno de posibilidades excitantes, todas ellas a su disposición; hasta las más disparatadas y absurdas ilusiones se hallan al alcance de su mano.

Busca un compartimento vacío de segunda clase, se sienta al lado de la ventana y nota que le ruge el estómago. Qué tonta, podría haberse hecho un bocadillo y haberlo guardado en la bolsa. ¿Y si va al coche restaurante? Pero seguro que es muy caro, y además con este viaje ya han mermado bastante sus ahorros. Así que pasará hambre, no le importa demasiado, ya tomará alguna cosita en Múnich. En Múnich… ¡En efecto, dentro de pocas horas estará en esa ciudad! Allí tendrá que buscarse una pensión o un hotel; ojalá encuentre algo decente que no sea demasiado caro. Para ir luego al teatro deberá preguntar por el camino.

«Una aventura —piensa—. Qué maravilla. ¿Por qué me habré puesto nerviosa? Hoy he conseguido un encargo; Alma Knauss pagará, hasta ahora siempre ha pagado».

Como está sola en el compartimento, estira las piernas y se reclina. No es que sean muy cómodos los asientos, sino más bien duros, y cuando apoyas la cabeza, se notan las sacudidas y la vibración del vagón. De todas maneras, se queda en esa postura, mira por la ventana los edificios, los prados y los coloridos bosques otoñales, se abisma en sus pensamientos y alcanza un estado de ánimo a caballo entre los deseos y los sueños.

Él desea que se siente entre los espectadores y admire su actuación en el escenario. Ay, ese niño grande y bobo… qué vanidoso es. Y al mismo tiempo, qué natural. ¿Quién le va a tomar algo a mal? Ella desde luego no, pues lo encuentra encantador. ¡Qué cantidad de cartas le ha escrito! En ellas le ha contado muchas cosas, incluso algunas que son muy íntimas. Su miedo a fracasar en el nuevo papel, a perder el respeto de los compañeros. También los problemas que tiene con la casera, y más aún con su marido. Y que siente nostalgia de Wiesbaden, que echa de menos a su familia, sobre todo a su hermano. Y en una carta incluso le ponía que se sentía muy desamparado en especial cuando, después de una actuación, se quedaba solo en su habitación sin ningún ser querido a su lado.

Cuando termine la función, Julia irá a la entrada de los artistas para salirle al paso. A lo mejor hasta lo espera dentro, cerca de los vestuarios, o cuando esté saliendo. Se va a quedar sorprendido. ¿La abrazará? Seguro que lo hace porque es muy impulsivo, y ella no se lo impedirá. Al contrario; lo disfrutará. ¿Y después? ¿Qué harán esa noche juntos? Pasear bajo la lluvia y comer cualquier cosa. Tomar un vaso de vino. Bueno, en Múnich lo que más se bebe es cerveza. ¿Y luego? Luego se despedirán el uno del otro. ¿Seguro? Quizá la acompañe hasta su habitación. Le dará un abrazo de despedida. ¿Consentirá ella que la bese? Solo de pensarlo siente un hormigueo por la espalda... y también en otras partes de su cuerpo. Imagina cómo él la atrae hacia sí con los dos brazos, su cara sonriente, su boca, que es estrecha y varonil y, no obstante, blanda. El olor de su piel, su aliento, una mirada que indaga y, al mismo tiempo, reclama... ¿Qué hará si quiere ir a su habitación y pasar la noche con ella?

Julia conoce su cuerpo. Ha cosido trajes para él, le ha hecho probárselos, lo ha rodeado con la tela, le ha puesto alfileres, le ha tocado con los dedos. Es de constitución delgada, los hombros no muy anchos, el pecho abombado, las caderas estrechas pero musculosas. Es deportivo; tiene el culo de un bailarín y, por lo que ha podido adivinar, un sexo bien dotado. Cuando sus dedos le tocaban o se deslizaban por su pecho o por la cintura, a menudo percibía su mirada con los párpados entornados. Una mirada divertida, curiosa y expectante. Está segurísima de que él disfrutaba del juego... porque Wilhelm se caracteriza por ser muy juguetón. Es un elemento de mucho cuidado; con él tendrá que andarse con ojo. Bueno, más bien tendrá que andarse con ojo consigo misma. Es demasiado mayor para ese tipo de juegos. Comerán algo, tomarán una o dos jarras de cerveza y ella se despedirá de él delante de la puerta del hotel. Con un apretón de manos amistoso y maternal.

En Stuttgart recibe compañía, de modo que por el momento se acabaron los sueños prohibidos. Un matrimonio de mediana edad entra en su compartimento; los dos arrastran jadeantes un pesado equipaje que, por indicación de la esposa, el marido ha de subir a la rejilla portaequipajes.

—¡No, ahí no, que se cae! Más al fondo, donde está sentada la señora. Y la bolsa la dejas abajo. No, esta no. La otra. La azul...

«Qué horror —piensa Julia—. Qué marimandona». Y de qué mala gana obedece él sin atreverse a rechistar. Durante toda una vida desempeñarán los mismos papeles. No pueden vivir juntos, pero tampoco el uno sin el otro.

Cuando ya se instalan los dos enfrente de ella, intercambian algunos comentarios sobre el antipático revisor y sobre la basura que había en la estación, de los que Julia toma nota sin poderlos confirmar. El marido tiene unos ojos grandes de color marrón, los párpados de abajo le cuelgan, y a Julia le desagrada que la mire todo el rato tan fijamente.

—¿Va usted también a Augsburgo, señora?

—No, a Múnich.

—Ah, qué lejos. Nosotros nos bajamos en Augsburgo.

La esposa tiene unos pechos turgentes y los ojos bonitos, pero una narizota enorme. Le fastidia mucho que su marido no le quite ojo a la flaca pelirroja de enfrente; no es de extrañar. Julia nota su hostilidad en cada uno de sus movimientos.

—Dame esa bolsa. La azul.

Ahora se pone a sacar las provisiones. Café con leche del termo, bocadillos de jamón, salami, galletas de mantequilla y, por supuesto, huevos duros. La mujer abastece copiosamente a su esposo, le obliga a comer un tercer bocadillo de salami, le pasa el paquete de galletas y pone cara de pocos amigos cuando este aprovecha la oportunidad para ofrecerle una galleta de mantequilla a la pelirroja.

Julia, que está muerta de hambre, coge una y luego incluso otra, y nota cómo la hostilidad de la esposa se va convirtiendo en odio.

«¿Qué se habrá creído?, ¿que le quiero quitar a su horrible y seboso marido? Aunque fuera el mismísimo Rockefeller, por mí se lo puede quedar».

Media hora antes de llegar a Augsburgo, el marido baja las maletas y las bolsas de la rejilla portaequipajes y las arrastra hacia la puerta. Sonríe a Julia a modo de despedida; es la sonrisa triste y apocada de quien ha sido apresado por propia voluntad.

Cuando el tren llega a Múnich, la capital bávara, Julia se pone a funcionar con la lógica y la claridad del mecanismo de un reloj: un hotelito cerca de la estación. Habitación individual sin baño para una noche. Cambiarse de ropa, ponerse el abrigo, sin olvidar el sombrero ni el dinero en el bolsito de noche. Preguntar al adormilado conserje cómo puede llegar al Teatro de Cámara.

—Puede coger el tranvía o también ir andando.

Prefiere ir a pie, tiene que ahorrar. De modo que atraviesa la plaza Stachus, recorre la Neuhauser Strasse y pasa por la Frauenkirche para coger la Maximilianstrasse. Desde allí, manteniéndose siempre a la derecha, ya es todo recto. Y si se pierde, solo tiene que preguntar.

Se abalanza sobre el puesto más próximo de *brezel* o rosquillas saladas, le compra a la mujer dos que huelen de maravilla y se las come mientras va andando. Eso no se debe hacer, pero no le importa. Es libre, nadie puede decirle nada y, además, para cuando llegue al teatro ya se las habrá comido. Luego se detiene como si hubiera echado raíces. En una columna de anuncios hay un letrero pegado. *El sueño de una noche de verano* en el Teatro de Cámara. Se queda mirando a los actores; los trajes no le parecen mal, si acaso demasiado sencillos, poco fantasiosos. Ahí está Oberón con la corona del rey de los elfos, la pareja de enamorados Hermia y Lisandro, la reina de las sílfides Titania y a su lado... Zettel con la cabeza de burro. Le entra la risa. Pobre Wilhelm, que aparece reproducido como un hombre con cabeza de burro en un letrero que lo ve todo Múnich. Ahora descubre las fechas de las funciones, que están anotadas en la parte inferior del cartel. El 10 de noviembre. ¡Es hoy! ¡Qué suerte más increíble!

Otras dos veces tiene que preguntar cómo se llega al teatro, más que nada porque ha anochecido y le cuesta orientarse. Por fin llega a los soportales iluminados, va a la taquilla y saca una entrada de platea. Ya ha llegado a su destino. Sin que él se dé cuenta, se sentará entre el público, lo verá en el escenario, aplaudirá entusiasmada y esperará ansiosa el momento de darle la sorpresa al encontrárselo en la entrada de los artistas.

La velada teatral resulta encantadora, como de ensueño. El escenario no es grande y está pintado de colores chillones, casi como en el circo. Pero qué distinta es aquí la puesta en escena: más rigurosa, más ocurrente, más osada que en Wiesbaden. El decorado es sobrio, pero la interpretación de los actores no necesita árboles artificiales ni niebla flotando en el aire. El amor y los celos, el deslumbramiento y la locura, las bromas pesadas, los corazones desesperados y una pasión extraviada revolotean como en un sueño de vivo colorido de la mano de un duende malicioso. Julia se queda maravillada no solo por la magnífica interpretación de Willi Koch como Zettel, sino también por la del resto de los actores. Aplaude con entusiasmo y luego se abre camino como puede a través de los otros espectadores, para llegar lo más aprisa posible a la entrada de los artistas.

Allí se queda a esperar a oscuras, tiritando por el frío de la noche y con el bolsito apretado contra el pecho. Los actores van saliendo en grupitos, se ríen aliviados, se cogen del brazo y, sin dudarlo, ponen rumbo hacia algún garito donde desfogarse de la tensión acumulada durante la actuación. De vez en cuando también sale alguna persona sola con el cuello del abrigo subido y el gesto sombrío y taciturno. Julia puede verles muy bien la cara a la luz de la farola, mientras ella permanece a oscuras. Está nerviosa. Wilhelm tiene que aparecer de un momento a otro; no hay otra salida más que esta.

Ahí está. Sale gesticulando mientras cuenta algo animadamente, a continuación se detiene para subirse el cuello del abrigo y mira hacia la oscuridad. ¿La habrá visto? Cuando Julia está a punto de correr hacia él, ve a la chica. ¿Es la que interpreta a Hermia o a Helena? La joven tiene el pelo negro y lleva un abrigo de color claro. Ahora quiere subirse la capucha, pero Wilhelm se lo impide. Riéndose, la coge de las manos, la sujeta y los dos se besan. Luego, muy amartelados, recorren los soportales en dirección a la calle, donde Julia ya no puede verlos.

Se queda un momento quieta preguntándose si lo habrá soñado, pero sabe que no, que era real, y que no podía ser de otra manera. La juventud se junta con la juventud; ella, la mujer madura, no tiene nada que hacer ahí.

Lentamente regresa al hotel a través de la ciudad nocturna.

El sueño se ha quedado en un sueño. Pero ¿y si nuestros sueños son la vida real y todo lo demás no es más que un engaño?

Jean-Jacques

Diciembre de 1951

Por la mañana temprano ha guardado la carta sin abrir en el cajón del escritorio. Hoy no; hoy los pequeños celebran su cumpleaños. Sus hijos han cumplido ya cinco años, no paran quietos en el patio y en los parques infantiles, chapurrean una mezcla de alemán y francés, corren escaleras arriba y abajo... sus dos tesoros, su debilidad, *ses gars*. Quiere obsequiarlos con un día maravilloso y esa carta no se lo va a estropear. Una carta de Villeneuve con una orla negra.

A primera hora de la mañana ya han entrado en el dormitorio como dos torbellinos, han sacado de la cama a sus padres, que les han felicitado y les han colmado de besos, han organizado una batalla de almohadas y han puesto a prueba los muelles de los colchones.

—Hemos cumplido cinco años. El año que viene ya podemos ir al colegio.

Hilde les ha explicado que quizá tengan que esperar otro año más, porque al colegio no se puede ir hasta cumplidos los seis años, pero de eso no quieren saber nada.

—¡Entre los dos tenemos diez años! —afirma Frank.

Jean-Jacques puso anoche a escondidas la mesa del desayuno. El centro lo preside la tarta de chocolate que ha hecho la abuela Else para sus queridos nietos. Con un letrero glaseado en el que se puede leer «Para Frank y Andi» y un cinco bien grande. Diez velitas adornan la tarta, para que las soplen los dos a la vez.

—¿Y los regalos? —pregunta Frank exaltado.

—Os los daremos luego, cuando bajemos a casa de los abuelos —explica Hilde.

Jean-Jacques se ve obligado a retener a los excitados muchachos porque no han oído la palabra «luego» y quieren bajar de inmediato y a todo correr a casa de la abuela y el abuelo. Desayuno en pijama con tarta de chocolate, bocas pringadas y embadurnadas, vasos de leche volcados, ánimos exaltados. Hilde es estricta: primero tienen que lavarse y vestirse y después peinarse; antes no puede bajar nadie. Esto también se aplica a los adultos.

Hilde ha cambiado, ya no es como antes. Se pelean con frecuencia, pero la reconciliación, que antes seguía inevitablemente a cada discusión, ahora no se produce. Evitan encontrarse, hablan entre ellos pero sin la anterior confianza, sin la sensación de abrirse al otro, de poder construir algo juntos. Hilde solo vive para la reforma del café, está entregada por completo a ella, a veces el trabajo acaba con sus nervios y por eso se comporta de una manera injusta. Da respuestas breves y ariscas, formula exigencias dominada por la cólera, es impaciente con los gemelos y le hace reproches a Jean-Jacques por no apoyarla lo suficiente. Y eso que en los últimos días Jean-Jacques se ha esforzado muchísimo por ayudarla porque se han presentado muchas complicaciones. Sobre todo problemas derivados de derribar la pared, que necesitaba un segundo puntal. A eso se ha añadido la avería del agua, que ha hecho necesario despejar la pared de la cocina. Del resto se ha encargado el tiempo lluvioso; los vanos ensanchados de las ventanas han tenido que ser protegidos durante dos días y dos noches con tablas porque los obreros tenían que esperar a que escampara. A estas alturas, Else ha asumido el caos y, en la medida de lo posible, se esfuerza por mantener la calma.

—Tenemos que apechugar con lo que sea —dice siempre—. Un ataque de nervios solo retrasará más las cosas.

No le ocurre lo mismo a Heinz. Privado de su habitual sitio en el café junto a la ventana, da vueltas inquieto por el piso, se presenta sin avisar en casa de Jean-Jacques y Hilde y no para de lamentarse de que no sabe qué será de él y de que esta reforma va a destruir la obra de su vida. Hilde ha tenido varios encontronazos con su padre. De no ser porque Jean-Jacques ha mediado en las discusiones, las cosas podrían haber acabado mal.

El único que mantiene la serenidad en esta tensa situación es August. Parece que al hermano de Hilde cada día le va mejor. Asiste otra vez a sus clases en Frankfurt, estudia sus libros por la noche y, pese a todo, está siempre dispuesto a ayudar a quien lo necesite. Jean-Jacques se alegra de esa evolución. Da toda la impresión de que August ha superado lo peor y va saliendo de la depresión a pasos agigantados. Quizá Luisa tenga razón. Estuvo aquí la semana pasada para ir con los gemelos al parque infantil y, obligándole a guardar el secreto, le contó a Jean-Jacques que ese cambio tal vez se deba al amor. Más no quiso revelarle. Jean-Jacques cree que August se merece ser feliz, pero también se pone triste porque él lleva ya un tiempo sin encontrar la felicidad. Hasta hace un año consideraba que su amor era firme y duradero; ahora, en cambio, parece que se le escapa de entre los dedos.

—Te necesito esta tarde abajo, en el café —dice Hilde, mientras bajan por la escalera hacia la casa de los abuelos—. Llegan pedidos; hay que hacer sitio.

Así es ella. Las palabras «por favor» le son ajenas. Tampoco pregunta si tiene tiempo. Sencillamente ordena. Te necesito. Punto. ¿Ha sido siempre así y él no se daba cuenta? ¿O es que él está especialmente sensible en estos momentos? Tal vez.

—Por la tarde llegan los invitados del cumpleaños —dice él—. Quiero prepararles unos juegos a los niños. *C'est promis*. Se lo he prometido.

Hilde pone los ojos en blanco y le dice que puede dejar tranquilamente a los gemelos en manos de los abuelos.

—Hoy Addi está despistadísimo y August se ha ido a la universidad. Te necesito de verdad, Jean-Jacques.

—Pues entonces avísame cuando llegue el pedido.

Ante la puerta de la casa de los abuelos, los gemelos entran a todo correr y se dejan mimar y besar por la abuela Else y el abuelo Heinz.

—Maldita sea —le bufa Hilde—. ¿Es que no me has entendido? Te necesito antes de que llegue el pedido, para poder despejar todo esto y que haya sitio suficiente para las cosas que traigan.

Él odia que le grite así. Y encima delante de los padres y los niños. Al ver la cara de asustados de los chicos, se calla porque no quiere que la situación vaya a más. Pero en lo más profundo de su ser se siente muy ofendido. Y también enfadado.

—Todo se andará —opina ambiguamente.

Hilde no se queda satisfecha. Quiere una respuesta que le comprometa, pero él no se la da. La ayuda todo lo necesario, pero no se considera su pelele. *Pantin*, se dice en francés.

—¡Madre mía, la que habéis montado! —dice, molesta al ver la mesa de los regalos que han preparado Else y Heinz para sus nietos. Una pelota nueva. Jerséis y pantalones largos para el invierno. Dos pares de zapatos, también nuevos. Una bicicleta de niño con un sillín adicional, comprada de segunda mano pero en buen estado. De sus viejos patinetes no saben nada. Han desaparecido de forma misteriosa. Y es que la abuela Else los ha vendido porque de todas formas ya no los usaban.

Hilde y Jean-Jacques no pueden por menos que admirar los regalos. Andi, con su vista de lince, se ha percatado de que su padre ha guardado un paquetito estrecho en el bolsillo de la chaqueta, así que este se ve obligado a darles su regalo a los gemelos. Los chicos reciben con gran entusiasmo unas navajas; Heinz esboza su sonrisa bonachona, mientras Hilde y Else lo miran horrorizadas.

—¿Cómo se te ocurre regalarles a los niños semejantes armas mortíferas? —se enfada Hilde.

—¡Ni que siguiéramos en guerra! —se exalta la abuela.

—Yo a su edad también tenía una navaja —lo respalda Heinz.

—¡Aquellos eran otros tiempos! —afirma Else.

Les hacen prometer a los gemelos que tendrán mucho cuidado con las navajas y que, como mucho, podrán descortezar un palo. No apuntar nunca con la navaja a una persona. ¡Y mucho menos al propio hermano! Ahora hay que probar la bicicleta, de modo que la bajan al patio y Jean-Jacques les enseña a sus hijos a montar en bici. Pasa un buen rato hasta que los dos han averiguado cómo se mantiene el equilibrio sin chocar contra el cobertizo de madera ni caerse por las escaleras del sótano. Andi, que es más miedoso que su hermano, quiere que su padre corra todo el rato a su lado y le recoja si se cae de la bici.

Cuando suben a casa acalorados y entusiasmados por las nuevas artes aprendidas, Hilde ya los espera en las escaleras.

—¿Dispondrías ahora de dos minutos para mí? —le pregunta ella en tono mordaz.

—Pues claro, *bien sûr, ma chérie* —le contesta él irónicamente.

Siguen enfadados cuando por fin bajan al café, donde hace frío y huele a humedad, la mampostería todavía está sin enlucir en muchas partes, los puntales de hierro continúan desnudos y el suelo nuevo está cubierto de periódicos. Acatando las órdenes de su mujer, Jean-Jacques desplaza el pesado aparador y dos armarios de un extremo a otro de la sala; luego a ella le parece que todo debe estar más a la izquierda, y él hace en silencio lo que ella quiere.

—¿Ya estás contenta?

—Estaría bien que pusieras más interés en todo esto —protesta ella.

A continuación empieza con la misma cantinela de siempre: que ella tiene que hacerlo todo sola, que nadie daría un palo al agua por su propia voluntad, pero que refunfuñar se les da a todos de maravilla.

—A lo mejor es porque aquí todos tenemos que hacer lo que se te cruza a ti por la cabeza —objeta él.

Pero ella hoy no está de humor para reflexiones ni autocríticas. Al contrario; lo fulmina con la mirada de soslayo y empieza a poner otra vez los paños encima de los muebles.

—Si por ti fuera, ahora estarías asfixiado por un negocio ruinoso y todos nosotros con un montón de deudas. Esa explotación vinícola no es nada rentable; por eso su propietario quiere deshacerse de ella.

Ahora es cuando él se pone verdaderamente furioso. Ella quiere convencerse de que la explotación vinícola es poco rentable para tranquilizar su conciencia. Oh, Hilde sabe muy bien lo que le duele su testarudez. Pero le da igual; lo principal es que ella tiene razón y todo ha de hacerse a su antojo. ¿Cómo va a vivir con una mujer así? ¡Lo está matando! ¡Se siente ninguneado en esa casa!

—Voy para arriba. A las dos y media vienen los niños.

Ella empieza a recoger la cocina sin decir nada, de modo que él sube a toda prisa. Los gemelos están jugando a las construcciones. Su madre pone la mesa para el almuerzo. Hay sopa de arroz y luego tomarán algo de tarta; ahora no hace falta atiborrarse de comida. Hilde llega tarde a comer, deja que los gemelos le cuenten que ya saben montar en bici, pregunta si ha llegado el correo y, más tarde, ayuda a su madre a preparar la mesa de cumpleaños para ocho niños.

—Cuando nosotros éramos pequeños, no montabais este tinglado —le dice a su madre—. Nos regalabais algo de ropa y luego en el café tomábamos chocolate con tarta. Y nada más.

—Eso no es verdad —le lleva la contraria Else—. Os hemos llevado a la cordillera del Taunus. Hacíamos pícnic con salchichas y ensalada de patatas a orillas del Rin.

—Sí, con Wilhelm y August —gruñe Hilde—. Pero no conmigo.

A las dos y media llegan los invitados, dos niñas y cuatro chicos, todos con regalos. Las chicas llevan unos lazos blancos en el pelo. Else les sirve chocolate y Hilde reparte la tarta mientras Heinz se sienta en el sillón a contemplar la colorida escena. Después de dejar el mantel lleno de manchurrones y de que un trozo de la tarta de chocolate haya ido a parar a la alfombra, les dan a los niños permiso para levantarse e ir a jugar. Como hoy, haciendo una excepción, no llueve, Jean-Jacques se lleva a la pandilla de traviesos al patio, organiza carreras de sacos y juegos de contar a ciegas, les deja montar en la bicicleta de uno en uno con las chicas en el sillín de atrás. A continuación le toca el turno al fútbol. Las niñas tienen que ponerse en la portería porque todos los chicos quieren ser jugadores de campo, lo que da lugar a que los vestiditos de las dos damiselas acaben llenos de manchas y una de ellas rompa a llorar. Porque ahora su mamá la va a regañar.

Frank y Andi se lo están pasando pipa, y eso es lo principal, opina Jean-Jacques. Arriba espera Else ya con la ensalada de patatas y las salchichas; todos tienen que lavarse las manos, algunos hacen pipí. Luego comen con los ojos tapados y se parten de risa cuando alguno se mete por descuido la salchicha por la nariz.

Hacia las seis vienen a recoger a tres niños. A los otros tres los lleva él a casa con el Volkswagen; como los gemelos también se apuntan al viaje, los cinco tienen que apretujarse en el asiento de atrás.

—¡Qué divertido, papá!

—Ni siquiera Kurti se ha mareado. Y eso que siempre vomita en el coche.

Cuando deja que los dos se bajen delante de la casa, ve que en el café hay luz. Se oyen voces; reconoce las de Hilde y Else. «Ya se están peleando otra vez», piensa. Sube con los gemelos, recoge un poco la casa y acuesta a los agotados protagonistas del día. Frank no suelta la pelota, el preciado regalo que abraza para dormirse. Andi se ha metido en la cama con un muñeco de peluche que le ha regalado una de las niñas. Hoy no hace falta leerles nada; los dos están tan cansados que a duras penas pueden mantener los ojos abiertos.

Hilde sigue sin venir; seguramente estén las dos muy enfadadas ahí abajo, en el café. Pero él no quiere saber nada de eso. Ha hecho lo que se había propuesto: obsequiar a sus hijos con un bonito día de cumpleaños. Cansado, se arrellana en el sofá, se sirve un vaso de vino y confía en que la pelea del café se calme. En realidad, August debería haber vuelto ya; él se encargará de poner paz entre las dos. Luego se acuerda de la carta y se levanta con un suspiro para sacarla del cajón. Es lo que se temía: su padre ha fallecido.

Ocurrió muy de repente. A última hora de la tarde quiso ir al granero para ver dónde estaba el gato. Como no volvía, fuimos a buscarlo y lo encontramos tendido en el suelo debajo de la escalera; llevaba ya un rato muerto. El entierro es el miércoles a las dos de la tarde. Estaría bien que vinieras porque hay algunas cosas de la herencia que deberíamos solventar.

Mamá te manda saludos. Está muy serena, pese a que la pérdida le ha afectado mucho. Chantal y Céline también te envían saludos y tienen ganas de verte por aquí, aunque sea por este triste motivo.

Hasta pronto,

Pierrot

¡El miércoles! ¡Eso es pasado mañana! Si quiere llegar a tiempo, tiene que salir de viaje mañana. Se queda un rato con la carta en la mano y la mirada perdida. Su padre ha muerto. Ya no volverá a verlo en esta vida. ¿Por qué no ha ido a visitar a sus padres en Francia? Podría haber hablado con su padre para explicarle su decisión; así habría quedado en paz con él. Sin embargo, no lo hizo; le preocupaba que no le perdonara por haberse casado con una alemana y por eso se quedó en Wiesbaden. Ha sido un cobarde. Y ahora ya es tarde.

Se oyen pasos en la escalera; es Hilde. Abre la puerta del piso, lo ve sentado en el sillón y se pone en jarras.

—De manera que estás aquí sentadito tan a gusto... Ven ahora mismo conmigo abajo. Te necesito.

El habitual tono de ordeno y mando le molesta ahora especialmente. Tiene el alma herida; piensa en su padre fallecido, al que dejó en la estacada. Precisamente él, el ojito derecho de su progenitor.

—¿Ahora qué pasa?

—¿Me lo preguntas tú? ¿Es que no te importo nada? Ya te he dicho que hoy llegaba un pedido.

Abajo, en el café, hay una vitrina para las tartas de un tamaño enorme, hecha a base de madera clara y grandes piezas insertadas de cristal. Mucho más larga y alta que la antigua. A su lado hay algunas cajas de cartón en las que seguramente estén empaquetados los accesorios. Else está sentada en una silla y parece bastante cansada. Heinz, de pie a su lado, le acaricia el hombro. August, en cuclillas delante de las cajas de cartón, intenta deducir de los letreros el contenido de estas.

—Me da exactamente igual si han entregado las lámparas o no —dice Else—. Lo devolvemos todo.

Heinz asiente para tranquilizarla y murmura que tiene toda la razón. Luego dirige una mirada atemorizada a Hilde, que en ese momento, a grandes zancadas, hace su aparición en escena, llevando a Jean-Jacques a remolque.

—Diles que sería una locura devolver la vitrina —le exige a este—. Es exactamente el mostrador de las tartas que necesitamos. Míralo: encaja al milímetro. Podemos colocar ahí dentro hasta diez tartas al mismo tiempo. Y también caben las pastas. Y aún queda sitio para decorarlo todo.

¿Qué puede decir él? Intercambia una mirada con August, que se encoge de hombros con un gesto de desvalimiento. Lo cual confirma sus sospechas.

—La vitrina la habéis escogido y encargado entre todos —dice con precaución, sin saber que con ello se ha metido en un avispero.

—¡Yo no he encargado ese monstruo! —exclama Else furiosa.

—¡Eso no es verdad! —grita Hilde iracunda—. Hemos hecho el encargo entre todos. Todo estaba más que hablado.

—No —dice su padre—. En eso tiene razón Else. Sin que nosotros lo supiéramos, has encargado el modelo más grande.

Siguen dándole vueltas a lo mismo. Hilde reconoce que cambió «un poquito» el pedido, pero que su madre se había mostrado conforme con ese cambio. Else dice no saber nada de eso. Su padre asegura que él no sabía nada de nada. August se encoge de hombros; no puede decir nada porque él no participó en aquellas conversaciones.

—¡La vitrina se quita! —insiste Else.

Hilde empieza a llorar y se comporta como una niña pequeña y testaruda.

—¡Si las cosas están así, entonces lo mando todo a la mierda! —chilla—. Ocupaos vosotros solos de todo esto. Un café con un mostrador para las tartas tan ridículamente pequeño como el que ha encargado mamá es como un chiste; Mayer-Schulte seguro que se parte de risa.

De repente se da media vuelta y le vocifera a su marido:

—¡Di tú también algo, maldito cobarde!

Jean-Jacques no puede consentir que lo trate tan mal.

—¿Qué quieres que diga? Lo que has hecho, Hilde… *ça ne va pas. Tu as triché.* Has hecho trampas.

—¿Lo estás oyendo? —replica su madre—. Hasta Jean-Jacques opina como nosotros.

Hilde lo mira con los ojos muy abiertos. Es una mirada que le asusta. Tan fría como si contemplara a un extraño. A un enemigo. Y él no es su enemigo. Él la quiere. Pero lo que ha hecho ella no está bien. Así no puede tratar a sus padres. Ahí se ha aferrado obsesivamente a sus deseos.

—¡Iros todos a hacer puñetas! —grita.

Pega una patada a una de las cajas de cartón, que se vuelca tintineando, y luego se marcha dando tal portazo que tiembla todo.

—¡Dios mío! —dice su madre disgustada—. ¿Cómo hemos llegado hasta aquí?

—Ya se calmará, Else —opina su padre—. Hilde es muy impulsiva, pero se le pasará. Dale un poco de tiempo.

Ahora Heinz también necesita una silla. August, que es el primero en darse cuenta, le acerca una de las polvorientas sillas de mimbre, que en realidad ya están desechadas. Su padre se desploma en ella y emite un suave suspiro. El dichoso pie. Y más cosas…

—¿Tiempo? —se enerva Else—. Tenemos que devolver ese armatoste lo antes posible. Si es que admiten la devolución sin que nos cueste nada.

Jean-Jacques carraspea. Quiere ayudar a su Hilde, aunque ella se lo ponga difícil.

—Pues a mí no me parece tan fea la vitrina —opina con precaución—. Un poco grande. Pero también *très solide*...

Los padres guardan silencio. Heinz pasea la mirada por la vitrina. Else aparta la vista obcecada.

—Lo que ha hecho Hilde no ha estado nada bien —toma ahora la palabra August—. Os ha engañado.

—¡Exactamente! —confirma su madre—. Eso no se hace. Eso está muy mal. Me arrepiento de haber dado mi aprobación a la reforma.

Jean-Jacques se acerca al objeto de litigio, pasa la mano por el cristal y acaricia la lisa madera blanca.

—*Pas mal* —dice—. No es nada fea. Un poco demasiado grande quizá, pero es bonita... y también práctica.

—¡Gasta demasiada electricidad! —comenta Else.

—Bueno, sí —opina August, que ha adivinado las intenciones de Jean-Jacques—. A cambio presta un buen servicio. Mal gusto no tiene Hilde. Esta vitrina es muy impresionante, creo yo. Si nada más entrar se ven las tartas iluminadas...

Heinz asiente con entusiasmo.

—En eso tiene razón el chico, Else. Además se parece un poco a nuestra antigua vitrina para las tartas, ¿no crees? Solo que es un poco más grande.

Su madre sigue obstinada en guardar silencio. No le apetece pararse a pensar en serio en ese monstruo que le ha encasquetado de manera insidiosa su hija. Tampoco quiere que al final incluso le parezca bonito.

—Entiendo que no quieras quedarte con la vitrina, mamá —dice August—. Pero me temo que va a resultar difícil desprenderse de ella sin graves pérdidas económicas. Supongo que la hicieron a medida, ¿no?

Su madre exhala un profundo suspiro. Ante los argumentos de su hijo no es capaz de cerrarse en banda. Hace mucho más caso de sus hijos que de Hilde. Es verdad que Hilde no lo tiene nada fácil con su madre. Lo cual no la disculpa en modo alguno de sus engaños.

—Piénsatelo otra vez tranquilamente, mamá —dice August—. Si quieres, mañana nos volvemos a reunir. Al fin y al cabo tenemos que encontrar una solución, ¿no crees?

Else asiente con la cabeza, mira a Heinz y suspira de nuevo. Su padre estira el brazo hacia ella y la coge de la mano. Los dos se levantan al mismo tiempo y suben a su casa.

—Cuando por fin se acabe esta reforma —opina August con cara de fastidio—, le pondré una vela al santo.

—*Ça c'est vrai* —dice Jean-Jacques, dándole una amistosa palmada en el hombro—. *Bonne nuit, copain.*

Suben juntos las escaleras; August desaparece en el primer piso, en casa de sus padres, y Jean-Jacques va al segundo piso, donde sin duda lo estará esperando Hilde.

Sentada en el sofá de la sala de estar con la mirada perdida, no alza la vista cuando él entra. Este sabe que está furiosa con él. También él lo está con ella, pero intenta arreglar las cosas por las buenas. Aunque solo sea por los chicos, que duermen al lado y no quiere despertarlos.

—Hemos estado hablando, Hilde —dice—. Tu madre quiere...

Hilde interrumpe iracunda su discurso; no quiere escuchar nada, solo dar rienda suelta a su cólera.

—Me da igual de lo que hayáis hablado —bufa—. He terminado contigo. Me has dado una puñalada trapera. En lugar de defenderme, te pones de parte de mis padres. ¿Sabes qué? No necesito a nadie como tú.

Jean-Jacques hace gestos apaciguadores por los chicos, pero él también está furioso y ya no puede dominarse.

—¡Yo no ayudo a una *tricheuse*, a una mentirosa! No quiero tener nada que ver con alguien así. Yo no soy tu subordinado, digo lo que pienso y creo.

Hilde se levanta del sofá como si la hubiera mordido una

serpiente. Al principio Jean-Jacques cree que le va a pegar, pero ella pasa de largo, se mete en el dormitorio y cierra desde dentro la puerta con llave.

Él da sacudidas a la puerta y acciona el pomo.

—¡Hilde! Abre. *Ouvre-moi!*

Ninguna reacción. La imagina tumbada en la cama y llorando sobre la almohada. ¿Acaso no le parece oírla sollozar?

Se queda escuchando, pero no se oye nada. Espera un rato, luego se arrima a la puerta para hablar con ella.

—*Écoute*, Hilde. Mañana me voy a Francia. Se ha muerto mi padre.

Permanece a la espera. ¿Se acercará a la puerta y abrirá? ¿Se mostrará asustada y arrepentida? ¿Se compadecerá de él por haber perdido a su padre? ¿Le abrazará y se acurrucará en él, como hacía antes con tanta frecuencia? ¿Tendrá lugar de este modo la reconciliación que en el fondo desean los dos?

Espera un rato largo. No se mueve nada.

—¿Hilde? *Tu as entendu?* ¿Me has oído?

Nada. Le da igual que su padre se haya muerto. Es fría y solo piensa en sí misma. El amor ha muerto. Coge una manta de lana y se tumba en el sofá para ver si puede dormir unas horas antes de salir de viaje.

August

Ahí está de nuevo ese sentimiento que ya creía perdido para siempre. La deliciosa ligereza que proporciona la dicha. La luminosa esperanza. La sensación de estar flotando en el aire en lugar de aplastado por una sombría carga. ¡Qué simples somos en el fondo! Hasta hace poco creía que ya nunca iba a desprenderse de los espantosos recuerdos de los años pasados, y ahora, de repente, ve el mundo con una mirada que rebosa felicidad, con los ojos de un hombre enamorado.

Una mujer ha entrado en su vida. El azar la ha conducido hasta él, el azar o la buena suerte, o quizá haya sido la providencia divina. Aunque a raíz de aquellos aciagos días de la guerra, hace tiempo que perdió la fe en un Dios justo y bondadoso. Swetlana, la portadora de la luz. Precisamente una rusa ha traído esa luz a su vida. Y desde el domingo pasado, esa luz que al principio solo era una tenue llamita de esperanza se ha convertido en una ardiente llamarada. Está enamorado, todo le lleva hacia ella, la admira, la adora, la anhela, nada desea más que poder tocarla al fin. Aunque para eso todavía es demasiado pronto —él respeta su comedimiento—, no sería un hombre si no hubiera notado también su complacencia. A la bella Swetlana no le es en absoluto indiferente; tiene una expresión facial encantadora y seductora, puede sonreír y ponerse de morros, fingir que está enfadada con él y a continuación reír alegremente; o volverse hacia él con una mirada que parece decir «¡atrápame si puedes!» cuando corre detrás de su hijo.

¿Qué palabra mágica habrá pronunciado para que esa persona que al principio parecía tan dura y huraña se haya convertido en una joven tan alegre? Pero a él le ha pasado lo mismo, también él se ha transformado por completo; es Eros, el descarado muchacho del arco y la flecha, quien les ha disparado certeramente a los dos. Y a saber lo que aún puede salir de ahí...

Tal y como habían acordado, el domingo pasó a recogerla a las dos del mediodía, y nada más verla con el chico en el portal de su casa, se dio cuenta de que se había arreglado para estar guapa. No posee vestidos caros; ¿de dónde iba a sacarlos? Pero tampoco los necesita, pues su figura delgada pero femenina le gusta también así: con una falda, una blusa, una chaqueta floja por encima y un pañuelo de colores ciñéndole la cabeza. No han pasado vergüenza ni se han sentido violentos como el domingo anterior en el café, cuando hablaron por primera vez. Hoy se han encontrado como si fueran viejos amigos. El chico, entusiasmado, ha ido corriendo hacia él y se ha puesto a hablar embrolladamente, él le ha cogido de la mano y, a partir de ese momento, han formado algo así como una pequeña familia. Un sentimiento muy grato para él, que ha visto que a Swetlana también le gustaba.

—Es casi como un paseo dominical de los de entonces —ha dicho ella sonriendo—. Cuando era pequeña, iba con mis padres y mi hermano a pasear por la orilla del Dniéper.

En el parque del Balneario han alquilado un bote de remos, y él ha tenido que esforzarse por mantener el rumbo porque al chico, que llevaba el otro remo, le costaba mucho hacerse con esa larga y pesada pieza. El pequeño Michael pone demasiada pasión en lo que hace, continuamente tiene que demostrar todo lo que sabe y, por desgracia, se sobrevalora con facilidad. Le recuerda un poco a su hermano Wilhelm, que también era un elemento de mucho cuidado, siempre a la búsqueda de nuevos retos, siempre con alguna ocurrencia disparatada que quería llevar de inmediato a la práctica. En su época disfrutaban de mucha libertad porque tanto los padres como los abuelos se pasaban todo el día trabajando en el café. Entonces solían coger las bicis, se iban por ahí y hacían toda clase de diabluras que no siempre eran inofensivas.

—A mí también me gustaría tener un hermano —les ha confesado Michael—. ¡Mamá, quiero tener un hermano mayor!

Luego les ha contado que a menudo, cuando está solo en casa, se imagina acompañado de un hermano mayor. Entonces habla con él, le pide consejo, le cuenta lo que ha hecho y, a veces, también discute con él.

—Se llama Wolodja —les ha dicho—. Y tiene el pelo castaño, igual que August.

Swetlana iba sentada en la proa contemplando con una mirada ensoñadora los árboles de hojas otoñales que se reflejaban en el agua. De pronto ha prestado atención, como si fuera la primera vez que lo oía. Primero le ha parecido divertido, luego se ha mostrado preocupada.

—¿Desde cuándo existe Wolodja? —ha querido saber.

—¡Desde hace mucho!

Como es natural, ella ha atribuido esa extraña manía a que el chico pasa demasiado tiempo solo. August ha reaccionado de inmediato y le ha propuesto que la próxima vez también venga Wolodja.

—¿A él también le daremos chocolate con tarta?

—¡Por supuesto!

—Pues entonces mañana se lo pregunto.

Cuando regresaron remando con el bote, August ayudó

primero a Michael a bajarse y luego le dio la mano a Swetlana. Esta no necesitaba su ayuda, era ágil y plantaba los pies con firmeza, pero de todas maneras le agarró la mano incluso con fuerza.

—El último paseo de este año —dijo el hombre que alquilaba los botes—. En invierno descansamos. La siguiente vuelta se la darán en primavera.

¡En primavera! Ni siquiera se atreve a tener la esperanza de volver a sentarse los tres en un bote. Porque la suerte es algo veleidoso en lo que le cuesta trabajo creer.

—En primavera os sentáis los dos delante ¡y yo remo solo! —alardeó Michael.

Swetlana se echó a reír. Qué bonita risa tiene. Sonaba grave, un poco gutural, una risa cálida, desconocida y hermosa.

—O tú te sientas delante con A-ugust y yo cojo los remos —opinó alegremente.

Era la primera vez que pronunciaba su nombre. Tiene dificultades con los diptongos y debe esforzarse un poco con el «au», que en ruso no existe; no obstante, dicho por ella, su nombre tenía un sonido muy agradable.

Dieron otra vuelta por el Weiher. August jugó con Michael al salto del potro y a perseguirse; luego recogieron hojas otoñales de todos los colores, y también bellotas y castañas con las que Michael quería hacer un collar para su madre. Después fueron a merendar al Café Bossong. Casi se alegraba de que el Café del Ángel siguiera en obras porque así no tuvo ni siquiera la tentación de ir allí. Dada su incipiente relación sería sin duda demasiado pronto para presentarse como el hijo de la dueña. No quería por nada en el mundo echar a perder esa naciente intimidad.

Había reservado una mesa en el Café Bossong por si acaso, lo cual resultó ser una medida prudente, pues ese domingo también estaba bastante lleno. Esta vez tomaron asiento junto a la ventana, desde donde podían observar a la gente que pasaba, cosa que sobre todo a Michael le divertía mucho. Swetlana estuvo muy habladora contando cosas de su infancia en Smolensk y de su padre, que era médico y murió poco después de la guerra. Y también de su madre, que ahora vivía con su hermano y la familia de este y de la que llevaba ya varias semanas sin recibir una carta.

—Si fuera posible, me traería a mi madre a vivir conmigo —dijo con tristeza—. Pero está enferma y seguro que no la dejan viajar.

August dijo que se podría intentar y que haría indagaciones. Pero ella cambió enseguida de tema y él comprendió que no quería hablar de eso. Contó historias graciosas de la gente a la que le limpiaba la casa, bromeó sobre sus manías, sobre lo tacaños que eran algunos, sobre los solterones empedernidos, las compañeras con las que hacía la limpieza en Linde y las vivencias que acumulaba cuando regresaba tarde a casa. Él la escuchaba con atención, admiraba la manera como gesticulaba, su facultad para imitar a la gente cambiando el registro de voz y para conseguir hacer el mayor efecto con muy pocos gestos. ¡Qué maravillosa mezcla de mujer seductora y duendecillo! A su lado se veía terriblemente serio y soso, pues no se le daban nada bien esas artes. Ese papel lo ha desempeñado siempre su hermano Wilhelm, que por algo se hizo actor, mientras que él ha sido siempre el hermano mayor tranquilo y razonable.

¿Le parecería aburrido, seco y poco ocurrente a Swetlana? Pero August es demasiado listo como para fingir. Solo sabe ser como es, y confiar en que a ella, pese a todo, le guste.

Después de la visita al café, los invitó al cine. Eso en principio no estaba previsto, y Swetlana rehusó la invitación porque, en su opinión, ya se había gastado bastante dinero con ella y con Michael. Pero como el chico se lo pidió con tantas ganas, acabó cediendo, aunque con la condición de que ella pagaría su entrada y la de Michael.

—Usted es un estudiante universitario —dijo en tono de reproche—. Necesita su dinero para estudiar la carrera; no debe pagarnos además el cine a Michael y a mí.

Él accedió; lo principal era que lo acompañaran, y en cuanto al dichoso dinero, por desgracia no le faltaba razón a ella. De momento seguía viviendo a costa de sus padres, una situación con la que esperaba terminar lo antes posible. Vieron una película de Charlie Chaplin que había sido rodada antes de la guerra, pero que en Alemania todavía no la habían estrenado en los cines. Había muchas escenas divertidas de las que sobre todo disfrutó el chico, aunque Swetlana también se lo pasó en grande. Él la observaba una y otra vez de refilón, admiraba su suave perfil, que destacaba en la centelleante penumbra, y sintió el deseo de acariciarle suavemente la mejilla con el dedo, pero no lo hizo. Swetlana no notó nada, pues estaba concentradísima en la película, se entusiasmaba con el protagonista cuando a duras penas se abría camino a través de la nieve y el hielo, se asustaba cuando este se encontraba con un oso, y se reía del hambriento vagabundo que se comía una bota hervida con cuchillo y tenedor. Le habría gustado sentarse al lado de ella, pero Michael había ocupado espontáneamente el sitio entre los dos, de modo que ni siquiera tuvo la oportunidad de rozarle con cuidado la mano a oscuras. ¡Qué ridículo! ¿No fue con dieciséis años la última vez que abrigó ese tipo de pensamientos? A lo mejor figura entre los principios de esta vida que un hombre enamorado cometa siempre las mismas tonterías. Cuando terminó la película, salieron a la calle oscura, sintieron una ráfaga del frío viento de noviembre y se olvidaron del ambiente de intimidad del cine.

—No tiene que acompañarnos a casa, A-ugust —dijo ella—. Conocemos el camino y además tengo quien me proteja.

A Michael, por una parte, le pareció estupendo hacer de

protector de su madre, pero, por otra, quería que su gran amigo los llevara hasta casa.

—Es que quiero enseñarle a August mis libros. Y que me vea tocar el violín —pidió.

—Es demasiado tarde para eso, Michael —dijo Swetlana—. Los vecinos se van a quejar. Otro día se lo tocarás.

A August le gustó ese «otro día». ¿Acaso no significaba eso que quería seguir citándose con él? Se acercó a ella, mientras el chico les adelantaba y regresaba de nuevo como un perrillo.

—Ha sido un día muy bonito para mí, Swetlana —dijo con precaución—. Espero que a usted también le haya gustado.

Ella permaneció un rato en silencio y él ya se temía que estuviera buscando una fórmula de cortesía con la que despacharlo. Pero se había equivocado.

—¿Qué puedo decir? —dijo ella al cabo de un rato—. Ha sido un día muy especial. Un día feliz. Hacía tiempo que no me sentía tan feliz.

Al pasar por debajo de una farola, él la vio sonreír, y cuando ya se disponía a cogerla de la mano, llegó corriendo el chico y les enseñó todo emocionado una pequeña moneda de cobre que había encontrado en la calle.

—Un penique —dijo August—. Tienes que guardarlo, Michael, porque te traerá suerte.

Todo orgulloso, Michael le sacó brillo con la chaqueta y se guardó su hallazgo en el bolsillo del pantalón. Para entonces ya habían llegado al portal y tenían que despedirse.

—Se lo agradecemos mucho —dijo Swetlana.

—No hay de qué —opinó él con timidez—. Si le parece bien, el domingo que viene tal vez podríamos…

Pero ella negó enérgicamente con la cabeza.

—El domingo que viene, si quiere, preparo una comida al mediodía. Para nosotros y para Luisa y Fritz. Y luego nos quedamos charlando mientras tomamos café y jugamos al parchís.

Se sintió muy sorprendido e increíblemente feliz. Le dio una y otra vez las gracias y, por último, le estrechó la mano para despedirse. Lo que ocurrió después fue tan maravilloso que se fue a casa como si estuviera soñando, sin sentir apenas el empedrado bajo sus pies.

—Adiós en ruso —dijo ella, y le rodeó el cuello con los brazos. Lo besó primero en la mejilla derecha, luego en la izquierda y después otra vez en la derecha—. Usted también tiene que besar —exigió, y ahora él percibió la expresión picarona de sus ojos. A ella le gustó verlo tan confuso y desvalido. Pero August hizo lo que se le exigía: la besó en las mejillas, aspiró su aroma y sintió su cuerpo solícito y complaciente.

A continuación se despidió de la misma manera de Michael y le prometió esperar delante de la casa hasta que arriba se abriera la ventana, porque el chico quería decirle otra vez adiós con la mano. Efectivamente, al poco rato, apareció en la ventana la rubia cabellera del muchacho. Swetlana ya no se asomó.

Esa noche, a August le costó mucho dormirse. Si antes le robaban el sueño las horribles imágenes de la guerra, ahora era una deliciosa turbación de los sentidos lo que lo mantenía despierto. De repente, el futuro se le antojaba como un bien preciado digno de ser vivido. Con Swetlana a su lado. Su amada, su mujer. Un bufete de abogados con varios empleados, numerosos clientes, éxito en los tribunales. Una casita en Geisberg, una villa en la carretera nacional de Biebrich. Swetlana, que se ha traído a su madre de Alemania. Michael, que ya va al instituto. Y tal vez dos o tres hijos propios. Hacer una vida normal, dejar atrás los horrores de la guerra, vivir y trabajar para el amor.

Al día siguiente decide dar los primeros pasos. Va a la Universidad de Frankfurt y mantiene una conversación con uno de sus catedráticos.

—Hasta ahora sus notas son excelentes, señor Koch —le

dice—. Es cierto que en el semestre del verano, por motivos de enfermedad, se ha perdido algunos exámenes. Pero eso se puede recuperar.

Para quienes han participado en la guerra y han tenido que abandonar la carrera existe una reglamentación especial que es aplicable a él. Los semestres anteriores a la guerra son convalidados con el tiempo previsto que fija la universidad para la carrera, de modo que en el semestre del invierno de 1952 a 1953 ya se puede matricular para el examen final.

—El país necesita juristas de la nueva generación —le explica su profesor, que tiene unos sesenta años y había perdido su cátedra en el Tercer Reich—. Todavía quedan demasiados nazis en los tribunales.

August se enorgullece de figurar entre los primeros que hacen el examen gracias a la nueva ley orgánica de la República Federal. Comienza una nueva época, y August tiene la suerte de poder participar en ella. Aunque faltan muchas cosas por hacer, al fin se ha armado de valor. No puede ser que el pasado domine y destruya su vida para siempre. Tiene que haber también un futuro. Tiene que ser posible curarse de las heridas que ha infligido la guerra a las personas. ¿Acaso Swetlana, la mujer a la que ama, no se ha merecido poder llevar una vida normal en Alemania? Él se encargará de que también ella olvide los malos tiempos. Hacer felices a Swetlana y a su hijito es para August muy importante, quizá incluso lo más importante de su vida, y tiene el firme propósito de trabajar duro para conseguirlo.

Lleno de buenos propósitos, regresa a Wiesbaden. Desde la ventana del tren va viendo las hojas otoñales de color pardo; el cielo está cubierto; el verde que envolvía románticamente las ruinas de la guerra todavía existentes ya se ha marchitado. Rodeadas ahora de maleza gris, su aspecto es más feo que nunca, pues traen a la memoria que hace pocos años en todo ese tramo estallaron bombas. August siente de pronto la tristeza del otoño y su ánimo decae. ¿No está siendo demasiado optimista? ¿A qué viene esa alegría casi enfermiza por el futuro? Quién sabe cuánto le durará esa repentina curación. Lo más probable es que sea solo un fuego de paja y que baste un chaparrón para apagarlo. También en casa amenaza tormenta; están peleados por la nueva vitrina para las tartas que Hilde ha encargado sin contar con el consentimiento de su madre. Aunque no le entusiasma la jugada de Hilde, sin embargo, reconoce que las ideas de su hermana para la renovación del Café del Ángel tienen mucho sentido. Puestos a hacer una gran reforma, hay que hacerla como es debido: nada de nimiedades ni ridículas componendas, sino una concepción realmente nueva. Eso es lo que se propone Hilde y a él le gustaría apoyarla, solo que al mismo tiempo se da cuenta de lo mal que lo están pasando sus padres. Su papel, por tanto, es hacer de mediador entre las partes litigantes… lo que no siempre es fácil.

El martes por la mañana se sientan todos en la sala de estar de los padres, mientras en el café revocan de nuevo la pared de la cocina y dan los últimos retoques a los ventanales. Su madre tiene la mirada de una heroína trágica poco antes del tercer acto de la tragedia; su padre parece preocupado, y Hilde se protege tras un lóbrego silencio. Los gemelos están en el antiguo cuarto de Wilhelm, que ahora utilizan para jugar.

—¿Dónde está Jean-Jacques ? —pregunta August con un mal presentimiento, pues todos han oído la bronca que tuvieron anoche.

—Se ha marchado a Villeneuve —responde Hilde de manera breve y escueta—. Se ha muerto su padre.

—¡Oh, Dios mío! —dice su madre asustada—. ¡Pobre hijo!

—Sí, pobre hombre —opina también su padre.

Hilde no dice nada, pero su cara es de lo más elocuente. En ella no se reconoce ni pizca de compasión por su marido.

Por fin abordan el tema; las posturas siguen encalladas. La

madre no quiere quedarse con la vitrina; Hilde quiere tirarlo todo a la basura si devuelven la costosa pieza. Su padre se siente muy desgraciado porque no soporta las peleas, pero está de parte de su mujer. August procede con cuidado, intentando comprender a las dos partes. Lo que hizo Hilde no está bien, en eso ha de darle la razón a su madre. Por otro lado, la nueva vitrina para las tartas es muy práctica y bonita; tal vez sea más sensato gastarse ahora el dinero adquiriendo algo decente que tener que empezar otra vez desde el principio dentro de un par de años.

—¡Exacto! —dice triunfante Hilde, a la que no se le da nada bien actuar con diplomacia. De haber sido más prudente, habría mantenido ahora la boca cerrada con el fin de darle tiempo a su madre para pensárselo.

—Es posible —admite su madre—. ¡Pero yo no me dejo engañar por mi propia hija! Sobre esa base no podemos negociar.

—Eso no volverá a suceder —promete August a bulto, clavando en su hermana una mirada que viene a decir «Te estoy tendiendo un puente. Ahora no lo estropees».

Aunque le cuesta trabajo, cuando ve que no hay más remedio, Hilde sabe comportarse.

—Lo siento —dice—. No sé qué me ha pasado, mamá. Pero es que tenemos que pensarlo con una mayor amplitud de miras. Aunque solo sea por el Café del Rey de enfrente. Pero también en términos generales. No somos un café cualquiera de Wiesbaden. Somos el Café del Ángel de la Wilhelmstrasse. En el barrio del Balneario. Justo enfrente del Teatro Estatal. A unos pasos del casino del balneario y de las Kolonnaden. Somos el principal café de la ciudad, ¿entendéis? Y por eso no podemos conformarnos con nimiedades, ¡tenemos que pensar a lo grande!

¡Caramba! No creía que su hermana pequeña fuera capaz de soltar ese discurso. Con eso habría convencido ante los tribunales al juez y a la parte contraria. ¿Por qué no argumentará siempre así, con esa inteligencia, en lugar de hacerse la testaruda, como una niña pequeña?

—¡En eso tiene razón, Else! —exclama su padre lleno de entusiasmo—. ¡Somos el principal café de la ciudad! Eso no debemos olvidarlo.

La madre de Hilde resopla disgustada. No le hace gracia que la cabezota de su hija tenga razón. No le gusta por principio; eso August lo tiene bien claro.

—Está bien —dice furiosa—. Pero solo porque no podemos devolver ese chisme sin perder un montón de dinero. Y te voy a decir una cosa, Hilde: como me vuelvas a ignorar de esa manera, cierro el grifo del dinero. Se acabó. Seamos o no el café principal de la ciudad. ¡Aquí todavía mando yo!

—Nosotros, cariño —dice Heinz en voz baja—. Mandamos los dos. Todavía no nos hemos jubilado.

Le pone la mano sobre el brazo y la acaricia para apaciguarla. Hilde aparta nerviosa la mirada; le molesta la entrañable complicidad de sus padres precisamente ahora, cuando su marido se ha marchado de viaje después de haberse peleado con ella. El matrimonio de su hermana no está pasando por el mejor momento, piensa August. Y es una pena porque le cae bien Jean-Jacques. Pero a lo mejor se reconcilian de nuevo; hasta ahora siempre ha sido así.

August se plantea mantener una conversación con su madre, pero la aplaza para el día siguiente. En su lugar le cuenta lo de la entrevista que ha tenido en la universidad y que está pensando en presentarse al examen el año que viene, y con ello se gana su aprobación.

—Pero no te esfuerces demasiado, hijo. Tómate tu tiempo; estamos aquí para ayudarte —opina su madre.

Luego baja para tapar la dichosa vitrina con paños y papel de envolver. Ya que es tan cara, por lo menos que no la llenen los obreros de arañazos. Su padre, después de haber pasado un mal rato, se concede un cigarro puro, se sienta a fumarlo junto a la ventana y contempla la Wilhelmstrasse, donde cada día hay más tráfico.

—Cuando vine aquí después de la Primera Guerra Mundial —les cuenta—, había como mucho cuatro coches. No más. En cambio circulaban muchos simones y carruajes de carga. La calle se vivía de otra manera. Más silenciosa no era, solo que sonaba distinto. ¡Qué ruido metían los cascos de los caballos y los cocheros con sus maldiciones! Todo estaba lleno de excrementos de caballo.

August se ve obligado a escucharlo un ratito, luego se va a su habitación a escribirle a Wilhelm. Este mandó justo ayer una carta; parece muy satisfecho desde el punto de vista profesional y se alegra de los nuevos proyectos que le esperan en la próxima temporada. En cuanto al aspecto privado, está menos contento; al parecer, tuvo un tórrido romance con una joven principiante, pero pronto perdió el interés por ella y la muchacha ha debido de estar atosigándole a base de bien. Espera que su cándido hermano no haya cometido ninguna estupidez; de lo contrario, dentro de nueve meses le esperará una desagradable sorpresa.

> ¿Qué tal le va a Julia Wemhöner? Empiezo a preocuparme por ella porque llevo un tiempo sin tener noticias suyas. Normalmente me escribía de vez en cuando una postalita…

De manera que todavía está pensando en Julia Wemhöner. Pero quizá no sea tan grave; en cualquier caso, mejor que una de esas jovencitas que quieren casarse. Wilhelm es un tipo estupendo, pero August no se lo puede imaginar como un marido. Le escribirá diciendo que a Julia le va bien. Parece que su tienda de modas va saliendo adelante, al menos si se da crédito a lo que cuenta Addi. Pero sobre todo quiere describirle detalladamente a su hermano lo que hizo el domingo pasado. También le confiará sus esperanzas y sus preocupaciones, y sabe que Wilhelm, en su próxima carta, le contestará largo y tendido al respecto.

La conversación con su madre al día siguiente transcurre de una forma solo parcialmente satisfactoria. Por si acaso, ha escogido la hora de después del desayuno, mientras su padre está con los gemelos en el parque y Hilde recoge los escombros que dejaron ayer los obreros al revocar la pared.

—Quería contarte una cosa, mamá.

Su madre tiene delante un fajo de extractos de cuenta que está hojeando. Sabe que esa ocupación no la pondrá de mejor humor, pero ya está demasiado impaciente como para aplazar de nuevo la conversación.

—¿Sí?

—Se trata de una joven que ha entrado en mi vida hace dos semanas.

Su madre interrumpe su ocupación, levanta la cabeza e incluso se quita las gafas.

—¡Santo cielo, August! Es una novedad maravillosa. ¿Desde hace ya dos semanas? ¡Y qué calladito te lo tenías, bribón! ¿La conocemos? ¿No será Hiltrud Böhm, la de ahí al lado?

—No, qué va, no es Hiltrud.

—¡Bueno, menos mal! —exclama su madre—. Esa tiene ya un hijo de Jörg, que cayó en la guerra. Más vale que te libres de algo así, hijo. Pues venga, ¡dilo!

August lo intenta con precaución.

—Es una joven muy buena que tuvo mala suerte en la guerra.

Su madre empalidece y luego suspira.

—Por desgracia, eso les ha pasado a muchas mujeres.

August sabe que está pensando en una violación. Es curioso lo que les pasa a las mujeres. En lugar de solidarizarse unas con otras, muchas mujeres ven en esa desgracia una mácula y evitan a quienes la han padecido.

—Tiene un hijo pequeño con el que me llevo muy bien. Ha cumplido ocho años y es un chaval muy espabilado.

Comprueba que su madre no está precisamente entusiasmada con la noticia, aunque se mantiene serena.

—¿Un niño ruso quizá? En fin, también esos tienen derecho a vivir.

—No, el padre es alemán.

—¡Ah, menos mal!

Ahora August se enfada y, en contra de su costumbre, se muestra imprudente.

—Pero Swetlana es rusa. Ya has oído hablar de ella, mamá. Es una buena amiga de Luisa.

Su madre tarda unos segundos en comprender. La mano con la que sostiene las gafas empieza a temblar.

—Pero ¿no será aquella mujer que quería trabajar para nosotros? Apenas sabe hablar alemán...

—Justo esa, mamá. Swetlana es la mujer a la que amo y albergo grandes esperanzas de que ella y su hijo estén estrechamente vinculados a mi vida.

De entrada, su madre no dice nada. Clava la mirada en el reloj de péndulo de la pared, luego menea despacio la cabeza y se vuelve a poner las gafas.

—¿Qué les pasa a mis hijos? —dice en voz baja—. Uno los cría, los cuida, les da una buena educación y hace todo lo posible para que les vaya bien, y después no te dan más que preocupaciones.

Frases de ese tipo las ha pronunciado últimamente con bastante frecuencia. August no se deja impresionar. Permanece callado, pero firme en su decisión.

—Siento mucho, mamá, que no estés contenta con mi decisión, pero por desgracia así están las cosas y yo no puedo cambiarlas. No obstante, te pido que trates con amabilidad a

Swetlana y a Michael, pues tengo previsto invitarlos a casa en un futuro próximo.

Su madre se ve obligada a tragar saliva, pero se contiene. Es su hijo, el mayor, y lo quiere.

—Por supuesto, August. Si tanto la amas, me esforzaré por ser amable. Y el pequeño no tiene la culpa de nada.

August se traga la pregunta: «¿De qué no tiene la culpa Michael? ¿De que su madre sea rusa?». Qué arraigados están los prejuicios que inculcan a la gente durante años. Y que esa mísera y absurda guerra por desgracia ha reforzado aún más.

—Gracias, mamá. No esperaba menos de ti; sé que tienes un buen corazón.

Por la noche, mientras ayuda a recoger en el café, Hilde se le acerca sigilosa.

—¿Es verdad que tienes algo con Swetlana? —le susurra.

—¿Quién te lo ha dicho?

—Mamá se lo ha contado a papá y yo lo he oído por casualidad.

—Sí, es verdad.

Hilde se le arroja al cuello y lo estrecha impulsivamente.

—¡Qué bien, August! Eso es estupendo. Luisa dice siempre que es su mejor amiga.

August se alegra del desbordante entusiasmo de Hilde. Después de la reacción un tanto reservada de su madre, le sienta muy bien la manera de ser tan abierta de su hermana.

—¿Sabes una cosa? Puedes coger el coche cuando quieras. Id los dos al Rin o al museo Senckenberg de Frankfurt. O adonde os apetezca.

—Ah —dice él—. ¿No ha ido Jean-Jacques con el coche a Frankfurt?

—No. Ha cogido el tren.

Lo dice en un tono tan despectivo que August se queda un poco preocupado.

Wilhelm

—No es ninguna tragedia, cariñito —dice ella, acariciándole la mejilla sin afeitar—. Eso le puede pasar a cualquiera.

Compasión y afecto maternal es lo último que necesita ahora. Lo ultimísimo. Se ha quedado tan abatido que ni siquiera es capaz de contestar. Además, ¿qué le va a decir? «Lo siento, es que estaba muy distraído». O bien: «Es que he dormido mal». O: «Es que de un tiempo a esta parte he trabajado demasiado».

Eso es ridículo. No hay disculpa posible para un fallo tan bochornoso. Sencillamente no ha sido capaz. ¿A qué se habrá debido? Su cuerpo, del que hasta ahora siempre ha podido fiarse, le ha jugado una mala pasada.

—Solo son las siete y media. Quédate otro rato tumbado y volvemos a intentarlo —murmura ella con ternura.

¡Ni hablar! Farfulla una disculpa que casi no se entiende, sale de la cama, se pone aprisa la ropa interior y desaparece en el cuarto de baño. Ahora que está sobrio se da cuenta de que es un cuarto de baño familiar. Tres cepillos de dientes, varios frascos de perfume, un peine y un cepillo para peinarse, los dos llenos de pelos, una enorme brocha de afeitar marrón con claros signos de haber sido usada. Esto último es lo que más le inquieta. ¿Estará casada esa rubita de aspecto inofensivo que anoche se colgó de su brazo después de la función? Se apresura a despachar lo más urgente en el baño, y cuando se dispone a abandonar de nuevo ese espacio estrecho y abarrotado de todo tipo de cosas, oye que alguien da sacudidas a la puerta.

—¿Se puede saber qué haces tú tan temprano en el baño, Mizzi?

Una voz de hombre. Grave, ligeramente ronca y muy arisca. Wilhelm se queda paralizado y agradece su vieja costumbre de echar el pestillo a la puerta del cuarto de baño.

—¿Mizzi? —oye otra vez, y ve cómo forcejean con el pomo de la puerta. La voz suena a barriga cervecera. Wilhelm apuesta por un hombre mayor, posiblemente su señor padre. Pero no sabe si eso mejora la situación.

—¿Qué quieres, papi? —oye entonces la voz aguda de Mizzi.

Pasos silenciosos al otro lado de la puerta del cuarto de baño. El papi lleva pantuflas, con las que ahora se dirige al cuarto de su hija.

—¿Quién está en el baño? —indaga enfadado el de la voz grave.

—Jo, papi, sé bueno. Es un artista famoso del Teatro de Cámara.

—¿Has vuelto a pescar a otro artista desharrapado? ¡No me hagas reír! Pienso echar a patadas a ese miserable. ¡Abre la puerta de inmediato, tío! ¡Que la abras te digo!

Wilhelm maldice el momento de debilidad que anoche lo llevó a tomar una, dos o quizá tres cervezas con esa chica y luego, en estado de embriaguez, a dejarse guiar por ella. Ahora se encuentra en calzoncillos en un cuarto de baño ajeno, mientras afuera vocifera esa bestia que tiene por padre. A todo esto, Wilhelm no le ha hecho nada a su hijita. Al menos, nada que pudiera tener graves consecuencias.

—¿Se puede saber por qué gritas, viejo borracho? —chilla ahora una tercera voz, que seguramente pertenezca a la señora madre—. Sal de ahí. Que sepas que si empiezas ahora a defender la honra de tu hija, llegas con tres años de retraso.

A Wilhelm no le interesan nada los secretos familiares; lo único que espera es que esa buena mujer se lleve a su iracundo marido de la puerta del cuarto de baño, para poder largarse de allí cuanto antes. Desde luego, la situación parece una escena de teatro; de todos modos, en el escenario le haría mucha más gracia que en la vida real.

—Todo por culpa de la educación tan blandengue que le has dado —despotrica el de la voz grave—. Ya ves cómo ha salido la niña. Y tú también podrías incurrir en un delito. Por alcahueta.

Suena como si se fueran calmando los ánimos. Ahora se oye un portazo; con un poco de suerte tiene la vía libre. Si no, tendrá que jugarse el pellejo, pero al fin y al cabo ha estado en la guerra y ha superado peores situaciones. Eso sí, nunca en calzoncillos.

Tiene suerte. Cuando sale al dormitorio, Mizzi le espera con un camisoncito rosa bastante transparente que le llega solo hasta las rodillas. Pero a Wilhelm se le han quitado por completo las ganas de ternuras. Mientras ella no para de hablar, él se viste a toda velocidad.

—Vaya, qué lástima me da. Mi papi no suele comportarse así. No sé qué mosca le habrá picado hoy. Tómate tu tiempo, Willi. Voy a preparar un café para que te despejes del todo.

No le hace ninguna falta, está muy despejado; hoy excepcionalmente no necesita cafeína. Se echa el abrigo por encima, descubre su sombrero en un taburete entre un montón de fina lencería de seda, lo despoja de las delatoras prendas y se despide de la afligida Mizzi.

—Hasta otra vez, ¿no? —dice ella con una sonrisa prometedora—. Todavía estás en deuda conmigo, Willi.

Sin dar ninguna respuesta, Wilhelm se marcha zumbando, aunque tiene que hacer una breve parada en la puerta de la vivienda, pero como está la llave puesta, enseguida consigue abrirse paso hacia la libertad. Fuera tiene que orientarse antes que nada, porque no recuerda bien adónde lo llevó la chica en plena oscuridad de la noche. Por suerte, acaba saliendo a la Maximilianstrasse, con el teatro al fondo. Mira el reloj de pulsera y comprueba que son más de las ocho. Para un artista que normalmente no se acuesta antes de medianoche todavía es la hora de dormir. Hacia las diez tiene un ensayo; si se da prisa, le da tiempo a ir a casa, tomar un baño, ponerse ropa limpia y, tal vez, hasta descabezar un sueñecito. Se sujeta el sombrero, que ha estado a punto de arrancárselo de la cabeza una ráfaga de viento, y en ese momento ve un letrero en lo alto de un portal: LA PEQUEÑA LIBERTAD.

El sonido de la palabra «libertad» surte en su ánimo un efecto seductor; al acercarse descubre un póster y comprueba que el portal es de un cabaret. Lo primero que ve es el nombre de Erich Kästner, de quien ya ha oído hablar. A los otros no los conoce. ¿Desde cuándo llevará allí ese cabaret, a tan solo unas manzanas del Teatro de Cámara? Bueno, da igual; el caso es que esta noche no tiene mucho que hacer, solo una breve salida a escena en el primer acto; después podría echar un vistazo al programa del cabaret. No es mala idea, allí estará a salvo de posibles tentaciones. Se encasqueta el sombrero hasta taparse la frente porque, además del ventarrón que hace, también ha empezado a nevar. Pequeños copos transparentes son esparcidos por el viento y se posan en la ropa en forma de gotitas de agua.

Cuando entra en casa, su casera, que ya lo esperaba, aparece en el pasillo con una sonrisa forzada.

—¡Vaya, el señor Koch! Buenos días. ¿Tan temprano ya en pie? Santo cielo, si ya está nevando; vamos a tener un invierno adelantado. ¿Recojo el desayuno o le apetece tomar un café?

Wilhelm saluda con su amable naturalidad. Le pide, por favor, que no lo recoja, que todavía no ha desayunado. Ignora la ardiente curiosidad del rostro de la señora Gruber y entra deprisa en su habitación. Hace un frío de mil demonios; naturalmente, nadie ha encendido la estufa pero para el ratito que va a estar antes del ensayo tampoco merece la pena. Más vale enchufar el calentador del aseo, desayunar mientras se calienta y luego darse un buen baño con agua hirviendo. Aunque la casera le diga que bañarse dos veces a la semana es un lujo que correrá por su cuenta. En fin, ahora aprecia lo bien que vivía en casa, donde podía bañarse cuantas veces le apeteciera sin que nadie refunfuñara.

En el aparador del pasillo descubre una carta y la coge rápidamente. Un poco decepcionado, comprueba que ha sido escrita por August; sigue sin recibir correo de Julia. Se sirve café, rasga el sobre y bebe mientras la lee. Asiente una y otra vez con la cabeza, sonríe, se alegra, se queda preocupado... Vaya, ha habido bronca porque su hermana pequeña, como siempre, ha intentado salirse con la suya. Una vitrina para las tartas con iluminación y refrigeración; caramba, ni que fuera el ataúd de cristal de Blancanieves... Pero más le vale guardarse para sí esas asociaciones. Esboza una sonrisa. Cuando lee que una mujer ha entrado en la vida de su hermano, se queda un poco preocupado. El bueno de August parece haberse enamorado hasta las trancas. Eso para él puede ser bueno o no tan bueno. Wilhelm lamenta no poder conocer mejor a esa tal Swetlana. Al fin y al cabo entiende de mujeres; si echa la vista atrás, cuenta con toda una serie de relaciones más o menos malogradas. Pero con una rusa no ha estado nunca. Luisa es amiga suya; en fin, Luisa es una buena chica, pero le falta instinto para la gente. Wilhelm se queda dándole vueltas al asunto. Una actuación como artista invitado en Wiesbaden sería una posibilidad. O por allí cerca. En Frankfurt, por ejemplo. Así podría examinar de cerca a esa belleza eslava, cosa que considera de gran importancia. Para que su hermano no se lleve una desilusión. August no está hecho de la misma pasta que él; un amor desgraciado le afectaría muchísimo. ¿Por qué no le dirá nada de Julia? Ah, sí, al final del todo. Una vez más, solo dos frases. Le va bien, tiene mucho que hacer. Maldita sea, él también tiene mucho que hacer y, sin embargo, saca tiempo para escribirle largas cartas. ¿Qué le pasará, que ni siquiera le cree merecedor de una postalita?

Eso le hiere. Julia es la amada lejana, la mujer de sus anhelos, la bella inalcanzable. Su pasión por ella no tiene nada que ver con historias tan profanas como la de anoche. Tampoco se parece a su breve y desafortunada relación con Gitti, la linda meritoria, tan exótica como atractiva. Julia es algo completamente distinto. Es lo que en la Edad Media era el amor idealizado de los *Minnesänger* o trovadores alemanes, la dama a la que adora, por la que recorre el mundo para llevar a cabo sus hazañas, y por la que moriría sin la menor vacilación. O algo por el estilo. Ya no vivimos en el medievo, y eso de morir por la amada está muy anticuado. En realidad, Wilhelm se imagina capaz de seducir a la hermosa Julia. Aunque tenga unos años más que él. O quizá precisamente por eso. Porque ejerce sobre él una atracción erótica muy especial que le cuesta trabajo explicar. Tal vez también porque es la mujer que podría comprender y perdonar su naturaleza inquieta, sus caminos equivocados y sus desliz. Pero quizá todo eso no sea nada más que un sueño, una representación ideal.

Se para a pensar si debería escribirle una carta. Podría adjuntar una de sus buenas críticas. También hay un recorte de periódico con foto, aunque la calidad de la imagen es bastante mala: cuanto más se acerca uno la foto a los ojos, más puntitos negros y grises se ven. Además, ya le ha mandado dos críticas, no vaya a pensar que es un vanidoso. La idea de actuar como artista invitado en Wiesbaden tal vez no sea tan mala. Sería matar dos pájaros de un tiro. Incluso más de dos, pues sus padres se alegrarían con locura. Podría enterarse llamando a Wiesbaden; las secretarias siempre le han apreciado mucho, podrían proponerle su idea al director artístico... Con Seitz desde luego no cuenta; sería capaz de hacer cualquier cosa para impedir una actuación de ese tipo.

—¿Se va a bañar o no, señor Koch? —interrumpe la señora Gruber sus reflexiones—. Porque si no, el agua del baño se va a evaporar.

El despilfarro de agua y de combustible es un pecado mortal en casa de los Gruber, de modo que se unta rápidamente un panecillo, coge la taza llena de café y se lo lleva todo al cuarto de baño. Al poco rato vuelve otra vez porque se ha dejado la carta a la vista. Ya solo le falta que la señora Gruber espíe sus asuntos familiares.

Mientras corre el agua del baño, devora el panecillo con el café, a continuación se mete en la bañera y disfruta de estar rodeado de un cálido y suave oleaje. El agua caliente le provoca ensoñaciones y le hace cavilar sobre el sentido de la vida, sobre el bien y el mal, sobre el tiempo desperdiciado y las energías derrochadas. Y llega a la conclusión de que tiene que cambiar de vida. Los «momentos de debilidad», como el de anoche, no deben producirse nunca más, pues su cuerpo ya le ha dado un aviso con claridad. En general, debe tener cuidado con las mujeres, que le roban el tiempo, merman su virilidad y no le dan más que disgustos. «La ilusión es breve; el arrepentimiento es largo», decía ya Friedrich Schiller, y hablaba por experiencia, pues también él tuvo toda clase de historias de faldas. Lleno de buenos propósitos, sale de la bañera, se seca, arrambla con la ropa y la carta y, envuelto en una toalla, se dirige a su habitación.

—¡A quién se le ocurre llevarse la taza de café al cuarto de baño! —le echa en cara la casera—. Y no vacíe el agua de la bañera; ahí puedo poner la ropa a remojo y luego utilizar el agua para fregar el suelo.

«Un día de estos se asfixia en su propia tacañería», piensa él. A decir verdad, ahora le vendría de perlas dar una cabezada después de pasar la noche en blanco, pero son las diez menos cuarto y, si no quiere llegar tarde al ensayo, tiene que darse prisa. La obra de teatro nueva es una comedia, *El rapto de las sabinas*, en la que él, por ser joven, solo tiene un papel secundario bastante insípido. A cambio, le han dado un «papel de lucimiento» en *El enfermo imaginario* de Molière, que asimismo es de nueva producción. Y en *Madre coraje* interpreta uno de los papeles principales; no, la verdad es que no se puede quejar, desde el punto de vista profesional le va muy bien. No como se imaginaba al principio, pero de todos modos el éxito le acompaña. El público le adora, y eso es importante para él. Le encantan las escenas en las que consigue «conquistar» a su público, cuando nota que no le quitan ojo de encima y que se ríen con sus chistes. En general, le gusta trabajar muy cerca del público; la gran ópera, donde el foso de la orquesta separa el escenario de los espectadores, no está hecha para él.

El ensayo transcurre de una manera relativamente monótona. Como solo lo necesitan en una escena, se sienta a mirar en la escalera; envidia al actor que interpreta al «director de teatro Striese», un papel que todo mimo de edad avanzada anhela y para el que, por desgracia, él todavía es demasiado joven. Gitti, la meritoria de aspecto exótico, se pasea contoneándose con una jarra de café, reparte vasos y los llena de café con leche.

—¿Quieres uno? —le pregunta a él.

Lo dice con energía y determinación; al parecer, no se ha tomado a mal el fin de su *affaire*. Otro «fuego de paja»; bastó un chaparrón para apagarlo. A Wilhelm le hizo perder la cabeza por completo. Dos noches tórridas, unos cuantos días bonitos, dos visitas a la *Oktoberfest*... y luego se cansó de ella. Se asustó cuando le dijo que todo había terminado, incluso lloró un poco. Pero ahora parece que lo ha superado.

—¿Café con leche? Sí, con mucho gusto.

Mientras él le acerca el vaso, ella le sirve el café hirviendo con tanto brío que la mitad va a parar a su pantalón y le quema hasta la piel de debajo.

—¡Ay! ¡Podrías tener más cuidado!

—Lo siento. ¡Lástima de café! —dice alegrándose maliciosamente, y se marcha.

—¿Tenéis que airear vuestras historias aquí en el teatro? —protesta un colega.

Qué bruta. Ahora tendrá que ir al escenario de los ensayos con el pantalón mojado. Por no hablar de las quemaduras de la piel. Las mujeres son una cruz; siempre dan problemas. Quizá debería renunciar por completo al amor. Solo quiere retener en la memoria a Julia. Es la única en la que piensa una y otra vez. La única en la que merece la pena pensar.

La función de la noche transcurre con toda normalidad. Wilhelm hace su breve salida a escena, cosecha unas cuantas risas y luego abandona el teatro. La función del cabaret ya ha empezado; no obstante, entra, habla en susurros con una mujer morena y delgada de mediana edad, le explica que es actor, que por las noches trabaja allí enfrente, en el Teatro de Cámara, y que solo hoy ha podido escaparse y le encantaría ver el programa.

—Pues adelante. Aquí los comediantes siempre son bien recibidos. La entrada cuesta tres marcos.

El acomodador le alumbra la cara con una linterna. Es joven, lleva gafas y le saluda con amabilidad.

—¡Que lo disfrute, colega! —le susurra.

En el escenario cantan un cuplé alegre que, al mismo tiempo, es una reflexión sobre el tema de la pequeña libertad que da título a la obra, y admira lo bien que canta esa gente. En general se queda boquiabierto durante toda la velada, su entusiasmo va en aumento, sonríe, ríe para sus adentros, estalla en carcajadas, aplaude; no se cansa, si por él fuera, vería el programa otra vez desde el principio. ¡Qué rabia haberse perdido el comienzo! Qué bien cuentan todos ellos los chistes. Uno con picardía, otro con total desenvoltura, el otro con un toque muy especial, y otro sencillamente los deja caer. A veces se enfada con los espectadores por lo tarde que reaccionan y porque solo se ríen con las bromas más tontas; los chistes de verdad buenos solo los pilla una parte del público. Y luego están los «entremeses», breves piezas cómicas representadas en los entreactos en las que los actores encadenan un chiste tras otro. ¿Quién les escribirá esos textos tan geniales? Kästner, probablemente. ¿O los escribirán ellos mismos?

Cuando sale de nuevo a la calle, se siente como aturdido. Qué diferencia con lo que hace él en el teatro. El cabaret respira vida; los actores cuentan sucesos de la vida diaria, le toman, por así decirlo, el pulso a la actualidad; en sus cuplés hacen de la cotidianidad una sátira y consiguen que la gente se ría de sí misma.

«Eso es lo más importante», piensa mientras se dirige a su casa a través de la ventisca. De puro entusiasmo, ni siquiera nota el frío; solo al llegar al portal se da cuenta de que todo el rato ha llevado el sombrero en la mano en lugar de ponérselo. En su habitación enciende la estufa y, andando de acá para allá, empieza a memorizar las escenas que ha visto, intenta recordar los textos de los cuplés. Luego se sienta, saca el bloc y el lápiz y se pone a escribir. Tiene un montón de ideas en la cabeza y todas van a parar al papel; solo le cuesta bastante acertar con las rimas, que ha de corregir y cambiar hasta que cuadren. Imagina las situaciones, anota pequeñas escenas: un no fumador en un compartimento de fumadores.

La mujer de las *brezel* explicando a un soldado americano por qué sus rosquillas son «saladas». Un pescador apasionado que es molestado por un charlatán. Empieza a interpretar las escenas haciendo los dos papeles, habla con una voz aguda, grave, ronca, jadeante, cambia el texto y lo anota enseguida; empieza otra vez desde el principio, corrige, tacha, escribe de nuevo.

En algún momento se oye un porrazo en su puerta.

—¡Silencio de una vez! Si no, vengo con la escoba…

Es el marido de la casera, Korbinian Gruber, ¡un patán negado para la música! Wilhelm mira el reloj y se da cuenta de que son casi las cuatro de la madrugada. Aparte de eso, hace tiempo que se ha apagado el fuego de la estufa y la habitación está helada. En fin, no le vendrá mal echar un sueñecito. Agrupa con cuidado las hojas escritas, las dobla por la mitad y las deposita en el libreto de *Madre coraje*. Ahora no lo necesita porque ya estudió su papel en la Escuela de Arte Dramático y los ensayos no empiezan hasta dentro de un mes.

Agotado y plenamente feliz, se tumba vestido en la cama, se echa encima el edredón… y no puede conciliar el sueño. Quiere ser artista de cabaret. Pero también seguir siendo actor. ¿Cómo se las podría arreglar? No puede hacer las dos cosas a la vez. Está demasiado ocupado en el teatro; no puede sacar también tiempo para actuar en un cabaret. Y además tiene que acumular experiencia, ser aceptado en una compañía de teatro, lo que no es tan sencillo para un completo principiante. ¿Cuánto ganarán los del cabaret? ¿Se podrá vivir de eso? Se pone a calcular los espectadores que había esa noche en la sala. No estaban todos los asientos ocupados ni mucho menos; serían unos ochenta o noventa. Entonces habrán ingresado doscientos setenta marcos, con los que hay que pagar el alquiler de la sala, al acomodador y a las mujeres de la limpieza; también tendrán que apoquinar los impuestos. Si actúan todas las noches, entonces cobran al mes... ¡Madre mía, son unos muertos de hambre!

Como no aguanta más en la cama, se levanta, se envuelve en el cálido edredón y se sienta a la mesa. ¿Dónde habrá dejado la carta de August? Ah, ahí está. Entre la toalla del baño y la ropa que se ha quitado. Vuelve a leerlo todo con atención, se acerca la lámpara y se pone a contestar a su hermano.

> En los asuntos amorosos toda precaución que se tome es poca; te lo dice un hombre con experiencia, hermano querido. Acertar con la elegida no es ninguna nimiedad; para ello hace falta una buena dosis de suerte y un poco de conocimiento de la naturaleza humana. Como espero ir pronto a Wiesbaden en calidad de artista invitado, podré asesorarte como es debido.
>
> En lo que a mí respecta, he tomado la decisión de añadir a la profesión de actor la de hacer un poco de cabaret. Una perspectiva completamente nueva que me ha surgido esta noche, pero que ya ha arraigado con fuerza en mi cabeza. Ya he escrito varias escenas y dentro de poco...

Sabe lo que le va a contestar el sensato de su hermano. «No te disperses, Wilhelm. Tienes una tendencia a la versatilidad que no siempre es ventajosa. Sería una pena que descuidaras el teatro precisamente ahora que vas por buen camino, para empezar algo nuevo por completo...».

Mete la carta en un sobre, lo cierra y pega un sello. Luego se queda un rato en silencio y nota cómo el sueño le va venciendo, pero todavía no quiere acostarse. Son casi las cinco de la mañana, en la calle se oye el crujido de la nieve que producen los pasos del chico de los periódicos al hacer su trabajo. Dentro de poco pasará el lechero y saldrán los primeros coches. Wilhelm lo duda un momento, coge el bloc, lo aparta, se lo vuelve a acercar y unta la pluma en la tinta.

Mi bella e ingrata Julia:

Me había jurado no volver a escribirte nunca una carta porque durante las semanas pasadas no te has dignado ni una sola vez a darme una respuesta.

¡Eso me hiere profundamente!

Si no obstante hoy me decido a coger la pluma es solo porque, pese a todos mis esfuerzos, no consigo apartarte de mis pensamientos. Mi bellísima Julia, he sucumbido a ti, te echo de menos, añoro tu cercanía, tu voz cálida, tus miradas críticas y a menudo burlonas, tu dulce y enloquecedora sonrisa.

Pero aparte de las razones ya mencionadas para escribirte, hay otra más. Tengo que contarte que esta noche he ido al cabaret a ver *La pequeña libertad* y he tomado la firme resolución de cambiar de vida. Wilhelm, el loco, va a convertirse en artista de cabaret.

Por favor, necesito tu opinión al respecto. Tu bienintencionada advertencia sobre la muerte por inanición. Tu elogio por la valiente decisión. Tu compasión por el pobre chiflado…

Pero antes tengo que describirte esta noche tan maravillosa que ha dado un giro radical a mi vida…

Hilde

La nota incluso antes de despertarse. Esa extraña sensación que le revuelve el estómago. Al principio no sabe a qué se debe, cree que se ha resfriado o que tiene una indigestión; luego, de repente, lo ve todo con claridad: él se ha marchado. Está a muchos kilómetros de distancia, en el sur de Francia, en su tierra natal. Ha partido de viaje sin despedirse, y ni siquiera sabe cuándo regresará junto a ella.

El dolor por su ausencia lo siente como un espasmo que le recorre el cuerpo. Casi como cuando tuvo que ayudarlo a huir de Francia y, durante un tiempo, temió que la Gestapo lo detuviera y lo matara. Estira el brazo en la oscuridad, nota la sábana fría, la almohada intacta; desliza la mano por el edredón y percibe la tela fresca y sedosa, la funda de lino. Él no está. Su cuerpo cálido, que durante cinco años yacía y respiraba a su lado, ha dejado de estar allí. Se ha instalado el silencio, solo se oye el suave tictac del reloj de la mesilla; fuera pasan coches por la Wilhelmstrasse, en algún lugar ladra un perro. Traga saliva, no quiere echarse a llorar y se vuelve hacia el otro lado.

De pronto le sobreviene el despecho. ¿Acaso tiene algún motivo para llorar por él? ¡Ninguno! ¿No se puso cobardemente de parte de sus padres en lugar de apoyarla a ella? Eso no se lo perdonará tan fácilmente. De haber sido al revés, ella habría luchado por él hasta el último aliento. Aunque no le hubieran gustado sus métodos, se habría puesto de su parte. Porque es su mujer y porque lo ama. Pero está claro que su amor es diferente. Ella lo quiere incondicionalmente, con todo el corazón y toda el alma, pero él ama solo a medias; a la menor dificultad se retira como un cobarde.

Sí, así es su relación. Por fin ha reconocido la situación con claridad. Es triste pero cierto. ¿A santo de qué habría de llorar por él? Que se quede donde está; seguro que se las apaña mejor sin él.

Da otra vez media vuelta, se pone boca arriba y permanece a la escucha. Todo sigue en silencio. Por suerte ahora en invierno los gemelos no se despiertan tan pronto, y tampoco se oye nada abajo, en casa de sus padres. Los ruidos de la calle le llegan extrañamente amortiguados. ¿Habrá nevado? ¡Lo que faltaba! Entonces tendrán que despejar la acera. Un trabajo del que suele encargarse su marido, al que incluso le gustaba. Hoy será Addi el que coja la pala para quitar la nieve y ella tendrá que ayudarle. Al fin y al cabo, el bueno de Addi ya tiene sus años y hace poco contrajo una neumonía que a punto estuvo de costarle la vida.

Ahora se oye ruido en la habitación de los gemelos; algo metálico cae al suelo. Frank dice en un tono audible:

—¡Vaya, hombre!

Andi le contesta medio dormido:

—¡Has sido tú!

Inmediatamente después se abre la puerta y sus traviesos hijos, con sus camisolas blancas, se abalanzan sobre ella, que todavía sigue en la cama.

—Mamá, mamá. Andi ha tirado al suelo el coche de los bomberos.

—No es verdad, mamá. Se ha caído solo desde la cama.

—Pero se ha roto la escalera.

—Papá la arreglará.

Y con ello queda introducido el espinoso tema. ¿Cuándo volverá papá? ¿Por qué se ha marchado sin decirles *adieu*?

—Tenía que coger el tren muy temprano, Andi. Y me ha dicho que os quiere a los dos muchísimo y que pronto volverá.

¡Qué capacidad tienen las madres para mentir! El muy ingrato no le ha dicho nada de nada. Normalmente no se cansa de sus chicos, va con ellos al parque infantil, los lleva al circo, juega con ellos al fútbol en el patio. Y ahora va y desaparece sin decir ni pío y tiene que ser ella la que les explique a los niños su conducta tan poco cariñosa.

—¿Está papá muy triste porque se ha muerto el *grand-père*?

—Sí, Andi, creo que sí está triste.

Frank se saca con rapidez el dedo de la nariz porque su madre no soporta que se la hurgue.

—¿Y por qué no ha venido nunca a vernos el *grand-père*?

—Porque el viaje era demasiado largo para él.

Andi frunce el ceño y se queda pensativo.

—Pero papá sí ha ido a verlo…

—Tú eres tonto —dice Frank—. Para papá ese viaje no es largo. Solo lo es para el viejo *grand-père*. Porque ya no puede andar muy bien.

Y ahora le toca el turno a la pregunta que tanto la irrita. Los chicos la formulan todas las mañanas, y siempre les da la misma respuesta. Una maldita mentira, pero ¿qué otra cosa puede hacer?

—¿Y por qué papá no nos ha llevado con él?

—Porque un entierro es una cosa triste; ahí a los niños no se les ha perdido nada.

Los ha mantenido siempre sistemáticamente alejados de su familia. ¿No le ha pedido varias veces que la llevara a ella y a los gemelos a Villeneuve para que los niños conozcan a sus abuelos? De acuerdo; allí a la gente no le caen bien los alemanes. Pero en Wiesbaden también hay muchas personas a las que no les gustan los franceses. O los rusos. Tampoco los yanquis son populares en todas partes. Pero al fin y al cabo, ella es su mujer, ¡la madre de sus hijos! Esa puede ser una buena razón para reconciliarse. La guerra ya ha terminado y hay que acabar de una vez con el odio y la enemistad.

Bah, no sabe ni por qué se molesta. Desde el principio tenía que haberse dado cuenta de que es un cobarde. Solo se hace el fuerte con ella; por lo demás, siempre que puede, evita los conflictos.

Entretanto, los gemelos se han acomodado en su cama; pegaditos a ambos lados de su madre, exigen que Hilde les haga cosquillas. Con las risas y los pataleos, el edredón va a parar al suelo y las almohadas se convierten en proyectiles.

—¡Ya está bien! —se enfada Hilde—. Mamá tiene que ir ahora al baño. Podéis ir a ver si los abuelos ya están despiertos. Pero poneos las zapatillas y un jersey, que en la escalera hace frío.

«Qué bonito es tener dos hijos tan vivarachos y qué consuelo proporcionan», piensa mientras llenan la escalera de sus agudas voces, dejan sonar unos minutos el timbre de casa de los abuelos y saltan sobre las crujientes tablas del suelo de madera.

—¿Ya estáis despiertos? —oye que dice su madre—. Adelante. Pasad, pero no metáis ruido. La Künzel seguro que todavía está dormida.

«Seguro que él volverá —piensa Hilde—. Nunca abandonará a sus hijos». Al poco rato se enfada consigo misma por sus infundados temores. ¿Cómo se le ha ocurrido pensar que podría quedarse allí? ¿Qué iba a hacer en Villeneuve? ¿Acaso no le dijo que su hermano se había hecho cargo de la finca? De manera que a Jean-Jacques allí no se le ha perdido nada.

El desayuno transcurre igual de animado que siempre. Hilde ha retirado con discreción la silla de Jean-Jacques; tampoco ha puesto la mesa para él mientras esté «de viaje». Sus padres evitan prudentemente el tema; solo una vez su padre ha preguntado con precaución cuándo regresará el bueno de Jean-Jacques. Ante la breve respuesta de Hilde —«¡Ni idea!»—, su padre no ha vuelto a preguntar. August, que de un tiempo a esta parte se levanta temprano por la mañana para desayunar con ellos, se ocupa encantado de los gemelos, charla con ellos, se inventa concursos de preguntas y respuestas y les hace adivinanzas.

—¿Quién no tiene dientes, pero muerde y pica en la garganta?

—Bunte —dice Andi.

—¡Ese sí tiene dientes en la boca! —le contradice Frank.

—El cocodrilo.

—La serpiente de mar.

Se sienten decepcionados al saber que la solución es solo «la mostaza».

—¡Mamá, ha nevado! ¿Podemos hacer un muñeco de nieve?

August se declara dispuesto a quitar con la pala la nieve de delante del café, de modo que luego Addi pueda hacer un muñeco de nieve con los gemelos en el patio. Él tiene que coger el tren de las nueve y once con destino a Frankfurt para asistir a una clase en la universidad.

—¡Y además retirar la nieve! ¿No es un esfuerzo excesivo para ti, hijo? —se preocupa su madre.

—Al contrario, mamá. ¡Me sienta bien!

Hilde pone los ojos en blanco, pero no dice nada. Si hubiera quitado ella la nieve de delante del café, segurísimo que su madre no se habría preocupado por su salud. Se propone no malcriar a sus chicos como lo ha hecho su madre con Wilhelm y August.

—Lo que llevo un rato queriendo decir —lo intenta de nuevo Hilde— es que deberíamos conectarnos a la red telefónica. Al fin y al cabo, esto es un negocio, y en un negocio hace falta llamar por teléfono.

Su madre naturalmente lo rechaza. Dice que durante décadas han llevado el café sin conexión telefónica y que eso de hablar por teléfono es solo para los charlatanes y los zánganos.

—Y además seguro que cuesta un dineral —remata.

Hilde mira a August en busca de ayuda. Este termina de comerse el panecillo y luego, con tranquilidad, opina que considera la sugerencia de Hilde una buena idea.

—Los tiempos cambian, mamá. A estas alturas hay mucha gente que tiene teléfono, y es muy práctico. Podrías por ejemplo llamar a Wilhelm al teatro o a su casera. Y hacer los pedidos por teléfono. O llamar al médico si alguien se pone enfermo. ¡Se puede incluso telefonear a Francia!

¡Bien por su astuto hermano! Al plantear ella su sugerencia, también había pensado en eso. Si tuvieran conexión telefónica, Jean-Jacques podría llamarla. Desde alguna oficina de Correos de Francia tiene que poderse hacer. Entonces al menos sabría si había llegado bien y cuánto tiempo piensa quedarse.

—Antes ya estuvimos conectados a la red telefónica, Else —interviene ahora su padre—. ¿No te acuerdas? Debió de ser en el año treinta y seis o treinta y siete. Entonces éramos los dos muy avanzados.

—¿Y qué fue de aquello? —indaga Hilde.

—Bueno, nunca funcionó bien del todo —dice su madre, haciendo un gesto de rechazo con la mano—. Y luego vinieron la guerra y las bombas...

Hilde quiere ir a Correos para que la asesoren, pero su madre no está conforme con eso.

—Prefiero ir yo.

—¿Y cuándo vas a ir? —la apremia Hilde.

—Cuando tenga tiempo.

«Entonces será dentro de cien años», piensa Hilde enfadada. Es para desesperarse. Proponga lo que proponga, se lo echan atrás. A veces tiene la sensación de tirar ella sola de un pesado carro ante el que los padres arrojan piedras sin cesar.

—De camino a la estación puedo pasarme por Correos —dice August haciéndose el ingenuo.

—Si quieres hacer eso por nosotros… —dice su madre, sonriendo a su primogénito. Todavía le preocupa que la repentina mejora de salud no le dure, pero se lo calla para no inquietar a nadie.

Hilde se da por satisfecha. Agradecida, le guiña un ojo a su hermano y sonríe contenta para sus adentros. Si es cierto lo que afirma Luisa de que es el amor lo que ha curado a su hermano, entonces Swetlana tiene que ser una mujer estupenda. Si la trajera alguna vez aquí… Pero hasta ahora August la guarda bien en secreto.

Después de desayunar ve desde la ventana de la cocina de arriba cómo Addi hace un muñeco de nieve con los gemelos. No es una tarea fácil, pues la nieve que ha caído esta noche solo ha alcanzado unos pocos centímetros de altura. Addi la junta con la escoba para que con ella se pueda hacer una bola. Los chicos se han quitado los guantes de punto, sudan por el esfuerzo y tienen las orejas rojas y heladas.

Hilde contempla la estampa del patio y nota cómo de nuevo quiere adueñarse de ella esa extraña sensación. El invierno pasado, Jean-Jacques organizó allí abajo con sus chicos una batalla de bolas de nieve. Ahora Hilde cree estar oyendo su voz potente y alegre, su risa y su enfado cuando los gemelos no le hacían caso. Hoy se encuentra a cientos de kilómetros de ellos, tal vez esté jugando con su sobrinita, pero seguramente no en la nieve. ¿Nevará alguna vez en el sur de Francia? Los gemelos acaban de descubrirla en la ventana, la saludan y le enseñan el muñeco de nieve, que todavía no tiene cabeza. Ella les devuelve el saludo y luego se fuerza a retirarse de la ventana. ¡Qué le está pasando! ¿Es que quiere ponerse melancólica porque su ingrato marido se ha largado sin más ni más a Francia? ¡Lo que le faltaba! ¿Quién es ella? ¿Un patito feo? ¿Un ama de casa que no tiene otra cosa en la cabeza más que a su marido y a sus lindos hijitos? ¡No! Es Hilde Koch, la futura jefa del Café del Ángel. ¡El principal café de la ciudad! Sí, señor. Y por eso va a ocuparse ahora mismo de su negocio.

Abajo, en el café, sigue reinando el caos. El bonito suelo nuevo —por desgracia solo de linóleo; en eso ha tenido que ceder— está lleno de polvo y suciedad. Aunque han puesto periódicos, los pintores y los enlucidores han llenado el suelo de manchas. Los trabajadores ya están delante de la puerta giratoria con rollos de papeles pintados y cubos de engrudo; Hilde les hace señas para que den la vuelta y entren por la escalera. Ayer limpió con Luisa la puerta giratoria y sacó brillo a todos los cristales, y no quiere ver huellas de dedos manchados.

—Buenos días, señora. ¿Ha encargado usted la nieve?

—¿Yo? Por supuesto que no.

Los empapeladores, que traen los zapatos empapados, colocan su mesa y cogen agua de la cocina para amasar el engrudo. Hilde enciende la estufa; con calefacción central se estaría en la gloria, pero para eso tendría que reformar media casa. Pues sí, siempre falta algo para completar las obras. Continuamente tiene la sensación de hacerlo todo a medias, de verse obligada a aceptar odiosas componendas. ¿Es que no se puede hacer nunca nada a derechas? ¿Algo que sea completo e incluso perfecto, de modo que no falte nada? ¿O es que la vida consiste en hacerlo todo poco a poco?

Luisa entra en el café y la saca de sus turbios pensamientos.

—Se me ha ocurrido pasarme —dice, abrazando a Hilde a

modo de saludo—, para ver si podemos avanzar otro poco. ¿Qué tal si limpiamos las ventanas?

—Oh, sí. ¡Los ventanales!

Los nuevos ventanales hexagonales con los grandes cristales ya están acabados. Efectivamente aportan más luz al espacio y confieren al café un aire artístico y alegre. Al menos eso es lo que ha dicho su padre. Dentro van a poner plantas, que crean un ambiente muy agradable. Luisa y Hilde acarrean cubos de agua, productos de limpieza y gamuzas para pasarlas después por las ventanas y se ponen manos a la obra. Arriba, en la cocina, está trajinando su madre, que prepara café y un tentempié para los obreros. Eso es importante. Si se da bien de comer a la gente, llegan con puntualidad y trabajan mejor. Hace poco, uno de ellos se guardó el trozo de tarta de chocolate para llevárselo a su mujer y a su hija. Cuando su madre se enteró, le puso otros dos trozos.

Fuera, August barre la nieve de la acera con mucho brío y luego entra a cambiarse para ir a la universidad. Inmediatamente después aparece en la acera barrida Addi con Bunte flanqueado por los gemelos. Cruzan la calle y se dirigen al parque Zum Warmen Damm.

—¿Hay novedades de August y Swetlana? —pregunta Hilde.

—Pasamos un domingo maravilloso —cuenta Luisa, mientras con el trapo limpia una mancha de pintura del cristal. Después describe la íntima comida que hicieron a base de *blinis* y sopa de remolacha, y le cuenta que los cinco jugaron a las cartas y al parchís, Swetlana cantó canciones rusas, su hijo tocó el violín y, por la noche, todos se despidieron con besos.

—¿Con besos? ¿August la besó?

Luisa se echa a reír. Le dice que así es como se saludan y se despiden los rusos. Que es completamente normal. Y que los hombres también se besan entre sí.

—Qué asco —comenta Hilde, mientras quita una mancha con la uña del dedo.

—El domingo que viene vamos al mercadillo de San Andrés —anuncia Luisa, sin hacer caso del comentario—. Pero sin Fritz, que tiene un concierto.

—¿Y cuándo va a presentarnos August a su amada de una vez? —pregunta Hilde con curiosidad.

Luisa se encoge de hombros. Le dice que no es tan sencillo porque Swetlana está un poco... susceptible.

—Santo cielo —opina Hilde meneando la cabeza—. Que no se lo tome a mal. Mamá puede ser un hueso duro de roer, pero tiene un gran corazón.

—Por desgracia, ese gran corazón no siempre le sale a relucir cuando habla —observa Luisa.

—No —comenta Hilde—. Lo tiene encerrado en una caja fuerte de doble fondo.

Cuando los ventanales quedan limpios y relucientes, Luisa recoge sus cosas para irse a casa. No quiere aceptar de ninguna manera el dinero que le ofrece la madre de Hilde.

—Soy de la familia, tía Else. No he atendido a ningún cliente, ¡tan solo he ayudado un poco!

—Cógelo, anda —se enfada la mujer—. Ya sé que no nadáis en la abundancia. Y como de todas maneras hemos contraído tantas deudas, qué más da.

Después de dudarlo un instante, por fin Luisa se dispone a aceptar el dinero. «Pero que sea la última vez», dice, pues de lo contrario no volverá nunca a echar una mano.

Como de momento no hay mucho trabajo en el café, Hilde sube a su casa para hacer las camas y recoger un poco. Sobre todo hay que poner orden en el dormitorio; del caos del cuarto de los niños tienen que encargarse luego los propios gemelos. Esa norma la lleva aplicando desde hace un año; ella y sus hermanos tuvieron que hacer lo mismo a su edad, y Jean-Jacques no le ha llevado la contraria. En su momento le preguntó a su marido que cómo lo hacían en casa de sus padres, pero solo obtuvo por respuesta un encogimiento de hombros. Ahora se queda pensando si Jean-Jacques tuvo juguetes de niño. ¿Qué sabe ella de su familia? Que poseen una finca vinícola, vale. Pero por eso no van a ser ricos. ¿O sí?

Intenta no pensar en eso esta mañana, pero naturalmente no lo consigue. Vuelve a mirar en el armario ropero y, como mínimo, por quinta vez comprueba que su marido se ha llevado ropa interior, una camisa, un jersey y unos pantalones de repuesto. Además, dos pares de calcetines, el gorro de lana y la bufanda. Las pastillas para el dolor de cabeza que toma de vez en cuando se las ha dejado en la mesilla de noche. En cambio falta el carnet de identidad, que le caduca dentro de poco. En cuanto al dinero que se ha llevado en la cartera, ha sacado una buena cantidad de la cuenta que tienen en común: otro motivo para estar enfadada con él. Las llaves del coche las ha dejado en casa junto con la documentación del vehículo, guardada en una carpetita de piel. Ahora Hilde tiene coche, pero de nada le sirve porque no se ha sacado el carnet de conducir. ¡Qué rabia! ¿Cómo es que no se le ha ocurrido hasta ese momento? Tal vez porque Jean-Jacques siempre estaba dispuesto a hacer los viajes que fueran necesarios. Ahora el coche está aparcado junto al ayuntamiento sin que nadie lo utilice, y no le extrañaría que los niños del colegio garabatearan cualquier cosa en los cristales con bolitas de barro mojadas. Hilde se acuerda de la autoescuela que se ha instalado hace tan solo unas semanas en la Langgasse. ¿Cómo se llamaban? Niemaier. ¿O Neumaier? ¿Qué tal si se pasa por allí? ¿Por qué no iba a sacarse el carnet de conducir? ¿Porque se supone que las mujeres no saben conducir un coche? ¡Menuda tontería! Al fin y al cabo para conducir un coche no hace falta fuerza física, sino solo valor y buena vista. Y ella tiene las dos cosas.

Los gemelos están abajo, con su abuelo. La madre de Hilde estará a punto de preparar la comida. Y los empapeladores también pueden trabajar sin que ella los vigile. Cuenta con una hora escasa.

—Voy a la compra —dice—. ¿Queréis que traiga algo?

Su madre necesita un repollo, jamón con tocino y diez huevos; su padre quiere una cajetilla de puritos de Zigarren-Engel. Vaya, tendrá que dar un gran rodeo. Se pone el abrigo, coge la bolsa de la compra, guarda por si acaso el carnet de identidad y se monta en la bicicleta. Por suerte la nieve se está derritiendo con el sol del invierno. Primero va por los puritos de su padre; naturalmente la caja pequeña, para que no fume tanto. Después pasa por la frutería, donde además del repollo compra un manojo de zanahorias y guisantes secos. Por poco se olvida de los huevos; compra diez recién puestos que «todavía conservan el calor del culo», como dice el frutero. Luego entra en la charcutería: un cuarto de jamón con tocino, un paté de hígado entero y una salchicha pequeña ahumada. Ya casi no le queda dinero; los comestibles están caros. Va siendo hora de que vuelvan a abrir el Café del Ángel: estará listo para el sábado que viene. ¡Eso espera!

La Langgasse ha sido engalanada con decoración navideña; en los postes de las farolas, la ciudad ha puesto grandes árboles de Navidad hechos a base de madera pintada de verde iluminados con bombillas. El auténtico verde del abeto escasea; solo algunas tiendas han colocado un arbolito de Navidad en el escaparate. La autoescuela está justo al lado del gran cine. Neumüller, se llaman; lo sabía. Desde fuera, el establecimiento parece muy sobrio; en el escaparate solo se ve un cartel con un hombre joven y radiante de alegría que está montándose en su coche. Seguramente después de haber aprobado el examen de conducir. Además se puede admirar un coche de juguete y una rama de pino adornada con espumillón y dos bolas de plata. Hilde aparca la bici, coge la bolsa con la compra y entra en la autoescuela. La habitación recuerda un poco a un aula. A derecha e izquierda hay unas sillas de madera de aspecto muy incómodo; en el centro puede verse un escritorio y, al lado, una cortina de color marrón.

—¿Hola? —grita, y como le pesa la bolsa la deja en una silla.

Un señor de unos cincuenta años delgado, de piernas ligeramente arqueadas, medio calvo y con bigote se asoma por la cortina con la taza de café todavía en la mano.

—Buenos días, señorita. ¿Qué puedo hacer por usted?

«Pues sí que empezamos bien», piensa Hilde.

—Muy buenos días. Mi apellido es Perrier. ¿Tengo el gusto de hablar con el señor Neumüller?

—En efecto —dice él con una sonrisa paternal—. Tome asiento, por favor.

Le acerca una silla y él se planta detrás del escritorio. Apoya los brazos en la mesa y se queda mirándola.

—Quisiera sacarme el carnet de conducir —dice Hilde sin rodeos, y se sienta—. Y me gustaría que me dijera cuánto cuesta y lo que calcula que puedo tardar.

—Querida señorita Perrier —empieza, como sentando cátedra.

—Estoy casada, señor Neumüller.

—Oh, perdón... quería decir señora Perrier. Los costes y la duración de los cursos para sacarse el carnet de conducir dependen mucho del alumno. Verá; a uno le puede bastar con tres o cuatro horas para poder presentarse al examen, mientras que otro puede necesitar diez o incluso veinte horas. A eso se añaden los derechos del examen que, en caso de repetición, hay que volver a abonar en su totalidad.

No le cae bien esa persona que la mira de forma despectiva como si fuera una estúpida colegiala y, ya desde el principio, le habla de repetir el examen.

—Entiendo —dice—. ¿Cuándo puedo empezar?

—En cuanto despachemos las formalidades.

Abre el cajón del escritorio y saca un documento impreso, le pide el carnet de identidad, copia algo de él y luego le pasa el formulario.

—Rellene por favor esto, esto y lo de arriba. Y déselo a firmar a su marido.

Hilde, que ya tiene la pluma en la mano, lo mira desconcertada.

—¿Por qué a mi marido?

El señor Neumüller sonríe paternal. Tiene un diente de oro.

—Porque usted como esposa no está capacitada para firmar el contrato, joven. Así lo regula la ley; por desgracia, yo no puedo cambiarla.

Hilde se traga su ataque de ira. ¿De qué sirve ponerse a insultar a ese calvo patituerto que no tiene culpa de nada? Aunque su sonrisita de superioridad la saque completamente de quicio.

—Mi marido se encuentra en este momento de viaje. ¿Podría firmarlo mi padre en su representación?

El hombre se reclina en el asiento y frunce el ceño. Hilde lo mira pestañeando con cara de súplica, y él se ablanda.

—Bueno, como algo excepcional sí. Pero cuando regrese su esposo, tendrá que firmar.

—Bien —dice ella sonriente, aunque por dentro está que trina—. Deme el formulario; mañana lo traigo rellenado y firmado.

—Maravilloso —dice él, impresionado por su determinación—. Así lo haremos.

Hilde guarda el contrato entre los puritos y los guisantes secos, se vuelve a montar en la bici y, todavía furiosa, pedalea a toda velocidad por la Burggasse en dirección a la Wilhelmstrasse. Por supuesto, ya sabía que a una mujer casada no le está permitido firmar un contrato sin el consentimiento de su marido. Bueno, lo sabía «teóricamente». En la práctica, es decir, en casa de los Koch, Else ha gestionado siempre la parte de los negocios, mientras que Heinz se ha ocupado más bien de la «vida sentimental». Su madre dirigía el café y su padre firmaba siempre obediente todo lo que su mujer le ponía delante.

«Ojalá haga lo mismo conmigo», piensa Hilde.

Mientras aparca la bicicleta en la escalera y coge la bolsa de la compra, ya ha pergeñado una estrategia para obtener la firma. En primer lugar, ha de estar a solas con su padre; entonces le dará los puritos —«qué fastidio; debería haber comprado la caja grande»— y le contará lo importante que es que alguien sepa conducir el coche cuando no esté Jean-Jacques. «Porque alguno de ellos podría ponerse enfermo. Los gemelos, por ejemplo. O mamá, que padece del corazón. Eso le impresionará tanto que firmará, seguro».

Sin embargo, cuando entra en casa de sus padres, ve a los dos sentados a la mesa de la sala de estar mirándola con cara de entierro.

—¿Qué ha pasado? —pregunta asustada, y deja la bolsa de la compra sobre una silla.

—¡Mira! —dice su madre, señalando la carta que tienen delante, encima de la mesa.

Sin dudarlo un momento, Hilde coge el papel y empieza a leerlo. La carta es del ayuntamiento de Wiesbaden. En ella pone que los dos ventanales que han mandado construir sobresalen cinco centímetros en la acera, que es terreno municipal. Y como la acera tiene que estar despejada para los peatones, es necesario eliminar los ventanales. «Para tomar esta medida constructiva tienen ustedes un plazo de seis semanas».

—No lo entiendo —dice su madre—. ¡Lo hemos medido a la perfección con el contratista de obras Alois Grundmann!

Hilde arroja furiosa la carta a la mesa de la sala de estar.

—Esto me huele a Mayer-Schulte. ¡El muy canalla quiere sabotear nuestra reapertura!

Swetlana

Naturalmente, a Jekaterina no le ha gustado nada la carta. Tal vez se deba al entusiasmo con que les ha descrito a August. Sin la menor tacha, sin el menor defecto. Ella misma sabe que una persona así no existe y que si lo tiene tan idealizado es porque está enamorada.

No cabe duda, Swetlana está enamorada de August. Ha tardado un poco en reconocer este nuevo y maravilloso sentimiento porque, al fin y al cabo ha tenido una mala experiencia que todavía no ha olvidado. También entonces estaba enamorada. De la manera más insensata posible se enamoró de un alemán, del enemigo. Lo cual revela con claridad que el amor no siempre augura la felicidad, sino a menudo precisamente todo lo contrario.

Mi querida Swetlana:

Amiga mía a la que llevo en mi corazón, no creas que te envidio por la felicidad de un nuevo amor o que quiero destruirlo. Ni por nada del mundo haría una cosa así, pues te deseo, mi querida amiga, toda la felicidad de este mundo. Nadie merece más que tú y tu hijito Mischa tener una vida buena, apacible y satisfactoria. No pasa un día sin que Natalja y yo hablemos de vosotros dos. A menudo visitamos a Anna Karlowa y nos ponemos a recordar los buenos tiempos que hemos vivido con vosotros y que, por desgracia, pasaron tan aprisa.

Pero precisamente por lo unidas que nos sentimos a vosotros queremos comunicarte nuestros reparos. Natalja y yo estamos preocupadas de que puedas ver a tu nuevo conocido de una manera demasiado positiva, cosa que puede pasar en la embriaguez del primer enamoramiento. Ay, qué pena que no podamos estar las dos contigo, pues contemplaríamos a tu August con el ojo crítico y escrutador de la buena amiga y tal vez descubriéramos cosas que a ti no te han llamado la atención. Déjanos al menos hacerte algunas preguntas:

¿Crees que será un buen padre para Mischa? No solo ahora, cuando desea conquistar tu corazón y se esfuerza con el chico, sino también después. ¿Quiere al muchacho o es para él solo un molesto apéndice?

Escribes que es un estudiante universitario. ¿Podrá alimentaros alguna vez a los dos? ¿Es rácano con el dinero? ¿O tal vez demasiado generoso?

¿Bebe? Esa es una mala costumbre que con el tiempo no mejora, sino que empeora. Natalja estuvo una vez comprometida con un bebedor y no fue ningún plato de gusto. La guerra se lo ha llevado. En paz descanse.

¿Es de los que siempre creen tener razón? ¿O sabe también transigir?

¿Tiende a la violencia? ¿Ha pegado alguna vez a alguien? En ese caso deberías tener cuidado, Swetlana. Sobre todo por Mischa, pero también por ti. A eso se añade que resulta difícil vivir con un hombre que siempre está peleado con los vecinos o incluso con sus superiores.

Y por último deberías también comprobar si es capaz de ser fiel. ¿Mira a otras mujeres? Dices que está divorciado. ¿Por qué razón? ¿Engañaba acaso a su mujer?

El amor puede tolerar muchas cosas, Swetlana. Pero pese a todo tienes que andar con mucho ojo antes de dar pasos más comprometedores. Querrá casarse contigo, ¿no? Entonces has de tener especial cuidado porque a su familia no le gustará que quiera tomar por esposa a una rusa.

¿O no quiere casarse? ¿Le gustaría tenerte solo como amante, visitarte de vez en cuando y, en algún momento, casarse con otra mujer... naturalmente alemana?

Enfadada, Swetlana vuelve a introducir la carta en el sobre y la mete en la caja en la que guarda la correspondencia de Jekaterina. ¿A qué viene ese ridículo interrogatorio? En fin, la pobre Jekaterina es una solterona y cree que todos los hombres son solo unos borrachos y unos mujeriegos. Y es evidente que a Natalja su noviazgo tampoco le hizo cambiar de opinión. En lugar de escribirle esta carta cuestionando a August, Jekaterina podría informarle de una vez acerca de su madre. Pero a pesar de las veces que se lo ha pedido en sus cartas, Jekaterina rehúye siempre el tema.

Swetlana tardó dos semanas en contestar, pero luego sintió lástima por la pobre Jekaterina. ¿Por qué habría de enfadarse con ella, que no tiene la culpa de ser como es? Y al fin y al cabo, lo hace con buena intención, aunque de una manera poco acertada. Así que Swetlana le ha escrito una carta amable y le ha hablado del mercadillo de San Andrés de Wiesbaden, donde estuvo con Michael y le compró almendras tostadas. Se abstuvo de mencionar que también fue con ellos August, por si acaso. En cambio, sí le ha informado sobre el nuevo chaquetón de invierno que ha comprado para Michael y sobre los remiendos que ha tenido que coserle en los pantalones. No olvida mencionar el huerto de su amiga, la fruta confitada, las patatas y la verdura de invierno que ahora seguramente estén tomando las hermanas, y admite que a ella también le gustaría tener un huerto igual. Añade a la carta una fotografía en la que sale con Michael en el parque del Balneario de Wiesbaden. La foto se la hizo August, que posee una cámara y sabe revelar él mismo las fotos. El domingo pasado le llevó cuatro preciosas fotografías, y a ella le pareció que ya iba siendo hora de que aprendiera a manejar la cámara para que también él pudiera salir en alguna foto. Swetlana notó que a August le hizo ilusión que ella quisiera tener una foto suya.

A Swetlana en general le resulta fácil averiguar su estado de ánimo y sus sentimientos. Puede ser muy alegre, reírse de los chistes y a veces incluso se muestra travieso y gasta bromas, pero en el fondo es una persona seria. Eso lo notó ella desde el principio. Cuando cree que nadie lo observa, su rostro presenta un gesto de seriedad o incluso de amargura. Para todas las cosas de la vida tiene una opinión firme; es inteligente, razonable y muy reflexivo. Pero no es de los que siempre quieren tener razón, sino todo lo contrario. Cuando ella le explica algo, la escucha con atención, formula preguntas y se esfuerza por entender lo que dice. Y aunque no le guste lo que ella diga, nunca intenta convencerla de su opinión. En esos casos se limita a sonreír y a mirarla de una manera muy curiosa: con un poquito de guasa, pero también con mucho cariño. A veces ella se porta como un diablillo; entonces le gusta hacerle pasar vergüenza porque se queda tan desconcertado que le entran ganas de abrazarlo. A estas alturas se saludan ya siempre a la manera rusa, y el muy infeliz todavía no se ha dado cuenta de que ella lo abraza y lo besa mucho más tiernamente que, por ejemplo, a Fritz Bogner o a Luisa. ¿O es que disimula? En cualquier caso, en esas ocasiones sonríe a Swetlana de una forma especial y sus ojos emiten un fogoso destello.

¿Cuándo se armará por fin de valor para besarla de verdad? Bueno, no lo tienen demasiado fácil porque hasta ahora todavía no han estado nunca a solas. Siempre los acompaña

Michael, y delante del niño a ella no le gusta hacer ese tipo de cosas. De ninguna manera. Y por lo que parece, August opina de igual modo. Es una persona muy respetuosa; eso le encanta de él. Pero también podría ser un poquitito más descarado; eso le da mucha rabia.

No obstante, a pesar de esta nueva y prodigiosa dicha, de la que ya no tenía ninguna esperanza, su vida está llena de problemas. Empezando por los clientes, que le ponen reparos, le encasquetan cada vez más trabajo y suelen tardar en pagarle. Precisamente ahora que se acercan las Navidades le gustaría poder apartar un dinerito para los regalos; sin embargo, solo le llega para pagar la renta y comprar las cosas necesarias de la vida cotidiana... y puede darse con un canto en los dientes. Michael desea una bicicleta por Navidad, pero ella no puede satisfacer ese deseo. En realidad, de todas maneras no le gustaría que su hijo circulara con una bici por las animadas calles de Wiesbaden. El tráfico automovilístico aumenta de día en día; incluso como peatón hay que tener cuidado para que no te atropelle un coche. Michael, que con frecuencia es muy irreflexivo y travieso, correría continuamente el riesgo de sufrir un accidente. Aún recuerda horrorizada el día en que estuvo a punto de ahogarse en el parque del Balneario.

Fue un mal día y, al mismo tiempo, un día afortunado. Porque fue la primera vez que se encontró con August. A menudo, la felicidad y las desgracias van de la mano; eso lo ha vivido Swetlana en varias ocasiones.

Ahora mismo Michael le da un montón de problemas. A veces está tan desesperada que Luisa tiene que consolarla como buenamente puede.

—Es un chico, Swetlana. Tiene que reafirmarse, probarlo todo, convertirse en un hombre.

—Pero todavía no. ¡Si acaba de cumplir ocho años! Aún es un niño y tiene que obedecer a su madre.

—Y lo hace. Al menos, casi siempre. ¿No decías que sacaba buenas notas en el colegio?

En eso Luisa tiene razón. Michael es un alumno espabilado; sobre todo se le da bien la aritmética, asignatura en la que figura entre los primeros de clase. Sus dictados también van mejorando, lo que a Swetlana le alegra muy especialmente. Solo es deficiente su caligrafía; tiene una letra tan mala que parece como si una corneja hubiera recorrido el papel de su cuaderno. No, gracias a Dios, el colegio no le da apenas problemas. Son otras cosas las que le preocupan a su madre.

Michael es un gruñón. Contesta de una manera descarada y ni siquiera pide disculpas después.

—Se me ha escapado, mamá. Eso puede pasar.

—Me *hace* triste que me hables así, Michael.

—No se dice «me *hace* triste», mamá. Se dice «me pone triste».

Se ha vuelto un poco repelente. Presume de saber más alemán que su madre. Se toma la libertad de corregirla. Claro, no sabe lo mucho que le costó volver a Alemania y tener que ganarse el sustento allí ella sola. Todo eso lo hace solo por él, para que algún día tenga una vida mejor. Pero cuando se lo dice, el niño no quiere ni oírlo.

—Cuando sea mayor, el dinero lo ganaré yo, mamá. Entonces ya no seremos pobres y no tendrás que ponerme remiendos en los pantalones.

Ese es el siguiente punto de discordia. Michael dice que sus amigos se ríen de los remiendos de sus pantalones. Pero ella no tiene dinero para comprarle unos nuevos; además siempre llega a casa con la ropa llena de desgarrones y agujeros. Y cuando le pregunta preocupada si se ha vuelto a pegar con alguien, solo le responde con evasivas.

—Me he caído, mamá. Y me he quedado colgado de un gancho.

—¿Qué tipo de gancho?

—Uno que había en el muro…

—¿En el patio del colegio quizá?

—Qué va, por el camino, en una casa…

Como tiene que trabajar, no puede comprobar si después del colegio se va enseguida a casa o si se queda dando vueltas por ahí con sus compañeros. Eso se lo tiene rigurosamente prohibido.

—Siempre me voy directo a casa, mamá. Pregúntale a Luisa.

Pero Luisa tampoco es del todo sincera con ella. Intenta buscar pretextos. Le dice que Michael es un buen chico, que va a comer a su casa y hace los deberes. Además Luisa no está siempre en casa, ahora va otra vez con frecuencia al Café del Ángel para echar una mano y entonces Michael puede hacer lo que quiera.

—¿Has estudiado hoy violín?

—Un poco.

Su entusiasmo por la música disminuye día tras día. Aunque Fritz Bogner la tranquilice explicándole que es completamente normal y que de todos modos va progresando, a estas alturas se arrepiente de haber comprado ese instrumento tan caro.

—¿Por qué no practicas más, Michael?

El chico emite un profundo suspiro y la mira con cara de reproche.

—No puedo pasarme el día tocando el violín.

—Pero por lo menos media horita al día…

—Eso sí lo hago. Pero los otros tienen bicis y se van al parque infantil. O al Rin.

¡Ay, madre mía, al Rin! Para que se caiga al agua y se ahogue. Ah, no, no piensa comprarle una bicicleta, aunque tuviera dinero para ello. Un niño de ocho años es demasiado pequeño para dar vueltas por ahí solo con la bici.

—¡Pero si estoy con mis amigos!

—Peor me lo pones. Esos chicos no tienen más que pájaros en la cabeza. Mira cómo te has puesto los pantalones. Se te han vuelto a rasgar. Quítatelos para que los pueda remendar.

—Pues August cuenta que antes recorría la ciudad en bicicleta. Con su hermano pequeño.

—Antes no había tantos coches en la ciudad, Michael. Quítate ya los pantalones, no tengo mucho tiempo.

Otro problema: no le gusta desnudarse delante de ella. Como en el piso no hay cuarto de baño, cuando tiene que lavarse en la cocina mientras ella está trajinando en los fogones, coge la palangana y se la lleva al dormitorio, cierra la puerta y allí se lava dejando un charco en el suelo.

—¿Por qué te avergüenzas de tu madre? ¡Si todavía eres un niño!

Michael no sabe cómo explicarlo; le pasa eso, sin más. Pero a ella le preocupa cómo evolucionará la cosa. Por ahora sigue durmiendo en la misma habitación que ella, pero a lo mejor hay que hacer pronto algún cambio. Entonces él se quedará solo en el dormitorio y ella dormirá en la sala de estar. A menudo piensa que le gustaría hablar de ese tipo de cosas con August. También lo podría consultar con Luisa y Fritz, pero los dos dicen siempre lo mismo ante cualquier problema: «Bah, no es tan grave». August es distinto, se toma las cosas en serio, se preocupa y manifiesta una opinión sincera. De todas formas, a veces se muestra muy reservado y a ella le resulta raro. Hay preguntas que elude y a las que no da una respuesta concreta. Por ejemplo, habla muy poco de sus padres. Solo sabe que los dos siguen con vida y que viven aquí, en Wiesbaden. También sabe que tiene un hermano más pequeño que se llama Wilhelm. Pero nada más. Y eso no le gusta y le trae a la memoria la carta de Jekaterina. «Has de tener cuidado porque a sus padres no les gustará que haya elegido precisamente a una rusa...».

Por otra parte, también hay cosas de su propia vida sobre

las que ella no quiere hablar. En especial, sobre el asunto del padre de Michael y el matrimonio ficticio.

Es el tercer domingo de Adviento. A finales de la semana que viene ya empiezan las Navidades, tal y como se celebran en Alemania, a lo que ya se ha acostumbrado. Michael no conoce otra manera de celebrarlas y le extraña mucho cuando su madre cuenta que con sus padres las Navidades empezaban el 6 de enero. Hoy en realidad August quería dar con ellos una larga caminata y subir al Neroberg, pero la nieve hace tiempo que se ha derretido, la tierra está reblandecida y llena de charcos, y además llueve. Así que deciden volver al mercadillo de San Andrés equipados con paraguas. Se montan en el tiovivo y a Michael le encanta; Swetlana, en cambio, dice al bajarse que está completamente mareada y August tiene que rodearla con el brazo para que no se caiga.

—No aguantas nada, mamá —se ríe su hijo.

—Ahora vamos a montarnos otra vez los dos, sinvergüenza —le dice August—. Y luego comprobamos cuál de los dos se tambalea menos al bajar.

Michael está entusiasmado. Se sienta al lado de August en el asiento del tiovivo y, cuando descienden, no le importa nada ser él quien ande haciendo eses. Al contrario, se enorgullece de su gran amigo, al que las vueltas que da el tiovivo no parecen afectarle lo más mínimo.

Como cada vez llueve más y los paraguas ya no sirven de mucho, deciden abreviar su paseo por el mercadillo navideño. Todavía les da tiempo de comprar una bolsa de almendras tostadas y un pan de especias en forma de corazón que Michael elige para su madre, en el que pone: «Para la que más quiero del mundo».

Empapados pero de un humor excelente, llegan a casa de Swetlana, donde hoy van a tomar café. Luisa ya ha puesto el hervidor al fuego y ha adornado la mesa con motivos navideños.

—Qué pena que no esté Fritz —dice lamentándolo—. Pero hoy y toda la semana que viene va a tocar un concierto de Navidad tras otro.

—¡Eso está muy bien! —dice Swetlana—. ¡Os vais a hacer ricos, Luisa!

—No estaría mal —se ríe la amiga.

Para merendar hay galletas navideñas caseras, café y chocolate para Michael. Hablan del mercadillo de San Andrés, donde hoy por desgracia llovía a cántaros; August les cuenta cosas sobre la Universidad de Frankfurt, sobre el aula magna y los pocos estudiantes que se sientan en ella, sobre las casas y las tiendas nuevas que crecen como setas entre las ruinas. Frankfurt ha padecido más bombardeos en la guerra que Wiesbaden; también allí se siguen viendo ruinas de las que, poco a poco, se va adueñando la maleza.

Durante un rato sale a relucir el tema de la bicicleta y a Michael no le queda más remedio que oír cómo su gran amigo August también pone reparos. En su opinión, si se diera el caso, Michael tendría que aprender antes a montar en bici y al principio solo podría ir acompañado de un adulto.

—Para que aprendas cómo tienes que comportarte en medio del tráfico rodado —le explica August.

—¿Me acompañarás tú, August? —pregunta el chico esperanzado.

—A ver, a ver, vayamos por partes —se resiste Swetlana—. Para empezar, ni siquiera posees una bicicleta, Michael. Y me temo que seguirás sin tenerla durante un tiempo.

—¡Jo, qué rabia! —se queja Michael, poniendo pucheros.

Para que se consuele, le deja tocar canciones navideñas con el violín. Con arreglo a sus deseos, tienen que apagar la lámpara del techo y encender una vela. Queda más bonito y, además, de todas formas se sabe las canciones de memoria. Así que guardan silencio mientras lo oyen tocar el violín, algo en lo que, según August, ha mejorado mucho. El tono se ha vuelto más cálido; Michael toca ahora con un sentido musical, se nota que le gustan las canciones, lo que contribuye a que también sus oyentes disfruten oyéndolas.

¿Lo deseaba? Oh, sí, desde luego que lo deseaba. Sin embargo, la pilla tan de sorpresa como si le hubiera dado un calambrazo. En la penumbra August pone con mucho cuidado la mano encima de la suya, y con una cálida ternura la deja reposar ahí sin que a ella le pese. Swetlana nota una especie de redoble de tambores en el pecho; sin poderlo remediar, gira la mano con suavidad ofreciéndole la palma, y sus dedos se entrelazan. La mirada serena de August, el arrebato de sus sentimientos, el juego de sus dedos, desafiante al tiempo que excitante, el latido de sus corazones... Todo eso, tan estimulante como maravilloso, le hace desear a Swetlana que ese momento dure eternamente. Pero entonces Michael termina de tocar el violín y Luisa vuelve a encender la lámpara del techo. Swetlana retira la mano; fin del hechizo. ¿Realmente se ha acabado el hechizo? No, todavía les dura a los dos. Ahora son cómplices, sienten el mismo fuego, la misma atracción, y buscarán anhelantes la siguiente ocasión para tocarse.

¿Se habrá dado cuenta Luisa? Si es así, lo disimula muy bien.

—Bueno, pues ahora voy a preparar la cena —dice esta, y se levanta—. Michael, ¿te apetece venir a mi casa a ayudarme? Hay que pelar seis huevos duros y partirlos por la mitad. Son para la ensalada de patatas.

Michael recoge a toda velocidad el violín; está deseando ir a la cocina de Luisa. Los huevos duros son su pasión, y además Luisa hace siempre mayonesa para la ensalada de patatas y le apetece probar una cucharadita. Todo dispuesto, corre detrás de Luisa, la puerta se cierra tras ellos y, por primera vez, Swetlana y August se quedan solos.

Al principio se muestran tímidos. Swetlana se toma lo que le queda del café, ya frío, mientras August agrupa las migas del mantel.

—¿Puedo decirte una cosa, Swetlana? —pregunta este sin mirarla.

—Claro que sí.

—Pero, por favor, no te asustes.

Ella se da cuenta de lo difícil que le resulta y tiene que aguantarse la risa.

—No soy asustadiza.

August se inclina hacia ella, la mira fijamente y luego por fin lo suelta.

—Me he enamorado de ti.

Qué inseguro es. Qué preocupado y temeroso la mira ahora porque teme que ella lo rechace. O que se ría de él.

—Eso es maravilloso, August —dice ella en voz baja—. Y creo que a mí me ha pasado exactamente lo mismo que a ti.

—¿Es verdad eso? —susurra él feliz.

—Lo juro.

Se acercan el uno al otro y él le pasa el dedo muy suavemente por la mejilla. Entonces por fin la besa. Con ternura y con mucho cuidado, como si ella fuera de azúcar glaseado y pudiera derretirse al rozarla. Swetlana le rodea el cuello con el brazo, lo atrae con firmeza hacia sí y le enseña cómo desea ser besada. Él entiende deprisa, tan aprisa que pronto la deja sin aliento.

—Swetlana —susurra entre dos besos—. Swetlana, lo mío contigo va en serio.

—El amor es siempre una cosa seria —le susurra ella al oído—. Es el cielo y el infierno. La cosa más hermosa del mundo y la peor desgracia.

—Ninguna desgracia —dice él, apartándole de la cara un mechón de pelo que se le ha soltado—. Yo te prometo el cielo, Swetlana. Si quieres ser mi mujer…

En ese momento alguien aporrea la puerta de la vivienda y se abrazan asustados.

—¡Señora Stammler! ¡Abra! ¡Socorro!

Al poco rato también se oyen golpes enfrente, en la puerta de Luisa.

—Es la vecina, la señora Grulich —dice Swetlana, y se aparta de él—. Quizá le haya ocurrido alguna desgracia.

Esa mujer siempre le ha resultado un tanto pesada, pero hoy ha conseguido aparecer en el peor de los momentos. Se abre la puerta del piso de enfrente, se oye la voz de Luisa y luego la de la señora Grulich, que habla excitada, resoplando y jadeando. Swetlana se dispone a ir deprisa hacia la puerta, pero August la retiene.

—Espera un poco, por favor —dice apresuradamente—. Ya sabes lo que quería preguntarte. Piénsatelo, Swetlana, por favor. El día de Navidad volveré a estar aquí.

La besa con suavidad en la mejilla.

—Me lo pensaré —dice ella, y se dirige a toda prisa hacia la puerta.

Fuera está la señora Grulich con una bata de color lila y unas pantuflas grises de fieltro. Lleva rulos en el pelo recogidos por una redecilla rosa transparente. Está fuera de sí, hablando sin parar.

—Entonces me he despertado porque jadeaba mucho... y al verlo ahí tumbado, me he dado cuenta de que estaba pálido como un cadáver. Y resoplando como una máquina de vapor. Y cuando le he preguntado... Herrmann, así se lo he preguntado, Herrmann, di algo... entonces solo ha murmurado así... hummm, y no le he podido entender nada. Oh, Dios mío, ¿puede traer rápidamente a un médico, señora Bogner? ¿O usted, señora Stammler? Tengo mucho miedo de marcharme, no vaya a ser que se muera cuando yo no esté.

Luisa parece asustada. Rodeando con el brazo a Michael, que se asoma con curiosidad, dice:

—Faltaría más, señora Grulich. Voy ahora mismo a casa del doctor Walter. De todas formas, tardaré un rato, y tampoco sé si podrá venir hoy domingo.

—¡Oh, Dios mío! —se lamenta la señora Grulich, que grita tanto que se la oye por toda la escalera—. ¡No pueden dejarlo morir así! Primero le despiden del trabajo, luego le reducen la pensión ¡y ahora lo dejan que se muera así, sin más! Un hombre que en su día ostentó el más alto rango…

August se abre paso a través de Swetlana, se acerca a la quejumbrosa mujer y le pone la mano en el brazo para tranquilizarla.

—Vaya usted con su marido, señora Grulich. Traeré un coche y lo llevaré al hospital. Dentro de veinte minutos habré vuelto; guarde algunas cosas para llevarse y vístase.

Se echa rápidamente la chaqueta por encima y baja las escaleras a grandes zancadas. Abajo se cierra la puerta del portal tras él.

—Ay, madre mía —gime la señora Grulich—. Ya no sé ni dónde tengo la cabeza. ¿Al hospital? A lo mejor ya se ha muerto cuando yo baje.

—La acompaño —dice Luisa—. Tranquilícese. Todo saldrá bien.

Swetlana llama a Michael, que aún sigue muy asustado en la entrada de la casa de Luisa, y le explica que el señor Grulich se ha puesto enfermo y que August va a traer un coche para llevarlo al hospital.

—¿A la Paulinenstift?

—Sí, creo que sí.

—Ahí estuvo Klausi cuando tuvo apendicitis. Decía que era muy bonita. ¿Tiene el señor Grulich también apendicitis, mamá?

El chico está nervioso y habla por los codos. Swetlana apenas le presta atención y, no obstante, se esfuerza por darle las respuestas adecuadas. ¡Ha ocurrido! August le ha declarado su amor, la ha besado y le ha preguntado si quiere ser su mujer. Y todo eso en menos de un cuarto de hora. Increíble. No sabe qué contestarle. Sí, ella también lo ama, y sí, quiere ser su mujer. Pero, por otra parte... ¡solo lo conoce desde hace unas semanas! Le dirá que necesita tiempo. Sí, esa es una buena idea.

—Ahí está, mamá. Es un Volkswagen. Lo ha aparcado delante de casa. Y ahora se baja... ¡Uf, cómo llueve!

Swetlana abandona sus pensamientos y se pone enseguida una chaqueta.

—Espera aquí, Michael. Bajo un momento. Tenemos que llevar al pobre señor Grulich al coche.

—¡Yo también quiero bajar! —se queja el chico—. Quiero ayudar yo también.

—Tú te quedas aquí arriba.

En el primer piso se encuentra con August y Luisa; entre los dos sostienen al paciente, que presenta una palidez cadavérica, y lo llevan con cuidado hacia la salida. Swetlana llega justo a tiempo de echarle el abrigo por encima a la señora Grulich y de ponerle unos zapatos resistentes.

—¿Ha guardado las cosas en el bolso?

De eso se ha encargado Luisa. Swetlana pone el bolso en la mano de la vecina, que está completamente aturdida, coge el manojo de llaves del gancho y va con ella hacia el rellano de la escalera.

—Voy a cerrar el piso y guardo las llaves en el bolso, ¿le parece bien?

La señora Grulich está de acuerdo con todo; sale a la calle, donde August y Luisa acaban de colocar a su marido en el asiento del copiloto. August baja el respaldo del asiento del conductor hacia delante para que la mujer pueda montarse en el asiento de atrás, Luisa le alcanza el bolso y, luego, August se sienta al volante. Mira otra vez hacia ellos, sonríe a Swetlana, saluda brevemente con la mano y arranca.

El coche se encuentra justo debajo de la farola. Swetlana lo observa ahora con mayor atención y se pregunta de dónde habrá sacado August un coche tan pronto. Como dice acertadamente Michael, es un Volkswagen. Es gris o azul; no lo distingue bien a la luz difusa de la farola. En la puerta del conductor hay un ángel mofletudo de color dorado. Y debajo pone algo; le da tiempo a leerlo justo antes de que el coche se aleje: «Café del Ángel. Wilhelmstrasse 75. Tartas y pastas exquisitas».

Jean-Jacques

Es un viaje al pasado. A una época que en realidad quería olvidar. La disputa entre hermanos que casi le cuesta la vida. El niño que no era suyo en la tripa de Margot. La falta de cariño. La terrible muerte de Margot. Su arrepentimiento. Y luego la decisión con la que creyó poder rehuir la culpa, la miseria. La huida, que halló su final cuando conoció a Hilde.

«¿Estoy huyendo otra vez? —piensa, mientras mira el invernal paisaje gris por la ventanilla del tren—. ¿Acaso soy de los que siempre emprenden la huida cuando se presentan problemas en la vida?». Se pregunta por qué entonces, hace seis años, abandonó al alba la casa de sus padres con el firme propósito de no volver nunca más. Fue la desdichada mezcla de culpa y odio lo que quiso derribar con su huida. Porque no quedaba más remedio que retirarse y dejar el campo libre a su hermano. No, lo que hizo entonces estuvo bien, era lo correcto. Pierrot y él hicieron las paces, aunque fuera en la distancia. Pierrot ha superado la muerte de Margot, está viendo crecer a su hijo Marcel, incluso se ha casado y ha fundado una familia. Y también él, Jean-Jacques, ha emprendido una nueva vida. En Hilde ha vuelto a encontrar su gran amor, se ha casado con ella y tienen dos hijos; debería ser feliz. Solo va de camino a su tierra natal para asistir al entierro de su padre. Nada más que por eso. En fin, es cierto que tuvieron una pequeña discusión antes de salir de viaje. En su matrimonio eso no tiene nada de extraordinario; los dos son muy temperamentales y discuten con frecuencia, pero luego se reconcilian.

A última hora de la tarde llega a París, donde tiene que esperar porque el tren con destino a Montpellier se le ha escapado delante de sus narices. Recorre la estación echando un vistazo a su alrededor y comprueba que en esos seis años han cambiado muchas cosas. Hay puestos de venta y pequeñas tiendas, se pueden adquirir provisiones para el viaje, bebidas, flores o tabaco de todo tipo; también hay un banco en el que se pueden cambiar marcos por francos. Lleva suficiente dinero; esa mañana en Wiesbaden ha aligerado la cuenta común sacando una cantidad nada desdeñable. Seguramente Hilde se ponga furiosa por eso, pero no tiene la intención de gastarse todo el dinero. Aunque ahorrará cuanto pueda, necesita una reserva por si acaso; nunca se sabe lo que le puede pasar a uno en un viaje así. Sale de la estación y se da una vuelta por las calles, se concede una *baguette* con salami y un café en un bistró; luego regresa a la Gare de l'Est y se sienta en la sala de espera. Hace frío y el ambiente es un tanto desapacible; ni siquiera la decoración navideña, que consiste en unos ángeles de cartón con el borde dorado, es capaz de remediar la situación. Además de él, en un rincón hay unos vagabundos, tres *clochards* sentados que comparten fraternalmente una botella de vino tinto; al otro lado, un matrimonio de edad avanzada espera con varias maletas a que el viaje continúe. Al cabo de un rato, llega un empleado ferroviario vestido de uniforme y echa a los *clochards* de la sala de espera. Estos obedecen sin rechistar, se llevan también la botella vacía y salen al frío de la calle. A él y al matrimonio de las maletas solo les dedica una cortés inclinación de la cabeza; evidentemente, la impresión que le causa al empleado es la de una persona respetable.

Hace seis años estaba sentado allí con unos terribles dolores de cabeza y sin saber apenas adónde quería viajar. ¡Qué pobre diablo era entonces y qué bien le va ahora! La cartera llena, una abrigada chaqueta de invierno, unos zapatos buenos, una esposa y dos hijos en su casa de Wiesbaden.

Sí, le va de maravilla, ha tenido suerte, ha hecho una buena boda. No tiene motivo para estar de mal humor. Quizá sea solo la difusa luz de esa sala desoladora lo que le baja la moral. Y la maldita pelea con Hilde.

No quiere pensar en ello. Todo se arreglará.

Pero sigue dándole vueltas a la cabeza. La terquedad de Hilde. Su egoísmo. Todo tiene que hacerse con arreglo a su voluntad. Él ha de estar a su disposición. Tiene que obedecer. El Café del Ángel por aquí, el Café del Ángel por allá... ¡Siempre el dichoso café! Se ha casado con el Café del Ángel, no con la mujer que ama. Eso no es vida, así no puede seguir. Así solo se va consumiendo y languideciendo hasta la desesperación. El marido de la jefa. El siervo siempre leal y obediente de la casa. El idiota del Café del Ángel.

Se halla tan concentrado en sus pensamientos que a punto está de perder el tren. Recorre a paso acelerado el edificio de la estación y tiene el tiempo justo de subirse al último vagón de un salto. Dentro se abre camino a codazos y se sienta en uno de los bancos de madera; menos mal que lo ha pillado por los pelos. Los viajeros que van a su lado se dedican a las más diversas actividades. Casi todos duermen, una anciana ronca con la boca abierta, un joven come pan blanco con queso y lo acompaña de vino tinto que bebe a morro de la botella; enfrente, al otro lado, una madre joven acuna a su hijo para que se duerma. A Jean-Jacques le vienen de repente a la memoria los gemelos, Frank y Andi, que con toda seguridad habrán preguntado por él y no entenderán por qué no se ha despedido de ellos.

En realidad, sí lo ha hecho, pero sin despertarlos. Muy

temprano ha entrado de puntillas en la habitación de los niños, no ha encendido la luz porque la del pasillo entraba en el cuarto y podía ver perfectamente a los dos pequeños dormilones. Se ha quedado un rato junto a sus camas y le ha costado trabajo irse de allí. Le dolía el alma, se veía como el peor de los delincuentes. Luego ha besado a los dos muy suavemente para que no se despertaran; primero a Frank, que estaba boca arriba con los puños cerrados, y después a Andi, que rodeaba la almohada con los dos brazos. Tenían las mejillas calientes por el sueño; ha cerrado la puerta sin hacer nada de ruido y se ha marchado de casa. Fuera todavía reinaba la oscuridad. Los copos de nieve, mecidos por el viento, se le posaban en la cara; se ha calado el gorro hasta taparse la frente y se ha anudado más fuerte la bufanda. No, de Hilde no se ha despedido. Ni siquiera ha comprobado si la puerta del dormitorio seguía cerrada; tampoco le ha dejado ninguna nota, ¿para qué? Ya le había dicho lo que tenía previsto hacer. Ella ha guardado silencio y no le ha contestado nada, de lo que se deduce que le da igual que se haya marchado de viaje.

«No necesito a nadie como tú».

La frase aún resuena en sus oídos. Le ha dolido. No lo necesita. ¿Adónde ha ido a parar su amor, los tiernos cuidados que le dispensó cuando hace seis años llegó a Wiesbaden enfermo y extenuado? Le daba de comer y lo cuidaba, aun a costa de pasar ella hambre para poder ofrecerle los bocados más exquisitos, y por las noches se tumbaba a su lado para que entrara en calor. Gracias a eso se curó antes de lo esperado y le dio muestras de su recuperación con mucha insistencia. ¿Adónde ha ido a parar toda esa ternura? ¿Y el deseo? ¿Las largas y maravillosas noches que pasaron juntos? ¿La cara de felicidad de Hilde el día de la boda? ¿Su alegría cuando fue a recogerla al hospital para llevarla a casa con los dos diminutos bebés? En un taxi: ¡vaya lujo! Por aquel entonces, el amor era el centro de su vida; solo estaban él y ella, y los gemelos: los demás no contaban. Sin embargo, desde hace algún tiempo, tiene la impresión de que para Hilde ya solo existe el Café del Ángel y que él es solo una sombra, un sirviente al que no se le permite tener voluntad propia.

¡El egoísmo de ella ha matado el amor! Eso es lo que ha ocurrido, nada más. Ahora por fin reconoce el meollo de la cuestión. La culpa la tiene ella, solo ella. Él lo dejó todo atrás, se fue a un país extranjero, entró a formar parte de una familia desconocida con las manos vacías y el corazón colmado de esperanzas, y confió plenamente en su amor. ¡Un idiota es lo que fue! Quien se fía del amor de una mujer edifica sobre arena. Primero desaparece el amor, luego el respeto, y al final solo quedan el odio y las discusiones. Si uno se atiene entonces a las consecuencias y lo deja todo, su corazón se queda tan vacío como sus manos.

Pese al traqueteo y a los bandazos que pega el tren, llega un momento en que se duerme y sueña con todo tipo de cosas lúgubres. Se ve encima de una roca pelada; a sus pies, el mar negro y embravecido amenaza con devorarlo. Después atraviesa una densa niebla siguiendo a alguien que es muy importante para él, alguien a quien no quiere perder por nada en el mundo, pero no sabe exactamente quién es. De vez en cuando, la niebla se disipa, ve una silueta, una sombra, grita un nombre, extiende los brazos pero no puede alcanzar a nadie porque, en ese preciso momento, la neblina gris lo envuelve de nuevo todo. Se despierta muy de repente y nota un topetazo y un dolor en la espalda; ha resbalado del banco cuando el tren ha pegado un frenazo. Dos niñas adolescentes que van sentadas enfrente apenas pueden parar de reírse de él. Una señora mayor le pregunta preocupada si está herido.

—No, no… Es que estaba dormido y…

Se siente todavía tan somnoliento que por poco le contesta en alemán. Probablemente, con ello no se habría granjeado las simpatías de los viajeros. Ahora todos se muestran amables, lamentan su mala suerte y se ofrecen para ayudarlo. La señora mayor le da un café con leche del termo, un muchacho joven comparte con él su *baguette* y un hombre de edad avanzada le regala tres nueces. Se ponen a hablar del tiempo, de Charles de Gaulle, que vuelve a engrandecer Francia, de la cosecha, que ha estado «ni fu ni fa», y de las inminentes fiestas de Navidad. Jean-Jacques adquiere conciencia de que llevaba seis años sin hablar apenas su lengua materna. Le hace ilusión charlar de nuevo con sus paisanos, utilizar el lenguaje de su pueblo, que suena distinto del francés que se habla en París. Se pone incluso parlanchín y les cuenta que ha nacido en la zona de Nimes y que va al entierro de su padre; todos le dan el pésame y hasta las dos niñas lo miran con compasión. Cuando se apea en Nimes, todos sus compañeros de viaje le desean mucho valor y que todo le vaya bien, y las dos niñas le dicen adiós con la mano desde la ventanilla del tren.

¿Cómo ha podido vivir tanto tiempo en el extranjero? Esta es su tierra natal, aquí se habla su idioma, aquí hasta las personas más extrañas son amables y cariñosas, comparten sus provisiones con él, se involucran en la suerte que pueda correr y le colman de buenos deseos. Cuando sale de la estación, tiene frío; mira la hora y comprueba que ya son más de las doce. Ha de procurar tomar lo antes posible el autobús que va en dirección a Villeneuve. En la parada se entera contrariado de que el autobús ha salido hace diez minutos. Eso significa que llegará tarde al entierro. Aprovecha el tiempo para comprar un ramo de flores; aunque en esa época del año le sale caro, quiere poner las flores encima del ataúd de su padre cuando lo lleven a la tumba. Es lo único que puede hacer ya, pues seguramente su padre haya fallecido guardándole rencor a su primogénito. Jean-Jacques le ha escrito varias veces explicándole sus razones, pero jamás ha recibido una contestación. Tampoco le ha sorprendido demasiado porque conoce a su padre, conoce su dureza, su mentalidad un tanto rígida, que solo distingue entre el bien y el mal, entre lo correcto y lo incorrecto, entre el blanco y el negro, sin matices intermedios. Él, el hijo mayor, al que el padre tenía pensado nombrar heredero, ha abandonado la finca y se ha marchado al extranjero. A Alemania, para casarse allí con una alemana. Por eso para su padre era como si estuviera muerto.

Cuando por fin llega el autobús, está completamente congelado y el estómago le ruge como un animal salvaje. Intuye que el mistral está de camino, lo nota en todos los huesos. En Nimes no, pero en Villeneuve el viento causará estragos; por las noches sacudirá los tejados y las contraventanas, volcará los barriles y los hará rodar por toda la finca.

«Ah, el mistral —piensa con nostalgia—. Viejo amigo. Quién me iba a decir a mí que algún día me alegraría de volver a sentirte».

En el autobús entra en calor. Se sienta delante del todo, justo al lado de la salida, para luego poder bajarse el primero en Villeneuve. La capa de nubes se ha abierto y muestra un cielo despejado de color azul hielo y un frío sol de invierno. Al cabo de media hora de un viaje lleno de balanceos y sacudidas, divisa las primeras vides. Están negras, sin hojas, nudosas y ramificadas. Cubren en hileras rectas el llano terreno, como si fueran franjas oscuras trazadas en el suelo de color albero, y de vez en cuando son interrumpidas por un invernal bosquecillo pelado, o por una carretera que serpentea entre ellas, o por algunos matorrales. Muy a lo lejos se ven los postes de la electricidad, delicadas rayitas en medio del paisaje gris, y a una distancia mayor las difusas siluetas azuladas de las montañas. Un pueblo aquí y otro allá, la delgada torre de una iglesia, granjas aisladas en medio de las viñas, un castillo pequeño que parece abandonado.

Se le ablanda el corazón. Aquí conoce los nombres de las localidades, sabe a quién pertenecen los viñedos, qué vino se cultiva en cada sitio. ¿Qué son seis años? ¡Nada! Aquí todo sigue igual que cuando lo dejó; en primavera las vides echarán brotes tiernos, entonces el paisaje se pondrá verde, podarán las vides, arrancarán las malas hierbas y calcularán lo que producirá la siguiente cosecha. El campo sigue como ha estado siempre.

En cambio, ahora en la casa todo está cambiado. Su padre ha muerto. No ha habido reconciliación entre ellos; él lo ha intentado, pero no ha dado ningún resultado. ¿Lo ha intentado realmente? ¿Podía una carta ser suficiente para reconciliarse con su padre? ¿No debería haber ido a su casa, haber hablado con él exponiéndose a su ira y explicándose? ¿No tendría que haberle presentado a su mujer y a sus dos hijos? ¿Y si su padre los hubiera rechazado? Desde luego, lo creía capaz de hacerlo. Pero quizá habría valido la pena intentarlo. Tal vez habría cambiado de opinión y se habría alegrado de conocer a sus nietos, quizá incluso hubiera hecho las paces con su esposa alemana. Jean-Jacques no lo sabrá nunca; ya es demasiado tarde, su padre está muerto. Es curioso lo difícil que le resulta aceptar ese hecho. Un hombre que estuvo allí desde el principio de su vida, cuya voluntad era ley, al que temía, pero en el que se podía confiar: una roca en su vida. Ya no está; la muerte se lo ha llevado.

El autobús va parando en todas las granjas. Tiene los nervios a flor de piel. Ya son las dos y veinte cuando el autobús por fin se detiene en la plaza del mercado de Villeneuve. Justo al lado de la iglesia, en el pequeño cementerio, está reunido el enlutado cortejo fúnebre. En cuanto se abre la puerta del autobús, sale precipitadamente y corre hacia el camposanto, se pone en la última fila e intenta comprender las palabras del sacerdote. No le resulta fácil porque sopla un viento fuerte que barre con su bramido las lápidas, abomba la túnica blanca del sacerdote y tira de los vestidos y sombreros de los dolientes. La plática parece que llega a su fin; los portadores del ataúd avanzan hacia la tumba. Alguien se vuelve, lo reconoce, se oyen murmullos, los amigos y los conocidos le sonríen y se apartan para dejarle llegar hasta el féretro de su padre. Echa a andar con el corazón en un puño, deja en alguna parte su bolsa de viaje y luego ve a su hermano. Pierrot le resulta extraño; lleva una barba corta, está más robusto y regordete, tiene lágrimas en los ojos. Uno de los portadores del féretro retrocede y deja su sitio a Jean-Jacques; y cuando Pierrot da la orden en voz baja, levantan el ataúd hecho a base de madera clara de haya y lo llevan hacia la tumba abierta. Allí lo depositan sobre unas tablas transversales y se retiran porque ahora el sacerdote va a darle la última bendición al finado. Jean-Jacques no le presta atención, tiene la mirada clavada en el féretro e intenta imaginarse que en esa caja de madera yace su padre: el rostro cerúleo, las manos cruzadas sobre el pecho, el pelo peinado con cuidado hacia atrás, los ojos cerrados. Piensa en Margot, que está enterrada a unos pocos pasos de allí, y absurdamente se pregunta cómo será posible el día de la resurrección de los muertos levantar la pesada losa de mármol para salir de la oscura tumba.

De repente ve entre los familiares a su madre, pequeña y derrumbada, con un pañuelo negro anudado en la cabeza y unas ojeras muy pronunciadas. Lo mira sin dar crédito a lo que ve, como si tuviera dificultades para reconocer a su hijo mayor.

La ceremonia sigue su curso habitual. Pese al silbido del viento, puede oír los sollozos de su madre cuando bajan el ataúd atado a dos cuerdas. Busca su ramo de flores mirando hacia todos los lados; una mujer joven lo ha encontrado y se lo acerca sonriéndole amablemente. La arena de la pala se dispersa antes de llegar al féretro. Jean-Jacques se agacha y arroja dentro las flores; luego se aparta para hacer sitio a su hermano.

Más tarde, delante de la iglesia, se quedan charlando los que han asistido al entierro. Ya no son agasajados; ya lo han sido mientras velaban al padre en la casa paterna: allí ofrecieron a todos cuantos fueron a despedirse un refrigerio y vino de su propio cultivo. Jean-Jacques puede al fin saludar a su madre, abrazarla y llorar con ella. También le da un abrazo a su hermano. Su cuñada, Chantal, era la mujer que le había llevado el ramo de flores. Es una persona dulce y tranquila, no es guapa pero tampoco fea, una buena compañera para una larga y apacible vida matrimonial. Su hermano ha elegido bien. Jean-Jacques saluda a amigos y parientes, les habla de sus dos hijos, y también de su mujer y de la familia de esta, que con tanto cariño lo ha acogido. En los ojos de algunos oyentes ve con claridad el recelo, la incomprensión y la ira contenida por haberse casado precisamente con una alemana. Eso hace que de repente se ponga otra vez de parte de Hilde. Le indignan los estúpidos prejuicios de quienes no quieren ver a la persona, sino solo la nacionalidad. Se sorprende a sí mismo entonando una alabanza al Café del Ángel de Wiesbaden, donde sirven la mejor tarta en varios kilómetros a la redonda y donde él, Jean-Jacques, ha introducido las *pommes frites*. Esto impresiona poco a quienes lo rodean, pues las *pommes frites* son una invención de los belgas que en Villeneuve solo se preparan muy rara vez. Alguien pregunta si allí también se bebe vino del Languedoc, pero a eso no responde.

Con el coche nuevo de su hermano, un Renault 4CV, se dirigen más tarde a casa de sus padres, donde la hermana pequeña de Chantal ya ha preparado la cena. La pequeña Céline, un angelito mofletudo con el cabello de oro, está sentada en la sillita de los niños y, entre gorgoritos, estira los brazos hacia su madre. Jean-Jacques está completamente enamorado de su sobrina. Le habría encantado tener una hijita, pero desde el nacimiento de los gemelos Hilde no se ha vuelto a quedar embarazada. Como la pequeña es tímida con los extraños, su tío se limita a hacerle guiños desde su sitio, cosa que a la niña le encanta. Junto a ella se sienta su hermanastro

Marcel, un chico delgado de pelo oscuro cuyos rasgos faciales recuerdan mucho a Margot. Jean-Jacques lo saluda reservadamente porque el muchacho también es tímido y apenas habla; solo bromea con la pequeña Céline, a la que surte de golosinas. A Jean-Jacques no le importa que Pierrot haya ocupado el sitio de su padre. Esa posición ya no le corresponde a él, hace tiempo que se la cedió a su hermano; a este le pertenecerá la finca entera, pues no en vano es quien está ya al cargo de la mayor parte del trabajo. Jean-Jacques está sentado al lado de la joven Simone, la hermana de Chantal, que mientras siga soltera también vive en la finca. A diferencia de su hermana, Simone es una chica muy guapa, rubia de ojos oscuros y largas pestañas. Es tan dulce como su hermana, pero mucho más vivaracha y risueña; está todo el rato levantándose de la mesa para coger cualquier cosa y procura que todos estén bien provistos de pan, queso, jamón y aceitunas, y que tengan suficiente vino en el vaso. Solo cuando sale a relucir el tema del fallecido, se pone triste y ha de enjugarse las lágrimas. Jean-Jacques se imagina perfectamente que la favorita de su padre no fuera Chantal, sino su hermana pequeña; Simone también le habría gustado más a él. Cuando habla del padre de Jean-Jacques, lo llama «*mon père*», como si hubiera sido su propio padre.

—Estuvo sano y robusto hasta el último día —cuenta Simone—. Nadie habría pensado que fuera a abandonarnos tan pronto.

Tiene que tragar saliva y no puede seguir hablando. Entonces toma la palabra su hermana y dice que su suegro llevaba unos meses con dolor de rodillas y que tenía que usar un bastón para andar.

—Eso le afectó mucho —dice su madre preocupada—, porque en toda su vida muy rara vez estuvo enfermo. Entonces decía que era un inválido, y Pierrot tuvo que llevarlo en coche a Villeneuve para ver al notario.

—¿Al notario?

—Sí, hizo el testamento. Como quería que todo quedara bien atado, lo redactó junto con el notario y lo depositó también en la notaría.

Su padre hizo testamento. Entonces seguro que no era solo el dolor de rodillas lo que le mermó la salud. A lo mejor tenía problemas con el corazón, pero no se lo contó a nadie. Su padre no era de los que molestan a los demás con sus lamentos, sino que siempre se las arreglaba él solo. Le dicen que el notario los ha citado a todos mañana por la mañana; como se acercan las Navidades, quiere adelantar la apertura del testamento, porque después de las fiestas se va con su familia a París para visitar a sus suegros y se quedará allí dos semanas.

—Pues me viene de perlas —opina Jean-Jacques—. Así puedo ir con vosotros. Si hubiera esperado a que se cumpliera el plazo, me habría marchado ya a Wiesbaden.

En el fondo alberga una pequeña esperanza de que su padre les haya dejado alguna cosita por lo menos a los gemelos. Sabe que él no tiene derecho a nada y está conforme.

—Qué pena que no hayas traído a tu mujer y a los niños —dice Pierrot, y Chantal asiente febrilmente—. Nos has escrito tantas cosas sobre ellos que nos encantaría conocerlos.

Jean-Jacques sonríe; se alegra de que su hermano haya cambiado tanto y se haya puesto de su parte. Pierrot ha adquirido más seguridad en sí mismo, de repente se parece a su padre en su determinación; pero carece de su rudeza, en eso se asemeja más a su madre. Chantal le apoya en todo, siempre se muestra de acuerdo, nunca le lleva la contraria. Qué esposa más cómoda. Se parece a la pobre Margot, que asimismo se esforzaba siempre por agradar a su marido. En el fondo, Jean-Jacques reconoce que echa de menos a Hilde. Tan despierta y atenta a todo. Añora sus rápidos dictámenes, pero casi siempre acertados. Su energía. También su espíritu pendenciero;

hasta eso echa de pronto en falta. Pero, sobre todo, sus apasionadas reconciliaciones...

Siguen un rato largo sentados a la mesa mientras comen, beben y se cuentan cosas. Seis años es mucho tiempo. Chantal habla de su boda, a la que fueron más invitados que a ningún otro casamiento de los alrededores. Pierrot está orgulloso de sus vinos, que cultivó y sacó adelante junto con el padre, pero que ya llevan su propio sello. Hay que ponerse al día, explica. Quiere crear un viñedo diferente, plantar otro tipo de uva de la que quepa esperar una mejor cosecha. Simone lleva a los niños a la cama y se queda otro rato con ellos porque el mistral, que sigue azotando la casa, asusta a la pequeña. Poco antes de medianoche también los adultos van a acostarse. Para Jean-Jacques han dispuesto la antigua cámara de los mozos de labranza, debajo del desván. El año pasado retejaron el tejado; eso lo mandó hacer su padre y ahora lo agradecen porque este invierno el mistral sopla con una fuerza inusitada y cerca de allí, en Villeneuve, ha dejado al descubierto varios tejados.

Por la noche permanece insomne en la cama, nota complacido el jergón de paja en lugar del acostumbrado colchón blando y se pone a escuchar el viento que azota la casa y los edificios colindantes. Es la música nocturna de su infancia, esos silbidos y crujidos y ese ulular que no cesa. Entonces dormía en la misma cama que su hermano pequeño y se contaban historietas del impetuoso mistral, de ese misterioso merodeador que por las noches causa estragos en la finca y acecha la ocasión de meterse en la casa. Cualquier grieta que encuentre la aprovecha para colarse dentro, se abalanza sobre las personas, les da fuertes sacudidas, hace que entrechoquen sus cabezas y no se da por satisfecho hasta que ya no queda vida en ellas.

Aún sigue despierto cuando oye llorar a Céline. También se percibe la aguda voz de niño de Marcel. Alguien recorre abajo el pasillo, baja la estrecha y empinada escalera y se mete en la cocina. ¿Será Simone? Poco después vuelve a oír el crujido de los escalones; los niños dejan de llorar. También ha cesado de repente el mistral, un viento que desaparece de forma tan inesperada como llega. Ahora percibe unos pasos silenciosos por la escalerita que sube al desván. Alguien llama a la puerta de la cámara de los mozos de labranza.

—Jean-Jacques, ¿estás despierto?

Es Simone. De repente se enardece. La chica le gusta, es guapa y vivaracha, una alegre jovencita. ¿Qué hace en su habitación pasada la medianoche?

—No —dice, amortiguando la voz—. Estoy dormido. ¿Qué quieres?

Oye cómo se ríe ella. Qué chica más tonta. ¿Cuántos años tendrá? ¿Dieciséis? ¿Dieciocho?

—He preparado leche caliente con miel para los niños, y he pensado que igual te apetecía una poca. Pero si estás dormido, no quiero molestarte.

Durante un momento se siente tentado de dejarla pasar para compartir con ella un vaso de leche con miel. Quizá también otras cosas. La cama, por ejemplo. Pero él es un marido y cuñado decente, de modo que deja las cosas como están.

—Te lo agradezco mucho —susurra—. Pero estaba profundamente dormido. Buenas noches, Simone.

—Buenas noches. Dulces sueños.

¿Estará decepcionada? Tal vez. Pero a lo mejor no son más que figuraciones suyas, y ella en realidad solo quería llevarle un vaso de leche con miel, sin segundas intenciones, únicamente para proporcionarle un sueño reparador. Lo cierto es que de repente siente una profunda nostalgia de su Hilde y piensa en que ahora en Wiesbaden podría estar con ella en la cama de matrimonio. No tendría más que alargar el brazo para tocarla. Insatisfecho pero agotado, por fin se queda dormido; por la mañana, ya tarde, le despierta un roce bien conocido que hace tiempo que no sentía. Un rápido y huidizo deslizamiento, un finísimo chillido que es respondido polifónicamente desde todos los rincones de la habitación. Un ratoncillo ha recorrido su edredón. Jean-Jacques se queda tumbado tan tranquilo y levanta solo un poco la cabeza para observar a los pequeños roedores en su juego matinal, cosa que le divierte y le trae a la memoria que de niño alimentaba a esos simpáticos animalitos con harina y tocino que robaba a escondidas de la despensa de su madre.

Se viste y utiliza el nuevo cuarto de baño, que antes no existía. ¿Sería Chantal la que se había empeñado en ese lujo? ¿O Pierrot? Abajo se encuentra con el desayuno ya preparado para él. Sentada a la mesa, su madre lleva ya puesta la blusa de los domingos; el abrigo negro sigue colgado del gancho desde ayer. Simone juega con Marcel y la pequeña Céline en el patio; dan de comer a las gallinas, mientras la pequeña acaricia al gato negro.

—Pierrot aún sigue en la bodega, pronto vendrá y nos llevará a Villeneuve —explica su madre—. Ya sabes, al notario.

Jean-Jacques corta una rebanada de pan blanco, la unta de mermelada y la acompaña del café con leche que le sirve su madre.

—¿Te dijo papá cómo quería repartir la herencia? —pregunta mientras mastica.

Ella niega con la cabeza. No, no lo comentó con nadie, ni siquiera con ella.

—Creo que a mí no me ha dejado nada —dice ella con amargura—. Yo le di a Pierrot mi parte de la herencia antes de tiempo, y eso le disgustó mucho. Por eso imagino que le legará ahora todo a Pierrot, de modo que yo dependeré por completo de él. Tenía ese modo de ser. Su ira era irreconciliable. Así era cuando me casé con él y así ha seguido siendo hasta el último día.

—Vamos a esperar, *maman* —dice él, pero en el fondo opina lo mismo que ella.

Solo viajan los tres; Chantal y Simone se quedan con los niños en el patio, donde hay mucho que recoger y también que limpiar. El muerto ha estado arriba, en el dormitorio de los padres, dos días y dos noches para que los amigos y conocidos pudieran despedirse de él, y el mistral se ha encargado de meter en la casa mucho polvo y basura. La casa tiene que volver a estar limpia para la fiesta de Navidad. Durante el viaje, Jean-Jacques piensa que en el fondo ya no tiene nada que hacer en casa de sus padres. Se quedará tal vez hoy y mañana, dejará que Pierrot le enseñe la bodega, catará los nuevos vinos e irá a visitar a unos cuantos conocidos de los alrededores. A lo mejor Pierrot le deja el coche para esos desplazamientos. Entonces podría llevar también a la pequeña Simone, para que la muchacha salga un poco, en lugar de hacer siempre de criada y niñera en la finca. Sí, es una buena idea; debería hacerlo. Eso también le servirá a él de distracción, pues no quiere regresar tan pronto a Wiesbaden. Desea que Hilde lo eche de menos. Y que reflexione también un poco, la muy testaruda.

El notario, Maître Beaulieux, se estableció en Villeneuve hace tres años procedente de Montpellier. Son recibidos por una secretaria muy alta con una dentadura de caballo y el pelo negro severamente recogido hacia atrás. Su sonrisa da pavor.

—¿Vienen por el caso Perrier, por la apertura del testamento? —pregunta con mucho rigor.

—Así es, madame.

La secretaria enseña los dientes y se recoloca las gafas.

—Llegan con diez minutos de retraso, monsieur Perrier. Maître Beaulieux tiene una agenda muy apretada. Por favor, dejen los abrigos antes de pasar. Ahí hay perchas.

Le pide a Jean-Jacques la documentación, anota algunos datos y le devuelve el pasaporte. Luego se levanta para abrir la puerta que da al sanctasanctórum.

—Pasen, por favor. Monsieur Beaulieux los espera.

El notario es bajito y tirando a obeso. Tiene el pelo rubio y ralo y lleva unas gafas de montura dorada. A diferencia de su secretaria, es una persona que irradia calidez.

—¡Madame Perrier y sus dos hijos! —exclama al verlos, y se levanta de la silla de su escritorio para saludarlos—. Pasen ustedes. Siéntense. Madame Poulin, por favor traiga café. Siéntese aquí, en esta silla, madame Perrier. Y sus hijos, uno a cada lado. Ya puede cerrar la puerta, madame Poulin. *Merci*.

Les dedica una mirada radiante, como si quisiera asegurarles la esperanza en el reino de los cielos y en la vida eterna, luego se sienta y saca de un sobre marrón el acta que tiene delante.

—Como todos ustedes saben, el difunto Pierre Perrier me encargó que revisara su última voluntad con arreglo a las leyes vigentes y que la depositara aquí hasta después de su muerte. Así lo he hecho ateniéndome fielmente a los deseos de nuestro querido finado…

A Jean-Jacques le va entrando el sueño por el monótono discurso del notario. No es de extrañar, habida cuenta de lo poco que ha dormido las últimas noches. Cuando la secretaria lleva una bandeja con las tazas llenas de café, Jean-Jacques le dedica una radiante sonrisa de agradecimiento que la ruboriza. Para entonces, el notario ya ha llegado a las cosas esenciales, ha sacado del sobre el testamento escrito a mano y ha empezado a leerlo en voz alta.

—«Yo, Pierre Perrier, de sesenta y nueve años y en plena posesión de mis facultades mentales, lego todas mis posesiones, es decir, mis tierras, bienes inmuebles y ahorros en dos cuentas bancarias, además del derecho de aguas del arroyo que atraviesa mi finca y un automóvil de la marca Renault

4CV, a mi hijo mayor Jean-Jacques Perrier, que actualmente reside en Wiesbaden, Alemania».

Los tres oyentes se miran desconcertados.

—¿Puede, por favor, volver a leerlo? —dice Jean-Jacques—. Creo que... me parece que... he oído mal.

August

La vida es bella. Está llena de luz y de prodigios. Llena de
esperanzas y objetivos por los que merece la pena luchar. Ha
dejado atrás la época de la oscuridad, ningún ala negra entur-
bia sus pensamientos ni pesa ya sobre él, sus sueños son de
color azul claro; si alza la vista, ya solo ve la infinita claridad
y amplitud del cielo.

Desde luego, sabe que no se puede fiar del estado en que
se encuentra. A menudo le preocupa precisamente que ese
cambio en su ánimo se haya producido de manera tan repentina. ¿No podría ser la sorprendente curación una nueva
manifestación de su enfermedad? En fin, si así fuera, no le
quedaría más remedio que aprender a convivir con ello. Pero
mientras le vaya bien, quiere aprovechar el tiempo. Quiere
disfrutar el lado luminoso de la vida, utilizar su fuerza, sus
facultades, sentir que está vivo, que puede conseguir algo. La
rápida reacción del pasado domingo, cuando llevó en coche al
señor Grulich al hospital, resultó ser una decisión vital.
Como él ya suponía, se trataba de un ataque cardiaco que los
médicos finalmente lograron controlar. August se preocupó
por la desesperada esposa y la acompañó mientras la pobre
mujer estaba en el pasillo del hospital sin saber si volvería a

ver vivo a su marido. Más tarde, después de que el médico la tranquilizara y le permitiera visitar a su esposo en la habitación del hospital, August la llevó de nuevo a casa. Hacía horas que habían dado las doce de la noche, por lo que ni siquiera intentó dar las buenas noches a Swetlana. Sin hacer ruido para no despertar a nadie, salió a hurtadillas de la casa y regresó en coche a la Wilhelmstrasse.

«Es demasiado pronto —piensa con inquietud—. Yo le he formulado la pregunta y ella me ha prometido pensárselo. Más vale que tenga el tiempo necesario para tomar una decisión con calma. Ni a ella ni a mí nos conviene una resolución precipitada».

Pasan los días. Luisa, que podría haberle dicho algo sobre las intenciones de Swetlana, se ha puesto enferma. Según le han dicho, ha contraído la gripe. A estas alturas, August tiene los nervios de punta, de repente ve con ojos críticos su conducta de aquel domingo con Swetlana y cree que fue un acoso en toda regla. ¿Por qué no se conformó con acariciarla tiernamente en lugar de besarla tan pronto? Por otro lado, ella no se resistió. Todo lo contrario: le gustó. Incluso le dejó claro que lo deseaba, y él reaccionó de inmediato. Le resultó estimulante que una mujer le diera a entender lo que esperaba de él, que pudiera tomar también la iniciativa en los asuntos del amor. Con Eva era muy distinto; siempre se comportaba de una manera completamente pasiva, y él rara vez tuvo la sensación de que en sus encuentros amorosos ella sintiera algo parecido al deseo.

De todas maneras, aunque estos primeros y apasionados besos le hayan gustado a Swetlana, no debería haberle propuesto matrimonio tan pronto. Al fin y al cabo, el amor necesita tiempo para crecer. ¿O se equivoca al pensar así? ¿Acaso no era importante dejarle claro desde el principio que él no es un hombre de los que buscan una aventura amorosa pasajera? ¿Es que no hizo bien en darle a entender que iba en serio con ella? En efecto, no ha obrado mal. Sencillamente tiene que esperar, ser paciente y confiar en una respuesta afirmativa.

Tres días antes de las Navidades lo atormenta otra cuestión. ¿Tiene en general derecho a proponerle matrimonio a Swetlana? ¡Ha estado enfermo y quizá aún lo esté! Con todas las preocupaciones que ya de por sí tiene ella, ¿por qué habría de atarse además a un marido enfermo? ¿A un esposo que posiblemente no sea capaz de alimentar a una familia y que, en el peor de los casos, solo supondría una carga para ella? De modo que se propone que, si recae, renunciará a casarse con Swetlana. Le explicará su decisión y se mantendrá firme aunque ella intente convencerlo de lo contrario.

Pero ¿por qué da por descontado que ella quiere casarse con él? Su paciencia se ha agotado hasta el punto de que le ronda por la cabeza llamar a su puerta por la noche para preguntárselo. No, eso estaría feo. De ningún modo quiere atosigarla. Calcula que ella le comunicará su resolución, como muy pronto, en Navidad, quizá incluso más tarde. Tiene que decidirlo ella sola; él no puede influir en eso.

Afortunadamente hay suficientes ocupaciones que pueden distraerle de su impaciencia. Por una parte está el asunto del ayuntamiento. Cuando leyó la carta, no podía creérselo porque él mismo había comprobado las medidas junto con Alois Grundmann. ¡No solo una, sino varias veces! Compararon los resultados de las mediciones con las notas del registro de la propiedad; también comprobaron la anchura de la acera en varias zonas y llegaron a la conclusión de que los ventanales se encontraban a medio metro de distancia del camino de los peatones, es decir, dentro del terreno del Café del Ángel. ¿A santo de qué viene entonces esa carta?

—No nos va a quedar más remedio —anuncia a la familia reunida— que contratar a un perito independiente, al que habrá que pagar con antelación.

Su padre emite un deprimente suspiro. Su madre mueve la cabeza a un lado y otro, indignada.

—Y todo por culpa de esa inútil reforma. Una desgracia trae la otra.

Hilde coge aire para decirle su opinión a su madre, pero August se le anticipa. Quiere a toda costa evitar otra discusión familiar que no beneficia a nadie.

—Por favor, mamá, de eso ya no deberíamos lamentarnos. Hemos decidido hacer la reforma y llevaremos nuestro propósito hasta el final. Y si alguien nos pone cortapisas, razón de más para que nos mantengamos unidos. ¿Te parece que estoy en lo cierto, Hilde?

Esta lo mira agradecida. August encuentra pálida a su hermana pequeña. Trasnochada quizá. ¿Tanto echará de menos a su marido?

—¡Completamente, August! Yo no habría sabido expresarlo mejor —dice ella.

—En eso tienes razón, hijo —opina su madre tras una breve vacilación, y añade un profundo suspiro—. Ya que hemos empezado, tenemos que terminar.

—Querrás decir que nos han hecho empezar —observa su padre, que recibe una mirada colérica de su hija.

August no sabe cuánto dinero pedirá por su trabajo un perito. Para empezar, hay que encontrar a alguno. Hilde quiere consultarlo con Alois Grundmann, y August preguntará en el juzgado de primera instancia.

—¿Y qué hay de la reapertura? —pregunta Else—. Aquí en el café ya está todo listo. ¡Menos la iluminación de la vitrina de las tartas, porque habrá que comprar bombillas nuevas!

Dirige una mirada de reproche a su hija y esta gira la cabeza consciente de que es culpa suya. Cuando le entró el ataque de ira, dio una patada tan fuerte a la caja de cartón que contenía las lámparas que se rompieron dos bombillas.

—Qué mala suerte —gruñe Hilde—. Me daría de bofeta-das ahora mismo. Pero es que me pusisteis tan nerviosa...

—¿Nosotros te pusimos nerviosa a ti? —se le escapa a su madre, que no esconde su indignación.

—Ya está bien —dice August, moviendo los brazos—. Se acabó. Fin. Tranquilidad. ¡Nada de peleas! Pasó lo que pasó, y eso es todo. De todas formas está claro que antes de Navi-dad no vamos a poder reabrir. Como muy pronto, podríamos abrir entre Nochebuena y Nochevieja.

La propuesta no es muy bien recibida. Hilde esperaba po-der dar una fiesta por todo lo alto, con actuaciones de artistas, música y hasta un sorteo. Pero en los días posteriores a la Navidad a nadie le apetece celebrar nada porque todavía tie-nen por delante la Nochevieja.

—¿Y si reabrimos en Nochevieja? —propone su padre—. Podríamos dar una bonita fiesta de Fin de Año con artistas, champán y fuegos artificiales...

—¡Qué buenísima idea, papá! —dice Hilde dando gritos de júbilo.

—Pero de aquí a entonces no se habrá solucionado toda-vía el asunto del ayuntamiento —señala su madre.

Y en eso tiene razón. August redactará un escrito e inter-pondrá un recurso; así ganarán tiempo. En cualquier caso, el café tiene que volver a abrir pronto; de lo contrario, andarán muy justos de dinero. Un crédito bancario viene muy bien, pero luego hay que pagarlo a plazos.

Por lo menos, ya se han fijado un objetivo en el que pue-den colaborar todos. Heinz quiere buscar artistas que estén dispuestos en Nochevieja a dar lo mejor de sí mismos en el Café del Ángel. Else escribirá a Wilhelm para ver si está libre esa noche. Además, hay que informar a Luisa y Fritz. Por la música.

—Pero Luisa está enferma —dice Else—. A la pobre hija le está dando la lata la vesícula biliar.

—Vaya... Quizá me pase a verla —sugiere espontáneamente August.

Pero Hilde niega con la cabeza.

—Déjalo. Mañana tengo clase en la autoescuela; puedo acercarme por allí y subir a verla. Es posible que esté en la cama...

August lo entiende de inmediato. No insiste en su sugerencia. Ha estado a punto de darse una colleja a sí mismo. Hilde tiene toda la razón; seguro que a Luisa no le resultaría agradable recibirlo en camisón. Y Swetlana de todos modos no llega a casa hasta la noche porque ahora, antes de las Navidades, todo el mundo quiere hacer una limpieza a fondo y estará muy ocupada. No, no llamará al timbre de la puerta de su casa con la esperanza de encontrarla allí y tampoco le meterá una carta por debajo de la puerta. Se portará tal y como se ha propuesto. En Nochebuena le hará una breve visita para darle su regalo a Michael. ¿O quizá mejor el primer día festivo? Sí, eso le parece más apropiado porque la Nochebuena la pasará con su familia. Para entonces ya habrá vuelto Jean-Jacques de Francia y hará de *Père Noël* para los gemelos, tal y como hizo el año pasado.

Paciencia. A esperar. A controlar los nervios. En ese mismo instante ya es consciente de que pasará la Nochebuena muy inquieto, pero qué se le va a hacer. Más tarde, cuando todo haya salido según sus deseos, cuando pueda dar a conocer su compromiso matrimonial y luego el día de la boda con Swetlana, entonces contará por qué en Nochebuena estuvo con el alma en vilo. Y todos se divertirán a su costa, en especial Swetlana. Sí, eso le gustará a ella, que tiende un poco a tomarle el pelo. Lo hace muy cariñosamente, pero no deja de ser un diablillo.

¡Ojalá hubiera llegado ya ese día!

Se alegra de tener que preparar estas Navidades varios exámenes y hacer un trabajo escrito. Esa es una buena distracción, pues el trabajo requiere plena concentración. Ahora estudiar le resulta otra vez fácil, ya no se marea ni le dan dolores de cabeza; los artículos los memoriza perfectamente y puede acceder a ellos cuando los necesita. Va avanzando; si sigue así, podrá cumplir con el plan de estudios sugerido por su profesor. El examen es el primer paso. Luego le siguen tres años de periodo de prácticas para licenciados en Derecho en la Audiencia Provincial. Tras el segundo examen podrá al fin comenzar la vida profesional: quiere independizarse y abrir un bufete de abogados. ¿De manera que todavía le faltan tres años? Es muchísimo tiempo. Tendrá treinta y dos años cuando por fin pueda ganar su propio dinero. ¿Querrá Swetlana esperar tanto tiempo? Dentro de dos años Michael cumplirá diez años y, según la voluntad de Swetlana, irá a un instituto de enseñanza media. ¡Allí habrá que pagar libros y el resto del material escolar! ¿De dónde va a salir el dinero para eso? ¿Puede consentir que su mujer vaya otros tres años a limpiar para pagarle la carrera? Pues no. Menos mal que sigue contando con la ayuda de sus padres; el Café del Ángel les dará de comer a todos.

Naturalmente, presentará su novia a sus padres. Antes le explicará con el debido cuidado a Swetlana que es el hijo de la propietaria del Café del Ángel. Al principio se asustará, para eso ya está preparado, pero al final se conformará. Si de verdad quiere, no puede ser de otra manera. A sus padres ya los ha preparado; no recibirán a Swetlana y a su hijo con los brazos abiertos, pero sí con amabilidad. Y cuando se conozcan más, sin duda se creará un vínculo familiar. En eso lo ayudarán sobre todo Luisa y Fritz, que no en vano conocen y quieren a Swetlana desde hace tiempo.

Ha pensado en todo, ahora solo tiene que esperar. De la decisión de Swetlana depende su futuro. ¡Qué patético suena eso! Jamás habría imaginado que una mujer pudiera desempeñar un papel tan decisivo en su vida. ¿Qué fue en comparación el breve y precipitado matrimonio con Eva? Un leve enamoramiento, una noche de amor poco romántica y la boda por insistencia de los padres de ella. Ya había empezado la guerra; se temía que Eva pudiera tener un hijo nacido fuera del matrimonio. Pero no se quedó embarazada.

Dos días antes de Navidad, justo cuando August se dispone a ir al parque infantil con los gemelos, aparecen dos empleados de Correos en el Café del Ángel para instalar una línea telefónica.

—¿Qué? ¿Tan pronto? —se enerva su madre—. Pero si hicimos la solicitud la semana pasada...

—Ya ve, señora Koch —opina uno de ellos riéndose—. La Oficina de Correos es rápida y dinámica. ¿Dónde va la conexión?

—Ahí, donde estaba la antigua. Aquí abajo, detrás de la vitrina de las tartas.

—Ah, ¿de manera que ya han tenido teléfono alguna vez? Entonces no tenemos que instalar ninguna línea.

—No teníamos «teléfono» —explica su madre—. Teníamos un *Fernsprecher*.

—Es lo mismo, señora Koch. Con Hitler no estaban bien vistos los extranjerismos; entonces el teléfono, en lugar de *Telefon*, en buen alemán se llamaba *Fernsprecher*.

—Exactamente —se inmiscuye su padre—. Por aquel entonces vino ese idiota del Departamento de Cultura del Reich y quería que cambiáramos el nombre del Café del Ángel por la *Kaffeehaus* del Ángel, ¿no te acuerdas?

—Sí, es verdad. Pero esa palabra tan larga no cabía en el letrero.

Ahora llega Hilde al café; su hermana tiene mucho instinto para los acontecimientos importantes.

—En la casa necesitamos tres conexiones —anuncia—. Una abajo en el café, otra arriba en casa de mis padres y la tercera...

—¡No, no! —se opone asustada la madre—. ¡Tres conexiones! Eso costará un dineral. ¡Con una tenemos más que suficiente!

—Pero, mamá... ¿De verdad quieres mantener conversaciones privadas con Wilhelm o con quien sea aquí abajo, en el café, para que se enteren todos los clientes?

La madre asegura no tener secretos y dice que antes con una conexión tenían suficiente o que incluso les sobraba. Ahora se inmiscuye también en la conversación Frank, porque quiere tener un teléfono en su habitación. Pero nadie hace caso de su petición.

—Si necesitan otra conexión arriba, tenemos que taladrar el techo —les explica el dinámico empleado de la Oficina de Correos.

—¡Lo que faltaba! —se lamenta su padre—. Acabamos de terminar con una horrible reforma; si tengo que oír un solo taladro más, me da un ataque.

Hilde mira implorante a August, que una vez más es quien decanta la balanza.

—¿Sabes una cosa, mamá? —interviene este con precaución—. Ya que han venido estos señores, deberíamos pensar bien en lo que necesitamos. Yo creo que dos conexiones son imprescindibles. Una abajo en el café y la otra arriba en nuestra casa. ¿Qué opinas tú, papá?

—¡Nosotros también queremos hablar por teléfono! —se queja Frank—. Queremos llamar a papá para que venga de una vez a casa.

—¡Silencio! —dice Hilde nerviosa.

Su padre dice que no soporta los timbrazos del teléfono, pero que de todas formas nadie hará caso de su opinión.

—Si necesitan más tiempo para una conversación familiar, entonces podríamos hacer una pausa para almorzar... —sugiere el empleado de Correos encogiéndose de hombros.

—No, esperen —lo interrumpe su madre—. Está bien;

hagan dos conexiones. Una abajo y otra arriba. Pero no tres. Solo dos.

Hilde resopla enfadada. Esta vez no está nada satisfecha con la mediación de August, pero excepcionalmente se conforma. Porque pasado mañana es Navidad, afirma. Y porque además se tiene que ir a la clase de la autoescuela.

—¡Pues manos a la obra! —ordena el empleado de Correos, y su compañero vuelve a guardar el bocadillo—. ¿Tienen periódicos? Tendremos que perforar aquí en la pared. ¿Qué tipo de habitación hay justo encima?

—Vengan a nuestro piso —dice enérgica su madre—. ¡Les enseñaré dónde debe ir el aparato!

August coge a los gemelos de la mano y abandona con ellos el café. Está contento consigo mismo, otra vez le ha salido bien hacer de mediador.

Cuando algún día esté casado, las cosas se volverán más complicadas. En ningún caso puede vivir con Swetlana en casa de sus padres, pero el piso de Swetlana en el barrio Bergkirchen también es demasiado pequeño. Quizá surja la posibilidad de instalarse en la casa de Sofia Künzel, que hace poco insinuó que está pensando en mudarse. El profesor Reinhard Meixner, director del conservatorio, ha entrado en su vida. El señor profesor reside en un bonito piso de cuatro habitaciones de la planta superior de la villa en la que se encuentra el conservatorio.

Si al principio pudiera vivir con Swetlana en casa de sus padres, se ahorrarían la renta. Swetlana podría ayudar en el café, y él también estaría siempre a disposición de su familia. Luego, en cuanto tuviera su propio bufete, buscarían un piso más grande.

Los gemelos van saltando a su alrededor; August ha de tener cuidado y evitar que choquen con los transeúntes o con algún ciclista. Después de varios días de heladas, hoy hace una mañana más o menos templada, de manera que pueden volver a ir al parque infantil del Reisingeranlagen. Andi lleva el cubo con las palas para recoger la arena; los moldes para hacer flanes que les ha regalado la abuela Else los desprecian los dos chicos porque, en su opinión, son cacharritos para niñas. Ellos se divierten excavando profundos agujeros, sobre todo cuando el tiempo está húmedo; en cambio, con la arena seca es un auténtico trabajo de Sísifo. Lo mejor es cuando sale un poco de agua al fondo del agujero; entonces juegan a ser «excavadores de pozos» y «venden» el agua a los otros niños. August se sienta casi siempre en uno de los bancos de madera que hay junto al gran cajón de arena y mira, muerto de frío, lo que hacen los muchachos. Pocas veces tiene que intervenir; los dos se portan bien con los otros niños. Además de dos grandes cajones de arena, el parque infantil ofrece tan solo algunos columpios, que ahora en invierno están desmontados, y una superficie de césped para jugar a la pelota. No obstante, siempre hay gente, incluso ahora en invierno se ven madres con cochecitos de niño y abuelas vestidas de negro.

Hacia las cuatro empieza a nevar. Las madres se preparan para irse a casa y llaman a sus retoños, que están encantados con la nieve y no quieren marcharse a casa. August se mete en la arena dando zancadas, admira el profundo agujero con agua de sus sobrinos y sacude la arena de los pantalones de los dos excavadores de pozos.

—¿Dónde están tus guantes? —le pregunta a Frank.

—Ahí, en la arena, creo.

Andi necesita urgentemente un pañuelo; además tienen que hacer pipí. Eso lo despachan al borde del parque infantil, junto a las acacias recién plantadas.

—¿Tú no tienes ganas, tío August?

—A los adultos no nos está permitido, Frank. Solo a los niños. Y también de manera excepcional.

A través de los copos de nieve que revolotean y se arremolinan por el aire regresan hacia la Wilhelmstrasse. En la Rheinstrasse aún quedan solares llenos de escombros en los que no deben entrar los niños y que precisamente por eso ejercen sobre ellos un gran poder de atracción. Allí se puede rebuscar y encontrar tesoros estimulantes como platos hechos pedazos, cazuelas de hojalata, juguetes rotos e incluso monedas antiguas con la cabeza de Hitler grabada en ellas.

—Mira, tío August —dice Frank, estirando el brazo—. Han hecho un agujero. No deberían hacer eso, ¿verdad?

Se han detenido ante un solar lleno de escombros cercado. Del edificio, que en su día tenía tres pisos, solo quedan tres muros carbonizados, y en el interior hay un revoltijo de vigas caídas, trozos de piedras y tejas. Desde el muro medio tapado ve a tres chicos que se esfuerzan por excavar una viga carbonizada con ayuda de una tabla, sin duda para llegar a los objetos enterrados.

—No, no deberían hacerlo, Frank. Es incluso muy peligroso.

August se acerca un poco más. Dos de los muchachos deben de tener ya doce o trece años; el tercero es más pequeño, como mucho tendrá siete u ocho años.

—¡Eh! —grita—. ¿Queréis dejar de hacer eso? ¿O preferís que llame a la policía?

Estaban completamente concentrados en su titánica tarea; ahora los tres lo miran asustados y August puede reconocer sus caras.

—¡Michael!

Ha pronunciado el nombre en voz baja, pero el chico se ha dado cuenta de que lo ha reconocido. Pega un salto y huye despavorido a la carrera tras sus compañeros.

—¿Lo conoces, tío August?

—Sí, Andi. Es el hijo de la vecina de la tía Luisa.

—¿Se lo vas a contar a su mamá?

«Una cuestión de conciencia», piensa August. Y de momento muy inoportuna porque quiere hablar con Swetlana de otras cosas muy distintas que son vitalmente decisivas. Pero por supuesto que ha de hacer algo; parece que el chico recorre por las tardes sus propios y peligrosos caminos.

—Primero hablaré con él.

A los gemelos les parece que ese niño se ha ganado una buena paliza. Cuando se trata de otros, son muy severos; sus propias travesuras, en cambio, las ven desde una perspectiva muy diferente.

Cuando llegan a la Wilhelmstrasse, ya empieza a anochecer, las farolas de la calle están encendidas y al resplandor de su luz se ve cómo se arremolinan los copos de nieve. ¡Unas Navidades blancas! A muchos les hace ilusión; otros, sobre todo los que tienen que arreglárselas con poco dinero, piensan con preocupación en las menguantes provisiones de carbón y confían en que el invierno dure poco. El teatro está muy iluminado por dentro; hoy vuelven a representar *Lohengrin*. Enfrente, en el casino del balneario, también se ven luces, pues hoy se celebra un desfile de modas. Es una pena realmente que el Café del Ángel siga cerrado porque después del teatro muchos irán a tomar una copa de vino o algo para picar al Café del Rey.

En el Café del Ángel, los empleados de Correos recogen sus herramientas. Hilde y su madre limpian el suelo; su padre está sentado junto a la vitrina de las tartas —a estas alturas ya iluminada— con el recién estrenado aparato telefónico negro sobre el regazo.

—Figúrate, August —dice entusiasmado—. Acabo de hablar por teléfono con nuestro Wilhelm. Su casera tiene conexión telefónica, ¿sabes? Me ha dicho que se encuentra bien y que vendrá por Nochevieja.

—A saber lo que cuesta eso —gruñe su madre, mientras

escurre la fregona en el cubo—. Podríamos haberle escrito sin más.

—Pero ¿verdad que te ha gustado poder oírle la voz, Else?

Esta sonríe. Sí, eso tiene que admitirlo. En ese sentido el teléfono viene bien porque mantiene unida a la familia.

—Ah, August —dice Hilde—. Ha venido un chico que ha entregado una carta para ti. La he dejado arriba, en el aparador.

No pregunta quién era el chico. Solo puede haber sido Michael. El corazón empieza a palpitarle a toda velocidad. ¿Una carta? ¿Por qué le escribirá una carta? ¿Habrá algo que no quiera contarle de palabra? ¿O es que estará igual de impaciente que él y no quiere esperar hasta las Navidades?

De repente, cae en la cuenta. Swetlana sabe dónde vive. O sea que también sabe quiénes son sus padres. ¿Quién se lo habrá dicho? ¿Luisa? ¿Fritz? ¿O se habrá enterado por casualidad?

Deja a los gemelos al cuidado de su madre y sube a todo correr, coge la carta de la cómoda del pasillo y se retira con ella a su habitación. ¿Esa será su letra? Escribe con la misma torpeza que un niño. Claro, es que se ha criado con el alfabeto cirílico y es normal que tenga dificultades con las letras latinas.

De pronto sabe que no le espera nada bueno. Rasga el sobre con las manos temblorosas y encuentra una hoja de papel con tan solo unas pocas frases.

Querido August:

Por el coche me he enterado de lo que no me has contado. ¿Por qué? No está bien ocultar la verdad. ¿Cómo voy a vivir con un hombre que me oculta cosas?

Tu madre es una mujer dura, me ha tratado mal y yo no la he perdonado. Luisa sabe cómo se comportó conmigo.

Si me hubieras dicho enseguida la verdad, habría sido mucho más fácil. Ahora tengo que pensármelo y no puedo responder a tu pregunta.

Te tengo afecto, August. Pero no sé si el amor es tan grande como para que pueda ser tu mujer.

Te deseo a ti y a tu familia que paséis unas felices Navidades.

SWETLANA STAMMLER

Julia

¡Qué viaje más absurdo y desastroso! ¿Cómo ha podido ser tan ingenua? Pero eso le ha pasado toda la vida: cuando hace algo de forma espontánea, sin pararse a reflexionar, el resultado acaba siendo catastrófico. Como aquella vez que, tras un grave bombardeo, trepó por las ruinas en traje de noche para tocar con las manos el teatro. ¡Una locura cometida mientras los nazis aún estaban en el poder! Aquello podría haber sido su final.

Ha pasado una noche en blanco en el hotel de Múnich, que resultó ser una pensión de mala muerte. Los ruidos de las habitaciones de al lado eran tan inequívocos que al final tuvo que taparse los oídos con los dedos. ¡Dios mío, se abalanzaban unos sobre otros como animales, qué miedo daba! Qué primitivos. Qué repugnantes. Y cuanto más se exponía a esos ruidos, más se avergonzaba de sus propios deseos, solo confesados a medias. «Me está bien empleado», pensó. «He jugado con fuego y este es mi castigo. ¿Cómo podía esperar que Wilhelm me acompañara a ese hotel tan espantoso, incluso hasta esa habitación? Y lo que hubiéramos hecho luego…». Se prohibió seguir pensando, pues sencillamente le resultaba demasiado bochornoso. Solo quería largarse de allí. Regresar a casa en el primer tren. Y no volver a pensar en eso nunca jamás.

No llega a Wiesbaden hasta última hora de la tarde, recorre la ciudad a pie en dirección a su casa y lo primero que hace al llegar es encender el calentador del baño. Addi no está ni en su casa ni en su propio piso; a lo mejor ha ido a echar una mano en la reforma de abajo, en el café. Se baña tomándose su tiempo, se lava el pelo y se lo envuelve en una toalla. Luego se pone el pijama con la bata por encima y va a la cocina. En la despensa encuentra pan, queso para untar, unas manzanas y un trozo de embutido. Lo coloca todo sobre la mesa, pone al fuego el cazo del agua para hacerse un café y se lanza hambrienta sobre sus provisiones. Por la mañana ha abandonado la horrible pensión de mala muerte sin desayunar y durante todo el viaje de vuelta no ha comido nada. Ha sido una especie de castigo que se ha impuesto ella misma y que ahora da por concluido. Se acabó. Borrado de la memoria. Eliminado.

Cuando Addi entra en la cocina con el mono de trabajo manchado de pintura, la mira sonriente, como si fuera temprano por la mañana y ella acabara de levantarse. Se queda callado en el umbral de la puerta, clava la vista en ella y Julia puede ver cómo se infla y se desinfla su tórax.

—Vaya, has vuelto —dice por fin. Su voz suena forzada.

—Sí —responde ella distraída.

Se hace el silencio. Julia se unta una rebanada de pan con queso, mientras Addi sigue en la puerta sin saber qué hacer.

—¿Hay alguna explicación sobre tu ausencia?

—¿Quieres un café?

Addi hace un movimiento de impaciencia con el brazo, a continuación va al armario de la cocina, coge una taza y la pone encima de la mesa. Se sienta frente a ella y espera a que le haya servido el café.

—¿Y bien?

Ella se encoge de hombros, esboza una sonrisa ausente y añade leche al café de Addi.

—¿Qué quieres saber?

Él respira hondo; la mano con la que sostiene la taza de café empieza a temblar.

—Quiero saber dónde has estado estos dos días, Julia.

—Solo ha sido un día, Addi. Ayer a mediodía hasta la noche y hoy hasta la tarde. Además de la noche, claro.

Nota que está diciendo tonterías; cada vez habla más bajito hasta que al final se queda sin voz. Le sonríe con gesto implorante. ¿Por qué tiene que molestarla con ese interrogatorio? Ha dado el asunto por concluido. No quiere tener que dar explicaciones. No quiere removerlo porque se avergüenza.

Pero Addi no la entiende. Por desgracia, no es una persona delicada, y de pronto arrea tal puñetazo en la mesa que el café se desborda de la taza.

—¿A qué viene ese disimulo? Desapareces sin dar explicaciones, pasas la noche fuera y ahora te sientas en la cocina con cara de no haber roto un plato, como si no hubiera pasado nada. ¿Me tomas por idiota? ¡Quiero saber dónde has estado! ¡Tengo derecho a saberlo!

Julia detesta que le griten. Addi tiene una voz de cantante; cuando sube el tono, se le oye hasta abajo, en el Café del Ángel. Está indignada por su conducta grosera.

—¡Deja inmediatamente de vociferar de esa manera!

Se ha puesto nervioso y está jadeando, pero de eso solo él tiene la culpa. ¿Por qué no respeta que ella no quiera hablar de eso?

—Está bien —dice Addi, y le da la tos—. Muy bien. He entendido. No quieres decírmelo. Entonces sacaré mis propias conclusiones.

Se levanta y se marcha de la cocina. Ella espera que dé un portazo; ya tiene los hombros encogidos y las manos en los oídos. Pero no lo hace. Tan solo cruza la puerta que separa una vivienda de otra y desaparece.

Se queda sentada e intenta relajarse, aunque no lo consigue. ¡Con lo liberada que se sentía hace un rato! Ahora está a disgusto, se le ha quitado el hambre, y hasta el café le sabe aguado y amargo. ¿Por qué se habrá puesto así Addi? Normalmente es siempre tan comprensivo, incluso paternal... ¿Por qué le grita en lugar de comprender cómo se siente de ánimo?

«A lo mejor tendría que haberle dicho que ahora no quiero hablar con él —piensa—. Pues sí, debería haber hecho eso». De manera que se propone decírselo en cuanto tenga ocasión.

Ahora está muerta de cansancio; vuelve a guardar las sobras en la despensa, deja el café donde estaba y se mete en la cama. Enseguida sucumbe a un sueño plúmbeo, el tan anhelado sueño del olvido.

Por la mañana se despierta con el bien conocido dolor punzante en la sien izquierda. Vaya por Dios, una migraña. Lo único que puede hacer es levantarse, comer alguna cosa ligera y tomarse lo más aprisa posible dos pastillas para combatir el dolor de cabeza. Si tiene suerte y es un ataque leve, le desaparecerán los dolores. Sale con dificultad de la cama, va al cuarto de baño para coger las pastillas y tropieza en el pasillo con la bolsa de viaje y el abrigo, que se ha caído del gancho. Ya son las ocho, fuera todavía está oscuro, y si la vista no la engaña hay gotitas de lluvia en los cristales de las ventanas. De ningún modo debe encender la luz; eso solo agravaría los dolores de cabeza. Coge de la despensa un poco de pan y queso, da dos bocados de pie, para que las pastillas no le estropeen el estómago, y busca la taza de café sobre la mesa de la cocina. Allí ve un trocito de cartón, lo aparta, encuentra la taza de café y se toma las pastillas con el café frío. Se sienta sujetándose la cabeza dolorida con las dos manos y espera a que las píldoras le hagan efecto. Por experiencia sabe que suelen tardar una media hora; hoy se le pasa el dolor antes, por fortuna parece tratarse de un ataque leve. Fuera, la luz del día pugna por salir entre las nubes. Efectivamente está lloviendo; pequeñas gotitas grises se escurren por los cristales de las ventanas. Poco a poco, la luz va iluminando la cocina: el anticuado armario, la cocina de gas y, ante ella, la mesa con las tazas de café. Ahí sigue la taza medio llena de Addi, que anoche no se la terminó de beber, y a su lado está el trocito de papel o cartón que hace un rato había apartado a un lado. Es marrón con letras de imprenta negras. Al cogerlo comprueba que es un billete de tren. Wiesbaden-Múnich. El precio está medio borroso, apenas es legible.

¿Dejó ayer ese billete encima de la mesa? No, seguro que no. Lo más probable es que estuviera en el bolsillo de su abrigo. ¿Y cómo ha ido a parar a la mesa de la cocina? Toma otro trago de café frío, esta vez de la taza de Addi. Lo único que puede haber pasado es que el billete se le haya caído del bolsillo del abrigo y que esta mañana temprano Addi lo haya recogido del suelo y lo haya dejado encima de la mesa. Así habrá sido. ¿O no? ¿Y si él ha rebuscado en los bolsillos del abrigo? ¿Es capaz Addi de hacer una cosa así? En realidad, está convencida de que se avergonzaría de registrar sus cosas. Pero hasta ahora tampoco creía posible que le gritara de ese modo.

Sea como sea, no le gusta que haya visto ese dichoso billete. Ahora sacará cualquier conclusión disparatada. Vaya, qué desagradable. Tendrá que hablar con él.

Pero no ahora. Ya va siendo hora de que abra la tienda hoy miércoles... ¡Ah no, ya es jueves! Solo puede confiar en no haberse perdido ayer ninguna clienta importante. Se viste apresuradamente, se recoge su rebelde cabello y sale de casa.

En la tienda la esperan varios letreros que le ha dejado Addi encima de la mesita blanca.

La señora Knauss ha traído una caja con vestidos para hacerles arreglos. La he dejado en el cuarto de la costura.

La señora Studer y una amiga querían informarse sobre la colección. Les he enseñado dibujos de modas.

La señora Knauss viene mañana a las once para probarse un vestido.

El señor Petermann quiere poner un puesto de vino tinto caliente aromatizado con especias delante de nuestro escaparate.

Han traído carbón; está en el cobertizo.

Claudia Breimann quiere hablar contigo. Volverá mañana.

Como primera medida, tiene que sentarse. Vaya, qué fastidio, cuántas cosas pasaron ayer justo cuando ella estaba fuera. Menos mal que Addi se quedó a cargo de la tienda y lo anotó todo minuciosamente. La verdad es que es un cielo de persona. En cuanto venga le dirá que... Bueno, le dirá alguna cosa agradable, algo que lo tranquilice.

Hace tantas cosas por ella... Casi toda la renovación la ha hecho él solo, también ha pintado los muebles, ha montado los probadores, ha reparado las ventanas del fondo y ha traído y revisado las máquinas de coser. La verdad es que para ser un músico tiene unas extraordinarias dotes artesanales. Pero también es imprescindible para la tienda por otras razones. Como exbarítono del Teatro Estatal, sigue teniendo numerosos admiradores; en especial, las señoras entradas en años se entusiasman todavía hoy con él. Entre ellas figuran Alma Knauss y la señora Studer, que estuvo ayer aquí con su amiga. Addi consigue ser un caballero incluso en mono de pintor, y eso a las señoras mayores les encanta. Hace poco una incluso lo felicitó por la inauguración de la tienda de modas. Estaba convencida de que el señor Dobscher era el jefe y la señorita Wemhöner su empleada. Sí, su Addi provoca muy buena impresión. Ojalá venga pronto para que pueda darle las gracias.

De momento no hay mucho movimiento. En la calle llueve sin parar, hay tan poca luz que las farolas siguen encendidas, y de vez en cuando los faros de un coche iluminan el escaparate. Tanto en la calzada como en las aceras se han formado grandes charcos; los transeúntes llevan el paraguas abierto y el cuello del abrigo subido, tienen los sombreros empapados y aplastados.

«Llevan todavía las cosas que se compraron antes de la guerra», piensa Julia desalentada. Esos abrigos eran modernos en los años cuarenta, y también los sombreros de ala ancha. ¿Quién tiene hoy en día dinero para hacerse un abrigo nuevo? Si acaso, la gente compra cosas de confección. Enfrente, en los almacenes Schneider.

«¡Qué va! —se dice a sí misma—, eso no es del todo cierto. A las once vendrá Alma Knauss. Y la señora Studer seguro que también vuelve. Para su figura no existe ropa de confección».

Casi se asusta cuando suena la campanilla de la tienda y entra una mujer joven. Solo la reconoce cuando Claudia se echa para atrás el pañuelo de lana con el que lleva recogido el pelo.

—Buenos días —saluda amablemente—. Qué bien que hoy la encuentro, señorita Wemhöner.

Julia, que esperaba que fuera una clienta o por lo menos Addi, no se alegra tanto, pero de todos modos sonríe a la muchacha. No es seguro que, en su día, Claudia estuviera confabulada con su compañera Annelie; probablemente no. Y además la época del teatro ya es agua pasada.

—Buenos días, Claudia... Perdón, quería decir señorita Breimann.

Claudia se ruboriza de timidez. A decir verdad, es una chica muy mona, con el pelo rubio rizado, la nariz respingona y un montón de pecas.

—No se preocupe, siga llamándome tranquilamente por el nombre, señorita Wemhöner. Estoy tan acostumbrada...

Claudia sigue junto a la puerta; a sus pies se ha formado un charco. Julia se enfada por no haber puesto todavía un felpudo.

—Pasa —le dice—. Deja el paraguas en el paragüero. Dame tu abrigo. ¡Uf, vaya tiempecito!

Claudia sigue obediente las instrucciones, se sienta en el sillón de rejilla que le ofrece Julia y al principio se la ve muy cortada.

—He oído hablar tanto de usted, señorita Wemhöner...

—Ah, ¿sí?

A la joven costurera no se le escapa el tono mordaz de la pregunta de Julia y se queda aún más abochornada.

—Bueno, me refiero a lo que se comenta en el teatro. A todos los cantantes y actores les entristece no verla ya por allí.

Hace una pausa, se quita unas pelusillas de la falda y luego va al grano.

—Últimamente han cambiado mucho las cosas. Se han urdido intrigas que me han afectado a mí. Y eso que ya me habían prometido un puesto fijo. Pero de eso nada. Elke Naab nos ha hecho la vida imposible para que nos vayamos y, en nuestro lugar, ha colocado a dos nuevas. Por supuesto, amigas suyas.

Hoy Julia no es la más rápida del mundo, pero por fin cae en la cuenta de lo que hasta ahora le ocultaba Claudia.

—¿A quién te refieres con «nos»?

—Pues a Annelie y a mí. Ya ve, justo antes de las Navidades van y te dejan encima de la mesa la notificación del despido. Annelie lloró como una magdalena. Llevaba más de veinte años trabajando en el teatro...

¡Qué novedad! La primera reacción de Julia es la compasión. Qué canallada poner a una veterana colaboradora de patitas en la calle. Y encima a las puertas de las Navidades.

Luego piensa en las maliciosas intrigas de Annelie y llega a la conclusión de que ha tenido que pasar algo.

—¡Qué cosa más rara! —dice desconcertada—. Siempre he creído que Annelie y Elke eran amigas.

Claudia hace una breve mueca y después se encoge de hombros.

—Y así es. Pero luego llegaron montones de quejas de los artistas porque los trajes no les sentaban bien. Y además Annelie tampoco es de las que se muerde la lengua. Lo que le dio la puntilla fueron los graves insultos nazis que suelta sin ton ni son.

Julia recuerda la conversación con el director artístico de hace quince años, cuando le comunicaron que no podía seguir trabajando en el teatro por ser judía. Puede entender cómo se siente ahora Annelie. Pero a esta solo le espera el desempleo, mientras que a ella por aquel entonces la amenazaban la deportación y el campo de concentración.

Como guarda silencio, Claudia se arma de valor y manifiesta su petición.

—He pensado que como quiero aprender el oficio, quizá pudiera trabajar para usted. Naturalmente, solo por horas, y también solo trabajos sencillos porque al fin y al cabo todavía soy una principiante. Pero me gustaría muchísimo trabajar para usted, señorita Wemhöner.

La mirada implorante de Claudia desarma a Julia, a la que siempre le ha costado decir «no», y más si se trata de una chica tan encantadora. En fin, Claudia podría coser botones, repasar costuras, limpiar y recoger también un poco y ayudar a las dos costureras. Siempre ha tenido bastante buena maña, la joven Claudia.

—Pues verás, mucho no te puedo pagar porque antes se tiene que poner en marcha la tienda. Aunque a las once tengo una clienta y me puedes echar una mano.

—¡Oh, gracias, señorita Wemhöner! ¡Qué contenta estoy, no sabe lo aliviada que me deja!

La chica está radiante de alegría y Julia tiene la bonita sensación de haber hecho feliz a una persona. Ojalá el negocio empiece a funcionar pronto para poder pagar decentemente a sus empleadas. A lo largo del día, Claudia se revela como una hábil asistente que tiene buena mano en el trato con la clientela. Alma Knauss está encantadísima con la «pequeña Claudia», porque la muy lista comenta como de pasada que la señora Knauss tiene el mismo tipo que una chica joven. Siempre está disponible con la cinta métrica y los alfileres, encuentra las telas apropiadas y sabe cómo presentarlas. Está agraciada con un don natural, esta jovencita. Sin que nadie se lo pida repone el carbón de la estufa porque a las clientas les gusta que haga calorcito cuando se cambian de ropa.

Por la tarde aparecen la señora Studer y su amiga Ottile Wisendonk, ambas ya un poco estropeadas, pero precisamente esos casos son la especialidad de Julia, que en su día convirtió a obesas divas de la ópera en delicadas Paminas o dulces Gildas. En este caso Claudia también sirve de ayuda porque, gracias a su entusiasmo juvenil, transmite a las señoras la sensación de estar probándose una ropa fabulosa y de rabiosa actualidad.

—Algo así solo podría encontrarlo, si acaso, en París, señora. Por ejemplo, en Dior.

A veces Julia tiene que aguantarse la risa por el desenfado con que se explaya su nueva empleada. Pero a las clientas engreídas les gusta.

—Qué chica tan simpática. Ven, pequeña. Esto es para ti.

¡Y efectivamente hasta le dan una propina! Julia hace una cortés reverencia y les da las gracias.

—Y salude al señor Dobscher. Hoy le hemos echado mucho de menos. Hasta la semana que viene entonces.

Addi no se deja ver hasta la noche. Hacia las cuatro Claudia se despide, no admite los honorarios de Julia porque dice que hoy solo estaba de prueba, y Julia le promete que firmarán un contrato de aprendizaje. Hasta las siete se queda preparando para las costureras prendas que han sido encargadas para mañana por la mañana, luego apaga las luces y echa el cierre a la tienda. Desde el punto de vista del negocio, ha sido un buen día. No solo ha encontrado una empleada hábil y voluntariosa, sino que además ha recibido varios encargos de cierta importancia. Si las damas se quedan satisfechas con los vestidos —y Julia eso lo da por descontado—, pronto se le acumulará el trabajo.

Desde el punto de vista privado, en cambio, las cosas no pintan tan bien. En su piso reina el mismo caos que por la mañana, cuando se ha ido a trabajar. Eso es nuevo, pues normalmente suele venir Addi, recoge, friega los cacharros y a veces hasta limpia el suelo. Le ha dicho muchas veces que no es necesario que lo haga, pero como no le hace caso, ha acabado por acostumbrarse. Así que ahora todo está desordenado; resulta obvio que el señor «cantante de cámara» está enfadado y se ha declarado en huelga. Ella misma tiene que poner un poco de orden, mete la ropa sucia en la bañera, vacía la bolsa de viaje, comprueba que los comestibles escasean, pero las tiendas ya han cerrado, de modo que ha de conformarse con lo que queda en la despensa.

No ve la carta hasta que recoge los cubiertos usados para cenar. De manera que Addi ha estado allí. Le ha dejado el correo en la mesa de la cocina, justo encima del billete de tren a Múnich, y luego se ha vuelto a marchar. Seguramente temblando de ira porque la carta es de Wilhelm. Julia coge la carta de un manotazo y le entran ganas de romperla sin haberla leído. ¡Qué canalla más hipócrita! Le escribe cartas tiernas llenas de confesiones íntimas, se queja de que ella no le contesta y de que no puede verla y, al mismo tiempo, mantiene una relación con una joven colega. Una relación de cama, seguro; no en vano le ha visto besándose con ella en público. Pero ¿por qué se pone así? Conoce perfectamente a los artistas, durante años les ha oído hablar de sus conquistas y de sus penas de amor mientras se probaban la ropa. Sin embargo, cuando la afectada es una misma, siempre se cree que todo será muy distinto.

Por fin rasga el sobre y lee por encima las páginas escritas con una letra muy apretada en las que le cuenta su reciente pasión por el cabaret; pero hoy no tiene ganas de prestarle atención.

—¡Addi!

Va a la puerta que separa los dos pisos, que procede de la época en la que Addi la mantuvo allí oculta de los nazis y su vivienda fue declarada como trastero.

—¡Addi, tengo que hablar contigo!

Este sale del dormitorio, con el pelo revuelto y la cara con arrugas; al parecer, le ha despertado.

—Pues venga —dice, cruzándose de brazos—. Y abrevia, que estoy muerto de sueño. Me he tirado todo el día arrastrando muebles ahí abajo.

A Julia se le pasa el primer impulso; ya no le apetece hablar. ¡Le asusta la cara que tiene y cómo le habla! Tiene cara de estar pensando: «Ya lo sé todo, así que no te esfuerces».

—No es lo que te imaginas —empieza ella.

Él guarda silencio. Abomba la tripa. Espera.

—He estado en Múnich y he visto *El sueño de una noche de verano*. Nada más.

Él empieza a reírse. Es una risa artificial propia de un escenario teatral. Le pone furiosa cuando se ríe de esa manera.

—*El sueño de una noche de verano* en Múnich. ¿No habrá sido en el Teatro de Cámara, donde casualmente hacía de Zettel un tal Willi Koch?

—No seas bobo, Addi. Quería saber si realmente interpretaba tan bien ese papel.

La mirada que ahora le dirige Addi viene a decir: «Tú di lo que quieras, que a mí no me engañas». Julia está a punto de reventar de cólera.

—No te esfuerces, Julia. Sé perfectamente que puedes enamorarte más de un personaje teatral que de alguien real.

Eso ya le resulta insoportable. No tiene ningún derecho a tratarla así. Como si la conociera mejor de lo que se conoce ella misma.

—Haz el favor —dice enfadada—. Si no me crees, yo no puedo ayudarte. ¡Lo siento; fue bonito mientras duró!

Julia da media vuelta y estira la mano hacia la puerta de separación, la abre y cuando ya está en su propia vivienda, le oye gritar:

—¡Julia, espera!

Pero a ella ya se le han quitado las ganas. Por hoy ya ha tenido bastante, está hasta las narices. Addi y Wilhelm. Wilhelm y Addi. Todos iguales. En fin, siempre ha tenido mala suerte con los hombres. Toda la vida ha sido así y así seguirá siendo.

Sin contestarle nada, da un portazo.

Swetlana

Diciembre de 1951

—¡Querida señora Stammler! Como le estoy infinitamente agradecida, quiero regalarle un detallito…

En el rellano de la escalera, la señora Grulich le ofrece tres paquetes envueltos en papel de Navidad y adornados con lazos de color dorado. Al principio Swetlana no sabe a qué viene todo eso, pero luego cae en la cuenta de que se trata del señor Grulich.

—¿Su marido? ¿Ya se ha curado? Oh, me alegro. ¡Me alegro mucho!

—Esta mañana temprano me han dado permiso para ir a recogerlo al hospital. Hemos venido en taxi porque todavía está muy débil. Y el médico ha dicho que tiene que cuidarse y no ponerse nervioso. Ay, pensar que ya lo tengo otra vez en casa…

Swetlana se apresura a coger los paquetes porque la señora Grulich necesita un pañuelo. Las lágrimas se le agolpan en los ojos y además tiene que sonarse la nariz. Swetlana está conmovida. Hasta ahora la señora Grulich no le caía demasiado bien porque siempre estaba quejándose de Michael. Pero que ahora se alegre tanto e incluso le traiga regalos demuestra que a una persona no se la debe juzgar nunca precipitadamente.

—Esto es bonito —dice, y le da rabia que no le salgan las palabras alemanas porque le gustaría decirle más cosas.

—Ay, todavía estoy un tanto desquiciada —suspira la señora Grulich, y se guarda el pañuelo en el bolsillo del delantal—. Ha sido horrible. Me vi tan sola en casa... y qué incertidumbre, no lo sabe usted bien. Herrmann me acaba de decir que ha visto la muerte bien cerca... Imagínese, señora Stammler...

Swetlana sonríe y espera de todo corazón que la señora Grulich no se explaye demasiado contándole su vida, ahora que está tan contenta. Son ya las siete y media y Michael todavía no ha cenado, y a ella también le quedan aún cosas por hacer.

—¿Sigue enferma la señora Bogner? Acabo de tocar el timbre de su casa, pero no me ha abierto nadie. Vaya, qué pena. Esperemos que no sea nada grave. Bueno, esto es para usted, querida señora Stammler. Y esto para el pequeñín. Y esto otro para su prometido. El joven enérgico y dinámico que nos llevó al hospital. Salúdele cordialmente de nuestra parte.

Swetlana le da varias veces las gracias, luego le dice que tiene la comida en el fuego y, por fin, la señora Grulich se despide.

—¡Yupi! —exclama Michael, que sale del dormitorio con la cara enrojecida—. ¡Regalos de Navidad! ¿Puedo abrirlos?

Swetlana deja enseguida los paquetes en la cómoda y va corriendo a la cocina para remover el potaje. Vaya, se ha quemado el fondo. ¿Por qué no habrá bajado la llama del gas?

—¡Hoy no! —grita hacia la sala de estar—. Mañana, que es Nochebuena.

El hijo refunfuña, pero se aguanta. También come sin quejarse el potaje un poco quemado de patatas, zanahorias, cebollas y un trocito de carne de ternera. Después se zampa dos rebanadas de pan con paté de hígado y queso fundido; como siga con el mismo apetito, su madre tendrá que hacer la limpieza en otro sitio más.

—¿Viene August mañana? —quiere saber Michael.

Swetlana ya le ha dicho varias veces que no vendrá, pero Michael no para de preguntárselo una y otra vez. Es agotador.

—Coge la palangana y lávate antes de acostarte —le ordena—. A ver, enséñame... Otra vez tienes un agujero en el pantalón, y qué sucio está. ¿Te has vuelto a pelear, Michael?

—¡No, mamá! ¡Te lo juro! Me he caído y había una piedra...

Swetlana tiene la angustiosa sensación de que le miente, pero también sabe que es casi imposible sonsacarle la verdad. Suspirando recoge los cacharros, echa agua caliente en la palangana de hojalata, añade agua fría y coloca el jabón en un saliente que tiene la palangana para este fin. Michael lleva con mucho cuidado la palangana al dormitorio para enjabonarse allí sin que lo vea su madre. Swetlana limpia el hule de la mesa de la sala de estar y saca del cajón del aparador la carpeta de las cartas. Reúne cuidadosamente las de Jekaterina y extrae la última carta para leerla de nuevo antes de escribir una respuesta. Recuerda que el sábado todavía se reía de las «ridículas preguntas de la solterona Jekaterina»; ahora en cambio ve la preocupación de su amiga bajo otro prisma.

> Mi queridísima amiga Jekaterina y mi amiga del alma Natalja:
>
> Me alegro de que las dos estéis sanas y de que os sentéis con tanta frecuencia para hablar de mí. Cuántas veces desearía poder estar con vosotras...

Se interrumpe porque oye un crujido, como si alguien arrugara un trozo de periódico.

—Michael, ¿qué estás haciendo?

—Nada, mamá. Es para las Navidades. ¡No puedes verlo!

Su voz suena como si estuviera haciendo fuerza; seguramente esté metiendo algún objeto debajo de la cama, muy al fondo, para resguardarse de las miradas curiosas de su madre. Swetlana se pregunta qué será. ¿Le habrá hecho algún trabajo de manualidades? El año pasado le regaló una estrella grande hecha a base de papel dorado, que ahora cuelga de la ventana y da un ambiente muy navideño. Ella le ha comprado una costosa caja de construcciones, no para niños pequeños, sino un sistema de raíles metálicos y tornillos de Märklin con el que se pueden construir toda clase de cosas. Un molino de viento, por ejemplo. Con la caja suplementaria se podría incluso construir un coche, pero solo le llegaba el dinero para una caja. Después de suspirar se concentra de nuevo en el papel de escribir.

… he reflexionado mucho acerca de tu carta y he leído detenidamente todas tus preguntas. Tienes razón, Jekaterina; es importante comprobarlo todo con sumo cuidado, en especial cuando se está enamorada. No, no bebe, y tampoco es de los que pegan. Si más tarde ganará mucho dinero no lo sé, pero tampoco me importa demasiado. No obstante, resulta que por desgracia…

—¡Mamá, abre la puerta! —grita Michael desde el dormitorio.

—Se dice «por favor», Michael —contesta ella contrariada.

—Por favor, abre la puerta. Es que se me ha caído la llave…

Swetlana se levanta suspirando y abre la puerta para que su hijo pueda llevar la palangana, aún medio llena, a la cocina. Allí echa el agua en el fregadero y lava la palangana antes de colgarla de la pared. Lleva un pijama a rayas que le ha hecho su madre.

—¿Estás escribiendo a la tía Jekaterina? —pregunta, mirando por encima del hombro de su madre—. Uf, todo en cirílico. ¿Quién sabe leer eso?

—Mucha gente, Michael. Tú también aprenderás a escribir con caracteres cirílicos, pero más adelante.

Él afirma que ya sabe y dibuja algunas letras en la carta de Jekaterina. Luego dice que salude de su parte a las tías y se despide.

—Buenas noches.

Swetlana espera a que cierra la puerta tras él, después lee con ojo crítico lo que ha escrito y continúa con la carta.

> ... resulta que por desgracia no es sincero. En eso no pensaste, ¿verdad? Me ha ocultado que es el hijo de esa mujer que me trató tan mal. Ocultar es lo mismo que mentir. Y si miente ahora, a las pocas semanas de habernos conocido, seguirá mintiéndome también en lo sucesivo. Un mentiroso no cambia con el tiempo. Por eso le he comunicado que queda descartado el matrimonio...

Se ve obligada a dejar el lápiz porque de repente se le ha agarrotado la mano. Qué duro suena lo que ha escrito. No le gusta; desearía que las cosas fueran de otra manera. Pero si se para a pensarlo de nuevo, otra vez se pone furiosa. Se lo ha ocultado porque tenía miedo de que ella lo rechazara por culpa de su madre. Eso es una cobardía. Demuestra que es desconfiado y deshonesto. ¿Qué pensará de ella? ¿Creerá que no sabe distinguir entre el hijo y la madre? ¿Creerá que lo odia solo porque su madre se portó mal? ¿Tan ingenua la considerará? Eso es ofensivo. No, eso no se lo puede perdonar. Es de los que ocultan las cosas desagradables porque temen que eso les cause problemas. ¿Qué matrimonio sería ese, si no es capaz de decirle la verdad? Un matrimonio ha de mantenerse firmemente unido, como en su día lo estuvieron sus padres. Entre ellos no cabe el silencio ni las mentiras. «Dos que se aman, con el corazón se hablan». Así tiene que ser. Pero con August eso no es posible.

Pronto tendrá que comunicarle su decisión definitiva. Le resultará difícil, pero será prudente. Esta vez actuará con prudencia. Aunque le duela. Porque le tiene tanto cariño…

Deja el lápiz y apoya la cabeza en las dos manos. Se pasa los dedos por el pelo, se frota el cuero cabelludo y las sienes, suspira e intenta ahuyentar la tristeza que se va adueñando de ella. No lo consigue. Ha sido un bonito sueño, se dice a sí misma. Y ahora he despertado. Igual que aquella vez, cuando me enamoré de Gerhard y pasamos una noche juntos. ¡La cantidad de sueños que tenía yo entonces! El amor eterno, la fidelidad eterna, la felicidad suprema a su lado. ¿Y qué resultó de todo aquello? Solo penas y congojas. Y lo mismo sucederá esta vez si no digo a tiempo que no.

Vuelve a coger el lápiz para seguir escribiendo, pero ya no se le ocurre nada que pueda añadir. En su lugar, le vienen a la memoria recuerdos de los que ya debería olvidarse.

Qué valiente es. Saltó sin dudarlo al agua para salvar a Michael. Y al mismo tiempo puede ser tímido y cortado como un niño. Es generoso; cuando la invita, le insiste una y otra vez en que pida algo más. Y es inteligente, tiene opiniones juiciosas y da consejos sensatos.

¡Pero es un mentiroso, eso no debe olvidarlo!

Lo más difícil es ahuyentar el recuerdo de sus besos. Su cuerpo delgado pero musculoso, que irradia tanta virilidad. Solo de pensarlo se marea. Cómo la tocaba, primero muy tímidamente y con mucho cuidado porque temía que ella lo rechazara; luego con pasión, tal y como ella siempre había deseado. Un hombre tiene que ser fogoso. Y fuerte. Así lo quiere ella, y exactamente así la besó al final. Duró poco, solo unos minutos. ¿Acaso no se merece más? Desde el nacimiento de Michael hace una vida de monja, solo vive para su hijo, nunca jamás ha vuelto a yacer con un hombre. Tampoco ha querido hacerlo, como otras del campamento, que, por obtener alguna pequeña ventaja, se acostaban con los alemanes. Ella solo puede acostarse con un hombre si lo ama. August es ese hombre, lo ama, se siente muy atraída por él. Su cuerpo le dice que ese es su hombre.

Pero es un mentiroso, eso no debe olvidarlo.

«Por desgracia es un mentiroso», escribe en el papel. Luego coge la carta y la hace pedazos. De inmediato se lleva las manos a la cara para que Michael no la oiga llorar desde el dormitorio. Qué injusta es la vida. Tan solo le concede unos minutos de felicidad y, a cambio, toda una vida de amargo arrepentimiento.

Cuando oye que alguien sube las escaleras, se enjuga rápidamente las lágrimas. A esa hora solo puede ser Fritz Bogner, que hoy tocaba un concierto de Navidad en la iglesia del Mercado y ahora llega a casa. Swetlana se acerca con prontitud a la puerta de su casa y abre una rendija.

—¡Buenas noches, Fritz!

Hoy sube las escaleras peldaño a peldaño, con gran esfuerzo. Cuando oye su voz, mira hacia arriba y ella se asusta al ver lo pálido que está.

—Buenas noches, Swetlana. ¿Aún sigues despierta?

—Solo quería preguntar qué tal está Luisa. No he querido llamar al timbre porque como está enferma…

Por fin llega al rellano de la escalera y resopla un poco mientras saca del bolsillo del abrigo la llave de su casa.

—Pues creo que está mejor. Entra conmigo si quieres, Swetlana. Pero no te me acerques demasiado; creo que ahora he cogido yo la gripe.

—Ay, madre —dice ella angustiada—. Entonces no quiero molestar…

En ese momento aparece Luisa en la puerta y le coge a Fritz el violín enfundado. Cuando se dispone a saludarlo con un beso, él niega con la cabeza y la aparta un poco.

—Tengo el estómago revuelto, cariño. Me voy a acostar enseguida. Mañana temprano hay ensayo; para entonces espero encontrarme mejor.

—Vaya por Dios —dice Luisa asustada—. Eso es que te habré contagiado. ¿Te apetece entrar de todas maneras, Swetlana? He estado durmiendo toda la tarde y ahora estoy muy despejada.

Swetlana tiene muchas ganas de hablar con Luisa. Afirma estar inmune a la gripe estomacal, y regresa un momento a su casa para coger la lata de la buena manzanilla que le ha mandado Jekaterina. Recogida y secada por ella misma. Mezclada con un poco de menta para favorecer la circulación. No hay nada mejor para las molestias estomacales. Cuando vuelve con ella al piso de sus vecinos, Fritz ya se ha retirado al dormitorio, de modo que las dos mujeres se sientan en la cocina, donde Luisa ya ha puesto al fuego el agua para el té.

—¿Y ya estás bien del todo? —pregunta Swetlana—. ¿No tienes náuseas?

—Desde hoy ya no —explica Luisa aliviada—. ¿Cuántas cucharadas le echas a la tetera? ¿Tres?

—Para una tetera grande es mejor cuatro cucharadas. ¿Y no ha podido ser también un embarazo?

Luisa menea la cabeza con tristeza. No, por desgracia no. Le baja la regla todos los meses. Además debe de tratarse de un virus, puesto que se ha contagiado también el pobre Fritz.

—¡Con lo contento que estaba por tener tanto trabajo durante las Navidades...! —suspira—. Sería una pena que tuviera que anular todos los conciertos.

—¡Seguro que para mañana por la mañana ya se ha curado! —la tranquiliza Swetlana.

Luisa sonríe por el enérgico tono de su amiga. Vierte el agua en la tetera y al momento se llena la cocina del aroma de la manzanilla fresca.

—Cuéntame qué novedades hay entre August y tú. ¿Vamos mañana juntos al concierto de Navidad y luego a festejarlo un poco por ahí?

Ay, Luisa no tiene ni idea de lo que ha pasado entretanto porque estaba enferma. Al oír ahora el relato de Swetlana, se asusta mucho.

—¡Es culpa mía, Swetlana! —dice preocupada—. Qué tonta soy. Le aconsejé a August que no te lo contara desde el principio.

—¿Tú se lo aconsejaste? —pregunta Swetlana desconcertada—. Pero ¿por qué, Luisa? ¿Por qué querías que me mintiera?

Luisa se siente completamente desesperada. No quería eso; al contrario, quería fomentar esa amistad. Y ahora lo ha estropeado todo.

—Pero no le dije que te lo ocultara siempre. Eso tampoco habría sido posible. En algún momento, August tenía que decírtelo. Pero no nada más conoceros. Sé lo mal que te habría sentado, Swetlana. Yo misma me avergoncé mucho de la conducta de la tía Else y estuve varios días sin ir a su casa.

«De manera que fue así», piensa Swetlana. Pero aunque Luisa le dijera eso, él tiene una cabeza y puede pensar por su cuenta. No está obligado a hacer lo que le diga Luisa.

—Lo entiendo, Luisa —dice—. Y sé que tu intención era buena. Pero aun así estoy muy... desilusionada.

—Oh, Swetlana —dice Luisa descontenta, y sirve la humeante infusión en un tazón, para llevarlo al dormitorio—. August no se merecía eso. Ha sido una torpeza por su parte, eso es cierto. Pero te ama, Swetlana. Eso no debes olvidarlo.

La ama. Sí, eso le ha dicho y ella sabe que es verdad. Y también ella lo ama. ¿Por qué se pone a sí misma tantas trabas?

¿Es que el amor no es lo más importante? El fuego que te calienta. La luz que te ilumina en los días oscuros. La antorcha que te guía y te hace avanzar. Bueno, esas son frases hechas que aprendió de niña en casa de sus padres. Sin embargo, la realidad es muy distinta. El amor a menudo es una pequeña llama que se va apagando y que solo deja un montoncito de ceniza.

Luisa, que le ha llevado la manzanilla a Fritz y le ha consolado un poco, vuelve ahora a la cocina.

—Pronto se quedará dormido —dice sonriendo de un modo muy especial, con mucha ternura.

«Luisa ama y es amada —piensa Swetlana con tristeza—. Qué felices son esos dos».

—Tengo que consultarlo con la almohada —dice Swetlana, y se levanta—. Os deseo lo mejor, Luisa, amiga mía. Buenas noches.

Se dan un abrazo y Swetlana nota cómo su amiga la atrae hacia sí. Un gesto amable y cariñoso con el que, sin duda, pretende animarla.

—Que duermas bien, Swetlana —le susurra Luisa al oído—. Mañana es Nochebuena y luego viene Navidad. ¡La fiesta del amor y de la reconciliación!

En su casa reina el silencio y Swetlana se siente de repente muy sola. Abre con sumo cuidado una rendija de la puerta del dormitorio. Michael está tumbado de lado, con la almohada hecha un gurruño y el brazo debajo. Duerme. Un mechón de pelo rubio le atraviesa la cara; cuando respira, se le mueve delante de la nariz. Swetlana se acerca de puntillas a la cama, le retira el pelo de la frente, se queda un rato mirando el beatífico sueño de su hijo y luego regresa a la sala de estar. En la mesa todavía siguen los trozos de la carta que ha roto. Los recoge y los echa a la estufa. Por un momento, los rescoldos se avivan en la ceniza y devoran el papel. Se acerca la lámpara, coge el lápiz y se dispone a escribir la carta desde el principio, pero no se le ocurre nada sensato. Es demasiado tarde, van a dar las doce y mañana tiene que madrugar para limpiar dos pisos. Ojalá le paguen al fin los clientes porque quiere comprar patatas, cebollas y carne y también un par de cositas que le gustaría regalarles a Luisa y Fritz. Se levanta para asearse antes de acostarse, y mientras deja correr el agua se da cuenta de que no tiene sueño. Se tumbará al lado del chico y no parará de dar vueltas de un lado a otro, y desde luego no puede encender la luz porque entonces Michael podría despertarse. Así que decide dar un paseíto. Le encanta cuando hace frío y se ven los copos de nieve revoloteando. Precavidamente, se envuelve el pelo con el pañuelo de lana, se pone los calcetines gordos y los zapatos apropiados y se abrocha los botones del abrigo hasta por debajo de la barbilla. Que no se le olviden las llaves de casa… Luego baja las escaleras sin hacer el menor ruido, como un ratoncillo. ¡Qué fastidio que crujan tanto los viejos escalones de madera! Prueba a ver si es mejor no pisar el centro del escalón, sino plantar el pie a un lado, pero sigue crujiendo igual. Fuera reina la oscuridad, solo está encendida una de cada dos farolas, pero por lo menos al final del callejón hay luz en una taberna, de modo que más o menos se las arregla. Es peligroso recorrer este barrio por la noche, así que aprieta el paso para llegar a la Langgasse, donde a esa hora terminan las películas de los cines y hay mucha gente por la calle. El viento de la noche azota los árboles de Navidad de madera que el ayuntamiento ha colocado en la Langgasse y cuyas luces eléctricas, a esa hora, llevan ya un tiempo apagadas. Swetlana cruza una calle transversal que va a dar a la Wiesbadener Strasse. Allí también hay bastantes noctámbulos, justo en ese momento se apagan las luces del teatro, pero en los cafés todavía hay clientes tomando vino y champán. Se detiene junto a los plátanos pelados y se apoya en uno de los nudosos troncos. Es absurdo lo que está haciendo; por más que mire al portal número 75 de la casa de enfrente, August no va a salir para abrazarla. Y si lo hiciera, tendría que rechazarlo. Porque es un mentiroso.

De todos modos, no puede apartar la mirada de la casa. Abajo, en el café, todo está oscuro, pero arriba, en el primer piso, una de las ventanas está aún débilmente iluminada. Podría ser la lámpara de un escritorio. O la lamparita de una mesilla de noche. ¿Quién vivirá en esa habitación? ¿Será el dormitorio de la malvada señora Koch y de su marido? ¿No podrán conciliar el sueño porque la competencia sigue teniendo muchos clientes? ¿O será su hermana, la que en su día quería contratarla? ¿Cómo se llamaba? Ah, Hilde. Pero está casada y tiene hijos, o sea que no vivirá con los padres, sino en el piso de arriba. Estos Koch tienen una casa bien grande, con varias viviendas. Pisos grandes y bonitos con cuartos de baño y calentadores del agua. Pueden darse un baño caliente cada vez que se les antoje. Y seguro que disponen de suficiente carbón para caldear todas las habitaciones. Aunque August lo pasara mal en la guerra, su infancia tuvo que ser muy bonita, seguro que no le faltaba de nada. Y ahora aquí también vive en la abundancia, el señor August Koch; no pasará hambre ni frío como otros estudiantes universitarios, pues sus padres se ocupan de él.

«No me aceptarían nunca como nuera —piensa—. Son ricos, viven aquí desde hace años. Si sus hijos se casan, los cónyuges han de ser de su misma clase. Negociantes, funcionarios, propietarios acaudalados de casas». No una como ella, que no tiene nada y que se gana la vida limpiando pisos. Y encima es rusa. Esta gente odia a todos los rusos. Los rusos han tratado muy mal a sus hijos.

El rectángulo iluminado del que no ha podido apartar en ningún momento la vista se difumina ante sus ojos. Aunque él la ame, nunca podrían ser felices juntos. Uno no puede pasarse la vida luchando contra el resto del mundo; no hay amor que aguante eso. Cuando le comunique su decisión, lo hará también por él. Lo deja libre… precisamente porque lo ama. Para que encuentre otra mujer con la que pueda ser feliz.

Ese noble pensamiento la consuela un poco. Como tiene frío, se separa del tronco del árbol en el que estaba apoyada. No, no piensa lanzar piedrecitas a esa ventana de allí arriba. Para empezar, porque está demasiado alta y no la alcanzaría. Pero, además, porque no está segura de si esta noche posee la necesaria entereza para comunicarle a August la decisión que ha tomado. Si saliera ahora por la puerta y corriera hacia ella, no sabe lo que haría. Lo más probable es que hiciera algo completamente disparatado.

Regresa despacio a su casa. Le es indiferente que la calle esté oscura o iluminada; tan sumida se halla en sus penas que no mira a derecha ni a izquierda. Cuando llega a la taberna, un borracho choca con ella, luego se detiene y le dice cosas procaces. Ella continúa andando imperturbable, las palabras son como gotas de agua deslizándose por una vela sin filtrarse en ella. Abre el portal sin hacer ruido, sube las escaleras y entra en su casa.

El fuego de la estufa hace tiempo que se ha apagado, pero la casa aún sigue un poco caldeada. Se lava con premura, se pone el camisón y entra de puntillas en el dormitorio. Sin encender la luz, palpa su cama pero se resbala en la pequeña alfombra y tiene que sujetarse rápidamente a la cabecera de la cama de Michael.

—¿Mamá? —protesta este adormilado.

—Lo siento. Me he resbalado con la alfombra. Sigue durmiendo.

Cuando ya está acostada en su cama e intenta calentar la fría almohada, Michael dice algo extraño.

—Debes tener cuidado, mamá, porque lo que he hecho para ti se rompe con facilidad.

—Pero si no he tocado lo que tienes escondido debajo de la cama, Michael.

—Tampoco puedes menearlo, mamá.

Swetlana no entiende el sentido de esta advertencia, ahora está cansadísima, y también triste. Tremendamente triste por lo injusta que es la vida con ella.

—Buenas noches, Michael. *Spokoinoje notschi.* Que duermas bien.

—Tú también, mamá.

Hilde

24 de diciembre de 1951

—Una curva así se puede coger todo recto —dice el examinador con negligencia. Se vuelve hacia el señor Neumüller, que va sentado en el asiento de atrás, y esboza una sonrisa burlona. El señor Neumüller sonríe nervioso.

Hilde no se deja confundir, sino que coge la curva de la izquierda con arreglo a las normas, aunque se vea bien la calle y no haya tráfico en dirección contraria en varios kilómetros a la redonda. Se trata de sacarse el carnet de conducir, no tiene ganas de hacer experimentos.

—Luego vamos a girar aquí a la derecha y aparcar en ese hueco —ordena el examinador.

Hilde pone el intermitente del Volkswagen «escarabajo» y gira. Aparcar le sale estupendamente; ayer mismo estuvo haciendo prácticas con August en la Rathausplatz. En general se le da bien conducir, tiene buena vista, capta a la velocidad del rayo cualquier situación del tráfico y sabe calcular las distancias. Es una maravilla moverse con ese coche, conducirlo, acelerar y llegar a tu destino en poquísimo tiempo. Se acabó el pedalear por la nieve y la lluvia, adiós al tranvía y al autobús y a tener que esperar en la parada pasando frío. Cuando se saque el dichoso carnet de conducir, dará comienzo una nueva época. ¡La época de la libertad!

Pero todavía no se lo ha sacado. El examinador es de esos hombres que están firmemente convencidos de que las mujeres son incapaces de conducir un coche. Un cuarentón de pelo cano con bigote y gorra de visera, que lleva una mugrienta chaqueta de piel, que en su día debió de costarle un dineral, y que siempre va por ahí con una sonrisita de superioridad.

—Ahora vamos a cambiar una bujía —opina con desenfado, y se apea.

Hilde para el motor y echa el freno de mano antes de bajarse. ¿Lo ha hecho todo bien? Un momento… Primero tiene que pulsar el botón de debajo de la guantera izquierda para poder sacar la herramienta del maletero de delante. Mira de reojo a su profesor de la autoescuela, que aún sigue nervioso pero le sonríe. Buena señal. Abre atrás el capó y luego tira de la bujía y la desenrosca hacia la izquierda hasta que se desprende. La saca y la muestra.

—¿Está en buenas condiciones la bujía?

Hilde examina la bujía ligeramente grasienta y le parece que tiene un aspecto normal. Mira fugazmente hacia el señor Neumüller y este le hace un gesto de asentimiento.

—Sí —afirma Hilde—. Todavía puede prestar servicio una temporadita.

—Entonces coloquémosla de nuevo.

Hilde la vuelve a enroscar con sumo cuidado, sin apretarla demasiado. Cuando por fin termina toda la operación, está bañada en sudor.

Visiblemente decepcionado, el examinador se echa la gorra hacia atrás y contempla cómo descienden lentamente los copos de nieve desde el nublado cielo invernal. Tienen el grosor de unos taponcitos de algodón y se derriten en cuanto tocan el suelo.

—Bueno, joven —dice, esbozando una sonrisa displicente—. Como hoy es Nochebuena, me portaré bien. Pero conduzca con sumo cuidado y no frene nunca en seco. Haga siempre lo que le pida el coche. Y en fin, en los recorridos más largos y más difíciles supongo que conducirá su marido, ¿no?

Hilde se traga varios comentarios maliciosos, no vaya a ser que al final no le dé el codiciado carnet de conducir.

—Mi marido y yo nos iremos turnando —afirma.

—Bien, estupendo. Entonces llévenos ahora a la Langgasse para que en la autoescuela podamos expedirle el carnet de conducir.

Ahora en esos últimos metros no tiene que cometer ningún error. Va toda rígida al volante, tiene los nudillos blancos por la fuerza con la que lo agarra. La Langgasse está abarrotada de gente que se apresura de un lado a otro para comprar algún regalo de Navidad o para recoger el asado o el pescado que han encargado o para comprar cualquier detallito de última hora para la cena. Los conductores de coches tienen que prestar mucha atención porque la gente cruza continuamente la calle para ir de una tienda a otra, y en medio hay ciclistas, mujeres con cochecitos de bebés y niños pequeños, pilluelos adolescentes o personas mayores que solo pueden andar muy despacio. Cuando Hilde se detiene por fin delante de la autoescuela, está tan nerviosa que se le cala el motor.

«Se acabó —piensa—. Todo ha sido en vano».

Pero hoy el examinador se siente generoso, solo suelta una breve carcajada y comenta con desprecio:

—¡Mujer al volante, sálvese quien pueda! Je, je, je. Y ahora vamos a…

Hilde recibe su nuevo permiso de conducir recién sellado y firmado. Un papel de tela con una foto suya en la que sale horrorosa, muy demacrada; parece una criminal peligrosa después de diez años de reclusión. Los señores le estrechan solemnemente la mano, le desean lo mejor y el señor Neumüller le ofrece un coñac. El examinador acepta encantado, mientras que Hilde declina la invitación dando las gracias y diciendo que todavía tiene que conducir.

—Muy encomiable por su parte, joven. Pues entonces ¡felices fiestas y buen viaje!

Cuando sale de la autoescuela con su flamante carnet de conducir en el bolso, se siente muy satisfecha consigo misma. Solo ha necesitado cuatro horas de clase. Las cuestiones técnicas las ha aprendido sola, gracias a que ha podido echar una y otra vez un vistazo debajo del capó del «ángel volador». Y, bueno, las señales de tráfico las ha memorizado enseguida. Qué sensación más agradable abrir ahora el coche y poder sentarse sola al volante. Sin el profesor de la autoescuela ni el ridículo examinador. Solo ella y el «ángel volador». Y aunque se le calara otra vez el motor, ya tiene su carnet y nadie se lo va a quitar así como así.

Hoy aparca el «escarabajo» descaradamente delante del Café del Ángel y se baja. Por desgracia, el café aún sigue cerrado. Ya han decorado las ventanas con motivos navideños y dentro hay algunas luces encendidas, de tal modo que se puede ver la nueva vitrina para las tartas y la bonita columna con los espejos. De la puerta cuelga además un letrero grande que invita a la reapertura en Nochevieja con un gran programa cultural. Pero de momento los clientes están todos enfrente, en el Café del Rey, incluidos sus parroquianos; en fin, ¿quién se lo va a reprochar?

Como ya nadie se ocupa de ella ni de su reciente logro, cierra el coche y sube a su casa por la escalera. Enseguida le vuelven a dar esas estúpidas palpitaciones, esa esperanza sin remedio que por desgracia se ve una y otra vez frustrada. ¿Habrá vuelto? Tan repentina e inesperadamente como se marchó, regresará a casa, o al menos eso piensa ella. Entonces se sentará en el sofá, y en la sala de estar reinará el caos, porque habrá organizado una batalla de almohadas con los gemelos, y la mirará y sonreirá con descaro. *Me voilà, mon petit chou!* ¡Ya estoy aquí, cariño! Y ella se olvidará del enfado y de todas las penas y se arrojará a sus brazos. Volver a sentir su firme abrazo, sus besos, las palabras cariñosas que le susurra al oído cuando hacen el amor. Son palabras en francés, y Hilde sospecha que son cosas muy indecentes las que le dice. Por eso no quiere ni saber lo que significan en alemán.

Cuando abre la puerta del piso, Frank y Andi salen precipitadamente de la sala de estar al pasillo; el entusiasmo que muestran sus caras desaparece en cuanto ven a su madre.

—Ah, eres tú —dice Frank decepcionado.

Hilde sabe perfectamente a quién esperaban los dos. La desilusión de sus chicos le duele casi tanto como la propia esperanza frustrada. No ha venido. Todavía no. ¡Pero hoy, que es Nochebuena, tiene que volver a casa de una vez! Si no por ella, sí al menos por sus dos hijos, que esperan tan anhelantes a su padre.

—¿A quién estabais esperando? —bromea—. ¿A Papá Noel con la vara de pegar a los niños que han sido malos?

—Nooo —opina Frank, mientras Andi se empecina en guardar silencio—. Creíamos que era papá. Vendrá hoy, ¿no?

—Seguro que viene —dice Hilde en un tono de firme convicción—. Papá o el *Père Noël;* uno de los dos vendrá seguro.

—¡Mejor papá! —exclama Andi.

—No, mejor el *Père Noël* porque es el que trae los regalos —dictamina Frank.

—¡Pero si el *Père Noël* es papá! —dice Andi.

Hilde se quita el abrigo y se queda pasmada ante el árbol de Navidad, que si bien todavía no tiene adornos, ya ha sido atornillado al caballete y colocado sobre un taburete en la sala de estar. Eso lo ha hecho esta mañana temprano Addi con los gemelos; ahora faltan las bolas plateadas y los espumillones. Hilde tiene que preparar la comida del mediodía, porque la ensalada de patatas con salchichas y huevos duros que se servirá por Nochebuena la hará hoy su madre. Naturalmente, la celebrarán aquí arriba, que es donde está el árbol de Navidad, pues a los gemelos les encanta desenvolver los regalos al pie del árbol. Abajo su madre ha puesto como único adorno navideño una rama grande de pino en una maceta de arcilla.

—Para una familia basta con un solo árbol de Navidad —ha sentenciado—. Esos campesinos de la cordillera del Taunus se están haciendo de oro con las ramas de pino. Cuando pienso en lo que me he gastado para decorar las ventanas del café… Eso pasa por haber puesto unas ventanas tan grandes, que solo sirven para gastarse el dinero.

Hilde ha decidido no hacerle ni caso. Seguramente su madre seguirá reprochándole la reforma hasta el fin de sus días, y su padre estará de acuerdo con ella. Y es que por culpa de los tres espejos que van pegados a las paredes no caben todas sus adoradas fotos de artistas.

Mientras pela y corta patatas y verdura en la cocina y pone al fuego la cazuela con la carne de ternera previamente cocida, entra August en casa. También a él lo saludan del mismo modo los gemelos.

—Ah, eres tú…

—Sí, soy yo —dice, y sonríe con tristeza—. No os preocupéis, chicos. Ya vendrá vuestro padre. ¿Qué os parece si adornamos juntos el árbol?

—¿Tú sabes hacerlo? —lo pone en duda Frank.

—Podemos intentarlo —propone August.

—El año pasado lo decoró mamá —dice Andi todo triste—. Y papá hizo la comida en la cocina.

August le explica que este año habrá que organizarlo de otra manera porque por desgracia él no sabe cocinar.

—Tú no sabes hacer nada, tío August. ¡Papá sabe hacerlo todo! Hasta sabe freír *pommes*. Y jugar al fútbol.

August es consciente de lo mucho que echan los dos de menos a su padre. Se esfuerza todo lo que puede por distraerlos de su congoja, pero curarla le es imposible. En la cocina pesca un par de trocitos de zanahoria y pregunta con toda ingenuidad por las clases de Hilde en la autoescuela.

—Fin —dice Hilde breve y escuetamente.

—¿Cómo que fin? ¿No habrás...?

Hilde echa las zanahorias cortadas en la cazuela de la sopa y luego se vuelve hacia él.

—Esta misma mañana lo he aprobado. ¡Como lo oyes! —dice toda orgullosa.

—¡Vaya, hermanita! —exclama August, y le da un abrazo—. Eres realmente fantástica. ¡La salvaje Hilde ahora está motorizada!

Bueno, es bonito que al menos alguien la elogie. La felicite. Se alegre con ella. ¡Qué haría ella si no existiera su querido hermano August! Es el único apoyo que tiene, su cómplice en todas las innovaciones, y ahora que su matrimonio está claramente en crisis, también puede contar con él. Ella asimismo está de su lado y lo ayuda como puede. Conoce sus penas y sufre con él.

—¿Y qué pasa con Swetlana? ¿Os habéis reconciliado por fin?

August menea la cabeza con tristeza. No, ni mucho menos. Está escribiéndole una carta, pero no está seguro de haber encontrado las palabras apropiadas.

—Me temo, Hilde, que lo he hecho todo mal. Nunca debí hacer caso de la sugerencia de Luisa.

A Hilde le indigna muchísimo que August esté dispuesto tan pronto a cargar él con toda la culpa. Francamente, esa rusa debería darse con un canto en los dientes por haber encontrado a una persona tan maravillosa como su hermano. Y va y le pone pegas.

—¡Qué va! —se enfada—. La sugerencia de Luisa era muy

razonable. Nadie va directamente al grano. Tal vez hayas tardado un poco demasiado en decirle la verdad.

August emite un profundo suspiro. Sí, cierto. Ese ha sido exactamente su error. Un error imperdonable.

—Tenía miedo de que eso estropeara todo lo que había surgido entre nosotros; por eso lo fui aplazando una y otra vez.

—¡Y luego vas y aparcas el «ángel volador» justo delante de su portal!

Ese reproche no se lo puede aguantar.

—Sí —dice él compungido—. Soy un idiota redomado.

—De eso nada —dice ella abrazándolo—. Tu amadísima solo está haciéndose de rogar. Si no cambia pronto de opinión, iré a verla y la pondré en su sitio.

—¡Ni se te ocurra! —protesta él, pero al mismo tiempo le entra la risa.

Desde la sala de estar llega a sus oídos un golpe y le sigue un tintineo. Frank se asoma con mala conciencia por la puerta entornada de la cocina.

—Mamá, cuando se caen, se rompen...

—Maldita sea, ¿no podéis tener más cuidado? —se enfada Hilde.

August lleva rápidamente a la sala de estar la escobilla y el recogedor, y Hilde prohíbe que anden por allí en calcetines hasta que estén recogidos todos los añicos de las plateadas bolas de Navidad. Addi llama con los nudillos; ha barrido fuera, delante del café, y a continuación ha pasado bien la escoba por el patio, y ahora promete no volver a mover un dedo hasta después de las Navidades. Tras él entra cojeando en la casa Bunte, que desde hace algún tiempo tiene problemas con la pata trasera izquierda. Reúma, ha dicho el veterinario. Y que no hay nada que hacer, pues el animal ha cumplido ya más de diez años.

—Qué lástima que tengamos el café cerrado —opina

Addi, mientras se quita la chaqueta mojada—. Enfrente, en el Café del Rey...

—¡Ya está bien! —gruñe Hilde—. ¡No quiero oír hablar más de eso!

Se hace el silencio. Hilde se vuelve hacia su sopa de verdura y le entra mala conciencia. ¿Por qué tiene que descargar su mal humor precisamente con el pobre Addi? Bastantes preocupaciones tiene ya él de por sí. Desde hace días recorre la casa como un alma en pena, monta estanterías en el sótano, repara la barandilla de la escalera, cambia las bombillas y, en fin, hace de todo un poco. Julia sale por las mañanas pitando hacia su tienda y por la noche vuelve deprisa a casa, apenas da las buenas noches y está con el pensamiento en otra parte. Cuando Addi está puliendo la barandilla de la escalera, ella lo saluda con un breve cabeceo y pasa de largo sin hacerle caso. ¡Qué pena! Y pensar que hace unos años parecía que esos dos iban a convertirse en pareja... Pero Julia es una mujer fuera de lo común, tal vez no necesite a ningún hombre. ¿Quién iba a pensar que algún día abandonaría su amado teatro para abrir de repente una tienda de modas en la Langgasse? A Hilde eso le parece rarísimo. Le cae bien Julia, aunque de momento le dé calabazas al pobre Addi.

—No lo menees tanto, tío Addi —ordena Frank en el cuarto de al lado—. Espera, que todavía no está bien sujeto.

Hilde otea por la rendija de la puerta. Addi está a cuatro patas sobre la alfombra, mientras Frank, de pie sobre su espalda, coloca la estrella de papel dorado en la punta del árbol de Navidad. Andi está en cuclillas no lejos de allí. Ha sacado de la caja de cartón todas las bolas plateadas y las ha clasificado por el tamaño y la forma. Bunte se halla tumbado en su sitio favorito, justo al lado de la estufa, y está masticando algo. Tal vez alguna galleta de Navidad que se haya caído. A August no se le ve por ninguna parte; es probable que haya bajado para seguir escribiendo la carta.

A la media hora, todos se han sentado a la mesa y toman a cucharadas la sopa de verdura con carne de ternera. A su madre le duele la espalda porque ha tenido que encargarse «deprisa y corriendo» de la limpieza navideña de la casa, y su padre se queja de ronquera.

—No me extraña que esté ronco, con todas las ventanas abiertas todo el rato —suspira.

—Así es como tienen que estar, ¿o es que quieres vivir con todo hecho una mierda? —se enfada su madre.

—Pero mamá —dice August, poniéndole la mano suavemente en el brazo—. Es Navidad…

—¿Y cuándo viene por fin papá? —insiste Frank.

Los adultos intercambian miradas de preocupación y de reproche.

—Dentro de un rato —dice Hilde—. Cuando estén los regalos.

—Jo, ¿tan tarde?

Guardan silencio para que los gemelos no carguen además con las preocupaciones de los mayores. Ayer Hilde tuvo que someterse a un riguroso interrogatorio por parte de su madre. La paciencia y el respeto de su madre tienen un límite; quiere saber lo que está pasando. Por qué se ha marchado su yerno sin despedirse. Por qué Hilde no sabe cuándo volverá. Y cómo va en general su matrimonio. Aunque solo sea por los nietos, quiere tener las cosas claras; los dos preguntan a diario por su padre y ella debe saber qué contestarles. Hilde solo le ha contado lo imprescindible: han discutido; el asunto de la explotación vinícola sigue rondándole por la cabeza; seguramente necesite unos días para volver a calmarse.

—Cuando a tu padre le daban esos arrebatos, le bastaba con darse un paseo por el parque del Balneario —ha respondido su madre.

También August ha tenido que soportar sus preguntas. Pero a él su madre se las ha hecho con mucho tacto, por haber estado enfermo y porque siempre trata a sus chicos con guantes de seda. De todos modos, él solo le ha dicho que su decisión es irrevocable y que les hará saber a los dos cuándo va a presentarles a su novia.

La sopa no ha salido demasiado sabrosa; la propia Hilde se da cuenta, y es que mientras la hacía, tenía demasiadas cosas en la cabeza. August le echa sal, y los gemelos reclaman el frasco de Maggi. Su padre opina apaciguadoramente que deberían alegrarse de tener algo tan bueno en el plato, no como en otros tiempos. Frank pone los ojos en blanco mirando al techo y Andi tuerce la boca. Otra vez ese rollo de los malos tiempos del hambre. Diga lo que diga, la sopa está sosa y las zanahorias deshechas.

Por lo menos los gemelos se ponen contentos cuando sus abuelos admiran el árbol y el abuelo Heinz asegura no haber visto nunca un abeto de Navidad tan bien adornado. August desaparece, supuestamente, porque quiere cambiarse de ropa para el auto de la Natividad en la iglesia del Mercado. Addi y la abuela Else ayudan a Hilde a fregar los platos, mientras el abuelo Heinz se concede un cigarro puro prenavideño y hace aros de humo para los gemelos, que saltan alborozados por la habitación para ensartar los aros con los dedos.

—Si no llega a tiempo —dice Addi en voz baja, mientras seca un plato sopero—, podría hacer yo de *Père Noël*.

—Espero que venga —opina Hilde, mordiéndose los labios—. Pero en caso de que se retrase, sería un detalle por tu parte, Addi.

Su madre no dice nada al respecto, abre el armario de la cocina y coloca dentro el montón de platos soperos con tanto brío que tintinean.

—¡Irresponsable! —despotrica en voz baja—. Eso no se hace cuando se tienen hijos.

—No pasa nada —opina Addi, rodeándole el hombro con el brazo—. De nada sirve enfadarse.

Hilde se alegra de que Addi saque a su madre de la cocina, pues ya no puede dominarse a sí misma. En cuanto la puerta se cierra tras los dos, rompe a llorar en el paño de la cocina. Lo más bajito posible. Luego se limpia rápidamente las lágrimas de la cara y se refresca las mejillas hinchadas con agua fría.

«A qué viene tanto teatro», se dice a sí misma. «Seguro que llega a la hora de los regalos. Hacia las cinco. Cuando termine el auto de la Natividad y volvamos a casa. Entonces lo encontraremos sentado en la sala de estar y habrá colocado ya los regalos debajo del árbol».

Cuando viste a los inquietos chicos los abriga bien, con calcetines gordos y la bufanda al cuello, porque en la iglesia hace frío. Por desgracia, la bonita y algodonosa nieve de esta mañana no ha cuajado, y la acera está llena de charcos; solo en algunas zonas se ha acumulado granizo fino, que no se parece en nada a la nieve navideña. Tiritando de frío, se dirige con sus padres y los gemelos hacia la iglesia del Mercado. Addi llegará más tarde; August no ha vuelto a aparecer, y Julia, que normalmente siempre iba con ellos al concierto navideño y al auto de la Natividad, hoy tiene otras ocupaciones.

Por lo menos ahora el Café del Rey también está cerrado, hacen un «descanso por Navidad» hasta el 27 de diciembre.

—¡Mirad! —dice Heinz—. ¡Ayer eso no estaba todavía ahí!

Tres o cuatro, no, cinco carteles cuelgan de las ventanas de la competencia. Gran fiesta de Nochevieja con champán y caviar. Prestidigitadores. Música interpretada por gitanos. Sorpresas.

—El muy insidioso y miserable... —se le escapa a la madre de Hilde.

—¿Quién, abuela? —pregunta Frank con curiosidad.

—No, nada —dice la abuela asustada—. Que me he tropezado con el bordillo.

—Tienes que mirar siempre bien dónde pones los pies, abuela —opina Andi preocupado, y le da la mano.

En la iglesia hay un pino muy alto que está adornado con bolas y con estrellas hechas a base de paja. Las velas están encendidas; casi todos tienen «cara de Navidad», saludan a amigos y conocidos en voz baja y llaman al orden a los niños para que se queden sentados muy formalitos en su sitio. Los gemelos se sientan entre su madre y la abuela Else, miran con los ojos como platos los altos techos de la iglesia, cuchichean entre sí y Frank se queja a la abuela porque no puede ver el pesebre de delante.

—Cuando empiece, te dejaré que te sientes en mi regazo —le promete su abuela—. Y Andi se sentará encima de mamá.

Hilde se siente aliviada cuando por fin suena el órgano y empieza el concierto. No presta mucha atención a la representación musical porque está demasiado concentrada en sus pensamientos. ¿Qué puede hacer si él no viene? ¿Cómo se lo va a explicar a los niños? ¿Tendrá que inventarse algo así como que papá ha llamado diciendo que vendrá mañana?

El coro canta a Peter Cornelius, el órgano toca a Mendelssohn; luego da comienzo el auto de la Natividad y Hilde sienta a Andi sobre su regazo. ¡Cómo han crecido sus hijos! Tienen las extremidades más largas; los brazos y las piernas, duros y musculosos; son unos muchachos, han dejado de ser unos críos tiernos y graciosos. En el momento en que los angelitos que bajan del cielo trayendo buenas nuevas cantan a la Virgen María, Hilde ve a su hermano August, que se ha retrasado y busca con la mayor discreción posible un sitio libre. A Addi y a Julia no se los ve por ninguna parte.

«Qué curioso —piensa Hilde—. Cuando estuvimos aquí hace seis años, Addi cantó de maravilla. Pasamos un frío de mil demonios porque las ventanas de la iglesia estaban destrozadas, y en casa no había nada extraordinario para cenar. Y no obstante, éramos inmensamente felices porque estábamos todos juntos y de nuevo albergábamos esperanzas. ¿Y ahora? Las ventanas de la iglesia tienen cristales nuevos y en casa nos espera una suculenta cena de Nochebuena, el café se va recuperando y ha empezado una nueva época. Sin embargo, ninguno de nosotros es realmente feliz».

Sin duda, es la Nochebuena más triste que recuerda Hilde. Cuando regresan a casa, la sala de estar sigue exactamente igual que antes. Jean-Jacques no ha venido. Pero lo disponen todo de la mejor manera posible. Addi hace de *Père Noël* y reparte los regalos, aunque los gemelos lo han reconocido enseguida. Los dos diablillos están alarmantemente silenciosos, dan las gracias con educación por los regalos, se sientan con ellos en un rincón y, a la hora de cenar, se acercan a la mesa solo de mala gana. Ya no preguntan por su padre, han comprendido que no vendrá, y también se han dado cuenta de que a su madre le duelen las preguntas que le hacen. Muy formalitos, juegan dos rondas a la pulga saltarina y luego, ¡oh, milagro!, quieren acostarse con los regalos. Hilde les permite llevarse el osito de peluche y el payaso; los libros, los dos coches de hojalata y el tren eléctrico, regalo de Wilhelm y August, se quedan de momento al pie del árbol de Navidad. Después de dar los besitos de buenas noches a la abuela, al abuelo y al tío August, Hilde se lleva a los dos al cuarto de baño.

—Tienes que leernos una cosa, mamá —reclama Frank, cuando esta se sienta con ellos en el borde de la cama.

—Claro que sí. ¿Un cuento de Navidad?

—Sí. Pero no de ese libro, sino del otro. Del que nos lee siempre papá.

Es un libro infantil en francés que el año pasado le envió su cuñada a Jean-Jacques. Aunque naturalmente Hilde sabe un poco de francés, le cuesta trabajo porque lo que le falla es la pronunciación. Eso a sus hijos se les da mejor que a ella. Así que a veces se ríen un poco cuando se equivoca, pero la mayor parte del tiempo la escuchan en silencio.

433

—Ya no va a volver nunca, ¿verdad, mamá? —dice Frank, cuando termina la lectura.

Hilde siente una ira desatada. ¿Cómo puede ser tan cobarde un padre? ¿Tan inconsciente? ¿Qué ha pasado para que les haga eso a sus hijos?

—Claro que vendrá —dice—. ¡Y cuando digo que vendrá es que vendrá!

Hoy les da unos besos de buenas noches más fuertes de lo habitual. Luego apaga la luz y se va a la sala de estar. Se sienta con sus padres y toma un vaso de vino con ellos y con August. Hablan sobre la inminente apertura del café, sobre la carta de Navidad de Wilhelm que les enseña su madre, y sobre la felicitación navideña de su amiga Gisela en finísimo papel de correo aéreo adornado con un dibujito brillante.

Solo cuando sus padres bajan y August le lleva los vasos a la cocina, suelta su secreto.

—Escucha, hermanito. Mañana me voy con el coche a recogerlo. Mientras tanto te dejo a ti a cargo de todo esto.

—¿Estás loca? —pregunta asustado.

—Puede ser.

August

Hace otro intento fallido por quitarle de la cabeza ese disparate; luego le propone acompañarla.

—Pero si acabas de sacarte el carnet de conducir, Hilde. ¿Qué vas a hacer si tienes una avería? Es una locura atreverse a emprender sola ese viaje tan largo.

—Ya hablaremos mañana de eso, August. Ahora tengo sueño, ha sido un día muy duro.

Él la sujeta por el brazo.

—No hagas ninguna tontería, Hilde. ¡Prométemelo!

—Te lo prometo, hermanito. Buenas noches.

Abajo, en su habitación, se queda otro rato sentado al escritorio, lee otra vez la carta dirigida a Swetlana, cambia algunas cosas, tacha los cambios y los escribe de nuevo, suspira desanimado, mete la hoja escrita al completo debajo de un montón de cuadernos y decide acostarse. Como es natural, no consigue conciliar el sueño, tiene demasiadas cosas en la cabeza. Sobre todo le preocupa el fracaso de la visita a Swetlana. No debería haber ido, pero no pudo remediarlo. Tenía que verla para decirle al menos unas palabras. Y además el chico estaba esperando su regalo. Pero todo salió rematadamente mal. Swetlana estaba tomando el té y unos *blinis* rusos con Luisa y Michael y habían adornado un arbolito de Navidad, bajo el cual había varios paquetes de todos los tamaños. Michael, que fue quien le abrió la puerta del piso, soltó enseguida un grito triunfal:

—¿Ves como tenía yo razón, mamá? ¡Ha venido!

Luisa lo saludó cordialmente, le contó que ese día Fritz tenía que tocar tres conciertos seguidos y lo invitó a sentarse a la mesa. Swetlana lo saludó con una leve inclinación de cabeza y, a continuación, desapareció en la cocina. Allí se quedó y no volvió a salir.

—No la entiendo —le dijo Luisa en voz baja, cuando lo despidió en la puerta—. Lo considero una descortesía. Y además es ridículo.

—No os peleéis por mi culpa —respondió él—. Sus razones tendrá, Luisa. Bueno, felices fiestas a todos.

Ahora, mientras lo recuerda, se siente profundamente deprimido. Más tarde, después de encontrar un sitio libre en la abarrotada iglesia, llega a la conclusión de que a lo mejor la entendió mal. ¿Y si ella esperaba que fuese a la cocina para poder hablar a solas? ¿Fue eso? ¿Acaso no vio el puente que ella le tendía y ahora está doblemente decepcionada con él? Pero entonces ¿por qué Swetlana no le dio ni una pista? Podría haberle pedido que fuera a la cocina con cualquier pretexto...

El auto de la Natividad y la consiguiente música navideña atruenan en sus oídos sin ser consciente de lo que oye. Se alegra de que el concierto haya terminado, pues ahora ya no tiene tiempo de seguir cavilando; sus sobrinos se cuelgan de él, Hilde lo coge del brazo, y su madre quiere saber por qué ha llegado tan tarde a la iglesia. Por supuesto, su cuñado no ha regresado a casa; para él es un enigma por qué Hilde estaba tan segura de que volvería. A él le indigna bastante la conducta de Jean-Jacques, que hasta entonces le caía muy bien. Es comprensible que fuera a Francia al entierro de su padre.

Pero aunque estuviera peleado con Hilde y se haya marchado sin despedirse, al menos podría haberles explicado a sus hijos adónde iba y cuándo regresaría.

«Debo impedir a toda costa que Hilde se vaya a Francia con el coche», piensa mientras da vueltas en la cama. No quiere ni pensar en que pudiera pasarle algo... De pronto, el cansancio se adueña de él y los pensamientos toman su propio rumbo, se entrelazan unos con otros y se vuelven confusos, hasta que ya no queda nada más que la oscuridad y el alivio que esta procura.

Se despierta cuando alguien le sacude con fuerza el hombro.

—Ya estoy lista, August. Sube, por favor, y túmbate en el sofá para que estés allí cuando se despierten los niños.

Se levanta e intenta agarrarla por el brazo, pero Hilde ya se ha ido y, al poco rato, oye el motor del «escarabajo». Arranque fallido; todavía le da tiempo de atraparla. Descuelga la bata del gancho y se la pone mientras baja descalzo y a todo correr las escaleras. Abre de un manotazo la puerta de la casa, se planta a oscuras en la acera y sigue con la mirada al coche que se aleja. Lo envuelve una nube del gas de escape, le da la tos y comprueba aliviado que no se ha cerrado a su espalda la puerta de la casa. ¡Las cinco de la mañana! ¿Qué demonios le pasa a esta familia? Todos huyen de ella, hacen lo que les viene en gana y él es el idiota que tiene que gestionar el caos que dejan atrás. Como si no tuviera él ya bastantes preocupaciones... Y no quiere ni acordarse de los dos trabajos escritos que ha de presentar en la universidad. Se ciñe furioso la bata y sube las escaleras.

Se detiene delante del piso de sus padres, piensa en su cama calentita y suelta una maldición para sus adentros. Luego coge del gancho la llave del piso de Hilde y sube procurando no hacer el menor ruido. En la sala de estar encuentra una almohada y un edredón en el sofá y se tumba. Si el sofá midiera medio metro más, podría estirar las piernas; así en cambio está bastante incómodo, pero al menos el edredón le proporciona calor. Envuelto por el aroma del árbol de Navidad, se duerme otra vez agotado.

—¿Mamá? ¿Dónde te has metido? ¡Mamá!

Se despierta asustado y se incorpora. Desde la puerta del dormitorio de sus padres, los gemelos se le quedan mirando como si fuera el Espíritu de la Navidad de Charles Dickens.

—¿Qué haces aquí, tío August?

—¿Dónde está mamá?

August carraspea porque tiene un nudo en la garganta e intenta ordenar sus pensamientos.

—Vuestra madre se ha ido de viaje porque...

—¿Va a recoger a papá? —pregunta Frank.

August vuelve a carraspear. ¿Qué demonios debe decirles?

—Claro que va a recoger a papá —dice Andi, asintiendo varias veces—. Nos lo dijo ayer.

¿Cómo? ¿Hilde les ha dicho la verdad a los chicos, y él pensando en qué mentira piadosa les podría contar?

—Nooo —le lleva la contraria Frank—. No lo dijo.

—¡Sí lo dijo! —se impone Andi—. Dijo que papá vendrá. ¡Porque lo digo yo vendrá, dijo!

—Pero no dijo que fuera a recogerlo.

—¿Y cómo va a venir si mamá no va a recogerlo?

—También puede venir por sí solo.

—Pero no lo hace.

Sentado en el sofá, August mira alternativamente a sus dos sobrinos. No tiene ni idea de lo que les ha contado Hilde. Una cosa sin embargo le ha quedado clara: a los gemelos no les parece tan grave que su madre se haya marchado de viaje; con su conmovedora fe infantil confían en que ella traerá de nuevo a su padre a casa.

Al menos ese problema resulta menos grave de lo temido. Peor será cuando tenga que poner en conocimiento de sus padres la temeraria aventura en solitario de su hermana. Ante todo, no debe hacerlo en presencia de los gemelos porque se puede imaginar el efecto que causarían en los nietos las caras aterrorizadas del abuelo y la abuela. De momento se han tomado las cosas con calma, animan a su todavía somnoliento tío a una alegre batalla de almohadas en el cuarto de los niños y después tiene que leerles un cuento de Navidad francés y aguantar que le digan que pronuncia aún peor que su madre.

Echa un vistazo al reloj y comprueba que ya son las ocho y media. Seguro que su madre ya ha puesto abajo la mesa del desayuno y ha preparado café, mientras se hornean los panecillos de los días festivos.

—Pues ahora mismo os vais al cuarto de baño —dice con energía—. A hacer pipí. A cepillarse los dientes y a lavarse la cara y las manos. Luego podéis bajar a desayunar.

—¿En pijama?

—Por mí...

—¿Montaremos hoy el tren?

—Cuando hayamos desayunado.

Mientras los gemelos dan rienda suelta a su afán de acometer hazañas en el cuarto de baño, dejándolo todo perdido, August baja al piso de sus padres para comunicarles la noticia de la manera más suave posible. La verdad es que estos días de Navidad están resultando todo lo contrario de una alegre y entrañable fiesta familiar.

Su madre tiene que dejar primero la cafetera llena encima de la mesa; luego se desploma en una silla.

—¡Por Dios! ¿Cómo es que no la has retenido, August?

La habilidad diplomática de August hoy no le sirve de mucho. Pero tampoco es fácil vender la repentina marcha de Hilde como una excursión sin importancia.

—Eso quería hacer, mamá. Pero se ha marchado mientras estaba dormido. A las cinco de la madrugada.

—¡Lo ves, Else! —exclama su padre—. No estaba soñando cuando a las cinco he oído un coche delante de casa. Ay, Dios mío, mi Hilde... Y encima sin carnet de conducir...

En ese sentido August sí puede tranquilizarlo: Hilde tiene el permiso de conducir desde ayer.

—¿Se ha sacado el carnet de conducir? —Se extraña su madre—. ¿Y cómo es que no ha dicho nada? ¿En qué se ha convertido nuestra familia? Se escapan, se sacan el carnet de conducir, se prometen, se enamoran y uno no se entera de nada. ¿Verdad, Heinz, que antes no podíamos permitirnos actuar así?

Su padre se encoge de hombros y dice que por aquel entonces tuvo que ir a la guerra, y el káiser no se lo consultó previamente ni a él ni a sus padres.

—No os pongáis nerviosos —intenta apaciguarlos August—. Hilde no es tonta. Seguramente se dé cuenta enseguida de que se ha propuesto demasiadas cosas y regrese.

—Qué poco conoces a tu hermana —dice su padre preocupado, y su madre hace un gesto de conformidad.

—Nuestra Hilde es testaruda —suspira Else—. Es capaz de ir andando al sur de Francia antes que volverse sin haber logrado nada. Ay, Dios, ¿qué podemos hacer? ¿Y si mandamos que la detengan en la frontera, August? ¡Desde luego! Ahora mismo voy a la comisaría y les explico que tienen que retenerla sin falta porque no está en sus cabales.

—¡Pero Else! —dice su padre horrorizado—. ¿De verdad quieres que lleven a nuestra hija esposada a una celda de seguridad?

—Antes de que tenga un accidente o la violen por el camino...

—¡Tranquilízate, mamá! —interviene August—. Hilde puede llamarnos en cualquier momento si está en un apuro. Tenemos teléfono.

—¡Ah, el estúpido teléfono!

En la escalera se oye ahora ruido de pasos de dos personas; luego, en medio del silencio de la mañana, resuena por toda la casa la voz aguda de Andi.

—¡Anda! Pues ahora vas y lo recoges.

—Pero si es tuyo.

—¡Pero lo has tirado tú!

—Da igual, es tuyo.

A August le da tiempo de susurrarles a sus padres que no saquen a relucir el tema porque hasta ahora los gemelos se lo han tomado bastante bien.

—Los pobrecillos —suspira su madre.

Poco después irrumpen en el piso dos angelitos de pelo negro rizado con sus pijamas blancos. Los dos tienen cara de estar muy enfadados porque se han peleado. El objeto de la disputa es el nuevo osito de peluche de Andi, que de manera inexplicable ha caído rodando por las escaleras hasta llegar justo delante de la puerta del piso de los abuelos, donde August lo ha recogido sin sospechar nada.

—Mamá ha ido en busca de papá en coche —resume Frank la situación.

—Aquí huele que apesta —añade Andi.

—¡Santo cielo, los panecillos! —grita la madre, y va corriendo a la cocina—. ¡Se han quemado! ¡Eso no me pasaba desde hace cuarenta años!

Hay que meter en el horno una segunda remesa de panecillos; los quemados se aprovecharán más tarde raspándolos con fuerza para convertirlos en pan rallado.

Poco a poco se va normalizando la situación. Desayunan, hablan de la mermelada de fresa y de las manchas de chocolate en el mantel blanco; el abuelo les promete a los gemelos acompañarlos pasado mañana a la noria, y August se muestra dispuesto a montar enseguida el tren eléctrico con ellos. La abuela Else quiere hacer de postre pudin de vainilla con salsa de frambuesas. Todos se esfuerzan por sustituir al padre y a la madre de los pobres huérfanos, y estos se aprovechan a base de bien.

El primer día festivo transcurre con cierta tranquilidad. El segundo, tanto el padre como la madre dan vueltas alrededor del aparato telefónico, pero no llama nadie. Addi aparece en el piso y dice que abajo hay un chico que quiere hablar con el señor August Koch. August vuelve a colocar sobre los raíles la pequeña locomotora que había estado manipulando y les advierte a los gemelos que no giren el interruptor hasta el tope. Luego, con el corazón en un puño, corre escaleras abajo. Tal y como se imaginaba, abajo está Michael.

—Feliz Navidad —le desea al chico, esforzándose por parecer natural—. ¿Y bien? ¿Te ha traído algún regalo Papá Noel?

Michael asiente con la cabeza. Da la impresión de estar nervioso. Como si tuviera previsto hacer algo prohibido.

—Quería preguntarte una cosa, August.

—Pues pregúntamela tranquilamente.

—Quería saber si puedo guardar mi bici en tu casa.

—¿Tu bici?

—Sí —dice el chico sonriente—. Me la han traído por Navidad.

August ya se ha dado cuenta de que Michael no ha venido a traerle noticias de Swetlana. Claro que no, ¿cómo se le ha ocurrido ni por un momento albergar esa esperanza? Michael le enseña su regalo de Navidad. Es una bicicleta en un estado bastante lamentable, toda oxidada, con la cadena llena de parches y, a decir verdad, demasiado grande para un niño de ocho años. Para montar en ella no puede sentarse en el sillín porque sus piernas todavía son demasiado cortas. No obstante, el chico está orgullosísimo de su bici.

—En el rellano de nuestra escalera siempre están robando cosas —le explica, parpadeando cándidamente—. Por eso he pensado que a lo mejor podía guardarla aquí.

A August no le parece una buena idea porque la entrada a la escalera es accesible desde la calle. Así que lleva la bicicleta de Michael al patio y la mete en el cobertizo, junto a la bici de los gemelos.

—¿Le va bien a tu madre? —pregunta como quien no quiere la cosa.

—Está escribiendo una carta de Navidad a las tías de Smolensk —responde Michael con indiferencia—. Por lo demás, se encuentra bien porque hasta mañana no tiene que trabajar.

—Salúdala, por favor, de mi parte.

—Lo haré. Y muchas gracias —dice el chico, y desde la puerta que da a la calle añade—: ¡Ah, y feliz Navidad!

August sube pensativo las escaleras hasta el piso de sus padres. Qué raro se le hace. ¿No dijo una vez Swetlana que de ninguna manera quería que Michael recorriera la ciudad con una bicicleta? Y ahora va y le regala una bici por Navidad… y encima un trasto tan viejo al que se le puede salir la cadena nada más doblar la primera esquina. Allí hay algo que no encaja. ¿Podría ser que esa bicicleta…?

¡El teléfono! ¡Santo cielo, qué timbrazo, se oye desde la escalera! Entra a todo correr en casa, se choca en el pasillo con su padre, que ha salido deprisa del cuarto de baño, pero su madre hace rato ya que ha descolgado el auricular.

—¿Cómo? ¿Quién? —grita.

—Mamá, no tienes que gritar tanto —susurra August—. Así también se te oye al otro lado de la línea.

Su madre hace un movimiento de rechazo con la mano.

—Cállate, August… ¿Qué? ¿Quién es? ¡Ah, eres tú, Willi! Y yo que confiaba en que fuera Hilde… ¿Qué dices? Nada, ya te lo explicaré más tarde.

Se vuelve hacia el padre y le dice en voz baja que Wilhelm está al aparato.

—¿Ya sabe cuándo va a venir? Todavía tenemos que ensayar y prepararlo todo.

—Cállate, Heinz. ¡No entiendo ni una palabra! ¿Cómo? ¿Mañana ya? ¡Eso es maravilloso, hijo! Sí, se lo diremos a Fritz.

Como de todos modos Luisa va a venir enseguida al café, podemos… ¿Qué? ¿Dices que la conferencia va a salir cara? Bueno, pues hasta pasado mañana. Nos alegramos mucho. ¿Qué quieres que te haga de comida, Willi? Vaya, ya ha colgado.

Así que mañana viene Wilhelm, esa es una buena noticia. August se queda mirando a los gemelos, que hacen avanzar en círculo la locomotora con tres remolques. Como tienen cinco años, no les preocupa demasiado cómo y por qué funciona ese prodigio; accionan el interruptor giratorio y con eso tienen bastante para divertirse. «Qué despreocupados están», piensa. Viven el momento y no piensan en mañana. ¡Bendita infancia! Luego se vuelve a acordar de Michael y la bici y otra vez se pone a cavilar. ¿Cómo puede ser que Swetlana esté de acuerdo con guardar la bicicleta precisamente en casa de los Koch? Es de todo punto imposible. Lo más probable es que Swetlana no tenga ni idea de eso. Es más, también cabe imaginar que ni siquiera sepa que su hijo tenga una bicicleta. Pero ¿cómo la habrá obtenido? ¿Se la habrá regalado alguien? ¿O al final va a resultar que la ha robado? Eso August no puede creérselo. Por otra parte, le viene a la memoria que hace poco vio al chico en un solar lleno de escombros con dos compañeros mayores que él. ¿Habrá caído Michael en malas compañías?

La llegada de Luisa interrumpe sus cavilaciones. Está contenta porque Fritz ha tocado al fin el último concierto de Navidad y mañana quieren ir juntos a casa de los suegros, en Lenzhahn. Reunirse por Navidad es lo que se debe hacer. Irán a pasear un poco, visitarán a algunos familiares y seguro que vuelven a Wiesbaden cargados de jamón y de sabrosos embutidos. Cuando se entera del viaje de Hilde a Francia, al principio se asusta; luego, mirando a los sobrinos, dice que su prima Hilde dominará perfectamente la situación.

—Vuestra madre es una buena conductora —les explica a los niños.

—Puede... —opina Frank no muy convencido—. Pero papá conduce mejor. ¡Además corre mucho!

—¿Sabes una cosa? —le dice Andi a su hermano—. Mamá conducirá a la ida y papá a la vuelta. ¡Así llegarán enseguida a casa!

Entre los adultos se propaga cierta inquietud. Else sirve más café y Heinz pide permiso para fumarse un cigarro puro. Luisa da las gracias por la invitación; ahora tiene que irse a casa porque luego viene Fritz y quiere dejarle la cena hecha.

—Te acompaño un trecho —dice August, poniéndose el abrigo—. De todas maneras quería tomar un poco de aire fresco.

—Acompáñala hasta el portal, August —le dice su madre—. Por allí arriba, por el barrio Bergkirchen, no debería ir a estas horas una mujer sola.

Ya ha anochecido; en el teatro de enfrente se encienden las luces, los cantantes se preparan y las bailarinas hacen ejercicios de precalentamiento: esta noche se va a representar *Parsifal*, de Richard Wagner. Hoy Fritz no tocará, cosa que le preocupa un poco, según cuenta Luisa, porque esperaba poder sustituir permanentemente a su colega, mayor que él.

—¿Sigue sin dejar la plaza libre? —se interesa August.

—Le ha dicho a Fritz que quiere jubilarse en el transcurso del año que viene —dice Luisa—. Pero no está claro que Fritz obtenga entonces el puesto. Porque seguro que hay más candidatos.

Sorprendentemente, hay muchísima gente por la calle, en la Langstrasse acuden en masa a los cines, también han abierto algunos restaurantes y, por supuesto, el Café del Rey ha encendido ya sus molestas lamparitas rojas. Hace un frío helador. Luisa lleva las manos enterradas en los bolsillos del abrigo y August se sube la bufanda para protegerse un poco las orejas mientras se lamenta de que con las prisas no le haya dado tiempo de ponerse un gorro.

—Escucha, August —dice Luisa—. Por desgracia, hoy tengo que leerte la cartilla. No ha sido prudente por tu parte haberle dado dinero a Michael. Aunque con eso le haya comprado un regalo a su madre.

—¿Cómo que yo le he dado dinero? ¿Quién ha afirmado tal cosa?

Ahora es Luisa la desconcertada.

—¡Eso nos ha contado él! —balbucea.

Michael le ha comprado a su madre un perfume caro, y cuando ella le ha preguntado de dónde había sacado el dinero, el chico ha dicho que se lo había dado August.

—Eso es mentira, Luisa. Ay, Dios, eso confirma mis sospechas de que está implicado en alguna historia turbia.

Cuando le cuenta a Luisa lo de la bicicleta, esta también se asusta mucho.

—Pero ¿cómo puede contar esas mentiras, August? ¡Swetlana está terriblemente enfadada contigo!

Lo que faltaba. ¿Qué pensará ahora de él? Que la quiere comprar o algo parecido. ¡La que ha armado ese granuja!

—Mira, Luisa. Yo espero abajo, delante de la casa, y tú le dices a Michael que baje. Dile que es por lo de la bici.

Luisa asiente y los dos aprietan ahora el paso, recorren las callejas mal iluminadas, pasan por la taberna, en la que cantan mal y a voz en grito canciones navideñas, y por fin llegan a su destino.

—Mucha suerte —dice Luisa, y sube las escaleras.

Delante de la casa, August se pasea arriba y abajo, se frota los dedos helados y se ciñe la bufanda de lana en torno a las orejas. Aquí reina la oscuridad, la farola más próxima está bastante alejada; de ahí que se vea obligado a forzar mucho los ojos para no perder de vista el portal. ¿Y si el chico no viene? ¿O si aparece de repente Swetlana y le hace furibundos reproches?

Entonces oye el leve crujido de la puerta de madera del portal y aparece la mata de pelo rubio de Michael.

—¿August?

—Estoy aquí. Ven, tengo que hablar contigo.

Naturalmente, el chico no se ha puesto la chaqueta. Tiritando de frío delante de August, va cambiando el peso del cuerpo de un pie a otro.

—¿Qué pasa ahora? —refunfuña enfadado.

August no tiene ganas de tratarlo con guantes de seda. El asunto es demasiado serio.

—¿De dónde has sacado el dinero, Michael?

El chico lo mira con una cara de inocencia bien estudiada.

—¿Qué dinero?

—Escúchame, Michael. Hay dos posibilidades. O me dices ahora la verdad. O subimos juntos y le cuento a tu madre que has guardado una bicicleta en mi casa.

Asustado, Michael lo mira con los ojos como platos. Un niño y, al mismo tiempo, un redomado mentiroso.

—¡No! —dice—. A mamá no le digas nada. Te lo digo a ti. Pero no me delates. ¿Me lo prometes?

—No —dice August con energía—. No te prometo nada. Quiero oír la verdad y luego ya decidiré lo que hacemos. ¡Venga, desembucha!

Michael hace un movimiento como si quisiera escabullirse entrando en la casa, pero August lo sujeta del brazo.

—Podemos subir juntos, Michael. Y entonces hablaré con tu madre.

—¡No! Ahora te lo cuento…

Lo que oye August es tan increíble que se le pone la carne de gallina. Michael se ha juntado con un grupo de adolescentes que practican un próspero comercio con toda clase de cosas que encuentran en los solares de las ruinas, en los desvanes o en otros sitios parecidos. Los compradores son intermediarios que venden los objetos a soldados americanos u otros visitantes ansiosos por llevarse un recuerdo especial de la Alemania nazi.

—Son completamente inofensivos, August, porque los detonadores no funcionan.

Han desenterrado minas en la orilla del río, cerca del Schiersteiner Brücke, cajas de metal redondas y rectangulares bastante roñosas y se supone que inofensivas. Con ellas sacan un montón de dinero; solo hay que tener cuidado y, desde luego, no dejarse atrapar.

—¿Y por qué están precisamente en tu casa? —quiere saber August.

—Los otros me han dicho que en su casa las minas corren peligro. Por eso he recibido también más dinero que los demás. Lo metí todo debajo de la cama y al día siguiente se lo llevé a los otros, porque había venido el hombre que compra esas cosas.

A August se le nubla la vista. Michael ha tenido dos pequeñas minas —supuestamente inofensivas— guardadas toda la noche debajo de la cama. No quiere ni pensar en lo que podría haber pasado. Todos los vecinos de la casa pueden dar gracias a Dios por seguir con vida.

—¿Y has participado en más ventas?

—Solo de cosas viejas. Lo que hemos encontrado en los solares. Uniformes y condecoraciones. Lo que la gente tenía allí enterrado.

Michael tiene ya los labios amoratados de frío; tampoco es cuestión de que coja una pulmonía. De modo que August se quita la bufanda y envuelve al chico en ella.

—Escúchame, Michael —dice—. Eso que habéis hecho está prohibido. En realidad debería denunciarlo a la policía. Pero de entrada no lo haré si me prometes firmemente una cosa.

—¿Qué? —dice el chico, al que ya le tiembla la mandíbula.

—En el futuro tienes que mantenerte alejado de esos adolescentes y no volver a hacer nunca negocios de esa clase. ¿Me lo prometes?

Michael asiente con la cabeza.

—De todas formas, ya no me caen bien —dice en voz baja—. Porque siempre están riéndose de mí. Y dicen que soy un *russkij*.

—¿Me lo prometes? Dame tu palabra con un apretón de manos, Michael.

La mano de August está fría, pero los dedos del muchacho parecen carámbanos.

—Y otra cosa más —exige August, sujetándole la mano—. Le vas a contar toda la historia a tu madre. Todo. También lo que me has prometido ahora.

El chico lo mira angustiado.

—Es que se pone siempre tan nerviosa…

—Si no lo haces tú, lo haré yo. O Luisa, que también está enterada. Pero de todos modos, es mejor que se lo cuentes tú mismo a tu madre. ¿Está claro?

El chico asiente y agacha la cabeza. August casi siente compasión por él. Pero ahora no puede ceder bajo ningún concepto; el chico tiene que notar con claridad, incluso con dolor, que ha traspasado un límite.

—Cuando hayas resuelto eso, seguiremos hablando.

—Pero la bici… —intenta objetar el chico, pero de pronto cruje la puerta del portal a su espalda.

—¡Sube ahora mismo, Michael! —dice Swetlana furiosa—. ¿Qué haces aquí en la calle? ¡Y sin chaqueta!

Tira del chico hacia casa, luego se vuelve, y August ve fascinado cómo le brillan sus oscuros ojos.

—Deseo que deje en paz a Michael, señor Koch. ¡No necesitamos su dinero! ¡Buenas noches!

August vuelve a casa sin bufanda y completamente turbado, pues no puede olvidar ese brillo de sus ojos negros. «¡Qué guapa está cuando se enfada!».

Jean-Jacques

Maître Beaulieux se despide con cierta preocupación; es un hombre al que ese tipo de cosas no le dejan frío. Dice que estará a su disposición hasta el 24 de diciembre y se ofrece también para un posible asesoramiento jurídico, dado que en su opinión el caso entraña ciertos escollos. Luego manifiesta su esperanza de que, tras reflexionar y sopesar con madurez todas las circunstancias, al fin lleguen a un acuerdo que satisfaga a todos los interesados. Tal y como lo deseaba el querido difunto.

Ni Pierrot ni su madre le contestan. Jean-Jacques, en cambio, le da las gracias amablemente. Los tres se han quedado de piedra, no pueden comprender lo que ha dispuesto el padre en su testamento. ¿Jean-Jacques, el hijo pródigo, que abandonó la finca hace años y no volvió nunca más, es el único heredero? Entonces a Pierrot solo le queda la legítima y a la madre nada.

Durante el viaje de vuelta a la finca también guardan silencio. Pierrot conduce el Renault 4CV con un gesto glacial; sentada a su lado, su madre tiene la mirada perdida en el paisaje gris. También el mistral guarda silencio; de las colinas cuelgan grises vaharadas de niebla que hacen que las leñosas vides se asemejen a buitres negros.

Una vez llegados a la finca, Pierrot baja de inmediato a la

bodega. Cuando su madre corre tras él para decirle algo, su hijo niega con la cabeza y la aparta de su lado. Tampoco Jean-Jacques tiene ganas de largas conversaciones; sube a su cámara de los mozos de labranza, se envuelve en el edredón y se sienta en la cama para pensar las cosas a fondo.

¿Por qué? ¿En qué estaría pensando su padre? Es una decisión insensata que solo provocará que Pierrot y él se peleen de nuevo. ¿Se enteraría su padre de quién es el padre de Marcel? ¿Acaso no pudo perdonarle a Pierrot el adulterio? ¿O es que en el fondo le reprochaba a Pierrot haber echado al hermano de la finca? Tal vez. Entonces este testamento estaba concebido para que las cosas volvieran a estar tal y como el padre las había dispuesto desde el principio: que su primogénito se quedara con la finca; no el más joven, el favorito de la madre. ¿Sería eso? ¿O algo completamente distinto? ¡Ojalá se lo pudiera preguntar! Pero su padre yace en el ataúd con la cara rígida y guarda silencio para siempre.

Por la noche, a Jean-Jacques le entra un hambre canina y baja a la cocina, donde los demás están cenando. Saluda a todos con una inclinación de cabeza y se sienta en su sitio. Por lo menos, le han puesto un plato y Simone le pasa el cesto del pan con una sonrisa forzada. Después de comer hasta saciarse, retira el plato y da un buen trago de vino.

—He estado un rato pensando en toda esta historia —anuncia—. Solo me quedaré con una de las dos cuentas, el resto del dinero será para mamá. Las tierras, la casa y el coche se los doy a Pierrot.

Su madre rompe a llorar; Pierrot se le queda mirando sin dar crédito a lo que oye. Chantal se echa al cuello de su marido, lo besa y le dice una y otra vez que ya no tiene que preocuparse por nada, que ahora es el dueño de la finca para siempre.

Pierrot la aparta de su lado y mira a su hermano con recelo.

—¿Lo dices por decir algo o hablas en serio?

Jean-Jacques tiene que contenerse porque la desconfianza

de su hermano le ofende. Pero solo pretende reconciliarse y regresar a Wiesbaden como muy tarde mañana, porque en Navidades quiere volver a estar con Hilde y sus hijos.

—Hablo completamente en serio, Pierrot. No necesito la finca; mi sitio ya no está aquí.

—Si es así, deberíamos dejar las cosas claras en la notaría, Jean-Jacques —continúa Pierrot—. Para que quede regularizado de una vez por todas, también para nuestros hijos.

—De acuerdo.

Pese a su generoso anuncio, no surge ninguna conversación entre ellos. Su madre le da las gracias, pero se mantiene reservada. Simone parece intimidada; solo Chantal está inusualmente parlanchina, habla de los planes que tiene Pierrot con la finca, de los nuevos cultivos, de los cambios en la bodega y también les cuenta que quieren hacer reformas y modernizar la vivienda. Marcel se mantiene callado, como hace siempre, mientras da de comer a Céline unas aceitunas negras a las que antes les ha quitado el hueso.

Nada más terminar de cenar, Jean-Jacques se retira con una botella de vino, se tumba en la cama y brinda por él y por sus nobles convicciones. Menos mal que ahora Hilde no puede meter baza, porque seguro que no estaría de acuerdo con su generoso gesto. Pero su mujer está muy lejos, cosa que precisamente ahora, mientras bebe ese buen vino, lamenta de veras. Le apena que por esa estúpida e innecesaria pelea hayan desaprovechado el tiempo para hacer el amor. En cuanto vuelva a casa, y encima con ese dineral, no tardarán en reconciliarse. La cuenta con la que se ha quedado tiene un saldo de cuarenta mil francos, que convertidos en marcos dan una bonita cantidad. Guardarán algo para la formación profesional de los chicos, una parte la invertirán en el café, y todavía sobrará algo para sus propios planes. En la cuenta que ha reservado para su madre solo hay veinte mil francos, y está bastante seguro de que Pierrot se los quitará con artimañas para poder financiar con ellos sus grandes planes. No importa; con tal de que se ocupe de su madre, todo irá bien.

A la mañana siguiente, nada más desayunar, Pierrot va solo al notario de Villeneuve, supuestamente, para que este pueda prepararlo todo y poder así despachar el asunto lo más aprisa posible. Jean-Jacques le da plena libertad; ya se leerá bien los contratos antes de firmarlos para que no lo engañe. Con Pierrot nunca se sabe; tiene alguna experiencia en ese sentido.

Como no se le ocurre nada que hacer, echa un vistazo a la bodega, que sigue igual que siempre y que efectivamente debería ser modernizada. Prueba el vino de dos barricas, paladea en él el sol y la tierra de su patria chica y se pone melancólico. Todo esto, según la voluntad de su padre, sería propiedad suya, ¿y él qué hace? Regala la herencia paterna a su hermano, que en realidad no se lo ha merecido. En las bóvedas a media luz cree percibir el espíritu de su padre, que sin duda estará ahora enfadado con él. Se sorprende a sí mismo buscando explicaciones sobre su decisión. Pero como no se le ocurre nada que pudiera convencer a su progenitor, se apresura a abandonar la bodega. El coche de Pierrot no está en la finca, de manera que aún no ha vuelto. Jean-Jacques se enoja porque debería haber insistido en acompañarlo; así el asunto habría quedado resuelto hoy mismo y él podría haber cogido el tren esa noche en Nimes con destino a París. Mañana ya es jueves, el lunes será Nochebuena y antes quiere comprar regalos para la familia. Menos mal que se ha traído una cantidad considerable de dinero; en vista de lo que espera cobrar, quiere hacerles unos buenos obsequios a Hilde y a los gemelos.

En la cocina están las mujeres dedicadas a los asados y los guisos. Se asoma un momento y anuncia que se va a dar un paseo. No tiene muchas ganas de escuchar la verborrea de su cuñada. Se pone la chaqueta, pero pronto se da cuenta de que le da demasiado calor. El cielo no está ni azul ni gris: el color de los días nublados de invierno que tan bien conoce. Las viñas siguen envueltas por una bruma que otorga cierta desolación a los sarmientos pelados. La verdad es que se alegra de librarse de ese trabajo duro y constante. Dentro de pocas semanas hay que podar y arrancar las malas hierbas; a eso se añade el trabajo que da la bodega, el disgusto que se lleva uno con los precios, la sensación de ser siempre engañado por las grandes cooperativas, la preocupación por el tiempo, la podredumbre de las uvas o el mistral, que puede soplar a destiempo. Todo eso se acabó. Tiene una familia a la que pertenece un café que funciona bien en el mejor sitio de Wiesbaden. ¿Por qué va a añorar esta tierra? Si acaso, solo como una ensoñación romántica, pero ni siquiera eso; en ningún caso quiere ceder a estos sentimientos. ¡Se ha decidido y ya no hay vuelta de hoja! Coge un atajo doblando hacia la izquierda para llegar a través de las vides al otro lado de la plantación, cuando de pronto ve algo en el suelo y lo recoge. Una pipa de madera rojiza con la boquilla negra rayada por los dientes del fumador, que tenía la costumbre de mordisquear la pipa cuando no estaba encendida. Jean-Jacques tiene que tragar saliva, mira el objeto que sujeta en la mano, retira la costra de polvo y humedad y sabe al instante a quién perteneció en su día. Su padre fumaba muy rara vez en casa, pero cuando iba a las viñas, a menudo se encendía una pipa. ¿Se le caería esta del bolsillo? Se nota que ha sido usada no hace mucho; tal vez sea un regalo de Navidad del año pasado. Todavía tiene tabaco dentro; ni siquiera llegó a encenderla.

—¡Jean-Jacques!

Tan abismado está en sus pensamientos que solo se vuelve cuando Simone lo llama por segunda vez. Le ha estado siguiendo y ahora se acerca a él trotando; la capa que lleva puesta revolotea como una bandera de color rojo oscuro entre las negras hileras de las vides. Cuando llega a su lado, tiene las mejillas ardiendo y se ha quedado casi sin aliento por la carrera.

—Quería acompañarte un trecho —dice, alzando la vista hacia él.

Es curioso cómo la misma madre ha podido traer al mundo dos hijas tan diferentes. Chantal no es guapa ni tiene encanto; su hermana, en cambio, posee los dos atributos. Jean-Jacques nota que ha de tener cuidado consigo mismo.

—Mira lo que he encontrado.

Le enseña la pipa y ella profiere un gritito.

—*Mon Dieu!* ¡Aquí está! ¿Dónde la has encontrado?

Efectivamente su padre había perdido la pipa, tal vez en su último paseo por los viñedos, pocos días antes de morir. Habían buscado la pipa por toda la casa, en la finca y en todas las construcciones anexas, porque su padre no se explicaba dónde podría haberla dejado.

—¡Ay, Jean-Jacques! Qué tristeza me da pensar que él ya nunca lo sabrá. Pero ¿no crees que es una señal que precisamente la hayas encontrado tú?

Jean-Jacques elude su mirada esperanzada y se guarda la pipa en el bolsillo de la chaqueta. Se la dará a su madre, para que la conserve como un recuerdo de su marido.

—Ha sido una casualidad, Simone. No significa nada, creo yo. ¿Y tú? ¿Paseas con frecuencia entre las viñas?

—No —confiesa ella, y le sonríe—. Me apetecía estar contigo. Por eso he salido corriendo.

Desde luego, tímida no es, pero hace esa confesión de una manera tan inocente y encantadora que Jean-Jacques no puede tomárselo a mal.

—Pues ya has alcanzado tu objetivo —dice este con una sonrisa. En lugar de responder, ella se le acerca tanto que su capa roza el brazo de Jean-Jacques.

—¿No te da pena renunciar a todo esto? —le pregunta.

—No.

Jean-Jacques nota que, de reojo, le escudriña con la mirada y se siente atrapado.

—Bueno, quizá un poco sí, Simone. Pero en la vida es importante decidirse. Y yo ya me he decidido por seguir viviendo en Alemania.

Simone guarda de nuevo silencio, sigue andando como un perrito a su lado; por cada paso que da Jean-Jacques, ella tiene que dar dos.

—¿Eres feliz allí en Alemania?

—Naturalmente —se apresura a contestar—. Tengo una esposa estupenda y dos hijos. ¿Cómo no iba a ser feliz?

Ella asiente. Como una buena alumna que corrobora las palabras del profesor. Hay dos clases de respuestas que no merecen crédito: las demasiado rápidas y las que se producen demasiado tarde. Esta ha sido demasiado rápida.

—Chantal ha dicho que tal vez seas desgraciado.

¿A qué viene ese interrogatorio? Poco a poco se va poniendo furioso con esa chica que no conoce límites.

—¿Cómo ha llegado tu hermana a esa conclusión?

Simone sonríe como un angelito. Y lo hace de una manera casi tan encantadora como la pequeña Céline. Con ingenuidad y, al mismo tiempo, con la astucia de un gato.

—Ha leído tus cartas.

«Bueno, ¿y qué? —piensa él—. ¿Qué respuesta es esa? Yo nunca he escrito que sea desgraciado. Tampoco he mencionado en ningún momento los pequeños malentendidos entre Hilde y yo».

—Las mujeres leen de otra manera —explica ella en plan sabiondo—. Leemos lo que pone entre líneas.

Jean-Jacques se queda sin habla. Estas hermanas no son en modo alguno naturales o ingenuas, sino astutas y peligrosas.

—Pues habréis leído mal —da él por respuesta, y decide cambiar rápidamente de tema, pues queda aún un buen trecho por recorrer hasta llegar a la casa—. ¿Y tú, Simone? ¿Eres feliz en la familia de tu hermana? Creo que eres algo así como el espíritu guardián de la casa.

La mira sonriente y con curiosidad por oír su respuesta. Se han metido ya por el camino principal; van flanqueados a derecha e izquierda por hileras de vides que parecen manchas oscuras en el suelo de color albero. Se cruzan con un carruaje tirado por una yegua. El vecino Poirot va con su mujer y el hijo lisiado camino de Villeneuve. Se intercambian saludos y Jean-Jacques nota las miradas curiosas que les lanzan cuando el carruaje pasa a su lado traqueteando.

—¿Si soy feliz? —pregunta Simone al cabo de un rato—. ¿Qué quieres que te diga? Estoy mejor que con mi madre, que, desde que murió mi padre, no para de quejarse de la mañana a la noche. Chantal convenció a Pierrot para que me acogieran porque, de lo contrario, no tengo dónde quedarme.

—Te podrías casar —opina él, y añade—: Eres guapa, Simone. Seguro que encuentras un novio.

Jean-Jacques intuye que las cosas no son tan fáciles; al fin y al cabo, conoce la situación. Desde la guerra, que se ha tragado a tantos hombres jóvenes, encontrar un marido se ha vuelto más difícil para una joven sin dote.

—Un amante, sí —dice ella sin inhibiciones—. De esos hay por todas partes. Pero ninguno querrá casarse conmigo. Porque mi madre le ha dado la huerta y todo el dinero a Chantal, de modo que para mí ya no queda nada.

Es la historia de siempre, que se repite desde hace generaciones en el campo. Las hermanas solteras conviven con las casadas y son tratadas como criadas. Solo que no cobran nada. La pobrecilla le da pena.

—Alguna vez he pensado en ir a Nimes y buscarme un empleo. O a París. Pero me da mucho miedo —admite.

Él permanece callado. Al fondo, en la casa, ya ladra el perro anunciando su llegada. Simone lo coge de la mano y se detiene a su lado.

—Si te quedaras aquí, Jean-Jacques, tal y como quería tu padre... Entonces yo sería tu mujer y...

El desconcierto de Jean-Jacques es mayúsculo; apenas puede creer lo que está oyendo. ¿Era ese el plan? ¿Lo habría acordado Simone con su padre? ¿La habría convencido él a ella o ella a él?

—Eso no puede ser, Simone —dice convencido—. Porque ya estoy casado y tampoco me voy a quedar aquí.

Ella toma nota en silencio, aprieta los labios y agacha la cabeza. ¿Está llorando? «Ojalá no —piensa él porque ya sin llanto le parte el alma—. Ay, Dios, está sollozando la pobrecita». No puede remediar darle un abrazo.

—Qué disparate se te ha metido en la cabeza, Simone —murmura con voz de reproche, mientras le pasa la mano por el pelo. Como lo tiene rubio y rizado, le recuerda demasiado a la melena de Hilde. Ella se acurruca en él y llora en su chaqueta.

—Yo habría sido... una buena... esposa para ti.

—No lo dudo, Simone —dice él risueño, e intenta zafarse del abrazo—. Pero así están las cosas: amo a otra mujer. Venga, chiquilla, deja ya de llorar, que me estás empapando la chaqueta.

Toda obediente, sorbe los mocos e intenta secarle la chaqueta con una punta de su capa roja. Jean-Jacques encuentra un pañuelo limpio en el bolsillo del pantalón y le enjuga las lágrimas de las mejillas.

—Seremos buenos amigos, ¿de acuerdo? —le propone.

Ella asiente y solloza otro poco. A Jean-Jacques le apetece besarla como lo haría con una hija pequeña para consolarla. Pero eso sería peligrosísimo, pues en esa niña en apariencia desvalida se esconde una mujercita seductora.

Cuando llegan a la casa, Simone desaparece enseguida en el granero porque ve a su hermana asomada a la ventana de la cocina. Jean-Jacques se imagina perfectamente que Chantal no está de acuerdo con los planes de Simone, pero como esos planes en cualquier caso están construidos sobre arena, difícilmente pueden ser motivo de discusión entre las hermanas.

El resto del día transcurre sin incidentes. Pierrot aparece hacia el mediodía y anuncia que Maître Beaulieux los espera al día siguiente a las once en la notaría. Luego pasa a ocuparse de sus vinos. Jean-Jacques se queda en la cocina con las mujeres, juega con la pequeña Céline e incluso consigue animar al tímido Marcel para jugar al fútbol en el patio.

Por la noche le duele la cabeza y no puede conciliar el sueño. ¿Será porque se le ha olvidado darle a su madre la pipa que tiene delante, en la tambaleante mesilla de noche? Lo cierto es que no puede dejar de pensar que es un idiota por haberse desprendido de la herencia paterna sin obtener nada a cambio. Sí, el dinero se lo lleva, pero eso es solo una pequeña parte de la herencia. ¿Por qué Pierrot no ha de pagar nada por las tierras que le ha transferido? No con dinero, sino con algo equivalente. Por ejemplo, con ese bonito viñedo que su madre le ha legado. La Médouille. Un trozo de tierra que produce una vid excelente. Y que a Jean-Jacques le dio una envidia tremenda cuando su madre se lo regaló a su hermano. Si quisiera, Pierrot podría tomar esa tierra en arrendamiento, pero el propietario sería él. Y muy en el fondo alberga la idea de regalarle ese viñedo dentro de unos años a Simone. Como dote, para que pueda casarse y quedarse por esta zona, sin tener que padecer el ajetreo de las grandes ciudades.

Durante el desayuno se guarda ese propósito para sí. Solo cuando llegan al vestíbulo de la notaría destapa el secreto.

—¡Lo sabía! —dice Pierrot, tan iracundo que lanza chispas por los ojos—. Sabía que te guardabas un as en la manga. No, amigo, de eso no me vas a convencer. La Médouille me pertenece a mí, nuestra madre me lo ha transferido y solo pasará a otras manos cuando yo haya muerto.

—Entonces olvídate del contrato de donación, Pierrot.

—¡Vete al diablo, Jean-Jacques! —dice enojado su hermano, y levanta el puño.

—Pégame si te atreves. ¡Ya me pegaste una vez y casi me matas, hermano!

Es como si no hubieran pasado los años. Ante los ojos horrorizados de la secretaria, los dos se enfrentan con los puños cerrados: dos muchachos furiosos a punto de enzarzarse en una pelea.

—¡Jean-Jacques, compórtate! —grita su madre aterrada.

—¿Por qué yo? ¡Díselo a Pierrot! —contesta este furibundo.

—¡Maître Beaulieux! ¡Venga deprisa! —chilla madame Poulin—. Se están pegando. ¡Se van a matar!

El notario aparece en la puerta con la cara pálida como la cera y las gafas en la mano, para que no sufran ningún desperfecto.

—¡Por favor, señores! Mantengan la calma. Resolveremos juntos todos los problemas.

Pierrot se vuelve y coge a su madre del brazo.

—Necesito aire —dice—. Me ahogo en la misma habitación que este asqueroso cazador de herencias.

Mientras Jean-Jacques le explica el estado en que están las cosas al notario, oye cómo su hermano arranca el coche fuera con su madre dentro. ¡Qué más da! De todas maneras, no le apetecía que Pierrot lo llevara de vuelta a la finca. Sobre todo porque de momento el coche, en sentido estricto, todavía era suyo.

—Puedo comprender a la perfección su deseo —dice Maître Beaulieux—. Es justo exigir una pequeña contraprestación si se regala toda una explotación vinícola. Tenga usted paciencia, joven. Su hermano se lo pensará con calma, lo hablará con su madre y con su esposa y, por último, llegaremos a un acuerdo que satisfaga a todos los interesados.

—Muchas gracias por su paciencia, Maître.

Maldita la gracia. ¿Por qué no habrá pensado antes en reclamar una pequeña concesión? Entonces todo habría sido más fácil. Ahora tiene que hospedarse en el albergue de Villeneuve, que cuesta dinero y, una vez más, dará que hablar sobre los hermanos Perrier. Si fuera listo, le contaría al notario que acepta la herencia y se marcharía a su casa; que Pierrot se las apañara como pudiera. Por desgracia se ha dejado la bolsa de viaje con una parte del dinero en la finca, así que de todos modos tiene que volver.

Esperaré hasta mañana por la mañana, reflexiona. Mi paciencia tiene un límite.

Con mala conciencia piensa en Hilde y en los gemelos, de los cuales ni siquiera se despidió. Pero su mujer se las habrá arreglado bien, no es de las que se queda parada lamentándose de las cosas, sino que agarra al toro por los cuernos. La verdad es que no viene mal permanecer fuera más tiempo del planeado. Así ella lo echará de menos. Quiere que lo añore tantísimo como él a ella. No pueden vivir el uno sin el otro; aunque de vez en cuando discutan, se necesitan y se aman. Maldita sea, ojalá estuviera Hilde ahora con él.

Ha empezado a llover, lo que aún le baja más la moral. Después de atravesar la plaza, se dirige al cementerio y se acerca a la tumba de su padre, cubierta ahora por una lápida de mármol de color claro. En realidad debería rezar una oración por el alma de su padre, pero no lo acaba de conseguir. En su lugar, se queda mirando el adorno de flores artificiales metidas en un cuenco que hay en la cabecera de la lápida, y le surgen un montón de preguntas que le gustaría hacerle a su padre. Finalmente se agacha y deja la pipa que llevaba en el bolsillo de la chaqueta entre las flores de plástico rojas y blancas. Luego se marcha.

Por la tarde se detiene el Renault 4CV gris de Pierrot delante del albergue, y Chantal llama a la puerta de su habitación.

—Pierrot te pide que vengas a casa —dice con una sonrisa de preocupación—. Tenemos que hablar, Jean-Jacques. Y encontrar una salida, ¿no crees?

Le habría gustado contestarle que prefería que se lo hubiera dicho su hermano en lugar de enviar a su esposa con el recado. Pero al final baja con ella y se monta en el coche. Su hermano conduce hasta la finca sin decir una palabra y con el rostro impertérrito. Allí el ambiente es muy tenso. Su madre llora a lágrima viva en la cocina, Marcel se ha escondido junto al fogón, Simone tiene a la pequeña Céline en el regazo y la abraza como si tuviera que protegerla. La joven parece inusualmente temerosa; ni siquiera lo mira cuando entra. Está claro que se han peleado. Y la pelea continúa hasta la noche. Pierrot no quiere renunciar a Médouille por nada en el mundo, ha plantado allí nuevas vides que este año en la vendimia producirán la primera cosecha buena. El argumento de Jean-Jacques de que le podría arrendar la tierra lo rechaza de plano. Dice que jamás en su vida arrendaría una tierra que pertenezca a su hermano. Su madre, como siempre, está de parte de Pierrot, e insiste en que la Médouille es un legado suyo que se lo ha regalado a su hijo menor. Chantal intenta desesperadamente hacer de mediadora, cosa que se revela como imposible y que incluso acaba provocando la ira de su marido. Simone guarda silencio y como Céline ha empezado a llorar, la sube a la habitación y se queda allí con la niña.

—Tienes tiempo hasta mañana por la mañana —le dice Jean-Jacques a su hermano—. Por la tarde me marcho a casa.

—¡Márchate al infierno!

Jean-Jacques sube al desván, a su cámara de los mozos de labranza, y comprueba que en una zona hay una gotera. Su cama se ha mojado; tendrá que dormir sentado y con la chaqueta puesta para no pasar frío. Maldice a su hermano por no mantener el tejado en condiciones; baraja dormir en la cocina, donde hace calorcito, pero decide descartar esa idea. Así que se sienta recostado en la pared y oye cómo la lluvia gotea en el cubo de hojalata que ha colocado para que recoja el agua. Se le aceleran los latidos del corazón, tiene la frente muy caliente y, al mismo tiempo, siente frío en todo el cuerpo.

«Y todo por esa maldita bronca —piensa—. ¿Por qué me hago daño a mí mismo?». Añora su caldeado y luminoso dormitorio de Wiesbaden y echa de menos a Hilde, que ahora lo abrazaría y para la que todo este asunto sería sencillísimo. Oh, sí, la conoce bien. Diría: «¿Por qué andas peleándote? Has heredado y punto. Y si tu hermano quiere la tierra, que te la compre. Fin de la historia».

«Qué razón tienes, cariño», piensa. Luego lo vence el sueño. No es un sueño profundo y reparador, sino un duermevela inquieto, un ir y venir por la penumbra del inconsciente, una sucesión de imágenes angustiosas y de dolores físicos. Sueña con que coge la bolsa de viaje y no encuentra la cartera con el dinero, se pone a buscarla todo nervioso hasta que la ve en el suelo del patio, pero cuando va a cogerla, se hunde en unas aguas fangosas que han inundado toda la finca. Después se ve en el andén de la estación; con la locomotora ya humeante, intenta subir de un salto a un vagón, pero los pies no se le levantan del suelo. Al mismo tiempo nota un dolor tan punzante en la nuca, que le entran náuseas. Conoce ese dolor, se presenta una y otra vez desde aquel fatídico encuentro con su hermano en el viñedo. En Wiesbaden toma pastillas para combatirlo, y normalmente le alivian, pero a veces tiene que quedarse un día entero en una habitación a oscuras.

Por la mañana temprano vomita en el cubo de hojalata, se tumba con fiebre en la cama mojada y maldice su estupidez porque, con las prisas, no se ha traído las pastillas. No tiene a nadie que cuide de él. Medio adormilado, confía en que esta vez el ataque se le pase por sí solo; sin embargo, no para de vomitar. Pocas veces le ha dado tan fuerte como ahora; le retumba la cabeza, le palpitan las sienes y tiene las manos y los pies helados. Se muere de sed, pero al intentar levantarse para ir a la escalera, se le nubla la vista. Con gran esfuerzo, se recuesta de nuevo en el colchón y allí se queda tumbado, sin importarle que ahora el agua de la lluvia se filtre y gotee encima de él.

¿Cuánto tiempo lleva semiinconsciente? Ha perdido la noción del tiempo, lucha contra el dolor, contra las arcadas que le dan sin cesar, contra el pánico que se va adueñando de él. ¿Y si se muere y no vuelve a ver a Hilde ni a los chicos? ¿Y si lo encuentran mañana allí arriba, en esa cochambrosa cámara, rígido y encogido, con la cara pálida como la cera y los ojos vidriosos?

Algo así podría pasarle, piensa, mientras hace acopio de fuerzas. Lo conseguirá, lo peor ya ha pasado, el ataque no durará mucho más.

En algún momento nota que alguien le toca el hombro y abre los ojos. Alguien sostiene un candil sobre él.

—¿Jean-Jacques? —oye un susurro—. ¡Oh, Dios mío! Por un momento he creído que te habías muerto.

—No del todo —intenta bromear.

Entonces ve el sanguinolento arañazo que cruza la cara de Simone.

—¿Qué es eso?

—No es nada —dice ella, y retrocede—. Solo un arañazo. Chantal y yo nos hemos peleado.

Aunque le gustaría seguir preguntando, se encuentra demasiado débil. Pide un trago de agua y ella se retira. A su alrededor otra vez está todo oscuro porque Simone se ha llevado el candil; gira la cabeza con la esperanza de que le remita el dolor. Más tarde nota el borde de un vaso en sus labios, bebe con ansia, pide más. Le tiemblan las manos cuando vacía el segundo vaso.

—¡Gracias!

La joven, que ha llevado una jarra con agua caliente y una palangana, le lava la cara y las manos, le quita la camisa sucia y le pone otra a cuadros que pertenecía a su padre. En una zona que aún está seca le hace una cama con un jergón de paja nuevo, una almohada y una manta gorda de lana. Vacía el cubo y lleva una cubeta limpia.

—Lo siento —murmura él—. No quería que hicieras estas cosas por mí.

—No me cuesta nada.

Se tumba a su lado sobre un edredón, le da de beber, le frota las manos frías y le masajea los pies. Jean-Jacques se encuentra algo mejor, le ha bajado la fiebre; bebe mucha agua, tiene la sensación de estar medio seco.

—No hace falta que duermas aquí arriba conmigo, Simone. Puedes irte tranquilamente a tu habitación.

—Prefiero quedarme aquí. Aquí no se atreven a venir, ¿sabes?

Comprende que han atribuido a Simone su cambio de opinión y que la pobre ha tenido que pagar por ello. Seguramente no le quede más remedio que volver con su madre, porque su hermana no querrá seguir teniéndola en casa. Se siente culpable, se hace reproches, pero no quiere renunciar a su exigencia. Ahora menos que nunca. Desea quedarse con la Médouille para dársela a Simone.

Después de un largo sueño, del que despierta bastante aturdido pero sin que apenas le duela la cabeza, quiere saber qué día es.

—Hoy es 24 de diciembre. Mañana es Navidad —dice ella con una débil sonrisa. El arañazo le cruza la cara desde el ojo izquierdo hasta la mejilla derecha. Tiene la herida algo hinchada y con costra. Es posible que le quede una cicatriz.

Al cabo de unos segundos cae en la cuenta de que no va a

llegar a tiempo a Wiesbaden. Celebrarán la Nochebuena sin él. Pero al menos puede enviarles un telegrama.

—¿Podrías traerme un café, Simone, y un trozo de pan?

Aunque no tiene apetito, sabe que ha de meterse algo en el estómago y activar también la circulación. La Oficina de Correos de Villeneuve todavía no está abierta, a pie se tarda media hora en llegar; tiene que conseguirlo. Quiere desearles una feliz Navidad a Hilde y a los gemelos. Y dar recuerdos para todos. Les escribirá que regresará junto a ellos tan pronto como le sea posible.

Aprovecha la ausencia de Simone para cambiarse rápidamente de ropa y ponerse los pantalones y el jersey que ha sacado de la bolsa de viaje. Enrolla las prendas sucias y las vuelve a meter en la bolsa de viaje; la camisa de su padre la deja encima de la cama.

Simone vuelve con un vaso grande y un trozo de pan blanco, se sienta a su lado y se queda mirando cómo come y bebe.

—¿Quieres marcharte?

—Ya va siendo hora de que me vaya a casa, Simone.

—¿Me llevarás contigo?

—No puede ser.

Jean-Jacques baja las escaleras y va a la cocina para anunciarles su intención. Su madre está sentada junto a la estufa con Céline sobre el regazo; Pierrot ha tomado asiento a su lado en una silla. Su aspecto es alarmante: tiene la cara pálida, las manos con una costra sanguinolenta y el pelo desgreñado. Cuando ve a Jean-Jacques, esboza una sonrisa maliciosa.

—Puedes quedártela —dijo—. La Médouille y la cuenta con más dinero para ti, y yo me quedo con el resto. ¿Ya estás contento?

A Jean-Jacques le resulta sorprendente ese cambio de opinión. Intuye que allí hay gato encerrado, pero está agotado y quiere quitarse de encima el asunto.

—Por mí, de acuerdo.

—Entonces sube al coche y vamos al notario, y cuando todo esté arreglado puedes largarte.

Jean-Jacques ve la cara atormentada de su madre y piensa en decirle algo bonito. Pero luego cae en la cuenta de que le ha dejado dos días tirado en el desván sin ir a verlo, y sigue a su hermano en silencio. Se sube con él en el coche, arrancan y cogen la vieja carretera nacional en dirección a Villeneuve, que pasa por las propiedades familiares.

—¡Mira, mira tranquilamente!

Jean-Jacques no da crédito a lo que ve. El viñedo que lleva por nombre la Médouille parece cubierto por una maraña negra e irregular. Son los troncos y los sarmientos arrancados de las vides que Pierrot ha destrozado para que no caigan en manos de su odiado hermano.

—¡Idiota! —murmura Jean-Jacques—. Has tirado piedras contra tu propio tejado.

Pierrot ríe maliciosamente y aparca el coche delante de la casa del notario. Se baja apresuradamente y toca el timbre de la puerta, mientras Jean-Jacques tarda algo más en salir. Sigue con dolores de cabeza, y la visión de las vides arrancadas le ha dado la puntilla. En el momento en que se dispone a entrar en la casa del notario, se cruza con Pierrot, que sale furioso.

—Se ha marchado ya de viaje, el muy sinvergüenza. Nos dice que podemos contar con él hasta el día 24... y va y se larga.

La secretaria de la dentadura de caballo le ha dicho que Maître Beaulieux irá unas horas a Villeneuve el segundo día festivo para celebrar el cumpleaños de un buen amigo. Que le dejará una nota.

—No puedo esperar más —dice Jean-Jacques—. Me marcho hoy mismo. Que lo prepare todo con calma. Ya volveré más adelante.

La bronca y las discusiones que han tenido los han dejado

exhaustos y enfermos a los dos; ninguno de ellos ha salido indemne de la situación, y ahora que podrían haber fijado por escrito un acuerdo, falta el notario.

—¡Haz lo que te dé la gana! —dice Pierrot, se sube al coche y arroja la bolsa de viaje ante los pies de su hermano. Luego arranca y se marcha.

Jean-Jacques va a la Oficina de Correos y ve que está cerrada por enfermedad. ¡Maldito pueblo de mala muerte, que solo tiene un empleado en Correos...! ¿Y si va a Nimes para mandar desde allí el telegrama? Mientras sigue sin decidirse en la plaza de la iglesia, comprueba que el último autobús que va a Nimes se acaba de ir hace tres minutos.

Tendrá que esperar hasta pasado mañana.

Wilhelm

—¡Ay, hijo! —exclama su madre—. Qué bien que hayas venido. Has adelgazado. Seguro que no has comido más que porquerías, ¿a que sí? Pero pasa, no te quedes ahí parado en la puerta, Willi.

A Wilhelm no le salen las palabras; le desborda la alegría de volver a ver a su madre. Esta le hace entrar, le quita el abrigo y llama al padre, que justo acaba de bajar al café a hablar con el famoso actor Heinz Rühmann, para que lo despache rápidamente. August sale de su habitación, lo abraza y le dice al oído en voz baja que está contentísimo de no tener que seguir luchando él solo contra viento y marea. Y cuando su hermano le pregunta a qué se refiere, los gemelos se abalanzan sobre él y le explican todo lo que quieren hacer: andar en bici, jugar al fútbol, admirar el tren eléctrico, ir al parque infantil, corretear y armar alboroto…

—La abuela ha dicho que vas a jugar con nosotros, tío Willi.

—¿Eso ha dicho la abuela?

Ha cogido el tren de la noche y todavía está medio dormido; en realidad, después de saludar a su querida familia, tenía previsto subir a ver a Julia. No le ha escrito ni una sola vez;

no sabe qué ha podido pasar. Él le cuenta lo más íntimo, le confiesa su desgarramiento profesional y humano, confía en obtener comprensión, consejos, afecto, simpatía... y ella sencillamente no le contesta. Tiene que averiguar lo que ha sucedido. Porque está claro que la necesita.

No sabe qué será de él en adelante. Ha hablado con la señora Kolman, la dueña del cabaret, ha interpretado unas cuantas cosas graciosas inventadas por él y a ella le han gustado. Pero estar comprometido con el teatro y, al mismo tiempo, hacer cabaret, no se puede. Tiene que decidirse por una cosa o por otra.

Por otra parte, la familia le tira más de lo que creía. Su madre le ha calentado la comida, albóndigas en salsa con puré de manzana; ya solo el olor es pura poesía. Mientras se atiborra del guiso, le cuentan la historia de Hilde y su cuñado Jean-Jacques, de la que al principio no sabe qué decir. Vaya, se ha muerto el padre de Jean-Jacques. Qué tristeza. Y el cuñado se ha ido a Francia al entierro. Bueno, es lo que se debe hacer, ¿no? Y su hermana Hilde se ha marchado después con el «ángel volador» para traer a su marido a casa. ¿Y eso por qué?

—Un momento —interrumpe la verborrea de su madre—. ¿Quieres decir que Hilde se ha ido a Francia con mi coche?

—Con tu antiguo coche —matiza August—. Se lo vendiste a Jean-Jacques.

—¡Mamá se ha sacado el carnet de conducir! —le explica Frank orgulloso.

—¡Pero papá conduce mucho más deprisa! —añade Andi.

—Qué disparate —se enfada Wilhelm—. Nada más sacarse el carnet de conducir, se pone a hacer ella sola un recorrido tan largo. Eso es muy peligr...

Se interrumpe porque cinco pares de ojos le clavan la mirada. Dos de ellos muestran asombro y un poco de inseguridad. Son los gemelos. En los otros tres se refleja la adverten-

cia: ¡ten cuidado con lo que dices delante de los niños!
Desconcertado, Wilhelm tiene la sensación de haber tocado
un asunto delicado.

—En fin... Hilde puede con eso y con más... —balbucea
todo cortado.

—¡Eso creemos nosotros también! —dice August con
convicción.

—Seguro que sí —afirma su padre.

—Por supuesto —añade su madre.

Los gemelos van mirándolos a todos de uno en uno, y
ahora es cuando de verdad están desconcertados. Los niños
tienen un fino olfato para estas cosas; con ellos no conviene
exagerar demasiado.

—El tren eléctrico —dice Wilhelm con una sonrisa prometedora—. Pero más tarde; antes tengo que hacer una visita.

—Tendrás que aplazarla, hijo —dice su padre—. Cuando
te hayas terminado todo el plato, bajaremos al café. ¡Se te van
a salir los ojos de las órbitas!

—Eh... En realidad, quería subir un momento...

—¡Un auténtico escenario! Y espejos en las paredes por
todas partes. ¡Y ventanales con grandes cristaleras! Fritz y
Künzel van a pasarse luego para ensayar un par de piezas.
Pero antes termina de comer, Willi.

No hay manera de escaparse al segundo piso para ver a
Julia. Tiene que bajar con su padre al café; cuando este le enseña la caja de distribución para la iluminación y enciende
todas las luces, Wilhelm se queda efectivamente pasmado. Un
auténtico escenario de tres metros de fondo y diez metros de
anchura. A la izquierda, a dos peldaños de altura, está el piano y arriba en el techo hay dos grandes reflectores, casi como
en el teatro. Solo molesta la vitrina iluminada de las tartas;
habrá que apagarla cuando haya una representación.

—¡Está genial, papá! —dice—. Vuelvo enseguida... Solo
tardo un momento en subir...

No dice que quiere ir a casa de Julia porque su padre podría interpretarlo mal. Por más que Heinz sea un gran amigo de todos los artistas, para algunas cosas es bastante conservador.

Cuando ya está levantado y dispuesto a marcharse, se oyen golpes afuera, en la puerta acristalada de la entrada. Allí está Fritz Bogner vestido con una chaqueta y una bufanda de cuadros; en una mano lleva el violín en su funda y en la otra el maletín con las partituras. Qué mala suerte; ya no tiene escapatoria. Para colmo, detrás de Fritz aparece Sofia Künzel envuelta en una amplia capa gris que le confiere el aspecto de una campana ambulante. Su padre se apresura a abrirles, y uno tras otro entran en el café por la puerta giratoria. Se saludan con cordialidad; Fritz es un tipo francamente simpático, un poco demasiado formal, demasiado decente como para llegar a ser algo en esta profesión. Ha nacido para ser esposo y padre. Por cierto, ¿habrá conseguido Luisa quedarse por fin embarazada?

Fritz y Sofia Künzel, que ya conocen bien el nuevo espacio que se ha creado, le dicen que lo mejor es que se ponga delante, en la rampa, porque posiblemente la acústica no sea demasiado buena cuando todas las sillas estén ocupadas. Si además se añaden las sillas de reserva que hay en el cobertizo, cabrán ochenta espectadores; en ese caso habrá que apilar las mesas. Si solo vienen cincuenta personas, se pueden dejar las mesas puestas, lo cual es mejor porque así en el descanso podrán vender bebidas y algo para picar.

La Künzel se quita la capa con mucho donaire, se pasa la mano por su pelo rizado y teñido de rojo y toma asiento en el taburete del piano.

—Vamos, joven —le dice a Wilhelm—. ¡Quiero oír algo!

Este tiene que subir a todo correr para sacar los textos de la maleta; luego presenta dos cuplés con letra escrita por él y cuyo estribillo ha de ser cantado con unas melodías muy conocidas. Una es la canción popular «Die Gedanken sind frei» y la otra la canción «Guten Abend, gute Nacht», de Brahms. La Künzel al principio tuerce el gesto porque no le gusta desfigurar a Brahms, pero cuando Wilhelm lo entona, acaba cantando con él y le parece que «no está nada mal».

—Este Willi siempre ha sido un diablillo... —opina con sorna—. Toca con nosotros, Fritz. A ver cómo suena. Luego vendrá Benno con el contrabajo y le dará el último toque.

Después de ensayar unas cuantas veces, Fritz toca un solo de violín y la Künzel le acompaña con mucha sensibilidad. Sarasate y Chaikovski: dos compositores que calan hondo. Cuando Fritz propone una sonata de Bach, la pianista opina que tal vez sea demasiado serio. Discuten un rato, hasta que Wilhelm apoya a Fritz y acaban tocándolo.

—Suena de maravilla... Tengo que subir un momento...

Un recadero llega al café. Como los otros dos están tocando, Wilhelm se ve obligado a recibir el telegrama. «Vaya, vaya, mira tú por dónde, el esposo pródigo se ha dado por vencido, desde el pueblo ese de mala muerte... ¿cómo se llamaba? ¿Villeneuve?».

Feliz Navidad. Pronto volveré a casa. Os quiero a todos. Jean-Jacques.

Bueno, pues parece que todo marcha a la perfección. Entonces ¿por qué se ha ido a Francia la loca de Hilde con su coche? Una vez más, queda comprobado que el matrimonio es un asunto sumamente impenetrable y peligroso. Sube a todo correr las escaleras y le lanza a su madre el telegrama encima de la mesa de la cocina. Su padre se ha ido con los gemelos al mercadillo de San Andrés porque les había prometido algodón de azúcar y dar una vuelta en el tiovivo.

—Jean-Jacques viene —dice su madre con voz quejumbrosa, tras leer las pocas palabras del telegrama—. ¿Cómo se le habrá ocurrido a Hilde ir a Francia de golpe y porrazo? Ay, Willi, ojalá no le ocurra nada.

—Qué va, a nuestra Hilde no le pasará nada.

Abraza a su madre para consolarla y se alegra de que ahora salga August de su habitación.

August nació para diplomático. Lee el telegrama, sonríe a su madre y opina con mucha calma que es una buena noticia. Ni rastro de crisis matrimonial ni nada parecido.

—¿Y qué pasa si se cruzan? ¿Si Hilde va a Villeneuve en su busca, mientras él está viniendo ya en tren hacia Wiesbaden? ¡Tenemos que mandar un telegrama a Jean-Jacques!

Wilhelm admira desmedidamente a su hermano. August explica tan tranquilo que él se encargará de eso. Que solo necesita la dirección de los padres de Jean-Jacques.

—Por Dios —se lamenta su madre—. Tengo que buscarla. Ha recibido correo de su casa, pero no sé dónde guarda las cartas. Me resulta terriblemente embarazoso rebuscar entre sus cosas.

—Por si acaso, también podría llamar a la Oficina de Correos de Villeneuve y dejar allí un recado.

—¿Crees que se podrá hacer eso?

—Vamos a intentarlo, mamá.

August se dirige al teléfono, mientras su madre sube a toda velocidad al piso de Hilde. Desde abajo llega el ruido de la música; ¡ajá, ya ha venido también el contrabajista! Wilhelm reconoce su oportunidad. Sube las escaleras deprisa, pasa de puntillas por delante del piso de sus padres y por el de Hilde y luego sube de dos zancadas los últimos escalones que dan a los áticos. Allí se detiene un ratito en el rellano de la escalera porque, sea cual sea la razón, se ha quedado sin aliento, después se alisa la ropa, se quita unas cuantas pelusillas del pantalón, se atusa el pelo y, por último, toca el timbre de la puerta.

Nadie abre. ¿Cómo es posible? ¿No habrá oído el timbre?

¿O es que no quiere verlo? Llama al timbre por segunda vez y, luego, obcecadamente, por tercera vez.

Se abre la puerta del piso de al lado. Aparece la cabeza de profeta, de pelo blanco rizado, de Addi con una mirada hostil.

—¡Si buscas a Julia, no está en casa!

Wilhelm retrocede un paso.

—Ah, es usted, señor Dobscher. Buenas tardes. ¿Es que Julia está de viaje?

¡Madre mía, qué mirada! Como si quisiera zampárselo para cenar. ¿Qué le pasará al buenazo de Addi Dobscher? ¿No estará celoso, a su edad?

—La señora Wemhöner está en su tienda. Buenas tardes. Y haga el favor de no tocar más el timbre. Me molesta para leer.

Cierra la puerta de su casa antes de que Wilhelm pueda pedirle perdón. Así que está en la tienda. Qué trabajadora es Julia, abre también entre unas fiestas y otras. Ya son más de las cinco; puede que esté cerrando la tienda. Mira por la ventana de la escalera y comprueba que ya es de noche. Sin chaqueta y una bufanda abrigada no puede salir; al fin y al cabo, quiere tener bien la voz en Nochevieja y, en general, estar en forma. En el piso de sus padres huele a huevos duros y a pepinillos en vinagre. Su madre está preparando la cena.

Cuando ya se ha puesto la chaqueta y está ajustándose la bufanda de punto, sale August de su cuarto. Qué pálido está su hermano; no le extraña: todo el día enfrascado en sus libros y, ahora encima, con penas de amor. Tiene que hablar sin falta con él; así no pueden seguir las cosas. Además, ahora le sobra tiempo.

—Voy a hacer un recado —le explica a su hermano con una sonrisita.

August lo mira con esa molesta y sagaz mirada del hermano mayor que siempre sabe lo que se propone hacer el pequeño.

—¡Déjalo, Wilhelm! —dice en voz baja—. Eso no tiene ningún futuro. Y tampoco es correcto.

—¡Hasta luego!

Wilhelm se siente agobiado por esa camarilla familiar. Bueno, en realidad los quiere a todos, pero hoy le han crispado especialmente los nervios. Quiere ver a Julia. Tiene necesidad de ella, necesita su modo de ser tranquilo y un poco burlón, su sonrisa, su delicada sensatez, su madura femineidad. Está seguro de que es la mujer que le llevará por el buen camino. En todos los sentidos. No le gustan esas jovencitas que solo tienen en la cabeza acostarse con un hombre, que siempre son exigentes y criticonas o se sienten ofendidas por algo. Ahora no puede permitirse tener problemas añadidos, tiene que averiguar lo que va a ser de él.

La Langstrasse sigue animadísima. Las tiendas están iluminadas y llenas de clientes, muchos de los cuales posiblemente estén cambiando los regalos de Navidad. Por poco pasa de largo y se salta la tienda de modas de Julia, que no llama mucho la atención, es más bien pequeña y, a diferencia de otras tiendas, no tiene un letrero luminoso. Pero en la puerta pone su nombre con muy buena letra. *Modas de Julia.* Mira con curiosidad el escaparate, donde hay tres maniquís que lucen vestidos de primavera de rabiosa actualidad. A la decoración se añaden unos guantes a juego, varios sombreros muy estrafalarios y dos bolsitos de mano de la misma tela que los vestidos. ¡Qué bonito! El escaparate está separado del espacio interior por una cortina de color claro, a través de la cual se vislumbra un tresillo, un pasillo tapado por una cortina roja, y a la izquierda le parece ver unas estanterías o algo similar. Respira hondo otra vez, se quita la bufanda y abre la puerta de la tienda.

Una campanilla anuncia su llegada; la cortina roja que cubre el pasillo central se abre y aparece ella. ¡Julia! Delgada, con un vestido oscuro de corte distinguido, la melena pelirroja recogida, salvo un rizo que se ha soltado y le cuelga cerca de la oreja derecha.

—Buenas tardes —la saluda—. Espero no molestar... Pasaba por aquí y me he quedado contemplando su nueva tienda desde fuera y entonces he pensado...

A él mismo le desconcierta verse tan modesto y acobardado. En las cartas la tuteaba impulsivamente; ahora que la tiene delante ya no se atreve. Quizá se deba a su gesto adusto, a la arruga que ahora se le marca en el entrecejo.

—Buenas tardes, Wilhelm —dice ella al fin—. Pase si quiere y eche un vistazo. Estamos a punto de cerrar.

Suena más a cortesía que a entusiasmo. ¿Qué le habrá hecho para que esté tan fría con él? ¿O será porque no están solos? Dos habitaciones más allá se oye el traqueteo de una máquina de coser.

—¿Ha llegado hoy? —pregunta ella—. Su madre me ha contado que tienen previsto organizar una fiesta en Nochevieja. Tengo mucha curiosidad por ver qué tal sale.

—Sí, seguro que resulta una noche muy agradable.

Tiene la sensación de parecer soso y aburrido. Esa alegría que sentía en su presencia ha desaparecido por completo. Ahora se muestra fría e indiferente. Pero ¿por qué? A continuación lo deja plantado y se mete detrás de la cortina, le dice unas palabras a alguien y cesa el traqueteo de la máquina de coser. Ajá, le ha dicho a la costurera que ya se puede marchar. Eso le da esperanzas.

—Siéntese un momento —le dice señalando el tresillo. Unos mueblecitos de malla metálica barnizados de blanco... casi como en el teatro. Se quita el gorro y se sienta muy formalito, aguardando con expectación lo que pueda ocurrir después.

Primero pasa deprisa a su lado la costurera, una chica muy mona de cabello rubio y rizado, con una naricilla chata, que le obsequia con una cálida sonrisa y luego sale a la lluviosa intemperie. Julia sigue trasteando en las habitaciones del fondo; seguramente esté recogiendo y colocando en su sitio las cosas que haya que hacer mañana.

Como se aburre, se pone a mirar las balas de tela, que están ordenadas por colores en la estantería. ¿Vestirá también a los caballeros? No, es probable que no. Y es una pena, porque recuerda bien cómo eran las pruebas con ella, el roce de sus dedos ágiles y agradablemente enérgicos. Ahora oye cómo va apagando las luces, incluida la lámpara del techo de la habitación en la que se encuentra. Solo el escaparate permanece muy iluminado.

Julia se sienta con él, se recuesta en la silla y cruza las piernas. Lo observa pensativa, luego se quita las gafas y las deja encima de la mesa.

—Julia, no sé lo que he... —empieza él titubeante.

—¡Silencio! —dice ella—. ¡Yo hablo y usted escucha!

Wilhelm enmudece. Se queda mirándola sin saber qué está pasando.

—Me ha escrito muchas cartas, Wilhelm —empieza—. Y yo no las he contestado. No podía escribir porque no me considero con derecho a hacerlo.

Wilhelm abre la boca para asegurarle que se equivoca, que precisamente ella es la única persona de su vida que tiene ese derecho. Pero ella le impide hacer esa confesión con un resuelto movimiento de la mano.

—No es culpa suya, Wilhelm. Es cosa mía. Soy una mujer que va camino de cumplir los cincuenta años y, durante un tiempo, he creído poder olvidar mi edad. Una tontería de la que ahora me arrepiento profundamente. Por esa razón he decidido mantenerme alejada de su vida. Es una cuestión de autoestima, Wilhelm. Y le ruego encarecidamente que respete mi decisión.

Wilhelm no entiende nada. «Poder olvidar su edad... Una tontería de la que se arrepiente profundamente... Mantenerse alejada de su vida…». Las frases resuenan en su cabeza, pero no les encuentra ningún sentido. Si acaso, el presentimiento de que hay algo, quizá afecto, tal vez incluso amor, que ella sin embargo no quiere admitir.

—No entiendo nada, Julia —balbucea—. He venido a decirle que la am…

Julia se levanta de la silla como si la hubiera picado una tarántula y le grita. Sí, en efecto, se pone a gritar. Está completamente desquiciada. Santo cielo, ¿qué habrá hecho él?

—¡No quiero oír eso! ¡Márchese, por favor!

—Pero yo…

—¡Váyase!

A Wilhelm se le encoge el corazón. Se acabó. La ha perdido antes de poder ganarla para sí. Vaya usted a saber por qué. Ni idea. Las mujeres son unos seres incomprensibles, no hay quien las entienda. Te atraen, te seducen, te despiertan la esperanza, pero si vas en serio con ellas, si quieres amarlas con toda tu alma y tu corazón, entonces te mandan a freír espárragos.

Se levanta y va hacia la puerta, donde se detiene para volver a mirarla, pero ella ha huido ya por el pasillo. Es como si quisiera desaparecer entre los pliegues de la cortina roja. Resignado, abre la puerta de la tienda, sale a la oscuridad, cae en la cuenta de que se ha dejado la bufanda y da la vuelta. Retrocede, coge la bufanda del sillón y abandona la tienda. ¡Uf, cómo le ha mirado ahora! Como una lechuza asustada.

«Es verdad —piensa, mientras se pone la bufanda de lana luchando contra el viento—. Se parece a una lechuza. Sobre todo cuando se pone las gafas». Sin embargo, no le parece graciosa la comparación porque está destrozado, tiene la sensación de encontrarse ante un profundo abismo; no hay ironía ni chiste malo que puedan ayudarlo en ese momento. Durante meses ha vivido nutriéndose de la idea de que ella existe y piensa en él y comparte de algún modo su destino. Ha sido la estrella que le ha guiado en sus días más oscuros, su ídolo, la dama por la que hubiera librado una batalla. Al menos lo habría hecho de haber vivido en la Edad Media. Habría arriesgado su vida solo por la recompensa del amor, se entendiera este como se entendiera en el medievo. El amor sublime y el otro, el pecaminoso, en el que naturalmente también pensaba. Al fin y al cabo es un hombre. ¿Sería esa la razón? ¿Habrá creído que quiere seducirla, añadirla a la lista de sus conquistas, como hacía don Juan, y luego abandonarla?

¡Que se vayan al demonio las mujeres! Hagas lo que hagas, lo haces mal. A partir de hoy renunciará al amor. Se acabaron los pensamientos tiernos, las cartas largas, las efusiones del alma. Ya solo vivirá para su profesión; a partir de ahora las mujeres solo serán para él o bien compañeras de trabajo o bien parte del público. Nada más. Así se ahorra uno decepciones y no derrocha energías.

Se choca varias veces contra los adornos navideños, azotados por el viento y la lluvia en la Langgasse, y como a estas alturas tiene los pies helados, decide tomarse un ponche caliente. Por nada en el mundo puede quedarse ronco para Nochevieja. Y además necesita un consuelo para el alma. En la Webergasse busca un bar que ya frecuentaba antes y se alegra de que la dueña lo salude por su nombre.

—¡Hombre, Willi! ¡Qué alegría verte por aquí! ¿Has venido a casa de tus padres por Navidad?

Allí el ambiente es de lo más familiar; Gertie, rubia teñida, conoce a sus clientes, sabe lo que toman y dónde les gusta sentarse. Wilhelm se retira a la mesita del rincón, pide un ponche caliente con ron de Jamaica y se relaja. El calor, los murmullos una y otra vez interrumpidos por una carcajada, la luz tenue, el olor a alcohol y a humanidad… todo eso mitiga su ánimo agitado, le proporciona paz y sosiego. Como el ponche también ayuda, se pide el segundo, charla un poco con Gertie, que lo conoce a él y a sus padres, habla de Múnich, de las enormes jarras de cerveza, de las sabrosas *brezel* y de las patas de ternera, que saben mucho mejor de lo que uno pueda imaginar. Gertie se toma su tiempo con él, manda a su yerno Tobi que se ponga detrás de la barra y se sienta con Wilhelm, le sirve un coñac francés y ella se toma otro. Invita la casa. Porque para eso son viejos amigos.

—¿Y por lo demás qué tal? —le pregunta con un cariño maternal.

—Así, así… —farfulla, y da un trago. Buen coñac. Podría tolerar otro más. Sigue teniendo los pies fríos—. Pues problemas…

Gertie le sirve otro y se queda escuchándole con paciencia e interés. Tiene dos hijos de la edad de Wilhelm, uno cayó en la guerra, el otro perdió un brazo. La hija ayuda en el bar y el yerno se esfuerza, pero es un manazas y tampoco se lleva muy bien con los clientes.

—¿Cabaret? Si te lo dicta el corazón, hazlo. Solo se vive una vez, hijo. Y a mi pobre Klausi, que yace en tierra rusa, se le terminó la vida con veinticinco años.

Wilhelm se desfoga de todas sus penas y se encuentra a gusto tan maternalmente acogido, se toma el tercer coñac y luego ella dice que ya ha bebido bastante y retira la botella.

—Eres todavía un crío, Willi —dice ella, pasándole la mano por el pelo—. Todo irá bien, ya verás. Algún día llegará la que más te convenga y de repente todo te parecerá muy fácil… como si estuvieras flotando en una nube.

Después de pagar, recibe el consejo de ir derecho a casa sin dar ningún rodeo. Abraza a Gertie como despedida, se siente resguardado en sus blandos y abundantes pechos y sale a la fría y húmeda oscuridad. Durante un rato pugna por guardar el equilibrio, que de pronto le falla, tropieza con el bordillo y cuando está a punto de caerse, dos americanos lo sujetan y evitan la caída, de la que se libra por los pelos. Les da las gracias de forma efusiva, les estrecha la mano un rato largo y cosecha bondadosas carcajadas. En la Wilhelmstrasse pone rumbo a las lucecitas rojas de las ventanas del Café del Rey, se queda un momento delante de un cartel que anuncia una fiesta de Nochevieja con música de gitanos y menea la cabeza con escepticismo. Luego consigue llegar al Café del Ángel, solo débilmente iluminado por dentro, pero se ven los nuevos ventanales con las cristaleras, que le gustan mucho. Allí también cuelga un cartel en el que aparece su nombre. Da dos pasos atrás para poder verlo mejor, pero de repente le deslumbran unas luces cegadoras. Aún le da tiempo a oír el chirrido de los frenos, después nota un fuerte golpe en el lado derecho del cuerpo y echa a volar como un pájaro... hacia la negrura de la noche.

Hilde

En principio todo es muy sencillo. Ir siempre a lo largo del Rin hasta Estrasburgo, allí cruzar la frontera, tomar la curva que va hacia el oeste y luego todo seguido hacia el sur. Poco antes de alcanzar el Mediterráneo, llega a Nimes. Una ciudad que fundaron los romanos hace siglos... ¿o fueron los celtas? En cualquier caso, Jean-Jacques le ha contado que tiene que ver sin falta esa localidad. Pero no le da tiempo. Nimes está a un tiro de piedra de Villeneuve. Y desde Villeneuve se tarda media hora a pie hasta la explotación vinícola de los Perrier.

Si él se creía que iba a quedarse en casa esperando como un corderito hasta que a él le diera por regresar, se equivocaba. Ella no es así. Odia esperar. Detesta estar condenada a no hacer nada más que albergar esperanzas. Durante años ese fue el destino de las mujeres en la guerra. Esperaron a su padre. A August y a Willi. Y también a Jean-Jacques tuvo que esperarlo y, cuando había perdido toda esperanza, regresó a su lado. No, ya está bien de tanto esperar. La guerra ha terminado y ahora puede hacer lo que más le convenga.

El asunto de los puntos cardinales se revela, sin embargo, más difícil de lo imaginado, sobre todo a las cinco de la mañana, cuando todo está oscuro como boca de lobo. Seguir el

483

Rin es sencillo mientras se pueda ver el río. Es increíble lo fácil que se pierde la orientación cuando las carreteras dibujan curvas en el paisaje, unas veces a la derecha y otras a la izquierda... ¿y dónde está ahora el sur? Lo peor es cuando se llega a una ciudad más grande como Worms; entonces hay que estar muy atento para salir por el sitio adecuado y no retroceder, por ejemplo, hacia Maguncia. Al menos en Worms, en la casa parroquial de la Iglesia católica, se puede uno tomar un café. Renuncia a la misa de Navidad, pero le sienta bien entrar un poco en calor y dar buena cuenta de las galletas navideñas que le ofrecen. ¡Qué rabia que hoy, el primer día festivo, no haya ningún banco abierto! Necesita urgentemente dinero, en especial francos franceses; de lo contrario, estará perdida al otro lado de la frontera. En la casa parroquial se pone a pensar en Frank y Andi, que seguramente se despierten ahora y llamen a su mamá. ¡Ojalá esté August con ellos! Pero si su hermano no está, también cuenta con sus padres. Desde luego, en tales situaciones viene muy bien vivir en una gran familia. Después se vuelve a enfadar al acordarse de su marido, que ha sacado un dineral de la cuenta, de modo que ahora ya no queda demasiado para ella. «¡Espera y verás, cariño! Eso no puede ser. Es un dinero que tenemos en común, no puedes disponer de él a tu antojo y dejarme a mí a dos velas. También tengo que repostar; el coche traga gasolina como si estuviera muerto de sed. Esperemos que el depósito no tenga un agujero...».

Una vez pasado Worms empieza a llover, una lluvia que se convierte en aguanieve, y a Hilde le preocupa que pueda estar nevando en Estrasburgo. No sería nada extraño, dado que por un lado está la Selva Negra y por el otro los Vosgos. Más al sur, en Nimes, seguro que no nieva.

Menos mal que por lo menos el «ángel volador» circula que es una maravilla; como decía el señor Neumüller, el profesor de la academia, no es fácil romper el motor de un Volkswagen «escarabajo». La verdad es que podría ser un poco más rápido. Al llegar a Neustadt, coge la autopista y acelera hasta que el cuentakilómetros marca los cien kilómetros por hora. A todo esto, el «escarabajo» zumba y brama de tal modo que parece que vaya a despegar. Poco antes de llegar a Estrasburgo, unos extraños golpes y sacudidas la obligan a buscar un aparcamiento y entonces ve la avería. La rueda delantera derecha se ha quedado sin aire y parece que está pinchada. Pero hay una rueda de repuesto y Hilde ha aprendido a cambiarla. De manera que coge el gato y la llave de cruceta y saca la rueda de repuesto del maletero, que está delante.

—¿Puedo ayudarla, joven? La rueda pesa demasiado para usted.

Un señor de unos cincuenta años aparca a su lado y sale de su Opel Kapitän antes de que ella le conteste. Sin duda un hombre de negocios, a juzgar por sus gafas de concha y su traje caro. Al principio quiere decirle que no hace falta, pero luego recapacita. Que se mate a trabajar, el señor caballero. Así que se queda mirándole sin mancharse los dedos. Mientras su ayudante se muestra poco hábil con el gato, se detienen delante de ella dos hombres jóvenes en un Borgward bastante destartalado. Hilde no se fía mucho de ellos, que parecen dos gamberros porque llevan pantalones con remaches y chaquetas de cuero y tienen un aire provocador.

—Buenos días, señorita. ¿Necesita ayuda?

—Muy amable por su parte. Pero ese señor ya se ha mostrado dispuesto a...

—Un poco torpe el abuelito, ¿no? Ya se lo hacemos nosotros. Con un par de toques la rueda queda puesta.

El del Opel Kapitän no se enfada por recibir ayuda, pues se ha pillado el pulgar con el gato. Ahora se limita a dar instrucciones y deja que la juventud haga su trabajo. En efecto, esta vez todo sale a la perfección. Los caballeros de Hilde guardan la rueda pinchada en el maletero, se limpian los dedos con un trapo untado de grasa y le preguntan si viaja sola. ¡Oh, no, está casada! ¡Qué contrariedad!

—Si yo fuera su marido —comenta el del Opel Kapitän indignado—, no dejaría que mi mujer viajara sola. Sobre todo si es tan guapa como usted.

Pero Hilde no tiene tiempo de darles palique. Les dedica una sonrisa a los tres y se lo agradece de todo corazón.

—Les deseo muy buen viaje, señores.

La experiencia le ha sentado bien. Se siente deseada; hombres de cualquier edad revolotean a su alrededor. Su autoestima, que desde el viaje de Jean-Jacques estaba por los suelos, sube hasta alcanzar el nivel habitual. Sigue siendo atractiva; si quiere, puede tener diez pretendientes en cada dedo. Pero ella solo ama a uno, y lo piensa recuperar, ¡ahora más que nunca!

Apurando hasta la última gota de gasolina, consigue llegar cerca de Estrasburgo; ya es por la tarde y empieza a anochecer, está cansada y no tiene ganas de seguir conduciendo a oscuras. Y menos en un país extranjero; a saber lo que piensan de ella los funcionarios de aduanas en la frontera; no vaya a ser que la tomen por una contrabandista. Así que llena el depósito y busca alojamiento en una pequeña localidad, a ser posible, limpio y barato; lo principal es que la cama no tenga pulgas, en Alemania se dicen tantas cosas de las camas francesas... Finalmente encuentra lo que buscaba en un hotelito de una estrecha callejuela y ocupa una habitación pequeña con un empapelado precioso, de ensueño —de color azul oscuro con estrellitas doradas—, y unos muebles antiguos impresionantes, a un precio muy razonable. La cama es grande y en el centro está tan desgastada que hay que tener cuidado de no desaparecer en el colchón para siempre. Y detrás de los bonitos y antiguos armarios descubre telarañas. Puaf, qué asco. Y eso que en realidad todavía no ha salido de Alemania, aunque allí la gente habla una mezcla tan extraña de los dos idiomas que resulta difícil entenderse.

Está tan cansada que después de una cena frugal se mete de inmediato en la blanda cama y sucumbe a un sueño profundo. Por la mañana, en el duermevela, sueña con Jean-Jacques, ve cómo se monta en un Opel Kapitän y se marcha. Luego coge una recta larga entre campos desnudos, su cuerpo se va empequeñeciendo, se aleja cada vez más de ella, hasta que finalmente se convierte en un punto. Cuando se despierta, comprueba que la almohada está mojada. Le da la vuelta.

Por la mañana viaja hacia Kehl para cruzar la frontera. Allí les enseña a los funcionarios de aduana alemanes el pasaporte y la documentación del coche, y enseguida le piden que aparque a un lado y se baje del coche.

—El coche está a nombre de Jean-Jacques Perrier.

—Es mi marido. Voy a reunirme con él.

—¿Tiene alcohol, cigarrillos o alguna otra cosa que declarar?

—No.

¿Qué tendrá que no la creen? Los señores examinan su «escarabajo», abren el maletero y el capó, miran debajo de los asientos, golpetean las puertas e iluminan debajo de la carrocería.

—La rueda de repuesto está defectuosa.

—Ayer tuve un pinchazo.

—Entonces debería adquirir una rueda de repuesto aquí, en Alemania. En Francia tendrá problemas con eso.

—Le pondré remedio enseguida, señor inspector.

—En realidad, no debería dejarla pasar en estas condiciones.

«Qué ganas de retorcerle el pescuezo», piensa nerviosa. En voz alta dice:

—Estamos en Navidades, señor inspector…

—Solo aquí, joven. En Francia ya no.

Hilde le sonríe y le dice que va a ver a su esposo. Y que los niños estarán esperando ansiosos a sus padres.

—Bueno, por esta vez, pase.

Le entrega los papeles y Hilde se monta de nuevo en el coche. Qué fastidio, y ahora en el otro lado otra vez la misma escena innecesaria. Pero se equivoca. Los señores de la aduana francesa comprueban su pasaporte, le sonríen y le hacen señas para que continúe. Fantásticos, estos franceses. ¡Qué diferencia con el cuadriculado funcionario alemán! Reanuda el viaje con toda confianza, en Mulhouse encuentra un banco y saca dinero, que le pagan en francos. Ahora ya no puede pasarle nada más. Los letreros indicadores en francés no es que la ayuden mucho, ni tampoco el viejo atlas del colegio que lleva abierto a su lado en el asiento del copiloto y que es de la época del «Reich de los Mil Años». Así que cada dos por tres se detiene para preguntar por el camino. Al fin y al cabo, Jean-Jacques le ha enseñado la lengua francesa y sabe hacerse entender. El éxito o el fracaso depende de las personas a las que pregunte; hay franceses que la ignoran totalmente porque no les da la gana de informar a una alemana que va en un coche alemán. Pero también hay otros que sí la ayudan, de manera que poco a poco va avanzando. En la gasolinera llena el depósito sin problema, y a primera hora de la tarde, cuando ya está casi en Besançon, de repente oye un petardeo horroroso y se ve obligada a parar en el arcén. ¡El tubo de escape! Qué fastidio. Y por si fuera poco, llueve a cántaros, y los franceses, tan egoístas, pasan de largo sin hacerle ni caso. Ni siquiera el ciclista del chubasquero le echa una mano, sino que pedalea con mucho brío y, al pasar por un charco muy hondo, la salpica con agua sucia. Furiosa, se pone el abrigo y un pañuelo en la cabeza, deja el coche cerrado con llave y emprende el camino hacia la cercana ciudad de Besançon, donde se dispone a buscar un taller. ¡Menudo lío! Una vez más, el listillo de August llevaba razón: ha sufrido una avería y ahora se las tiene que apañar ella sola.

A los diez minutos, la lluvia ya le ha calado el abrigo y

también el pañuelo. Y al cabo de otros diez minutos, el agua le corre por la espalda y se acumula en los zapatos. Y naturalmente en la entrada a la ciudad no se encuentra con nadie que pueda darle información. Todos se han guarecido de la lluvia en sus casas; ni siquiera el anciano que ha sacado al perro quiere hablar con ella. «Bien empleado me está —piensa—, por venir a Francia y no ser capaz de esperar a que Jean-Jacques vuelva por sí solo. Ahora me veo calada hasta los huesos recorriendo un país extranjero, donde nadie quiere ayudarme, y a lo mejor, para mi desgracia, Jean-Jacques ya está en el tren camino de Wiesbaden. Ay, una vez más me he precipitado al tomar una decisión, no he tenido paciencia». Al cabo de más de una hora encuentra por fin un bistró en el que le dan la dirección de un taller. Se toma un café que le recuerda al de la guerra, que iba mezclado con bellotas, y como está tan mojada y tiene tan mal aspecto, la propia *patronne* llama enseguida al taller. Es una mujer simpatiquísima, flaca y con el pelo oscuro cortado a lo *garçon*, y desde luego tiene un gran sentido práctico.

—¿Cómo es que habla usted francés, madame?

—Estoy casada con un francés, madame.

Entonces la señora Grossier le cuenta que una vez estuvo prometida con un alemán que fue el gran amor de su vida, pero la guerra, la mísera guerra, lo echó todo a perder. A Hilde le sirve una tortilla de jamón con pan y otro café, y como tiene tanto frío que le castañetean los dientes, se sienta al lado de la estufa. Al poco rato aparece el mecánico, hermano de madame Grossier, al que Hilde intenta explicar lo que le ha pasado a su coche porque no sabe cómo se dice en francés «tubo de escape». Pero el mecánico es un tipo espabilado y entiende a qué se refiere. El «ángel volador» es remolcado al taller, donde lo examinan de arriba abajo y le dicen que la reparación estará lista para mañana por la mañana. Dentro de lo malo, tiene suerte porque la señora Grossier dispone de una habitación para ella. Así que se cambia de ropa y se viste con prendas secas, y como sigue muerta de frío y además nota un desagradable picor en la garganta, esa noche se toma dos grandes copas de coñac. A continuación duerme tan profundamente que ni un terremoto podría haberla despertado.

Al día siguiente se siente mal de verdad, le duele la garganta al tragar y tiene la nariz taponada. ¡Un catarro! No le extraña; ayer pasó varias horas con la ropa mojada puesta. Después de contar el dinero que le queda, se pregunta preocupada cuánto costará la reparación del coche junto con la estancia de una noche y la manutención. Como Jean-Jacques se haya gastado también un dineral, se quedan sin ahorros. Hacia el mediodía tiene que comprar pañuelitos de papel y caramelos para combatir la tos; por lo menos el coche ha quedado otra vez perfecto, con un tubo de escape nuevo y reluciente, y la factura asciende a un precio moderado. La despedida de madame Grossier resulta ser cariñosa y entrañable. Hilde quiere llegar hoy hasta Lyon y mañana, de una tirada, hasta Nimes. Para ello va a necesitar un fuerte viento a favor, porque ya no le quedan demasiados francos. Si no encuentra a Jean-Jacques en Villeneuve, tendrá que telefonear sin falta a casa para pedirle algo de dinero a August. Eso sería lo más penoso y lamentable que le podría suceder, pero no tendría más remedio que hacerlo.

Pasa la noche en el coche, en un aparcamiento de Lyon, porque ya no se puede permitir pagar una habitación, y al día siguiente se despierta hecha polvo. Escalofríos, constipado, dolor de garganta… todas las variantes posibles de un catarro. Pero da igual, el viaje continúa en dirección sur; lo que Hilde empieza, lo termina.

«Aunque no vuelva a hacerlo en la vida…».

Por la tarde tiene fiebre. Se permite tomar un café en Valence, se sienta en un bistró lleno de humo de tabaco y mira la lluvia mientras tose para sus adentros y añora su cama blanda y calentita de Wiesbaden. Encuentra una *bureau de poste* y pone una conferencia a Wiesbaden, pero para gran asombro suyo, nadie descuelga el auricular ni en casa ni en el café. Una de dos: o está el teléfono averiado o se han largado todos por ahí. Qué raro. Ojalá no haya pasado nada. Pero así al menos se ha ahorrado el dinero de la conferencia y puede volver a llenar el depósito de gasolina. Envuelta en una manta de lana, pasa otra noche en el coche. Rara vez en la vida se ha sentido tan enferma. Mañana llega a Nimes, y luego habrá alcanzado el destino final de su viaje. A lo mejor se lo encuentra allí; si no, por lo menos conocerá a su familia.

De noche apenas puede conciliar el sueño porque la atormenta una tos irritativa; a cambio, le han remitido los dolores de garganta, y como sigue con fiebre, no tiene frío. Todo tiene su lado bueno y su lado malo. Se permite tomar un café con un cruasán que está muy grasiento, traga dos aspirinas y vuelve a montarse en el «escarabajo». Menos mal que en ese país frío y extraño cuenta con un vehículo calentito en el que puede atrincherarse y seguir avanzando. Una casita sobre ruedas que la protege del frío y de los desconocidos, un refugio ante la iniquidad del mundo; en suma, un ángel volador. Cuando regrese a casa, piensa dormir veinticuatro horas de un tirón. Antes se dará un baño caliente y se lavará el pelo. Y luego se acurrucará en la cama. Junto a su Jean-Jacques. ¡Maldita sea, quiere recuperarlo hoy mismo!

El paisaje que va dejando atrás está envuelto en una bruma matinal de color pardo, donde las cercas y los árboles pelados destacan en negro. Algo de vegetación exótica, un pino piñonero, una palmera o una conífera, pequeñas granjas, angostos pueblecitos salpican los amplios campos y prados vacíos. A lo lejos, tras la neblina, se reconocen cadenas montañosas de escasa altura; ante ella el sol es una mancha borrosa y cegadora en medio de un cielo brumoso de color marrón grisáceo. La verdad es que en invierno esta región no tiene el más mínimo atractivo. Sobre todo cuando uno no puede parar de toser. Como la señora Grossier le ha dado una botella de agua, se detiene una y otra vez para dar un trago.

¡Allí está! Rodeada de misterio, como se les aparece la Ciudad Santa de Jerusalén a los peregrinos, surge tras una curva Nimes, la ciudad de los romanos y de los celtas. En fin, ahora no está en condiciones de apreciar la importancia histórica y arquitectónica de la ciudad; solo quiere encontrar un letrero que indique Villeneuve, se deja los ojos buscándolo hasta que acaba siguiendo el habitual *Toutes directions* en sentido Montpellier. Igual hay suerte; si no se equivoca, Jean-Jacques dijo que Villeneuve se encuentra al oeste de Nimes.

Atraviesa varias localidades y ya está desesperada porque la gasolina se va terminando y teme haberse metido por una dirección equivocada. Pero entonces, tras un fuerte ataque de tos, ve el letrero indicador. Aunque cree ver visiones, en el letrero pone claramente VILLENEUVE. Da un buen trago de agua y de repente, pese al catarro y a la tos, experimenta la grandiosa sensación de haber llegado a la meta. Si toda esa aventura ha tenido sentido es algo que todavía está en el aire. Pero de momento lo ha conseguido.

El sitio en sí no le parece gran cosa. Un poblacho de provincias con una iglesia de piedra rojiza y, delante, una pequeña plaza con varias tiendas, un albergue, dos bistrós y una peluquería. Aparca delante de uno de los bistrós y se baja para preguntar por la explotación vinícola de los Perrier, y cuando ya está en la puerta y se dispone a entrar, oye pasos a su espalda. Una mano se posa en su hombro. Furiosa por ese insolente acercamiento, se da la vuelta. Entonces lo ve. Está riéndose descaradamente por la cara de enfadada que ha puesto, pero enseguida tiene que sujetarla porque de pronto a la pobre le flaquean las piernas.

—*O là là* —dice él, sosteniéndola por el brazo—. No me digas que ahora de repente te vas a poner floja...

—Deja los chistes para otra ocasión —susurra ella mientras intenta volver a ponerse de pie—. Es solo que... es que estoy un poco... acatarrada.

Él de todas maneras sigue sujetándola, cosa que ella agradece aunque la gente del bistró los observe a través de la ventana. Nota que se alegra de verla y eso la hace feliz. Después de todo, ha hecho bien en venir. Lo ha encontrado y la tiene abrazada.

—*Allons boire un café* —propone él.

—Me sentaría mejor leche caliente con miel.

—Lo que tú quieras.

Dentro, al principio guardan silencio, se miran y no acaban de creerse que estén allí sentados en la mesita del bistró. Es como si fueran una pareja de recién enamorados. Sin hijos, sin familia, sin responsabilidades. Solo ellos dos cogidos de la mano para no volver a perderse el uno al otro. Luego cesa el silencio. Jean-Jacques es conocido en el bistró, charla con el *patron* del local, le presenta a su mujer, que ha venido desde Alemania con el coche, y este saluda a Hilde amablemente y con mucho respeto. ¡Ha recorrido más de mil kilómetros ella sola! Eso hay que celebrarlo con una copa. «Un catarro... Bah, qué más da, un *pastís* no puede hacer nunca daño. Es bueno para el estómago», fanfarronea Jean-Jacques; luego pide una *baguette* con salami y jamón, aceitunas y un surtido de quesos. Mientras comen con deleite, Hilde se da cuenta de que estaba medio muerta de hambre. Más tarde se sientan con ellos unos amigos de Jean-Jacques y ella les habla de Wiesbaden, de sus dos hijos, del largo viaje en coche y de las averías que ha tenido que solventar por el camino. Nota lo orgulloso que está él de ella. Una y otra vez le echa el brazo por el hombro, como tomando posesión, y les cuenta un montón de cosas de las que ella solo entiende algunas porque cuando charla con los amigos habla muy deprisa, pero capta que está hablando de cómo se conocieron y de cómo ella lo ayudó entonces a huir. Llega un momento en que el cansancio se adueña por completo de Hilde. Cuando él lo nota, paga enseguida y se van del bistró.

—Tengo alquilada una habitación allí enfrente, en el albergue. Subamos, cariño.

A ella se le hace un poco raro que no viva en la explotación vinícola de la familia, sino aquí en la fonda, pero por una parte tiene sueño y, por otra, aquí están solos y pueden celebrar el reencuentro sin que nadie los moleste.

—Te estaba esperando —dice él, cuando ya están tumbados arriba en la cama francesa—. Sabía que ibas a venir, *ma chérie*. Me dejaron un recado.

Cuando se dispone a preguntarle si su familia se encuentra bien, él ya ha empezado a demostrar la alegría de volver a verse, y además de un modo tan apasionado que a ella le cuesta trabajo no elevar el tono. Después se quedan tumbados muy juntitos y no les cabe en la cabeza por qué se habían peleado. Luego se confiesan entre susurros lo mucho que se han echado de menos. Por fin, Hilde se duerme en sus brazos, nota su calor, su respiración, el olor de su piel... y el mundo recupera el orden.

Se despierta por un ataque de tos; a su lado, la cama está vacía. Se incorpora asustada, da un trago de agua, se asoma a la ventana y mira hacia la plaza de la iglesia. Allí hay ahora unos puestos de mercado con verdura, jamón, huevos, ropa, cepillos y cuchillos de cocina, entre los que deambulan mujeres con cestos de la compra, niños, perros y también unos pocos hombres. Jean-Jacques no está entre ellos. ¿Dónde diantre se habrá metido?

—*Ouvre la porte!* —se oye al otro lado de la puerta de la habitación. Ahí está, ya completamente vestido y sosteniendo una bandeja con dos desayunos.

—¿Qué tal estás, *chérie*? ¿Sigues con la tos? Te voy a dar masajes en el pecho con aceite de oliva templado; es un viejo remedio contra la tos.

—¡Puaf, qué asco! ¡Atrévete!

—Bueno, también funciona sin aceite.

—Eso ya está mejor.

Desayunan juntos en la cama, comparten una *baguette* untada de mermelada, y él le explica que aquí se suele añadir achicoria al café. Es más sano y sabe bien.

—No sé yo...

Después de desayunar celebran otra vez la alegría del reencuentro, en esta ocasión de una manera más tierna y cariñosa, con una pasión que va incrementándose poco a poco y con pequeñas pausas para tomar aliento, hasta que al final la ceremonia adquiere tintes más salvajes y excitantes.

—Hagamos las maletas y marchémonos a casa, *mon ange*. Tengo ganas de ver a los *garçons*, a nuestros chicos. Además, pasado mañana ya es Nochevieja.

Pero precisamente ahora Hilde se encuentra mejor, ya no tiene fiebre, tiene la cabeza más despejada y ha recobrado por completo su habitual energía vital.

—Pero antes vamos a pasar a ver a tus parientes, Jean-Jacques. Ya que estoy aquí, quiero conocerlos sin falta. Y también me gustaría visitar la tumba de tu padre.

Hilde no entiende por qué le pone tantas pegas y tantos pretextos tontos; solo se conforma cuando ella le promete no quedarse mucho tiempo en la casa de sus padres. Solo dar los buenos días, presentarse y, más adelante, quizá volver con los chicos. En primavera, cuando todo esté verde y florido.

—Bueno, está bien. *Parce que tu ne me laisses pas la paix...*

Primero tienen que echar gasolina, pero esta vez paga él, y ella le sonsaca la confesión de que lleva la cartera bien llena. Los reproches que pensaba hacerle en ese sentido los aplaza para más tarde. Antes de emprender el viaje van al cementerio y se detienen ante la tumba del padre, una triste losa de mármol con un cuenco de flores artificiales.

—Lo siento mucho por ti —dice ella, y lo rodea con el brazo para consolarlo—. Qué pena que no pude conocerlo...

Luego descubre algo entre las flores, y cuando se dispone a cogerlo, él la aparta de un tirón.

—Vámonos, que si no, se nos hace tarde.

Hilde le cede voluntariamente el volante y encuentra agradable que él haga de chófer.

—¿Todos estos viñedos son vuestros? —pregunta, mientras recorren una polvorienta carretera comarcal en dirección este.

Él asiente, pero se muestra parco en palabras. Cuando ella le pregunta si ha heredado parte de la explotación vinícola, Jean-Jacques señala una loma llena de ramas y sarmientos arrancados.

—¿Y nada más?

—*Non!*

—¿Y por qué están todas las vides destrozadas?

—Vamos a plantar otras nuevas.

Un poco raro sí le parece a Hilde, pero no sigue preguntando porque nota lo serio que él se va poniendo. Le viene a la memoria la explotación vinícola de Eltville que él quería comprar, y comprende que su añoranza por un trozo de tierra, por un viñedo, hunde aquí sus raíces.

La finca de sus padres le parece pintoresca, pero muy necesitada de una reforma, en especial, la parte destinada a vivienda. Jean-Jacques lleva el coche hasta el granero, donde tres gallinas emprenden cacareando la huida para ponerse a salvo. Al bajarse, un perro de color canela los olfatea.

—No lo toques, Hilde. No le gustan los extraños.

—Yo no soy una extraña. Pertenezco a la familia.

El perro se deja acariciar por ella sin gruñir; sobre todo le gusta que le rasque las orejas. De la casa sale una chica joven, una criatura esbelta y rubia con unos bonitos ojos de color castaño que parecen un poco asustados.

—Esta es Simone, la hermana de mi cuñada.

Hilde se acerca a saludarla y se presenta. Cuando Simone se entera de quién es, la invita a entrar en la cocina. Allí está sentada la madre de Jean-Jacques, una mujer menuda con la cara envejecida que escudriña a la visita como si fuera una de las siete maravillas del universo. Chapurreando como puede en francés, Hilde le dice que lamenta mucho que haya fallecido su marido, que por desgracia no ha podido venir al entierro, pero que de todas maneras se alegra muchísimo de conocer a su suegra. Justo después entra otra mujer más joven de aspecto un tanto insípido que parece algo tímida. Es la cuñada de Jean-Jacques; en fin, si a su hermano le gusta… El último en presentarse es el hermano; es más bajito que Jean-Jacques, pero se le parece mucho. Tiene unas ojeras muy pronunciadas y las manos llenas de esparadrapos. ¿Será que en invierno también se trabaja en los viñedos?

Le ofrecen café con galletas y todos se ponen a hablar; Hilde se ríe mucho y cuando le toca el turno de contar cosas, solicita la ayuda de Jean-Jacques porque a menudo le faltan las palabras francesas. Son unas personas muy amables, algo reservadas, sobre todo la madre, pero a medida que pasa el tiempo se van soltando. Al hermano lo encuentra incluso encantador, pues sonríe con sus bromas, le enseña la bodega y se alegra de que todo merezca su admiración. Luego tiene ocasión de quedarse embelesada ante la pequeña Céline, a la que Simone ha ido a buscar al dormitorio, y les cuenta que a ellos también les gustaría tener una niña, pero que de momento no acaba de llegar.

Jean-Jacques no pasa mucho tiempo con sus familiares, sino que sale al patio y se pone a jugar al fútbol con su sobrino Marcel.

—Qué pena que no hayan venido vuestros *garçons* —opina su cuñada, y a Hilde le parece que Chantal, aunque sea sosa, es muy amable. Cuando finalmente Jean-Jacques le mete prisa para salir de viaje, Hilde abraza a la cuñada y a su hermana, y también la madre se levanta para darle un abrazo.

—Eres una buena mujer —dice en francés—. No sé si él te merece.

Está visto que en Francia el amor maternal recorre caminos misteriosos. Abraza también a su cuñado Pierrot, besa a la pequeña Céline y le pasa la mano por el pelo a Marcel. Tampoco se olvida del perro. Le habría gustado acariciarle las orejas al gato gris, pero este salta al estercolero, le bufa y arquea el lomo.

Cuando se van con dos cajas de vino de regalo, salen todos al patio a despedirse de ellos agitando la mano. Hilde los saluda haciendo ondear al viento uno de sus pañuelos de papel y se siente contenta consigo misma y con el mundo.

—Es una gente encantadora, Jean-Jacques. No entiendo cómo no hemos venido a verlos antes.

—*Parfois*. Lo hemos regularizado todo; así es fácil ser amable.

—¿A qué te refieres con que lo habéis «regularizado todo»?

Él guarda silencio, acelera y, en medio de una nube de polvo, se alejan en dirección a Villeneuve. En Nimes quieren hacer una breve parada para enseñarle a Hilde la ciudad.

—Conduces demasiado deprisa, cariño. Eso consume mucha gasolina.

—¿Quieres conducir tú, *ma chérie*?

El leve amago de discusión desaparece rápidamente. Hilde se arrellana junto a él en el asiento del copiloto y dice que no le apetece nada conducir. Que quizá más tarde.

—He invitado a la chica a nuestra casa —le cuenta—. Podría vivir una temporada con nosotros y trabajar en el café.

Jean-Jacques no dice nada al respecto, luego le coge la mano y le da un apretón.

—Te he echado de menos, Hilde. Te he echado muchísimo de menos.

—¡Eso espero! —Se ríe ella—. Pero la próxima vez me escapo yo y tú vienes detrás.

—¡Ni se te ocurra! —protesta él en broma.

Julia

«Estoy histérica —piensa—. ¿Cómo he podido berrearle de esa manera? ¿Qué pensará ahora de mí? Me tomará por una bruja chiflada. Ay, Dios, me he comportado fatal».

De pie en la puerta de la tienda, intenta reconocer bajo la parpadeante luz de la iluminación navideña la figura del hombre que se acaba de ir. En vano. Se ha marchado; no puede hacerle volver, tampoco lo desea y, no obstante, está arrepentida. Se han adueñado de ella el arrepentimiento y también el deseo de abrazarlo. Por lo solitario y desesperado que recorre la oscuridad y porque tiene miedo de que acabe pasándole algo.

Al cabo de diez minutos, cuando echa el cierre a la tienda y se dirige a su casa con el bolso y el fardo de ropa, ya se ha serenado. Es cierto que ha reaccionado de una manera irreflexiva y muy emocional, pero ello se debe sobre todo a que haya aparecido tan de repente en la tienda. Naturalmente llevaba unos días pensando en lo que le diría si fuera a casa por Navidad. Por supuesto no mencionaría para nada su embarazosa visita a Múnich. En su lugar, quería explicarle con toda tranquilidad, con el debido distanciamiento y mucho tacto su visión de las cosas: simpatía, sí; amistad, desde luego; amor, no. En la cabeza tenía preparadas todas estas formulaciones tan bien estudiadas; sin embargo, de pronto y de forma inesperada, aparece ese hombre en la tienda y nada más decir «buenos días» le hace una declaración de amor. Lisa y llanamente, sin rodeos, le dice que la ama. Entonces ella pierde los papeles. La ternura, la pasión, la desilusión... todo le sobreviene de repente y se ve obligada a defenderse. No podía ser de otra manera. A saber lo que habría pasado si le hubiera dejado seguir hablando.

Sabe que en Múnich tiene otra... Bueno, otra... tendrá unas cuantas. No hay que olvidar que cuando Willi estaba en Wiesbaden tampoco le hacía ascos a los placeres carnales. Contemplado desde ese punto de vista, se ha merecido la bronca. Sí, señor, ya era hora de que alguien le hiciera afrontar los hechos reales. A un notorio mujeriego no se le debe tratar con guantes de seda. Aunque sea un muchacho simpático y encantador; en tal caso, menos aún.

Cuando sube por las escaleras hacia su ático, ve a Addi con la lima y el cepillo de carpintero haciendo como que está ocupado con la barandilla de la escalera. Pero ella le ignora; solo está haciendo teatro porque quiere retenerla. Como eso a Julia le saca de quicio, pasa a su lado, lo saluda fríamente con una leve inclinación de la cabeza y se dispone a abrir la puerta de su casa.

—¡Tu correo! —grita él, cuando ella ya ha metido la llave en la cerradura. Enfadada, se vuelve y coge un fajo de cartas. Desde hace unos días ha puesto un aparador delante de la puerta que comunica las dos casas porque no le gusta que él tenga libre acceso a su vivienda. Antes siempre dejaba el correo encima de la mesa de la cocina y luego le arreglaba la casa, pero eso se acabó. Al fin y al cabo, no es su asistenta.

—Gracias.

Cuando entra en su piso, se desprende del pesado fardo de ropa y, al ir a cerrar la puerta, él tiene algo más que decir.

—¿Te ha visitado tu apuesto caballero?

Lo que más le apetece a Julia es cerrar sencillamente la puerta de su casa, pero por lo menos ahora quiere controlarse.

—¿Has tenido una pesadilla o qué? —contraataca.

—De eso nada. Ha venido aquí a buscarte. Estaba nerviosísimo. Impaciente. Como lo están los tipos enamorados. Le he dicho dónde podía encontrarte.

¡Vaya tono que emplea! Ofendido y, al mismo tiempo, malicioso, provocador, lleno de reproches ¡y encima celoso! Santo cielo, cómo ha cambiado Addi Dobscher. Ya no queda nada del don Juan rompecorazones de antaño. Ni tampoco del bondadoso y paternal protector que en la vida real siempre la ayudaba.

—Sigue soñando, Addi —le increpa—. Pero ten cuidado, no vayas a tener un mal despertar algún día.

—Más te vale pensar en ti misma. ¡Cómo puede estar tan deslumbrada una mujer adulta!

Ya ha oído bastante. Se traga la respuesta que tiene en la punta de la lengua y cierra rápidamente la puerta de su casa. Se apoya en la pared y respira hondo. ¡Deslumbrada! ¿Quién es aquí el deslumbrado? Él, Addi Dobscher, que no ve más allá de sus narices. Va a la cocina para comer algo, pero otra vez se ha olvidado de hacer la compra y no encuentra nada más que medio panecillo reseco, un resto de queso y dos huevos que llevan ya un tiempo en la despensa. No importa, mañana se pasará un momento por el mercado en el descanso del mediodía; lo mejor es que compre ya para todo el fin de semana, así se quita de encima ese engorro. Se hace unos huevos fritos, desmiga el panecillo y lo añade a la sartén, agrega un par de lonchas de queso, y listo. No le gusta cocinar porque quita tiempo, te deja los dedos pringosos y después huele toda la casa a comida durante horas, y eso le molesta. Luego le gustaría sacar un rato para trabajar, se ha traído a casa algunas prendas que están a medio terminar para darles el último toque. Si los encargos siguen a ese ritmo, puede darse por satisfecha. Tendrá que contratar a una tercera costurera; Claudia pone todo su empeño, pero su destreza con la aguja se mantiene dentro de unos límites. A cambio tiene otras cualidades, sabe tratar de maravilla a la exigente clientela, lo que para el negocio es muy importante. ¿Y si se lo pregunta a Luisa? Aún recuerda lo habilidosa que era y, además, seguro que necesita el dinero. Fritz Bogner es una bellísima persona y un buen músico, pero no debe de ganar mucho.

Cuando acaba de recoger y ventilar la cocina, oye música. Ah, claro, en el café están ensayando para Nochevieja. ¿No es Bach lo que suena? ¡Madre mía, qué bien toca Fritz Bogner! Tiene un nivel altísimo; ojalá sepan apreciarlo los clientes de Fin de Año. ¿No quería Wilhelm actuar como artista de cabaret en Nochevieja? ¡A lo mejor está abajo! Es incluso muy probable. ¿Qué tal si baja, como quien no quiere la cosa? A preguntar si todavía quedan entradas y a sentarse un rato...

«Mejor no —piensa—. Podría parecer que le persigo». Por otro lado, sería una ocasión para mostrarse reconciliadora. Cambiar con él unas palabras amables, quizá incluso hablar un momento a solas, disculparse por su arrebato de antes... Tal vez concertar una cita para aclarar las cosas... Sí, eso estaría bien. No vaya a ser que se haya puesto tan nervioso que cometa una tontería.

Así que deja la labor, se pone una chaqueta de punto y baja. Como la puerta del café está abierta, solo tiene que empujarla y, de repente, se queda muy sorprendida ante los espacios reformados. «Vaya —piensa—, qué cambiado está todo». Tan grande y tan moderno. Pero también frío; ha desaparecido lo acogedor, lo que tanto le gustaba antes del café. Los recoletos rincones, la vieja estufa, las muy codiciadas mesas de al lado de la ventana, las fotos amarillentas de las paredes, el reloj de pie, que ya no sonaba para que los clientes no fueran conscientes del paso del tiempo... todo eso ya no existe. En su lugar destaca una enorme vitrina para las tartas y el espacio ampliado con los espejos en las paredes. ¿Es un escenario eso que hay al fondo? En efecto. Allí está Sofia Künzel sentada al piano, Fritz Bogner tocando el violín y un desconocido de mucha estatura haciendo sonar el contrabajo.

—¡Julia! —dice una voz masculina—. ¿Hemos conseguido que por fin salga de su casa? Acérquese a oír esto.

Es Heinz Koch, que está sentado a una mesa con otros y estira el brazo hacia ella. Eso hace que Julia ya no se sienta tan extraña, pues si sigue allí Heinz Koch, el alma del Café del Ángel, es que aún queda algo del antiguo carácter íntimo y acogedor del local. Se sienta con ellos, saluda a Else Koch, que asimismo está escuchando la música, y se alegra de que también esté Luisa porque así podrá aprovechar para preguntarle si quiere trabajar para ella.

—¿Sabe una cosa, Julia? —dice Else Koch—. Al principio toda esta reforma me parecía horrorosa. Sin embargo, ahora empieza a gustarme. Ay, tendría que haber visto esta tarde a Wilhelm, las cosas tan descaradas que ha interpretado. Todo escrito por él, ¿eh? Menos la música, que ya existía de antemano.

—Oh, qué pena —opina Julia—. ¿Ensayará otra vez esta noche?

Le cuentan que Wilhelm ha ido a encontrarse con unos amigos. Viene con tan poca frecuencia a Wiesbaden, que tiene que aprovechar el tiempo. Es tan inquieto, Willi... Muy distinto de August, que se pasa las noches en casa enfrascado en sus libros porque tiene que hacer muchos exámenes importantes...

Heinz Koch se enfada porque Julia quiere comprar una entrada.

—¡Está usted invitada, querida Julia! ¡Faltaría más!

Con Luisa llega enseguida a un acuerdo; también ella tenía pensado preguntárselo, pero no se había atrevido a hacerlo antes de que la tienda arrancara. Julia le cuenta toda orgullosa que en primavera planea hacer un pequeño pase de modelos para sus clientas. Y le pregunta a Luisa si se atrevería a desfilar y lucir nuevos modelos, pues en su opinión tiene muy buen tipo y sabe moverse.

—Antes tengo que consultarlo con Fritz.

Cuando los tres músicos terminan con el ensayo, Else Koch lleva pasteles y Heinz Koch baja a la bodega para coger un buen vinito. Enseguida se crea un ambiente realmente acogedor, casi como antaño, cuando por las noches se juntaban todos a cenar la «sopa comunal» de Else Koch. El contrabajista es una persona callada, Fritz se muestra alegre y sociable, y Sofia Künzel no para de rajar por los codos. Julia toma una copa de vino. ¡Hacía tiempo que no se encontraba tan a gusto entre amigos! Es una pena que durante los últimos años se hayan reunido con tan poca frecuencia. La culpa la tiene el incipiente bienestar; ya no hay que mantenerse unidos para poder sobrevivir, cada uno va a lo suyo, uno se enriquece pero se vuelve solitario y olvida a los viejos amigos. Ni siquiera la aparición de Addi le estropea su buen humor; se asoma, la ve sentada con los demás y dice que va a dar una vuelta con Bunte. Luego cierra la puerta.

—¿Qué le pasará a Addi? —pregunta Else Koch—. Últimamente le veo tan serio...

No puede terminar la frase porque de repente se oye un frenazo y un golpe sordo. Todos enmudecen y se miran asustados. Fritz Bogner es el primero que se levanta de la silla y corre hacia fuera.

—Esperemos que no sea Addi —dice.

Ahora se levantan también los demás para ver qué ha sucedido. Julia se siente mal. Por Dios, ¿no le habrá pillado un coche? Que no sea Addi, por favor. Y menos ahora, que están peleados.

Cuando todavía no han salido todos, ya vuelve Fritz. Coge a Heinz y a Else de las manos y les ruega que permanezcan muy tranquilos.

—Es Wilhelm. Le ha atropellado un coche.

¡Wilhelm! Julia tiene que apoyarse en los buzones de la entrada de la casa. Atropellado por un coche. ¿Estará muerto? Por Dios bendito, que no esté muerto. Sale a la calle y ve un cuerpo inmóvil tendido en el asfalto, sangra por las sienes y tiene un brazo extrañamente retorcido. De repente aparece August Koch, se arrodilla junto a Wilhelm, le toma el pulso y le llama por su nombre.

—El muy canalla se ha largado con el coche —grita Fritz furioso—. ¿Te has fijado en la matrícula, Addi?

—Iba tan aprisa… Solo he visto un coche de color oscuro. Un Mercedes, creo.

Julia está como paralizada, cerrando el paso mientras August y Fritz llevan al herido a casa y Luisa consuela a los desesperados padres. El contrabajo la coge finalmente del brazo y la mete dentro para que no se resfríe. El ajetreo, las conversaciones, los gritos… todo pasa por su cabeza como en una película.

—Ahora viene una ambulancia, mamá. He llamado por teléfono.

—Ay, Heinz. Nuestro Willi… Volvió sano y salvo de la guerra y ahora va y lo atropella un idiota justo delante de nuestra casa. Yo ya no entiendo este mundo. ¿Cómo puede el Dios de los cielos consentir una cosa así?

—Estate tranquila, cariño. Siéntate aquí. A lo mejor no es tan grave.

—Ha recuperado la consciencia, mamá.

—¡Willi! Willi, ¿puedes oírme?

Tiene la cara pálida, el pelo pegado a la frente manchada de sangre y los ojos hundidos en las cuencas. Julia solloza cuando los sanitarios lo tumban en una camilla y se lo llevan. Nunca más volverá a verlo. Se morirá. Y será culpa suya. Ha destruido la vida de ese joven.

Más tarde sube las escaleras hacia su casa con las lágrimas rodando por sus mejillas y deteniéndose cada dos por tres para apoyarse en la barandilla.

—Vamos, anda —oye la voz grave de Addi—. No te tortures tanto, mujer. No ha sido culpa tuya.

La rodea con el brazo y la ayuda a subir, espera hasta que abre la puerta de su piso, y cuando se dispone a marcharse, ella lo retiene. De repente brota de ella todo lo que llevaba tanto tiempo sin querer decir.

—No hubo nada, Addi, te lo juro. Solo fui para verle en el escenario. Él no sabe que estuve en Múnich, y además tiene una novia...

Addi la empuja con cuidado al interior de su vivienda para que no se entere toda la casa de sus confesiones.

—Le dije que yo... que yo no comparto sus sentimientos —lloriquea en el pecho de Addi—. Y ahora va y le atropella un coche...

Addi vuelve a ser el protector cariñoso y afable de siempre. La consuela, le acaricia el pelo, le dice que ella no tiene culpa de nada.

—Y yo, necio y estúpido de mí, me imaginaba... qué sé yo... Oh, Julia, cómo lo siento. ¡Perdóname!

Mientras abajo se marcha la ambulancia gris, Addi corre el aparador para traer de su casa el vino que le queda. Se sientan a beber y hablar en la cocina durante un rato largo, luego bajan juntos para preguntar si hay novedad y se enteran por Heinz Koch de que Else y August se han ido también en la ambulancia al hospital.

—August acaba de llamar por teléfono. Le están operando. Se ha roto el brazo derecho. Conmoción cerebral. Y contusiones.

—¿Sobrevivirá? —pregunta Julia atemorizada.

—Mala hierba nunca muere, ha dicho August. ¡Dios mío, menos mal que tenemos teléfono!

A la mañana siguiente ya no se acuerda de cómo llegó a la cama. Ha dormido como un tronco, lo que sin duda se debe al vino que bebió, pero nada más despertarse le ha venido enseguida la imagen del accidentado. ¡Le ha atropellado un coche! Recuerda lo desesperado que estaba cuando lo echó de la tienda, cómo se precipitó hacia la oscuridad y desapareció entre los transeúntes. ¿Por qué no lo llamó para que volviera? Podría haberle explicado que había perdido los nervios. Que le tiene cariño. Mucho, incluso. Que quiere ser siempre su amiga maternal y fraternal. ¿Le habría tranquilizado eso? Tal vez. O tal vez no. A lo mejor no tenía la posibilidad de evitar esa desgracia. Se pone la bata y se arrastra hacia la cocina, donde ya le han preparado el desayuno: el café está hecho, dos panecillos, mermelada y mantequilla fresca.

Encima del plato hay un papel: «Horario de visitas a partir de las 14. Te recojo en la tienda. Addi».

Una oleada de ternura se adueña de ella cuando coge el papel para leerlo. Addi: ¿cómo pudo olvidar que la ama? Oh, sí, realmente estaba deslumbrada. Por culpa de esa tardía y anacrónica confusión sentimental ha herido al más leal de todos los hombres, incluso le ha hostigado y le ha dado la espalda. Y lo más maravilloso es que la ha perdonado.

Sintiendo cierto consuelo, se pone a desayunar, se viste y va a la tienda. Claudia, su diligente empleada, la espera ya ante la puerta del local, combatiendo el frío de la mañana a base de desplazar el peso del cuerpo de un pie a otro.

—He tenido una idea sobre los cambios que se pueden

hacer en el cuarto de la costura —dice de sopetón—. Las máquinas de coser irían a un lado y la mesa grande se podría correr hacia la izquierda, debajo de las lámparas.

Julia está muy contenta con esa chica tan vivaracha que se toma tan en serio el negocio. Sí, la idea no es mala. Consiguen cambiar de sitio los muebles justo antes de que entre en la tienda la primera clienta. Luego se mete ya en faena: toma las medidas, hace las pruebas pertinentes y recibe más encargos. Al mismo tiempo, da instrucciones a las dos costureras, y a Claudia la mantiene siempre cerca para que le eche una mano. La muchacha es muy popular entre la clientela porque crea un ambiente de relajo y bienestar que a las señoras les sienta bien y las anima a hacer más encargos. Cuando hay tiempo, hacen un descanso al mediodía; hoy se sientan juntas hacia las doce y media, Claudia prepara café y comen los bocadillos que se han preparado en casa. Julia, que una vez más no se ha traído nada, es provista por una de las costureras con una tarta hecha por ella misma.

¿Por qué le resulta tan fácil llevar el negocio, mientras que su vida privada es un puro caos? ¿Puede entenderse eso? No, no se puede.

Anuncia que hacia la una y media se ausentará un rato, por un asunto familiar urgente que no se puede aplazar. Regresará a las cuatro, hora a la que llegarán dos clientas; hasta entonces tienen que terminar de coser algunas prendas de vestir.

Cuando aparece Addi en la tienda, vuelve a tener los nervios a flor de piel. ¿Cómo le irá a Willi? ¿Tendrá dolores? ¿Pensará en ella? ¿Seguirá consciente? ¿Estará furioso con ella? «Ay, Dios mío, no sé qué decirle», piensa. ¿Qué esperará de ella? Seguro que lo vuelve a hacer todo mal, como siempre.

—Ánimo, mujer —dice Addi, cuando están esperando en la parada del tranvía—. Else Koch ha vuelto a llamar esta mañana al hospital; dentro de lo que cabe, Wilhelm se encuentra bien. A la pobre Else le han echado una bronca en toda regla por llamar tan a menudo, pero a ella le da igual.

Julia se siente aliviada y, al mismo tiempo, nerviosa. Piensa qué ocurrirá si al final a Willi le queda un brazo anquilosado, y también le viene a la memoria que necesita una conexión a la red telefónica en la tienda. Está tan ensimismada en sus pensamientos que por poco se olvida de subir al tranvía. Uf, cómo odia los hospitales. Sobre todo ese, donde Addi estuvo mucho tiempo ingresado. Ella iba a verlo a diario, al principio no sabía si podría sobrevivir a la pulmonía. Desde luego el edificio, que parece una iglesia cristiana a la que han añadido dos alas a los lados, es impresionante. Ventanas altas a la antigua, muros gruesos, el silencio en los pasillos, las enfermeras dándose aires de importancia y hablando en un tono de ordeno y mando...

—En ningún caso pueden entrar todos a la vez en la habitación del enfermo. Por favor, primero los padres. Diez minutos, no más, el enfermo necesita descansar.

Delante de la habitación de Wilhelm hay una multitud esperando. Debe de ser el enfermo más visitado del hospital, habrá cerca de veinte personas y todos están preocupadísimas, han traído flores y pequeños regalos y hablan muy excitados unos con otros. Julia reconoce a Annelie y Elke Naab, a Hans Reblinger y a Gerda Weiler, la que escribe en el periódico. ¿No están también sus colegas Sandberg y Genzler? Y ahora además Rudolf Seitz está subiendo por las escaleras. ¿Cómo se habrán enterado todos?

—Por el boca a boca —murmura Addi.

Luisa y Fritz se han traído al contrabajista, que en realidad se llama Benno Olbricht y que, a pesar de su estatura, parece más bien tímido. August ha venido con sus padres; los tres son los primeros que tienen permiso para entrar en la habitación del enfermo, mientras que los demás esperan formando pequeños grupos en torno a Sandberg, que vio el accidente desde lejos porque ayer por la noche salía del teatro en el momento en que ocurrió.

—Era un coche de color oscuro. Circulaba demasiado deprisa. No, no era un vehículo del ejército. Un Opel. O un Mercedes... Solo oí el chirrido de los frenos y me quedé en la salida del teatro. Entonces vi cómo el coche giró y salió zumbando. ¡El muy cerdo!

Se abre una puerta y salen al pasillo dos enfermeras; la más joven lleva una bandeja con toda clase de tarritos y píldoras, la mayor se detiene y llama a todos al orden.

—¡Silencio, por favor! ¡No estamos en el vestíbulo de una estación! ¡Si siguen armando tanto jaleo, tendrán que abandonar el hospital!

Todos callan impresionados. Una vez que las dos enfermeras se han alejado, empiezan de nuevo a cuchichear; Sandberg imita a la que les acaba de amonestar y a Elke Naab le entra una risita tonta.

—Sentémonos —propone Addi—. Esto puede tardar.

A Julia le dan ganas de volver a la tienda. ¡Menudo gentío! ¿Cómo va a intercambiar una sola palabra con él? Seguramente hoy ni siquiera los dejen pasar. Luisa se sienta a su lado y le cuenta que no ha pegado ojo en toda la noche porque seguía con el susto metido en el cuerpo. Fritz va a buscarle un vaso de agua. Luego aparece de nuevo una de esas marimachos de cofia blanca, entra en el cuarto del enfermo y proclama que el horario de visitas está a punto de terminar.

—El enfermo se encuentra cansado; solo puedo permitir otras dos visitas. ¿Quién es Julia Wemhöner? Venga, por favor; el señor Koch ha preguntado por usted.

Julia se levanta tan deprisa de la silla que se marea un poco. Ha llegado el momento. Tiene que ser prudente. No debe ceder a los sentimientos. Pero tampoco mostrarse demasiado dura... Seguro que lo vuelve a hacer todo mal.

Mientras se dirige al cuarto del enfermo bajo las miradas

de asombro de los que esperan, oye a Else Koch que habla completamente deshecha con su hijo August.

—Dios mío, pobre hijo, está medio ido. Como si quisiera despedirse de este mundo.

—Que no, mamá. Es que le han dado un analgésico.

Julia llega al umbral de la puerta, la enfermera la hace pasar y le dice que se dé prisa y no se entretenga demasiado. Luego se cierra la puerta tras ella.

Wilhelm ocupa una cama metálica junto a la pared de la izquierda. A su lado hay una mampara de tela gris que lo separa del resto de la habitación de los enfermos. Qué joven y extraño lo encuentra, le parece tan conmovedoramente desvalido con su bata blanca de enfermo que le dan ganas de abrazarlo. Pero él le sonríe cuando se acerca e incluso le tiende un brazo. El izquierdo. El derecho lo tiene escayolado desde la muñeca hasta el hombro y lo lleva en cabestrillo.

—¡Julia! —dice—. He soñado contigo. Ya sé que no quieres oírme. De todas maneras, te lo voy a decir. Ven, siéntate a mi lado. ¡Julia, cómo me alegro de que hayas venido!

¿Qué le habrán dado para combatir los dolores? Realmente no parece estar en este mundo, se le ve tan feliz… Y no para de hablar. Julia le da la mano que le tiende Wilhelm, este tira de ella y le pide que se siente en la cama, lo que sin duda estará prohibido.

—¿Cómo te encuentras, Wilhelm? Qué miedo he pasado por ti.

¿Qué está diciendo? Quería ser prudente y comedida, pero una vez más todo sale distinto de lo planeado. Él la mira con una sonrisa radiante al oír eso; le ha hecho feliz.

—No te preocupes por mí, Julia. Es solo un arañazo. La cabeza sigue en su sitio. Escucha, tengo que explicarte… No me dejaste terminar de hablar, Julia. Fue culpa mía, te cogí desprevenida, pero no lo pude remediar… Lo cierto es que no puedo vivir sin ti.

Acaba de pasar. Ahí está sentada a su lado, embriagada por sus palabras, con el corazón acelerado, las mejillas ardiendo, aun a sabiendas de que debería prohibirle seguir hablando. Pero ahora que está enfermo y bajo el efecto de un fuerte medicamento, no puede hacerlo.

—Eso es lo que crees, Wilhelm. Pero en realidad necesitas a una mujer de tu edad.

Es inútil, él no la escucha. Sigue con su verborrea; dice que con las jovencitas no se le ha perdido nada, ni en la cama ni en ninguna otra parte. Luego se pone a contarle cosas raras sobre la Edad Media, que quiere luchar y morir por ella, pues es la dueña y señora de su corazón.

—Pero yo soy...

—Tú eres madre y hermana, amiga y amada. Mi confidente y mi consejera. Todo eso eres. Y más. Prométeme, por favor, que me escribirás.

Julia se lo promete. Quiere contestar todas sus cartas. O casi todas. Y no volver a echarle nunca más. No, nunca más. Eso solo lo ha hecho porque se ha asustado mucho al oír su declaración de amor. Pero ahora ya está todo dicho, ya está todo aclarado entre ellos; se han entendido y todo irá bien.

—Pasado mañana me dejarán salir de aquí. Tal vez incluso mañana. En Nochevieja quiero actuar en el café. ¿Irás, Julia? Sin ti no podré hacerlo, tienes que escucharme y decirme qué te ha parecido mi actuación. Ay, Julia, soy tan feliz de que hayamos podido hablar y de que quieras ser para siempre la reina de mi corazón...

A su espalda se abre la puerta y se oye la voz severa de la enfermera:

—¡Levántese inmediatamente de la cama! ¡Increíble! ¡Abandone la habitación del enfermo!

Pero no puede levantarse porque él le sujeta la mano y la mira con tanta añoranza que ella se inclina y le da un tierno beso en la frente. Después pasa al lado de la furibunda enfermera, se da otra vez la vuelta al llegar a la puerta y le sonríe.

—¡Hasta pasado mañana!

Al otro lado de la puerta esperan Luisa y Fritz; Klaus Sandberg se ha colado con ellos, y los demás han entregado los regalos y las flores y se han ido a casa. El último grupo de visitas recibe la orden de no entretenerse más de cinco minutos.

—El pobre chico sufrió ayer un grave accidente; ahora necesita descansar.

Julia sospecha que las enfermeras se preocupan demasiado del pobre Wilhelm, y eso le disgusta un poco.

Baja las escaleras del brazo de Addi. Abajo, en el vestíbulo, se encuentran con el maestro repetidor Alois Gimpel y con la cantante Jenny Adler, que asimismo desean visitar al pobre Willi Koch. Cuando se enteran de que hoy ya no le permiten recibir más visitas, proponen tomar un café con Addi y Julia, pero esta les dice que tiene que ir a la tienda porque dentro de poco llegarán dos clientas a las que no puede hacer esperar.

—¿Y bien? —pregunta Addi, cuando están en la parada del tranvía.

—Efectivamente, tiene la cabeza hecha un lío —dice ella suspirando—. Dice que soy su madre, su hermana, su amada, su amiga confidente y no sé cuántas cosas más.

—Ajá —dice Addi—. ¿Y qué es él para ti?

Julia mira a Addi a la cara, sus toscos rasgos, los ojos sinceros, la arrugas de la frente.

—Le tengo cariño, Addi.

El tranvía se acerca, se montan y le compran los billetes al cobrador. Luego encuentran dos asientos juntos y se sientan.

—Sea lo que sea —dice Addi—, no soy quién para darte instrucciones. Te entiendo a la perfección. Lo único que no me gusta son los secretos. Entre nosotros no puede haber secretos, después de tantos años...

Swetlana

—¡No! —dice Luisa, y hace un gesto de rechazo con las dos manos—. Nada. Ni hablar. Por favor, Swetlana. Soy supersticiosa.

Aunque Swetlana puede entenderlo, no obstante le parece que una noticia así hay que celebrarla. Por eso el sábado por la tarde ha hecho *vatrushkas* con requesón dulce y mermelada y se los ha llevado a Luisa y a Fritz.

—Tienes que comer, Luisa —dice, dejando los pastelitos encima de la mesa—. Todavía estás muy delgada. ¿Cómo puede ser que estés en el quinto mes de embarazo? ¿Dónde está el bebé? ¡Yo no veo nada!

—Eso mismo he dicho yo —dice Fritz desde la cocina—. Pero el médico lo ha calculado así. El quinto mes, casi ya el sexto...

Swetlana está contentísima por su amiga. ¿No se lo decía ella? Y tenía razón. Aunque Luisa ha tenido regularmente la menstruación hasta hace cuatro semanas, sin embargo espera un hijo.

—Pues yo sí que lo noto —opina Luisa, acariciándose la tripa—. Todas las faldas me están estrechas, tengo que dejar abierto el corchete o subirme la cintura de la prenda.

—Tienes que coserles una cinta elástica —le aconseja Swetlana—. Y te pones la blusa por encima de la falda, no debajo. ¡Anda, Fritz, has preparado té en lugar de café! ¡Qué bien! Igual que en casa de mis padres, en Smolensk.

—Sí, a Luisa el café le produce acidez de estómago.

Qué a gusto se está en casa de Luisa y Fritz. Swetlana se siente protegida, comparte la alegría de los dos, puede incluso regalarles un pastel ruso... Todo eso la distrae de sus propias preocupaciones. En el cajón del aparador de su casa tiene una carta larga y prolija de August. Ya la ha leído tres veces, pero le da la sensación de que no es sincero y eso le duele. Estaba preocupado de que ella lo rechazara porque su madre la había tratado mal. Eso puede perdonárselo porque ya lo ha hablado a menudo con Luisa. Esta se pone siempre de parte de August porque le cae muy bien y le insiste a Swetlana en que es una persona sincera y decente de la que se puede fiar. A Luisa no le cabe en la cabeza que le haya dado dinero a Michael a escondidas. En su opinión, tiene que ser un error, August no haría eso jamás. Pero Swetlana no puede creer a Luisa. ¿De dónde ha sacado, si no, Michael tanto dinero? Su hijo no le miente, Michael es un niño sincero, así le ha educado y se siente muy orgullosa de ello. Es mucho más probable que sea August el mentiroso y que también engañe a su prima Luisa. No, eso es una irresponsabilidad imperdonable por su parte. ¿Qué se habrá creído? ¿Pensará realmente que ella se puede alegrar de que le hagan regalos caros con dinero ajeno? ¿Creerá poder comprarla de este modo?

—Hoy hemos estado otra vez en el hospital —le cuenta Luisa—. Wilhelm se encuentra mucho mejor. ¡Figúrate, quiere irse a casa sin falta mañana! Pero me temo que los médicos no le dejarán marcharse.

A Swetlana le da mucha pena. No conoce al hermano de August, pero sabe que significa mucho para él, y pese a estar enfadada, se compadece de Wilhelm. Es horrible que una persona tan joven, de un minuto para otro, salga tan mal parada de un atropellamiento. Por suerte Wilhelm ha sobrevivido, pero todavía no es seguro que en el brazo derecho, que ha sufrido múltiples fracturas, no le queden secuelas. Ay, si August no fuera tan mentiroso, le gustaría consolarle dándole un abrazo. Pero, bueno, ¿cómo se le ocurre ahora pensar en eso? Es absurdo; un mentiroso es un mentiroso. Con él no hay que tener compasión.

—Tómate otra *vatruska* —le dice a Luisa, y le pasa el plato—. Tienes que comer, tu hijo está hambriento.

Los tres se echan a reír, y Luisa comparte otro de los ricos pasteles con Fritz. Porque al fin y al cabo el padre también tiene hambre.

—¿Se encuentra mejor Michael? —quiere saber Fritz—. Me gustaría echar una partida de parchís.

—Está durmiendo —le explica ella—. Le he puesto en el cuello una compresa de patatas calientes que le ha venido bien para combatir la garganta irritada. Pero está cansado y no tiene ganas de levantarse.

—¿Sigue con fiebre? —se interesa Luisa preocupada.

—No, la fiebre le ha bajado, gracias a Dios.

—Pobre hijo —opina Luisa—. Se pone enfermo precisamente en las vacaciones. Cuando los demás están jugando fuera, él tiene que guardar cama.

—Bueno, le gusta jugar con la caja de construcciones —dice Swetlana orgullosa—. Ha construido un coche y también una máquina de esas que levantan cosas pesadas. Una grúa. Y ha leído *Emilio y los detectives*, de Erich Kästner, que fue un regalo vuestro. Se lo leyó todo de un tirón, no pudo parar hasta que terminó el libro.

Luisa se alegra porque le costó decidir qué podrían regalarle a Michael.

—Pero no le digas nada del embarazo, Swetlana —le pide su amiga—. Todavía es pequeño y lo irá contando por ahí.

No me gustaría que lo hiciera. Solo deben saberlo mis amigos íntimos. Todavía no se lo he contado ni siquiera a la familia.

—Está bien, guardaré silencio —le promete Swetlana. Le gusta haberse enterado de la gran novedad antes de que Luisa se lo haya contado a su familia. Eso implica mucha confianza y se siente conmovida. Naturalmente comprará a escondidas lana para hacerle al bebé unos patucos de ganchillo. Blancos. O amarillos. Porque no se puede saber si será niño o niña. Aunque le apetece mucho hacérselos, también se pone un poco triste porque cuando nació Michael, nadie le regaló ninguna labor de ganchillo. Les escribirá también a Anna Karlowa, Jekaterina y Natalja, pues esta última sabe hacer unas labores preciosas. Sí, esa es una buena idea. Porque por lo demás tiene pocas novedades que contarles en la carta de Navidad. Desde luego a August ni siquiera lo va a mencionar. Que piensen lo que quieran sus amigas. Pero serán discretas y no harán preguntas.

—Voy a echar un vistazo a Michael y le preguntaré si quiere comer con nosotros.

Sentado en el frío cuarto de estar de enfrente, Michael tiene los codos apoyados encima de la mesa y la barbilla entre las manos. Cuando entra Swetlana, rápidamente se pone a mover las piezas metálicas que tiene desplegadas ante sí. Según parece, ha deshecho la grúa para poder montar algo nuevo. En realidad, ya necesita una de las costosas cajas suplementarias de construcciones. Si Swetlana ahorra de aquí a Pascua, podría comprarle una. Con esas se pueden construir auténticas máquinas, cosa que a Swetlana le parece muy instructivo para el chico. Quizá hasta le ayude a sacar buenas notas en el colegio.

—¿Por qué no has echado más carbón en la estufa, Michael? —le reprocha su madre—. Hace frío y todavía no te has curado del todo.

Él la mira muy desconcertado; está claro que ni había notado que hacía frío.

—Estoy bien, mamá.

Últimamente está muy parco en palabras. ¿Será porque le sigue doliendo la garganta? ¿O es que le ha dado una nueva manía, la de contarle solo lo imprescindible? ¿Se estará haciendo mayor su pequeñín? ¡Pero si solo tiene ocho años! Hasta ahora ha compartido con ella todas las preocupaciones y todas las alegrías; por la noche, a menudo no paraba de hablar hasta que se veía obligada a decirle que se callara porque necesitaba dormir.

—¿Te apetece venir a casa de Fritz y Luisa? He hecho *vatruskas* con requesón dulce y mermelada de cerezas.

Michael niega con la cabeza, hace una construcción y luego la deshace para empezar de nuevo. Como se quiere quedar ahí, Swetlana se acerca a la estufa y aviva el fuego, echa más carbón y cierra la portezuela de la estufa.

—¿Te duele menos la garganta? —pregunta sin volverse. Pero como no recibe una respuesta, sigue hablando—. De eso solo tiene la culpa August. Por dejar que pasaras tanto frío: entonces fue cuando te pusiste enfermo. No quiero que vuelvas a hablar con él nunca más, ¿me has oído, Michael? Y nunca, nunca, nunca debes coger dinero suyo.

Él permanece callado. Como ya le ha hecho varias veces esas advertencias, no le extraña que no conteste. Pero, en su opinión, hay cosas que nunca se dicen las veces necesarias. Va a la cocina para lavarse el hollín de las manos mientras repite en voz alta:

—¡Nunca más, Michael! *Nikogda-ponimajesch!*

Sin darse cuenta se ha puesto a hablar en ruso, hacía tiempo que no le pasaba eso. En el momento en que quiere añadir que él no debería olvidar la lengua rusa que ya sabe, oye que el chico dice en voz baja:

—August no me ha dado nunca dinero.

¿A qué viene eso ahora? ¿Es que va a empezar a mentirle? Ay, qué difícil le resulta educar a ese chico. Ha adoptado tantas malas costumbres… ¿Qué puede hacer ahí una madre?

—¿Cómo que August no te ha dado nunca dinero? —pregunta ella, como si no le hubiera entendido bien—. Pero si eso fue lo que me dijiste, Michael.

Otra vez tiene los codos apoyados y no la mira mientras habla.

—Lo dije por decir algo.

Swetlana clava la mirada en él, en su espalda encorvada, en su mata de pelo rubio de la cabeza agachada, y no se lo puede creer. Lo primero que hace es sentarse.

—¿Lo dijiste por decir algo? ¿Qué significa eso? ¿Qué significa «por decir algo»?

Michael coge aire y lo expulsa. Se endereza en el asiento y se vuelve hacia ella. En su rostro hay amargura, ira, repugnancia, pero también desesperación. No, ya no es un niño. Hace tiempo que dejó atrás la inocencia de un niño.

—Fue una mentira piadosa —le explica con la voz ahogada—. Porque querías saber de dónde había sacado el dinero para el perfume. Entonces tuve que inventarme algo enseguida, porque si no te pones muy nerviosa.

Swetlana nota que se está quedando sin aire.

—¿Por qué iba a ponerme nerviosa, Michael? —pregunta en voz baja—. ¿De dónde sacaste el dinero si no te lo dio August?

El chico vuelve a guardar silencio y ella lo mira atemorizada; está a punto de agarrarlo y sacudirlo para que hable de una vez.

Michael tose, levanta la cara y carraspea.

—Bueno, no lo volveré a hacer nunca más. Se lo he prometido a August. Por eso no debes seguir preocupándote, mamá. A ellos también les he dicho que no seguiré colaborando.

Swetlana no entiende nada. Pero nota que sus palabras esconden algo espantoso. Un rasgo del carácter de su hijo que le es desconocido y del que nunca habría sospechado.

—¿A quiénes se lo has dicho? —susurra.

Lo que le cuenta a continuación le resulta confuso, increíble, ese no puede ser su hijo. Pese a su prohibición, todas las tardes después del colegio ha estado fuera, en la calle. Se ha juntado con un grupo de adolescentes que escarbaban en los solares de escombros en busca de cosas aprovechables. Quizá también hayan robado; eso no lo dice, pero lo insinúa. Le han dado a él su botín para que lo esconda. Porque supuestamente en su casa estaba más seguro. Su hijo es un delincuente. Miembro de una banda juvenil de ladrones. Enmudecida de horror y con el corazón en un puño, desearía taparse los oídos para no tener que oír cosas aún peores. Pero todavía hay más.

—Solo ha sido una vez, mamá. Me dijeron que no corría ningún peligro. Y no ha pasado nada. Pero de todos modos no lo volveré a hacer.

Ha escondido proyectiles sin estallar debajo de su cama. Minas que no han explotado y que venden a cierta gente como recuerdo. El Señor los ha protegido a los dos; de lo contrario, ya no seguirían con vida. Probablemente, una detonación habría matado también a Luisa y a Fritz, y su hijo no habría nacido nunca.

—No te preocupes, mamá, que ya está todo arreglado. Y ahora que te he dicho la verdad, August también estará contento conmigo. Él se dio cuenta de todo enseguida. Por la bicicleta que guardé en su casa.

A lo que le dice de August y de una bicicleta ya no le presta atención. Está medio paralizada de pensar que todos ellos podrían haber muerto. Su querido hijo, la persona más importante de su vida, se ha convertido en un delincuente. La ha estado mintiendo durante semanas, incluso meses. Swetlana se pone a sollozar. Se tapa la cara con las manos y llora amargas lágrimas de desesperación.

—No llores, mamá. Ya te he dicho la verdad. Tal y como quería August. Ahora ya no hay por qué preocuparse.

La abraza y quiere besarle las mejillas, pero ella lo aparta de su lado.

—¡Vete! ¡Ve al dormitorio! ¡No quiero verte!

Entonces él también se echa a llorar, tira de sus brazos, quiere que le perdone porque al fin ha dicho la verdad. Ella lo rechaza y le grita furiosa.

—Márchate. Eres un delincuente. Has estado a punto de matar a todos los de esta casa. ¡Déjame en paz!

Swetlana ha subido la voz, le ha dado un empujón tan fuerte que lo ha tirado al suelo. Allí sentado, gime y solloza mientras le tiembla todo el cuerpo; cada vez que coge aire, parece que se va a ahogar. Swetlana no sabe qué hacer. ¿Lo levanta y lo consuela? ¿Le pega? ¿Lo lleva hasta el dormitorio tirándole de la oreja y lo encierra allí? Eso hacía siempre su madre con ella. Swetlana nunca ha querido hacerle a Michael una cosa así, no ha querido pegarle jamás. ¿Ha hecho mal? ¿Debería darle ahora una buena paliza? ¿Encerrarlo y dejarle pasar hambre?

—Pero si he dicho… la verdad… —gime el chico.

Como si todo se redujera a eso. Ha dicho un montón de mentiras que ahora pretende subsanar con un par de frases y que le perdone y lo olvide todo. ¿Sabrá realmente lo que ha hecho? Tal vez no. Todo el alcance de sus fechorías quizá no lo entienda hasta dentro de unos años. ¿Qué debe hacer ella? Se levanta, se lava la cara en la cocina con agua fría y se seca. Intenta ordenar sus pensamientos. No, lo está viendo todo demasiado negro. No es un delincuente. Es un niño. Le han tentado y él se ha arrepentido. No puede darle una paliza cuando dice la verdad. Porque si no, seguirá mintiendo siempre.

—¡Levántate! —le ordena—. Deja de llorar y lávate la cara.

Michael obedece de inmediato. Como un pobre pecador pasa a su lado con la cabeza agachada, abre el grifo y se rocía la cara con agua fría. Al hacerlo, salpica el fogón y las baldosas del suelo, pero eso ahora no tiene importancia.

—¡Siéntate!

Aún sigue muy nerviosa, le tiemblan las manos y el corazón le palpita a toda velocidad. Pero ahora tiene las ideas claras. Su hijo ha hecho algo que está mal y se ha arrepentido; tiene que recibir un castigo, solo entonces será capaz de perdonarle. Todo ello ha de ocurrir en ese orden de sucesión. Solo así podrá reconducirlo por el buen camino.

—Prométeme que nunca más volverás a...

Michael se muestra dispuesto a jurar por lo más santo que nunca más volverá a juntarse con esos adolescentes delincuentes, que se quedará por las tardes en casa haciendo los deberes y tocando el violín. Sabe que ella tiene que trabajar tanto solo por él, que está ahorrando para que vaya al instituto y más tarde sea médico. No, jamás volverá a darle esos disgustos, nunca más la hará llorar por su culpa.

—¿Te queda dinero?

El niño rebusca en el bolsillo del pantalón y saca unas cuantas monedas de diez peniques y dos marcos de plata y los deja encima de la mesa, delante de ella.

—Esto es dinero sucio, Michael. No lo vamos a conservar. Nos acercaremos a la iglesia del mercado y lo echaremos en el cepillo de las limosnas... ¿Qué decías antes de una bici?

—Está en el patio de August. En la casa en la que vive.

De nuevo se adueña de ella el miedo. ¿Por qué el niño no para de hablar de August?

—¿Es que August sabía algo de los adolescentes y de los artefactos explosivos? ¿Se ofreció él para esconderte la bicicleta?

—No, mamá. August se enfadó conmigo y me dijo que te lo contara todo. Porque de lo contrario lo haría él. Y que era mejor que te lo dijera yo.

Swetlana no sale de su asombro. De manera que August lo descubrió… Y habló con el chico. De no haberlo hecho, Michael probablemente seguiría mintiéndola. ¡Oh, Dios! Entonces Luisa tenía razón. August es una persona decente. El mentiroso es Michael, su querido chiquitín.

Como su madre permanece callada, Michael cree que la tormenta ya ha pasado e intenta negociar.

—¿Por qué en el cepillo de las limosnas, mamá? Podemos llevar el dinero al banco. ¿No decías que estás ahorrando para mí?

Ahora tiene que mantenerse dura. Solo así entenderá lo serio que es el asunto para ella. Nada de llorar, aunque le sangre el corazón. Ahora es el momento del castigo. Un severo castigo.

—¡No, Michael! —dice, cogiendo las monedas—. No quiero ese dinero. ¿No sabes lo que podría haber pasado con los artefactos explosivos en nuestra casa? Estaríamos todos muertos. Tú y yo. Luisa y Fritz y también la señora Grulich y su marido. Todos habríamos muerto.

Le nota que está impresionado. Pero al poco tiempo frunce los labios y opina:

—Pero no ha pasado nada, mamá. Me dijeron que no explotaban porque los detonadores están rotos.

—¿Y te creíste esas mentiras? ¿Por qué no se llevaron las minas a su casa? ¿Por qué te las dieron a ti? Porque tenían miedo.

Se queda callado y con la mirada fija en el suelo. ¿Habrá entendido por fin o sus palabras habrán sido una vez más en vano?

—Ponte la chaqueta y los zapatos, Michael. Vamos a bajar a la ciudad.

Hace frío y una fina llovizna se mete por los callejones, impregna la ropa y gotea desde las contraventanas. Ya están encendidas las farolas pese a que todavía no es de noche. A su difusa luz, la ciudad parece sucia y triste. La decoración navideña está mojada y no ofrece un aspecto muy festivo. La gente lleva el sombrero bien calado, y el viento arremete contra los paraguas abiertos. En algunas tiendas venden petardos; un grupo de niños se agolpa en torno a uno de esos explosivos que arde y chisporrotea sobre el empedrado. Mañana es Nochevieja.

Michael va andando en silencio al lado de su madre. También él lleva el gorro muy calado tapándole la frente y parte de los ojos. Con la boca muy apretada, la lluvia le gotea por la barbilla. Llegan a la iglesia media hora antes de que empiece la misa vespertina, recorren la nave central y encuentran el cepillo de las limosnas a la derecha del presbiterio principal, justo al lado de un pequeño altar consagrado a María. Un arca de madera grande y antigua con gruesos herrajes de latón y una cerradura enorme para protegerla de los posibles robos. Swetlana le entrega a Michael las monedas y este las va metiendo una tras otra por la ranura que hay en lo alto del arca. Se oye cómo las monedas caen sobre el fondo de madera. Con las últimas monedas de diez peniques compran una vela y la encienden ante la imagen de María. Esta vez su hijo se lo toma todo muy en serio, pone la vela lo más cerca posible del cuadro de la Virgen y se queda un momento contemplándolo con devoción.

—¿Tú crees que la Virgen se alegrará? —le susurra a su madre.

—Sí —dice ella.

—Lo siento, mamá...

Toma la mano de su madre y esta lo atrae hacia sí, le acaricia la cabeza y no puede evitar que las lágrimas rueden de nuevo por sus mejillas. Por fin se han arreglado las cosas. Es como si partieran de cero. Ya le ha perdonado.

—Ahora vamos a recoger la bicicleta, Michael.

Aunque la Wilhelmstrasse no queda muy lejos, a Swetlana le cuesta muchísimo dar cada paso. Odia esa casa, en la que la ofendieron y de la que la echaron, pero tiene que ir allí porque quiere presentar sus excusas a August. Tiene que decirle que estaba equivocada, que le había juzgado erróneamente como sospechoso. Esa es su intención, aunque no sabe cómo se lo tomará él. Puede que esté enfadado y no quiera saber nada más de ella. Entonces será expulsada por segunda vez, y en esta ocasión tendrá ella la culpa. Pero salga lo que salga de ahí, quiere enseñarle a su hijo que uno debe reconocer sus errores. Cada uno los suyos.

—¿Y qué hacemos con la bici, mamá? —pregunta Michael angustiado, cuando se encuentran delante del Café del Ángel.

—Eso lo hablaremos en casa. Ahora vamos a llamar al timbre.

—No hace falta tocar el timbre —dice él malhumorado—. La bici está detrás, en el patio, y la puerta de la casa se queda siempre abierta. Mira, ahí entra uno. Un hombre alto con una enorme funda de violín.

Suena la música en el Café del Ángel. Ya le ha contado Luisa que Fritz también tocará su instrumento; están ensayando para mañana, para el concierto de Nochevieja con motivo de la reapertura del café tras la reforma.

—Eso no es un violín, Michael. Creo que es un violonchelo. O un contrabajo. Lo haremos así: tú vas al patio y coges la bicicleta y yo entro en la casa para ver a August.

—Bien —dice el chico—. Pero dile a August que ya te lo he contado todo. Toda la verdad. Tal y como él quería. ¿De acuerdo?

—Se lo diré.

Michael se encasqueta aún más el gorro y enfila tan aprisa su objetivo que a ella le cuesta trabajo seguir sus pasos. En efecto, la ancha puerta de entrada que lleva a las viviendas solo está entornada. Swetlana la empuja y va a dar a un pasadizo techado en penumbra. Al patio se llega siguiendo todo recto; a la izquierda, una lámpara de pared ilumina otra puerta y tres peldaños que dan a los pisos de las viviendas. Allí hay también seis buzones en los que aparece el nombre de los residentes. Sube el primer escalón y examina los letreros. Abajo del todo está el buzón del café. En el buzón de al lado pone: «Familia de Heinz Koch»; esos son sus padres, y justo debajo alguien ha pegado un letrerito: «August Koch».

Se lo imaginaba: August vive en el piso de sus padres. Si toca ese timbre, puede ocurrir perfectamente que le abra la puerta su madre. Esa mujer a la que no quería volver a ver nunca más. Por segunda vez tiene que presentarse ante ella como pedigüeña... No, no es capaz de hacer eso; nadie puede exigírselo.

Vuelve a bajar el peldaño y se ve obligada a esperar a que se le calmen un poco los latidos del corazón. A Michael no lo ve por ninguna parte; del patio interior llegan alegres voces de niños, se oye el ruido que hace una pelota de cuero cuando es chutada contra un muro. Swetlana respira hondo. Tiene que hacerlo. Ahora no puede parecer cobarde. No delante del chico. Sube de nuevo los escalones, observa los timbres de la pared y llama resueltamente al primer piso, donde también pone «Familia de Heinz Koch» en la puerta. Se queda a la espera. Como una condenada esperando la ejecución.

No se oye nada. ¿Estará estropeado el timbre eléctrico? Pero ya que ha hecho acopio de valor para enfrentarse a la madre de August, aprieta el timbre por segunda vez. ¿Ha hecho mal? ¿Se habrá puesto la madre doblemente furiosa por haber insistido llamando dos veces? De pronto se acercan unos pasos. El corazón se le paraliza un instante; luego se abre una puerta.

—Buenas tardes —dice una persona desconocida para ella—. Quería ver a los Koch, ¿verdad? He oído el timbre por casualidad. No deben de estar en casa; de lo contrario, habrían abierto la puerta. ¿Puedo hacer algo por usted?

Qué hombre más extraño. Se parece a Ded Moroz, el Abuelo de las Nieves del cuento ruso. Pelo rizado blanco y cejas muy pobladas. Pero como es muy amable con ella, Swetlana se anima un poco.

—Oh, por favor —dice—. Quisiera ver al señor August Koch. Si pudiera decirle que la señora Stammler deseaba hablar con él...

—Claro que sí, con mucho gusto —contesta el Abuelo de las Nieves con sincero entusiasmo—. ¿La señora Stammler? Ese nombre me suena. En cuanto lo vea, se lo diré.

—Se lo agradezco muchísimo.

—No hay de qué —dice él—. Y ahora discúlpeme, tengo que ir al patio y llamar al orden a esos pilluelos, antes de que vuelvan a romper una ventana.

Pasa a su lado en dirección al patio, y al momento oye Swetlana su voz grave y potente.

—Ya está bien por hoy, pandilla de traviesos. Subid a lavaros las manos. Luego a cenar y después derechitos a la cama.

A continuación le llegan voces polifónicas que oponen resistencia a la orden, hasta que, al parecer, Ded Moroz se deja convencer para jugar con ellos el último partidillo de fútbol. ¿Dónde demonios estará Michael?

—¿Michael?

—¡Ya voy, mamá!

Llega con una bicicleta de mujer bastante vieja y roñosa a la que se le ha salido la cadena, que va colgando, y con el portaequipajes torcido. Que tenga unos frenos que funcionen resulta muy dudoso.

—¿Cuánto has pagado por esa chatarra?

Se ha gastado tres marcos y afirma que la bicicleta es fácil de reparar.

—¿Dónde está August? —quiere saber.

—No está en casa. Tendremos que volver. Ten cuidado con la bici, Michael. La dejaremos junto al bar apoyada en la pared, para que se la lleve quien quiera.

Como el niño se pone triste, a Swetlana le cuesta un gran esfuerzo permanecer dura. Oh, claro que le comprará una bicicleta. En cuanto tenga dinero suficiente. Una buena, a su medida, no una bici rota de chica. Pero eso no se lo dice. Es la hora del castigo, no de las promesas. Cruzan al otro lado de la calle porque no quiere pasar justo por delante del café iluminado, donde se oye ensayar a los músicos.

Siguen caminando lentamente entre los plátanos desnudos. Michael ha de pararse cada dos por tres porque se bloquea la rueda trasera y tiene que soltar la cadena. Swetlana se detiene y lo espera; aunque procura no mirar al portal número 75 de la casa, al final no puede evitarlo.

En el primer piso hay una ventana iluminada. La misma que contempló la otra vez. ¿Estará ahí August? ¿No habrá oído el timbre de la puerta? ¿O no habrá querido oírlo? ¿Y si no quiere saber nada de ella?

—Date prisa, Michael —dice, deshaciéndose de los angustiosos pensamientos—. Tengo frío.

August

¡El teléfono! August se da la vuelta en la cama y mira fugazmente el despertador. Ya son las ocho. Está muerto de sueño
porque se acostó a las cuatro de la madrugada, después de
hacer un trabajo escrito para la universidad. Y cuando por fin
se metió en la cama, le rondaban tantas cosas por la cabeza
que tardó mucho en dormirse. Y ahora es ese dichoso aparato
el que le saca del sueño. Seguro que es alguien que quiere re-
servar una entrada para esa noche. ¡Ojalá no hubieran puesto
el número de teléfono en el periódico!

—¡August! —grita su madre—. Haz el favor de coger el
teléfono. Estoy en el cuarto de baño.

Siempre le toca a él. Se levanta con dificultad de la cama,
tira sin querer del escritorio un montón de libros que caen
estrepitosamente al suelo, se pone la bata y entonces oye la
aguda voz de su sobrino Frank.

—¿Papá? *Non, c'est moi, Frank. Papa, où es-tu?*

—Yo también quiero —le apremia Andi.

—¡Vete! Papá, ¿qué es Estrasburgo? *Comment? C'est une
ville. C'est loin d'ici?* ¿Está lejos de aquí?

—¡Yo también quiero hablar con papá!

—¡Déjame en paz!

—¡Pásamelo ya!

Una silla se vuelca. August se apresura a rescatar el nuevo teléfono. En la sala de estar ya ha intervenido su padre haciéndose con el auricular; ahora se lleva el negro aparato al oído y aparta a sus nietos con la mano que le queda libre.

—¿Hola? ¿Quién es? Soy Heinz Koch. Lo siento, pero no le entiendo; hay demasiado ruido aquí.

—¡Es papá! —grita Frank—. Están en Estrasburgo, no lejos de aquí.

—¡Silencio! —dice Else, que ahora sale del cuarto de baño en bata y con rulos en el pelo—. ¡Aquí no hay quien oiga nada! Pásame el teléfono, Heinz.

August agarra a sus sobrinos, que no paran de dar saltos por la emoción, y los lleva a su cuarto. Oye a su madre hablar a voz en grito por teléfono. A ver cuándo se enteran sus padres de que, por más que aúllen al auricular, no se les va a oír mejor.

—¿Quién conduce el coche? —pregunta Andi a su hermano.

—Papá, creo.

—Entonces llegarán pronto.

August les propone ir a toda prisa al baño antes de que entre el abuelo. Al fin y al cabo, no van a recibir a papá y mamá en pijama. La idea, sin embargo, no resulta buena porque su padre ya tenía preparada la espuma de afeitar y ahora Frank y Andi ya están enjabonándose las mejillas con la brocha de afeitar.

—¡Vaya pinta tenéis! —se irrita su abuela—. Parecéis dos fantasmas. ¡August! Lávales la cara. Hilde y Jean-Jacques están en Estrasburgo y llegarán aquí a última hora de la tarde. Dios mío, qué nervios. Yo creía que cuando los niños crecieran se portarían mejor. ¡Pero cada vez se portan peor!

Ese día el desayuno no transcurre precisamente en paz, pues todos están un poco alterados por la velada que los espera. Su madre repasa una y otra vez la lista de las entradas

vendidas; su padre es severamente reprendido por haber regalado demasiadas entradas. Con setenta y cinco entradas
vendidas y nueve regaladas van a caber muy justos, ni siquiera saben si habrá sillas suficientes para tanta gente. Ayer Addi
sacó además las sillas plegables; habrá que apilar las mesas y
llevar algunas al cobertizo; de lo contrario, no habrá sitio
para el guardarropa.

—En esta estación del año todos vienen con abrigo y
sombrero, y en el peor de los casos, si llueve, habrá que encontrar también sitio para los paraguas chorreantes —se queja su madre.

—Y sigue habiendo gente que lleva polainas —se inmiscuye su padre—. Y luego están los abrigos de piel mojados, que
huelen fatal.

—Celebremos la próxima fiesta de Nochevieja en verano
—dice August con retranca—. Así no necesitaremos guardarropa.

Nadie encuentra graciosa la broma. Su madre explica que
Julia Wemhöner se ha ofrecido a vigilar el guardarropa, y
Addi Dobscher, a controlar las entradas afuera, delante de la
puerta giratoria. Finchen, Marlene y Luisa servirán las bebidas, y en el descanso también canapés y rosquillas saladas
recién hechas.

—¿Tienes ya todos los ingredientes para el ponche de Nochevieja, Heinz?

—Claro que sí. Si no los tuviera, hoy domingo sería demasiado tarde para comprarlos, cariño.

Else emite un suspiro y toma un trago de café. Los gemelos, contrariamente a lo habitual, están sentados muy formalitos a la mesa. Andi no hace más que frotarse los ojos, donde
le ha entrado espuma de afeitar. Frank desmiga el interior
blando del panecillo y hace bolitas para dárselas de comer a
los patos. Normalmente la abuela les prohíbe semejante despilfarro, pero hoy está ocupada con otras cosas.

—Uno de nosotros dos tiene que saludar a los invitados, Heinz.

Este vuelve a dejar en el plato el panecillo con mermelada, al que ya le había dado un mordisco.

—¿A qué te refieres con «uno de nosotros dos», cariño?

Else frunce el ceño ante tanta ingenuidad.

—Ya sabes que en la cocina no estoy disponible para nadie. Y, además, no se me dan bien los largos discursos.

—A mí tampoco se me dan bien, cariño. Y a fin de cuentas tú también eres la jefa del Café del Ángel.

Ella responde que causa una mejor impresión cuando es un hombre quien da la bienvenida a los invitados. Además, él es muy conocido por todos y en el café rara vez ha tenido problemas para soltar discursos.

—Sí, entre amigos... Pero un discurso en toda regla... No, Else, eso no es lo mío. August, ¿qué tal si lo hicieras tú?

August lo rechaza, ese es un asunto de los jefes. Le explica a su padre que no tiene por qué dar una charla de varias horas, sino tan solo dar la bienvenida a los invitados y tal vez decir unas palabras sobre la reforma. Y que Wilhelm Koch por desgracia está enfermo. Como mucho, cuatro o cinco minutos, no más.

—¿Y quién presenta a los artistas?

—Eso podría hacerlo yo con mucho gusto, mamá. Pero sería más encantador que lo hiciera una joven dama. Hilde por desgracia no llegará a tiempo. ¿Qué tal si los presentara Luisa?

Sus padres se miran con cara de preocupación.

—Esa chica es tan tímida... —opina su padre.

—De todos modos, se lo podemos preguntar —dice su madre, y anota algo en su libreta—. Continuemos. ¿Dónde están los programas que he mandado imprimir? Supuestamente los traían ayer.

Todos se encogen de hombros. Su padre sospecha que la caja estará abajo, en alguna parte del café.

—¡Bendita ingenuidad! ¡Los programas hay que ponerlos encima de las sillas!

Sus padres dejan el desayuno sin terminar y bajan por la escalera de la cocina al café. Al poco rato se oye el grito de alivio de su madre.

—¡Aquí están! Frank, Andi, bajad. ¿Podéis ayudarnos?

August se ha quedado solo en la mesa. Comprueba que el café no le despeja lo más mínimo; tras tomar dos tazas grandes del fuerte brebaje se siente más somnoliento que antes. Tiene que aguantar ese día y la noche como sea, se lo debe a su familia, que le necesita, y se da por descontado que les echará una mano a todos. Sus propias preocupaciones en lo relativo a su carrera ahora no tienen importancia. Tampoco se le debe notar la profunda decepción que siente porque Swetlana todavía no ha dado señales de vida. Es posible que el chico aún no se haya atrevido a hablarle a su madre de sus sospechosos amigos y de los negocios que ha hecho con ellos. Si Michael sigue guardando silencio, tendrá que hablar él mismo con Swetlana, pero todavía no tiene claro cómo hacerlo. Por ahora parece estar enfadada con él, seguramente se niegue a verlo. Suspira y lamenta una vez más no poseer el encanto y la espontaneidad de su hermano. Para Wilhelm esas situaciones no suponen ningún problema, dice lo primero que le sale y con eso conquista todos los corazones. Él, en cambio, es meditabundo e introvertido, cada palabra se la piensa tres veces; por eso resulta un tanto lento y pesado. A estas alturas, duda de poder conquistar a Swetlana. Haga lo que haga, siempre habrá entre ellos un muro que se siente incapaz de derribar. Un muro de torpezas y malentendidos provocados por él.

Oye cómo abajo sus padres y sus sobrinos trabajan con aplicación. Por un momento se le ocurre tumbarse otra vez para echar una cabezada, pero luego opta por no hacerlo. En lugar de dormirse y que después lo despierten de nuevo de un sueño profundo, prefiere dar un paseíto al aire libre que le active la circulación y lo ayude a pensar en otra cosa. Cuando sale a la calle, un sol sesgado de invierno se ha abierto paso entre las nubes, los plátanos desnudos arrojan sombras corcovadas sobre la calzada y el estanque de Zum Warmen Damm refulge como la plata líquida.

—¡Muy buenos días, señor Koch! —dice alguien a su lado.

Vaya, uno que viene a estropearle el paseo. Egon Mayer-Schulte se planta delante de él con una sonrisa campechana, le intercepta el paso y, por si fuera poco, le tiende la mano. Qué tío más falso. Primero desacredita a los vecinos en el ayuntamiento y luego se muestra ingenuamente jovial, como si no hubiera pasado nada.

—Buenos días, señor Mayer-Schulte —dice, y se cubre más la frente con el gorro. Ignora por completo la mano tendida. Uno no tiene por qué aceptar tanta falsedad.

Mayer-Schulte parece que no se toma a mal el desaire, pero se queda quieto como un pasmarote sin moverse del sitio, de modo que Koch se ve obligado a rodearle.

—Quisiera hablar con usted un minuto. ¿Puedo invitarle a un cafelito?

Lo que faltaba.

—Muchas gracias, pero acabo de desayunar.

—Entonces a una copita de champán o a lo que usted quiera, señor Koch. Quería comentarle una cosa. Se trata del accidente del jueves, ¿lo recuerda?

August se detiene desconcertado. El viernes por la mañana vinieron dos policías para que les describieran lo ocurrido en el accidente y también para hacer preguntas a los vecinos.

—¡Vaya pregunta! Mi hermano está ingresado en el hospital.

—Lo lamento enormemente, señor Koch. Dicen que el joven no murió de milagro, ¿es cierto?

¿Le estará tanteando este tipo? Y si es así, ¿por qué? August decide mantener una conversación con Mayer-Schulte, pero no en el café de este.

—Vayamos un momento a la entrada de mi casa, aquí estamos molestando.

El vecino lo acompaña a la entrada techada, pero no parece sentirse muy a gusto allí. Es comprensible porque hay mucho polvo y Mayer-Schulte lleva, como es habitual en él, un traje negro con pajarita.

—¿Es que vio usted el accidente? —le pregunta August.

—No, no... no es eso. Pero algunos de nuestros clientes salían en ese momento del teatro y lo vieron desde lejos.

—¿Solo desde lejos?

Mayer-Schulte asiente con empeño y dice que la función acababa de terminar y la gente todavía estaba en las Kolonnaden.

—¿Puedo preguntarle qué tal se encuentra su hermano? —se interesa—. Dios mío, un joven tan dotado... Todavía sigue siendo muy querido en Wiesbaden; las señoras rompieron a llorar cuando se enteraron.

August le deja hablar. Ese súbito interés no es habitual. O bien muy en el fondo del alma negra de Mayer-Schulte se oculta un buen tipo, o bien hay gato encerrado. August se decanta por la segunda posibilidad; por eso deja entrever que su hermano quedará marcado de por vida.

—No está claro que pueda volver a ejercer su profesión.

Mayer-Schulte parece preocupado, pues menea la cabeza y suspira.

—¿Sabe una cosa, señor Koch? Hace tiempo que se lo quería comentar. El asunto de los ventanales... En eso el ayuntamiento se ha pasado. Yo creo que se puede llegar a un acuerdo amistoso.

Cada vez se le hace todo más raro. ¿A santo de qué vienen ahora los ventanales? ¿Por qué se ha enterado? Ajá, entonces la sospecha de Hilde estaba justificada. Ese canalla es quien los denunció al ayuntamiento.

—Eso creo yo también, señor Mayer-Schulte. Muy amable por su parte tomarse tanto interés...

El otro no se da cuenta de la ironía que encierran sus palabras, sino que le asegura a August que eso entre vecinos se da por supuesto.

—Me gustaría poder ayudarlo, señor Koch. Supongo que no reconocieron al conductor del coche del accidente, ¿verdad? Y que tampoco recuerdan la matrícula, ¿no? Como estaba tan oscuro...

August decide dejarle en la incertidumbre. Seguro que ese hombre no está limpio de culpa. Posiblemente hasta sepa quién era ese conductor del coche que atropelló a Wilhelm. Puede que fuera él mismo, y ahora quiere saber si lo reconocieron.

—Bueno, tenemos algunos testigos, señor Mayer-Schulte. La policía está trabajando en el caso. Cuando se trata de delitos como fuga y omisión de socorro, a menudo es más conveniente una confesión sincera que un largo proceso judicial indiciario.

A Mayer-Schulte se le pone la cara larga; si August no se equivoca, también ha empalidecido un poco. August pasa a la ofensiva.

—¿Podría usted dar algunos datos que...?

En ese momento, un fuerte frenazo interrumpe la conversación y los dos miran asustados por la puerta abierta de la entrada hacia la calle. Allí se ha detenido un coche negro, un taxi, como reconocen ahora. El taxista se baja, va deprisa a la puerta del copiloto, la abre y ayuda a salir al joven, que se levanta del asiento con muchas dificultades.

—Pero si es... —balbucea August. Increíble. No podía llegar en peor momento.

—¡Vaya! —dice Mayer-Schulte—. Eso sí que es para alegrarse. El joven señor Koch llega vivito y coleando. Pues le deseo...

August no oye el final de la frase porque acude rápidamente en ayuda de su hermano. Wilhelm se sostiene de pie, aunque un poco tambaleante, lleva la chaqueta echada por encima y el brazo escayolado en cabestrillo.

—¿Qué haces aquí? —se enfada August—. ¿Cómo es que no sigues en el hospital? ¡Estás gravemente herido!

—Coge la bolsa, anda —dice Wilhelm—. Y envíame a Julia. Tiene que venir enseguida. La necesito.

August deja que el taxista meta la bolsa en casa y sujeta a su hermano mientras suben despacio la escalera hasta el piso de sus padres.

—¿Qué dices de Julia? —se enoja August—. Antes tienes que tranquilizar a mamá. Le va a dar un ataque al corazón cuando te vea.

—Bah, tonterías. Ya les dije a los viejos que no pasaría la Nochevieja en el hospital.

—¿Cómo es que los médicos han dejado que te vayas?

Wilhelm tiene que descansar un momento para tomar aliento. Todavía sigue con el paso muy vacilante, pero ya se está riendo.

—Me ha costado lo suyo, August —dice suspirando de modo teatral—. Pero he convencido a las compasivas enfermeras para que respaldaran mi petición.

—Hum, ya entiendo...

Arriba está su padre junto a la puerta de su piso porque el taxista ha llamado al timbre. Al ver a Wilhelm, se queda mirándole con ojos de espanto.

—¡Santo cielo, hijo! ¡Else! ¡Else, ven aquí! Ha llegado Willi. Pon el sofá en condiciones, que tiene que tumbarse enseguida.

Se arma un barullo tremendo. Su madre tiene que apoyarse en la puerta del cuarto de baño, luego irrumpe en el dormitorio matrimonial y arrambla con edredones y almohadas.

—Túmbate ahora mismo, Willi… Con cuidado… Oh, sí, es mucho mejor tenerte en casa.

Y Wilhelm, el muy bribón, disfruta de lo lindo de los cuidados paternos y maternos. Se tumba en el mullido sofá y le dan café recién hecho, dos bollitos con mantequilla, embutido, queso y mermelada. August llega a tiempo de evitar que su madre le sirva una copa de champán para darle la bienvenida a casa.

—Más vale que no le des eso, mamá. Seguro que ha tomado algún analgésico y no se debe mezclar con alcohol.

Entretanto, su padre paga al taxista y le da una propina generosa. Porque para eso es Nochevieja. También se han congregado los gemelos, que miran embelesados el brazo escayolado de su tío.

—¿Notas cuando te lo toco? —pregunta Andi, pasándole suavemente la mano por la escayola.

—No, está muy dura. Como el revoque de la pared —le explica Wilhelm.

—¿Y si te golpeo fuerte? —indaga Frank.

—Entonces hace daño. Te lo hace a ti porque te devuelvo el golpe. ¿Entiendes?

—Eh… sí.

—Apartaos, niños —dice su madre—. Tiene que ponerse mi chaqueta de punto porque hace frío.

Wilhelm se defiende enérgicamente de la chaqueta de punto que le ofrece su madre; dice que con ella parece el lobo del cuento de Caperucita cuando se disfraza de abuela. Los gemelos se parten de risa.

—¡Necesito a Julia!

—¿Julia? ¿Para qué la necesitas?

—Tiene que arreglar la chaqueta de mi traje, para que me quepa el brazo escayolado por la manga.

—¿Es que piensas actuar? —pregunta su madre perpleja.

—¡Por supuesto que sí! Salgo en el cartel, ¿no?

El día transcurre más o menos caóticamente. Mientras August ayuda a su padre a redactar un breve discurso, su madre se las ingenia en la cocina para preparar como por arte de magia un almuerzo rápido y nutritivo. Julia, que ha acudido presurosa a la llamada, recorta y cose la chaqueta buena del traje de Wilhelm; este tiene que probársela una y otra vez, pero parece que, pese a los dolores del brazo, las pruebas le proporcionan un gran placer. Abajo, en el café, los músicos ensayan por última vez, la Künzel está afinando el piano, a Fritz se le ha roto la cuerda del mi, y el contrabajista ha perdido una partitura. También se ha presentado Hans Reblinger, que quiere contar sus recuerdos sobre la época dorada del teatro, y Sigmar Kummer se asoma por la puerta y ya quiere sacar una foto para el periódico. Desde fuera, algunos curiosos pegan la cara a los cristales; tres entradas son devueltas a causa de la gripe, aunque también hay cinco personas que quieren comprarlas a última hora.

Hacia las dos de la tarde, todos se sientan en la sala de estar de los padres para tomar un potaje con tocino. Como están muy apretados, han de procurar no quitarle al vecino la cuchara de la mano. Luisa come con la cara desfigurada por el dolor; ha sufrido un súbito ataque de ciática y todos la compadecen. No obstante, quiere anunciar a los artistas; es una cuestión de honor.

Cuando Else está colocando sobre la mesa el pudin de chocolate y los gemelos reparten cuencos de cristal y cucharas, suena otra vez el maldito teléfono.

—¡Voy a cortar el cordón de ese aparato endemoniado! —protesta su madre, pero al mismo tiempo descuelga el auricular.

Es Hilde. Están en Worms y han tenido una avería. Pueden tardar. Besitos a Frank y Andi. Papá les ha comprado un regalo de Navidad.

—¿Solo uno? ¡Pero si somos dos!

—¡Silencio!

Else se desploma agotada en la silla.

—Ojalá hubiera pasado ya todo esto...

—Esa no es la actitud correcta, señora Koch —critica la Künzel, sirviéndose la tercera ración de pudin de chocolate.

—¡Haya paz; después de comer toca descansar! —proclama su padre.

—La calma que precede a la tempestad —comenta Addi con sorna.

Naturalmente hoy nadie hace un descanso. Fritz y Luisa se han ido otra vez a su casa y se han traído al contrabajista; Julia no para de coser, su aguja parece que vuela; Addi barre una vez más la acera, delante de la puerta de entrada; Else clasifica las entradas reservadas, y Heinz memoriza su discurso mientras prepara abajo, en la cocina, el ponche de Fin de Año. August ayuda a unos, anima a otros, les arregla a los gemelos la locomotora estropeada del tren eléctrico y se enfada porque con todo el jaleo no le ha dado tiempo de preguntarle a Luisa por Swetlana y Michael. El único que verdaderamente descansa es Wilhelm. Duerme como un bendito en el sofá tapado por el edredón de su madre, y es amorosamente atendido unas veces por Julia y otras por su madre. «Pobre hombre —piensa August—. Después de tanta desgracia, se merece que lo mimen un poco».

Y por fin llega la noche.

A las siete aparecen ya los primeros invitados. Todos pasean la mirada a su alrededor y admiran el amplio espacio interior; Finchen y Marlene ofrecen champán y ponche, mientras Addi aviva el fuego de la estufa y Hans Reblinger busca sus gafas. Heinz está ahora en su elemento. Saluda a los viejos amigos, charla con ellos, los lleva personalmente a sus asientos, los provee de bebidas y les desea una feliz velada.

Poco antes de las ocho, el café está a reventar; tres serpentinas se han desprendido del techo y ahora decoran el piano. Cuando la Künzel aporrea las teclas, tiemblan las serpentinas como si hubieran despertado a la vida y quisieran bailar al son de la música de Bach y de Sarasate.

Es sencillamente grandioso. Heinz, recibido con atronadores aplausos, habla con un cálido entusiasmo a sus amigos e invitados y de nuevo cosecha una ovación. De lo ensayado con August no menciona ni una palabra. Pero ¿a quién le importa? Los músicos dan lo mejor de sí mismos, Hans Reblinger resulta gracioso y es animado a que publique sin falta sus recuerdos en forma de libro. Luisa cumple su papel de maravilla; pese a la ciática, parece inmensamente feliz y esa felicidad se contagia a todos los allí presentes. Incluso cuando tiene que darles una triste noticia a los espectadores, su rostro conserva una leve sonrisa que le da un aire encantador.

—Damas y caballeros —dice, mirando preocupada a la audiencia—. Muchos de ustedes ya lo habrán oído: nuestro Willi Koch, que esta noche quería actuar aquí y que era tan esperado por muchos de ustedes, ha sufrido un desgraciado accidente y tiene que cuidarse.

Entre el público surge un murmullo de decepción e indignación.

—¿Han atrapado al menos al tipo que atropelló a Willi? —grita enojada una mujer.

August cree haber reconocido la voz de Alma Knauss. El grito recibe un murmullo de aprobación y da lugar a otras manifestaciones de disgusto y descontento.

—¡Es un criminal! —despotrica un hombre—. ¡Atropella a una persona y se larga!

—¡Nuestro Willi! —solloza Ida Lenhard—. ¡Qué desgracia! Nunca más podrá actuar.

Luisa hace gestos apaciguadores para que se calme la gente, que a estas alturas ya arma demasiado alboroto.

—Por favor, señores... —intenta hacerse oír, pero su voz es demasiado débil. Además ahora al fondo de la sala de espectadores se ha abierto paso otro foco de agitación. Por allí entra un intruso que no ha sido invitado, un harapiento anciano con una bandeja colgada del cuello a modo de tienda portátil. Está claro que el viejo alberga esperanzas de deshacerse de su mercancía en esa sala abarrotada de gente, pues enseguida se pone a gritar con una estridente voz de anciano que se asemeja al canto de un gallo.

—Vendo rarezas nunca vistas con anterioridad, que hoy están ya al precio del año que viene. Aprovechen la ocasión, señores.

—¿Quién le ha dejado pasar? —se extraña Hans Reblinger.

—¿Es que no está cerrada la puerta de entrada? —se irrita uno de los músicos.

—Claro que no —dice la Künzel—. Podría declararse un incendio o algo parecido.

—¡Addi! —susurra Else—. Saca a ese hombre de aquí sin llamar mucho la atención.

Al fondo, donde está el anciano con la tienda portátil, surgen ahora tímidas risas. Se oye al hombre hablar en voz alta pregonando sus mercancías.

—Un calzador... muy buena elección, señora —grazna—. Con este modesto e insignificante calzador no habrá zapato que se le resista; lo haya llevado antes quien lo haya llevado, ahora se ajustará perfectamente a su pie. Hasta los zapatos que antes le estaban grandes, ahora se adaptarán como un guante a sus medidas. Si en su época las hermanas de Cenicienta hubieran poseído un calzador así, se habrían casado con el príncipe en lugar de pasar el resto de su vida cojeando por ahí con unos pies sin dedos ni talones.

August entorna los ojos para ver mejor de lejos, pero el vendedor de la tienda ambulante lleva el sombrero encasquetado en la frente y, por lo tanto, tiene la cara medio tapada.

—¡Dos cincuenta, caballero! —cacarea por toda la sala—.
Eso no es mucho para este cepillo de ropa único en su género.
De madera de roble barnizada. Con las cerdas de auténtico
bigote. Un material que hace unos años se producía en canti-
dades industriales: bigotes de todo tipo sin dueño; nadie sabía
de dónde procedían, de qué caras se habían caído, unas caras
que ahora van por ahí desnudas y lampiñas. Tóquelo usted
misma, señora. ¿Nota las cerdas? Tensas y resistentes. Se doblan, pero no se rompen.

—Pero si es Willi —susurra excitada la madre—. ¡Con la
caja de madera de los servilleteros, del armario de la sala de
estar! ¡Dios mío! Creo que se ha echado encima mi vieja
manta de lana.

Para entonces casi todos los espectadores se han dado
cuenta de quién se esconde bajo la manta de lana. Ya se oyen
carcajadas, los que están sentados delante se dan la vuelta,
algunos incluso se levantan y se apretujan como pueden para
abrirle paso a Willi hacia el escenario.

—¡Willi! ¡Es Willi!

—¡Chis, no se oye nada!

—Apártese un poco...

—No puedo; la pata de su silla está encima de mi abrigo.

—¡Silencio ahí delante!

A Willi le cuesta abrirse camino entre las sillas, a veces se
tambalea un poco, pero hay brazos suficientes que le ayudan
y le sirven de apoyo. ¡Increíble! Su hermano interpreta tan
bien al buhonero que al principio ha conseguido engañar incluso a su propia familia. Tanto su padre como su madre parecen más preocupados que entusiasmados; están pendientes
de que no se esfuerce demasiado.

—Gracias, muchas gracias, damisela. ¿Sabe usted? A mi
edad ya no estoy tan en forma como aquella vez en mayo...

Ahora se quita el sombrero y saluda con él en todas las
direcciones, mientras la gente le aplaude con verdadero entu-

siasmo. De camino al escenario hace muchas paradas para ofrecer sus mercancías.

—Esto es lo más indicado para usted, caballero. ¿Una caracola dice usted? Esa es tan solo su apariencia. Póngase esta maravilla al oído, por favor... ¿Qué oye usted?

Hans Reblinger le contesta que no percibe nada porque allí hay demasiado ruido. Entonces Willi recorre a todos con la mirada hasta que no se oye ni una mosca. Solo al fondo, junto a la puerta, a alguien le da el hipo.

—Oigo como un bramido —afirma Hans Reblinger.

—¿Y qué podría ser?

—¿La radio popular de Goebbels?

—Se equivoca, caballero. Lo que oye son las olas del mar Atlántico.

—¿Del Atlántico? ¿Por qué precisamente de ese? ¿No podría ser el Pacífico, o el Mediterráneo o el Báltico?

Willi niega con la cabeza.

—Es el Atlántico porque he conectado la caracola con el Atlántico. ¿Ve este botón de aquí? Si lo presiona una vez, sale el Atlántico. Dos veces, el Pacífico...

Hans Reblinger le da vueltas a la caracola de color rosa y busca el botón. Ahora ve August que es el suvenir de un viaje que una vez recibió su madre como regalo de una amiga de la juventud.

—Pulse tres veces, caballero —sigue parloteando Willi con desenvoltura—. Y al mismo tiempo cierre los ojos. ¿Ve usted el mar azul, la playa de arena, las casitas blancas que se agrupan sobre el pintoresco peñasco? ¿Nota el calor, el olor a felicidad? Está usted flotando en una burbuja del bienestar. Carece de pasado y de recuerdos; tan solo le acompañan la alegría, las ganas de vivir y de disfrutar...

Hans Reblinger, que se ha tomado tres copas de ponche, sigue sentado con los ojos cerrados y la caracola al oído, mientras sonríe beatíficamente.

Willi da un fuerte golpe a la caja que ha convertido en tienda ambulante, y Hans Reblinger se estremece asustado.

—Vaya, qué pena —dice Willi con una sonrisa—. ¡Ha reventado la burbuja!

Risas y aplausos; Hans Reblinger le amenaza con el dedo y le llama granuja. August se acerca deprisa a su hermano, para ayudarlo a subir los escalones que llevan al escenario, pero Willi está tan animado que no necesita ayuda. Se quita la manta, Sofia Künzel lo libera de la tienda ambulante improvisada, y el programa sigue su curso. Ahora Willi Koch se presenta ante el público con un elegante traje oscuro, apoya solo un poco la espalda en el piano mientras canta sus cuplés, y apenas se nota que tiene el brazo siempre doblado por la forma de la escayola.

Ingenioso, descarado y, al mismo tiempo, dando que pensar, hace sonreír de satisfacción a la audiencia, la desafía, la sorprende con giros inesperados y consigue que una y otra vez se ría a mandíbula batiente. El brazo en cabestrillo lo incluye sencillamente en sus escenas cómicas; reacciona espontáneamente a los gritos y aclamaciones, es agudo y sagaz, desprende encanto y provoca arrebatos de entusiasmo entre los oyentes. Sí, debería hacer cabaret, es su vocación. ¿Quién hubiera dicho que su hermano, que antes siempre sacaba malas notas en redacción, podía escribir unos textos tan graciosos e ingeniosos y tan llenos de fantasía? En el descanso, August es abordado una y otra vez por asistentes a la fiesta que le hablan de su maravilloso hermano y de lo orgullosos que tienen que estar sus padres por haber traído al mundo a un hijo tan superdotado, y hay quien incluso afirma que ese talento tan extraordinario solo se manifiesta en una familia cada cien años.

La segunda parte del programa transcurre de forma más

relajada porque para entonces el público ya ha tomado suficiente champán y ponche de Nochevieja. Conforme se va acercando la medianoche, aumenta también la tensión; fuera, en la Wilhelmstrasse, se oye ya algún que otro petardo prematuro. A los gemelos les ponen las chaquetas y el calzado apropiado y les dejan salir también a la calle. Allí impera ya el jolgorio; el teatro y el casino del balneario están muy iluminados y han encendido todas las farolas. Todo el mundo espera ansioso que empiecen los fuegos artificiales lanzados desde el Warmer Damm.

Poco antes de las doce salen casi todos los invitados a la calle. La madre sigue en la cocina haciendo la caja de esa noche; Addi tiene a Bunte sobre su regazo porque el perro siempre lo pasa fatal con los fuegos artificiales de Fin de Año. August ayuda a su padre a plegar las sillas y a colocar varias mesas. Más tarde es probable que algunos invitados quieran seguir festejando la Nochevieja en el café, de modo que conviene estar preparados. Cuando acaban con las mesas, se oyen las doce campanadas en la iglesia y, al poco rato, empiezan a atronar los fuegos artificiales. August abraza a sus padres, desea un feliz año nuevo a Addi y al tembloroso Bunte y luego sale él también a contemplar los fuegos artificiales. La Wilhelmstrasse está llena de gente que mira ensimismada las resplandecientes estrellas y las luminosas balas que suben al cielo, explotan y vuelven a bajar. Enfrente ve a Luisa y Fritz muy acaramelados. ¡Qué pareja más feliz forman esos dos! No lejos de ellos divisa a su hermano Wilhelm, que rodea con el brazo sano a Julia Wemhöner, cuya coleta pelirroja brilla a la tenue luz de la farola. ¿No se acaban de besar ahora mismo? No, seguro que se ha confundido. Ahora ya no puede verlos porque otras personas se han colocado delante de ellos.

—¡Feliz año nuevo! —dice a su lado una voz conocida, y August nota cómo se le paran los latidos del corazón.

Como por arte de magia, Swetlana aparece de pronto ante él. En su rostro sonriente se refleja el resplandor de un luminoso cohete que asciende por el aire.

—Lo mismo te deseo yo a ti —balbucea August—. Bueno, a los dos.

—Te lo agradezco, August —dice con su suave acento ruso, que tanto le gusta a él—. Tengo tantas cosas que decirte, además de pedirte perdón, August... Estaba equivocada.

—Tonterías —dice él, negando con la cabeza—. No tienes que decirme nada ni pedirme perdón. Solo has de entender que voy en serio contigo...

Un fuerte petardo que explota a su lado les provoca un sobresalto a ambos. Sin darse cuenta, August la rodea con los brazos y, con el corazón palpitándole salvajemente, nota que ella cede al abrazo.

—Sí tengo algo que decir, August —oye de nuevo su dulce voz—. Tengo que decir que siento nostalgia de ti. ¿Se dice así en alemán? ¿O añoranza? ¿Cuál es la palabra apropiada?

—«Añoranza» es una bonita palabra —susurra él—. Yo también te añoro, Swetlana.

En esta noche de fuegos artificiales de Fin de Año no tiene nada de particular besarse en público. Muchos lo hacen: enamorados, prometidos y también matrimonios de toda la vida; es una bonita costumbre propia de la Nochevieja. Solo que él no es capaz de dejar de besarla y también ella se aferra al beso como si tuviera miedo de volver a perderlo: esto ya no es tan habitual, pero tampoco llama demasiado la atención entre una multitud de personas felices.

—¿Te atreves? —le pregunta él en voz baja.

—Si tú me acompañas, me atrevo con todo —dice ella riéndose.

—Entonces vayamos a ver a mis padres.

August nota incluso a través de los abrigos que ella está temblando. Pero Swetlana coge la mano que él le tiende y le sigue. Al cabo de unos pasos se detiene y mira a su alrededor como buscando algo.

—¿Y Michael?

—¡Ahí está! —dice August, señalando con el dedo hacia el café, muy iluminado.

Ven a Luisa con el cesto de las rosquillas saladas que han sobrado y sobre las que se abalanzan hambrientos Michael y los gemelos. Luisa alza la vista, reconoce a August y a Swetlana y los saluda sonriente con la mano.

Hilde

—Son como niños —dice Else meneando la cabeza—. Esperemos que no se rompa nada allí enfrente, en el café de Mayer-Schulte.

De pie junto a la ventana de la cocina, Hilde está con Luisa y con su madre contemplando el gran torneo de fútbol. Abajo, en el patio, August ha pintado el campo de juego con tiza blanca sobre el empedrado; la portería izquierda es la puerta abierta del cobertizo, y a la derecha se han utilizado dos cubos de la basura como postes de la portería. Hace un frío invernal, pero no llueve; en realidad, los jugadores deberían llevar gorras y guantes de lana, pero renuncian a ponérselos por motivos deportivos. Solo Wilhelm, que hace de árbitro y utiliza con tal fin un silbato, se ha puesto un gorro de lana que en realidad pertenece a Andi.

—Ojalá Willi no se caiga, tal y como tiene el brazo... —se lamenta su madre—. La verdad es que no acabo de entenderlo; uno cree que ya son mayores y luego siguen haciendo las mismas tonterías.

Addi y Heinz se han apostado en la entrada de la casa con el firme propósito de no permitir bajo ningún concepto que la costosa pelota de fútbol francesa —regalo de Navidad de Jean-Jacques— salga rodando a la calle.

—¡Ya empieza! —grita Luisa—. Fritz, ten cuidado con las manos, no te vayas a romper un dedo.

Ahora el avanzado estado de gestación de Luisa ya no pasa desapercibido. Es increíble cómo le ha crecido la tripa en las dos últimas semanas. Hilde ha desenterrado unos cuantos vestidos que llevó cuando estaba embarazada, pero a Luisa le quedan anchos, porque al fin y al cabo ella llevaba a dos en la barriga. Luisa aún se muestra tremendamente supersticiosa; no quiere blusitas ni peleles; tampoco quiere por nada del mundo quedarse todavía con la bañerita metálica ni la linda cuna con dosel, que siguen bien guardadas en el desván.

—A este paso te veo poniendo los pañales a tu pobre hijo en un pesebre —le ha criticado Else. Hilde no dice nada al respecto, pero a cambio está organizando a escondidas la adquisición de las cosas necesarias. Todos los amigos, familiares y conocidos aportan algo, de modo que cuando Luisa salga de la clínica con su niño, se encontrará en casa con un ajuar de bebé completo. Cosas que en su mayoría son de color rosa; eso ha sido inevitable porque todos opinan que ya va siendo hora de que nazca una niña en la familia Koch.

Entretanto, abajo se ha producido ya el primer contacto con el balón. Jean-Jacques juega en el mismo equipo que Fritz y Andi; sus rivales son August, Michael y Frank. Han renunciado a tener porteros porque todos prefieren jugar más que defender la portería.

—¡Andi, Andi! —grita Hilde para animar a su hijo. Pero Michael acaba de quitarle la pelota, aunque a este se la arrebata Jean-Jacques, que es el absoluto rey del fútbol en el campo. Wilhelm es el único que podría resultarle peligroso, pero de momento sigue enyesado y no puede practicar ningún deporte. Para gran alegría de su madre, Wilhelm se queda provisionalmente en Wiesbaden, pues le han dado seis semanas de baja por enfermedad.

—Qué bien se lleva el rusito con nuestros gemelos —suspira Else—. Son uña y carne. Pero a veces tengo la sensación de que no les enseña más que tonterías.

—Se llama Michael, tía Else —la reprende Luisa—. No le llames «rusito», que a él no le gusta nada.

—Eso dice siempre la Künzel —se defiende la madre de Hilde—. Está que bebe los vientos por el muchacho. Según ella, es un niño prodigio. Porque ya sabe tocar muy bien el violín.

—Podría tocar mucho mejor si practicara más a menudo —observa Luisa.

—¡Goool! —grita Hilde—. Uno a cero. ¿Has visto, Luisa, qué golazo ha metido Frank entre los cubos de la basura?

Abajo tiene que intervenir Wilhelm porque Andi se queja de que su hermano le ha puesto la zancadilla. Surge una breve y acalorada discusión en la que también se inmiscuye el abuelo Heinz; luego Frank recibe una amonestación a la que responde meneando la cabeza con un gesto de incomprensión. Él lo que quería era darle a la pelota: ¿qué culpa tiene de que su hermano haya metido en medio la pierna?

—Creo que vamos a necesitar el botiquín, tía Else —opina Luisa preocupada—. Como mínimo habría que tener yodo y esparadrapo preparados.

Abajo, el partido se va poniendo cada vez más emocionante. August se impone frente a Fritz, Michael le quita la pelota, regatea con destreza a Andi pero no puede sortear a Jean-Jacques. Contraataque. El rey del fútbol chuta el balón contra el cubo de la basura de la izquierda, que se vuelca y vacía su contenido en el patio. Bunte ladra con todas sus fuerzas, el juego se interrumpe de nuevo porque Andi y el abuelo vuelven a colocar bien el «poste» volcado y tienen que barrer la basura.

—¡Qué porquería! —se oye protestar a Addi—. ¡Coge la pala, Jean-Jacques!

—¡Empate! —comenta Jean-Jacques con una sonrisita, y va al cobertizo para coger la pala. Al volver alza la vista hacia Hilde y muestra el puño con el pulgar hacia arriba. Eso significa: «Vamos a ganar».

«Es como un niño», piensa Hilde con ternura. Tuvieron una breve pero fuerte discusión cuando, poco antes de llegar a Worms, reventó la rueda trasera de la derecha y resultó que la rueda de recambio también estaba defectuosa.

—¿Cómo es que no compraste enseguida otra nueva?

—¡Porque no tenía tiempo!

—*C'est pas vrai*. Tenías tiempo de sobra.

—¡Pero no dinero!

—¿Y eso por qué?

—¡Piénsalo, Jean-Jacques Perrier! ¡Tú sabrás por qué!

Al final encontraron un taller que los sacó de apuros, pero como habían perdido mucho tiempo, no llegaron a Wiesbaden hasta la mañana de Año Nuevo. ¡Oh, cómo se disgustó Hilde por haberse perdido la gran fiesta de la inauguración! Pero la alegría de volver a ver a los gemelos fue tan grande que se olvidó de todo lo demás. Qué bonito es estar de nuevo todos juntos; ellos dos con los gemelos. Nunca más volverán a tener una pelea tan espantosa: se lo han prometido firmemente el uno al otro. De puros nervios, esta vez ni siquiera le ha bajado la regla...

Abajo continúa el partido. Michael ha metido un gol gracias a un pase de August, mientras Frank marcaba a su padre para que no se acercara. Jean-Jacques, que no quiere admitir la derrota, amaga un chute desde fuera del área, pero la pelota rebota en la pared de la casa, atraviesa todo el campo de juego y va a parar a la entrada del cobertizo. Gol en propia puerta. En el patio se oyen bramidos de rabia y de entusiasmo; Wilhelm emite varios pitidos seguidos con el silbato, y los primeros espectadores curiosos se congregan en la entrada cubierta.

—Bueno, ya está bien —opina Else—. Voy a preparar café. ¿Haces tú el chocolate, Luisa? Hilde, tienes que partir la tarta de cerezas.

—A la orden, señora mariscal de campo —dice Hilde, haciendo el saludo militar con una sonrisa dibujada en su boca.

Su madre está en su elemento. El Café del Ángel ha reabierto, no es que sea un negocio boyante, pero para la próxima primavera seguro que irá mejor. De todas formas, lo más importante es que su madre tiene a todos sus hijos, junto con el resto de los familiares, a su alrededor, y aunque muchas veces se queje de que los niños no hacen más que diabluras, sin embargo, en el fondo está encantada.

—Saca las servilletas de tela, Hilde —dice desde la cocina—. August me dijo el otro día que Swetlana procede de una familia rusa muy distinguida. Su padre era médico. Y la verdad es que para ser rusa es muy simpática y se la ve bien educada.

August ha convertido por fin su sueño en realidad y ha presentado su novia a sus padres. Fue en Nochevieja, y por desgracia también eso se lo perdió Hilde, aunque su padre se lo describió con pelos y señales. Está entusiasmado con la belleza exótica de Swetlana y dice que su hijo no podría haber hecho mejor elección. A pesar de que su madre se comportó correctamente, ya se percibe que la relación con su futura nuera no será fácil. Willi desde luego está completamente de parte de su hermano. Viene bien que se quede ahora una temporadita en Wiesbaden, porque consigue que Swetlana deje de ser tan reservada, y cuando se ríe resulta increíblemente seductora; eso ya lo ha notado Hilde.

—*C'est une beauté* —dijo un día Jean-Jacques. Una belleza. Pero Hilde no tiene por qué preocuparse, pues su marido está enamoradísimo de ella y nunca se le ocurriría la idea de pensar en otra mujer.

En el patio, tras una breve disputa, han decidido dar por concluido el partido, algo que entristece a los tres chicos, también a Jean-Jacques le habría gustado seguir jugando, pero al resto le atrae más el olor a café recién hecho. August se mete enseguida en el baño, Fritz necesita una tirita en el dedo índice derecho, Andi tiene una herida abierta en la espinilla y a Michael le sangra la rodilla derecha. Luisa cura a los veteranos y le reprocha a Fritz haber puesto insensatamente sus valiosos dedos en peligro.

—¿Quién está otra vez en el cuarto de baño? —se enfada Heinz—. Sal de una vez, August. No hace falta que te acicales más para recibir a tu amada…

Ruborizado, August se va corriendo a su habitación para ponerse a toda prisa el traje bueno.

Llaman a la puerta del piso.

—¡Es mamá! —exclama Michael.

Hilde saluda a su futura cuñada con un abrazo fraternal. Besitos a la derecha, a la izquierda y a la derecha; ya se lo ha aprendido.

—¡Pasa, Swetlana! Te has perdido el torneo de fútbol —dice riéndose—. ¡August ha contribuido a la victoria de su equipo!

—Sí, son como niños —contesta Swetlana con una sonrisa.

Luego se acerca a August y lo saluda a la manera rusa. Lo hace con mucha ternura y tomándose su tiempo. Y August le devuelve los besos con devoción.

Queremos compartir
más momentos contigo.

Únete a la comunidad de Penguin Libros
y encuentra tu siguiente lectura.

Penguin
Random House
Grupo Editorial